FOLIO SCIENCE-FICTION

Bernard Simonay

La trilogie de Phénix, I

Phénix

Gallimard

Depuis *Phénix*, son premier roman, récompensé par les prix Cosmos 2000 et Julia Verlanger, Bernard Simonay n'a cessé d'écrire. Il a abordé avec un égal succès le roman historique (*La première pyramide*, *Moïse le pharaon rebelle*), l'imaginaire (*Les enfants de l'Atlantide*, *La légende de la toison d'or*), le policier (*La lande maudite*) ou plus récemment le roman d'aventures contemporain (*Les tigres de Tasmanie*, *La dame d'Australie*).

Fervent défenseur d'une littérature populaire assumée, Bernard Simonay n'a de cesse, au fil de ses histoires profondément philanthropes, de questionner l'homme et de nous mettre en garde contre ses pires dérives.

LIMITE
DE
LA
Mankous
Koparna
HAMBORA
LONODIA
Océan
Atlantéus
Plateaux
Baraves
Cybernia
Tours
Koralia
EUROPAN
Rives
Toriana
Balbio
Tolensa
Trenata
Garas
Barsalona
Chaîne des Apennes
Grand
Lac du
Lion
MÉDHEL
Palermia
Massif du Géant
Marais
du Sirigath
VALATIA
BAHISKRA
Oeil de
Sahirat
Al Khandarya
Désert
salé du
Khamsiat
NOGAFRIKA
El Sahirat
50 marches

N
ANQUISE
ARCTIQUE
NORD
POCZANIE
Lodi
MINISKA
UKRALASIA
Veraska
NIA
Vashilov
Shalbatena
BURDAROMA
Felda
Ursalaya
Rhodioni
Terres
Syrdahar
Bleues
Massif
de
la fôret
Skovandre
Brastalia
Gwondaleya
Danov
Sadonia
Mer des Ténèbres
Tanaleya
Sénopis
Taeraia
Tarinia
Khudara
Kurdia
Salonikos
Calvera
Hauts Plateaux
Marais
de L'Mir
ISMALASIA
Djanea
Scylla
Karana
Clescz
Vallée des
Boues de
l'Enfer
ALTYRBAAGD
Marais
de
Londabakos
Marais
Salés
Cyprisia
Kunta-
Lego
Ras el Shamir
Yphrisios
JERULABAAD
LENIA
Artikos
Alakhos
Lac de
Cyprisia
Goelstova
Désert de
Lybiana
Fhed
Marais
Inconnus

PERSONNAGES PRINCIPAUX

ACHIL : *Conteur.*
ADELFIUS : *Théolamane de Syrdahar.*
ALVINA : *Compagne de Czarthoz et mère de Sylvain.*
CZARTHOZ : *Comte régnant de Gwondaleya.*
DORIAN : *Fils de Kogan de Syrdahar et de la Léphénide Orlyane, frère jumeau de Solyane.*
DRACCHUS DE VIK : *Comte régnant de Vik, dans le sud de la Francie.*
ELENA DE SHALBATENA : *Épouse de Dorian.*
GUNAR L'ORGUEILLEUX : *Comte régnant d'Al Khandarya, en Nogafrika.*
GUSTAV DE FELDA : *Comte régnant de Felda, ami et conseiller du roi Pillat de Burdaroma.*
HADGAR DEL TIHIZ : *Syrid Khalid (roi) d'Al Tyrbaagd, en Ismalasie.*
HADRAN LE SUBLIME : *Empereur de Nogafrika et seigneur de Bahiskra.*
HÉSIORGUES : *Conseiller du commandeur Lyophème.*
HORIUS : *Grand Initié, chef de la Phalange suprême.*
JANS : *Fils aîné de Czarthoz.*
JARL BRÜNNER : *Gouverneur de Cybernia.*
KOGAN : *Comte régnant de Syrdahar, père de Dorian et de Solyane.*
KRISTAN LEONOV : *Empereur d'Ukralasie, seigneur de Miniska.*
LEÏRO D'URSALEYA : *Compagnon d'armes de Dorian durant la guerre d'Ismalasie.*

LYOPHÈME : *Suzerain suprême du Monde, autrement appelé le commandeur.*
MARKUS : *Théolamane impérial de Valatia, capitale de la Médhellenie.*
NYRA : *Reine de Fomalhaut.*
ODIOS : *Fils de Czarthoz, demi-frère de Sylvain.*
ORLOFF : *Compagnon et protecteur des jumeaux de Syrdahar.*
ORLYANE : *Léphénide, mère de Dorian et de Solyane.*
PIERRE D'OTH : *Ami et conseiller de Czarthoz de Gwondaleya.*
PILLAT DE BURDAROMA : *Roi de la ville du même nom et suzerain de Czarthoz, puis de Dorian.*
RALPH : *Écuyer de Dorian.*
RAÏMUND RÜDRICH : *Gouverneur de Brazilia.*
RODRICK DE BRASTALIA : *Vassal de Gwondaleya.*
RUDRIKO : *Compagnon et maître d'armes de Dorian.*
SAGAVELLIUS : *Théolamane impérial de Bahiskra.*
SOLYANE : *Fille de Kogan et de la Léphénide Orlyane, sœur jumelle de Dorian.*
SYLVAIN : *Fils de Czarthoz, comte régnant de Gwondaleya et d'Alvina.*
ZOLTAN : *Théolamane de Gwondaleya.*

I

DORIAN ET SOLYANE

CHAPITRE PREMIER

Rien ne vit là-bas

Le jour, elles paraissent dormir, assoupies dans un sommeil minéral et tragique. Un vent chaud et sec souffle en permanence de leurs étendues désertiques. L'haleine des génies, disent les paysans. Au soleil, leur couleur est indéfinissable. C'est une palette de gris, de bruns, de rouges qui se mêlent et s'entrecroisent, ponctués çà et là par la tache incandescente d'un affleurement de lave.

Rien n'y vit. Ni plantes ni animaux. Pas un chant d'oiseaux n'y fait vibrer l'air. C'est le royaume des dieux minéraux. Un royaume qui s'étend d'un bord à l'autre de l'horizon et que l'on ne peut franchir sans perdre sa vie et son âme.

La nuit, elles brillent d'une lumière étrange qui leur a valu leur nom. En été, les orages y font naître des apparitions fantastiques, effrayantes, illuminées d'éclairs éblouissants, comme si les dieux invisibles voulaient prendre corps.

De même, lorsque la neige s'installe en hiver, le désert diffuse encore une lueur obscure venue des entrailles de la terre. Il n'y fait jamais totalement nuit.

On les appelle les Terres Bleues.

Le monde s'arrêtait aux Terres Bleues. Un monde tout petit, refermé sur lui-même, prisonnier du désert sans vie, mais protégé par les forêts de la Ceinture. Sept collines aux pentes douces, couvertes d'arbres vigoureux et de taillis impénétrables, remparts inviolables au-delà des plaines cultivées. Au centre de ce paradis cerné par l'enfer s'étendait la ville : Syrdahar.

Du sommet de la Tour Haute, Solyane contemplait l'horizon bleuté, serrant très fort la main de Dorian lorsqu'un éclat de lumière inondait la roche lointaine d'une lueur aveuglante. Elle avait compris depuis longtemps que Syrdahar n'avait rien à redouter des génies qui vivaient là-bas, mais elle frémissait toujours devant leurs impressionnantes manifestations lumineuses. Pourtant, malgré son angoisse, elle aimait ce spectacle dont la beauté irréelle la fascinait. Chaque soir, avant d'aller se coucher, elle montait ainsi sur le chemin de ronde accompagnée de son frère et de sa mère. Elle s'appuyait sur la roche taillée et contemplait le spectacle hallucinant. Jamais elle ne s'en lassait. De la ville montaient des parfums épicés, mêlés aux odeurs enivrantes des prés et aux senteurs aquatiques du lac.

Konreydine, le biolamane, lui avait expliqué qu'on ne pouvait se rendre dans les Terres Bleues. Les génies punissaient de mort les audacieux qui auraient osé s'aventurer au-delà de la Ceinture. Quelquefois, ils les transformaient en garous qui n'étaient ni des hommes ni des bêtes, mais des monstres à la peau grise, à qui il manquait des membres. Leur tête était énorme, sans lèvres, et leurs doigts se terminaient par des griffes noires. Les paysans disaient qu'on en voyait parfois errer dans les gorges profondes des hautes collines. Du nord au sud et de l'est à l'ouest, l'horizon s'illuminait du même bleu électrique que tranchaient les ombres noires des forêts. Solyane aimait à voir naître les étoiles, le soir. Elle avait remarqué qu'elles formaient toujours les mêmes figures. Certaines brillaient beaucoup tandis que d'autres n'apparaissaient que lorsque l'on ne les regardait pas directement. Elle les appelait les étoiles timides. Elle aurait aimé en cueillir une pour la prendre dans sa main et la conserver dans le secret de sa chambre.

— Ainsi, disait-elle à Dorian, nous n'aurions plus besoin de nos lampes à huile. Elle m'éclairerait toute la nuit.

Au pied de la Tour Haute s'étendait la ville, entourée de ses champs sagement ordonnés, de ses plaines aux chemins bordés d'arbres. En dehors du palais, s'élevaient çà et là quelques demeures plus importantes, réservées aux chevaliers du seigneur Kogan, le père des deux enfants.

Une haute muraille parcourue par un chemin de ronde ceinturait la ville. La nuit, les soldats esclaves, les ferroskos, l'arpentaient de leur pas d'automates, sans échanger un mot. Solyane regardait chaque soir ces êtres sans âge et sans âme refermer les portes de la cité. Les vantaux de bronze étaient tellement lourds qu'on ne pouvait les manœuvrer qu'à l'aide d'un treuil. Elle s'était toujours demandé pourquoi on isolait ainsi la ville chaque nuit. Que pouvait-on craindre ? Au-delà des terres fertiles commençait le désert bleu des génies. En dehors de deux petits villages de paysans établis au sud et à l'est de Syrdahar, il n'existait rien d'autre au monde.

Elle avait un jour posé la question à dame Orlyane, sa mère. Celle-ci lui avait répondu que c'était ainsi, que c'était la coutume.

Curieuse coutume, qui lui semblait pour le moins inutile. Mais beaucoup de choses « étaient ainsi » à Syrdahar, sans que l'on sût exactement pourquoi.

Nés du seigneur Kogan et de son épouse, dame Orlyane la Belle, un peu plus de neuf années auparavant, Dorian et Solyane étaient jumeaux. Ils s'étaient éveillés bien plus vite que les autres enfants de Syrdahar. On leur avait réservé deux appartements distincts mais il était rare de les voir séparés. Ils prenaient leurs repas, leurs bains ensemble et chaque nuit les voyait réunis dans le même lit, indifféremment chez l'un ou chez l'autre.

Pourtant, lorsqu'on les observait, il était difficile de les croire frère et sœur. Solyane était aussi blonde que Dorian était brun. Leurs traits présentaient peu de points communs si ce n'est dans leur beauté et dans leur régularité. La petite fille portait une chevelure lourde et ondulée, couleur de vieil or, qui lui descendait jusqu'aux reins et encadrait son visage enfantin aux yeux couleur de nuit. Fine, admirablement proportionnée, elle rayonnait déjà d'un charme et d'une grâce troublants malgré son jeune âge.

Dorian était plus grand que la moyenne. Robuste, les membres solidement attachés, il se dégageait de lui une impression de puissance qui explosait lors de l'entraînement aux armes que lui faisait subir tous les jours le maître Rudriko. Des cheveux bouclés d'un brun presque noir lui tombaient sur les épaules. Son regard sombre témoignait d'une volonté implacable que renforçaient une mâchoire carrée et un nez légèrement aquilin.

Grave, consciencieux, et surtout beaucoup plus mûr que son âge, Dorian trouvait chez sa sœur toute la fantaisie qui lui faisait défaut. En retour, il lui apportait le confort de sa solidité, de son esprit de décision.

Il aimait les armes et le combat, elle aimait la musique et la peinture. Tandis qu'il maniait le sabre ou la lance, elle jouait de la thamys, sorte de harpe à vingt-neuf cordes dont elle tirait des mélodies aériennes et cristallines que nul ne pouvait imiter à Syrdahar. Une très grande tendresse unissait le frère et la sœur. Entre eux, les mots se révélaient souvent inutiles. Ils disposaient d'un moyen de communication beaucoup plus puissant.

Les nobles, les chevaliers se différenciaient des autres, les sapienniens, par le shod'l loer. C'était une faculté mentale qui permettait de deviner l'état d'esprit de son interlocuteur.

Les deux enfants possédaient une forme de shod'l loer beaucoup plus évoluée, la télépathie. Ainsi se transmettaient-ils leurs sentiments et leurs émotions à l'état pur, sans subir la déformation des mots.

Syrdahar s'établissait autour d'une surélévation où se dressait le palais seigneurial, dominé par la Tour Haute. Le palais, comme la plus humble des demeures, était bâti de pierre ocre, tirée de la carrière voisine. Aussi le temple se distinguait-il du reste tant par sa roche d'un gris sombre que par son architecture insolite et massive. La population s'y réunissait pour suivre les offices religieux dispensés par la phalange.

La phalange représentant le pouvoir spirituel, et en fait le pouvoir absolu, comptait cinq prêtres, les amanes. Chacun d'eux occupait une fonction bien précise.

Adelfius, le théolamane, était chargé de l'éducation religieuse.

La haute silhouette ascétique du prêtre impressionnait les enfants. Hiver comme été, il était vêtu d'une longue robe noire serrée d'une large ceinture d'argent. Un soleil d'or, symbole de son ordre, marquait son épaule droite. Il se dégageait de lui une autorité incontestable que renforçait d'autant son visage à la peau blanche, taillé à coups de serpe.

— À l'origine, disait le prêtre, les dieux vivaient en bonne intelligence avec les humains, les Terres Bleues n'existaient pas alors. Une végétation luxuriante les recouvrait et ceci bien au-delà de l'horizon.

— Qui étaient ces dieux ? demanda Dorian.

— Nul ne le sait. Il ne reste rien aujourd'hui qui permette de savoir quel était leur aspect, ni d'où ils venaient. La seule chose dont on soit sûr, c'est qu'ils nous ont apporté la connaissance. Dans leur grande sagesse, ils ont fait bénéficier les hommes des bienfaits qu'elle peut amener. Mais ceux-ci ont cru, dans leur orgueil démesuré, qu'ils seraient capables de contrôler la connaissance sans l'aide des dieux.

Pourtant, il manquait à l'homme une qualité essentielle : la sagesse. Aussi pour nous punir, les dieux abandonnèrent-ils le monde, nous laissant seuls avec les bribes du savoir que nous leur avions dérobées. Cependant, la connaissance peut engendrer autant de catastrophes que de bienfaits si elle est mal utilisée. La folie de l'homme amena sa propre destruction dans un embrasement gigantesque que l'on a appelé : le Jour du Soleil. Écoutez bien ce que dit le livre de Thallan :

« Ce fut comme si le soleil lui-même s'était posé sur le monde. Les villes brûlèrent et fondirent. Les hommes furent frappés de folie. Un souffle infernal anéantit les campagnes, bouleversa les plus hautes montagnes. Il n'y eut aucun endroit pour s'abriter. Le feu qui couvait dans les entrailles de la terre remonta et se répandit, enflammant comme des torches jusqu'aux navires les plus éloignés des côtes. L'eau des océans s'enfla et dévasta des pays entiers. Des raz-de-marée hauts comme des collines emportèrent ceux qui avaient survécu aux flammes.

« L'homme disparut presque totalement de la surface du monde. Les survivants et leurs descendants connurent le chaos. La faim et la misère les ravalèrent peu à peu au rang des bêtes sauvages. La nuit avait étendu ses ailes immenses sur le monde.

« Puis les dieux prirent les hommes en pitié. Ils leur refusèrent la lumière de leur présence mais confièrent à certains d'entre eux la tâche de relever la civilisation. À ces privilégiés ils confièrent une partie de la connaissance dont ils devaient garder les secrets. Ces privilégiés prirent le nom d'amanes. Seuls depuis des temps immémoriaux ils ont eu accès à la connaissance.

« Ainsi parle le livre de Thallan.

« À l'origine, conclut Adelfius, un seul homme reçut des dieux la connaissance. Il s'appelait Kalkus de Rives. Vous ne devrez jamais oublier son nom. Il est notre maître à tous depuis plus de vingt siècles. »

Ainsi, seuls les amanes possédaient la connaissance. Le contenu même de ce mot restait un secret. Seuls les amanes en détenaient les clefs. Konreydine, le biolamane, connaissait les lois sacrées qui permettaient de fabriquer des produits grâce auxquels on fertilisait la terre. Ses pouvoirs extraordinaires créaient aussi, par on ne savait quelle magie, des êtres terrifiants comme ces monstres que l'on avait parqués au nord, dans un défilé proche des Terres Bleues.

Féro, le physiamane, inventait toutes les machines aux mécanismes compliqués, comme les charrodes, ces plaques portantes qui planaient au-dessus du sol et se déplaçaient sans roues ni patins. Il fabriquait encore les « gonns », les fusils lectroniques qui complétaient l'armement des chevaliers.

On craignait et on respectait Solimar, le médamane, à l'égal d'Adelfius. C'était lui qui soignait toutes les maladies étranges, toutes les blessures graves. Une partie du temple s'appelait l'hostal. C'était là que Solimar recevait les malades. Il les gardait parfois plusieurs jours, assisté dans ses soins par les paranes, jeunes hommes destinés à la prêtrise. Mais on redoutait aussi Solimar parce qu'il lui incombait d'accomplir la « spoliation », cette pratique mystérieuse qui privait l'homme de sa personnalité. De tout temps Syrdahar avait compté sa population d'esclaves dont les ancêtres, disait-on, avaient été amenés par ceux des Syrdahariens. La tradition voulait que leurs enfants fussent spoliés à leur tour, afin de servir docilement leurs maîtres.

Le cinquième prêtre, l'astrolamane Kochine, servait d'intermédiaire entre la phalange et les dieux. Il ne quittait presque jamais la tour élevée du temple, l'Obs, d'où il étudiait le ciel nocturne.

Certains soirs, lors de leurs promenades, les enfants apercevaient les étranges machines qui hérissaient le dôme de la tour et ils se demandaient qui étaient ces dieux que personne ne voyait jamais, mais qui hantaient pourtant toutes les légendes que l'on se plaisait à conter le soir, autour de la cheminée du palais.

CHAPITRE II

— Tu n'as pas peur, toi ?

— Non !

Un éclair déchira la nuit de sa lueur aveuglante, loin au-dessus des Terres Bleues. Solyane redoutait que l'orage d'une violence exceptionnelle ne parvînt à franchir la barrière de la Ceinture. Il aurait pu alors déferler sur Syrdahar. Elle le redoutait et l'espérait à la fois.

Frissonnante, elle passa un bras autour de la taille du jeune garçon. Debout sur la terrasse qui longeait la chambre de Solyane, ils contemplaient l'horizon tourmenté.

Soudain intriguée par le cheminement mental de son frère, la fillette leva les yeux vers lui. Se glissant dans ses pensées, elle déclara doucement :

— Sans doute n'y a-t-il rien !

— Je ne le crois pas ! Les Terres Bleues ne peuvent pas être infinies !

— Comment peux-tu affirmer cela ?

— Je ne sais pas ! Ce n'est pas possible, comprends-tu ?

— Pourquoi ?

— Regarde autour de toi ! Sur quoi vivons-nous ? Au-dessus, le ciel, au-dessous, le sol. Tout autour, le désert. Mais le désert ne peut être infini !

— Ne cherche pas à comprendre l'inexplicable, Dorian. Tu me fais peur !

— Je ne comprends pas. Les légendes parlent sans cesse de pays immenses, de royaumes, de montagnes, d'océans, de troupeaux d'animaux sauvages...

— Et alors ?

— Eh bien, qu'est-ce que c'est qu'un océan, d'après toi ?

— C'est comme un étang, mais beaucoup plus grand !

— Où sont-ils, ces océans ?

— Je ne sais pas ! Ils ont disparu avec le Jour du Soleil !

— Non ! Les légendes dont je parle sont postérieures au Jour du Soleil. Si elles existent toujours, les Terres Bleues doivent s'arrêter quelque part pour leur laisser la place.

— Tu as peut-être raison, Dorian. Mais tu sais bien que les Terres Bleues sont infranchissables.

— Le seigneur Hésiorgues le fait bien, lui !

— Mais il est le seigneur Hésiorgues. Il a conclu un pacte avec les génies.

— C'est ce que croient les Syrdahariens. Pourtant, Père ne nous a jamais dit que Syrdahar était unique. D'où vient le seigneur Hésiorgues ? Où vit-il ?

— Peut-être existe-t-il d'autres Syrdahar ? Ailleurs ! émit timidement Solyane.

— J'ai bien envie de poser la question à Adelfius.

— Cela fait partie des connaissances auxquelles nous n'avons pas droit.

— Nos ancêtres sont bien venus de quelque part.

— Oui ! Mais c'était avant le Jour du Soleil. En ce temps-là, les Terres Bleues n'existaient pas. La forêt s'étendait jusqu'à l'horizon. Des routes menaient à d'autres villes. Et jusqu'aux océans. À présent, il n'y a plus rien ! Rien que nous !

— Ce n'est pas vrai !

*

Kogan, seigneur de Syrdahar, menait une vie calme, partagée entre l'administration de son petit domaine et la chasse.

C'était un géant placide, aux longs cheveux blonds, dont le visage s'ornait d'une barbe fournie presque rouge. Sa bonté et sa générosité lui avaient valu le surnom de « sage ». Ses sujets l'admiraient et le respectaient.

Fortement imprégné de culture chevaleresque, respectant scrupuleusement les règles, il avait conscience de ses devoirs de protecteur. Mais la défense était assurée par les Terres Bleues. À part le seigneur Hésiorgues, personne ne venait jamais d'au-delà du désert.

*

Son épouse, Orlyane, était sans conteste la plus belle femme de Syrdahar.

Dix années auparavant, le seigneur Hésiorgues l'avait amenée au seigneur Kogan. C'était la troisième fois qu'il venait. On avait imaginé qu'elle était sa fille, quoiqu'il ne l'eût jamais présentée comme telle. Elle avait eu tôt fait de séduire Kogan. Quelques jours après son arrivée, il l'épousait.

Deux enfants, un garçon et une fille, leur étaient nés. Sa beauté et sa gentillesse avaient conquis le cœur des Syrdahariens. On avait vite oublié qu'elle n'était pas d'ici. Dorian et Solyane l'ignoraient.

*

— Gardez-vous, seigneur !

Rudriko, le maître d'armes, porta une attaque fulgurante sur la gauche de Dorian. Mais celui-ci para promptement et riposta. Sa lame siffla et frappa, écorchant le Sharack qui protégeait l'homme.

— Par Kyshla ! jura le maître d'armes.

— Coup magnifique ! s'exclama Orloff. J'en connais plus d'un qui y serait resté pour le compte.

— Par les génies, répliqua Rudriko, vous voulez donc ma mort ?

— Ta garde n'était pas assez haute !

— Je m'en suis aperçu ! Tu vas voir, Orloff, que c'est bientôt lui qui me donnera des leçons !

— N'exagère rien, déclara Dorian, secrètement flatté.

Il attaqua de nouveau. Rudriko para, feinta, et désarma le jeune garçon d'un mouvement imbattable.

— Voilà qui est mieux et plus dans l'ordre des choses ! rugit-il.

Orloff éclata de rire en voyant la mine déconfite de Dorian.

— Vous avez attaqué trop tôt, petit maître !

— C'est vrai ! Mais j'ai cru que l'attaque pouvait passer !

— Elle aurait pu passer avec un combattant moins aguerri. Vous avez été trompé par votre succès précédent.

— Méfiez-vous de cela, seigneur Dorian ! poursuivit Rudriko. Vous attaquez souvent trop tôt. Attendez de bien cerner votre adversaire. Il faut évaluer ses possibilités, sa rapidité, déceler ses faiblesses. Après seulement, vous pouvez porter vos coups. Combien de chevaliers trop prompts l'ont payé de leur vie !

— Où cela ?

Décontenancé, le maître d'armes répondit :

— Partout ! Au cours des guerres, et parfois même au cours des tournois.

— Mais où ont eu lieu ces tournois et ces guerres ?

La question embarrassa Rudriko.

— Très loin. Dans les légendes on en parle souvent.

Dorian rengaina son sabre.

— Très loin ? Par-delà les Terres Bleues ?

— Peut-être !

— Il est possible qu'il existe d'autres pays que le nôtre, ajouta Orloff. Nos ancêtres vivent ici depuis des siècles, mais une légende dit qu'ils sont venus de l'extérieur, pourchassés par les démons. Cette histoire est tellement ancienne que la plupart des nôtres l'ont oubliée.

— Alors, je ne m'étais pas trompé, triompha Dorian.

— Comment cela ?

— J'étais sûr que les Terres Bleues n'étaient pas infinies.

Orloff et Rudriko se regardèrent, étonnés. Puis le maître d'armes ajouta :

— Qu'est-ce que cela change, de toute façon ? À part le seigneur Hésiorgues, qui vient régulièrement depuis douze ans, nous n'avons plus aucune relation avec l'extérieur.

— Il existe ! Et cela change beaucoup de choses, déclara Dorian, satisfait.

Mais il ne poursuivit pas. À quoi bon tenter de les intéresser ? Ils ne savaient sans doute rien. Ou plutôt, ils ne voulaient pas savoir. Il les observa, amusé. Malgré leur taille, et leur force, comme ils semblaient faibles ! Pour eux, ce qu'ils ignoraient n'existait pas.

Orloff et Rudriko constituaient un contraste étonnant. Gigantesque, Orloff dépassait tous les Syrdahariens de deux bonnes têtes. Une montagne vivante, capable de lutter à main nue avec les ours des collines.

Rudriko, au contraire, était plus petit que la moyenne. Le visage sec et anguleux, il posait sur le monde un regard vif, prompt à la moquerie. Il présentait en toute circonstance un visage égal. Il ressemblait un peu à un chat, dont il avait la forme du visage, et jusqu'aux moustaches. Mais il ne fallait pas se fier à son air calme, c'était un bretteur redoutable, dont la fonction consistait à entraîner les chevaliers et les soldats de Syrdahar. Seul Kogan parvenait à rivaliser avec lui au sabre.

Cette suprématie expliquait la fierté de Dorian à être parvenu à le toucher. Aussi, lorsque ses parents apparurent, courut-il vers eux pour leur conter ses exploits.

— C'est bien, mon fils, répondit Kogan en lui lançant une bourrade affectueuse.

— Ah, si j'en avais un comme celui-ci, poursuivit Dorian en désignant l'arme qui pendait au flanc de son père.

Kogan sourit.

— Celui-ci, c'est un dayal. L'arme la plus noble d'un chevalier.

— Puis-je le voir ?

Amusé, son père tira selon le rite et avec des gestes précis le long sabre dont la lame étincela au soleil comme du cristal. C'était une arme magnifique, légère et parfaitement équilibrée. La poignée s'ornait de ciselures d'or et d'élektre, représentant en symboles la devise de Syrdahar, entremêlées aux armoiries personnelles de Kogan. Une garde totale en coquille protégeait la main. Sa particularité la plus étonnante résidait dans la transparence bleutée de la lame, fabriquée dans un alliage mystérieux dont le secret était détenu par les amanes. Un alliage plus souple que l'acier, plus dur que le diamant, plus léger que l'aluminium : le chalqueverre.

Kogan tendit le dayal au jeune garçon ravi qui exécuta aussitôt quelques feintes, parades et attaques imaginaires.

— Tu en auras un également, Dorian. Lorsque tu seras chevalier.

— Quand ?

— L'épreuve de chevalerie, l'eschola, a lieu à l'âge de dix-huit ans. Le dayal est alors fabriqué pour la main et le bras du nouveau chevalier et marqué du sceau qu'il se choisit. Son arme lui restera fidèle jusqu'à la mort. On l'enterrera avec lui. Le dayal, comme le lionorse, ne se prête jamais.

Dorian rendit aussitôt l'arme à son père.

— C'est vrai qu'il n'est pas fait pour ma main.

— C'est plutôt votre main qui est encore un peu petite, dit Rudriko en riant.

CHAPITRE III

L'automne était la saison des grandes chasses. L'ours, le cerf et le sanglier fournissaient une réserve abondante de viande pour l'hiver. Depuis l'âge de sept ans, Dorian suivait son père à ces chasses passionnantes. Bien sûr, il ne pouvait espérer rivaliser avec les chevaliers Lanson et Gonnabert qui « servaient » l'ours et le sanglier à l'épieu, mais il tenait sa partie grâce à son adresse à l'arc et à sa résistance à l'affût. La précision de son tir étonnait même les plus aguerris des chasseurs. À neuf ans, Kogan lui avait offert un « gonn », fusil qui puisait sa puissance dans un fluide mystérieux, le flux lectronique, dont seuls les amanes possédaient le secret. Les balles meurtrières étaient capables de tuer un ours. Dorian était fier de ce gonn, fabriqué exactement à sa main par Féro.

Solyane suivait elle aussi ces chasses automnales. Elle aimait l'atmosphère de la vénerie, l'odeur des sous-bois, les parfums d'humus des sommières, les couleurs merveilleuses prises par les frondaisons.

Elle chevauchait aux côtés de Dorian, bavardait ou bien guettait le gibier, les yeux brillants et les joues rougies par le froid. Il se dégageait d'elle un charme mystérieux et captivant.

Dorian était ravi de la présence de sa sœur. À l'affût, il aimait qu'elle fût derrière lui. Elle savait se taire à ces moments exaltants où le moindre bruit risquait d'avertir le gibier. Elle ne tremblait pas lorsque s'approchait un loup ou un cerve, cet énorme chat capable de tuer un cheval. Elle chargeait le gonn ou lui passait les flèches. Elle communiait avec lui par la pensée lorsque le trait sifflait ou lorsque le fusil claquait. Il prétendait que c'était elle qui guidait son tir. À cause d'elle, il ne se sentait pas le droit de rater sa cible.

En fin de journée, les domesses dressaient les tables dans une clairière. On allumait un grand feu où l'on faisait rôtir un chevreuil ou un sanglier. On grillait des châtaignes et des pommes de terre sous la cendre. Les enfants cueillaient des prunelles sauvages, des nèfles ou les dernières mûres. Chacun buvait et faisait bonne chère.

*

Ce fut au cours de l'une de ces chasses que Kogan décida de montrer à Dorian les limites des Terres Bleues. Se séparant des autres, il entraîna les enfants vers le nord, aux confins de la forêt Skoliaze. Orloff et leur mère les suivirent. Jamais les enfants ne s'étaient aventurés aussi loin de Syrdahar. La flèche blanche de la Tour Haute avait disparu derrière les collines de Munn, à plus de trois marches[1] de distance.

Peu à peu, la forêt se clairsema, il ne resta plus que quelques épineux rabougris, et une herbe jaunie et pelée qui s'accrochait désespérément à un sol poudreux et friable. Ils débouchèrent enfin sur une surface tourmentée, un désert de cauchemar qui s'étendait jusqu'à l'horizon, une étendue infinie de rocaille et de boue craquelée. Nulle végétation, si ce n'est quelques arbustes squelettiques en lisière. De leur écorce dénudée suintait un liquide noirâtre et huileux.

— La sève maudite, expliqua Kogan. Le plus terrifiant de tous les poisons.

Il arrêta son lionorse et se tourna vers les enfants.

— Regardez bien, petits ! Ici commencent les Terres Bleues. Toute vie y est impossible. Les génies n'y tolèrent ni plante ni animal. C'est le royaume de la pierre et du sable.

Une émotion douloureuse serra le cœur de Solyane. Pas un oiseau dans le ciel, pas la moindre feuille portée par les vents, pas la plus petite brindille, la plus modeste touffe d'herbe.

Un désert de mort, hostile, mystérieux, infranchissable.

— Mais qui sont les génies des Terres Bleues ? demanda-t-elle.

1. Unité de distance : environ 7 km.

— Nul ne le sait, ma petite fille. Ils n'ont ni la forme des animaux ni celle des humains. Ce sont des esprits.

— Comment sait-on qu'ils existent, alors ? intervint Dorian.

— Par leurs manifestations ! Les éclairs, les taches de lumière, ces mares de pierre liquide qui explosent parfois, sont leur façon de parler, d'exprimer leur colère ou leur joie. Il est vain de tenter de les comprendre, ils sont différents de nous.

Comme pour lui donner raison, une déflagration lointaine lui répondit, au flanc d'un pic escarpé.

— Père, j'ai peur ! murmura Solyane.

Dorian passa un bras protecteur autour de ses épaules.

— Ne crains rien, petite sœur, je suis là !

— Il a raison, dit Orlyane. Ici, nous ne risquons rien. Syrdahar fut jadis donnée aux hommes par les dieux. Aucun génie n'irait contre le serment d'un dieu. Des bornes marquent les frontières entre les deux royaumes.

— C'est vrai, renchérit Kogan.

Il leur montra une bague ornée d'une pierre noire.

— Ceci est une bague "orsaf". Elle nous avertit lorsque nous dépassons les limites autorisées. Écoutez !

Il sauta à bas de son lionorse et s'avança lentement au milieu de la rocaille. Soudain, un léger bourdonnement se fit entendre. Aussitôt, il fit demi-tour.

— Kogan, vous n'êtes pas prudent, gronda Orlyane.

Mais le bourdonnement avait cessé.

— N'ayez crainte, ma belle dame. Voyez ! La bague orsaf m'a prévenu.

La jeune femme sourit.

— Je voudrais rentrer à présent. Cet endroit m'impressionne. Les nôtres doivent être sur le chemin du retour et la nuit ne va pas tarder.

— Vous avez raison ! Allons, les enfants, demi-tour.

Il se rapprocha de Dorian.

— As-tu compris ce qu'étaient réellement les Terres Bleues, petit ?

— Pas vraiment. Elles semblent infranchissables, mais pourtant le seigneur Hésiorgues les traverse impunément.

Kogan évita de répondre. Mais le jeune garçon comprit qu'il existait un moyen. Il se retint de questionner son père plus avant. Intrigué, il suivit le petit groupe qui retraversa la lande désolée, puis gravit les pentes de la colline de Munn.

Parvenu au sommet, Dorian arrêta son cheval, aussitôt imité par Solyane. Il contempla longuement l'étendue désespérée où brillaient par endroits de vagues lueurs dansantes. Au loin stagnait une cohorte de fumerolles jaunâtres qu'une brise molle agitait comme des fantômes diffus.

— Les génies... murmura la fillette.

C'était un autre monde. D'un sommet éloigné jaillit tout à coup un geyser de lave sanglante. La montagne s'illumina d'une lueur infernale. Solyane frémit et posa une main tremblante sur le bras de son frère.

— Rentrons, Dorian, les génies se fâchent !

— Non ! Ils nous saluent.

Là-bas, une saute des vents crépusculaires dispersa la légion de fumerolles roussâtres. Dans les yeux du jeune garçon s'était allumée une brillance nouvelle. Ses yeux noirs reflétaient les derniers rayons du soleil couchant. Solyane le contemplait sans mot dire. Un flot de tendresse l'envahit et elle se découvrit l'envie de poser ses lèvres sur la jeune bouche mâle que l'émerveillement entrouvrait.

— Cet endroit est effrayant. murmura-t-il. Mais quelle beauté !

Il lui saisit doucement la main. Aussitôt, la crainte de Solyane disparut. Elle se prit elle aussi à aimer le spectacle terrifiant.

— Un jour, déclara Dorian, moi aussi je ferai alliance avec les génies et je traverserai les Terres Bleues.

— Et moi ?

— Toi ? Mais tu viendras avec moi ! Je ne t'abandonnerai jamais.

Il se tourna vers elle et surprit son regard. Ce regard où luisait une flamme un peu trouble. Une langueur bizarre l'envahit. Sans comprendre pourquoi, il eut envie de la prendre contre lui, de la serrer...

— Dorian, Solyane ! Venez, les enfants ! lança la voix d'Orlyane, depuis le versant déjà plongé dans l'ombre.

Lentement, les deux petits chevaux reprirent leur chemin.

CHAPITRE IV

Le printemps revint, amenant le dixième anniversaire des enfants. Une chaleur quasi estivale s'était installée sur le pays. Le dernier été de Syrdahar.

*

Cueillant une leevanne, Dorian se pencha sur le corps nu de Solyane et déposa la fleur sur sa poitrine.

Elle rit, puis, le bousculant, se leva et courut vers le lac. Ses pieds gracieux soulevaient des gerbes de sable que le soleil faisait vivre. Puis elle se laissa tomber dans l'eau fraîche en poussant un cri de plaisir.

— Viens !

Un peu en retrait, adossé au tronc d'un chêne, Orloff taillait un morceau de bois à l'aide de son shayal. Au loin vers l'est, on entendait les cris des paysans interpellant leurs tennartes[1]. Dorian se débarrassa du pagne blanc qui lui ceignait les reins et courut vers l'eau à son tour. La chaleur

1. Esclaves des agriculteurs.

matinale était telle que le géant se serait bien laissé aller à un petit somme. Une gerbe d'eau soudaine l'éclaboussa, le tirant de sa somnolence.

— Petits brigands, gronda-t-il en riant.

Mais les deux comparses avaient déjà disparu sous l'eau, filant comme deux poissons. Ils émergèrent plus loin, s'ébrouant et se frottant les yeux. Puis, sans raison apparente, ils se ruèrent hors de l'étang et coururent vers la clairière où paissaient les chevaux.

— Eh, où allez-vous ? Vous êtes tout nus !

— On va faire une course ! Tu viens, Solyane ?

Il lui attrapa la main et tous deux se précipitèrent vers leurs montures.

— Revenez ! Vous n'allez pas monter comme ça ! Venez vous rhabiller ! Vous allez attraper du mal.

Surtout pas ! Il était bien plus agréable de bondir sur l'échine des petits chevaux et de les lancer au galop dans les sous-bois. L'air vif leur ébouriffait les cheveux, leur collait à la peau. Des branches les cinglaient, le vent emplissait leurs poumons d'un feu vif et clair, de parfums enivrants. Ils avaient l'impression exaltante de faire corps avec l'animal, avec les bois, avec la nature entière.

Loin derrière eux, ils entendirent les grognements d'Orloff. Longeant le lac vers l'ouest, ils poussèrent leurs chevaux au maximum, chevauchant côte à côte. Leurs jambes se touchaient presque. Des taches de soleil leur éclaboussaient les yeux. Solyane, saoule de verdure et de lumière, riait de sentir entre ses cuisses nues l'échine chaude et vivante de son cheval. Une fraîcheur pétillante lui piquait la peau. Enfin, ils parvinrent à l'extrémité de la piste. Au-delà, le lac s'enfonçait entre deux falaises escarpées qui plongeaient à pic dans les eaux sombres.

Impossible d'aller plus loin. Mais pas question de faire demi-tour.

— Par ici ! jeta Dorian.

S'écartant résolument de la rive, il lança son cheval vers

les sous-bois qui s'élevaient en pente abrupte vers le sommet de la falaise. Des branches lui griffaient le dos mais il n'en avait cure.

— Non ! Pas par là ! hurla Orloff qui déboucha en trombe sur la petite grève.

Mais il était inutile de tenter de les arrêter. Il se résolut donc à les suivre.

Lorsqu'il les rejoignit, ils avaient fait halte au sommet de la colline, où les arbres se faisaient plus rares. De là, le lac était invisible, mais l'air exaltait encore ses odeurs aquatiques. Devant eux s'étendait un paysage nouveau. Furieux, Orfoff arrêta sa monture et gronda :

— Vous êtes fous ! Vous allez attraper une maladie ! Nous ne sommes pas encore en été. L'air est trop froid.

Mais ils n'écoutaient que d'une oreille. Ce n'était pas la première fois qu'ils lui jouaient un tour de la sorte. Dorian déclara :

— C'est étrange. Je ne connaissais pas ce lieu !

— Moi non plus, fit Solyane en écho.

— Tenez, enfilez ceci ! dit le géant en leur tendant leurs vêtements.

Machinalement, ils obéirent, intrigués par le panorama nouveau.

— Connais-tu cet endroit ? demanda Dorian à l'adresse d'Orloff.

— Très mal, seigneur. Les paysans l'appellent la lande Konvern. Ils ne s'y intéressent pas. Le sol est trop sec pour y faire pousser quoi que ce soit.

— Allons voir de plus près, décida le jeune garçon en remontant en selle.

C'était une dépression de rocaille, qui s'élargissait vers l'ouest. Quelques buissons rabougris végétaient au milieu des pierres. Des plaques d'herbe rase et de mousse dissimulaient la roche. Çà et là, quelques touffes de bruyère et de genêt tachaient la combe de mauve et d'or.

Sur la gauche s'ouvrait un étroit défilé qui conduisait

vraisemblablement vers un bras ignoré du lac. Au loin, au pied de la combe, la forêt reprenait ses droits. À l'horizon, noyées dans une brume de chaleur, on devinait les crêtes inquiétantes des Terres Bleues. Attirés par l'aspect insolite de l'endroit, Dorian et Solyane descendirent au creux de la dépression, empruntant un éboulis de roches. Déboulant soudain d'une touffe de bruyère, un lièvre détala et disparut au loin. Un agréable parfum de résine flottait dans l'air. Soudain, Dorian s'immobilisa.

— Qu'est-ce que c'est que ça ?

— Je ne sais pas, seigneur.

Au détour d'un buisson était apparue une plaque de roche de forme étrangement régulière, au-dessous de laquelle s'ouvrait un trou béant.

— Dorian, ne t'approche pas ! cria Solyane.

Elle avait senti dans l'esprit de son frère l'intention bien arrêtée de pénétrer dans le gouffre. Et elle savait qu'elle ne pourrait rien faire pour l'en empêcher.

— Ne crains rien, petite sœur, Orloff est avec nous.

— Oui, seigneur, je suis avec vous, justement ! Et je ne veux pas que vous descendiez là-dedans.

Le garçon éclata de rire.

— Allons, tu sais bien que tu ne peux pas m'en empêcher si je le veux.

Le géant soupira.

— Ce n'est pas prudent. C'est sans doute le repaire d'un génie, ou de je ne sais quoi d'autre. Il vaudrait mieux...

— Mais non ! le coupa Dorian. Tu sais, je ne crois pas tellement aux génies. En revanche, cette pierre taillée n'est pas naturelle. D'ailleurs...

Il s'approcha lentement.

— D'ailleurs, il semble qu'il ne s'agisse pas d'une roche. Regardez ! Cela ressemble au mortier. Cette dalle a été construite par l'homme.

Stupéfait, Orloff ne sut que répondre.

— Allons, venez, décida Dorian en mettant pied à terre.

Malgré son jeune âge, il se dégageait de sa personne une telle autorité qu'ils furent bien obligés de le suivre. Orloff alluma une torche et la dirigea sous la poutre de béton. L'ouverture était juste suffisante pour permettre le passage d'un homme.

— Un escalier ! murmura Dorian.

Il avait raison. Les pluies avaient drainé le sable et les cailloux, recouvrant les premiers degrés, mais ils réapparaissaient deux mètres plus bas.

— Seigneur, ce n'est guère sage ! Nous ne savons rien de ce lieu.

— Éclaire-moi, plutôt, que je voie où je pose mes pieds. C'est plein de gravats. Donne-moi la torche !

— Dorian, gémit Solyane en voyant son frère se faufiler dans la gueule sombre.

Il se tourna vers elle et lui prit la main. Ils n'eurent pas loin à descendre avant de poser le pied dans une salle de dimensions réduites. Un lichen argenté tapissait les murs décrépis. Une odeur de moisissure les accueillit, froide et impressionnante. Trois ouvertures noires se découpaient dans le béton. Un frisson glacé coula le long de l'échine de la fillette.

Des éboulis encombraient le sol, provenant de la désagrégation de l'édifice. Prudemment, Dorian s'avança vers l'une des portes. Il découvrit une autre pièce, à peine plus grande que la première.

— Dorian, regarde !

Il s'approcha. La torche fumeuse éclaira la carcasse rongée de ce qui fut peut-être un coffre ou une armoire. Divers objets jonchaient le sol.

— On dirait une écuelle, dit Solyane en attrapant l'un d'eux avec précaution.

— Tu as raison. Et ça, ce doit être un gobelet. Je me demande en quelle matière ils sont faits. Regarde ! Je peux les déformer sans les casser.

— Ils doivent être là depuis très longtemps, émit la fillette.

— Certainement ! Mais à qui ont-ils pu appartenir ?

Orloff, intrigué et inquiet, examina les objets avec circonspection.

— Je n'en sais rien. Et je ne tiens pas à le savoir. Nous ferions mieux de partir.

— Nous allons les emporter. Nous les montrerons à Féro. Peut-être sait-il quelque chose.

Sans doute y avait-il d'autres curiosités de la même veine enfouies sous les décombres, mais le temps leur manquait. Quittant la pièce principale, ils entrèrent dans la troisième. Tout à coup, Dorian buta contre quelque chose. Il s'accroupit et creusa la terre, mettant au jour un instrument étrange, métallique. Sa forme rappelait vaguement celle d'un gonn, mais le canon était beaucoup plus court.

— Par Kryshla ! Regardez ça !

— On dirait une arme, murmura Solyane.

— Je vais l'emporter également.

Gagnée par l'enthousiasme de son frère, Solyane se dirigea vers une autre ouverture, située au fond de la pièce.

— Viens éclairer un peu par ici, je ne vois rien.

Il approcha la torche. Aussitôt, Solyane poussa un cri de frayeur et fit un bond en arrière. Il n'eut que le temps de la retenir.

— Là... là, balbutia-t-elle.

Orloff les rejoignit immédiatement et ne put réprimer lui aussi un mouvement de recul.

— Un squelette !

— Il y a donc eu des hommes ici, dit Dorian, rapidement remis de sa frayeur.

Le squelette, aux os à demi réduits en poussière, gisait écroulé dans une pose grotesque, les mâchoires figées dans un rictus terrible.

Voyant comme sa sœur tremblait, le jeune garçon décida de remonter. Quelques instants plus tard, ils retrouvaient avec plaisir la lumière rassurante du soleil. Solyane avait saisi la main réconfortante d'Orloff et ne la lâchait plus. Elle dit à Dorian :

— Et toi, tu n'as pas peur ?

Il ne répondit pas. Mais elle le connaissait assez pour savoir que sa curiosité l'emportait sur la frayeur qu'il avait pu éprouver.

*

— Père, voyez ce que nous avons trouvé aujourd'hui !

La grande salle du palais était chaude. Les nuits encore fraîches du printemps obligeaient les domesses à allumer les cheminées où brûlaient des feux hauts et clairs. Kogan et les siens étaient réunis autour de la plus grande.

Dorian avait fièrement sorti ses découvertes au milieu du cercle des visages rougeoyants.

— Où as-tu trouvé cela ? demanda Kogan, intrigué.

— Sur la lande Konvern, père, au-dessus du lac. Je ne connaissais pas l'endroit. Il y a là-haut une sorte de caverne taillée par l'homme, et gardée par un squelette.

— Par un squelette ? s'écria Audine, la femme de Gonnabert.

— Oui, madame. Mais rassurez-vous ! Il était tout à fait inoffensif.

— Il m'a quand même fait très peur, précisa Solyane.

— Mais ce squelette, il bougeait ? demanda encore Audine d'une voix tremblante.

Dorian la considéra avec étonnement. Elle devait être bien crédule pour imaginer une chose pareille.

— Non pas, madame. Un squelette ne bouge pas. Il gisait bien tranquille sur le sol.

— La lande Konvern, murmura Kogan. C'est le seul endroit de Syrdahar où personne ne se rend jamais. Je crois qu'une légende très ancienne est attachée à ce lieu. Mais je ne la connais pas. Une légende qui parle des dieux anciens.

Il observa Dorian avec attention et poursuivit :

— Tu as donc été assez insensé pour pénétrer dans ce gouffre, mon fils. Et si cela avait été la demeure d'un génie ?

Dorian sourit.

— Par Kryshla, il était visible dès l'abord qu'un génie un tant soit peu avisé n'aurait jamais pris demeure dans un endroit aussi triste.

— Et Orloff t'a laissé faire ?

— Que vouliez-vous qu'il fît ?

— Je me doute assez de ce qui s'est passé ! Il savait que s'il t'en empêchait sur le moment, tu y reviendrais seul plus tard. Serais-tu Shaïentus en personne, mon fils ?

— Je suis surtout curieux de connaître l'origine de ces objets bizarres !

Il lui tendit le gobelet et l'assiette. Kogan les examina.

— Quel étrange matériau !

Il échangea un regard avec Orlyane et ajouta :

— Il s'agit vraisemblablement d'outils très anciens. Nous connaissons si peu de chose sur le passé de notre monde.

— Et ceci ?

Il lui donna l'arme.

— Par Kryshla ! Je n'ai encore jamais rien vu de semblable.

— C'est sûrement une arme de tir, père ! Regardez comme elle rappelle un gonn. J'ai voulu la démonter, mais je n'y ai pas réussi. Le mécanisme est incompréhensible. Quant au métal, on dirait qu'il est neuf.

— En effet.

Orlyane prit l'arme. Dorian tenta aussitôt de sonder son esprit. En vain. Avec les amanes, elle était la seule personne de Syrdahar capable de résister aux investigations mentales. Elle le regarda avec un sourire amusé.

— Tu as fait là une découverte bien étrange, Dorian. Mais nous sommes hélas incapables de te donner la moindre explication.

Kogan l'interrogea du regard, mais elle secoua la tête.

— Non, je ne connais pas cette arme. Ce n'est pas une fabrication dramas.

— Dramas ? Qu'est-ce que ça veut dire ?

— Les dramas sont les soldats qui ont aidé les amanes à relever le monde du Chaos, mon fils. Leurs armes sont terrifiantes. Celle-ci est beaucoup plus ancienne. Mais tu dois être fatigué. Tu devrais te coucher à présent. Il se fait tard.

— Oui, mère.

On ne discutait pas les ordres d'Orlyane. Dorian savait qu'il n'obtiendrait rien de plus. Mais une question s'éleva aussitôt en lui : pourquoi leur père s'était-il adressé à sa mère à propos de l'arme ? C'était lui, l'homme, qui aurait dû savoir.

*

À peine se fut-il glissé dans son lit qu'il entendit les pas furtifs de Solyane. Comme chaque soir, elle venait prendre sa place auprès de lui.

— Dorian, tu ne dors pas ?

— Non, petite sœur, je t'attendais. Viens !

Elle se coula dans les draps et se blottit contre lui avec un soupir d'aise.

— J'ai peur, Dorian ! Ce squelette...

— Ne crains rien. Je suis là !

Il passa un bras protecteur autour d'elle. Elle enfouit sa tête contre la chevelure tiède et chargée des odeurs de la forêt. Peu à peu, sa peur la quitta.

Ils restèrent un long moment sans parler, puis Dorian déclara :

— Tu sais, je suis sûr qu'on ne nous dit pas toute la vérité sur Syrdahar.

— Comment ça ?

— Il s'y passe des choses que je ne comprends pas.

— Tu es drôle, toi. Il te faut des explications pour tout.

— Bien sûr !

— Et qu'est-ce qui te paraît si bizarre ?

— Regarde Alomor, le lionorse de notre père, il n'y en a que cinq comme lui à Syrdahar. Et aucune femme. Où sont leurs mères ? Comme tous les animaux, ils ont eu des parents. Où sont donc les troupeaux entiers dont parlent les légendes ?

— Alomor est un animal magique, comme tous les lionorses. Regarde comme il s'entend avec père.

— Mais cela n'explique pas d'où il vient.

— Lui et ses amis sont peut-être les derniers.

— Je ne crois pas. Ils sont venus d'ailleurs, comme le seigneur Hésiorgues.

— D'ailleurs ?

— D'au-delà des Terres Bleues. Je suis sûr qu'il existe un passage qui les traverse.

— Mais qui mènerait où ?

— Je ne sais pas. Mon intuition me dit que père, lui, sait quelque chose. Mais il ne veut rien dire. J'aimerais savoir pourquoi.

— Tu me fais peur, Dorian. À quoi te sert-il de savoir s'il existe d'autres domaines ?

— Mais c'est formidable. Cela veut dire que nous ne sommes pas seuls. Au-delà, il y a d'autres pays, des océans, des rivières, de vraies montagnes, et d'autres gens.

— Et tu aurais envie d'y aller ?

— Bien sûr ! Pas toi ?

Elle fit une moue.

— Non ! Je suis bien ici, à Syrdahar.

— Moi aussi ! Mais j'ai envie de connaître tout cela.

— Pourquoi ?

— Pour savoir comment le monde est fait, apprendre comment on vit ailleurs.

— Et si ce passage existe, tu partiras ? Tu me laisseras seule ici ?

— Mais tu pourrais venir avec moi, petite sœur !

— Je n'y tiens pas ! Je ne sais rien de ces pays. Ils me font peur.

— Je serai là pour te protéger.

Mais il savait bien de quoi elle voulait parler. À Syrdahar, elle ne craignait aucune rivale. Tandis que là-bas, dans cet inconnu qui n'existait peut-être pas...

Dorian se dressa sur un coude et la regarda avec tendresse.

— Tu tiens absolument à ce que je rencontre une autre fille ?

— Non, mais cela arrivera...

— Mais toi aussi...

— Jamais !

C'était définitif. Un bref sanglot la secoua. Ils n'avaient plus besoin de parler. Un flot de tendresse brûlante et exclusive les envahit, mêlant intimement leurs pensées. Solyane jeta les bras autour de son frère comme si elle avait voulu se fondre en lui.

Depuis toujours, ce spectre qui avait nom mariage se dressait entre eux, dans un horizon plus ou moins lointain.

— Tu es ma sœur, Solyane. Tu ne peux pas devenir ma femme...

Elle ne répondit pas. Les mots étaient inutiles, pitoyables, insignifiants à côté de la passion dévorante qui brûlait en elle et qui trouvait un écho en lui. C'était un amour absolu, pur comme l'enfance. Mais un amour dévastateur.

Dorian ne pouvait imaginer un autre garçon près de Solyane. Aucun jamais ne saurait lire en elle l'émotion que suscitait la moindre de ses caresses, ressentir en retour la chaleur de la tendresse qui vibrait en elle. Ils vivaient intensément ces moments d'intimité innocente où ils avaient l'impression de ne plus faire qu'un. Il déposa un baiser furtif et léger sur les paupières humides de la fillette.

— Ne dis plus rien, petite sœur. Je resterai toujours auprès de toi. Rien ni personne ne nous séparera.

*

— Entre, Dorian !

La voix grave vibra dans la grande salle sombre. Sans un

bruit, les lourdes portes de bronze se refermèrent, manœuvrées par un mécanisme mystérieux et invisible. Rapidement, les yeux du jeune garçon s'accommodèrent à la pénombre et il regarda autour de lui, un peu intimidé.

Une lumière dorée et bleue tombait des fenêtres trapézoïdales percées en hauteur. Deux rangs de colonnes s'élevaient jusqu'aux voûtes en ogives. Les chapiteaux s'ornaient de bas-reliefs rappelant la conquête du monde par Kalkus de Rives et ses disciples. Des lueurs orange coulaient de disques sculptés et translucides, au sommet des arches. Ici, toutes les lignes, droites ou courbes, étaient étudiées de manière à donner à l'ensemble une impression de grandeur, un effet d'envolée. Une atmosphère silencieuse, troublante, propice au recueillement, baignait la salle.

Une discrète odeur d'encens flottait à l'entour. Au fond, sur une estrade aux marches de marbre vert se dressait l'autel où le théolamane accueillait les fidèles tous les neuf jours pour le ghelah, le sacrifice rituel.

Les Syrdahariens aimaient beaucoup Adelfius à qui ils accordaient une confiance profonde.

— Approche, Dorian ! N'aie aucune crainte !

— Je n'ai pas peur, sehad[1], articula le jeune garçon un peu ému.

Dans la matinée, Kogan avait appris à son fils qu'Adelfius voulait le voir. Dorian s'était immédiatement douté que cette convocation avait un rapport avec ses découvertes de la veille.

Lentement, il s'approcha de la haute silhouette sombre et immobile debout à gauche de l'autel. Rien ne se lisait sur le visage du prêtre, d'une pâleur de marbre. Maître incontesté de la phalange dont dépendait le destin spirituel de la petite cité, Adelfius était un homme de haute stature, d'une maigreur ascétique. Ses yeux d'un brun presque jaune n'avaient pas leurs pareils pour sonder l'âme

1. Sehad : titre réservé aux amanes.

humaine. Une ample robe noire aux revers blancs l'enveloppait entièrement, serrée à la taille par une ceinture d'argent travaillé. Le soleil d'or, insigne de son ordre, était brodé sur son épaule droite.

Dorian l'observa avec appréhension. La personnalité du prêtre l'avait toujours impressionné. Était-ce parce qu'il n'élevait jamais la voix ? Ou bien parce qu'il ne riait jamais ? Il écoutait toujours sans jamais porter de jugement, le visage grave, les yeux perçants, et vous laissait le soin de vous arranger avec votre conscience, de vous infliger la punition nécessaire vous-même. Un homme mystérieux et combien habile... Dorian avait rarement eu l'occasion de lui parler seul à seul. Il leva les yeux et son regard croisa fièrement celui de l'amane. Avait-il fait quelque chose de mal ?

Pourtant, il crut déceler un vague sourire sur les lèvres minces du prêtre. Comme celui de sa mère, l'esprit de l'amane se fermait à toute investigation. Mais il lui sembla deviner en lui, avec étonnement, comme de l'admiration et du respect.

Adelfius le prit familièrement par l'épaule.

— Viens par ici, Dorian !

Contournant l'autel, il l'entraîna dans une autre salle beaucoup plus petite qui faisait visiblement partie de son appartement privé. Dorian fut secrètement ému d'un tel honneur, réservé à peu d'hommes.

— Assieds-toi !

Il obéit et se jucha sur un fauteuil de bois noir, un peu trop haut pour lui. Une large fenêtre éclairait la pièce. Des étagères sculptées chargées de livres et de documents couvraient deux pans de mur, un énorme meuble de bois massif faisait face à la fenêtre, une table trônait au milieu, entourée de trois fauteuils. Quatre chandelles mauves libéraient un parfum léger qui embaumait l'atmosphère.

Adelfius sortit alors du meuble le sac de cuir contenant

les trouvailles de la veille. Il les posa une à une sur la table, à gestes lents et mesurés.

— Il faut tout me dire, Dorian. Mais d'abord, je veux préciser une chose : tu n'es pas ici pour te justifier. C'est moi au contraire qui vais répondre à tes questions. Alors auparavant...

Il s'assit à son tour.

— Je voudrais que tu me dises la raison qui t'a poussé à pénétrer dans cette crypte malgré son aspect... peu engageant.

Dorian ne répondit pas immédiatement.

— C'est la curiosité, sehad ! Cette crypte me posait une énigme. J'ai voulu connaître son secret.

— Est-ce tout ?

— Non ! Je comprends mal l'existence de Syrdahar. Les légendes parlent toujours d'autres lieux, d'océans, de fleuves immenses, de montagnes élevées. Où se trouvent-ils ? Pourquoi ne recevons-nous jamais de visite, hormis celle du seigneur Hésiorgues ? Ici, on croit que les Terres Bleues sont infinies, que nous sommes seuls. Mais je sais qu'il existe autre chose. Je voudrais savoir d'où vient le seigneur Hésiorgues. Et pourquoi on tente de nous faire croire que Syrdahar est unique.

— Et tu as imaginé seul qu'il existait d'autres endroits semblables à Syrdahar ?

— Oui ! Les légendes sont en contradiction avec la réalité. À moins que ce soit la réalité qui soit fausse.

— Tu as pensé que cette grotte pourrait t'apporter des éclaircissements ?

Adelfius regarda le jeune garçon avec émotion. « Il présentera très jeune un esprit plus mûr, logique, implacable. Vous ne devrez en rien entraver sa progression et lui apporter la substance qu'il réclamera, sans l'entacher d'erreurs qu'il décèlerait très rapidement. »

— Je dois pourtant te signaler que tu es en défaut vis-à-vis de la loi du temple : “Point ne chercheras à percer le mystère des lois sacrées, réservées aux seuls amanes !”

— L’histoire en est-elle une ?

— Bien sûr ! Seule une partie est enseignée aux nobles. Tu ne la connais pas encore parce que tu es trop jeune. Mais cette partie est très limitée.

Il se cala confortablement dans son fauteuil et caressa l’arme du doigt.

— Pourtant, je vais transgresser cette loi. Pour toi seul. Tu vas me promettre de ne pas divulguer ce que je vais t’enseigner.

— Je vous le promets, sehad !

Le prêtre sourit.

— Je fais toutefois une exception pour Solyane, parce que je sais que tu lui répéteras tout.

Dorian baissa la tête. Le prêtre le connaissait bien.

— Tu ne t’es pas trompé, Dorian. Il existe bien d’autres pays semblables à Syrdahar. Et même beaucoup plus vastes. Il est en effet possible de traverser les Terres Bleues, soit avec un équipement spécial dont nous connaissons le secret, soit en empruntant le passage étroit qui nous relie à l’extérieur. C’est par là que nous arrive le seigneur Hésiorgues. Syrdahar fut découverte il y a bien longtemps par nos ancêtres, pourchassés par des ennemis. Ce passage est si difficile que leurs descendants en ont presque oublié l’existence. Les Terres Bleues constituent un rempart infranchissable qui nous a protégés depuis. Voilà pourquoi les Syrdahariens s’imaginent être seuls au monde. Tout commerce a été rompu avec l’extérieur, puisqu’ils ont appris par la force des choses à se suffire à eux-mêmes.

— Même les chevaliers ignorent le passage ?

— Ils le connaissent. Sa traversée constitue même une épreuve de l’eschola. Mais ils n’ont pas le désir d’y retourner ensuite.

— Pourquoi ?

— Sans doute parce qu’ils sont heureux ici.

— Comment est-ce, l'extérieur ?

Adelfius sourit devant la mine passionnée du jeune garçon.

— Tu le verras par toi-même lorsque sera venu le moment de t'y rendre. Les relations avec l'autre monde sont beaucoup plus nombreuses qu'on ne le pense. Mais elles ne concernent que les nobles et les amanes. C'est un voyage long et épuisant. L'extérieur, cela ressemble un peu à Syrdahar. Il y a d'autres villes, des champs, des forêts immenses, des troupeaux de lionorses, des animaux étranges et dangereux. Rien d'extraordinaire, tu vois.

Il se tut un instant, laissant à Dorian le temps d'accueillir l'information.

— Vous avez répondu à ma question, sehad. Mais je voudrais savoir pourquoi, si ces autres pays sont si semblables au nôtre, nous n'entretenons pas de relations plus suivies avec eux.

Adelfius hésita un court instant.

— Eh bien, Syrdahar tient à sa tranquillité. N'oublie pas que nos ancêtres ont fui leurs ennemis. Ils ont trouvé ici la paix.

— La paix ?

— Oui ! À l'extérieur, il arrive parfois que les habitants de deux pays voisins se combattent, s'entretuent. On appelle ça la guerre.

— Mais pourquoi ?

— Pour des raisons le plus souvent futiles. Tu aurais du mal à comprendre, toi qui n'as jamais connu de guerre.

Il désigna le sac de cuir.

— Je voudrais te parler de ces objets.

Dorian n'insista pas. Il ne saurait rien de plus sur la guerre. Le prêtre prit le gobelet et l'assiette.

— Ils sont extrêmement anciens. Plus encore que tu ne peux l'imaginer. Ils n'ont pas disparu parce que les matériaux qui les constituent sont indestructibles. Celui du gobelet et de l'écuelle s'appelle le "plaste". Nous avons perdu le secret de sa fabrication. Ou plus exactement, il était fabriqué à partir d'un liquide noir et épais que l'on tirait du sol. Ce liquide, l'owil, avait déjà disparu avant le Jour du Soleil.

— Vous voulez dire que ces objets sont antérieurs au Jour du Soleil ?

— Parfaitement ! Ils ont appartenu à ces fameux ancêtres que les dieux des étoiles ont puni de leur orgueil en les abandonnant.

— Le Jour du Soleil, quand était-ce, sehad ?

— On ne le sait pas avec certitude. Plus de trente siècles. Peut-être quarante. Sais-tu ce qu'est un siècle ?

— Une centaine d'années. La durée de vie d'un noble.

— Oui, s'il n'est pas mort avant, tué dans un combat...

— Et l'arme ?

— L'arme date aussi de cette époque. Son métal est également à l'épreuve du temps. Sa puissance est terrifiante, et l'on comprend mieux pourquoi les dieux n'ont pas permis aux hommes de disposer de cette puissance. Féro et moi avons passé la nuit à la remettre en état. Regarde !

Il prit l'arme en main.

— Ceci s'appelait un pistolaser. Il est destiné à libérer des charges d'énergie pure. L'essence même des dieux. Mais vois plutôt !

Il alla ouvrir la fenêtre. Dorian le suivit. De là, on découvrait une petite cour intérieure et déserte.

— Tu vois cette pierre au pied du hêtre ?

— Oui !

L'amane effectua un réglage, et pointa le canon en direction de la pierre. Une flèche rouge jaillit, comme un éclair, et le caillou s'enflamma d'une lueur aveuglante. Effrayé, Dorian recula d'un pas. Un grésillement lui parvint, comme si la pierre avait hurlé sa douleur.

— C'est terrifiant ! Une telle puissance contenue dans une arme si petite ! Il n'est plus besoin d'être courageux avec ceci. On peut tuer un adversaire valeureux à distance. C'est une arme de lâche !

— À moins que ton adversaire ne possède la même !

Adelfius referma la fenêtre.

— Imagine cette arme, et d'autres encore entre les mains d'hommes animés de mauvaises intentions. Tu comprends le mal qu'ils pourraient faire ?

— Oui, sehad !

— C'est pourquoi les lois sacrées qui permettent de réaliser ces armes doivent rester détenues par les amanes. Les hommes l'ont jadis ignoré, et ce fut la cause du Jour du Soleil. Les hommes ne sont pas mûrs pour les connaître.

— Cela veut-il dire qu'ils le seront un jour ?

Adelfius soupira.

— Il est difficile de résister à ta curiosité, petit prince. Je t'en ai déjà trop dit. Tu vas regagner le palais. Et n'oublie pas ta promesse.

Dorian regarda l'arme.

— Une seule question encore, sehad.

— Je t'écoute.

— Pourquoi m'avoir révélé tout cela, à moi ?

Le prêtre sourit et prit le temps de ranger les objets avant de répondre.

— Je ne veux pas que le doute s'insinue en toi. D'autres questions te viendront à l'esprit. Dis-toi que leurs réponses viendront aussi, en leur temps. Tu seras l'un des rares élus à connaître toute la vérité sur ce monde. "En attendant, apprends la patience !"

CHAPITRE V

Un matin, Lanson fit irruption dans la grande salle du palais.

— Holà, Lanson, où cours-tu ainsi, au risque de faire écrouler les murailles sous tes pas ? s'écria Kogan.

Il avait utilisé le tutoiement, de rigueur entre guerriers. Le chevalier répondit de même.

— Seigneur, je viens t'avertir de l'arrivée du seigneur Hésiorgues. Le poste Faruz a dépêché un homme il y a quelques instants. Ils ont reconnu son oriflamme.

— Parfait ! Nous allons nous avancer à sa rencontre.

— Père, je voudrais y aller aussi.

*

Quelques heures plus tard, une petite troupe de cavaliers traversait la plaine nord en direction du poste Faruz. Dorian et Solyane chevauchaient en tête, sous l'œil amusé des chevaliers Lanson et Gonnabert. Ensuite venaient Kogan et Orlyane, qui devisaient gravement. Dorian avait bien senti que la venue du seigneur Hésiorgues les plongeait dans l'inquiétude. Ils semblaient étrangement préoccupés, mais il n'en comprenait pas la raison. Nul ne savait qui était exactement le seigneur Hésiorgues, d'où il venait, ni pourquoi il visitait Syrdahar tous les ans. Mais cela n'avait pas grande importance. Son arrivée était toujours le prétexte à des réjouissances, à des bals et à des parties de chasse.

En queue venait Orloff qui commandait une petite escorte de soldats.

Après avoir franchi les vastes champs où les paysans les avaient salués, ils parvinrent dans l'épaisse ceinture forestière. Les soldats surveillaient attentivement les sous-bois, car les loups étaient encore nombreux en cette fin de printemps. Ils n'avaient pas encore regagné leurs territoires d'été dans les combes montagneuses qui bordaient les Terres Bleues. Comme l'on devait approcher ces dernières de près, Kogan avait remis à ses enfants une bague orsaf. Soudain, en pleine forêt, Solyane s'arrêta net et s'écria :

— Père ! Ma bague ! Elle bourdonne !

— Recule-toi immédiatement !

La fillette obéit. Le bourdonnement cessa aussitôt.

— Halte ! ordonna Kogan.

— Qu'est-ce que cela peut être ? murmura Orlyane. Les Terres Bleues sont encore loin.

— Sans doute un garou, répondit Gonnabert.

— Il se serait déjà montré, rétorqua Kogan. Ils viennent toujours quémander quelque chose. Ce n'est pas dans leurs habitudes de se cacher de nous.

— Peut-être est-il incapable de venir, dit Dorian. Regardez là-bas !

Il désigna, dans les sous-bois, un corps gisant, visiblement ensanglanté, qui laissait entendre un gémissement rauque.

— Par Kryshla, ne regardez pas, Orlyane !

— C'est l'œuvre des loups, dit Lanson.

— Certainement ! Mais passons rapidement notre chemin. Il peut encore nous contaminer.

Et il donna l'ordre de se remettre en marche. Dorian, scrutant les fourrés, eut le temps de voir un homme, ou quelque chose qui y ressemblait, lever un moignon de bras et appeler. Les jambes paraissaient trop courtes pour le corps. Au contraire, la tête aux yeux suppliants était deux fois trop grosse. Plus loin, Kogan se rapprocha de lui.

— Qu'y a-t-il, mon fils ? Tu sembles soucieux.

— Je le suis, père. Je sais bien que les garous ne sont pas tout à fait des êtres humains, mais je suis honteux à l'idée que nous lui avons refusé notre secours.

Kogan soupira.

— Je te comprends, mon fils. À moi aussi cela me coûte. Mais c'est malheureusement impossible. Les garous portent en eux la malédiction bleue. Même morts, ils peuvent encore nous la communiquer. Un simple contact suffit parfois. C'est la raison pour laquelle ils ne s'approchent pas de nous. En hiver, lorsque le froid est trop rude, nous leur donnons à manger. Mais c'est tout ce que nous pouvons faire pour les aider. Ce sont de pauvres créatures.

— Il existe peut-être un moyen de combattre cette malédiction bleue. Konreydine ou Solimar pourraient étudier les lois sacrées qui s'y rapportent.

— Non ! Les garous sont les descendants des hommes frappés par les dieux anciens. Konreydine m'a déjà confirmé que l'on ne pouvait rien pour eux. Ils sont là pour rappeler aux hommes le péché d'orgueil qui amena le Jour du Soleil.

*

Ils arrivèrent enfin à la limite des Terres Bleues.

Sur la gauche, en haut d'un promontoire, s'élevait le poste Faruz. Ce n'était qu'un petit ensemble de baraquements de pierre, habité par une douzaine de gardes. Ils accoururent en hurlant des cris de bienvenue dès qu'ils aperçurent leur seigneur.

Vers le nord s'ouvrait une dépression étrange, une sorte de ravin profond noyé d'une brume jaunâtre. On n'en voyait pas le fond. Plus loin, on devinait qu'il remontait en pente douce, et se transformait en une bande étroite qui serpentait à travers le désert de roches, couverte d'une végétation noirâtre et desséchée : le fameux passage vers l'extérieur ! Soudain, Solyane poussa un cri.

— Dorian !

Instinctivement, elle se rapprocha de lui. Dans le fond du ravin, à demi fondue dans l'épaisse brume jaune, une forme inquiétante bougea.

— Ne craignez rien, les enfants. Ces monstres sont nos alliés.

— Nos alliés ? Contre qui ? demanda Dorian.

Mais Kogan ne paraissait pas décidé à répondre. Dorian insista :

— Père, Adelfius m'a révélé l'existence du passage.

— Je le sais, mon fils, sinon, je ne t'aurais pas amené. Que veux-tu savoir ?

— Quels sont ces monstres ? Contre qui nous protègent-ils ?

— Ces monstres sont des mandrores. La légende dit que la ville fut fondée par un peuple fuyant la guerre, voici plusieurs siècles. Poursuivis par les armées ennemies, ils ont trouvé refuge sur une langue de terre s'enfonçant au cœur de l'inconnu, les Terres Bleues. Harcelés, ils furent obligés de se retirer toujours plus loin. C'est ainsi qu'ils ont découvert ce paradis qu'est Syrdahar : un pays riche et fertile, qu'entourait de toutes parts un désert infranchissable, à l'exception de ce passage étroit. Pour le défendre, les amanes ont créé les mandrores, destinés à décourager d'éventuels envahisseurs. Es-tu satisfait ?

— Oui, père !

— L'extérieur est donc si terrible ? demanda Solyane.

— Nul ne le sait plus, ma petite fille. Cette histoire est tellement ancienne.

— Mais le seigneur Hésiorgues, d'où vient-il ? reprit Dorian.

— Je l'ignore, mon fils.

— Alors, je vais lui poser la question.

— Je te l'interdis, Dorian. C'est un trop puissant personnage. Je ne veux pas qu'il s'irrite de ta curiosité.

Le jeune garçon n'insista pas. Encore cet obstacle à la connaissance. L'esprit des lois sacrées : « Point ne chercheras à percer le secret des sciences divines. » Jamais les autres enfants de Syrdahar, ni même les adultes ne mettaient en cause ce principe sacro-saint. Pourquoi le faisait-il lui-même ?

Kogan reprit, radouci :

— Le voici qui approche ! Tu m'as bien entendu, Dorian ?

— Oui, père.

Il étouffa son mécontentement et observa les Terres

Bleues. Au loin se dessinaient les silhouettes d'une petite colonne. Elles avançaient rapidement. Lorsqu'elles parvinrent à l'entrée du défilé des mandrores, les monstres, pour une raison inconnue, dédaignèrent de se porter à la rencontre des arrivants.

La colonne passa sans encombre. Quelques minutes plus tard, au terme de l'ascension du plateau, le seigneur Hésiorgues apparut enfin. Kogan mit aussitôt pied à terre et vint s'agenouiller devant lui, imité par ses chevaliers.

— Hal Weya, monseigneur. J'espère que vous avez fait bon voyage.

— Hal Weya, seigneur Kogan ! Il fut épuisant. Aussi ne suis-je pas fâché d'être arrivé. Mais relevez-vous, mon fidèle ami.

Kogan se redressa.

Hésiorgues salua d'un geste large les soldats présents, puis s'avança vers les enfants.

— Seigneur Dorian, venez, que je vous voie mieux.

Le jeune garçon s'approcha avec circonspection. Il n'appréciait pas l'ascendant que l'homme étrange semblait exercer sur son père ; ou plutôt, il aurait aimé en connaître la raison.

— Par les dieux, j'ai plaisir à voir que votre santé est excellente. Avez-vous accompli des progrès dans le maniement des armes ?

— Oui, monseigneur !

— Et vous, petite Solyane ! Par Kryshla, chaque année vous trouve encore plus épanouie et plus belle !

La fillette sourit en réponse.

Puis Hésiorgues vint vers Orlyane qu'il salua cérémonieusement. Elle fut la seule à ne pas s'agenouiller. Dorian remarqua avec surprise que, contrairement à son père, le seigneur Hésiorgues lui parlait comme à une égale.

Par curiosité, il tenta de percer l'esprit de l'arrivant. Il reçut aussitôt un avertissement mental de sa mère. Il se le tint pour dit et n'insista pas.

La petite troupe reprit le chemin du retour. Une dizaine de domesses suivaient le seigneur Hésiorgues ainsi que six hommes d'arme et douze mulets chargés de bagages.

Le seigneur Hésiorgues dégageait une autorité incontestable. Grand, bâti en athlète, il était plus âgé que Kogan. Des fils d'argent éclaircissaient ses cheveux noirs. Mais son regard aux yeux d'un bleu presque blanc pétillait d'énergie et de jeunesse. Son menton carré trahissait une volonté inébranlable. Il était vêtu d'un costume de drap noir, souligné de broderies d'argent sobres et élégantes. Une vaste cape bleu roi l'enveloppait, attachée sur l'épaule par une broche également argentée. Un long dayal pendait à son flanc. Il ne portait pas de ceinture de styls. Mais trois de ses hommes étaient armés chacun de deux gonns prêts à tirer.

Ces armes étaient-elles destinées à des fauves, ou bien, comme Dorian le pressentit en étudiant les soldats inconnus, à d'autres hommes ? À Syrdahar, une telle idée semblait absurde, mais elle paraissait coutumière aux guerriers du seigneur Hésiorgues.

Le soir, Kogan donna une grande réception au palais. Comme chaque année à la venue du seigneur Hésiorgues, Syrdahar était en fête. On chantait et on dansait dans les rues. Un brouhaha joyeux montait de la ville.

Dans la grande salle, un repas réunissait toute la noblesse du domaine, ainsi que la phalange au complet. Les potages, le gibier, les volailles furent avalés avec enthousiasme, dans la chaleur des vins et des épices.

Une troupe de jongleurs et de bateleurs vint distraire les convives. Une dresseuse d'animaux remporta un vif succès en montrant un ours apprivoisé et farceur. Lorsque l'ours et sa maîtresse eurent disparu, le seigneur Hésiorgues se leva et dit :

— J'aimerais demander une faveur à la princesse Solyane.

— Je vous écoute, monseigneur.

— Je me souviens que, l'année dernière, vous aviez dansé pour moi la veille de mon départ. Ne pourriez-vous raviver ce spectacle digne des dieux ? Les peines de mon voyage seraient amplement justifiées.

Solyane sourit à la phrase alambiquée. Pourquoi donc le seigneur Hésiorgues paraissait-il si embarrassé chaque fois qu'il s'adressait à elle ? Elle lui dédia son plus gracieux sourire.

— J'accepte avec plaisir, monseigneur.

Le silence se fit. Dorian prit la thamys de sa sœur et égrena quelques accords, un prélude rapide qui n'avait d'autre but que de les mettre tous deux en communication. Le jeune garçon ne possédait certes pas la dextérité quasi magique de sa sœur, mais lui seul savait l'accompagner parfaitement.

Une musique légère, aérienne, s'éleva, une mélodie un peu triste, mais envoûtante, parsemée çà et là de notes claires et gaies. Solyane s'avança lentement au centre des tables disposées en fer à cheval et, rythmant la musique d'un mouvement de reins à peine perceptible, elle entreprit un duo vertigineux avec une longue écharpe d'un bleu translucide. L'étoffe coulait et virevoltait autour d'elle comme une brume mouvante, docile, soumise aux caprices des bras nus et fins. Insensiblement, le rythme s'accéléra et d'autres instruments vinrent se joindre à la thamys, selon un cérémonial improvisé, un crescendo dont l'émotion prenait ses racines au cœur de la volonté de la fillette. Solyane courait sur les notes, se jouait de la pesanteur, écrivait avec son corps les lignes mélodiques des instruments. Ses poses admirables aux ondulations lascives faisaient oublier peu à peu qu'elle n'était encore qu'une fillette d'une dizaine d'années. Déjà se dessinait en elle la femme qu'elle deviendrait plus tard, une déesse à la beauté inaccessible, au charme subtil, que le voile bleu parait d'une auréole mouvante. Les convives, les domesses et la nature autour, tout avait retenu son souffle. Rien ne vivait plus qu'au travers de cette danse tumultueuse, troublante, fascinante. Solyane était la danse et la musique. Lorsque tout s'arrêta, un silence étonné répondit à sa prestation. Puis les spectateurs reprirent leurs esprits et le calme s'évanouit sous le coup d'un enthousiasme délirant.

Dorian, situé non loin du seigneur Hésiorgues, l'observait à la dérobée. Ce qu'il vit alors le stupéfia. Deux larmes furtives coulaient des yeux du vieil homme. Quelle émotion était assez forte pour justifier pareille faiblesse chez ce seigneur si dur, si autoritaire ? Était-elle seulement due à la danse ?

Dorian ne comprenait plus rien. Il s'approcha, aiguillonné par une curieuse pointe de jalousie. Solyane était à lui. Insidieusement, il profita du désarroi du seigneur pour le percer à jour. Mais c'était inutile. Le regard du seigneur Hésiorgues ainsi que ses pensées dévoilaient des éléments stupéfiants.

Il contemplait la fillette non avec admiration, mais plutôt avec adoration, comme un chien regarde son maître, ou *comme un homme s'adresse à son dieu !*

Puis il l'entendit murmurer :

— C'est bien elle. C'est tout à fait elle. Par tous les dieux, est-ce possible ?

Déconcerté, Dorian ne comprit pas de quoi il voulait parler.

— Approchez, Solyane, pria Hésiorgues.

Radieuse, la fillette vint se planter devant lui.

— Solyane, c'était merveilleux. Je ne sais comment vous exprimer ce que j'ai ressenti. Vous êtes née pour danser. Vous êtes la danse elle-même.

— Merci, monseigneur.

Elle lui tendit le voile bleu.

— Prenez, monseigneur. Ceci est mon cadeau, afin que vous ne m'oubliez pas lorsque vous serez reparti.

Il prit l'étoffe légère.

— Comment pourrais-je t'oublier, petite déesse ? murmura-t-il.

Bien plus tard, alors que la plupart des convives étaient repartis, Dorian surprit une conversation étrange entre Hésiorgues, ses parents et Adelfius. Réunis autour de la grande cheminée remplie de braises, tous quatre devisaient gravement. Dorian était assis à plus de dix mètres d'eux, mais son ouïe très fine lui permit de suivre la conversation.

— Il va vous falloir redoubler de prudence, seigneur Kogan. Je sais par mes informateurs qu'ils sont sur nos traces. Ils connaissent l'existence des enfants. Mais ils ne savent rien de Syrdahar. Horius ignore qu'elle existe. D'ailleurs, qui soupçonnerait cette oasis de paix au milieu de cet enfer ?

— Mais vous-même, seigneur Hésiorgues, que deviendrez-vous ? demanda Orlyane.

— Ma propre vie n'a aucune importance, vous le savez bien. Seule compte la sauvegarde des enfants. Vous n'ignorez pas quelle puissance et quel espoir ils représentent. Il est nécessaire qu'ils ne soient jamais découverts. Même si pour cela Syrdahar devait être détruite. Vous comprenez, seigneur Kogan ?

Kogan ne répondit pas immédiatement. Ses épaules s'affaissèrent sous le poids de responsabilités trop lourdes.

— Je le sais, seigneur Hésiorgues, et je n'ignore pas où est mon devoir. Mais fassent les dieux que vous vous trompiez.

— La « voie » fonctionne-t-elle toujours aussi parfaitement ?

— Je la vérifie personnellement, seigneur, précisa Adelfius.

— Parfait, sehad. Soyez-en remercié. Je ferai bien sûr tout pour éviter la moindre fuite. Néanmoins, soyez sur vos gardes. Au moindre événement insolite, éloignez les enfants ! Ils devront rejoindre au plus tôt Cybernia. Vous n'avez pas le droit d'échouer. S'ils étaient découverts, Horius les ferait tuer, et brûlerait leurs corps.

— Tuer ? murmura la voix altérée d'Orlyane.

— Bien sûr, tuer ! Imaginez seulement le chaos qu'engendrerait l'annonce de leur existence aux peuples. Ils sont morts depuis plus d'un siècle, mais on ne les a pas oubliés malgré les efforts d'Horius.

— Taisez-vous, seigneur Hésiorgues. Vous me faites frémir, gémit Orlyane. Ici, auprès de mon époux, auprès de ces deux enfants que j'ai portés, que j'ai nourris de mon lait... Nourris de mon lait, vous comprenez ce que cela signifie ? J'avais un peu oublié depuis dix ans ce qui se passe ailleurs.

— Dame Orlyane, ne perdez pas de vue...

— Qui sont ces enfants ? coupa-t-elle. Oh non, je ne l'oublie pas, n'ayez crainte. Hélas, je ne l'oublierai jamais. Alors, de grâce, ne nous alarmez pas avant qu'il en soit temps. Nous agirons comme il conviendra lorsqu'il le faudra. C'est bien pour cela que j'ai été choisie, non ?

— Oui, je le sais. J'ai confiance en vous, Orlyane. J'ai seulement voulu vous avertir. L'enjeu est d'une telle importance.

— Vous avez bien agi. Mais à présent, souffrez que je me retire. Il se fait tard.

Elle se leva et s'éloigna des trois hommes. La grande pièce était assombrie. Plus loin, au centre d'un cercle de chandelles, Solyane jouait de la thamys pour Lanson et Gonnabert. Avec la cheminée, c'étaient les deux seuls points de lumière où les visages s'éclairaient. La pénombre baignait les alentours. Orlyane chercha Dorian des yeux et le découvrit assis devant une fenêtre sud. L'horizon des Terres Bleues luisait d'une douce fluorescence sur laquelle contrastait parfois la tache de sang d'un geyser de lave. Elle savait qu'il était capable de rester ainsi des heures durant à contempler le désert si impressionnant et si beau.

Elle l'observa en silence, émue par son profil que la nuit

découpait en ombres de nacre bleutées. Vers quelles pensées, quels rêves intérieurs s'ouvraient ces yeux noirs ? Elle eut envie de poser un baiser sur ces lèvres déjà volontaires, caresser ces joues, ce visage d'où émanait, malgré son jeune âge, toute la majesté du monde. Elle s'en garda bien. Dorian avait horreur des effusions. Sauf avec sa sœur, bien entendu. Sans doute parce qu'il n'éprouvait plus depuis longtemps la nécessité d'être protégé, s'il l'avait jamais éprouvée.

Il était né au contraire pour protéger. Tel était son rôle, son destin.

Il lui obéissait instinctivement. Pauvre petit prince, à la fois si fort et si fragile. Soudain, elle l'entendit l'appeler mentalement, tandis que son visage se tournait vers elle côté bleu pour la nuit, côté rouge pour les braises.

Elle sourit, s'agenouilla près de lui.

— Mère, c'était de nous dont il s'agissait, n'est-ce pas ?

Son sourire se figea aussitôt.

— Dorian ? Tu as entendu !

— Oui, mais je n'ai pas compris.

Évidemment ! Elle aurait dû s'en douter. Un être normal n'aurait pu entendre leur conversation à la distance où il se trouvait. Mais elle avait oublié ses sens bien plus développés que la normale.

— Tu as entendu, répéta-t-elle, bouleversée.

— Oui !

Elle plongea son regard dans le sien. Il n'était pas autrement ému. L'idée qu'on puisse vouloir le tuer ne l'effrayait pas particulièrement. Le maniement des armes avait façonné son esprit au combat. Il l'enregistrait, l'assimilait et la classait dans les informations utiles à connaître. Était-il possible, à dix ans, de réagir ainsi ?

Son esprit ne reflétait aucune angoisse. Mais il était bouleversé à l'idée que l'on pût vouloir du mal à Solyane.

— Pourquoi voudrait-on nous tuer, mère ? Et qui sommes-nous, Solyane et moi ?

La jeune femme sentit soudain ses larmes monter. Comment aurait-on le courage d'assassiner cet enfant si beau, si fier ? Elle dut faire un violent effort pour se maîtriser.

— Je suis désolée que tu aies surpris cette conversation, Dorian. Mais rassure-toi ! Personne ne vous fera de mal.

— Ce n'est pas ce que semblait dire le seigneur Hésiorgues. Pourquoi avons-nous tellement d'importance pour qu'il soit prêt à donner sa vie pour nous ?

— Ne te préoccupe pas de tout cela, mon petit, dit-elle doucement. Ce n'est pas aussi important que ça. C'est... une sordide histoire de famille. Mais ici, vous êtes à l'abri de tout. Personne ne viendra vous y chercher. Le plus important...

Ses yeux brillèrent soudain et Dorian eut envie de protéger cette mère si noble et généralement si sûre d'elle, et qui s'effondrait tout à coup.

— Le plus important ?

— C'est que vous soyez mes enfants ! Mes enfants à moi !

Elle éclata en sanglots et prit Dorian contre elle, le serrant avec force. Peu enclin à ce genre de manifestations, il se laissa pourtant faire avec émotion.

— Ne pleurez pas, mère, je suis là !

C'était sa phrase favorite pour rassurer Solyane.

— C'est vrai, tu es là, mon beau petit prince.

— Jamais personne ne nous séparera de vous.

Elle ne répondit pas, mais il perçut dans son esprit rendu presque accessible par le désarroi, une confusion de sentiments qu'il ne sut démêler. Elle semblait mener un violent combat contre elle-même. Patiemment, il parvint à en saisir les deux pôles. D'un côté, son instinct, son amour maternel qui l'incitait à les garder auprès d'elle, de l'autre, un sens aigu du devoir, une ligne tracée qu'elle devait suivre sous peine de perdre l'honneur. Mais il ne réussit pas à comprendre les raisons de ce combat. Elle se sépara de lui comme à regret, caressant sa crinière de lionceau.

— Ne crains rien, Dorian.

— Je ne crains rien, mère. Je n'ai pas peur pour moi, mais pour vous et pour Solyane. Pour Syrdahar aussi.

— Il ne faut pas. Qui oserait, qui pourrait traverser les Terres Bleues ?

CHAPITRE VI

Dorian n'ajoutait pas foi à la « sordide affaire de famille » à laquelle sa mère avait fait allusion. Quelle famille, d'abord ? Il ignorait toujours qu'elle n'était pas native de Syrdahar. Un jour il lui avait demandé qui étaient ses parents. Elle lui avait répondu qu'elle ne les avait jamais connus. Ceux de son père étaient morts bien avant sa naissance. Ces renseignements avaient satisfait sa curiosité du moment. Mais à présent, il commençait à s'interroger sur l'origine de sa mère. Une foule de questions se bousculaient dans son esprit. Quel danger pouvaient-ils représenter, Solyane et lui, pour qu'on pût désirer leur mort ? Qui souhaitait les supprimer ? Horius ? Mais qui était Horius ? Quels étaient ces peuples mystérieux dont parlait le seigneur Hésiorgues ? Et surtout, qui étaient ces personnages, morts depuis si longtemps et que les peuples n'avaient pas oubliés ? Pourquoi l'existence de Solyane et la sienne risquaient-elles de les replonger dans le chaos ? Qui était Cybernia ? Adelfius, lui, savait. Mais il ne dirait rien. Il vérifiait personnellement la « voie ». Quelle « voie » ? L'inquiétude et l'angoisse l'avaient envahi. Malgré sa maturité précoce, il restait un petit garçon de dix ans, encore impressionnable. Il venait de se découvrir un ennemi acharné à sa perte, un ennemi dont il ignorait tout, et la raison de son hostilité mortelle et les formes que pourraient prendre ses offensives.

C'était comme une chape de plomb qui venait brusquement peser sur ses épaules.

Avant la venue du seigneur Hésiorgues, il s'imaginait être le fils d'un seigneur, ami de ses sujets et auquel il serait appelé à succéder un jour. Il n'ignorait plus l'existence d'autres pays, mais ceux-ci ne représentaient qu'un inconnu non forcément hostile. Il avait envisagé de les connaître plus tard. Mais voici que de ces contrées mystérieuses sourdait un danger d'autant plus terrible qu'il restait indécelable.

Il avait longtemps hésité avant de s'en ouvrir à Solyane. Bien sûr, elle avait le droit de savoir. Mais il était inutile de l'inquiéter sans motif suffisant. Depuis ce soir maudit, il lui fermait son esprit, ce qu'il n'avait jamais fait auparavant. Ce changement troubla la fillette. Elle comprit rapidement que quelque chose bouleversait son frère et qu'il ne voulait pas lui avouer quoi. Elle usa de tout son charme pour le faire parler, mais rien n'y fit. Maladroitement, il répondait que c'était sans importance. C'était plus qu'il n'en fallait pour inquiéter Solyane. Il était toujours aussi prévenant, aussi tendre avec elle, mais pourquoi ce mystère ? Elle avait remarqué qu'il mettait plus d'énergie, plus de férocité à son entraînement. Il se battait comme s'il avait voulu vaincre un ennemi imaginaire.

— Par Kryshla, s'exclamait-elle en riant, calme-toi, tu vas finir par blesser Rudriko.

Il ressortait de ces joutes épuisé, trempé de sueur. Parfois, au cours des promenades à cheval qu'ils effectuaient tous les deux, il éperonnait sa monture et filait au galop, au risque de se briser les os, comme s'il tentait de fuir quelque chose qu'il ne comprenait pas.

Un soir enfin, au début de l'été, elle se décida à le faire parler.

— Dis-moi ce qui ne va pas, Dorian. Craindrais-tu quelque chose ?

— Mais non, il n'y a rien.

— Si ! Tu n'es plus le même depuis la venue du seigneur Hésiorgues.

— Tu te fais des idées.

— Alors pourquoi me fermes-tu ton esprit ? Tu n'as plus confiance en moi ?

— Si ! N'insiste pas. Je... il y a des choses... qu'un garçon ne peut partager avec... une fille.

— Mais je ne suis pas n'importe quelle fille ! Et puis ce n'est pas ça !

Il lui cachait la vérité. Pour la première fois. Solyane était impulsive. Décontenancée, elle laissa la colère prendre le dessus et éclata.

— Bon, eh bien puisque tu n'as rien à me dire, je m'en vais. Tu dormiras tout seul cette nuit.

— Solyane !

— Laisse-moi tranquille !

Elle le quitta brusquement, les yeux en larmes, et regagna sa chambre.

Bouleversé, il eut un mouvement pour la suivre, mais se rassit dans son lit. Ils ne s'étaient jamais rien caché. Elle ne comprenait pas son comportement. Pauvre petite Solyane ! Il s'en voulait de lui faire de la peine. Une émotion vive lui tordit l'estomac lorsqu'il évoqua son visage humide de pleurs. Mais il en éprouvait paradoxalement un plaisir trouble. Il l'aimait trop. Pour la première fois, ils se trouvaient en désaccord. Cela ne durerait pas. Le plaisir serait de se réconcilier avec elle, de la prendre contre lui pour la protéger.

D'ailleurs, à la réflexion, elle aussi avait changé. Depuis quelque temps, elle devenait plus susceptible, plus irritable. Elle se plaignait parfois de douleurs dans le ventre. Mais leur mère ne semblait pas s'en inquiéter outre mesure.

Il regarda autour de lui. La chambre lui parut insupportablement vide. Il se rendit à la fenêtre largement ouverte sur la nuit estivale. Le ciel scintillait d'étoiles. Au loin brillait la lueur pâle et tremblante des Terres Bleues qui faisait croire que, à l'horizon, le jour était sur le point de se lever.

Une rumeur sourde montait de la ville. En été, les citadins se couchaient tard. Ils restaient longtemps à bavarder dans les rues. L'air embaumait des essences lointaines, apportées des champs où l'on avait commencé à couper les blés. Il ferma les yeux et respira longuement. Mais les parfums chaleureux perdaient de leur ivresse parce qu'il était seul pour s'en imprégner. C'était comme si une partie de lui-même lui avait été arrachée.

Silencieusement, il sortit sur la terrasse et gagna la chambre de Solyane. Il entra. À la lumière fragile de la veilleuse à huile, il constata que la fillette dormait déjà. Son visage portait encore les traces des larmes. Il s'approcha du lit et s'assit. Il la contempla longuement sans la toucher. Une onde de tendresse le parcourut. Elle était plus belle que tout. Il ne se demandait pas pourquoi il était ainsi attiré par sa sœur. Cela avait toujours été. Il se pencha et déposa un baiser délicat sur les lèvres de la petite fille. Elle secoua la tête sans se réveiller. Il sourit, puis se glissa à ses côtés et la prit dans ses bras. Elle ne s'éveilla pas pour autant, mais ce simple contact avait suffi à la rassurer. Sa respiration se fit plus calme.

Demain, il lui avouerait tout. Bercé par le souffle régulier de sa sœur, il s'endormit à son tour.

*

C'était comme un gémissement sourd, le cri d'un petit animal apeuré. Dorian se réveilla et se dressa sur un coude. À ses côtés, le corps de Solyane était secoué de sanglots. Elle devait faire un cauchemar. Une plainte inarticulée coulait de ses lèvres. Parfois, elle paraissait étouffer et s'agitait, comme pour échapper à quelque chose. Sa respiration s'accéléra et soudain, elle se dressa, les yeux grands ouverts, en poussant un cri.

— Solyane ! s'écria Dorian.

Il la prit contre lui. Les yeux hagards, elle semblait ne pas reconnaître sa chambre. Puis elle éclata en sanglots.

— Oh, Dorian, hoqueta-t-elle, c'était horrible !

— Calme-toi, petite sœur ! Je suis là !

Elle s'accrocha désespérément à lui. Il lui caressa doucement les cheveux.

— Allez, raconte-moi ! Cela ira mieux après.

— Dorian, c'est terrible. J'ai vu des hordes d'ennemis qui apparaissaient de tous côtés. Ils tuaient tout sur leur passage. Ils voulaient détruire Syrdahar. Je ne sais pas pourquoi, mais j'ai senti, j'avais l'impression que c'était à cause de nous. Les gens fuyaient en hurlant. Les femmes serraient leurs enfants contre elles. Ceux qui tentaient de résister étaient massacrés.

— Mais comment étaient-ils, ces ennemis ? D'où venaient-ils ?

— Je... je ne sais pas. Ils... ils n'avaient pas de visage. Leurs têtes étaient toutes lisses, sans yeux, sans bouche. Ils étaient très grands, et montaient des chevaux rouges comme des flammes. Les Terres Bleues devenaient noires. Elles fondaient. Moi, j'étais seule avec toi. Orloff, Rudriko et notre mère nous ont rejoints. Maman pleurait, parce que notre père avait été tué. Les ennemis sans tête nous recherchaient pour nous tuer. Ils voulaient nous brûler. Parce que nous étions... des démons. Quelque chose de pire encore. Et puis, une force irrésistible nous a entraînés vers nulle part. Tu me prenais la main et nous courions vers... rien, le noir. Derrière, quelque chose nous suivait. Je ne voulais pas me retourner. Puis il y a eu un grand feu terrible, qui brûlait jusqu'à la pierre. Et j'ai vu Syrdahar se tordre, exploser, et s'effondrer. Devant nous, il n'y avait que du noir... rien. Le vide.

Il la serra contre lui.

— Mais ce n'était qu'un rêve, petite sœur. Rien qu'un rêve. Viens voir !

Il se leva et l'amena à la fenêtre.

— Regarde ! Le soleil va bientôt se lever. Il n'y a rien. Tu vois, la ville est toujours la même. Les marchés vont ouvrir leurs portes, le père Ansel prépare son échoppe. Il n'y a pas d'ennemis.

— Pour combien de temps ?

— Mais, il n'y a pas d'ennemis, Solyane, insista-t-il. D'où viendraient-ils ?

Sa voix ne sonnait pas tout à fait juste. Ce qu'il savait ne l'incitait pas à prendre le cauchemar de sa sœur à la légère. Très sensible, Solyane ne s'y trompa pas.

— Dis-moi ce qui ne va pas, Dorian. Ton silence est lié à mon rêve, n'est-ce pas ?

Il ne répondit pas.

— Je veux savoir !

Il était inutile de s'obstiner.

— Oui, c'est vrai.

Et il lui conta tout ce qu'il savait, omettant toutefois la destruction possible de Syrdahar.

— Tu vois bien qu'une menace pèse sur nous, dit-elle enfin.

Mais elle était calmée. Elle préférait savoir. Au moins, elle serait prête à faire face.

Il la regarda sans tendresse. Il aurait dû lui avouer la vérité plus tôt. Elle était de taille à l'affronter. De toute façon, ils seraient ensemble. Et rien jamais ne prévaudrait contre eux tant qu'ils resteraient unis.

*

Une fois, Solyane avait déclaré à ses petites camarades, filles des chevaliers de Syrdahar, qu'elle épouserait Dorian lorsqu'elle serait grande. Les autres avaient éclaté de rire.

— Mais c'est impossible ! Dorian est ton frère !

— Et alors ?

— Et alors, tu ne peux pas te marier avec ton frère. C'est... c'est interdit.

— Pourquoi ?

— Parce que ! C'est défendu par les lois sacrées. D'ailleurs, n'en parle pas à Adelfius. Il serait capable de t'arracher la langue.

Elle en eut la confirmation au cours de l'enseignement théologique. Une telle union était grandement coupable et exposait à la malédiction des dieux. Une légende contait l'histoire d'un frère et d'une sœur qui s'aimaient tellement qu'ils avaient décidé de se marier. La phalange et le seigneur du lieu les avaient chassés. Ils ne voulaient pas attirer le courroux des dieux sur la cité. Le frère et la sœur avaient fui dans la montagne où ils avaient vécu comme mari et femme. Les dieux s'étaient vengés. Des enfants leur étaient nés. Ils semblaient normaux, mais lorsqu'ils grandirent, ils se transformèrent en monstres. Des monstres si horribles que personne ne put en donner une description. Ceux qui osaient les regarder en face périssaient sur-le-champ tant ils étaient effroyables. Les monstres tuèrent leurs parents, puis terrorisèrent le pays. Les amanes durent faire appel aux lois secrètes pour en venir à bout et les faire disparaître dans un embrasement digne de Shaïentus.

Impressionnée, Solyane avait renoncé à son idée. Elle n'épouserait jamais Dorian. Mais, comme aucun autre garçon ne lui plaisait, elle avait résolu de ne jamais se marier.

CHAPITRE VII

Solyane avait perdu sa belle insouciance coutumière. Chaque matin, lorsqu'elle s'éveillait, elle se rendait sur la terrasse, redoutant de découvrir la ville en proie aux monstres sans visage, semant la mort et la terreur.

Chaque fois, tout était calme.

Elle se raisonnait, se traitant de sotte. Les Terres Bleues étaient infranchissables. L'extérieur semblait si loin aux Syrdahariens qu'ils en avaient oublié l'existence.

Cependant, une sourde angoisse veillait en elle, comme une obsession ; un malaise diffus dont elle ne pouvait se défaire. Le temps y était vraisemblablement pour quelque chose. L'été n'avait pas apporté sa chaleur habituelle. N'eussent été les frondaisons, on se serait cru à la fin de l'automne. Une succession d'orages d'une rare violence s'étaient abattus sur Syrdahar, le niveau du petit lac avait monté. L'eau recouvrait les berges et s'infiltrait dans les sous-bois proches.

Les rares journées ensoleillées se terminaient invariablement par des chutes de pluie ou de grêle.

La moitié des récoltes était perdue.

Solyane, réfugiée dans la chambre de Dorian, croyait parfois voir du sang dans les trombes d'eau qui noyaient la cité.

— C'est le fëo'n, Dorian, le vent de nulle part. Celui qui annonce le malheur.

Elle se mettait à hurler et se blottissait contre lui.

Sa nervosité maladive finit par inquiéter ses parents.

— Je me demande ce qu'elle a, dit Kogan. Elle n'est plus la même depuis la venue du seigneur Hésiorgues. Je ne l'ai plus entendue chanter une seule fois.

— C'est sans doute ce temps infernal. Il me met aussi les nerfs à fleur de peau. Mais il y a autre chose.

— Quoi donc ?

— Elle me paraît encore un peu jeune, mais je crois cependant qu'elle devient une femme.

— À dix ans ?

Ému et rassuré, il sourit.

— Est-ce possible ?

— C'est rare, mais tout à fait possible.

Cependant, elle soupçonnait quant à elle une autre raison. Dorian avait dû lui raconter ce qu'il avait appris. C'était inévitable. Il était incapable de rien cacher à sa jumelle. Mais elle n'en souffla mot à Kogan, ne voulant pas l'inquiéter.

Du haut de la tour où ils s'étaient isolés, elle regarda la cour où Dorian s'entraînait avec Rudriko. Son fils, car il était son fils avant tout, se déchaînait. Il faisait preuve d'une résistance bien au-delà de la normale pour un garçon de dix ans. Il feintait, attaquait, esquivait, ripostait, parait, attaquait à nouveau, mettant à rude épreuve la science du maître d'armes.

Comme d'habitude, Solyane assistait à l'échange, assise, toute petite à côté de la masse gigantesque d'Orloff.

— Quel redoutable guerrier il fera ! s'écria Kogan avec fierté en passant son bras autour des épaules de sa femme.

— C'est effrayant. Rien ne lui résistera plus tard. Rudriko n'est pourtant pas le premier venu. Mais il ne faut pas oublier ce qu'est Dorian.

— Je n'aurais garde de l'oublier, hélas, répondit-il avec amertume.

Orlyane posa sa main sur son bras.

— C'est vrai. Je suis stupide. Pardonnez-moi, mon cher seigneur.

— Ce n'est rien. C'est moi qui suis un imbécile de réagir ainsi. Ce doit être le temps si lourd...

Comme pour confirmer ses paroles, une goutte de pluie vint s'écraser sur la joue de la jeune femme, comme une larme. Il la tourna doucement vers lui.

— Que vous êtes belle, Orlyane ! Vous êtes... Vous êtes le plus beau cadeau que m'aient donné ces deux petits princes.

Câline, elle appuya sa tête contre l'épaule puissante de son mari, et enfouit son visage dans la barbe épaisse. Elle déposa un baiser léger sur la chair tendre du cou. Respirant longuement l'odeur de l'homme, elle soupira. Elle aurait voulu que cet instant durât toujours. Malgré l'orage qui montait au loin, elle aimait ce moment d'infini, ce calme souverain, comme s'il était le dernier qu'elle dût jamais connaître : le dernier...

— Embrasse-moi, murmura-t-elle soudain.

Furtivement, inexplicablement, une inquiétude sourde la gagnait, comme si un événement terrible avait lieu très loin, hors de portée de la compréhension, peut-être dans une autre dimension, mais dont les retombées viendraient bientôt les atteindre.

Kogan se pencha sur elle, prit ses lèvres et l'embrassa avec passion. Comme toujours, il sentit la fièvre monter en lui. Il la devina inquiète et aurait voulu la rassurer.

Il l'enveloppa dans ses bras puissants, mais il savait qu'elle n'avait pas besoin de cela. Elle était tellement plus forte que lui.

Oui, elle représentait bien le plus beau cadeau qu'il ait jamais reçu ! Comment lui, petit seigneur d'un domaine oublié du reste du monde, aurait-il pu espérer un jour épouser une Léphénide, une de ces princesses inaccessibles de la glorieuse dix-huitième lignée, réservées aux seuls rois et empereurs ?

Il l'aimait de toute son âme, de toutes les fibres de son corps. Épouse remarquable, amoureuse imaginative, beauté éblouissante, elle savait aussi être une mère attentive. Qu'eût-il pu espérer de plus ?

Soudain, il la sentit se raidir.

— Qu'as-tu, ma belle ?

Elle sourit brièvement comme pour s'excuser.

— Je... Ce n'est rien. Un peu de fatigue, sans doute.

Inquiet, il jeta un coup d'œil circulaire. Puis il sourit à son tour.

— Remets-toi. Je crois que nous nous laissons trop impressionner par ce que nous a dit le seigneur Hésiorgues. Vois, tout est calme.

Il ajouta en grommelant :

— À part cette maudite pluie qui recommence à tomber. Allons nous mettre à l'abri.

Revenus dans la grande salle, ils y retrouvèrent Rudriko, Orloff et les enfants mouillés jusqu'aux os. Le jeune garçon rayonnait.

— Mère, j'ai réussi à toucher Rudriko sept fois !

— C'est bien, mon fils, répondit Orlyane, que son inquiétude n'avait pas quittée.

Le maître d'armes s'approcha, essoufflé, tenant son sharack à la main.

— Par Kryshla, j'ai perdu pied plusieurs fois. Heureusement que cette veste est solide, sinon, c'est un cadavre qui vous présenterait céans ses plus respectueux hommages.

— Par les dieux, s'écria Gonnabert qui venait d'entrer, après ce que je viens d'entendre, je n'oserai plus tirer le dayal contre vous, seigneur Dorian.

Le soir, l'angoisse d'Orlyane s'était atténuée. Mais elle ressentait toujours comme une gêne obscure dont elle ne parvenait pas à se débarrasser. Comme si elle redoutait de vivre ses derniers jours avec Kogan, elle se montra plus amoureuse, plus exigeante. Au cours des nuits qui suivirent et alors qu'ils possédaient chacun leurs appartements, elle refusa de dormir ailleurs que dans le lit de son mari. Cela le surprit, mais il ne posa pas de questions. Il était ravi, bien qu'inquiet. Il n'ignorait pas que les Léphénides possédaient le don de double vue.

Vers le milieu de l'été, le malaise diffus qui planait sur Syrdahar se matérialisa dans toute son horreur. Kogan, Orlyane et Gonnabert effectuaient une reconnaissance dans la plaine pour constater les dommages causés par les pluies, lorsqu'un cavalier arriva en trombe à leur rencontre.

— Eh bien, Alain, que se passe-t-il ?

— Seigneur Kogan, je reviens du poste Faruz, sur la lande nord. Une importante troupe approche en direction du défilé des mandrores. Ils ne sont qu'à quelques marches de Syrdahar.

— Par Kryshla, rugit Kogan, le seigneur Hésiorgues avait raison !

Orlyane porta la main à sa poitrine.

— C'est cela que vous redoutiez, Orlyane ?

— Oui, j'ai senti qu'il s'était passé quelque chose. Nous avons été trahis.

Elle baissa la tête et soupira.

— Maudits ! Maudits soient-ils tous ! gronda-t-elle.

Il s'approcha d'elle et la prit par les épaules.

— Courage, ma belle amie ! Ces maudits-là ne sont pas encore à Syrdahar.

— Je sais. Mais vous savez ce que cela signifie !

Il s'assombrit.

— Je le sais. Mais je ne me déroberai pas à mon devoir. Venez, nous allons nous rendre au temple.

Il se tourna vers le chevalier.

— Alain, je te remercie de ta promptitude. Il ne faut pas perdre un instant. Allez rassembler la population sur la place du palais. Faites venir les paysans à la ville. Que tous nos soldats préparent leurs armes. Prévenez également Lanson et Laurent. Il faut que nous soyons prêts à partir dans deux heures. Nous devons arrêter l'ennemi à la limite des Terres Bleues. Sais-tu combien ils sont ?

— Nous n'avons pu les dénombrer avec précision. Mais il y en a plusieurs centaines. Peut-être des milliers.

— Par Kryshla ! Que tous les hommes valides se préparent au combat !

— Ce sera fait, seigneur, répondit Alain en éperonnant sa monture.

Le chevalier prit le chemin de la ville. Une pluie fine s'était mise à tomber. Kogan regarda Orlyane.

— Ainsi le veulent les dieux, sans doute.

Étaient-ce des larmes ou des gouttes de pluie qui ruisselaient sur le visage de la jeune femme ? Il préféra ne pas se poser la question. Il lui prit la main et la porta à ses lèvres.

— Nous avons toujours su que cela pourrait arriver un jour. Nous n'avons pas le droit de reculer face à notre devoir. Quoique cela doive nous coûter...

— Je le sais, mon seigneur. Je ne faillirai pas à ma parole. Mais avant de nous rendre au temple, je voudrais vous dire...

— Dites, Orlyane.

— Kogan, le moment est venu de nous dire adieu. Avant de vous quitter, sans doute pour toujours, je veux que vous sachiez combien mon devoir me semble cruel aujourd'hui, combien j'aurais aimé vous connaître en d'autres circonstances. Ce qui au début nous a été imposé comme une obligation politique a fini par devenir un grand, un véritable amour. Aujourd'hui, je veux vous remercier pour tout le bonheur que vous m'avez donné...

Elle parlait d'une voix faible, brisée par l'émotion.

— Jusqu'à mon dernier jour, il illuminera ma vie de ses souvenirs. Kogan, vous êtes digne de nos rois, de nos empereurs, et vous êtes peut-être le dernier de nos grands seigneurs d'antan. Je n'ai pas déchu en devenant votre femme. Au contraire, je veux que vous sachiez combien je m'estime honorée d'avoir pu partager votre lit.

— Orlyane, taisez-vous, murmura-t-il.

C'étaient bien des larmes. La pluie avait défait la chevelure de la jeune femme et l'eau ruisselait sur son visage, sur sa cape, sur ses mains fines serrées sur les rênes de la monture.

— À présent, je dois quitter Syrdahar sans même savoir ce que vous deviendrez. Je dois mener les enfants là où les attend leur destin. Je me battrai de toutes mes forces pour les protéger, pour les préserver. Mais n'oubliez jamais ceci, Kogan : avant tout, ils sont nos enfants ! Nos enfants ! Et pour l'amour que je vous porte, je triompherai.

— Orlyane !

Il la serra contre lui presque avec violence.

— Ma belle dame, ma chère épouse, mon Orlyane, je te

fais la promesse que je réduirai ces pourceaux en poussière. Et si Kryshla veut que nous sortions vivants de cette aventure, je partirai pour te retrouver, dusse-je y user mes jambes jusqu'aux genoux.

Ils s'étreignirent avec passion, ignorant la pluie qui redoublait.

*

— Entrez, seigneur Kogan, dit Adelfius.

Il obéit, suivi d'Orlyane, des deux enfants, d'Orloff, de Rudriko et de deux soldats. La grande salle du temple était plongée dans une pénombre d'autant plus profonde que le temps était gris. Pour la première fois, le visage de l'amane reflétait comme une vague émotion. Il semblait encore plus pâle que d'habitude. Il s'approcha de Kogan et posa sa main sur son épaule.

— Seigneur, j'ai supplié les dieux pour qu'un tel jour n'arrivât jamais. Mais ils ont décidé de nous éprouver. Nous devons donc répondre avec fierté, en nous montrant dignes de ce qu'ils attendent de nous ; je sais votre courage. Je sais que vous ne faillirez pas. Je connais nos Syrdahariens. Ils vous suivront jusqu'au bout. N'oubliez pas la cause pour laquelle vous allez combattre. Que son esprit vous soutienne dans cette épreuve.

— Je saurai m'en montrer digne, sehad, ainsi que tous les miens.

— Je le crois. À présent, partez ! Votre armée vous attend.

Kogan se tourna vers Dorian et Solyane. Accablés par le bouleversement soudain dont Syrdahar faisait l'objet, les deux enfants restaient muets.

— Mes enfants, j'aurais tant voulu vous épargner ce qui nous arrive. Mais les dieux en ont voulu autrement. Nous devons leur obéir. Il faut que vous sachiez combien je vous aime. Toi, Dorian, prends bien soin de ta mère et de ta sœur. Puisses-tu toujours garder ce courage et cette rage de vaincre que je te connais. Aujourd'hui, ils sont vainqueurs avant même de livrer bataille. Mais n'oublie pas qu'un jour, tu te retrouveras face à face avec tes ennemis. Alors, ce jour-là, fais-leur payer cher le mal qu'ils nous auront fait.

— Père, je saurai me montrer digne de vous. Mais pourquoi ne puis-je vous accompagner au combat ?

— C'est impossible, mon fils.

Il le prit par les épaules, le regarda longuement, et répéta encore :

— Mon fils !

Puis il se tourna vers Solyane.

— Et toi, ma petite fille, quoi que te réserve la vie, sache rester la petite fée que j'ai toujours connue. Là où tu iras, tu feras briller le soleil, les fleurs s'épanouiront, les rires naîtront.

— Mon père...

Mais elle s'étrangla et se jeta contre la poitrine de Kogan. Il salua les soldats, puis revint vers Orlyane. Ils n'échangèrent pas un mot. Leurs yeux seuls parlaient. Mais peut-on arrêter le temps ?

Adelfius enfin les sépara.

— Allons, venez, madame. Le temps nous presse.

Kogan se tourna vers lui.

— Je vous les confie, sehad. Je vais tâcher d'anéantir ces démons vomis par Shaïentus. Si je ne revenais pas, je vous charge de transmettre ma succession à Lanson. Il est le plus âgé et le plus sage. Si Kryshla veut nous accorder la victoire, je vous retrouverai bientôt ici.

— Mes vœux vous accompagnent, seigneur. Puissent les dieux vous être propices.

Puis le prêtre s'adressa à Orlyane.

— Venez, madame, tout est prêt !

— Mère, où allons-nous ? gémit Solyane. Je veux rester ici. Je veux attendre mon père.

— Pourquoi ne puis-je aller combattre à ses côtés ? ajouta Dorian.

— Venez, mes enfants.

— Mère...

Il n'y avait rien à faire.

Adelfius manœuvra un mécanisme dissimulé derrière une statuette et une ouverture sombre se découpa dans le sol de l'autel. Un escalier s'y engouffrait, menant vers nulle part.

— Le gouffre, balbutia Solyane. Le gouffre noir.

CHAPITRE VIII

Dans les Terres Bleues, le petit groupe progressait péniblement. Le sable et la rocaille gênaient l'avance des chevaux.

Orlyane tâchait de maintenir la direction voulue, mais ce n'était pas chose aisée. Parfois, un affleurement de lave ou une faille d'où s'exhalait une chaleur infernale les obligeaient à rebrousser chemin.

Ils peinaient ainsi depuis deux jours lorsque l'enfer s'abattit sur eux. Ce fut comme mille soleils illuminant les Terres Bleues, un nuage de lumière fantastique venu de Syrdahar. Orlyane se retourna et poussa un cri d'horreur :

— Kogan !

Un hurlement déchirant qui figea le sang dans les veines des deux enfants et des soldats.

Loin vers l'ouest, au-delà de l'horizon, une gigantesque lueur s'éleva, une masse monstrueuse de nuages incandescents. Autour d'eux, le paysage tourmenté se colora d'un rouge sanglant. Les yeux à demi brûlés, ils se mirent à crier de terreur.

Orlyane lutta pour ne pas céder à leur folie collective.

Elle savait... elle comprenait. Elle s'enfonça les ongles dans les paumes des mains, puis elle éclata en sanglots.

— Mère, gémit Dorian, mère, protégez-nous ! Qu'est-ce que c'est ? J'ai peur !

Il se rapprocha d'elle en tâtonnant. Il ne voyait pratiquement plus rien. Les chevaux hennirent de terreur et s'agitèrent dangereusement.

— Calmez-vous, parvint à articuler Orlyane.

— Mais que s'est-il passé ?

— Syrdahar... Syrdahar n'existe plus, mon fils.

Rudriko, le colosse Orloff, Jans et Mério, les deux soldats qui constituaient l'escorte, se mirent à trembler. Instinctivement, ils se resserrèrent près de la jeune femme, devinant qu'elle comprenait ce qui s'était passé. Elle savait. Orloff bredouilla :

— Madame... nous ne pouvons combattre contre les dieux.

— Les maudits ! Les maudits, gémit-elle en se tordant les mains.

— Madame !

Mais l'emprise des Léphénides sur elles-mêmes joua rapidement. Par un effort de volonté surhumain, la jeune femme parvint à se reprendre.

— Ce ne sont pas des dieux. Venez, il faut nous mettre à l'abri.

Malgré leur vue réduite, ils repérèrent un énorme rocher creusé d'anfractuosités pouvant les abriter tous.

Lorsqu'ils furent installés du côté opposé à Syrdahar, Dorian demanda timidement :

— Mais pourquoi devons-nous nous cacher, mère ?

— À cause du vent, mon fils.

— Quel vent ? pleurnicha Solyane. Nous n'avons pas peur du vent.

— Celui-là sera très puissant, ma chérie.

À peine s'étaient-ils réfugiés derrière le rocher qu'un fracas assourdissant emplit l'atmosphère, les obligeant à se boucher les oreilles. Les chevaux tentèrent de s'enfuir, pris d'une panique sans nom. Peu à peu, la vue leur revint, mais le vacarme ne cessait pas. Ils crurent devenir sourds.

Surmontant sa frayeur, Dorian contourna la roche et risqua un regard vers l'ouest, vers Syrdahar. Ce qu'il vit lui arracha un cri d'horreur. Une muraille sombre, mouvante, haute comme une falaise, s'avançait vers eux à la vitesse d'un lionorse au galop. Un flot noirâtre de pierres et de cendres qui roulait dans leur direction.

Orlyane tira Dorian en arrière et l'abrita avec sa sœur sous sa cape de cuir noir.

— Ne craignez rien, dit-elle. Ici, nous ne risquons pas grand-chose.

Des tourbillons de sable et de graviers se formèrent, qui s'élevèrent autour d'eux. Soudain, la lumière décrut et le flot pulvérulent les submergea, les engloutissant au cœur de l'enfer. Orlyane déchira des morceaux de sa robe et les tendit à chacun.

— Mouillez-les avec les gourdes ! Il faut éviter d'avaler trop de poussière.

Elle en plaqua deux sur le visage des enfants. Orloff, Rudriko et les deux guerriers faisaient un rempart de leurs corps à la jeune femme. Les chevaux affolés tiraient sur leurs brides. Les hurlements de la tornade couvraient leurs hennissements de terreur.

— Ne les laissez pas s'échapper, cria Orlyane. Nous serions perdus.

— L'un d'eux s'est enfui, madame. C'est Mishkaar !

— Maladroit !

Elle regarda en arrière. Au loin, une forme fantomatique tentait de fuir, tombait, se relevait, retombait. Paralysés par la peur, Dorian et Solyane ne disaient mot. Le garçon avait pris sa sœur contre lui, la serrait avec force, conscient de sa faiblesse face à ces puissances démentielles auxquelles il ne comprenait rien.

L'ouragan de cendres dura d'interminables minutes qui

semblèrent des heures. Orloff, d'une poigne de fer, avait contraint les chevaux à se coucher. Avec la distance, le souffle avait perdu de sa force mais la température s'était anormalement élevée. Leurs vêtements étaient trempés de sueur.

Enfin, le vent tomba. Le ciel immuablement bleu avait disparu derrière un voile opaque de cendres et de poussières. Dorian repoussa sa mère et regarda en direction de Syrdahar. Les nuages de feu avaient perdu de leur intensité. Seules quelques lueurs rougeoyaient encore, au cœur d'un immense champignon noirâtre.

Une angoisse incoercible envahit le jeune garçon. La monstruosité de la destruction lui apparut dans toute son horreur. Seuls les dieux détenaient une puissance aussi terrifiante. Mais pourquoi ? Quel crime avait commis Syrdahar ?

Il était hors de question de poursuivre. Ils n'y voyaient plus à vingt pas. Orlyane décida de bivouaquer à l'endroit même.

Personne ne parlait. Les soldats montèrent les tentes. Puis tous dînèrent en silence. Dorian sonda mentalement les guerriers. Il ne discerna qu'une émotion profonde. Pour eux, le monde n'existait plus. Orloff se tournait sans arrêt vers Orlyane. Il attendait qu'elle parle, qu'elle les rassure. Rudriko avait abandonné sa verve habituelle. Solyane avait fermé son esprit à tout. Même à lui. Elle s'était recroquevillée dans une coquille hermétique, au fond de laquelle elle se préservait des attaques extérieures. Pour elle, ce n'était qu'un cauchemar. Elle allait se réveiller bientôt et oublier tout cela.

Soudain, Orlyane déclara :

— Écoutez-moi tous ! Ne pensez pas que ce sont les dieux qui ont détruit Syrdahar. Ce ne sont que des hommes. Mais ils possèdent des armes extraordinaires. Pourtant, s'ils ont osé traverser les Terres Bleues pour anéantir notre cité, c'est parce qu'ils ont peur de nous !

— Peur ? s'écria Rudriko. Avec des armes comme celle-ci ?

— Parfaitement ! Nous disposons d'armes encore bien plus terribles.

— Nous ? Qui, mère ?

Orlyane s'assombrit.

— Nos... nos alliés. Syrdahar sera vengée.

Le ton qu'elle avait employé redonna confiance aux quatre hommes.

Mais Dorian, qui avait écouté silencieusement, discerna au cœur de son exaltation comme une lueur de désespoir. Un manque de confiance en ce qu'elle disait. Un flot de rage et d'impuissance coula un instant de l'esprit de la jeune femme. Il fut le seul à le percevoir. Le choc avait ébranlé les écrans naturels d'Orlyane. Elle pensait que Syrdahar serait vengée. Peut-être... Mais jamais la vengeance ne lui rendrait Kogan et cette ville qu'elle avait appris à aimer. Il soupçonna aussitôt que l'affaire de « famille » à laquelle sa mère avait fait allusion quelques mois auparavant était bien plus grave qu'elle ne l'avait laissé entendre. Leur fuite n'était pas une improvisation. Elle faisait partie des éventualités d'un plan aux multiples facettes. Quels rôles jouaient-ils, Solyane et lui, dans cette apocalypse ? Il se remémora les deux dernières journées. Le gouffre noir ! C'est ainsi que Solyane avait nommé l'escalier mystérieux par lequel Adelfius les avait menés vers les entrailles de la terre. Ils avaient débouché dans une salle de pierre taillée au plafond voûté.

— Madame, vous savez ce qui vous reste à faire. Tous les espoirs du monde reposent désormais sur vos épaules.

— Je le sais, sehad.

— Bien ! Vous devez traverser les Terres Bleues. La “voie” vous conduira rapidement à leur lisière, dans une bâtisse où vous attendront les chevaux. Ils sont déjà munis d'un antialphe. Je vais vous en remettre un à chacun ; ils vous protégeront des effets nocifs des Terres Bleues.

Il sortit d'un meuble de marbre sept ceintures argentées munies de plaquettes ornées de boutons de couleur.

Il les passa à chacun et leur indiqua comment les utiliser.

— Pour vous, je vais soulever un voile de la connaissance, dit-il. La malédiction bleue est due à des sortes d'ondes maléfiques qui flottent dans l'air. Ces ceintures, que l'on appelle des antialphes, vont canaliser ces ondes autour de vous afin d'éviter qu'elles ne vous atteignent. Surtout, ne les arrêtez pas avant d'avoir définitivement quitté les Terres Bleues.

Les quatre hommes touchèrent les ceintures avec tout le respect dû aux objets sacrés.

— Vous trouverez sur vos chevaux des provisions pour un mois. La traversée du désert ne devrait pas durer plus de deux semaines, vous aurez donc des vivres en suffisance.

Il entraîna ensuite Orlyane à l'écart. Manœuvrant un levier inscrit dans la pierre, il fit basculer un petit coffre sur le meuble de marbre, en sortit une bourse de cuir dont il tira deux écrins.

— Vous savez ce qu'est ceci, madame !

Ce n'était pas une question.

— Parfaitement, sehad !

— Je vous les confie.

— N'est-il pas dangereux de les faire voyager ainsi ?

— Elles ne doivent pas quitter les enfants. Et de toute façon, nous n'avons pas le choix.

— C'est exact. Mais devant ce qui arrive aujourd'hui, je me demande pourquoi les enfants n'ont pas été élevés à Cybernia, ils y auraient été en sécurité. Tandis qu'ici...

Adelfius hésita un instant.

— Il y a une raison, madame. Ceux de Cybernia ne sont que nos alliés. Nous ne pouvions pas leur confier directement l'arme extraordinaire que représentent les enfants. Vous savez qu'ils détiennent l'autre composante de cette arme.

Orlyane baissa la tête.

— Vous avez certainement raison, sehad.

*

Dorian pensait à son père, parti combattre l'ennemi sans visage. Il aurait voulu qu'il fût là. Il savait déjà qu'il ne le reverrait plus.

Pourquoi étaient-ils obligés de fuir, Solyane et lui ? Pour quelle raison devait-on les protéger à tout prix ? La « voie » se révéla aussi troublante que le reste. C'était un tunnel obscur qui s'enfonçait dans les entrailles de la terre. Dans la salle de départ attendait un véhicule ressemblant à une charrode sur lequel Adelfius les fit monter tous les sept.

Au dernier instant, il prit les enfants contre lui.

Pour la première fois, il jeta bas le masque de l'amane et dévoila son visage d'homme.

— Mes petits, dit-il doucement, une tâche terrible pèse sur vos épaules. Soyez-en dignes et gardez toujours courage. Mais avant que vous ne partiez, et puisque nous ne nous reverrons sans doute jamais, je veux vous dire que moi aussi je vous ai aimés. Plus tard, ayez une petite pensée pour moi, où que je sois. Cela me fera plaisir.

— Nous ne vous oublierons jamais, sehad, répondit Solyane.

Et spontanément elle lui sauta au cou.

Puis le véhicule s'enfonça au cœur du gouffre noir.

Ils avaient retrouvé les chevaux à l'endroit prévu. Actionnant leurs antialphes, ils s'étaient résolument engagés dans les Terres Bleues. Les bagues orsaf ne s'étaient pas manifestées. Alors commença une terrible traversée. Bientôt, l'horizon familier de la Ceinture disparut. De tous côtés, ce n'était qu'une étendue sans vie de roches et de sable. Le sol craquelé et sec devenait pulvérulent par endroits. De près, il perdait cette couleur bleutée qui lui avait valu son surnom. Il apparaissait plutôt gris cendré. Çà et là affleuraient des couches d'un brun rougeâtre. Il régnait une chaleur étrange et étouffante. Les sables buvaient avidement la moindre pluie. Plus exactement, elle disparaissait à l'intérieur, ou bien s'évaporait en volutes incessantes. Après les averses, le sol diffusait une brume légère qui noyait le paysage dans un brouillard translucide que les vents sans repos dissipaient. Le silence impressionnait les voyageurs. Nul chant d'oiseau, pas le moindre bruissement de feuille sous la brise. Parfois, une rafale venait se déchirer en sifflant sur les arêtes des roches érodées. Les antialphes avaient fait naître autour d'eux comme un halo luminescent, irisé, fait d'une multitude de points de lumière verte. Ce cocon insolite et impalpable repoussait l'action néfaste des Terres Bleues. Au début, ce phénomène les intrigua, puis ils s'y accoutumèrent.

*

Au loin, les derniers rayons du soleil couchant se confondaient avec les rougeoiements subsistant du domaine de Syrdahar. Assise sur un rocher, Orlyane contemplait l'horizon, les yeux vagues. Elle n'avait plus de larmes. La seule période vraiment heureuse de son existence venait de disparaître dans ce brasier gigantesque. La haine avait peu à peu remplacé le chagrin, haine implacable contre cet ennemi impitoyable qui n'avait pas hésité à anéantir une ville entière pour tuer deux enfants. Mais aussi haine contre ceux qui avaient occasionné cette destruction par leurs machinations ahurissantes. Lentement un travail se fit dans son esprit, qui allait avoir des conséquences incalculables.

Son honneur, le respect quasi religieux de la parole donnée la retenaient encore, mais de l'autre côté, il y avait les enfants.

La dernière révélation d'Adelfius lui avait dévoilé un aspect de la question qu'elle n'avait pas envisagé. Elle contempla ses enfants endormis dans les bras l'un de l'autre. Les antialphes dessinaient sur leurs visages des lueurs fugaces, irréelles. Elle descendit du rocher et vint s'agenouiller près d'eux. Une immense tendresse l'envahit. Elle aurait voulu pouvoir les faire à nouveau disparaître en elle-même pour les protéger à jamais. Une série d'images défila devant ses yeux. Leur naissance, leurs premiers pas, leurs premiers mots... Le visage paisible de Kogan... Tout petits, ils refusaient déjà d'être séparés. Et pour cause. Elle n'avait pas imaginé, en acceptant de leur donner le jour, combien elle s'attacherait à eux. Ils étaient à elle et à elle seule. Peu importait qui ils étaient. Elle les avait portés, nourris de sa chair, de son sang, de son lait. Elle les avait veillés des nuits entières. Elle se rappela sa souffrance pendant sa grossesse. Aucune autre femme n'aurait pu les porter. Elle le savait. Elle avait cru mourir en les mettant au monde. Mais elle ne regrettait rien. Maintenant elle devait rester en vie pour les protéger contre leurs ennemis et sans doute aussi contre leurs « alliés ». Dût-elle pour cela devenir parjure...

CHAPITRE IX

Une couche de poussière noirâtre maculait leurs visages. Le jour, ils souffraient de la fournaise infernale du soleil. Dans ce désert maudit, aucune végétation ne venait tempérer le climat. La nuit au contraire, le froid se faisait tel que le gel recouvrait la roche. Orlyane prit la décision de ne voyager que le matin et en fin d'après-midi, aux heures où la température restait supportable. À midi, ils s'abritaient sous les toiles de tentes. Mais le dixième jour, une bourrasque soudaine emporta leur abri. Force leur fut de se contenter de leurs vastes capes de cuir. Les vents de sable, très courants, atteignaient souvent une telle puissance qu'ils étaient contraints de s'allonger sur le sol derrière leurs chevaux. Malgré leur solidité, les capes se transformaient peu à peu en lambeaux. Chacun portait la trace de cicatrices laissées par l'impact de petits cailloux. Une pierre aiguë avait même balafré Rudriko dont le front s'ornait d'un bandeau. Il n'y avait nulle vie. Pas un bruissement de feuille, pas le moindre chant d'oiseau. Un grondement sourd montait parfois d'un lac de lave lointain. Le vent ne murmurait pas de façon amicale et rassurante ; il mugissait, s'écorchait, s'écartelait en hurlant sur les affleurements de roches. Mério et Jans croyaient y entendre les voix des génies. Orlyane avait beau leur répéter que leurs antialphes les protégeaient, ils se mettaient à trembler dès qu'un ouragan se levait. Pour éviter de sombrer dans la folie, Orloff et Rudriko s'obligeaient à parler malgré leurs gorges desséchées. Une voix humaine résonnait comme un défi lancé par la vie au milieu de la mort environnante, comme le martèlement régulier des sabots des chevaux. Le soir surtout, on aimait écouter Orlyane parce qu'elle était une femme. La femme, la compagne dont la présence donne chaud au cœur, mais aussi la « mère » dont les paroles rassurent.

Solyane restait repliée sur elle-même. Violemment éprouvée par la destruction de Syrdahar, par la mort de son père puis par la perte de son petit cheval dont ils avaient retrouvé le cadavre peu après l'explosion, elle avait coupé les ponts avec le monde extérieur. Elle ne parlait plus. Tout sourire avait déserté ses lèvres. Elle ne communiquait même plus mentalement avec Dorian. Celui-ci en souffrait mais il avait compris que c'était pour elle le seul moyen de défense possible. Beaucoup plus solide qu'elle, il avait pris son parti de la situation et luttait avec acharnement pour sauver sa vie et celle des siens. Le soutien qu'il apportait à sa sœur lui évitait de trop penser.

Il s'inquiétait également de sa santé. Une fièvre étrange la tenait qui la plongeait dans une somnolence perpétuelle. Le courage qu'il n'aurait peut-être pas eu pour lui seul, il l'avait pour elle. Depuis la perte de Mishkaar, elle voyageait sur l'encolure de Darksun.

Le dixième jour, ils durent sacrifier la monture de Mério qui s'était brisé les jambes en tombant dans une crevasse. Nul charognard ne vint tourner autour du cadavre, ce qui somme toute eût été rassurant.

*

Les jours passaient et l'horizon tant espéré, couvert d'arbres, de fleurs, de buissons, peuplé d'animaux, de vie enfin, n'apparaissait pas. Ils voyageaient à présent depuis plus de vingt jours. Leurs réserves d'eau commençaient à s'épuiser sérieusement. Une immense dépression les avait contraints à un détour de plusieurs marches. Plus loin, un volcan leur avait barré la route, les obligeant à rebrousser chemin.

Malgré les obstacles, malgré le froid glacial de la nuit, malgré la sécheresse étouffante du jour, Orlyane continuait, mue par une volonté farouche. Pour le souvenir de Kogan, elle n'avait pas le droit d'abandonner. Elle souffrait dans son cœur et dans son corps. Le soleil avait brûlé sa peau, à travers la couche de poussière. Elle ne comptait plus les meurtrissures occasionnées par les roches, emportées par le vent. Mais son âme ne faiblissait pas. Son regard aux yeux rougis par la lumière conservait un éclat indomptable.

L'état de Solyane empirait tous les jours. La fièvre ne la quittait plus. Son front brûlait. Dorian devait sans cesse la soutenir pour éviter qu'elle ne tombât de cheval. Il craignait pour sa vie. Pour la première fois, une angoisse incontrôlable l'habitait car leur mère n'avait pas les moyens de la soigner. Parfois, elle geignait doucement, se plaignait de douleurs dans le ventre.

À la vue de sa petite sœur malade, Dorian sentait couler dans ses veines une haine dévorante. Un jour, il serait grand et fort. Alors, ses ennemis paieraient cela de leur sang. Cette haine était d'autant plus profonde qu'il ne savait pas à qui elle s'adressait. Un seul nom restait incrusté dans son esprit : Horius ! Mais qui était Horius ?

*

— Mère, regardez ! hurla Dorian.

— Je ne vois rien, répondit-elle en plissant les yeux.

Mais le regard perçant du jeune garçon ne s'était pas trompé. À l'horizon, une ligne bleu sombre, mouvante, remplaçait la crête aride des Terres Bleues.

— Kryshla soit loué, murmura Orlyane.

Les guerriers, malgré leurs lèvres craquelées, poussèrent des cris de victoire. Solyane s'agita dans les bras de Dorian.

— Regarde, petite sœur, nous arrivons.

Elle ouvrit des yeux brillants de fièvre et scruta avidement l'horizon. Un sourire étira ses lèvres, et son esprit sembla s'ouvrir à nouveau.

— Je ne veux plus mourir, dit-elle d'une voix faible.

La ligne bleutée les galvanisait tant qu'ils parvinrent, malgré leur épuisement, à accélérer l'allure. Mério et Jans n'en croyaient pas leurs yeux. Pour eux, les Terres Bleues n'avaient pas de fin. Adelfius n'avait pu, au départ, ébranler leurs convictions, et cet au-delà qu'il avait promis était resté pour eux comme une entité abstraite, un paradis inaccessible. Et voici que le paradis devenait réalité, que ses rives s'approchaient à chaque pas des chevaux.

Il leur fallut encore près d'une journée pour parvenir jusqu'à une lande désolée semblable à celle de Syrdahar. Plus loin se dressait une barrière forestière aux arbres glorieusement élevés vers le ciel, aux sous-bois profonds. Une autre ceinture.

L'air se chargeait d'odeurs nouvelles, de parfums de toutes sortes, d'effluves d'humus et de fleurs. Il se peuplait de cris d'oiseaux, d'appels d'animaux. Le vent ne mugissait plus en s'écorchant sur les roches nues, il chantait en se faufilant au travers des frondaisons touffues. Une ivresse sans nom s'empara des voyageurs. S'enfonçant à l'intérieur de la forêt, ils découvrirent un petit lac.

Là seulement, ils se débarrassèrent de leurs antialphes, puis ils ôtèrent leurs vêtements et se plongèrent dans l'eau fraîche, tous, sauf Solyane qui grelottait encore de fièvre, enveloppée frileusement dans sa cape.

Plus tard, tandis que les hommes partaient chasser, Orlyane se mit en devoir de laver sa fille, trop faible pour le faire elle-même. Le soir, Orloff ramena un chevreuil que l'on fit rôtir sur un feu de bois. Un agréable parfum de viande et de résine leur emplit les narines.

Pour la première fois depuis une éternité, ils ne souffrirent pas du froid la nuit venue. Au matin, nulle couche de givre ne s'était déposée sur leurs couvertures. Seule une faible rosée scintillait sur la mousse et sur l'herbe que le soleil eut tôt fait de boire avec avidité.

Vers le milieu de la matinée, ils se remirent en route. Orlyane sortit d'un sac une carte inconnue et des instruments étranges. Après les avoir examinés, elle entraîna ses compagnons vers les Terres Bleues.

— Nous allons les suivre en descendant vers le sud, dit-elle. Nous sommes arrivés trop haut.

Elle ne fournit aucune autre explication. Orloff, Rudriko ou les soldats étaient incapables de lire une carte. Quant aux enfants, ils ignoraient totalement où on les menait. Mais elle devait savoir ce qu'elle faisait. Malgré ses vêtements en lambeaux, elle avait retrouvé son allure de reine. Elle avait lavé et brossé ses cheveux. Dorian éprouva pour elle un brusque élan d'affection et d'admiration. S'ils avaient triomphé des Terres Bleues, c'était grâce à elle, à sa volonté, à son courage.

Vers le milieu de l'après-midi, le jeune garçon sentit soudain sa sœur se raidir. Inquiet, il lui demanda ce qui n'allait pas. La fillette ne répondit pas. Ses yeux restaient étrangement fixes. Lorsqu'il tenta de la sonder mentalement, il se heurta à un mur. Mais cette obstruction semblait totalement étrangère à la volonté de Solyane, une force inconnue s'était emparée d'elle. L'angoisse lui noua l'estomac. Il voulut appeler sa mère qui chevauchait devant, mais y renonça. Deux larmes glissèrent des yeux de Solyane.

— Non ! Non ! murmura-t-elle d'une voix sourde.

Tout à coup, elle s'éveilla et redevint normale. Mais son visage reflétait l'effroi.

— Que s'est-il passé, petite sœur ?

— Je... je ne sais pas ! J'ai vu... C'était terrible, Dorian. Il ne faut pas aller par là.

— Par où ?

— Nous ne devons pas continuer. Un danger nous guette plus loin. J'ai vu...

— Quel danger ?

— Je ne sais pas. Deux d'entre nous vont mourir. Peut-être plus.

— Mais...

Puis il se souvint. Solyane avait « vu » la destruction de Syrdahar. Il héla sa mère.

— Solyane vient de...

Il ne sut pas très bien comment s'expliquer.

— Qu'a-t-elle vu ? demanda la jeune femme sans paraître véritablement étonnée.

— Elle dit que nous devrions rebrousser chemin. Elle pense que nous risquons la mort en continuant par là.

Visiblement, Orlyane prenait très au sérieux le pressentiment de sa fille. Elle la regarda avec attendrissement et Dorian crut déceler en elle un sentiment qui ressemblait à de la fierté. Il ne comprit pas du tout pourquoi.

— Que devons-nous faire, Solyane ? interrogea la jeune femme.

— Je ne sais pas, mère ! J'ai seulement vu qu'un danger nous menaçait. C'était très vague.

— A-t-on un moyen d'y échapper ?

— Je... je ne sais pas.

Orlyane soupira.

— Mère ! Qu'est-ce que cela signifie ? Pourquoi vous montrez-vous si attentive aux visions de Solyane ?

— Ta sœur a reçu des dieux le don de prévoir l'avenir, mon fils. Ces visions, comme tu dis, doivent être prises très au sérieux. Elles peuvent survenir n'importe quand et elles annoncent toujours la réalité. Parfois on peut modifier le destin, parfois, on ne peut lui échapper. Et nul ne sait pourquoi.

— C'est vrai, avoua-t-il, stupéfait. Elle avait prédit la destruction de Syrdahar. Une nuit, elle a rêvé que des ennemis sans visage nous envahissaient. Elle avait vu un feu immense et un gouffre noir vers lequel nous fuyions.

— Un gouffre noir ?

— La "voie" d'Adelfius. Mais comment pourrions-nous éviter ce danger qu'elle vient de déceler ?

— Je n'en sais rien ! Nous devons pourtant continuer vers le sud.

Mais elle avait dit cela sans trop de conviction.

— Pourquoi ? questionna-t-il encore.

— Parce que... parce que c'est dans cette direction que nous avons le plus de chances de trouver des villes. Le nord est envahi par les glaces.

— Ah !

Il sentit nettement qu'elle lui dissimulait la vérité. Quelque chose la gênait. Il aurait aimé en apprendre plus mais il était inutile de l'interroger. Soudain, son attention fut attirée par un événement insolite. Instinctivement, il tourna les yeux vers les sous-bois et scruta les profondeurs sombres ; portant la main sur son gonn, il le sortit de son fourreau. Scrutant les alentours, il s'exclama :

— Mère, je sens quelque chose. Une présence. Non, plusieurs ! Mais ce ne sont ni des hommes, ni des animaux.

— Il est trop tard, gémit Solyane.

CHAPITRE X

Des pensées abjectes faites de sang et de mort envahirent violemment Dorian. Des crocs de cauchemar s'ouvraient, se refermaient sur la chair de Solyane, sur la sienne. Il ne put réprimer un cri. Pointant son gonn vers les sous-bois, il tira. Orloff, Rudriko et les deux soldats l'imitèrent aussitôt, des hurlements démentiels leur répondirent.

— Les bagues orsaf bourdonnent, fit remarquer Solyane tremblante.

— Ce sont des garous ! s'écria Orlyane. Fuyons ! Dans certaines régions, ils sont anthropophages.

— Qu'est-ce que cela veut dire, mère ?

— Ils... ils mangent de la chair humaine.

Elle attrapa sa fille et la hissa sur sa jument plus puissante que le rouan de Dorian, puis elle éperonna sa monture. Le bourdonnement des bagues s'amplifiait d'instant en instant. Ils avançaient. Le garçon et les quatre hommes tirèrent encore quelques balles au jugé, puis lancèrent leurs chevaux derrière celui d'Orlyane.

Tout à coup, débouchant en hurlant de la forêt proche, une horde comme issue d'un cauchemar surgit, leur coupant la route. Solyane poussa un cri perçant. Les bagues s'affolèrent. Les garous auraient fait reculer les plus braves. Il n'y en avait pas deux identiques. Des caricatures d'hommes aux jambes démesurées, aux têtes énormes, sans lèvres, aux yeux injectés de sang... Ils étaient couverts d'un pelage incertain, râpé par plaques. Leurs mains se terminaient par des griffes.

Orlyane faillit verser sur eux, elle n'eut que le temps d'arrêter sa monture. Solyane, en proie à la panique, s'accrocha à elle désespérément. Dorian et les guerriers se ruèrent sur la horde grotesque pour les dégager. Orloff hurla :

— Fuyez, madame, nous couvrons votre retraite.

Éperonnant sa monture jusqu'au sang, Orlyane profita d'une trouée dans la mêlée pour passer et s'enfuit au triple galop.

Protégeant Dorian qui frappait férocement tout ce qui passait à la portée de son sabre, Orloff et Rudriko parvinrent à lui faire franchir la horde sauvage.

— Filez, seigneur ! Nous vous rejoindrons, hurla le géant.

Il hésita à quitter les lieux. Il ne pouvait se résoudre à abandonner ses fidèles compagnons à la meute. Mais s'il avait réussi à occire deux des monstres, il ne pouvait espérer leur être d'un grand secours à la longue. Il vit avec horreur Mério choir au milieu d'une grappe vociférante. Jans était prêt à succomber à son tour. Orloff et Rudriko combattaient dos à dos, mais il était visible qu'ils ne pourraient plus résister très longtemps à un ennemi vingt fois supérieur en nombre.

Sur un appel désespéré de sa mère, Dorian se résolut à la rejoindre. Soudain, une nouvelle meute surgit des sous-bois. Il dégaina en pleine course son gonn et tira. Trois garous culbutèrent dans la pierraille en bramant de douleur. Il poussa Darksun au maximum et rattrapa rapidement Solyane et sa mère. Une course folle s'engagea alors. Les garous ne pouvaient cependant rivaliser avec les chevaux et bientôt, les hurlements s'affaiblirent pour disparaître.

Orlyane ralentit l'allure. Solyane sanglotait.

— Orloff ! Je veux voir Orloff !

— Ne pleure pas ma chérie ! Orloff nous rejoindra dès qu'il aura tué tous ces monstres, il est très puissant.

— Et Rudriko ?

— Sans doute nous suivent-ils déjà.

Pourtant son ton manquait de conviction. Dorian avait déjà compris que les quatre hommes ne reviendraient plus. Deux larmes coulèrent de ses yeux, qu'il ravala bravement afin de ne pas effrayer Solyane. Peine perdue ! Elle perçut aussitôt son chagrin et éclata en sanglots.

Ils chevauchèrent encore deux heures durant, longeant l'orée des Terres Bleues écrasées sous un soleil de plomb. Afin d'éviter toute nouvelle surprise, ils s'étaient délibérément écartés de la forêt. Parfois, Dorian se retournait, espérant follement apercevoir un nuage de poussière, une silhouette familière. Mais la lande désolée restait désespérément vide. Plus pour reposer leurs montures éprouvées que poussés par une faim réelle, ils décidèrent de faire halte pour se restaurer. Inconsciemment aussi, Orlyane croyait encore à un retour des quatre hommes. Elle choisit une butte couronnée d'arbres et de buissons d'où ils pourraient surveiller les alentours sans être vus. Ils mangèrent sans conviction les restes du chevreuil de la veille.

— Mère, croyez-vous que nous ayons été frappés par la malédiction bleue ?

— Non ! Les bagues se sont tues. Nous ne sommes pas restés suffisamment longtemps à leur contact.

Ce furent pratiquement les seules paroles qu'ils échangèrent. À la fin du repas, Solyane sentit ses paupières s'alourdir. Orlyane prit le prétexte du sommeil de sa fille pour s'attarder encore. Dorian, éprouvé par son premier vrai combat, ne tarda pas à s'endormir lui aussi. Dans les Terres Bleues, ils avaient pris l'habitude de faire la sieste.

Orlyane arma le gonn et le cala sur ses genoux croisés. Elle dut lutter pour ne pas céder au sommeil à son tour. Les alentours restaient calmes, les chevaux ne bronchaient pas, les oiseaux piaillaient dans les frondaisons. Une brume pesante s'élevait lentement du désert. Pas la moindre brise n'agitait les feuilles. L'odeur de la terre emplissait les poumons de la jeune femme.

Elle dut se faire violence pour ne pas céder au découragement. À quoi bon ce combat stérile ? Pour qui luttait-elle à nouveau ainsi ? Pour des fantômes, disparus depuis si longtemps, quatre hommes venaient à nouveau de donner leur vie. N'avaient-ils pas obtenu satisfaction ? Quelles vies réclameraient-ils encore ? Elle contempla longuement ses enfants endormis dans les bras l'un de l'autre. Comme à son habitude, Solyane avait caché son visage dans le cou de Dorian qui l'entourait d'un bras protecteur. Mais que ce bras paraissait fragile ! Leur avait-on demandé leur avis pour le rôle que l'on comptait leur faire tenir ? Soudain, elle comprit toute l'injustice, toute l'horreur même contenue dans les deux objets qu'elle portait à la ceinture. Elle fut tentée de les détruire mais un reste de loyauté à l'égard de la parole donnée l'empêcha d'accomplir son geste.

Sa décision était prise.

*

L'après-midi s'achevait lorsque les enfants s'éveillèrent. Dorian jeta un regard sans conviction vers le nord et demanda timidement :

— Orloff ?

Orlyane baissa les yeux et secoua négativement la tête. Le jeune garçon soupira. Une colère sourde monta en lui. Il se jura que lorsqu'il serait grand, il reviendrait et détruirait tous les garous.

Mais il était encore un enfant. Il dut se contenter de prendre sa sœur contre lui et de suivre sa mère sans s'étonner de la voir pénétrer résolument dans la forêt profonde.

Ils épièrent les sous-bois, à la recherche de la moindre présence hostile. Rien ne bougeait.

Peu à peu, le ciel se couvrit d'une couche de nuages noirs et menaçants. La chaleur se fit étouffante. Dans les taillis se fondait la nuit inquiétante qui faisait frissonner Solyane malgré la moiteur lourde.

— Il nous faut trouver un abri, déclara Orlyane.

L'orage s'avançait inexorablement. Seule vers les Terres Bleues subsistait une étrange barrière de lumière. Presque instantanément l'atmosphère se rafraîchit. Des sautes de vent secouaient violemment les cimes des arbres, soulevaient des tourbillons de feuilles mortes, quelques gouttes épaisses se mirent à tomber.

— Mère, les garous vont-ils revenir ? demanda Solyane d'une voix tremblante.

— Je ne sais pas, nous en serons avertis avant.

Ils arrivèrent bientôt dans un vallon au fond duquel coulait un ruisseau. À mi-pente, accrochée au flanc de la falaise, béait la gueule sombre d'une grotte.

— Voilà ce qu'il nous faut, déclara Orlyane.

— Attention ! Si c'était la caverne d'un ours !

— Donne-moi le gonn et restez là ! Je n'en ai pas pour longtemps.

Prudemment, elle se dirigea vers l'anfractuosité. Le jeune garçon dégaina son sabre et attendit, prêt à se porter à son secours. Il la vit disparaître dans la caverne et son cœur se mit à cogner follement. Puis elle réapparut.

— Venez ! Il n'y a rien !

Tous trois se mirent à l'ouvrage. Solyane, malgré sa faiblesse, refusa de rester inactive. Ils installèrent leurs maigres provisions, préparèrent un lit de fougères, ramassèrent du bois mort.

Il était temps. À peine avaient-ils terminé qu'une pluie diluvienne se mettait à tomber. Le vallon disparut derrière un rideau liquide et se fondit dans la nuit tombante. La grotte était peu profonde mais elle suffisait à les garantir de l'humidité. Serrés les uns contre les autres autour du feu, ils dévorèrent le reste des vivres. Parfois un éclair déchirait les ténèbres, suivi d'un terrible roulement de tonnerre que se renvoyaient les deux versants de la vallée. De temps à autre, on entendait hennir les chevaux attachés à un arbre à quelques pas de la caverne.

Solyane tomba à nouveau de sommeil. Son front restait brûlant. Sa mère lui fit avaler un peu de thé, sauvé par miracle, puis elle l'allongea sur le lit de fougères et la couvrit.

— Demain, il nous faudra trouver les plantes qui soignent. Le thé ne peut la guérir.

— Est-elle donc si malade ? s'inquiéta Dorian.

Orlyane ne répondit pas immédiatement.

— Oui et non. Elle n'est pas réellement malade mais il faut la soigner quand même.

Dorian regarda sa sœur. Le thé semblait l'avoir calmée. Il eut envie de la rejoindre, de la prendre dans ses bras pour la protéger.

Orlyane interrompit sa méditation.

— Cette nuit, nous allons nous relayer pour garder l'entrée de la grotte. Tant que le feu brûlera, il éloignera les fauves. Il faudra tout de même veiller. Je prendrai le premier tour. Tu me remplaceras plus tard. Arme le gonn et tâche de ne pas t'endormir lorsque viendra ton tour.

— N'ayez crainte, mère.

Le silence s'installa entre eux. C'est alors qu'une idée lui traversa l'esprit.

— Mère, tout à l'heure vous avez parlé des plantes qui soignent. Vous connaissez donc leurs secrets ?

Orlyane sourit.

— Rien ne t'échappe, mon fils.

Elle regarda longuement les flammes dansantes. Bien sûr, elle aurait dû éviter de parler de l'extérieur. Cela avait-il encore une importance ?

— Oui, je connais leurs secrets et bien d'autres choses encore. Une Léphénide doit être instruite.

— Qu'est-ce qu'une Léphénide ?

— Une princesse de la glorieuse dix-huitième lignée. Je suis une Léphénide.

— Mais alors, vous n'êtes pas née à Syrdahar.

— C'est exact ! J'ignore où je suis née, comme toutes les Léphénides. Je n'ai jamais connu mes véritables parents. J'ai été élevée à Léphen. C'est une cité très éloignée, située au-delà des mers.

Stupéfait, Dorian regarda sa mère comme s'il la voyait pour la première fois.

— C'est là que sont élevées les jeunes filles de très haute

naissance. Elles sont destinées à devenir les épouses des empereurs, des rois, ou même du commandeur.

— Du commandeur ?

— Oui, Dorian. Bien que tu saches déjà que le monde ne s'arrête pas aux Terres Bleues, tu auras peut-être du mal à comprendre ce qu'il est réellement. Tu as été élevé dans un domaine si petit. Malgré son immensité, le désert ne représente qu'une tache minuscule sur la carte du monde. Ce monde est gouverné par un homme, un demi-dieu, le souverain suprême, qui porte le titre de commandeur. Il est composé de dix-sept empires. Chacun d'eux est partagé en royaumes, morcelés eux-mêmes en comtés.

— Mais qu'était Syrdahar, mère ?

— Un petit domaine comtal plus ou moins oublié du reste du monde. Seule la noblesse se souvenait qu'il existait encore « quelque chose » au-delà des Terres Bleues.

— Le monde est donc soumis à l'autorité d'un seul homme ?

— C'est plus compliqué que cela. Le commandeur ainsi que les empereurs et les rois sont dominés par une puissance auprès de laquelle ils ne sont rien : la religion.

— Les amanes ?

Dorian se souvint en effet que son père prenait toujours le soin de consulter Adelfius lorsqu'il devait prendre une décision importante.

— Les amanes. Ils ont droit de regard sur tous les actes des suzerains de chaque empire. Ils s'appuient sur la terrible armée dramas qui est équipée d'armes bien supérieures aux nôtres.

— Pourtant, Adelfius n'était pas notre ennemi ?

— Les prêtres ne sont les ennemis de personne. L'armée dramas n'intervient pratiquement jamais dans les affaires des empires. Elle n'est là que pour appuyer la religion. On ne peut lutter contre elle.

— Je crois que je comprends, dit Dorian. Mais alors, vous auriez pu épouser le commandeur ?

— Oui... mais l'occasion ne s'est pas présentée.

— Qu'est-ce que la dix-huitième lignée ?

— Les empires et les royaumes se transmettent de père en fils afin de conserver la richesse du sang. Les dynasties impériales s'appellent les lignées. Celle des commandeurs constitue la ligne. Mais les filles nées de ces familles et présentant les qualités requises sont enlevées à leurs parents dès leur plus jeune âge. Elles sont recueillies par des prêtres, les Léphamanes, qui ont pour tâche de mener à bien leur éducation. Elles sont réunies dans un immense palais situé à Léphen, d'où leur vient leur nom. Elles constituent la dix-huitième lignée.

Dorian resta un moment songeur, faisant sien le flot d'informations nouvelles.

— Ainsi, vous ne connaissez pas vos parents ?

— Non, mon fils, et je ne les connaîtrai sans doute jamais. Seuls les amanes détiennent le secret de ma naissance.

— Parlez-moi de Léphen.

— C'est un palais immense, de marbre bleu, construit au milieu d'un parc qui mène jusqu'à l'horizon. Nous y recevons une éducation complète destinée à faire de nous les futures souveraines du monde. Nous apprenons à parler, à nous exprimer, à chanter, à danser, à écrire, à jouer de différents instruments de musique. Nous avons accès à de nombreux domaines de la connaissance : l'histoire, la géographie, quelques sciences interdites. Nous apprenons à contrôler les esprits, à diriger un pays. Nous savons distraire un souverain mais aussi le seconder dans son gouvernement. En cas de décès, c'est son épouse qui assure la régence.

— Mais quand rencontrez-vous ces souverains ?

— Dès l'âge de seize ans, notre éducation est achevée et nous quittons Léphen pour voyager. Les cours suzeraines nous reçoivent et donnent des fêtes somptueuses en notre honneur. On nous comble de présents. Notre vie est un véritable paradis. Ces voyages ont pour but de nous faire connaître les princes héritiers. Lorsque l'un d'eux a fait son choix, il adresse à son élue cadeaux et lettres pour obtenir son accord. Nous restons libres d'accepter ou de refuser un mariage. Les Léphamanes sont présents pour nous conseiller et nous guider. Certaines d'entre nous ne se marient jamais. Elles restent à Léphen pour assister les prêtres dans leurs tâches.

— Mais notre père n'était pas roi ?

Orlyane soupira.

— Non, mon petit. Mais par ses qualités d'âme et de cœur, il s'élevait bien plus haut que beaucoup d'entre eux. Il portait en lui toute la grandeur et la noblesse des véritables chevaliers.

— S'il n'était pas roi, comment a-t-il pu vous épouser ?

Elle se ferma un instant, puis dit doucement :

— Sans doute parce que je l'aimais. C'est une longue histoire, Dorian. Mais ceci est mon secret.

Il ravala aussitôt la foule de questions qui lui brûlaient les lèvres. Orlyane lui caressa la joue d'un geste tendre.

— Ne te tracasse pas trop avec ceci. Il faut que tu dormes à présent.

— Bien, mère.

Il l'embrassa et rejoignit Solyane.

Dans son esprit, le monde inconnu qu'ils venaient d'aborder prenait forme. Il imagina un grand palais, inondé de soleil, des parcs verdoyants, des appartements luxueux où vivaient une foule de fillettes toutes plus belles les unes que les autres. Des fillettes que le destin mènerait un jour auprès des souverains du monde.

Avant de s'endormir, il contempla la silhouette de sa mère accroupie à l'entrée de la grotte. Les braises faisaient rougeoyer son visage aux traits purs. Des traits qu'il retrouvait chez lui comme chez Solyane. Peut-être même plus chez sa sœur.

Elle veillait. Au-dehors, la pluie avait cessé. L'orage s'était éloigné. Il garda la vision d'une clarté sombre où scintillaient quelques étoiles furtives. L'ombre d'Orlyane finit par se confondre avec l'entrée de la grotte. Une question tournait en lui sans qu'il pût lui trouver de réponse. Par quel mystère, alors qu'elle aurait pu devenir reine, impératrice, voire commanderesse, sa mère avait-elle épousé un petit seigneur d'un domaine perdu, oublié du reste du monde ? Un cri perçant lui vrilla le tympan. Surpris, il regarda autour de lui et vit Solyane qui se frottait les yeux. Il se rappela avoir veillé une bonne partie de la nuit. Orlyane l'avait relayé. À présent, il faisait grand jour. Il se leva d'un bond et courut vers l'entrée de la grotte. C'est alors qu'il comprit pourquoi sa mère avait crié. Ses jambes lui manquèrent devant l'apparition.

CHAPITRE XI

Cela ressemblait à un ours, mais ce n'en était pas un. La tête rappelait celle d'un lézard. Une épaisse cuirasse d'écaillés couvrait le thorax. Des yeux petits et jaunes surmontaient une gueule aux mâchoires redoutables qui s'ouvrait sur des crocs impressionnants. Le monstre poussait de longs rugissements rauques.

Ce n'était pas la grotte et ses occupants qui intéressaient la bête, mais les deux chevaux qui tiraient sur leurs longes, terrorisés.

Le premier moment de surprise passé, Orlyane arma lentement le gonn. Ses mains tremblaient un peu. Elle tendit le fusil à son fils.

— Tu es plus adroit que moi.

Dorian se saisit de l'arme. Son contact le rassura et il épaula. Indifférent aux petites silhouettes qui s'agitaient non loin de lui, le monstre se dandinait vers ses proies. Il avait compris qu'elles ne pouvaient fuir, pour une raison qui lui échappait mais dont il était bien décidé à profiter.

Soudain, un éclair de feu le déchira.

Dorian avait fait mouche du premier coup. La bête gigantesque se dressa brusquement sur ses pattes postérieures et battit l'air furieusement. Elle poussa un barrissement assourdissant, réveillant les échos des collines et bascula lourdement en arrière. Le grand corps roula sur lui-même, arracha au passage un petit arbuste, puis vint s'écraser dans le lit du torrent. L'eau hésita et se fraya un chemin autour de l'énorme cadavre.

Les chevaux se calmèrent peu à peu, mais l'odeur persistante du fauve ne cessait de les énerver. Les jambes flageolantes, Dorian demanda à sa mère :

— Qu'est-ce que c'était ?

— Un migas ! Ils vivent dans les forêts. On ne sait pas grand-chose d'eux. Les paysans croient que ce sont des créatures envoyées par Shaïentus. Les plus grands atteignent trois fois la taille d'un homme. En hiver, la faim les pousse hors des forêts et ils attaquent les villages isolés. Les légendes les plus terribles courent sur leur compte. Il va falloir que nous économisions nos balles pour ce genre de rencontre. Aujourd'hui, nous allons fabriquer des arcs et des flèches.

Orlyane décida de quitter la grotte. Le cadavre géant n'allait pas manquer d'attirer les rapaces et les charognards, peut-être même d'autres garous et elle ne tenait pas tellement à assister au spectacle. Ils prirent le chemin du sud. À l'orient s'élevaient des montagnes aux sommets enneigés sur lesquelles le soleil faisait jouer des symphonies de lumière. Vers le soir, ils découvrirent une autre caverne située sur un surplomb facilement défendable et surtout proche d'un étang. Solyane avait besoin de repos et ils établirent un campement durable.

Ces quelques jours laissèrent un souvenir indélébile dans le cœur des deux enfants. Ce fut comme un port au milieu de la tempête, une courte trêve que leur accordait le destin. Soignée énergiquement par sa mère, la fillette reprit rapidement des couleurs. Le calme et la beauté du site la reposaient de ses émotions. Pas une fois ils ne virent de migas ou de garous. Dans la journée, Dorian partait en chasse. Il s'était confectionné lui-même un arc et des flèches aux pointes durcies au feu. Adroit et tenace, il ne revenait jamais bredouille.

Le cinquième jour, il lui arriva une aventure insolite, grâce à laquelle il découvrit qu'il détenait un pouvoir étrange. La matinée était fraîche, presque froide, des vents glacés dévalaient des montagnes proches, annonciateurs d'hiver. Depuis l'aube, il suivait la piste d'un chevreuil qu'il avait repéré deux jours plus tôt mais l'animal déjouait constamment ses ruses. Il attendait le passage de son gibier à l'affût derrière un buisson. Il connaissait ses habitudes. Il fallait se fondre aux sous-bois, s'y intégrer, quitte pour cela à rester des heures immobile. Il guettait ainsi depuis près de deux heures lorsqu'il sentit une présence derrière lui. Il se retourna d'un coup et l'horreur le paralysa. Un énorme loup noir le fixait de ses grands yeux taillés en amande. Lentement, il leva son arc. Le fauve ne broncha pas. Par réflexe, sans vraiment comprendre ce qu'il faisait, le jeune garçon projeta toute sa pensée sur la bête qui gronda de surprise. Il avait établi un contact avec le loup. Aussitôt, les motivations de l'animal l'envahirent : faim, tuer, blessure, douleur... il ressentit une douleur vive aux dents. Rassemblant sa volonté, il repoussa l'esprit étranger. Il y parvint avec une facilité dont il fut le premier surpris. Le loup se figea soudain, comme paralysé. Doutant de cette victoire incompréhensible, Dorian eut le réflexe de l'achever, mais il n'accomplit pas son geste. Quelle force inexplicable, émanant apparemment de lui, avait ainsi pu immobiliser la bête ? Le loup était incapable de réagir.

Par curiosité, il tenta autre chose. Sans desserrer son étreinte mentale, il avança prudemment, glissant dans son influx télépathique un sentiment d'amitié, d'affection. Bientôt, il fut près du loup. Sa taille dépassait celle d'un grand chien. Un seul coup de son énorme mâchoire eût suffi à le tuer.

Une légende disait pourtant qu'un homme avait réussi à en apprivoiser un. Il décida de tenter l'expérience. Il posa sa main sur le poil rude et le caressa doucement. Une onde d'incompréhension et de peur mêlées lui revint en écho. Lentement, il desserra son étreinte mentale, libérant le loup prisonnier. Un gémissement s'échappa de sa gorge, un chant doux et plaintif. Comme s'il avait compris, il ouvrit sa gueule, découvrant une rangée de crocs luisants. Impressionné, Dorian l'examina et découvrit une esquille d'os profondément fichée dans la mâchoire. Prudemment, il avança la main et arracha d'un coup sec l'aiguille douloureuse. Un filet de sang coula. Dorian flatta l'échine du grand fauve, et celui-ci, reconnaissant, lui lécha la main. Le garçon sentit que la partie était gagnée. Il comprit que le fauve n'avait pas réellement l'intention de l'attaquer. Il cherchait une aide, et l'avait trouvée. Il relâcha totalement son emprise et retourna se mettre à l'affût, sans plus s'occuper du loup. Pourtant l'animal le suivit. Il s'accroupit à son tour derrière le buisson, retenant son souffle.

Les enseignements de Kogan n'étaient pas restés sans effets. Le jeune garçon savait se rendre invisible. La chasse lui avait appris la patience. Il lui fallait ce chevreuil. Son foie faciliterait la guérison de Solyane. Aussi ne sentait-il pas le froid, ses jambes qui s'engourdissaient. De temps en temps, il changeait de position, prenant à tout cela un plaisir extrême. Par instants, il observait le loup, mais celui-ci ne bougeait pas plus qu'une statue.

Enfin, une heure plus tard, une silhouette se profila au loin, dans les sous-bois, accompagnée d'un léger froissement de feuilles mortes. Le chevreuil suivait son sentier habituel pour se rendre à l'étang. Lentement, Dorian arma son arc puis, il s'arrêta.

Le chevreuil humait l'air avec circonspection. Soudain, il secoua la tête et rebroussa chemin. Dorian ne put retenir un soupir de dépit. Il avait pourtant le vent en sa faveur. Tout à coup, une masse sombre bondit au-dessus de lui et se rua à la poursuite du chevreuil. Les deux bêtes disparurent rapidement dans l'épaisseur de la forêt. Impuissant, le garçon se releva et lâcha un juron digne de Rudriko. Au loin, il entendit un cri strident, un bruit de lutte. Le loup avait capturé sa proie. Le festin serait pour lui. Tant pis ! Il lui faudrait trouver autre chose. Il se remettait en marche quand un craquement le fit sursauter. Le loup revenait vers lui, traînant dans sa gueule le cadavre du chevreuil. Le fauve déposa son gibier à ses pieds, recula de quelques pas, et s'assit tranquillement. Visiblement, c'était une offrande. Reconnaissance ? Ou alliance ? Stupéfait et amusé, il se baissa et chargea le chevreuil sur ses épaules. Apparemment satisfait, le loup lui emboîta le pas. Lorsqu'ils parvinrent en vue de la grotte, Orlyane poussa un cri en l'apercevant et bondit sur le gonn. Dorian l'empêcha in extremis de tirer.

*

Le loup avait adopté Dorian, pour une raison connue de lui seul.

Il eut sa part de chevreuil, rôtie au feu de bois. Les chevaux s'énervaient de le sentir si proche mais il ne leur accorda qu'une royale indifférence. Il se contentait de rôder autour de la grotte, attendant le départ de Dorian pour la chasse. Parfois, il partait seul et on ne le revoyait pas de la journée mais il revenait toujours vers le soir.

Orlyane et sa fille s'inquiétèrent un peu de sa présence au début, puis elle leur devint familière et même rassurante. Elles se surprirent à le regretter lorsqu'il les quittait pour ses longues randonnées en solitaire.

Solyane se remettait. Les potions que lui faisait ingurgiter sa mère agissaient lentement mais efficacement. Le soir, tout en raccommodant tant bien que mal leurs vêtements endommagés, ou en en confectionnant de nouveaux à partir des peaux d'animaux, Orlyane leur enseignait ce qu'elle savait.

Ils apprirent ainsi l'organisation du monde, le nom de chaque empire, sa situation, les cités les plus importantes.

La suprême habileté de Kalkus de Rives, le fondateur de la religion, avait été la création d'une langue universelle : l'ankos.

Imaginée de toutes pièces à partir des racines des langages disparus avec le Jour du Soleil, elle avait servi de véhicule à la pensée du grand maître, elle était devenue peu à peu le ciment qui avait lié tous les peuples, le moyen de communication, le support des arts.

Langage des nobles par excellence, l'ankos leur permettait de ne pas se trouver isolés dans quelque pays que ce soit. Elle avait aussi évité de nombreux affrontements grâce à une meilleure compréhension mutuelle. Vivante, souple, nuancée, elle dévorait et intégrait les mots et les images de chaque contrée, se colorant d'accents et de particularismes locaux qui faisaient la joie des écrivains et des poètes.

Au travers des paroles de leur mère, les enfants découvrirent un monde à la fois inquiétant et attirant, des cités fascinantes, des coutumes étranges, variant à l'infini, un monde vaste, passionnant, fabuleux. Les postes de gouvernement étaient occupés par les nobles. Le shod'l loer, qui les différenciait des Sapienniens, constituait également une arme efficace qui permettait de paralyser un adversaire. Grâce aux mystérieuses lois sacrées des amanes, il était plus ou moins puissant selon le rang de noblesse.

Cependant, s'il procurait la puissance mentale, le shod'l loer n'apportait pas toujours la sagesse. Aussi, parmi les nobles se distinguait une classe, celle des chevaliers. Ceux-ci constituaient l'élite de la noblesse.

Pour accéder au rang de chevalier, les jeunes nobles, les

bacheliers, devaient subir l'eschola, un ensemble d'épreuves dont certaines pouvaient entraîner leur mort.

Tous les nobles régnant devaient obligatoirement être chevaliers. Les autres, chevaliers sans domaine, s'attachaient au service de l'un ou l'autre prince. Des revenus leur étaient versés. Cependant, ils conservaient une totale indépendance. Leur rang de chevalier en faisait les égaux des rois. Ils arboraient leurs propres armes au côté de celles du seigneur qu'ils servaient. Si celui-ci décédait, ils assumaient la régence avec la veuve du souverain défunt.

Nombre d'entre eux étaient à l'origine de légendes que l'on contait à la veillée. On écoutait leurs avis et l'on citait leur sagesse en exemple.

Syrdahar avait compté ses chevaliers mais jamais Dorian n'avait soupçonné leur importance. Il se jura de devenir chevalier lorsqu'il aurait l'âge de l'eschola. Au milieu de ce flot d'informations les deux enfants auraient aimé en apprendre plus sur leur mère. Mais curieusement, celle-ci éludait toutes les questions se rapportant trop précisément à elle. Ainsi, ils ne purent savoir dans quelles circonstances elle avait rencontré leur père. Le mystère de la destruction de Syrdahar restait entier.

— Il faut oublier tout cela, mes enfants, disait Orlyane. Le monde est grand. Notre premier devoir est de nous y faire une place.

— Alors, Syrdahar ne sera jamais vengée ?

La jeune femme s'assombrit. Elle resta un long moment silencieuse. Dorian s'en voulut d'avoir ramené la conversation sur le sujet. Orlyane finit par dire :

— Vous déciderez vous-mêmes plus tard de ce qu'il conviendra de faire. La vengeance... est stérile.

— Et Cybernia ?

— D'où connais-tu ce nom ?

— Le seigneur Hésiorgues en a parlé devant moi. Enfin, lorsque j'ai entendu votre conversation. Cybernia est-elle notre alliée ?

Orlyane soupira.

— Nous nous rendrons à Cybernia plus tard. Mais c'est vous qui choisirez.

— Qu'est-ce que c'est, Cybernia ? demanda Solyane.

— Une ville ! Mais jamais vous ne devrez prononcer son nom lorsque nous aurons rejoint la civilisation.

— Pourquoi ?

— À cause de nos ennemis. Ils sont partout. Pour l'instant, ils nous croient morts. Laissons-les dans leur erreur. Vous comprendrez lorsque vous serez plus grands.

En attendant, ils ne saisissaient pas grand-chose. Ils avaient cependant trop d'éducation pour ne pas respecter les réticences de leur mère, elle devait avoir ses raisons.

Un soir, un phénomène insolite troubla leur quiétude.

Cela commença par un long hurlement du loup, presque un gémissement et une agitation incompréhensible des chevaux.

— Qu'est-ce qu'ils ont ? demanda Orlyane.

Dorian s'approcha du fauve. Celui-ci vint se fourrer affectueusement dans ses jambes, ce qui lui arrivait rarement. Le jeune garçon scruta les environs, mais tout semblait calme. Tout, à part un étrange bourdonnement à peine perceptible, impossible à localiser.

Orlyane et sa fille le rejoignirent.

— Là, regardez, dit la fillette craintivement.

Au loin vers le sud, une nouvelle étoile était apparue, plus brillante que les autres.

— Par les dieux, murmura Orlyane.

— Elle bouge, mère, ajouta Dorian. On dirait... on dirait qu'elle se dirige par ici.

— Par Kryshla, il ne faut pas qu'ils nous voient.

— Mais qui, ils ?

— J... je ne sais pas. Faites rentrer les chevaux et éteignez le feu.

Effrayés par l'inquiétude visible de leur mère, ils obéirent sans discuter.

L'étoile évoluait lentement. Peu à peu, elle se rapprocha et prit la forme d'un disque lumineux. Par instants, un faisceau éblouissant trouait les cieux assombris du crépuscule, fouillant la forêt. Les deux enfants se réfugièrent derrière leur mère, terrorisés. La même image hantait leurs esprits : celle d'une nuée de feu gigantesque.

Mais la sphère de lumière obliqua bien avant de les atteindre et disparut derrière l'autre versant.

Orlyane poussa un soupir de soulagement.

— Qu'est-ce que c'était, mère ?

Elle ferma les yeux.

— Je ne sais pas, Dorian.

— Vous le savez, mère ! Il faut nous le dire.

— Non ! Non ! Oubliez tout cela ! Demain, nous quitterons cette grotte. Solyane va mieux.

— Est-ce donc si effrayant que ça, mère ? s'enquit la fillette, anxieuse de voir sa mère dans cet état.

— Il faut toujours se méfier de ce que l'on ne comprend pas, Solyane. Si jamais...

— Si jamais ?

— S'il m'arrivait quelque chose, si vous restiez seuls, cachez-vous de ces étoiles mouvantes.

L'étoile mystérieuse ne réapparut pas. Dès le lendemain, ils quittèrent le petit lac. Le loup les regarda préparer leurs maigres bagages d'un œil indifférent. Pourtant, lorsqu'ils se mirent en route, il les suivit de son pas souple et silencieux. Cheminant par petites étapes, couchant à la belle étoile, ils poursuivirent leur descente vers le sud. Peu à peu, le relief se fit moins accidenté. Les cimes enneigées disparurent à l'orient.

Par deux fois, ils découvrirent des rochers aux formes étranges, de vastes clairières encombrées de dalles à demi déchaussées par la végétation, des tronçons de colonnes dévorés par le lierre et le lichen. Les arbres avaient peine à se développer, gênés par un sous-sol non naturel. Dorian ne put s'empêcher d'établir un rapprochement entre ces lieux et la lande Konvern où ils avaient découvert l'arme et les objets de plaste.

— Mère, demanda-t-il, est-ce que des hommes ont vécu ici ?

— Je l'ignore. De tels lieux sont nombreux dans le monde. Des légendes disent qu'ils furent jadis habités et qu'ils disparurent avec le Jour du Soleil. D'autres croient que ces lieux sont hantés par les génies, mais la forêt a depuis longtemps arraché jusqu'à l'ombre de leur souvenir.

— Qu'y avait-il avant le Jour du Soleil, mère ?

— Les légendes parlent des dieux anciens. Seuls les amanes détiennent la vérité. Nous avons perdu toute mémoire de ce qui exista avant. Beaucoup de Sapienniens sont même persuadés que le monde a commencé ce jour-là. C'est un peu vrai. Les amanes interdisent de rechercher la moindre trace de la civilisation des dieux anciens. Ces ruines sont destinées à l'oubli. Qu'elles reposent en paix ! Ce monde a disparu, pour toujours...

Dix jours après leur départ de la grotte, la forêt s'éclaircit enfin, dévoilant un panorama de champs et de prés encastré au creux d'une vallée. Orlyane avait décidé de demander asile aux amanes si toutefois il existait un temple dans cette vallée. Afin d'éviter la suspicion, elle avait inventé une histoire de caravane attaquée par des maraudiers[1]. Elle se présenterait comme étant l'épouse d'un obscur chevalier errant accompagnée de ses deux enfants. Son mari avait été tué lors de l'attaque. Elle avait réussi à fuir mais s'était égarée dans la forêt où elle errait depuis plusieurs jours.

Au détour d'un pic élevé apparut un village. Ses maisons de bois se resserraient frileusement autour des rives d'un petit lac enfoncé entre deux hautes falaises calcaires.

— Ce soir, nous dormirons dans un vrai lit, annonça Orlyane joyeusement.

1. Maraudiers : bandits de grands chemins, survivants des hordes de pillards de l'époque du Chaos.

Elle n'avait aucun doute quant à l'accueil chaleureux qui leur serait réservé.

Cependant, à peine avaient-ils fait quelques pas à découvert que le loup, qui les avait suivis fidèlement jusque-là, poussa un jappement plaintif.

— Qu'est-ce que tu as ? demanda Dorian.

L'animal s'arrêta et le regarda. Le jeune garçon comprit qu'il voulait le faire descendre de cheval. Il s'exécuta. Le loup lui flaira la main, le gratifia d'un coup de langue, et, tournant le dos, s'en fut vers la forêt.

Le jeune garçon resta un moment à contempler l'endroit où le fauve avait disparu. Il avait vaguement imaginé qu'il pourrait toujours le garder à ses côtés. Mais un loup n'est pas un chien. C'est un animal fier et indépendant. Il lui avait offert son amitié mais il n'était pas devenu son esclave. Une boule lourde noua l'estomac de Dorian, son étrange compagnon allait lui manquer.

Il remonta en selle, derrière sa sœur.

— Ne sois pas triste, petit frère, je suis là. Il sera plus heureux dans sa forêt que dans le monde des hommes.

Dorian secoua sa tête noire et bouclée.

— Tu as raison.

Et il frappa les flancs de Darksun d'un léger coup de talon.

— Plus tard, ajouta-t-il, lorsque je serai chevalier, il sera mon emblème.

Tout à coup, ils aperçurent une silhouette qui fuyait à travers champs.

— Un paysan, dit Orlyane.

Elle appela, mais il détala sans demander son reste.

— Nous lui avons fait peur.

— Je me demande bien pourquoi, rétorqua Dorian en riant. Une femme et deux enfants. Il faut qu'il soit bien peureux.

Ils reprirent leur chemin vers la petite cité. Là, une surprise les attendait. À l'entrée du village, un groupe se formait, qui barrait l'accès aux arrivants. Stupéfaits, ils arrêtèrent leurs chevaux à distance.

CHAPITRE XII

Orlyane interpella les villageois.

— Bonnes gens, je vous souhaite le bonjour. Pourriez-vous m'indiquer le chemin de votre temple ? Nous sommes perdus et nous désirons demander l'hospitalité à la phalange.

Tout en parlant, elle scrutait les bâtisses de triste aspect qui s'élevaient derrière la foule. Elle ne put déceler aucun signe de la présence de la religion. D'instant en instant des paysans arrivaient, dont certains étaient armés de fourches et de faux. Un grondement menaçant naquit. Des paroles sèches fusèrent, qu'ils ne comprirent pas.

— C'est bien notre chance, dit Orlyane. Ils ne parlent pas l'ankos.

Prudemment, elle s'avança. La rumeur s'amplifia, devenant franchement hostile. Une énorme femme en particulier se montrait belliqueuse.

Un terme inconnu lui revenait souvent :

— Wigost !

— Mère, revenez ! cria Dorian.

S'il ne comprenait pas les mots, il saisissait parfaitement les sentiments des paysans. Ils la prenaient pour une sorcière. Ils l'avaient vue renvoyer un loup dans la forêt. Naïvement, ils imaginaient qu'il attendait, à la tête d'une armée de ses congénères, qu'Orlyane ait endormi la méfiance de ses hôtes pour leur livrer le village.

— Wigost, brama la grosse femme, ameutant les autres.

Comprenant que ses efforts se révéleraient vains, Orlyane fit reculer sa jument. Alors, la mégère se baissa, ramassa une pierre et la jeta violemment vers la jeune femme. Celle-ci, surprise, ne put éviter le projectile. Un voile rouge éclata dans sa tête et elle manqua de tomber de cheval.

En proie à une colère aussi subite que violente, Dorian dégaina le gonn et visa la foule. Son doigt se crispa nerveusement sur la gâchette, il se retint de tirer, mais une pluie de pierres se mit à voler dans leur direction. Il recula à son tour.

Orlyane fit demi-tour comme elle put et hurla :

— Fuyez, les enfants ! Ils sont fous !

Une vision de cauchemar s'imposa impitoyablement au jeune garçon. Le visage de sa mère était maculé de sang. Une haine sans nom l'envahit instantanément. La foule, encouragée par les beuglements de la femelle géante, commençait à avancer. Alors, Dorian la visa et tira. Elle poussa un barrissement terrible tandis que son épaule éclatait en lambeaux, elle s'écroula en hurlant de douleur. Furieux, les villageois se mirent à courir. Il continua à tirer, fauchant un homme à chaque balle. Solyane, agrippée à lui, ne disait mot, mais il percevait le flot d'angoisse qui émanait d'elle. Effrayés par la détermination du jeune garçon et surtout par cette arme étrange qu'ils ne connaissaient pas, les paysans s'arrêtèrent.

La respiration hachée, le cœur emballé, Dorian tourna bride. S'il avait possédé l'arme découverte sur la lande Konvern, il n'eût pas hésité à la déclencher contre ces hommes stupides. C'était la deuxième fois qu'il tuait. Mais cette fois, il avait tué des hommes et des femmes. Des êtres comme lui. Sa haine brûlante se fondit peu à peu en une tristesse immense devant l'imbécillité du destin, devant la peine qu'il ressentait soudain devant les silhouettes qui se penchaient sur les cadavres leur adressant des paroles maudites. Tout contact était désormais impossible. Il leur fallait fuir à nouveau.

Par un effort de volonté surhumain, Orlyane parvint à ne pas perdre connaissance. Elle s'essuya le visage d'un revers de cape. Celle-ci se poissa de sang. Une douleur atroce lui traversait la tête. La pierre l'avait frappée à la tempe.

*

Orlyane se maudissait de ne pas s'être montrée plus prudente.

Après leur tentative manquée auprès des villageois, ils avaient fui vers les crêtes, traversant les champs et les prés. Là-haut, au creux d'une combe où coulait un torrent vif, elle avait pu laver son front ensanglanté.

— Ce ne sera rien, avait-elle déclaré.

Mais la blessure était grave. Elle le savait.

Cela faisait à présent six jours qu'ils avaient quitté le village maudit. Elle souffrait chaque jour un peu plus. Ils ne progressaient que par courtes étapes. Une marche, parfois une demie. Un filet de sang ruisselait sans cesse de son oreille. Elle l'épongeait maladroitement de sa manche. Devant elle, les fougères dansaient comme des torches. Par moments, sa vue se troublait et elle était obligée de s'appuyer sur son cheval. Souvent, des vomissements incoercibles la prenaient. Elle descendait alors de cheval et attendait que cela passât. Une douleur lancinante lui vrillait le crâne en permanence, épuisante. Elle devait faire appel à toute sa volonté pour ne pas tomber dans l'inconscience ou la folie. Les flaques de lumière sur le sol lui faisaient mal. Elle redoutait de traverser les clairières inondées de soleil. Autour d'elle, tout était rouge. Rouge du sang qui coulait, rouge des frondaisons desséchées par l'automne. Sous les pas des chevaux, le tapis de feuilles craquait, se froissait et le bruit résonnait en elle comme un fracas d'incendie. Dans son délire naissant, elle perdait peu à peu contact avec la réalité. Elle confondait Syrdahar et Lephen. Elle revoyait Orloff leur criant de fuir. Adieu ! Ou plutôt, à bientôt, cher compagnon ! Puis Kogan se superposait au géant. Son regard bleu, sa barbe rousse, ses gestes doux. Elle savait qu'elle allait le retrouver, que sa route s'arrêterait bientôt, mais elle ne voulait pas. Elle refusait sa mort de toutes ses forces. Elle ne la craignait pas, mais sa tâche n'était pas terminée. Elle n'avait pas le droit d'abandonner ses enfants. Elle n'avait pas le droit. Elle se cramponnait, s'agrippait à la vie, avec violence, avec passion, pour atteindre une ville, un lieu civilisé d'où on ne les chasserait pas à coups de pierres.

La forêt monstrueuse n'en finissait pas. Elle avait confié à Dorian le secret du soleil et des étoiles afin qu'il sût se diriger. Elle lui avait enseigné le langage de la boussole, de la mousse des arbres. En chemin, ils avaient aperçu deux autres villages mais les avaient prudemment évités. Peu à peu, ils descendaient vers les plaines. Les sapins laissaient la place aux chênes, aux hêtres, aux ormes, aux aulnes.

*

Un matin, Orlyane eut peine à ouvrir les yeux. L'air lui manquait curieusement, elle ne ressentait cependant plus aucune douleur. Ses pensées elles-mêmes devenaient plus claires, plus lucides.

Elle aperçut soudain le visage anxieux de Dorian penché sur elle.

— Mère, comment vous sentez-vous ?

Elle esquissa un sourire et voulut se lever. Aussitôt, la panique s'empara d'elle. Ses membres refusaient de lui obéir. Les ébauches de mouvement qu'elle tenta la transpercèrent de flèches de feu, lui arrachant des gémissements.

— Qu'y a-t-il ? s'affola Dorian.

— C'est fini, souffla-t-elle d'une voix à peine audible.

— Mère, gémit le jeune garçon.

Elle tourna la tête vers lui.

— Mon petit ! Je m'en veux de vous imposer cette peine.

Je vais devoir vous quitter. Mon corps me refuse tout service. Je vais devoir l'abandonner.

— Mère, je ne veux pas, murmura Dorian, effondré. Je vais vous soigner. Dites-moi les plantes dont vous avez besoin. Je vais les chercher sur l'heure.

— Hélas, aucune potion ne pourra me tirer de là. Seuls les amanes sauraient peut-être ce qu'il conviendrait de faire.

Elle gémit un peu sous une douleur plus forte.

— Mère, ne nous abandonnez pas.

Des larmes de chagrin et de rage mêlés lui vinrent aux yeux sans qu'il s'en rendît compte.

Solyane, qui était allée chercher de l'eau à la rivière proche, lâcha son outre et vint s'agenouiller près d'eux. Elle comprit aussitôt ce qui se passait, mais ne dit mot.

— Écoutez-moi, mes enfants. Je n'en ai plus pour longtemps. Continuez vers le sud. Là, vous trouverez des villes où vous serez accueillis sans hostilité. Au nord se trouvent les glaces. Il n'y a plus rien. Surtout, ne révélez à personne qui vous êtes, ni d'où vous venez. Changez de noms. Ne prononcez jamais le nom de Syrdahar. Il ne faut pas que vos ennemis vous retrouvent. Ne dites pas...

Elle parlait à présent d'une voix hachée et haletante. Un filet de sang s'était remis à couler de son oreille. Son visage couvert de sueur avait pris une teinte cireuse.

— Ne dites pas ? murmura Dorian doucement.

— Ne parlez pas de Cybernia ! Jamais ! Dorian... prends la bourse de ma ceinture.

Le jeune garçon défit la ceinture de sa mère et détacha le petit sac de cuir.

— Ouvre !

Il fit glisser l'écrin et en sortit deux bagues étranges.

— Si jamais... lorsque vous aurez atteint l'âge mur, vous saurez... si vous devez vous rendre à Cybernia. Elles vous serviront peut-être. Ne vous en séparez jamais. Mais ne les montrez à personne.

Solyane et Dorian examinèrent les bagues. Elles étaient trop grandes pour leurs doigts. Rigoureusement semblables, elles s'ornaient de deux pyramides inversées, d'une couleur bleu pâle. Au cœur des pierres luisaient deux sphères d'un noir intense et brillant d'où rayonnaient une multitude de fils à peine visibles, fins comme des cheveux et qui venaient affleurer à la surface.

— D'où viennent ces bagues, mère ? demanda Solyane.

Mais la jeune femme avait fermé les yeux. Elle n'avait pas entendu la question. Elle les rouvrit dans un dernier effort et les regarda l'un après l'autre.

— C'est fini. Je veux vous dire... avant de partir... Quoi que vous appreniez plus tard, quoi qu'il arrive... je vous aime... je vous ai aimés... comme mes propres enfants.

Elle délirait.

— Mère, murmura Dorian, tentant de dissimuler son affolement, mais *nous sommes* vos enfants !

— Oui, c'est vrai ! Vous êtes mes enfants ! Je vous ai nourris de ma chair, de mon sang. Je vous ai portés. Je vous ai donné le jour.

Elle soupira et un vague sourire étira ses lèvres.

— C'est pour vous que j'aurai fait tout cela.

Une larme glissa sur sa joue.

— Mes enfants !

Elle resta un moment silencieuse.

— Ne me pleurez pas. Je vais rejoindre votre père. Je vais être éternellement heureuse. Mais vous, gardez-vous bien.

— Mère, pleura le garçon, quand je serai grand, je reviendrai et je détruirai ce village maudit. Je vous vengerai...

— Non !

Le visage de la jeune femme se figea dans une expression anxieuse.

— Ne laisse jamais la haine envahir ton cœur, Dorian. La vengeance est un poison stérile. Elle te détruira. Tu dois te situer au-dessus d'elle. Jamais...

Elle ferma les yeux et les rouvrit. Des perles de sueur brillaient sur ses lèvres.

— Jamais... souffla-t-elle encore. Tu dois... pardonner... même à tes ennemis.

Elle poussa un gémissement et dit encore :

— Ne... ne vous séparez jamais tous les deux. Rien, tant que vous resterez unis, rien ne prévaudra contre vous.

Ses yeux se troublèrent et elle perdit connaissance. Dorian comprit qu'elle ne s'éveillerait plus jamais. Ce fut comme un grand froid qui tomba soudain sur les deux enfants. Un vide immense s'était creusé en eux, qui jamais ne se comblerait.

CHAPITRE XIII

Lorsqu'il sortit de la grotte où reposait sa mère, Dorian connut un moment de confusion totale. Une panique effroyable s'était emparée de lui. Il aurait voulu hurler. Il se retrouvait seul, dans un monde hostile et inconnu. Malgré les dernières paroles d'Orlyane, il ne pouvait chasser le flot de haine qui lui criait de retourner vers le village maudit pour le réduire en cendres. Et sa haine le brûlait d'autant plus qu'il se sentait impuissant à accomplir sa vengeance. Derrière lui, il devinait Solyane qui pleurait, écroulée sur le corps de sa mère.

Il tenta de faire le vide, d'organiser ses pensées, comme Orlyane le lui avait enseigné. Une bruine glacée lui inondait le visage, le transperçant jusqu'aux os. Il ne la sentait pas.

Puis une petite voix murmura près de lui :

— Ne pleure plus, Dorian. Je suis là.

Il se retourna. Sa sœur lui prit la main et la serra de toutes ses forces. Alors, envahi par l'émotion, il se mit à sangloter sur l'épaule frêle de la fillette. C'était comme un abcès qui crevait, un mal qui se vidait. Depuis leur départ de Syrdahar, il avait dû faire preuve d'une résistance au-delà de la normale pour soutenir sa petite sœur affaiblie. Une main douce, quasi maternelle, caressa sa chevelure bouclée. Il n'était qu'un gamin de dix ans. Il pleura longtemps. Puis il se calma et comprit. Solyane aussi était une femme. Elle aussi possédait l'instinct, cet instinct merveilleux qui oriente les actes et les pensées vers la vie.

Il recueillit comme un fluide bénéfique la force qu'elle faisait couler en lui. Pour la mémoire de leur mère, ils n'avaient pas le droit d'abandonner. Ils continueraient à lutter.

Ils réunirent des branches mortes et en recouvrirent le corps d'Orlyane.

Le feu purifie. Ainsi parlait la religion. L'âme quittait le corps qui n'était pas autre chose qu'une apparence momentanée, un peu comme un vêtement dont on se débarrasse lorsqu'il est usé. Ils se souvinrent des paroles d'Adelfius.

« Le corps n'est qu'une écorce faite d'un amalgame de poussières issues de l'air, de la terre et de l'eau. Mais cette écorce n'est rien sans l'âme. L'âme est l'étincelle de la vie. Elle est impalpable, immatérielle. Lorsque vous mourrez, elle se détachera de votre corps et rejoindra l'essence divine, l'univers fondamental où n'existent ni le bien, ni le mal, car tous deux se rejoignent à l'infini. Nul ne sait ce qui se passe alors. Quelques privilégiés ont eu accès au seuil de cet univers extraordinaire. Aucun d'eux n'a pu décrire ce qui s'y passe car cette connaissance est interdite aux vivants. La sérénité avec laquelle il convient d'aborder la vie et la mort est l'enseignement que l'on a pu tirer de leur fantastique expérience.

« Aimez donc la vie pour ce qu'elle peut vous apporter de joie et de satisfaction si vous savez la remplir, mais ne redoutez pas la mort qui vous rendra à vous-mêmes et aux dieux. Elle n'est que la continuation normale de la vie. »

Lorsqu'ils prirent la direction du sud, un feu haut et clair flambait derrière eux. Désormais, ils étaient seuls. Irrémédiablement.

Il leur semblait que la forêt n'avait pas de limite. Parfois, elle s'écartait pour laisser la place à un petit hameau entouré de quelques champs maigres où paissaient des bêtes peu nombreuses. Mais pas une fois ils n'aperçurent l'ombre d'un temple.

Prudemment, ils évitèrent ces villages.

Ils possédaient désormais un cheval chacun, Solyane avait préféré rester sur celui de son frère. Elle avait besoin de le sentir contre elle, de se rassurer à son contact. La jument d'Orlyane avait donc hérité des bagages et suivait docilement. L'automne tirait à sa fin et le froid se faisait plus vif. Solyane avait parfois des accès de fièvre. Le choc de la disparition d'Orlyane ne leur était pas étranger. Sur les indications de sa sœur, Dorian collectait les plantes nécessaires. La fillette avait beaucoup appris de sa mère. Les potions la calmaient sans pourtant la soigner. Elle ne souffrait pas vraiment, mais une bizarre langueur la prenait par moments. Elle semblait s'affaiblir de jour en jour. Dorian, paniqué, redoutait qu'elle ne mourût à son tour. Elle le rassurait cependant.

— Ce n'est rien. Cela va passer. Mère m'a dit que cela devait arriver un jour ou l'autre.

— Qu'est-ce que tu as ?

— Je ne sais pas. Toutes les femmes ont ça très jeunes.

Un matin, alors qu'ils avaient dormi l'un contre l'autre, blottis dans leurs couvertures épaisses, Dorian fut réveillé par un gémissement.

— J'ai mal, petit frère.

Instantanément, il se leva et ouvrit le sac contenant le reste de potion. Puis il vit Solyane glisser la main vers son ventre et la retirer pleine de sang.

— Non ! hurla-t-il.

Il la découvrit. Sa robe était tachée d'écarlate.

— Solyane, gémit-il, ne meurs pas ! Ne me laisse pas seul !

Des larmes lui vinrent aux yeux mais la fillette sourit.

— Va me chercher de l'eau, petit frère, je ne suis pas blessée. Cela veut dire au contraire que je serai bientôt guérie.

À ce moment, un ricanement éclata derrière eux, puis une voix chevrotante dit :

— Elle a raison ! Ne t'inquiète pas, petit ! Elle ne va pas mourir !

CHAPITRE XIV

Dorian se retourna brusquement, la main sur le shayal. Une apparition fantastique se tenait à quelques pas. C'était une vieille femme vêtue de haillons rapiécés, aux longs cheveux sales et décoiffés, entremêlés de bijoux inattendus et multicolores. Son rire asthmatique découvrait les quelques dents qui lui restaient. Son regard perçant conservait cependant l'éclat qui avait dû être le sien au temps de sa jeunesse. Sa peau fripée par le soleil se tachait de brun.

Sur la défensive, Dorian scruta l'esprit de la vieille. Il n'y décela aucune trace d'hostilité. Au contraire, elle paraissait s'amuser follement de la scène. Elle trottina jusqu'à eux en s'aidant d'une canne aussi tordue qu'elle. Un animal surgit des sous-bois, s'approcha avec circonspection et vint flairer la fillette.

— Wynnloo ! s'égosilla la vieille.

C'était un magnifique renard aux yeux fins taillés en amande. Il jappa brièvement et s'éloigna pour s'asseoir tranquillement, s'enveloppant dédaigneusement dans sa queue immense.

— Qui êtes-vous ? demanda Dorian.

— Je suis une sorcière, mon petit. Mon nom n'a pas d'importance puisque je vis seule. Les animaux ne m'appellent pas par mon nom. Il leur suffit de savoir que je suis là. Au lieu de poser des questions idiotes, aide-moi à porter la petite fille chez moi.

Subjugué par le ton péremptoire, Dorian obéit. Il prit Solyane dans ses bras et la hissa sur son cheval.

*

Chez elle ! Le lieu valait le détour. Elle vivait dans une masure de bois appuyée au tronc d'un chêne dont l'écorce apparaissait à l'intérieur. La baraque ne comportait qu'une seule pièce, encombrée d'un invraisemblable bric-à-brac de fioles, de marmites de grès, de meubles dépareillés et incroyablement fatigués. Au fond, près d'une cheminée à la forme bizarre, s'étendait un grabat au matelas fourré de fougères.

Ils y allongèrent Solyane. La vieille la déshabilla entièrement et lui fit une toilette complète après avoir fait chauffer de l'eau dans un chaudron de fonte suspendu au-dessus des braises.

— Par les tripes pourries de Shaïentus, te voilà prête à servir aux garnements, ma belle. Mais si tu m'en crois, attends encore un peu. Tu me parais bien jeune.

Solyane ne comprit pas grand-chose aux paroles de la sorcière, elle s'en moquait. La mixture qu'elle lui fit ingurgiter calma la douleur presque instantanément.

— Et voilà, conclut la vieille. Désormais, il faudra t'attendre à ce petit inconvénient toutes les lunes. C'est la loi pour toutes les femmes.

— Toutes les lunes ?

— Eh oui, petite fleur. Mais il ne faut pas t'en alarmer. Tu peux en être fière au contraire. C'est cela qui te permettra un jour de donner la vie, comme ta mère te l'a donnée.

— Donner la vie...

— Oui ! Est-ce que ta mère ne t'en a pas parlé ? Qu'est-ce qu'elle t'a appris ?

Si. Bien sûr, Orlyane lui avait enseigné tout cela, mais elle ne songeait pas du tout à donner la vie en ce moment. Elle avait d'autres soucis.

La vieille n'attendait pas de réponse. Elle s'éloigna et se mit à fourrager dans sa masure.

— À présent, tu vas dormir, petite fleur ! Le meilleur remède à ton mal, c'est le sommeil.

Solyane se le tint pour dit. Quelques instants plus tard, elle dormait. Assis sur un escabeau, Dorian regardait la vieille. Celle-ci, sans mot dire, à part un juron incompréhensible de temps en temps, se mit à préparer le repas.

— Tiens, petit loup ! Mange ! Tu as faim !

C'était vrai. Depuis la veille à midi, il n'avait pratiquement rien avalé. Refusant de quitter Solyane pour chasser, il avait préféré lui laisser sa part de nourriture.

Il s'attendait à ce que la vieille lui posât des questions sur la raison de leur présence, elle n'en fit rien. Il s'en étonna auprès d'elle. Elle le regarda et bougonna :

— Et toi, as-tu envie de savoir ce que je fais ici, petit loup ?

La réponse curieuse le désarçonna.

— Heu... non. J'imagine...

— N'imagine rien ! Je suis dans cette forêt parce que je l'aime. Tu ne fais qu'y passer pour des raisons qui te regardent. Elles ne me concernent pas. Le malheur des hommes vient de ce qu'ils cherchent toujours à savoir ce que font les autres, pourquoi ils vivent ainsi, pourquoi ils agissent comme ci, ou comme ça. Les plus fous et les plus dangereux sont ceux qui veulent imposer leurs idées parce qu'ils sont persuadés qu'ils sont les seuls à détenir la vérité. Les imbéciles ! Il y a autant de vérités que d'hommes qui vivent dans ce monde. Les animaux se conduisent plus sagement. Regarde Wynnloo ! Il va où cela lui plaît. Si je lui demandais ce qu'il fait, si je le contraignais, il ficherait le camp. Au contraire, il vient ici quand il le désire. C'est un ami. Il n'a pas de comptes à me rendre.

Décidément, la sorcière plaisait de plus en plus à Dorian. Elle poursuivit :

— D'ailleurs, je n'ai pas besoin de te questionner pour savoir. Je lis en toi que tu as déjà beaucoup trop vécu pour ton âge. Tu as traversé des épreuves difficiles.

— C'est vrai !

— Alors, vous pouvez rester ici quelques jours, si vous le désirez. La petite fleur a besoin de repos.

— J'accepte volontiers, madame. Comment vous remercier ?

Pour toute réponse, elle grogna. Puis, sans un mot, elle sortit, un panier sous le bras. Ombre rousse et furtive, le renard la suivit. Dorian vint s'asseoir sur le grabat et contempla Solyane endormie. Pour la première fois depuis longtemps, ses traits étaient détendus. Elle souriait presque dans son sommeil. Il lui prit la main. Ses petits doigts se refermèrent sur les siens.

Cette vieille femme était-elle envoyée par les dieux ? Elle avait surgi à point nommé pour les prendre en charge tous les deux à un moment où ils se sentaient désemparés.

Solyane avait effectivement besoin de se remettre. Ils resteraient quelques jours. Elle serait mieux à l'abri d'une chaumière chaude et accueillante que perdue dans le froid humide et ténébreux des nuits sombres de la forêt.

Étrange personnage que cette vieille femme édentée. Il eût été impossible de lui donner un âge. Dorian ne savait que penser à son sujet. Elle était le premier être étranger à Syrdahar avec qui ils établissaient un contact qui ne fût pas hostile. Elle parlait peu mais grognait et jurait souvent dans un langage sibyllin. Toute la journée elle mâchouillait des racines qui étaient vraisemblablement à l'origine de sa dentition fantaisiste.

En plus du renard, elle vivait entourée d'une foule d'animaux étranges comme ce grand duc aux allures de prêtre, tout en plumes et en dignité, un chevreuil têtu dont la principale occupation consistait à voler les salades de la vieille jusque sur la table. Un chat noir, mystérieux et hautain, nichait dans les branches du chêne. Tout autour de la bicoque s'égayait un troupeau de chèvres cabochardes après lesquelles elle courait aussi vite que ses vieilles jambes le lui permettaient. Elles étaient censées lui fournir du lait mais il ne fallait pas que cela les ennuie.

De véritables scènes de ménage l'opposaient à ses animaux et particulièrement au renard qui prenait un malin plaisir à la tourmenter.

Malgré son hospitalité, la sorcière ignorait quelque peu les enfants. Elle se contentait de leur préparer le repas. Lorsque Solyane offrait de l'aider, elle poussait un épouvantable rugissement et la fillette n'insistait pas. Visiblement, elle les tolérait parce qu'ils avaient momentanément besoin d'aide, elle n'admettait pas cependant de changer ses habitudes pour eux. Alors, ils partaient en forêt et chassaient le gibier ensemble. Pour la première fois depuis une éternité, Solyane avait retrouvé son calme. Elle dormait beaucoup, d'un sommeil profond et mangeait comme quatre pour retrouver des forces.

Une fois, Dorian la surprit à esquisser un pas de danse dans une clairière, au milieu des chèvres. Il lui en voulut de se montrer si insouciante. La mort de leur mère ne remontait pas à plus de quinze jours.

— Je sais, répondit Solyane. C'est pour elle que je danse, pour qu'elle ait confiance en nous. Crois-tu qu'elle préférerait nous voir pleurer ?

— Non, bien sûr !

— Lorsque l'on pleure les disparus, c'est par égoïsme. C'est à soi que l'on pense, à la peine que leur perte nous a infligée. Moi au contraire, je veux qu'elle sache que mes forces sont revenues, que moi, sa fille, je suis prête à poursuivre sa tâche.

L'épreuve de sa formation passée, la fillette avait récupéré très vite. À présent, elle débordait de vitalité.

— Et puis, ajouta-t-elle, nos ennuis vont bientôt prendre fin. Je le sens.

— Comment cela ?

— Je ne sais pas. C'est une intuition, comme celle qui m'a montré la destruction de Syrdahar et l'attaque des garous.

Il ne répondit pas. Sans doute avait-elle raison. Ses prédictions s'étaient révélées tragiquement exactes. Pourquoi ne pas y ajouter foi lorsqu'elles étaient bénéfiques ? Il se demanda d'où lui venait ce don. Un début d'explication lui fut fourni par la sorcière. Celle-ci les observait depuis un moment lorsqu'elle s'approcha de lui et déclara :

— C'est extraordinaire, petit loup ! Ta sœur possède la “setchaya” !

— La setchaya ? Qu'est-ce que c'est ?

— Un don des dieux ! Un don très rare. La petite fleur est imprégnée de la forme la plus pure de la setchaya.

Les yeux de la vieille femme brillaient. Intrigué, Dorian se demanda si elle n'était pas un peu folle.

— Regarde-la ! Ne sens-tu pas, ne vois-tu pas comme chacun de ses gestes parle, comme sa danse reflète ses pensées, quelle beauté naïve elle met dans le moindre de ses mouvements ? C'est la setchaya, la mère de la création, qui vibre en elle.

Elle se tourna vers lui.

— Tes yeux t'aveuglent ! Tes oreilles te rendent sourd. Tu ne connais rien des parfums de la vie, de la grâce du toucher.

Cette fois, elle était folle ! Dorian, un peu effrayé par son regard halluciné, recula. Soudain, elle éclata d'un rire sec et sonore, empli de joie. Solyane s'arrêta et se retourna, surprise. La vieille battit des mains.

— Non, non ! Continue, surtout ! Continue !

La fillette sourit et obéit. La sorcière revint vers Dorian.

— Non ! N'aie pas peur ! Je ne suis pas folle. Et puis, j'ai tort, tu n'es pas totalement aveugle puisque tu vois par ses yeux à elle.

À nouveau elle contempla la silhouette fine et gracieuse qui, là-bas, se pliait aux caprices d'une musique imaginaire, inspirée peut-être par les mouvements du vent dans les frondaisons ou le chant des oiseaux.

— Écoute bien, petit, dit la vieille d'une voix basse et rauque, comme si elle craignait de rompre l'enchantement, écoute ceci : la setchaya est un état de grâce. C'est la faculté de “voir” au-delà du réel. L'homme perçoit ce qui l'entoure avec ses yeux, ses oreilles, ses mains, son nez. Il connaît les couleurs, la lumière, les odeurs, les formes et la chaleur des choses. Mais il existe des sens différents, des présences que l'on ne peut ressentir avec nos yeux ou nos mains. Quelque chose d'invisible, une harmonie, un esprit que seuls les êtres sensibles peuvent éprouver et traduire pour les pauvres aveugles que nous sommes. Ils écoutent la voix de l'esprit et la comprennent. On les prend parfois pour des fous, ils nous sont bien supérieurs car ils possèdent la faculté qui permet d'être heureux au-delà de ce que nous pouvons imaginer. La setchaya ! Ta sœur possède la setchaya à un degré que je n'ai encore jamais rencontré.

Pour ne pas perdre la main, Dorian continuait à s'entraîner. N'ayant aucun adversaire possible au sabre, il se concentra sur les styls. La rapidité et la précision de ses gestes attira l'attention de la vieille.

— Dis-moi, petit loup, où as-tu appris à lancer si bien ?

— J'ai retenu les leçons de mon père.

Il ne souhaitait pas lui donner trop de renseignements. Elle respecta sa réponse évasive et s'en fut, plongée dans ses pensées.

Le soir, alors que les enfants contemplaient la danse des flammes dans la cheminée, elle les regarda tour à tour.

— C'est curieux, grommela-t-elle. Êtes-vous sûrs d'être frère et sœur ?

Dorian répondit :

— Nous sommes même jumeaux !

— Étrange ! Vraiment étrange ! murmura-t-elle entre ses dents. Il flotte autour de vous comme une aura...

Elle n'en dit pas plus et se mit à chercher divers objets dans son bric-à-brac. Elle revint vers la table avec un sac de cuir serré d'une lanière. Elle en sortit des cristaux de toutes couleurs qui accrochaient la lumière des flammes et la rejetaient comme autant d'étoiles scintillantes, puis elle prit un petit brasero dans lequel elle plaça des charbons ardents. Elle y jeta une pincée d'une poudre argentée qui se mit à dégager une fumée épaisse aux senteurs alliacées.

— Approchez-vous !

Intrigués, ils obéirent.

— Prenez une poignée de pierres et jetez-les sur la table !

Ils firent ce qu'elle demandait. Sur le ciel de la table de bois sombre, les cristaux se mêlèrent, formant des constellations nouvelles. Par un phénomène mystérieux, la fumée acre vint planer au-dessus d'eux. Aussitôt, leur éclat s'intensifia, illuminant la petite maison. Les yeux exorbités, la vieille se pencha et se concentra :

— Je... je ne comprends pas, balbutia-t-elle.

Et soudain, elle se recula, horrifiée.

— Mais... vous êtes... morts !

En d'autres circonstances, Dorian aurait éclaté de rire. Mais la scène envoûtante, le visage terrifié de la sorcière, les nuages de fumée verte l'impressionnaient. Solyane lui prit la main et la serra avec force. Il articula avec effort :

— Nous ne sommes pas morts puisque nous sommes là. Qu'est-ce que cela veut dire ?

Tremblant de tous ses membres, la vieille s'approcha à nouveau sans les quitter du regard. Plus exactement, elle semblait voir à travers eux comme s'ils étaient invisibles ou transparents.

— Vous êtes morts, répéta-t-elle d'une voix cassée, ou

plutôt, vous êtes déjà morts une fois. Les dieux vous protègent. Vous vivez à nouveau.

Solyane regarda son frère, effrayée.

— Que raconte-t-elle ? J'ai peur, Dorian !

— Approchez encore, continua la sorcière. Avancez votre main gauche dans la fumée, la paume vers le ciel.

Ils hésitèrent, puis obéirent. Aussitôt, l'éclat des pierres augmenta de façon ahurissante. Une lumière éblouissante inonda la cabane, tandis que des volutes de fumée verte et argent virevoltaient autour d'eux, dessinant des formes fugaces.

— Par la langue putréfiée du grand Migas cornu, je n'ai jamais rien vu de semblable. Qui êtes-vous donc ?

Ils ne répondirent pas. Elle poursuivit d'un ton enthousiaste :

— Oui... oui, je confirme. Vous êtes morts. Mais c'était vous, sans être vous. Vous êtes autres. Vous détenez des pouvoirs fantastiques. Les dieux ont étendu la main sur vous. À moins que vous ne soyez des dieux vous-mêmes. Oui... c'est bien possible.

Elle souffla sur les pierres. D'autres formes se matérialisèrent fugitivement. Les yeux de la vieille s'écarquillèrent.

— L'alliance ! La conjonction des astres ! Vous êtes les pierres fécondes qui raviveront les cendres de l'Ancien Monde. La mort vous poursuit, cependant. Une force négative veut vous anéantir. Elle a déjà réussi une fois. Je sens... je sens... Ah, je puis mourir après avoir contemplé un tel spectacle. Toi, le loup, serre la main de la fleur.

Elle avait presque hurlé la dernière phrase. Impressionnés mais extraordinairement lucides, comme investis d'une force nouvelle et étrangère, Dorian et Solyane rapprochèrent leurs mains. Leurs doigts se touchèrent, s'unirent.

— Concentrez-vous, cria la vieille. C'est bien cela, poursuivit-elle. Jamais vous ne devrez vous séparer. Concentrez-vous ! Encore plus !

Et soudain, les murs de la cabane se mirent à vibrer,

faiblement au début, puis de plus en plus fort. Sur les étagères, les fioles multicolores éclaboussées de lumière tremblaient. On eût dit qu'un soleil intérieur illuminait la cabane.

Les enfants fermèrent les yeux. Ils n'en avaient plus besoin pour voir. Ils voyaient, ils appréhendaient à présent l'espace dans toutes les directions, situant chaque objet à sa place exacte, le ressentant tel qu'il était en vérité et non déformé par les sens, masse, volume, interaction avec les autres. Au-delà des murs de la chaumière, ils percevaient la forêt, les arbres, les palpitations de milliers, de millions de vies dont chacune pourtant était distincte des autres.

Au loin, comme venant d'autre espace, ils entendirent la voix de la vieille :

— Toi le loup, tu seras un seigneur plus puissant que tous les autres avant toi. Tu dois dominer le monde. Toi, la plus belle des fleurs, tu es l'essence même de l'esprit créateur. La setchaya vibre en harmonie avec ton âme. La beauté et le charme seront tes atouts. Vos ennemis seront désarmés face à votre puissance. Tant que vous... serez unis...

« Attendez ! Un nouvel élément apparaît... l'ombre, l'étoile noire, au cœur de vos rayonnements. Aaaah !

Elle respirait à présent très vite. Elle ajouta d'une voix hachée :

— Vous portez en vous-mêmes les germes de votre propre destruction. Il n'existe qu'une voie brûlante, cernée de flammes, pour y échapper. Oserez-vous la franchir ? Tout se trouble... Je ne vois plus rien.

Dorian et Solyane avaient rouvert les yeux. Leur état frisait l'inconscience ou la supra-conscience. Puis peu à peu, tout s'estompa, se fondit dans la nuit. La lumière aveuglante se ternit. Ils s'éveillèrent comme d'un rêve. Les murs de la chaumière avaient cessé de trembler, quelques volutes de fumée verdâtre achevaient de se dissiper.

La vieille s'écroula sur un fauteuil bancal et reprit lentement son souffle. Ses yeux brillants ne les quittaient pas. Enfin elle parla :

— Souvenez-vous ! Il n'existe pour vous qu'une voie, une seule, pour éviter l'anéantissement. Mais c'est une voie maudite.

— Pourquoi ? demanda Dorian.

— Vous êtes vraiment frère et sœur ?

— Oui !

— Alors, c'est une voie maudite ! Pourtant...

— Pourtant ?

— Quelque chose m'a échappé. Tout ceci n'est pas clair. Avant votre première mort, vous n'étiez pas frère et sœur.

— La même mère nous a portés. Ensemble !

Les paroles d'Orlyane lui revinrent : « Vous êtes nés de ma chair, de mon sang... »

Ils ne comprenaient plus rien. Que signifiait cette « première mort » ?

CHAPITRE XV

Ils quittèrent la sorcière dès le lendemain. Ils n'avaient pas fermé l'œil de la nuit. La vieille ne leur posa aucune question. Elle se contenta de leur donner des provisions.

Au moment du départ, elle dit :

— Je ne sais pas qui vous êtes, mais je veux vous remercier. Jamais il ne m'avait été donné de pénétrer aussi loin dans le domaine des forces interdites. Ce souvenir illuminera ma vie jusqu'à mon dernier jour.

Dorian sourit puis demanda :

— Une question avant que nous partions : pourquoi nous avez-vous baptisés Fleur et Loup ?

— Tu as le courage et la ténacité du loup, petit, et tu es

aussi solitaire que lui. Toi, petite, tu rayonnes comme la plus belle des fleurs.

*

Dorian et Solyane n'avaient pas compris grand-chose aux énigmes de la sorcière. Qu'entendait-elle par « germe de destruction » ? Et quelle pouvait être cette voie « maudite » qui seule pouvait les sauver de l'anéantissement ?

Ils ne gardaient que le souvenir de cet instant extraordinaire où une force inconnue avait surgi du plus profond d'eux-mêmes, appelée par la réunion de leurs esprits. Ils avaient eu l'impression de pouvoir faire exploser la chaumière autour d'eux. Intrigués, ils profitèrent de la halte de midi pour renouveler l'expérience. Ils unirent leurs mains, se concentrèrent... Rien ne se passa. Découragés, ils abandonnèrent.

— C'est cette fumée, conclut Dorian. Elle contenait sans doute des vapeurs qui nous ont obscurci l'entendement. Nous avons dû rêver.

— Peut-être, pourquoi donc a-t-elle fait ça ?

— Je ne sais pas ! Pour s'amuser, sans doute !

Il n'en était pas convaincu.

— D'où venait alors cette lumière ?

Dorian soupira.

— Oublions tout ça, petite sœur ! Il nous reste beaucoup de chemin à faire.

— Pour aller où ?

— Nous verrons !

— Dorian ! Qu'allons-nous devenir ?

— Je ne sais pas. Tâchons de découvrir une ville. Après nous aviserons.

*

Solyane avait faim et froid. Le temps s'était dégradé. Les arbres avaient perdu leurs feuilles. Une pluie fine et pénétrante tombait presque constamment. Lorsqu'elle s'arrêtait, le brouillard la remplaçait. L'eau s'infiltrait partout, jusque sous les capes de cuir et les faisait grelotter. Depuis deux jours, ils avaient élu domicile dans les ruines d'une cabane de pierre bâtie sur les rives d'un petit étang. Solyane s'était foulé la cheville en trébuchant sur une racine et Dorian avait décidé de faire halte pour qu'elle se rétablisse. Il passait ses journées à la chasse. Il lui avait enseigné à se servir du gonn au cas où un migas ou des loups surviendraient. Le gibier se faisait rare. Depuis le matin, il n'avait aperçu qu'un lièvre famélique qui avait fui à son approche. La boue détrempait les voies des sangliers. Les buissons griffaient sa cape effrangée de déchirures. L'endroit était-il moins giboyeux ? Il en doutait. Il se sentait mal. Un froid irrésistible avait saisi son corps et ne voulait plus le quitter. Il frissonnait constamment. Ses doigts engourdis tremblaient lorsqu'il ajustait une flèche. La corde était lourde à tendre. Il manqua ainsi un lapin et un faisan. Il n'aspirait qu'à une chose : retourner à la cabane et se lover près du feu. Mais s'il revenait bredouille, ils n'auraient rien à manger pour le soir. Alors, il continuait, trébuchant à chaque pas.

Soudain, vers le milieu de l'après-midi, une sonnerie retentit au loin. Il distingua des aboiements et des bruits de sabots.

— Solyane, murmura-t-il d'une voix rauque.

Il lui sembla que la chasse venait de l'autre côté de l'étang. Si elle le contournait, les chasseurs trouveraient Solyane seule. Il abandonna la piste et se mit à courir pour rejoindre sa sœur. Il devait la défendre. Il se souvint de l'accueil réservé par le premier village rencontré. Il imaginait déjà la meute de chiens hérissée de crocs se jetant sur la petite fille. Plusieurs fois, il chuta sur le sol boueux, les épines lui griffaient la peau, les branches lui cinglaient le visage. Mais il n'en avait cure, il lui fallait rejoindre Solyane. Son cœur battait à tout rompre, le sang lui martelait les tempes. Enfin il parvint aux ruines. Personne ! Seule une petite silhouette accroupie devant le feu.

— Solyane !

— Dorian !

Ils se jetèrent dans les bras l'un de l'autre.

— Tu n'as rien ? haleta-t-il.

— Non ! Mais toi si ! Ton front est brûlant.

— Ce n'est rien !

— Entre ! Il faut te réchauffer.

— Non ! Tu entends ?

Les aboiements des chiens se rapprochaient. Au loin retentissaient les appels des harceleurs et plusieurs sonneries de gavel. C'était un instrument utilisé par les chasseurs pour communiquer entre eux. Dorian en avait utilisé à Syrdahar.

— Ils vont nous trouver, gémit le garçon.

— Et alors ? Peut-être nous apporteront-ils de l'aide ? Nous ne pouvons rester éternellement dans cette forêt.

— Souviens-toi des dernières paroles de notre mère ! Personne ne doit savoir d'où nous venons.

— Nous leur raconterons l'histoire qu'elle avait inventée.

— Elle a dit également de changer nos noms.

— Eh bien à présent, tu seras... Arnaud ! Et moi Isabelle !

— Les enfants de Laurent.

— Oui, les enfants de Laurent ! Ils avaient à peu près notre âge.

Soudain, les sous-bois s'agitèrent et une meute de chiens courants déboucha de plusieurs endroits à la fois. Derrière eux, suivait une troupe de cavaliers. Des hurlements vrillèrent la tête du jeune garçon. Sa vue se troubla. Il lui sembla que la terre allait basculer. Il chancela, s'appuya aux murs branlants. Courageusement, il tira son sabre et fit face. Son geste était dérisoire et il le savait. Mais au moins il faisait front.

Les chiens s'arrêtèrent à quelques pas de lui, stoppés par un ordre impérieux.

Dans un monde devenu flou, Dorian vit une silhouette de centaure se dresser devant lui, immense. Solyane lui prit la main. Il se plaça devant elle.

La silhouette sombre s'avança, énorme, écrasante. C'était un géant monté sur un lionorse effrayant.

— Par l'aigle d'or, messeigneurs, que voilà un fier chevalier ! Prêt à mourir pour défendre sa belle.

Puis le fantôme sombra dans le néant et Dorian s'écroula sur le sol, dans les bras de Solyane.

CHAPITRE XVI

Tremblante, Solyane adossa Dorian contre le muret, saisit le sabre et vint se planter devant lui.

— Or ça ! Mais la demoiselle est aussi brave que le chevalier !

Le géant éclata d'un rire tonitruant. Puis il brailla :

— Faites-moi taire ces chiens, bande de bons à rien !

Il descendit de sa monture.

— Approche, petite !

Impressionnée par la voix profonde et grave, Solyane s'avança lentement. Sa méfiance amena un sourire sur les lèvres de l'homme. Instinctivement, elle sonda son esprit. Avec soulagement, elle n'y découvrit aucune trace d'hostilité. Seulement une vive curiosité et un grand amusement. Le colosse avait senti cette inquisition impalpable. Ses traits se figèrent.

— Par l'aigle d'or, hurla-t-il, nous avons affaire à une demoiselle de haute naissance !

Étonné, il s'approcha. Le sol vibrait sous son poids. Il était vêtu d'un pantalon de cuir roux travaillé, d'une veste de lin noir tressé, décorée de deux écussons frappés à l'aigle d'or par lequel il jurait volontiers. À sa ceinture pendait un dayal. Une collection de styls lui barrait la poitrine. Son habit se complétait d'une ample cape et de cuissardes épaisses, noires bordées d'un liseré d'or.

Tout en lui était gigantesque : sa carrure, ses mains, son visage rectangulaire orné d'une barbe noire fournie. Ses yeux verts luisaient étrangement. Solyane n'y décela pourtant aucune menace. Derrière lui, ses chevaliers semblaient des nains. Il s'accroupit pour se mettre au niveau de Solyane.

— Par tous les mauvais génies, quel étrange sort vous a-t-on jeté pour vous retrouver dans un aussi piètre équipage, demoiselle ?

— Les maraudiers, seigneur !

Il l'entoura d'un bras protecteur.

— Les maraudiers ? Par ici ?

— Non pas, seigneur ! Nous errons dans la forêt depuis longtemps. Notre convoi fut attaqué voici près de deux mois, par là, vers le nord.

— Par là ? Mais c'est la forêt Skovandre. C'est l'une des plus vastes forêts du monde et l'une des plus mystérieuses. Elle est bien plus grande que Gwondaleya et aucune piste ne la traverse. Elle s'étend sur plus de cinquante marches.

— Si fait, seigneur. Nous étions en bordure de la forêt quand nous avons été attaqués. Nous sommes parvenus à fuir. Notre père a été tué presque sous nos yeux. Notre mère, mon frère et moi avons filé vers la forêt. Nos chevaux se sont emballés. Nous étions suivis. Alors notre mère nous a entraînés loin, pour nous cacher. Nous nous sommes perdus.

— Mais pourquoi n'avez-vous pas tenté de rejoindre les autres vers le nord ?

— Ma mère craignait de retrouver les bandits. La caravane avait été entièrement pillée. Où aller ? Elle disait que nous trouverions sûrement une ville vers le sud. Au nord, il n'y a que les glaces. Un seigneur nous recueillerait.

— Elle ne savait pas que la forêt s'étendait si loin.

— Hélas non, seigneur ! Nous avons traversé des montagnes, des vallées...

— Et ta mère, qu'est-elle devenue ?

Un flot de chagrin noua la gorge de la fillette. Cela hélas ne serait pas un mensonge.

— Elle n'est plus, seigneur ! Il existe des villages dans cette forêt. Leurs habitants sont des sauvages, ils nous ont accueillis à coups de pierres. L'une d'elles l'a frappée... à la tête.

Elle se mit à pleurer.

— Les maudits ! grinça le géant, ému.

— Nous avons continué seuls. Nous étions perdus.

— Et vous avez échappé aux garous, aux loups, aux migas, aux cerviers ?

— Oui, seigneur ! Mon frère est un grand chasseur. Notre père lui avait enseigné l'art de la chasse et le métier des armes. Oh s'il vous plaît, pouvez-vous le soigner ? Je ne veux pas qu'il meure !

— Ne t'inquiète pas ! Notre médamane va s'occuper de lui.

Il donna des ordres pour qu'on prît soin de Dorian, toujours inconscient. Des chasseurs l'enveloppèrent dans une couverture de cheval et l'un d'eux le prit sur sa monture.

Touché par la détresse de la petite fille, le géant s'attendrit.

— Je ne veux pas que tu aies peur, petite. Ce que vous avez fait est très courageux. Ce soir, tu dormiras dans un vrai lit. Quel est ton nom ?

— Isabelle, seigneur ! Mon frère se nomme Arnaud !

— Tu vas venir avec nous, Isabelle. La ville que tu cherchais est là, tout près. Dès demain, nous demanderons aux amanes de rechercher ta famille.

— Hélas, seigneur, je n'en ai plus. Je n'ai que mon frère.

— Tu as bien des oncles, des tantes, des grands-parents ? Peut-être des cousins ?

— Non, seigneur, je ne crois pas. Mon père était un chevalier errant. Nous n'avions pas de domaine.

— Ah ? Bien !

Il réfléchit un moment, puis répéta :

— Bien !

Il la souleva dans ses bras, la jucha sur le dos de son lionorse puis sauta en selle. La petite fille flatta l'encolure du fauve.

— Il est magnifique.

— N'est-ce pas ? Il s'appelle Albaran.

Pendant ce temps, les chasseurs s'étaient occupés de ramasser les maigres affaires des enfants et avaient détaché les chevaux.

— Sais-tu que vous avez accompli là un véritable exploit ? continua le géant.

— Arnaud est un grand chasseur, seigneur. Il sait manier le gonn, l'arc, le sabre et les styls.

— J'ai vu en effet que vous possédiez un fusil.

— C'est le sien, seigneur. Un cadeau de notre père. Arnaud regrette de ne pas posséder encore de dayal.

— Le dayal est l'arme des chevaliers. Lorsqu'il aura atteint l'âge, peut-être deviendra-t-il chevalier ?

— Il le veut ! Et il le deviendra, vous verrez !

Il éclata de rire.

— Tu sembles nourrir une vive admiration pour ton frère.

Surprise du ton un peu ironique, elle se rebiffa.

— C'est lui qui m'a nourrie depuis que nous sommes seuls. Tous les jours, il tuait le gibier pour moi. Ces derniers temps, il prétendait avoir mangé dans la journée pour me laisser sa part le soir lorsque la chasse avait été mauvaise. Il mériterait déjà d'être chevalier.

— Excuse-moi !

— Il a tué trois migas. Il a apprivoisé un loup. Il a combattu les garous. Tout seul !

— Tout seul ?

— Oui, seigneur ! C'est la vérité. Bien sûr, il possédait le gonn, mais il a su déjouer tous les pièges de la forêt.

Interloqué par la véhémence de la petite fille, le géant répondit :

— Je te crois ! bien que cela semble un peu extraordinaire pour un gamin de son âge.

— Attendez de le connaître !

— J'avoue qu'il me tarde de bavarder avec lui.

Ils débouchèrent bientôt sur un plateau d'où l'on découvrait une vallée magnifique. Vers le sud, le soleil couchant baignait d'une lumière rosée une ville fantastique qui parut gigantesque à Solyane.

— Regarde bien, Isabelle ! Voici Gwondaleya, la plus belle cité du monde.

Solyane écarquilla les yeux. Après l'univers sauvage et farouche de la forêt, elle avait l'impression de découvrir un paradis.

Perché au sommet d'une colline cernée de parcs, se dressait un palais de pierres blanches et roses. Autour de lui s'étageaient en paliers des demeures d'aspect cossu. D'autres châteaux de moindre importance se dressaient en contrebas. Au pied du versant oriental coulait un fleuve vaste dont les méandres allaient se perdre dans l'horizon lointain.

— Ce fleuve est le Danov, Isabelle. Grâce à lui, Gwondaleya est un centre commercial riche et animé.

— Jusqu'où va-t-il ?

— Très loin ! Il vient du nord, des plaines de glace, traverse la forêt Skovandre dans sa partie orientale, puis mon domaine et poursuit sa course vers la Médhellenie, où il se transforme en un très grand lac. Au-delà encore, il dessine la frontière entre l'Ismalasie et la Sométhiopie. Enfin, il se jette dans le grand océan du sud : l'Indianus, à plusieurs centaines de marches d'ici. Gwondaleya n'est qu'une étape sur sa route.

— Et vous, seigneur, qui êtes-vous ?

— Je suis Czarthoz, le comte de Gwondaleya !

*

Trois jours plus tard, la fièvre de Dorian avait baissé. Il reposait dans un lit vaste, bien au chaud. Albin, le médamane de Gwondaleya, l'avait pris en charge immédiatement, sur la demande du comte. À présent, confortablement installé, il bavardait avec Solyane, assise sur son lit. Ils étaient seuls, dans la petite chambre que Czarthoz leur avait fait hâtivement préparer.

— Qu'allons-nous devenir, petite sœur ? Ce seigneur est très gentil. Mais nous ne pouvons abuser ainsi de son hospitalité.

— Je ne sais pas. Je lui parlerai. Peut-être pourrions-nous rester ici, à Gwondaleya ? C'est une ville magnifique et les gens y sont accueillants.

Ils n'eurent pas à se poser la question longtemps. La porte s'ouvrit, livrant passage au comte.

— Eh bien, clama-t-il de sa voix vibrante, comment se porte le chevalier Arnaud ?

Le garçon se redressa.

— Beaucoup mieux, seigneur ! Je ne sais comment vous remercier.

Czarthoz ne répondit pas. Il s'assit sur un escabeau, près du lit.

— Il paraît que tu es un chasseur redoutable, petit, et aussi que tu manies les styls comme personne.

— Je ne sais pas, seigneur ! J'ai écouté les leçons de mon père.

— Nous aurons l'occasion d'en juger. Remets-toi vite sur pied, mon garçon.

Il se tourna vers Solyane.

— Dis-moi, Isabelle. Tu m'as bien dit que vous n'aviez plus de famille ?

— C'est exact, seigneur ! Nous n'avions que nos parents.

— Et que comptez-vous faire, à présent ?

La fillette baissa la tête.

— Je l'ignore, seigneur. Nous avions pensé demander l'hospitalité à Gwondaleya.

— Et qui prendra soin de vous ? Qui vous protégera ?

— Dans la forêt, nous avons vécu seuls, seigneur, intervint Dorian.

— Tu es fier, Arnaud.

— Oui, seigneur ! Je veux me montrer digne de mon père que tous respectaient.

— Mais le monde des hommes n'est pas celui de la forêt, petit !

Czarthoz sourit, puis il poursuivit :

— Eh bien moi, j'ai une grande famille. J'ai une mère, quatre femmes et un grand nombre d'enfants. Je ne sais même plus combien.

Il s'arrêta un instant, les regarda tous les deux et continua :

— Et alors, savez-vous ce qui m'arrive ?

— Quoi donc, seigneur ?

— Eh bien, par l'aigle d'or, tous ces enfants sont des garçons. Je n'ai pas une seule fille ! Aucune ! Les garçons, c'est bien. Mais une fille est si tendre avec son père... J'ai toujours rêvé d'en avoir une. Alors, j'ai pensé que si vous vouliez rester ici, au palais, vous pourriez être mes enfants aussi. Il y a de la place. J'aurais ainsi une fille toute trouvée.

— Que voulez-vous dire, seigneur ? balbutia Dorian.

— Ce que j'ai dit. À partir d'aujourd'hui, si vous l'acceptez, vous pouvez vous considérer comme mes enfants.

Émue, Solyane ne savait quelle contenance prendre. Depuis trois jours, Czarthoz avait tout fait pour l'apprivoiser. Elle ne s'était pas rendu compte de la façon dont son charme avait agi, mais elle réagit comme il fallait. Elle se leva et se jeta dans les bras du géant.

— Oh, seigneur, vous êtes bon !

Il l'accueillit contre lui et l'enveloppa jalousement. Les deux enfants comprirent qu'ils n'avaient plus de soucis à se faire pour leur avenir.

CHAPITRE XVII

Neuf années se sont écoulées au fil du Danov. Le matin se lève sur Gwondaleya. Un matin de printemps, clair, frais comme un verre de champagne. L'air est si pur qu'il donne envie de le boire. Une fine rosée s'est déposée sur les parterres du château. Un soleil glorieux enveloppe la ville d'une lumière vivante. Des cris et des interjections montent des ruelles où déjà se pressent les marchands ambulants. Ici, une grosse charrette tirée par quatre énormes golieuthes bouche un carrefour. À grand renfort de jurons, le conducteur tente de faire avancer les mastodontes, encouragé par les quolibets d'une armée de gamins moqueurs, les drônes. Là, un essaim de petits marchands de gâteaux fourrés aux amandes, qu'on appelle des fougarnes, s'égaillent dans les rues. De leurs paniers passés en bandoulière émane une odeur appétissante. Ce sont de jeunes garçons de douze à quinze ans, au parler direct et coloré, qui n'hésitent pas à aborder le client.

Un groupe d'ouvroks aux yeux éteints se dirige d'un pas d'automate vers les chantiers. Sur la place des Fleurs, les modherbiers tressent les dernières coiffes qu'ils vont vendre dans la journée. Dès le printemps, il est coutume de se parer de ces chapeaux éphémères que l'on appelle des « mastes », confectionnés avec des fleurs cueillies la veille.

La mode vestimentaire est extrêmement variée. Les

esclaves portent la rude combinaison de lin terne dont la conception est strictement fonctionnelle. À l'opposé, les nobles se distinguent par des habits travaillés et de couleurs vives. Sur la poitrine sont brodées les armes, rappelées au bas des manches par un galon.

Les riches marchands, hommes ou femmes, portent de longues robes serrées à la ceinture, aux revers gansés. Si les couleurs masculines restent sobres, en revanche, celles des femmes sont éclatantes. Les jeunes filles portent des jupes plus courtes. Il n'est pas rare qu'elles s'arrêtent bien au-dessus du genou, elles sont ornées de volants de dentelles. Un boléro brodé les complète, dévoilant des poitrines gonflées de sève sous des chemisiers légers et largement échancrés.

Des bijoux nombreux et variés mettent les habits en valeur. Ils sont faits de bois, de métaux, de pierre, d'ivoire, d'os.

Au pied de la ville se trouve le port. Des ouvroks dociles chargent et déchargent les cales des bateaux. Des contremaîtres surveillent les manœuvres. Parfois, un coup de fouet s'abat sur les épaules d'un malheureux qui a laissé échapper un ballot. Des commis tiennent leurs livres de comptes, leur « trapèze », sur les genoux. Ailleurs, un groupe de capitaines bavardent.

Les voyages se font plus souvent par eau que par terre. Les villes sont éloignées les unes des autres. Dans la périphérie immédiate, le danger reste faible, mais au-delà des zones habitées sévissent des bandes de maraudiers. Seuls les convois gigantesques, organisés par les consortiums de marchands et protégés par une armée, osent s'aventurer dans les régions désertiques extra-urbaines.

Du haut des remparts, Solyane contemple la ville qui s'éveille. À présent, elle connaît toutes les places, toutes les avenues, toutes les ruelles.

Ici, c'est la Halle au Vin, peu animée au printemps. En automne, elle devient l'endroit le plus vivant de la cité

Tous les vignerons de la campagne environnante et des contrées lointaines affluent dans ses bâtiments immenses pour proposer leurs vins nouveaux et leurs crus vieillis. Tous les ans, ils arrivent, la peau tannée par le soleil, le verbe haut, la chanson aux lèvres, avec leurs gestes brusques et leurs mines matoises. Toute la ville se rassemble alors dans la halle. Leur venue donne lieu à des réjouissances qui durent plusieurs jours. Les rues sont décorées et illuminées. C'est l'époque où apparaissent également les bateleurs, les théâtres ambulants qui passeront l'hiver à Gwondaleya. C'est une succession de festins, de danses. On veut tout voir être partout, on rit, on boit plus que de coutume, on veille fort tard. C'est le « diadesven ».

Solyane a vite appris que chaque jour est un peu une fête à Gwondaleya. Centre commercial important établi sur une boucle du Danov, elle compte plus de soixante-dix mille habitants, sans parler de tous les individus de passage. Elle est le carrefour où se rencontrent les marchands venus des quatre horizons. Les taxes prélevées sur les échanges l'enrichissent. Les belles demeures y foisonnent.

Là, sur la gauche, s'élèvent les abattoirs et le marché aux bestiaux. Aux alentours s'ouvrent des tavernes où règne une animation colorée et joyeuse. C'est là que se retrouvent jongleurs, bateleurs, comédiens et conteurs.

Les conteurs constituent un peuple à part. Ils voyagent d'un pays à l'autre sans jamais se fixer nulle part. Refusant toute forme de richesse, ils colportent histoires et légendes ainsi que les ragots de cours et même les invitations entre seigneurs. En échange du divertissement qu'ils procurent, ils acceptent nourriture et logement, à défaut d'argent. Leur art se transmet exclusivement oralement. Comédiens accomplis, ils savent aussi bien arracher des pleurs que faire naître des rires ou provoquer le frisson. Les nobles se les disputent pour leurs longues soirées d'hiver. Souvent, ils s'installent pour plusieurs mois au même endroit. Puis ils repartent, sur un coup de tête.

Depuis deux ans, un conteur s'est ainsi arrêté à Gwondaleya, un personnage étrange du nom d'Achil.

Plus proche du château, voici le pré d'Arys, la déesse-fleur qui inspire les danseurs. Solyane le connaît bien. C'est là que se retrouvent tous les ans les plus jolies danseuses du pays. Ainsi Solyane, grâce à la danse, a-t-elle conquis la population de Gwondaleya. À présent, tous la connaissent sous le nom d'Isabelle. C'est une très belle fille de dix-neuf ans, à la silhouette parfaite dont les traits purs et les yeux d'azur font battre les cœurs d'une armée de soupirants. Elle a gardé l'habitude de laisser ses cheveux tomber sur ses épaules plutôt que de les tresser. À cause peut-être de cette auréole blonde qui lui descend jusqu'au bas des reins, les Gwondaleyens l'ont surnommée « la petite fée dansante aux pieds nus ».

Que de chemin parcouru depuis ce triste après-midi où le comte Czarthoz les a recueillis, Dorian et elle, à la lisière de la forêt maudite !

Neuf années ! Neuf années pendant lesquelles elle a appris a connaître un monde différent, bien plus vaste que Syrdahar, un monde sans limite où l'on ignore même ce que sont les Terres Bleues. Neuf années qui l'ont vue passer de l'enfance à l'adolescence.

La confiance qui l'avait poussée vers le comte ne s'était jamais démentie. Il avait tenu sa promesse de les considérer comme ses propres enfants.

Elle possédait un appartement confortable, situé à côté d'un autre attribué à Dorian. Quatre domesses lui étaient attachées pour répondre à ses moindres désirs.

Le comte Czarthoz s'était révélé un personnage peu ordinaire. Il était l'homme le plus grand et le plus fort de tout le comté. Capable de soulever un cheval sur ses épaules, il brisait tous ses adversaires à la lutte comme au dayal. Impitoyable envers ses ennemis, il fondait à la vue d'un enfant. Ainsi Solyane l'avait-elle séduit, neuf ans plus tôt. Tonitruant, brutal, parlant haut et fort, buvant et mangeant comme quatre, infatigable à la chasse comme au combat, il se montrait excessif dans tous les domaines. Il avait été marié très jeune à une femme remarquable, qu'il avait eu la douleur de perdre à la naissance de leur premier enfant. Il s'était juré de ne jamais reprendre d'épouse.

Il avait tenu parole. Mais comme il adorait les femmes, il vivait entouré de son petit harem composé de quatre concubines officielles et d'un bon nombre d'autres, occasionnelles. Toutes ces dames vivaient en bonne intelligence ou faisaient semblant de ne pas trop se jalouser.

Papillonnant de l'une à l'autre au gré de sa fantaisie, il les choyait, les comblait de cadeaux, leur faisait un enfant, de temps à autre ou bien les battait. Cela dépendait de son humeur. Coléreux et autoritaire, il se mettait à rugir et effrayait son monde lorsque tout ne marchait pas comme il le souhaitait. Tout le monde, sauf les enfants qu'il vénérait comme des dieux et qui faisaient de lui ce qu'ils voulaient.

Respecté et craint par ses ennemis, adoré par ses sujets, tel était le comte Czarthoz qui avait étendu son aile protectrice sur les deux enfants.

Il ne s'était pas soucié de leur faire rechercher une quelconque parenté. Celle-ci pouvait bien demeurer là où elle était, si elle existait.

Il s'était approprié les enfants. Ils lui appartenaient. Malheur à qui aurait osé prétendre le contraire. Il ne présentait jamais Solyane autrement que :

— Ma fille Isabelle !

Le tout prononcé avec une grande fierté dans la voix.

La fillette s'était vite attachée à ce personnage hors du commun. Il avait su combler un peu le vide laissé par Kogan.

Avec Dorian, cela s'était passé différemment.

D'une nature quelque peu égoïste, le comte ne l'avait recueilli que pour pouvoir garder Solyane. Mais le temps passant, il avait découvert avec étonnement les capacités du jeune garçon. Reconnaissant très vite en Dorian un futur chef, il avait lui-même pris en main son éducation guerrière. C'est ainsi qu'il lui avait révélé le shod'l loer, cette puissance mystérieuse, apanage des nobles et qui permettait de combattre un ennemi par la force mentale. Avec stupeur, puis enthousiasme, il s'était aperçu que le potentiel spirituel du garçon dépassait largement le sien.

— Mais d'où viens-tu, petit ? Es-tu sûr que ton père n'était qu'un simple chevalier errant ?

— Bien sûr !

— C'est étrange, on dirait que ton shod'l loer est équivalent à celui d'un roi. Peut-être même d'un empereur !

Dorian ne se laissait pas impressionner par l'enthousiasme juvénile de Czarthoz, mais il l'amusait.

— Mon père ne m'en a pas parlé. Il disait qu'il apparaîtrait plus tard, lorsque j'aurais douze ou treize ans.

— Il avait raison. Le shod'l loer apparaît à la formation. J'aurais aimé connaître ton père. Ce devait être un homme peu ordinaire.

Néanmoins, Czarthoz se garda bien d'effectuer des recherches. Il redoutait de découvrir que les enfants descendaient d'une lignée impériale ou d'une quelconque branche royale, auquel cas il eût été obligé de les rendre à leur famille. Comme on n'avait signalé aucune disparition dans les empires qu'il connaissait, pourquoi aller chercher des complications ?

Devant les résultats obtenus par Dorian, Czarthoz jubilait. Un jour, dans un élan d'enthousiasme, il avait déclaré :

— Petit, je ne sais qui était ton père, mais je suppose qu'il était d'une haute noblesse. Si tu persistes de cette manière, je n'aurai aucune difficulté à me désigner un successeur. Tu possèdes toutes les qualités requises lorsque je serai trop vieux.

En effet, selon les lois des amanes, seuls les rois et les empereurs se succédaient de père en fils. Concernant les comtés et les baronnies, le successeur était élu par un conseil. Si les enfants du seigneur ne présentaient pas les qualités requises, on le choisissait ailleurs. Celui-ci devait obligatoirement être armé chevalier.

Dorian s'était rapidement intégré à la ribambelle de garçons qui grouillait autour de Czarthoz. Il n'y en avait pas moins d'une vingtaine à présent. L'aîné se prénommait Jans. Fils de la seule épouse légitime du comte, il avait sept ans de plus que Dorian. Il avait hérité de sa mère d'une grande bonté, d'un courage réel et d'une intelligence vive mais aussi d'une constitution fragile qui désolait son père.

Ensuite venait Odios, jeune brute volontaire et têtue, au caractère taciturne. Âgé d'un an de plus que Dorian, il ne l'avait jamais accepté. Un demi-frère cadet le suivait, Galvin, jeune colosse à l'image de son père, à l'intelligence cependant limitée. Galvin vouait une grande admiration à Odios.

Dorian leur préférait Sylvain, du même âge que lui et fils de la plus jeune maîtresse de Czarthoz, la belle Alvina. Blond, d'un caractère conciliant et enjoué, il avait immédiatement adopté Dorian. Médée, la mère d'Odios et Cassiope, celle de Galvin, remâchaient secrètement leur rancune envers cette jeune louve d'Alvina, plus belle qu'elles et beaucoup plus jeune qui les avait supplantées peu à peu auprès de Czarthoz. Leur hargne déteignait sur leurs fils qui la répercutaient sur Sylvain. Celui-ci servait de souffre-douleur aux deux autres. Mais l'arrivée de Dorian avait tout bouleversé. Plus robuste, plus puissant qu'eux tous réunis, il avait aussitôt pris le parti de Sylvain.

Les autres enfants étaient beaucoup plus jeunes et Dorian avait moins de rapports avec eux.

Dorian et Solyane avaient bien vite ressenti que leur adoption ne satisfaisait pas tout le monde. Médée, Cassiope et Alcmène, les trois premières concubines, les évitaient.

En revanche, la mère de Czarthoz, petite vieille dame pétillante de santé dont on se demandait comment elle avait pu donner le jour à un tel colosse, les avait tout de suite admis. Elle se nommait dame Ursula. Elle adorait les enfants et d'être grand-mère autant de fois la comblait de ravissement et de fierté. Mais c'était auprès d'Alvina, la maîtresse préférée de Czarthoz, qu'ils avaient trouvé le refuge le plus sûr.

Douce, maternelle, elle avait su un peu remplacer leur mère disparue. Adorable jeune femme brune à la peau dorée, elle s'était découvert un terrain d'entente avec Solyane, la danse. Elle avait enseigné à la fillette les pas rituels du sud d'où elle était originaire et surtout cette merveilleuse danse de l'amour, grâce à laquelle elle avait séduit Czarthoz. Cultivée et intelligente, elle assistait, sur la demande du comte, au Conseil du domaine. Quoique de naissance sapiennienne, elle siégeait avec les chevaliers et les nobles. On écoutait ses avis. S'intéressant aux affaires, elle avait su se créer un rôle différent, plus important que celui de simple concubine. Elle représentait une puissance avec laquelle il fallait compter. Lorsque l'on voulait obtenir quelque chose de Czarthoz, on savait qu'il était préférable de s'adresser à elle.

*

Solyane se retourna brusquement. Dorian était là, qui la contemplait depuis un moment. Un trouble étrange s'empara d'elle, qu'elle eut peine à maîtriser.

Leur tendresse fraternelle ne s'était pas atténuée avec les années, bien au contraire. Elle avait pris la forme d'une attirance équivoque, exigeante, qui les mettait mal à l'aise.

Devant la carrure imposante du jeune homme, son sourire aux dents de loup, une chaleur gênante irradia son corps. Elle eut envie de se blottir contre lui, de mordre ces lèvres à la soie tendre. Il était à elle. Personne ne savait ce qu'ils avaient affronté ensemble. Ils avaient partagé tant d'épreuves, vécu les mêmes joies, les mêmes espoirs. Les mêmes douleurs. Les pensées passaient si facilement de l'un à l'autre que parfois, ils avaient peine à se distinguer l'un de l'autre. Il était femme en elle, elle connaissait la saveur de l'homme en lui. Quelle communion des âmes aussi intime ne pouvait être suivie d'une union des corps ?

Ils le sentaient. Ils éprouvaient violemment l'envie de faire l'amour ensemble, de sublimer ce lien exceptionnel qui les nouait l'un à l'autre. Ils connaissaient à présent la signification des paroles de la sorcière : la voie maudite. Pensée effrayante qu'ils chassaient douloureusement de leurs esprits et qui leur laissait au fond de la gorge comme un goût de cendre.

Dans un petit village éloigné de Gwondaleya, un frère et une sœur incestueux avaient été égorgés sur la place publique, quelques années auparavant. Le souvenir du récit de l'exécution hantait leurs mémoires. Cela n'avait été qu'une anecdote parmi tant d'autres, mais Solyane en frissonnait encore. Jamais ils ne céderaient à l'inceste.

— Que tu es belle, Solyane !

Elle lui sourit, un peu gênée. Il lui prit les mains qu'il porta à ses lèvres et y déposa un baiser plein de tendresse.

— Je sais ce que tu ressens, petite sœur. Mais nous n'y pouvons rien.

— Rien ! répéta-t-elle. Mais pourquoi ?

— Pourquoi ?

Il la prit par la taille et l'entraîna le long de l'immense chemin de ronde.

— Pourquoi ? continua-t-il. Comment l'expliquer ? Il me semble que jamais je ne parviendrai tout à fait à te considérer comme ma sœur.

— Mais c'est impossible, murmura-t-elle. Tu te rappelles la légende. Et ces malheureux, il y a cinq ans, égorgés par les leurs.

Elle leva vers lui des yeux humides de larmes.

— Dorian ! Nous sommes maudits !

Il lui releva la tête d'un doigt et déposa un baiser furtif sur les lèvres de la jeune fille.

— Mais non ! Nous n'avons encore rien fait de mal, que je sache. Nous évitons même à présent de coucher dans le même lit. Et tu sais combien ta présence me manque...

— Tais-toi !

— Cette envie, nous ne pouvons la chasser. Elle ne dépend pas de nous. Y a-t-il une si grande différence entre elle et... l'acte ?

— Tais-toi !

— Il n'y a pas de différence ! Sinon notre volonté, Solyane. Nous ne céderons pas.

Il l'entoura de son bras.

— Ne pleure pas, petite sœur. L'important n'est-il pas que nous soyons toujours ensemble ?

— Un jour, répondit-elle, nous ne serons plus ensemble.

— Rien ne nous oblige à nous séparer.

— Mais nous ne pourrons jamais... tous les deux...

— Cela ne fait rien, petite sœur. Jamais personne ne t'aimera comme je t'aime. Rien jamais ne nous séparera.

— Si, peut-être ! L'eschola est une épreuve terrible. On dit que la moitié des bacheliers y perdent la vie.

— C'est très exagéré. Tous ne peuvent être armés chevaliers. Elle n'aurait plus de raison d'être. Il est vrai que certaines épreuves sont très dangereuses. Mais on n'y trouve pas souvent la mort. Cependant, certains bacheliers surestiment leurs possibilités et refusent de revenir en arrière, par fierté, ou plutôt par orgueil. Il arrive qu'ils y laissent leur vie. D'autres échouent et, croyant avoir perdu l'honneur, se suicident de désespoir.

— Promets-moi que tu ne le feras pas si tu échoues !

— Je ne le ferai pas, parce que je réussirai. Les chevaliers constituent l'élite de la noblesse. Je dois en faire partie.

— Dorian, j'ai peur !

— Ne crains rien, petite sœur ! Nombreux aussi sont ceux qui ont réussi. Czarthoz pense que je suis le mieux armé pour triompher ! Je veux être et je serai chevalier !

Elle respira profondément et ravala ses larmes.

— C'est vrai ! Pardonne-moi, je suis stupide ! Tu réussiras. Va à présent. Je prierai les dieux pour qu'ils t'assistent.

Il l'embrassa avec tendresse et s'en fut.

Elle s'en voulait de cette faiblesse. Pourquoi ne l'avait-elle pas encouragé ? Pourquoi ne s'était-elle pas montrée aussi fière que lui, aussi résolue ? Elle accueillit comme une bouffée de bonheur la pensée rassurante qu'il lui adressa de loin, avec un dernier regard. Encore une fois, sa silhouette puissante, aux muscles bien attachés et saillants, mal dissimulés par la veste de peau noire, les jambes robustes, solides comme des troncs d'arbre, la troublèrent.

Elle n'ignorait pas qu'il était le mieux armé. Mais on lui avait dit tellement de choses sur les lionorses sauvages. Et puis, il y avait cette prémonition, ce songe indistinct qui lui avait fait comprendre que l'eschola aurait des conséquences néfastes pour eux. Elle n'avait pas voulu le lui avouer.

Il disparut derrière un rempart et elle garda en elle l'écho de sa présence aussi longtemps qu'elle le put.

Elle ne l'accompagnerait pas jusqu'aux portes de la ville. Elle redoutait trop de faiblir.

CHAPITRE XVIII

Les épreuves initiatiques de l'eschola duraient plusieurs jours. Elles se déroulaient hors de la ville, à l'écart du peuple, dans un temple réservé uniquement à cet usage : le Sahiral.

Dans la grande cour du palais, Dorian retrouva Czarthoz, entouré d'un groupe d'adolescents parmi lesquels Odios, Galvin et Sylvain. Les bacheliers, au nombre d'une douzaine, étaient âgés de dix-sept à dix-neuf ans. Le comte rayonnait de fierté. Enfin, quatre de ses enfants allaient subir l'eschola. Il comptait Dorian comme l'un des siens.

Cinq années auparavant, il avait dissuadé son fils aîné d'y participer. Jans ne possédait pas les qualités physiques suffisantes pour triompher des épreuves. L'eschola l'eût condamné à mort. Czarthoz avait dissipé son amertume en le nommant administrateur de Gwondaleya.

Jans, en tant que membre du conseil comtal, avait rapidement prouvé sa capacité. Fasciné par la personnalité exubérante de son père, il lui en voulait malgré tout de son esprit volage et n'appréciait pas toujours les petits bâtards dont il avait peuplé le palais. Aussi s'était-il paradoxalement rapproché des deux enfants trouvés. Avec lui, Dorian s'était intéressé à la gestion d'un domaine, manifestant une maturité précoce et un sens aigu de l'analyse. Jans voyait en lui le seul successeur possible de son père. Ses autres frères étaient beaucoup plus occupés par les chasses et les jeux.

Le temple Sahiral se situait à plus d'une marche de Gwondaleya, à l'autre extrémité d'un défilé proche de la forêt Skovandre. Il n'était pas loin de midi lorsque les bacheliers empruntèrent la piste, une voie rocailleuse qui s'enfonçait entre deux falaises d'aspect sinistre. Zoltan, le théolamane, accompagné de Phez, le biolamane et d'Albin, le médamane, ouvrait la marche. Les trois prêtres présidaient l'eschola et pratiquaient les épreuves. Un jury de cinq chevaliers, parmi lesquels Pierre d'Oth, le fidèle compagnon d'armes de Czarthoz, les contrôlait.

La chaleur se faisait insupportable. Les bacheliers savaient que sans doute, certains d'entre eux ne reviendraient pas. Ils se regardaient furtivement, souhaitant ne pas faire partie de ceux-là, mais inquiets également pour leurs compagnons. Pourtant, il n'y aurait personne à affronter que soi-même. On disait que les souffrances endurées passaient de loin tout ce qu'on pouvait imaginer. Des sueurs froides coulaient le long des échines à leur évocation.

Galvin, aussi bavard et hâbleur qu'Odios était renfermé, parlait haut et fort, mais sa voix se fêlait par moments.

Dorian ne disait rien. Il écoutait. Parfois, il échangeait un sourire complice avec Sylvain. Dans quelques jours, ils seraient plus que frères. Car ils triompheraient.

Le temple Sahiral dressait ses murs aveugles au sommet d'une proéminence rocheuse, face aux premiers contreforts du massif de la forêt Skovandre. C'était une grande bâtisse annulaire, entourant une arène sablonneuse. Plus ancienne que le palais de Gwondaleya, elle rappelait l'architecture austère des premiers temps de la religion amanite. Ici, pas de sculpture sous les chapiteaux, pas de fresque ni de bas-relief sur les murs, rien que la pierre et le mortier. En ces temps sauvages, l'art n'avait pas droit de cité.

Zoltan réunit les bacheliers dans une immense salle aux voûtes basses : le « mallek ». Des paranes silencieux y avaient fait brûler des herbes odorantes et un parfum musqué épaississait l'atmosphère. Selon le rite, les bacheliers durent se déshabiller entièrement et se glisser dans des baignoires taillées dans la roche et emplies d'une eau froide. C'était l'« aiguade », destinée à purifier le corps.

Les paranes leur tendirent ensuite une grande toile de lin carrée qui constituerait leur seul vêtement pendant toute la durée de l'eschola. Une agrafe de cuivre permettait de l'attacher sur l'épaule.

Après l'aiguade, les douze bacheliers s'assirent en tailleur devant Pierre d'Oth et les quatre chevaliers. Les amanes prirent place derrière eux. Le vieux chevalier les regarda longuement l'un après l'autre, laissant planer volontairement un silence lourd sur l'assemblée, afin que chacun prenne conscience de l'importance du moment. Enfin, sa voix grave s'éleva :

— Vous allez affronter l'épreuve la plus difficile de votre courte existence. Avant qu'elle ne débute, je veux vous dire ceci : vous n'ignorez pas les dangers qu'elle va vous faire courir. Vous êtes douze aujourd'hui. Parmi ces douze, plusieurs vont trouver la mort.

Il avait élevé la voix. Il attendit que ses paroles pénètrent profondément l'esprit des jeunes gens. Pas un ne réagit. Il poursuivit :

— Alors, retenez bien ceci : votre honneur ne vous commande pas d'aller au-devant d'une épreuve située au-delà de vos capacités. Si vous estimez qu'elle risque de vous coûter la vie, vous avez à tout moment le droit de renoncer. La sagesse exige de savoir s'estimer à sa propre valeur. Seul un orgueil stupide peut vous pousser à vous attaquer à plus fort que vous. Nombreux sont les bacheliers qui ont perdu la vie à cause de lui. Vous devez donc bannir toute trace d'orgueil en vous. Que cette pensée ne vous quitte à aucun moment !

Nouveau silence.

— À présent, je vais vous rappeler les sept règles essentielles de la chevalerie que vous devez tous connaître et appliquer.

Première règle : Le chevalier obéira aux lois sacrées et les fera respecter. Il ignorera la peur et la lâcheté. Il ne commettra ni crime, ni action basse, ni trahison.

Deuxième règle : Le titre de chevalier fait d'un noble l'égal d'un roi ou d'un empereur. Ceux-ci lui réserveront toujours hospitalité et assistance. Le peuple subviendra à ses besoins. En contrepartie, il jure sur son honneur de le défendre contre tout ennemi quel qu'il soit, jusqu'à sa mort s'il le faut.

Troisième règle : Quand bien même le sort l'amènerait à une destinée élevée et couronnée par la gloire, le chevalier n'oubliera jamais qu'il reste un homme destiné à retourner à la poussière dont il est issu.

Quatrième règle : En cas de guerre, le chevalier assumera la responsabilité de la vie des guerriers qui lui seront confiés, ne les exposera pas inutilement et veillera à leur fournir armes et viandes.

Cinquième règle : Le chevalier respectera toute femme

de quelque condition qu'elle soit, n'attentera ni à sa personne, ni à ses biens et la défendra contre ses ennemis.

Sixième règle : L'honneur du chevalier ne s'appliquera pas à sa propre personne. Sa valeur ne saurait en aucun cas lui servir à vider une querelle personnelle. Sa vie appartiendra au suzerain qu'il se choisira librement et au peuple gouverné par ce suzerain.

Septième règle : Le chevalier qui violera ces règles sera immédiatement déchu de son titre et de ses droits. Parce qu'il aura souillé l'honneur de la chevalerie, il sera confié au jugement de ses pairs qui prendront contre lui les sanctions qu'ils estimeront justes, celles-ci pouvant aller jusqu'à la mort.

Le visage impénétrable, Pierre se tut, laissant aux jeunes gens le temps de s'imprégner du texte sacré qui régissait la vie des chevaliers depuis des temps immémoriaux.

Derrière lui, les quatre autres chevaliers se tenaient parfaitement immobiles. Chacun d'eux avait revêtu sa tenue d'apparat frappée à ses armes et aux couleurs de Gwondaleya.

— Voilà, continua Pierre. Vous savez désormais ce qui vous attend. Si certains d'entre vous désirent renoncer dès à présent, ils sont libres de quitter le mallek.

Les respirations se firent plus rapides. Des visages se tournèrent vers d'autres, quêtant peut-être une première défaillance ou sollicitant un avis. Le vieux chevalier déclara :

— Ne cherchez pas à savoir ce que vont décider vos compagnons. Vous devez prendre vos décisions seuls, dans le secret de votre âme. Un chevalier peut se trouver dans une situation où il sera seul apte à apprécier ses actes. C'est une tâche très difficile qui exige beaucoup de modestie et de courage. Il ne devra attendre d'aide de personne, parce que les autres se tourneront vers lui avec confiance.

Les regards se quittèrent. Chacun rentra en soi, un peu honteux de ce moment de faiblesse. L'eschola était une épreuve essentiellement individuelle où l'on ne pouvait s'appuyer sur personne, ni apporter son aide à qui que ce soit.

Dorian pensa aussitôt à Sylvain. S'il se faisait tuer sous ses yeux, aurait-il assez de courage, de volonté pour continuer jusqu'au bout ? Un chevalier devait savoir faire face à ce genre de situation, faire taire ses sentiments, sa douleur...

— Bien, dit Pierre. Je ne m'attendais pas à la moindre défaillance. Vous allez donc subir la première épreuve. Il s'agit de "l'astina". Avant d'entrer dans cette salle, vous avez purifié votre corps. Or, le corps n'est qu'une partie de vous-même. L'autre, la plus importante, n'est pas visible. Pourtant, c'est elle qui vous anime, qui dicte vos actes, qui forge votre personnalité. Votre âme aussi est impure, engluée dans les méandres de quantité d'actes inconscients et futiles, toutes ces petites vilenies qui amoindrissent l'homme et lui font perdre de vue les choses essentielles. La vie facile, votre orgueil d'adolescent, vos premières amours et nombre de petites faiblesses vous ont détournés de la vérité. La jeunesse est altruiste, généreuse, persuadée de détenir seule la sagesse. Or, vous ignorez l'essentiel qui est de vous connaître tel que vous êtes. Alors pour la première fois de votre vie, vous allez plonger totalement en vous-même. À travers l'astina, vous allez devenir votre propre juge. Il ne peut en exister de pire, ni de plus lucide, car il est impossible de se mentir à soi-même. Au début, vous serez enclin à l'indulgence, puis, au fur et à mesure que vous poursuivrez votre investigation, vous découvrirez vos défauts, vous les exhumerez de leur gangue, vous percerez à jour votre propre personnalité. Vous ouvrirez les yeux sur vous-même.

« L'astina ne comporte pas de grand danger en elle-même, mais elle est sans doute la plus difficile des épreuves. Chacun d'entre vous sera enfermé dans une cellule pendant trois jours entiers, sans nourriture et surtout sans eau. La cellule ne comporte qu'une seule ouverture dirigée vers le ciel. Pendant toute la durée de l'astina, vous ne verrez personne. Il vous est loisible de l'interrompre à tout moment, il vous suffit de tirer sur une corde dont chaque cellule est munie. Elle nous avertira. Le manque de nourriture compte peu. La soif seule est terrible. J'ai connu un bachelier qui s'est déchiré les veines pour boire son sang.

Il laissa planer un dernier silence.

— Messires, êtes-vous prêts ?

*

Dorian n'avait d'autre moyen que la lumière tombant de la lucarne pour mesurer l'écoulement du temps. Était-ce le fait de savoir qu'il lui faudrait s'abstenir de boire pendant trois jours ? Sa langue se desséchait déjà. Le manque de nourriture serait supportable. Lors de la traversée des Terres Bleues, il avait su se contenter du minimum. L'eau leur avait manqué dans le désert. Orlyane avait dû diminuer leurs rations. Quelques gouttes sur les lèvres étaient alors un bonheur inestimable.

Mais ici, rien. Les murs ne recelaient aucune trace d'humidité. La première journée passa lentement, trop lentement. Vers le soir, il se sentait faible comme un nouveau-né. Allongé sur le sol, il évitait de penser. Il était parvenu à dormir dans l'après-midi, mais ses rêves s'étaient systématiquement transformés en cauchemars. Il revoyait Syrdahar, son père, la Tour Haute, le lac, à l'eau si fraîche, si fraîche... et qu'il ne pouvait atteindre. Chaque fois qu'il avançait la main vers elle, elle s'éloignait, se fondait dans le néant. Des visages familiers disparus depuis longtemps revenaient le hanter. Puis tout fondait comme la lave d'un volcan. Une chaleur intolérable le brûlait.

La nuit dura, atroce, épaisse, lourde, interminable. Il fallait tenir. À tout prix. De temps à autre, il levait la tête, observait les étoiles que voilaient par moments des nuages transparents et légers. Légers... Des nuées fraîches... liquides... Corps stupide et faible ! Te laisseras-tu ainsi réduire en esclavage pour quelques gouttes ? Tu dois résister, et tu résisteras !

Le jour revint. La faim lui tenaillait le ventre, pourtant, cela restait supportable. Mais sa langue semblait un morceau d'étoupe. Il s'obligea à maintenir sa bouche fermée pour tenter d'y faire revenir un peu de salive. Pas question d'utiliser la corde.

Il se demanda comment résistaient ses compagnons. L'orgueil d'Odios l'aidait certainement à tenir. Galvin ne voudrait pas décevoir son frère. Sylvain ? Pourquoi ne pas lui faire confiance ?

Peu à peu, il prit conscience de la relativité des choses. Un verre d'eau lui semblait à présent le plus grand, le plus estimable de tous les trésors. L'eau... tout était question de circonstances.

La vie se traduisait en lui par le seul souffle régulier qui gonflait sa poitrine. Chaque fibre de son corps souffrait. Il n'était plus qu'une douleur qui se fondait au décor sombre. Parfois, un soleil éclatait dans sa tête. Ses yeux brûlaient. S'enfuir dans le sommeil ? Mais impossible, le sommeil... Son orgueil se cabrait.

La corde était là, l'eau... La fin de ce calvaire. Solyane ! Solyane, aide-moi ! Je n'y parviendrai jamais seul. Orgueilleux stupide. Ta force vient de ce que tu n'as jamais compté que sur toi-même. N'ignore pas tes limites. Qui te permet de te croire infaillible ? Pourquoi te sens-tu si mal ? Un de ces dieux dont parlent les légendes viendra-t-il t'assister ? Tu sais que non. Tu ne crois pas en eux. Ils n'ont laissé en toi qu'un goût de cendre et de néant. À cause de Syrdahar, qu'ils n'ont pas su protéger.

Mais alors ? Il était seul... à jamais... Solyane !

Un jour étrange, rouge sang, cerné de soleils éblouissants, inondait les flammes-murs de la cage de pierre fondue. Du zénith tombait, coulait une lumière de plomb qui dispersait ce qui restait de son corps aux quatre points cardinaux. Le peu de lucidité qui subsistait au délire de feu s'était érigé comme un rempart à la folie.

Lentement, utilisant les enseignements d'Orlyane, il tenta de s'extraire de son corps comme d'une gangue poisseuse, une chrysalide inutile et douloureuse. Jamais il n'avait pris conscience de cette entité étrange, rivée à lui, chevillée à son corps, que quelqu'un... un visage de marbre, perdu dans un monde oublié, avait baptisé l'âme. Il n'avait aucun secours à attendre de ces dieux évanescents, inconsistants dont la religion avait peuplé sa mythologie. Mais au-delà de tout cela, n'existait-il pas autre chose, une entité unique et multiple, inaccessible, incompréhensible, à l'origine de tout ce qui est ? Cette âme immatérielle, rivée pour le temps de son existence à son corps, faisait partie d'un ensemble beaucoup plus vaste. Le corps lui-même ne comptait pas. La naissance et la mort le limitaient.

Lentement — mais le temps existait-il encore ? —, il s'enfonça en lui-même, rompit les attaches nerveuses de son corps, occultant la souffrance. Était-il possible de franchir la barrière du conscient ? Au-delà s'étendait la zone incohérente et belle où les idées et les sentiments trouvaient leurs racines. Magma acide et dangereux où commençait la folie dont seule le protégeait sa volonté d'aller encore au-delà, toujours plus loin... S'il sombrait, c'était le plongeon, le tourbillon fantastique, la noyade au sein des pensées élémentaires, la démence.

Il ne savait même pas s'il existait une autre rive. Des bribes de mots s'échappaient de ses lèvres craquelées, dont il n'avait pas conscience.

Soudain, il comprit qu'il ne pourrait aller plus loin, comme si un lien étrange le retenait. Rompre ce lien signifierait la mort. L'ailleurs. Et, comme un ver de terre peut contempler sans les comprendre et avec envie les vols gracieux des oiseaux, il devina la présence d'entités différentes, infinies, faites de millions et de milliards d'autres, élémentaires. Il était l'une d'entre elles. Certaines se rattachaient à son propre univers. Des êtres familiers, impossibles à identifier. Des lueurs de vérité vinrent l'effleurer, qu'il savait ne pouvoir ramener avec lui.

Le temps n'existait pas, pas plus que la naissance et la mort. Il avait devant lui l'univers véritable où toute notion de distance n'avait aucune signification. Hors de cet autre univers matériel où vivait son corps, ce lien ténu le retenait encore. Boule creuse refermée sur elle-même, aveugle, dont il était parvenu à percer la carapace. Il découvrit inconsciemment une infinité d'autres univers, inaccessibles, à cause de la vie chevillée à son corps, ce boulet qui l'empêchait de prendre son essor vers cette infinité bleue. La vie... un fil si fin, si facile à rompre...

Un instant, il fut tenté de le briser. Mais il y renonça. À cause d'un autre lien, une autre partie de lui-même prisonnière de cet univers de matière. Fugitivement lui apparut un visage de femme, un regard bleu auréolé d'or... des yeux limpides... limpides... Un fleuve terrible l'emporta, le noya, l'étouffa.

Un tourbillon gigantesque l'aspira, le fit exploser en une myriade d'étoiles, d'étincelles, de gouttes d'eau, fleuve nouveau et extraordinaire qui coulait en lui, irriguant le désert torride de sa langue, la vallée de feu de sa gorge, le volcan de son estomac.

Un soleil explosa dans sa tête lorsqu'il rouvrit les yeux. Un visage énorme, inconnu et familier, se penchait sur lui. Un flot d'inquiétude en émanait, l'emplissait tout entier.

— Ça va mieux ?

Quelle était la signification de ces sons, de ces mots qu'il venait de prononcer ?

Il toussa.

— Pierre, articula l'éponge de feu qui lui dévorait la bouche, ai-je réussi ?

Puis il prit conscience de quelque chose d'extraordinairement beau, d'inimaginable, qu'il venait de quitter, comme un rêve merveilleux que l'on ne parvient pas à retrouver.

— Mais pourquoi pleures-tu ?

— Je... je ne sais pas.

— Ça passera ! Tiens, bois encore un peu !

Dorian accueillit à nouveau le breuvage. Ce n'était pas de l'eau, comme il l'avait cru, mais une bouillie tiède qui dispensait dans son corps une énergie bienfaisante.

— Pierre ?

— Les trois jours sont dépassés, petit. Tu as vaincu. Tu as même résisté au-delà de tes compagnons. Cela fait presque quatre jours que tu es enfermé. Mais arrête de pleurer ! Tu n'as plus de larmes !

Dorian ne comprit pas pourquoi la fin de l'astina lui laissa un souvenir étrange, un goût de merveilleux à jamais perdu, la sensation d'une vérité absolue que l'on ne doit trouver que dans la mort.

Après quelques heures de repos, il rejoignit ses compagnons dans le mallek. Les rangs s'étaient éclaircis. Trois d'entre eux n'avaient pu résister à la soif et avaient tiré sur la corde. Sylvain, Odios et Galvin étaient toujours là. Les joues pâles et creusées, les yeux cernés, Sylvain vint au-devant de lui et l'embrassa avec force.

— Tu nous as fait une belle peur, Arnaud. On a cru un instant que tu étais mort. Tu ne respirais presque plus.

Dorian eut à peine la force de lui répondre.

Impitoyable, Pierre ne leur accorda qu'une journée de repos avant de les entraîner vers la suite, la sagitta. Cette épreuve était pratiquée par Zoltan lui-même, assisté de Phez et d'Albin.

Pierre d'Oth prit la parole devant les neuf bacheliers restants.

— La sagitta constitue l'épreuve de résistance à la douleur. Mais elle est aussi plus que cela. Elle est une leçon de modestie. Une fois encore, vous devrez faire appel à la sagesse pour vaincre sans y laisser votre vie. Car la sagitta peut se révéler mortelle. Voici en quoi elle consiste : vous allez vous dévêtir entièrement. Ensuite, le médamane placera sur vous, en les enfonçant légèrement, des aiguilles d'or. Les piqûres ne sont pas douloureuses en elles-mêmes, mais l'implantation se fera de telle manière qu'elle provoquera une sensation de douleur. Celle-ci augmentera en fonction des aiguilles, dont l'apposition se fait toujours de la même manière et dans le même ordre. Il faut dépasser un certain nombre d'aiguilles pour triompher de la sagitta, c'est-à-dire résister à la douleur sans pousser un cri. Mais sachez qu'un nombre trop important d'aiguilles se traduit par la mort. Ces deux nombres fatidiques vous sont inconnus. Vous devrez donc vous arrêter dès que vous vous sentirez au bout de votre résistance, c'est-à-dire avoir la sagesse de vous retirer à la limite de vos forces.

La sagitta se déroulait dans une petite pièce attenante au mallek où le bachelier se retrouvait seul avec ses tortionnaires.

L'épreuve comportait en fait deux parties, car l'attente silencieuse au sein de la vaste salle circulaire, aux murs de pierre, constituait une épreuve à elle seule.

Les jeunes gens ne disaient mot.

Le premier à subir la sagitta était le fils d'un baron, Sheratt. Nul n'aurait su dire depuis combien de temps il avait disparu derrière l'épais rideau qui séparait les deux salles. Soudain, un hurlement déchira le silence, puissant, terrifiant, à la limite du supportable. Les bacheliers frémirent.

Odios serra les poings. Quelle douleur pouvait être plus terrible que la soif ?

Dorian observa ses compagnons. Tous sans exception étaient partagés entre deux sentiments. Ils avaient peur de la sagitta, mais ils ne pouvaient s'y soustraire sous peine d'élimination. Alors, chacun aurait souhaité avancer son tour. Il fallait cependant attendre.

Galvin suivit Sheratt. Lui aussi hurla.

Dorian prit sa place.

— A-t-il réussi ? demanda-t-il.

— Tu le sauras plus tard, dit Pierre d'Oth avec rudesse.

Les deux premiers suppliciés étaient sortis par une autre issue et n'avaient pas eu de contact avec leurs compagnons.

— Assieds-toi, ordonna Pierre.

Il lui désigna le fauteuil de marbre trônant au centre de la petite salle. Les chevaliers avaient pris place au fond de la pièce. Nul sentiment ne transparaissait sur leurs visages fermés.

Une petite table jouxtait le fauteuil de marbre, sur laquelle attendaient une multitude d'aiguilles menaçantes ainsi que des flacons contenant des mixtures inquiétantes. Les visages impassibles des prêtres accueillirent Dorian. Il s'assit, découvrant seulement à ce moment que le fauteuil était équipé de sangles de cuir que l'on utilisa pour l'entraver.

— Arnaud, es-tu prêt ? demanda Pierre, toujours avec rudesse.

Dorian comprit rapidement la raison de cette dureté soudaine qui ne lui ressemblait pas. Il n'appréciait pas l'épreuve. Il eût préféré la subir lui-même plutôt que de voir martyriser ces jeunes garçons, presque encore des enfants à ses yeux. Mais par ailleurs, la chevalerie ne pouvait accueillir que des hommes d'élite.

— Je suis prêt.

Le contact froid du marbre le fit frissonner. Les sangles l'empêchaient de bouger d'un pouce. Le fait d'être nu face à ces hommes vêtus de leurs habits de cérémonie ne le mettait pas à l'aise. Il se demanda s'il parviendrait à nouveau à supprimer la sensibilité de son corps, comme il l'avait fait pour l'astina. Albin s'approcha de lui, armé d'aiguilles plongées dans un récipient de forme étrange, une sorte de râtelier où chacune avait sa place. Il prit la première qu'il planta délicatement au-dessous du nombril. Dorian ne ressentit qu'une petite langue de feu, mais sans plus. La deuxième, sur le genou, provoqua le même effet. Le médamane en plaça ainsi une dizaine, aux endroits les plus inattendus qui n'occasionnèrent d'autres douleurs que celles des piqûres. Puis soudain, la suivante provoqua comme une onde électrique qui irradia le jeune homme depuis la plante des pieds jusqu'à la racine des cheveux... Il retint un cri de surprise. La douleur ne parvenait pas à se fixer. Elle voyageait d'un point à un autre, indécise, irritante. Une autre aiguille. La douleur doubla et se ficha dans la poitrine, coupant le souffle de Dorian. Un étau invisible lui broyait les poumons.

Sans transition, l'aiguille suivante fit basculer la douleur dans sa tête. Un incendie s'y développa à la vitesse du vent, que rien ne semblait vouloir déraciner. Ce n'était plus un point de douleur mouvant qu'apportait chaque aiguille, mais une vague qui roulait et venait se fixer en un point précis. Dorian serra les dents pour ne pas hurler. Avait-il oui ou non franchi le seuil fatidique ? Des rigoles de sueur sillonnaient sa peau. Il tenta d'affaiblir sa sensibilité comme sa mère le lui avait enseigné. La souffrance avait déjà pris trop de terrain. Il ne pouvait se concentrer suffisamment. Pourtant, son corps pouvait encore tenir.

Soudain, il lui fut impossible de serrer les dents sans crier. La douleur avait gagné sa mâchoire. On devait lui arracher toutes les dents à la fois. L'onde de choc se propagea jusque sous la racine des ongles sous lesquels Albin devait être en train d'insérer des aiguilles chauffées au rouge. Des larmes coulaient de ses yeux. Son corps entier n'était plus qu'une plaie dolente. Dans une sorte de brouillard, il vit le médamane reculer, le visage perplexe. Ses traits impassibles trahissaient une incompréhension totale devant un phénomène que Dorian ne pouvait deviner. Comme en un rêve, il aperçut la silhouette floue de Zoltan se lever, danser jusqu'à lui. Un mot lui parvint :

— Arrêtez !

Une main se tendit vers lui, lentement. Elle saisit la première aiguille et l'ôta. Aussitôt, toute douleur s'évanouit, comme la mer se retire après la marée haute. Il ne subsista qu'une fatigue incommensurable dont il eut l'impression de ne jamais pouvoir se relever. Pourtant, lorsque Zoltan défit les sangles, il retrouva sans problème l'usage de ses jambes. Ce fut alors seulement qu'il prit conscience que chacun le regardait avec curiosité, pour une raison qu'il ne comprenait pas.

— Va rejoindre les autres, Arnaud, dit Zoltan.

Il lui indiqua l'autre issue.

Galvin l'accueillit avec une indifférence feinte.

Sheratt au contraire vint au-devant de lui et l'aida à s'asseoir.

— Que s'est-il passé, Arnaud ? Je ne t'ai pas entendu crier. Tu leur as demandé d'arrêter ?

— Je n'ai rien demandé. Ils ont arrêté d'eux-mêmes. Je ne comprends pas pourquoi ! Je me demande s'il est possible de souffrir encore plus...

À présent, il ressentait la faiblesse consécutive à l'épreuve. Ses jambes refusaient de le porter. Le jeûne de quatre jours devait y être aussi pour quelque chose. Il s'accroupit et ferma les yeux.

Un hurlement déchirant lui vrilla le tympan quelques instants plus tard. Il s'était assoupi.

Une angoisse indéfinissable le saisit sans qu'il comprît pourquoi sur le moment. C'était comme un gouffre noir qui venait de se creuser en lui. L'explication apparut immédiatement dans toute sa tristesse. Deux chevaliers apportaient le corps d'un bachelier que toute vie avait quitté.

— Sylvain ! hurla Dorian.

Il se rua sur les chevaliers, les bousculant sans vergogne, mais il ne reconnut pas son ami. C'était Méryl, le fils d'un baron de Gwondaleya.

— Le premier mort de l'eschola, murmura Sheratt.

Les trois jeunes gens firent cercle autour du corps.

— Pauvre Méryl, gémit Galvin.

Deux grosses larmes coulèrent de ses yeux.

Dorian et Sheratt restèrent silencieux. Bientôt, Odios les rejoignit. Lui non plus n'avait pas hurlé. Il avait simplement dit :

— Arrêtez ! lorsqu'il avait senti son cœur lâcher

La sagitta éclaircit encore un peu les rangs des bacheliers. À la fin de la journée, ils n'étaient plus que sept. Personne ne fit de commentaire sur l'épreuve subie par Dorian. Le jeune homme se demanda pourquoi le théolamane avait arrêté la sagitta de lui-même. Il tenta de savoir auprès de ses compagnons combien d'aiguilles ils avaient reçues mais aucun n'était capable de le lui dire.

Par ailleurs, il remarqua l'intérêt qu'il semblait susciter chez les trois amanes.

Les épreuves suivantes concernaient le maniement des différentes armes, sabres, styls, trive, une sorte de lance à trois lames et nardre, arme de lancer circulaire à trois pointes recourbées. Solidement entraînés depuis leur plus jeune âge, les sept bacheliers franchirent allègrement les épreuves. Dorian se distingua nettement de ses compagnons qu'il vainquit dans toutes les disciplines. Rudriko eût été fier de lui.

— Par Lakor, jura Pierre, je n'aimerais pas être de tes ennemis, petit ! Où donc as-tu appris à te battre ainsi ?

Dorian, pour toute réponse, éclata de rire.

Les trois jours consacrés aux épreuves martiales furent aussi le prétexte à de solides repas qui firent rapidement oublier le mauvais souvenir de l'astina.

Le corps de Méryl avait quitté le Sahiral pour le château de son père. Déjà son souvenir s'estompait dans l'esprit des jeunes gens. La religion les avait habitués très tôt à ne pas trop penser aux morts.

Arriva enfin la dernière épreuve, la plus meurtrière : la capture d'un lionorse sauvage, seule monture digne d'un chevalier.

CHAPITRE XIX

La capture des lionorses avait lieu à une journée de cheval au nord du Sahiral. Le voyage se déroula sans incident. Pourtant, il n'eût pas été extraordinaire de se heurter à un parti de maraudiers. Nombre d'entre eux trouvaient refuge dans les sous-bois profonds de la forêt Skovandre. Les domaines incultes, sauvages qui séparaient les villes restaient leurs territoires d'élection et la vallée du Laurely, où vivaient les lionorses, se situait en limite des terres civilisées.

À midi, ils firent halte à Brastalia, dont le vieux baron était vassal de Czarthoz. Il fit servir un repas copieux aux aspirants chevaliers qui lui rendirent les honneurs qui convenaient. Le fils du baron, Rodrick, avait échoué trois années auparavant à l'eschola et son père semblait lui en tenir rigueur. Cette rancune n'avait pas l'air d'affecter outre mesure le jeune homme. Il préférait l'oisiveté et la vie facile des cours et ne se privait pas de le dire.

Sans s'expliquer pourquoi, Dorian éprouva immédiatement de l'antipathie pour ce bellâtre cynique qui se plaisait à leur prodiguer des conseils ironiques. Odios, toujours prompt à la riposte, alla même jusqu'à — miracle — prendre la défense de Dorian. Il dut se tenir à quatre pour ne pas châtier l'insolent sur-le-champ. L'œil de glace de Pierre découragea ses intentions belliqueuses.

Rodrick avait renoncé après une journée d'astina, jugeant ces épreuves ridicules. Il professait qu'il était inutile de s'arrêter de boire pendant quatre jours pour prouver qu'on était un bon guerrier. D'autre part, il était certain qu'il aurait supporté la douleur sans crier. S'il n'avait pas encore de lionorse pour monture, c'était parce qu'il n'avait pas eu le temps d'en capturer un.

Outré, son père finit par le renvoyer de table. Il obéit en

éclatant d'un rire sonore et méprisant dans lequel transparaissait malgré tout une jalousie morbide.

— Adieu, messeigneurs ! Et ne vous faites pas massacrer !

Le vieux baron ne sut comment s'excuser de la conduite de son fils. Il semblait au bord des larmes.

Vers le soir, le petit groupe fit halte au pied d'une colline escarpée au-delà de laquelle se découpaient les premiers contreforts des montagnes.

— Derrière ces monts s'étend la vallée sacrée du Laurely où vivent les lionorses de Gwondaleya, dit Pierre. Nous les rejoindrons demain matin. Pour ce soir, nous allons bivouaquer ici.

Cela faisait à présent plus d'une semaine que la petite communauté vivait pour ainsi dire en circuit fermé. Le soir, les jeunes aimaient écouter les chevaliers égrener leurs souvenirs. Une complicité nouvelle les liait comme s'ils étaient déjà admis dans leurs rangs prestigieux. Ainsi se tissaient les liens de la chevalerie. Même les amanes perdaient parfois leurs visages impassibles, le temps d'un sourire. Leur distance ne signifiait pas qu'ils étaient totalement dépourvus de sensibilité. De la même manière, Dorian avait vu leurs traits s'altérer lors de la mort de Méryl, lorsque les paranes avaient enlevé le corps.

Un bivouac en pleine nature était une fête pour les jeunes gens. Leur vie de chevalier les amènerait sans doute plus d'une fois à loger à la belle étoile. Ils s'acquittèrent avec joie des corvées d'eau et de bois. Lorsque la nuit tomba, ils étaient tous accroupis autour d'un feu où rôtissait un chevreuil abattu par Odios d'une flèche sûre.

Tandis que les dents déchiraient la chair tendre avec un plaisir évident, Pierre prit la parole.

— Écoutez, messeigneurs ! Demain, vous serez à pied d'œuvre. Avant d'affronter cette dernière épreuve, la plus dangereuse de l'eschola, je crois qu'il serait bon de vous rappeler ce que vous devez savoir sur les lionorses.

Il prit le temps de vider son gobelet de vin frais.

— Les lionorses sont des animaux d'une essence supérieure, capables, comme les chiens et les chevaux, de s'allier à l'homme. Une légende raconte qu'ils seraient issus d'un croisement entre un étalon noir, Alphorod, qui régnait sur le plus grand troupeau qu'on vît jamais, et une lionne à la robe blanche, Rana. Il la découvrit alors qu'elle attaquait le troupeau avec sa horde. La puissance de l'étalon était telle qu'il mit les fauves en fuite. Nul ne sait ce qui se passa à cet instant dans l'esprit des deux animaux. Pourtant, la jeune lionne se traîna en rampant aux pieds de son vainqueur. Alphorod l'inclut dans son troupeau et s'accoupla avec elle. Ainsi naquirent les premiers lionorses. Leur descendance fut telle qu'ils s'éparpillèrent de par le monde.

Recueillis, les jeunes gens buvaient les paroles de Pierre.

— Ceci explique, continua-t-il, que le lionorse présente de loin l'aspect d'un cheval. Toutefois, il est souvent plus grand. Ses pattes sont plus musclées et se terminent non par des sabots, mais par des coussins et des griffes rétractiles, identiques à celles des chats. Ces griffes constituent des armes redoutables au combat. Sa mâchoire est celle d'un carnassier.

« Le troupeau est gouverné par le mâle le plus puissant, que l'on appelle le "roi". Ce roi est élu selon des règles qui nous échappent, sans doute en raison de ses qualités. Ses compagnons le reconnaissent pour leur maître, leur guide. À sa mort, un autre le remplace, sans qu'il y ait jamais combat. Autour de lui gravitent les "fidèles", ou mâles reproducteurs. C'est parmi eux que se trouvent les rois en puissance. Parfois, l'un d'eux défie le roi. S'il est battu, les autres fidèles l'achèvent et le dévorent. Il m'a été donné d'assister à l'un de ces combats. Aucun mot ne saurait décrire la férocité et la splendeur d'une telle joute.

— Qui fut vainqueur ? demanda Galvin.

— Le roi ! Mais il était gravement blessé. Eh bien, au lieu de profiter de sa faiblesse, ses compagnons lui vinrent en aide et le protégèrent le temps de sa guérison.

« Le rôle des fidèles consiste à féconder les femelles et à défendre le troupeau. Seuls les migas et les doriers sont suffisamment puissants pour s'attaquer aux lionorses. Et encore choisissent-ils les jeunes. Pendant que les femelles et leurs petits se regroupent en cercle, les fidèles et le roi s'opposent aux agresseurs. Ils combattent jusqu'à la mort, si c'est nécessaire. Tout comme nous.

« Le roi et chaque fidèle possèdent un harem, comprenant de deux à dix femelles, que l'on appelle les "aliennes". Le troupeau est ainsi divisé en plusieurs familles, les "coures".

« En temps normal, le troupeau est réparti en quatre groupes. Le premier comprend le roi et les fidèles. Le deuxième, les aliennes et leurs petits de moins de trois ans. Ensuite vient le groupe des "adols", âgés de trois à six ans, trop vieux pour bénéficier de la protection des aliennes, mais pas encore formés sexuellement. La formation intervient vers l'âge de six ans. Les femelles sont rapidement intégrées dans l'une ou l'autre cour, parfois même dans celle de leur propre père. Quant aux mâles, ils se rapprochent du groupe royal. Quelquefois, ils sont admis sans combat, mais le plus souvent, ils doivent lutter. Il y a peu d'élus.

« Les plus faibles sont impitoyablement châtrés afin qu'ils ne soient plus capables de se reproduire, assurant ainsi la richesse du sang. Ils vont constituer le quatrième groupe, celui des "hongres". C'est parmi eux que se recrutent nos montures. Il est exceptionnel de capturer une alienne. Les fidèles sont pratiquement impossibles à approcher. Quant au roi, je n'ai jamais ouï dire qu'un chevalier ait réussi à en dominer un.

« Surtout n'oubliez pas que le lionorse, malgré sa ressemblance avec le cheval, n'est pas un herbivore. C'est un fauve, qui chasse et se nourrit d'autres animaux, chevreuils, cerfs, lapins et autres. Si vous échouez, vous serez dévorés sans avoir eu le temps de comprendre. Jamais la peur ne devra prendre le dessus lorsque vous les approcherez. Vous perdez votre contrôle et vous êtes perdus. La seule façon d'aborder le troupeau est d'utiliser cette arme merveilleuse qui est l'apanage des nobles : le shod'l loer. Un sapiennien est incapable de capturer un lionorse. Il serait immédiatement pourchassé. Le lionorse est en effet le seul animal, hormis l'homme d'essence noble, à posséder ce pouvoir fantastique. Vous ne pouvez entrer dans le troupeau qu'en émettant le shod'l loer. Ils vous prendront alors pour l'un d'eux.

— Ils ne sont pas physionomistes, fit remarquer Sylvain.

— Ils n'ont pas la même appréciation des formes que nous, expliqua Pierre. Ils sont plus sensibles au... comment dire, au schéma mental d'un individu. Vous savez ce que vous aurez à faire dès que vous aurez pris contact avec le troupeau, mais je vais tout de même vous le rappeler. Oubliez votre peur. D'autres ont réussi avant vous. Il est probable que certains adols se précipiteront sur vous. N'en tenez pas compte, ils s'arrêteront d'eux-mêmes. Pénétrez lentement au cœur du troupeau. En aucun cas vous ne devez effrayer les jeunes. Les aliennes vous tailleraient en pièces. Évitez leur groupe. Choisissez un adol ou un hongre et concentrez votre volonté sur lui. C'est le moment le plus délicat. Vous devez pénétrer l'esprit de l'animal. Attention ! Celui-ci est totalement différent du vôtre et risque de vous déconcentrer. Il va réagir violemment à votre attaque et vous repousser. Ses lignes de force spirituelles sont étrangères aux nôtres. Vous devrez vous y adapter. Rapidement ! Si vous ne réagissez pas assez vite, vous serez débordés, l'animal foncera sur vous et vous tuera. Il faut dominer son attaque, l'endiguer, la repousser. Votre avantage est la puissance de votre shod'l loer, supérieure à celle du lionorse, mais le sien est sauvage, incompréhensible. Tout dépendra de votre rapidité d'adaptation. Enfin, vous sentirez votre lionorse céder. Il s'avouera vaincu et viendra vers vous. Il posera sa tête sur votre épaule. Désormais, il vous suivra partout. Il vous aura reconnu pour son nouveau roi.

« Attention, n'oubliez pas de continuer à émettre. Vous ne pourrez vous arrêter qu'après être sorti du troupeau. Dans le cas contraire, les aliennes vous tueraient et, qui plus est, tueraient votre lionorse !

Il se tut puis se leva et alla caresser la tête de Volkar, son propre lionorse.

— Ne concluez pas trop vite que vous avez dominé votre fauve. Ce n'est pas un cheval. C'est un véritable pacte d'amitié que vous allez sceller avec lui. Un lionorse est fier. Ne pensez pas que vous serez son maître. En cela il ressemble un peu au chat. Il sera plus un ami qu'un animal soumis, un ami sur qui vous pourrez compter en toutes circonstances. Le lionorse et le chevalier ne font qu'un. Il ne survit pratiquement jamais lorsque le chevalier est tué au combat. Et je sais nombre de chevaliers qui se sont laissés mourir après avoir perdu leur monture.

CHAPITRE XX

Le soleil se levait à peine lorsque Pierre d'Oth tira les sept bacheliers du sommeil.

Les cinq chevaliers épinglèrent solennellement une feuille de chêne sur le revers du vêtement de lin des jeunes gens.

— Cette feuille symbolise le courage. Vous allez affronter votre dernière épreuve, la plus dangereuse. Certains d'entre vous n'en reviendront peut-être pas. Sachez vous estimer à votre juste valeur. Vous avez toujours le droit d'abandonner.

Peu après, le groupe se lançait à l'assaut de la muraille rocheuse dominant la vallée. Au sommet, un panorama magnifique s'étendait à perte de vue. Un plateau accidenté, parsemé de boqueteaux, menait jusqu'aux contreforts des montagnes occidentales et descendait en pente douce vers l'est.

Au beau milieu de l'immense plaine, les bacheliers aperçurent le troupeau, à moins d'un quart de marche. Les bêtes silencieuses se reposaient dans l'herbe épaisse et grasse, à proximité d'un petit ruisseau serpentant à travers prés. Son chant parvenait jusqu'au petit groupe. Parfois, un lionorse s'éloignait des siens, piquait une pointe de vitesse pour crocheter un petit gibier d'un coup de patte précis et meurtrier.

— Fantastique, murmura Sylvain. Vous avez vu cette rapidité !

— Un lionorse adulte peut courir deux fois plus vite qu'un cheval, précisa Pierre. Sa vitesse de pointe peut atteindre seize marches à l'heure.

De loin, on les confondait facilement avec des chevaux. Mais les feulements rauques que poussaient les mâles de temps à autre démentaient cette impression. La démarche des fauves, souple et allongée, rappelait celle du chat.

On distinguait nettement les quatre groupes : le roi et ses fidèles, les adols, les aliennes et leurs petits, et enfin les hongres, visiblement tenus à l'écart. Le roi, un animal à la robe magnifique d'un noir de jais, fascinait Dorian. Il l'observa longuement lorsque le fauve tourna la tête dans leur direction.

Soudain, Zoltan interrompit sa méditation.

— À présent, nous allons procéder à un nouveau tirage au sort pour déterminer dans quel ordre vous allez affronter l'épreuve.

Odios fut désigné pour passer le premier. Puis viendraient Garal, Sheratt, Sylvain, Athmos, Galvin et enfin Dorian.

Les six jeunes gens regardèrent avec appréhension Odios descendre du promontoire sur lequel ils s'étaient installés.

Les herbes étaient si hautes qu'elles le dissimulaient parfois entièrement.

La distance à parcourir était grande et l'anxiété croissait à chaque pas du jeune homme. Sylvain et Galvin ne purent retenir un cri lorsqu'ils virent trois adols lever la tête vers leur frère et foncer sur lui en feulant. Cependant, ainsi que l'avait prédit Pierre, ils s'arrêtèrent et rejoignirent leur groupe en se pourchassant l'un l'autre. Prudemment, Odios pénétra au cœur du troupeau, se dirigeant vers les jeunes qui l'avaient accueilli si bruyamment.

Petite silhouette noire perdue au milieu des fauves qui l'observaient avec curiosité, il s'avança au-devant de celui qu'il avait choisi et s'arrêta. Un feulement puissant jaillit, nouant les entrailles des spectateurs.

— Il a établi le contact, murmura Pierre. S'il ne se laisse pas vaincre par la peur, il a réussi.

Combien de temps dura l'échange immatériel entre l'homme et la bête ? Nul n'aurait su le dire. Le fauve s'agitait, grondait, secouait la tête, grattait le sol comme s'il allait charger. Odios restait de marbre, aussi immobile qu'une statue. Enfin, le lionorse se calma, s'avança vers le jeune homme et posa sa tête sur son épaule.

— Il a gagné ! exulta Pierre. Pourvu qu'il n'oublie pas de maintenir le shod'l loer jusqu'à la sortie du troupeau.

Mais Odios n'avait pas négligé les leçons de Pierre. Quelques instants plus tard, il était de retour, suivi par un lionorse magnifique, au pelage d'un gris sombre taché de deux raies blanches au-dessus des membres postérieurs.

— Bravo fils, dit Pierre en le serrant dans ses bras.

Les autres bacheliers lui firent honneur, s'extasiant devant la bête apparemment nullement effrayée.

— Ne tentez pas de l'approcher de trop près, les prévint toutefois Zoltan. Pour l'instant, seul Odios peut le toucher.

Ce fut le tour de Garal.

Il franchit rapidement l'étendue verte qui le séparait du troupeau, mais à l'abord de celui-ci, sa démarche se fit moins assurée. Il resta un instant pétrifié par le jeu des adols qui firent mine de s'élancer vers lui.

— Par Lakor, murmura Pierre, il devrait abandonner, il n'aura pas le courage d'aller jusqu'au bout. Saura-t-il le comprendre ?

Dorian sentait la nervosité le gagner insidieusement. Il observa avec anxiété la petite silhouette qui hésitait à présent entre le groupe des adols et celui des hongres.

— Les dieux lui viennent en aide, dit tout bas le vieux chevalier. Qu'il revienne sur ses pas. Jamais il... Aaah !

Il détourna la tête. Là-bas, un cri terrifiant s'éleva, pendant qu'un groupe de fauves se ruait sur le malheureux. Il tenta de fuir, mais c'était peine perdue. Un hurlement jaillit, qui s'éteignit aussitôt. Pétrifiés, les six bacheliers sentirent les jambes leur manquer.

Un long silence suivit la scène. Zoltan prit enfin la parole.

— Garal était un brave, mes enfants. Ne soyez pas impressionnés par sa mort. Il savait ce qu'il risquait. Il était en droit d'abandonner à tout instant. Sachez que votre vie de chevaliers vous apportera des scènes encore plus pénibles. Votre véritable courage sera de les supporter, d'aller au-delà sans pour autant devenir insensibles ou aigris. Ainsi deviendrez-vous de vrais chevaliers.

— C'est horrible, sehad, dit Sheratt nerveusement. N'y a-t-il pas un autre moyen de capturer un lionorse ?

Zoltan vint au-devant de lui.

— On ne capture pas un lionorse. On l'apprivoise. N'oublie pas les règles de la chevalerie. N'oublie pas les devoirs du chevalier. On ne peut admettre à ce rang élevé que des hommes d'essence supérieure. Crois-tu que les guerres que nombre de seigneurs se plaisent à livrer soient plus agréables que ceci ? Pour défendre les peuples, "vos" peuples, messeigneurs, il faut des hommes courageux, inaccessibles à la peur.

Il se tut un instant puis reprit :

— Si à présent certains d'entre vous désirent renoncer,

ils sont libres de le faire. Je le répète, ils ne doivent pas s'en sentir diminués. C'est aussi une forme de courage que d'admettre ses propres limites.

Les jeunes bacheliers se regardèrent, puis Athmos s'avança vers Zoltan.

— Sehad, j'abandonne !

— As-tu bien réfléchi ?

— Oui, sehad, je renonce à la chevalerie.

La tête basse, il tourna les talons et vint s'asseoir au pied d'un arbre.

Sheratt s'apprêtait à lever la main lorsque Sylvain s'avança à son tour.

— Attends encore un peu !

— Pourquoi ?

— Ne laisse pas la peur te dominer. Tu es capable d'y arriver. Laisse-moi seulement passer avant toi !

Sheratt hésita un peu, puis acquiesça d'un signe de tête. Sylvain jeta un coup d'œil à Dorian qui lui sourit. Il prit une profonde inspiration et descendit vers le troupeau. Rendu nerveux par la mort de Garal, le petit groupe ne broncha pas. Sylvain, s'il avait été impressionné, sut parfaitement ne pas le montrer. À son tour, il revint accompagné d'un magnifique adol gris pâle au dos tigré de noir violacé. Encouragé, Sheratt lui succéda... et réussit à son tour.

Galvin suivit.

Mais sa nature inconsciente le perdit. S'il réussit à triompher de l'animal, la joie lui fit oublier toute prudence. Il cessa d'émettre le shod'l loer bien avant d'avoir quitté le troupeau. Impuissants, ils le virent tenter de s'échapper, bientôt rattrapé par les fauves. Odios s'écroula sur le sol, en proie à un chagrin démentiel. Il griffait la terre, se cognait la tête sur les pierres, désespéré. Il fut impossible de le calmer.

Enfin vint le tour de Dorian. Au moment où il s'apprêtait à descendre, Sylvain s'écria :

— Regardez !

Il désignait l'extrémité opposée de la prairie, à la limite de la forêt.

Des sous-bois profonds venaient de surgir quatre énormes migas. Forts de leur nombre, ils se dirigeaient vers le groupe des adols. Ceux-ci s'étaient réfugiés au milieu des aliennes, suivis par les hongres.

— Regardez bien, dit Pierre. Un tel combat est une chose rare.

— Que se passerait-il si les migas vainquaient ? demanda Sylvain.

— Ils auraient affaire aux aliennes. C'est pour cela que les hongres s'approchent d'elles. Elles n'hésiteront pas à se faire tuer pour défendre leurs petits. Et elles sont aussi dangereuses que les fidèles. Les migas devraient le savoir, mais il n'y a rien de plus stupide qu'un migas.

Là-bas, le combat s'était engagé, d'une sauvagerie et d'une férocité effrayantes. Les lionorses utilisaient une tactique élaborée. L'un d'eux attirait un migas en esquivant ses redoutables coups de pattes terminées par des griffes semblables à des poignards. Pendant ce temps, un autre prenait le monstre à revers et lui bondissait sur l'échine. Mais le mastodonte, dont le poids pouvait atteindre deux fois celui des fauves, parvenait généralement à s'en débarrasser.

Le roi, quant à lui, se retrouva face à face avec le plus puissant des migas. D'une agilité surprenante et d'une rapidité extraordinaire, il évitait les attaques féroces du monstre, ripostant adroitement par de terribles coups qui labouraient les flancs de son adversaire. La manière de combattre des lionorses rappelait beaucoup plus celle des félins que celle des chevaux. Les ruades en étaient totalement absentes. Le seul point commun était les morsures. Les blessures les plus graves étaient infligées à l'aide de leurs griffes acérées.

Déjà, un migas et un lionorse gisaient, les entrailles ouvertes. Un deuxième mastodonte donnait des signes de fatigue.

Un coup magistral avait déchiré le flanc du roi, mais son adversaire était couvert de sang. Ses ripostes se faisaient moins promptes, ses attaques plus lourdes. Le lionorse, malgré sa blessure, conservait toute sa vitalité.

Soudain, après une esquive adroite, il bondit sur le dos de son ennemi et s'y agrippa irrésistiblement. Il savait que le seul endroit vulnérable se cachait là, derrière la tête, au défaut du cou. Pendant ce temps, ses compagnons avaient eu raison des deux derniers migas. L'un d'eux était mort, l'autre en fuite.

Dorian demanda nerveusement :

— Pourquoi ne lui viennent-ils pas en aide ?

Pierre ne répondit pas immédiatement, fasciné par le duel des titans.

— C'est “son” combat, petit ! Ils ne doivent pas intervenir sans lui faire injure. S'il succombe, ils le remplaceront, mais pas avant. Cela fait partie des lois étranges de ces animaux.

Il ajouta :

— C'est pourquoi ils méritent tout notre respect et notre admiration.

Enthousiasmé par le combat, Dorian serrait les dents sauvagement, effrayé par la mort possible de son favori, et enivré par l'odeur de duel. Il crut entendre craquer les os puissants du monstre sous ses propres crocs lorsqu'il vit le migas, dans un dernier sursaut, rejeter le roi, se dresser sur ses pattes arrière, puis s'effondrer lourdement.

Dorian hurla d'enthousiasme, comme si cette victoire était un peu la sienne.

— Magnifique ! Quelle bête fantastique ! C'est lui ! C'est le roi que je veux !

— Hein ? fit Zoltan.

— Qu'est-ce que tu dis ? demanda Pierre.

— J'ai choisi mon lionorse : le roi !

Mais devant la mine défaite du vieux chevalier, il s'assombrit.

— Eh bien, qu'y a-t-il ? Aucune règle ne l'interdit !

— Non, aucune règle, petit.

— Alors ?

— Te souviens-tu de ce que nous avons dit hier ?

— Je crois, oui !

— Alors, tu aurais dû retenir que personne jamais n'était parvenu à capturer un roi.

— Personne, confirma Zoltan.

— Peut-être ne l'a-t-on jamais tenté ?

— Si, nombreux furent les chevaliers qui furent éblouis par la valeur royale. Aucun d'eux n'est jamais revenu. Tous ont été tués.

— Tu comprends ce que cela signifie, appuya Pierre. Songe à Isabelle.

— Les fidèles ne les ont pas acceptés ? s'obstina Dorian.

— Les fidèles ne comptent pas. Leur domination est rare, mais possible. La force mentale d'un roi est telle qu'elle reste inaccessible.

— Pourquoi ? Il a été fidèle, avant de devenir roi.

— Bien sûr, mais il a perdu toute notion de soumission.

Dorian se tut et s'éloigna des deux hommes. Il observa le troupeau. Une volonté supérieure l'attirait vers cet animal superbe, si fier et si courageux. Seul contre un monstre deux fois plus lourd que lui, il avait vaincu. Une sorte de fraternité l'unissait au lionorse. Confusément, il sentait qu'ils devaient s'entendre. Une bouffée de chaleur l'envahit. Il voulait à tout prix ce roi. Il réussirait là où les autres avaient échoué. Il avait conscience de l'outrecuidance de sa décision et surtout de la peine qu'il risquait d'infliger à Solyane s'il ne revenait pas. Rien cependant ne l'arrêterait. De toute façon, cette épreuve était décisive. S'il devait un jour retrouver et combattre ses ennemis, il devrait faire preuve d'une valeur au-delà de la normale.

Il était loin de se douter des conséquences de sa décision.

Soudain, un phénomène étrange le tira de sa méditation.

— Mais ? Que font-ils ?

Les autres s'approchèrent de lui. Au loin, le troupeau entier s'était regroupé autour du cadavre du fidèle abattu par les migas. Le roi releva la tête vers le ciel et lança une sorte de plainte, un ululement modulé et poignant qui réveilla les échos des montagnes proches. Ses compagnons l'imitèrent aussitôt. C'était un chœur bizarre, aux sonorités douces et tristes, la voix même de la terre profonde.

— Ils lui rendent hommage, murmura Pierre, plus ému qu'il ne l'aurait souhaité. Ensuite, ils vont le dévorer.

— Le dévorer ? balbutia Sheratt, impressionné.

— Oui, c'est leur coutume. Une façon de lui faire honneur.

Le chœur s'éteignit peu à peu. La masse des robes claires et sombres se resserra autour du roi, dissimulant entièrement le cadavre. Lorsque le troupeau s'écarta à nouveau, il laissa derrière lui un monceau d'os blancs et parfaitement nettoyés de toute chair. Bouleversé, Dorian sentit à peine une larme furtive glisser le long de sa joue.

Sur l'ordre de Zoltan, il dut attendre que l'émotion due au combat cessât. Lentement, les quatre groupes se reformèrent. Les fidèles léchaient leurs plaies, allongés sur l'herbe ou vautrés dans l'eau du torrent. Enfin, le jeune homme put descendre à son tour vers la prairie. Au dernier moment, Pierre le rattrapa par le bras.

— Arnaud ! Ne commets pas de folies. Pense à ta sœur ! À Czarthoz ! Personne n'a jamais réussi cet exploit.

Mais Zoltan intervint.

— Laissez-le, chevalier ! Rien jamais ne l'empêchera de faire ce qu'il aura décidé.

Dorian regarda le théolamane. Il décela dans les yeux du prêtre un intérêt grandissant.

Sa décision était prise.

Derrière lui, la présence de ses compagnons s'estompa, puis disparut. Les herbes hautes entravaient son avance. Marchant d'un bon pas, il parvint à distance des premiers lionorses. Comme à l'accoutumée, quelques adols le chargèrent. Visiblement, ils avaient envie de jouer. Il établit le contact avec eux et ils s'arrêtèrent, grondant furieusement, puis bondissant soudain à la poursuite d'un gibier imaginaire. Il sourit intérieurement et pénétra dans le troupeau. Les animaux ne lui accordèrent qu'une maigre attention. Parfois, l'un d'eux levait la tête et l'observait. Ses yeux étranges, taillés en amande comme ceux des chats, luisaient doucement, impénétrables. Le prenaient-ils réellement pour l'un d'eux ?

Il évita le groupe des aliennes où il savait n'avoir aucune chance de passer. Il traversa celui des adols, puis des hongres et se dirigea vers le groupe royal.

Il fut accueilli par une vague, une barrière mentale qui lui obstrua le chemin. Les regards des fidèles convergèrent vers lui. Sans doute le considéraient-ils comme un adol désirant passer son examen d'admission. Si l'un des fidèles le défiait, il était perdu. Il augmenta le shod'l loer. Quelques grondements lui répondirent. Un lionorse se leva, soufflant bruyamment. Dorian se demanda s'il n'avait pas trop présumé de ses possibilités, il se rappela le principe essentiel : ne jamais douter ! Croire jusqu'au bout en sa victoire et puiser sa force en cette foi elle-même. Il n'avait pas le droit d'échouer. Il continua d'avancer. Son shod'l loer n'était pas au maximum. Il avait encore de la réserve. Le fidèle souffla à nouveau, puis s'approcha lentement. Mais il émanait de lui plus d'ondes de curiosité que d'agressivité. Il flaira Dorian, visiblement surpris et intrigué par son apparence. Puis brusquement, il s'écarta.

Le jeune homme constata une nouvelle fois la faible odeur dégagée par les lionorses. Ils se différenciaient ainsi des autres animaux de grande taille qui ne pouvaient éviter une senteur forte et désagréable. Un dicton disait d'ailleurs : propre comme un lionorse. Ils passaient un bon nombre d'heures à leur toilette, se léchant mutuellement comme d'énormes chats. Ce rite constituait un élément important pour la cohésion du troupeau.

Enfin, Dorian se trouva face à face avec le roi. Il était beaucoup plus impressionnant de près que de loin. Il dominait tous les autres par sa taille. Sa robe d'un noir intense aux reflets bleutés luisait au soleil. Son flanc gauche s'ornait d'une double blessure provoquée par les griffes du migas. Deux traînées sanguinolentes que l'animal avait léchées pour les cicatriser. Une crinière folle, du même jais que la robe, retombait sur ses yeux effilés, d'un vert tendre et à l'expression majestueuse. La pupille en amande fixait le jeune homme avec un intérêt visible. La mâchoire puissante, plus courte que celle du cheval, se hérissait de quatre crocs acérés.

Le roi regarda la petite créature bizarre qui se dirigeait lentement vers lui. Il ne manifesta aucune forme de frayeur, ne gronda pas, jusqu'au moment où Dorian concentra sur lui l'essentiel de ses forces mentales. Instantanément, le jeune homme reçut en réponse comme une décharge électrique, un flot immatériel qui le cueillit presque à froid.

Un instant désarçonné, Dorian refoula en bloc l'agression sauvage de la bête qui recula d'un pas. Le fer était lié. À présent, Dorian n'avait plus le choix. Il devait vaincre ou mourir.

Le danger venait de leurs différences fondamentales. Les motivations, les repères ne présentaient aucun point commun. Il fallait remonter aux constituants originels, la faim, la peur, le sexe, le plaisir, le sommeil, la chasse, la lutte, éléments élaborant les pensées elles-mêmes. Il fallait établir une ébauche de langage-sensation commun, puis investir l'esprit étranger sans aucune odeur d'agression.

Arc-boutant ses forces mentales, Dorian contre-attaqua et déborda lentement l'offensive du lionorse. Il savait que le fauve ne pourrait charger tant que se maintiendrait cette pression mentale, mais il devait malgré tout se méfier. Si l'animal s'affolait, il risquait de rompre et de le tuer. C'était le moment le plus délicat. Dorian enserrait à présent le roi dans un réseau cérébral étroit, comme il l'avait fait jadis pour le loup. Son effort lui coûtait de violentes douleurs qui irradiaient le long de ses muscles. Il n'avait plus peur, plus du tout. Une exaltation rare l'envahit. Il sentit qu'il gagnait du terrain sur la résistance acharnée du fauve. Comme dans un songe, il le voyait secouer la tête, sa lourde crinière se gonflant au vent.

Alors, il imprima dans son étau psychique la couleur de l'affection, de l'amitié, de la complicité, du respect. Et soudain, comme un barrage qui se rompt, la barrière mentale de l'animal craqua et Dorian s'engouffra dans l'esprit du lionorse. C'était une investigation insolite à laquelle le corps ne prenait pas part. Il entrait dans la peau du roi. Un monde nouveau s'ouvrit à lui. Il découvrit à des pensées élémentaires une saveur bouleversante, des préoccupations extraordinaires et simples : le plaisir de manger, le désir de reproduction, la protection du troupeau. Il apprit à en connaître chaque membre à travers les yeux du roi. Les animaux n'avaient pas besoin du masque impersonnel d'un nom pour se reconnaître. Chacun avait sa personnalité qui le distinguait des autres, ses habitudes, ses manies qui tissaient comme la trame d'un nom.

Dorian sentait que la victoire était proche. Mais était-ce vraiment une victoire ? Le lionorse « flairait » l'esprit tendu vers lui, de même qu'un chien flaire la main de l'homme, et soudain, il y eut comme une cassure, un sursaut d'orgueil de l'animal indomptable. Dorian, surpris, augmenta immédiatement son étreinte cérébrale, à la limite de ses forces. Le sang lui battait les tempes, lui gonflait les yeux. Son corps n'était plus qu'une douleur.

Peu à peu, l'animal se calma. Ses rugissements firent place à une sorte de plainte. Soufflant une dernière fois bruyamment, il vint vers Dorian, figé comme une statue de sel.

Le lionorse posa sa tête lourde sur l'épaule du jeune homme qui lentement leva la main vers le front couvert d'une épaisse chevelure noire et souple.

Dans l'esprit épuisé de Dorian, la prairie, le troupeau, les montagnes lointaines s'estompèrent dans un brouillard diffus. Seuls restèrent distincts la tête noble de la bête et son regard impérial.

Sans relâcher le shod'l loer, Dorian fit demi-tour. Galvin avait perdu la vie pour l'avoir oublié. Il ne se retourna pas. Il quitta le troupeau, trébuchant de fatigue et de douleur à chaque pas. Il ne relâcha son étreinte que parvenu au pied du promontoire. Ses compagnons l'attendaient. Derrière lui suivait le magnifique lionorse noir, la tête fièrement redressée, contemplant les petits animaux à deux pattes qui l'admiraient comme s'ils avaient été ses vassaux.

On fit un triomphe à Dorian.

Il croisa alors le regard des amanes. Ce qu'il y lut l'inquiéta soudain, sans raison.

CHAPITRE XXI

Le retour à Gwondaleya fut un triomphe. Prévenus par des messagers, les citadins étaient sortis pour former une haie d'honneur aux nouveaux chevaliers. On était curieux de savoir qui avait réussi et qui avait succombé. Ces jeunes hommes solides comme des arbres, pleins de sève et de vie, étaient les nouveaux maîtres, les nouvelles idoles du pays. Nombreuses étaient les filles qui se bousculaient au premier rang pour attirer leur attention. Ce soir, on les accompagnerait dans leur tour de la ville, ils se livreraient au peuple. On les entraînerait dans les auberges, dans les demeures, pour les voir de près, leur parler, les toucher. Ils mangeraient et boiraient avec tous.

C'était le retour de l'eschola, le bain de foule, l'apprentissage parfois un peu rude de la popularité. Mais Dorian ne prenait pas garde aux jupons courts, aux poitrines houleuses et accueillantes, aux mains qui se tendaient vers lui. Il avait hâte d'arriver au palais. Hâte de la revoir.

L'accueil de Czarthoz fut enthousiaste, débordant. Apprenant la mort de Galvin, il éclata en sanglots, puis de rire en voyant trois de ses fils accompagnés d'un lionorse. Il se remit à pleurer, et à rire encore.

Apercevant Achil, le conteur dont Solyane faisait souvent son escorte, Dorian se précipita vers lui.

— Où est Isabelle ?

— Dans sa chambre, seigneur. Elle vous attend. Elle n'a pas osé descendre, redoutant d'apprendre que vous n'étiez pas revenu.

— Mais je suis là ! hurla-t-il joyeusement. Est-ce donc là toute la confiance qu'elle a en moi ?

Il courut vers les escaliers.

— Enfin tu es là, murmura Solyane en le voyant entrer.

— Je suis là, petite sœur. Bien vivant, et entier. J'ai triomphé de l'eschola. Je suis chevalier.

— Kryshla soit mille fois remercié.

Ils se précipitèrent l'un vers l'autre. Dorian la saisit à pleins bras et la fit tourner autour de la pièce.

— Écoute-moi ! Je suis chevalier et j'ai réussi un exploit que personne jamais n'a accompli avant moi : j'ai apprivoisé un lionorse-roi. Le plus bel animal que le monde ait connu.

— Un roi ? Mais on ne peut dominer un roi !

— Moi si ! Je suis le premier ! Le seul !

Il la reposa. Ils se regardèrent, les yeux rivés, les mains enchaînées.

— C'est... merveilleux, Dorian. Tu es... merveilleux.

Puis elle se précipita à nouveau dans ses bras et enfouit sa tête dans son cou, cherchant sa chaleur, sa force, là où la peau est plus tendre, heureuse de sentir ses bras se refermer sur elle comme un étau. Elle n'avait pas vécu ces derniers jours. Elle avait tant tremblé pour lui... Combien de fois avait-elle vu dans des cauchemars horribles des crocs se serrer sur sa chair...

Soudain, un vertige l'envahit, la troubla, une hallucination, une envie irrésistible de mordre, de crier, de se jeter en lui à corps perdu. L'écho de sa propre folie lui revint. Alors, leurs bouches se cherchèrent, leurs lèvres se trouvèrent et un long baiser, passionné, terrible, les unit. Une fièvre étrange les avait saisis. Ils auraient voulu... se repousser, cesser, tout oublier, nier cette union fantastique et hideuse, mais c'était impossible. Une force supérieure les poussait l'un vers l'autre. Amie... ennemie, à coup sûr perverse. Ils ne savaient plus.

Enfin, Solyane parvint à se dégager, les yeux brillant de larmes.

— Dorian ! Dorian, que nous est-il arrivé ? Qu'avons-nous fait ?

Il était incapable de répondre. Jamais il n'avait éprouvé pour une femme une passion aussi dévorante, aussi exclusive, mais cette femme était sa sœur.

— Dorian, murmura la jeune fille d'une voix brisée, sommes-nous maudits ? Réellement maudits ?

Elle se blottit à nouveau contre lui, éclatant en sanglots.

— Calme-toi, petite sœur ! Ce n'est rien ! Nous n'y pouvons rien ! Nous ne lui céderons pas plus avant, mais dusse-je y perdre ma vie et mon âme, je voudrais que cet amour ne s'éteigne jamais.

Ils restèrent un long moment enlacés, puis Dorian la repoussa tendrement.

— Allons, sèche tes larmes, petite sœur ! Nous allons rejoindre les autres. Ils ne comprendraient pas pourquoi tu as pleuré.

La nuit qui suivit le retour des nouveaux chevaliers fit honneur à la tradition.

Cela commença par un gigantesque repas improvisé sur les rives du Danov. Chacun apportait sa nourriture, sa boisson, des écuelles et des gobelets de fortune. On dressait des tables sur des tréteaux. L'esprit de la fête consistait à innover, à improviser. Cette fête spontanée, sans aucune organisation comme le voulait la tradition, portait le nom de Salterena. Les Gwondaleyens s'y retrouvaient, s'y mêlaient, s'amusaient ensemble. Là, sous le couvert des masques, toutes les libertés devenaient permises. Dorian, entraîné par le flot exubérant, et aidé par le vin capiteux de Gwondaleya, finit par se dérider. Un chevalier doit savoir vider son gobelet. Point de mire des jeunes hommes pour sa force et sa bravoure, et surtout à cause de son exploit, centre d'admiration de la gent féminine, il n'avait pas le droit de décevoir. Aussi sacrifia-t-il à sa gloire nouvelle une soûlerie mémorable.

Solyane ne participa pas à la Salterena. Bouleversée par le baiser échangé avec Dorian, elle prétexta une migraine pour se retirer dans sa chambre. Là, écartant ses domesses, elle donna libre cours à son chagrin. Malgré tous les principes sacrés, malgré sa raison révoltée, elle ne parvenait pas à regretter son geste. Quel sort maudit les avait fait naître frère et sœur ? Il n'y aurait jamais rien d'autre entre eux. Ou bien ils y perdraient leur âme. Elle se souvenait de la tendresse, de la complicité qui avaient marqué leur enfance. Ils ne voyaient pas malice dans ces gestes doux, ces caresses qu'ils se prodiguaient l'un à l'autre et qui soudaient leur entente, mais c'était déjà plus que de l'amour fraternel. Où était-il à présent ? Dans quels bras ?

Étrangement, elle n'éprouvait aucune jalousie à l'égard d'une quelconque rivale. Elle voulait le savoir heureux.

Au bout de plusieurs heures, elle n'avait pas réussi à trouver le sommeil. Elle se leva sans bruit. D'un meuble au mécanisme gardé par un chiffre secret, elle tira un petit sac de cuir contenant les bagues mystérieuses remises par leur mère. À la lumière d'une chandelle, elle les examina longuement. À première vue, elles ne présentaient rien d'extraordinaire. Czarthoz lui avait offert l'an passé une bague bien plus belle que celles-ci.

Elle passa la plus petite. L'anneau s'adaptait parfaitement à son doigt, à présent. Le chaton s'ornait d'une pierre pyramidale inversée, semblable à une aigue-marine. Au cœur de la pierre luisait une petite sphère noire, de laquelle rayonnait une multitude de filaments plus fins que des cheveux. Leurs reflets d'or bleuté venaient affleurer à la surface. Quel orfèvre de génie avait pu fabriquer ces joyaux ? Et surtout, quelle pouvait être leur signification ? Neuf années s'étaient écoulées depuis leur arrivée à Gwondaleya. Leurs mystérieux ennemis ne s'étaient pas manifestés. Ils avaient refait leur vie, trouvé un peuple qui les aimait. Que se serait-il passé s'ils n'avaient pas changé de noms ou bien si l'on avait eu connaissance de ces bagues ?

*

— Doucement, Aram, doucement ! Là...

Dorian flatta l'encolure de son lionorse. Comme tous les jours depuis deux semaines à présent, le jeune homme tentait d'habituer l'animal à la monte. Car il ne suffisait pas de le dominer, encore fallait-il lui faire accepter le harnachement complet, selle, rênes, étriers, bride et frein qui se serrait autour de la bouche au lieu de l'entraver. Cela constituait un exercice réservant divers plaisirs dont les moindres n'étaient pas les vols planés résultant des montes dites « à la surprise ». En principe, le chevalier ne risquait plus rien de son lionorse. Il restait toutefois nécessaire de ne pas exprimer la moindre colère, même si l'on se brisait une jambe dans l'opération. Durant ces quinze jours, fertiles en plaies et bosses, Dorian et les autres avaient tenté de faire admettre la selle à leur future monture, spectacle de choix pour les chevaliers chevronnés. Czarthoz, Pierre et quelques autres les accompagnaient volontiers. Il y avait là matière à de bonnes parties de rire. Dorian n'avait pas accepté de faire tailler la magnifique crinière d'Aram, comme c'était la coutume. Tenace et confiant, il estimait que l'animal viendrait peu à peu à accepter la monte. Chevauchant Darksun, son rouan rescapé de Syrdahar, il l'emmenait pour de longues randonnées jusqu'aux confins de la forêt Skovandre.

La plupart du temps, Sylvain l'accompagnait. Les deux lionorses, Aram et Shield, trottaient souplement, à foulées longues et puissantes. Parfois, par jeu, ils accéléraient et piquaient une pointe de vitesse qui stupéfiait les deux garçons.

— Fantastique ! Tu as vu cela ! Il doit falloir s'accrocher pour ne pas tomber.

Il était inutile de lancer les chevaux à leur poursuite. D'ailleurs, ceux-ci ne s'émotionnaient pas pour autant et conservaient leur allure tranquille. Ils savaient que les lionorses finissaient toujours par revenir. Soudain, Sylvain demanda à Dorian :

— Arnaud, puis-je te poser une question ?

— Bien sûr !

— Eh bien voilà : es-tu fâché avec Isabelle ?

Une gêne obscure s'empara de Dorian, qu'il étouffa aussitôt.

— Bien sûr que non ! Pourquoi cette question ? Isabelle est la seule femme au monde que j'aime vraiment.

— Depuis notre retour de l'eschola, je ne vous vois plus ensemble comme avant. Alors, si cela avait été le cas et si j'avais pu y faire quelque chose...

Brave Sylvain ! Il avait senti que tous deux s'évitaient depuis...

Dorian prit l'air enjoué.

— Non, Sylvain, il n'y a rien à faire, rassure-toi ! Nous ne sommes pas du tout fâchés.

À part lui, il répéta :

— Rien à faire !

Sylvain fut-il dupe de sa réponse ? Il n'eut pas le temps

de s'interroger plus avant. Un bruit de cavalcade retentit derrière eux.

— Père !

— Hal Weya, jeunes gens ! Alors, vous êtes encore comme des bacheliers, à baver derrière vos lionorses.

— Ils sont plus têtus qu'un régiment de bourriques, père. Odios s'est foulé l'épaule hier.

— Je sais ! Il a même failli se faire mordre.

— Nous y parviendrons, seigneur Czarthoz ! Nous sommes plus entêtés encore.

— En attendant, ils semblent s'amuser à vos dépens, les bougres.

Il éclata d'un rire tonitruant, puis s'approcha de Sylvain.

— Je n'étais pas venu admirer vos progrès, mon fils, ni rire de vos déboires. Je voudrais m'entretenir avec Arnaud en particulier. Voudrais-tu nous laisser seuls ?

— Bien sûr, père !

Il éperonna sa monture. Aussitôt, Shield le suivit.

Dorian se tourna vers Czarthoz.

— Vous vouliez me voir, seigneur ?

— J'ai des choses graves à te dire, Arnaud !

Il se tut un instant, puis continua :

— Depuis que vous êtes arrivés à Gwondaleya, Isabelle et toi, je vous ai élevés et considérés comme mes propres enfants. J'espère avoir rempli mon rôle de père adoptif du mieux que j'ai pu.

— Vous avez su admirablement remplacer notre père défunt, seigneur Czarthoz. Et vous savez...

— Je n'insiste pas. Je sais que tu n'es pas très démonstratif. Et tu as raison. Les mots... Mais je voudrais te soumettre une idée qui m'est venue voici déjà au moment. Celle-ci : un temps viendra où il me faudra choisir un successeur. Le titre de comte n'est pas héréditaire, comme tu le sais. Lorsque la mort survient brutalement, c'est le conseil comtal qui élit un successeur, choisi parmi les chevaliers du domaine. Le comte siégeant cependant a le droit, sinon le devoir, de prévoir sa succession. Pour cela, il doit se désigner un dauphin. Ce dauphin a toutes les chances d'être élu à la mort ou à l'abdication du seigneur. C'est de cela que je veux te parler, Arnaud. J'ai décidé de me choisir un successeur.

— Mais, seigneur Czarthoz, vous êtes encore très jeune !

— Par les tripes de Shaïentus, oui ! Mais je viens de recevoir une nouvelle qui m'a fait hâter cette décision. Des marchands m'ont fait savoir que les Ismalasiens d'Hadgar del Tihiz s'agitaient beaucoup en ce moment. Ils craignent une nouvelle guerre. J'ai écrasé le père d'Hadgar il y a une vingtaine d'années : la haine n'a pas pour autant disparu. Bien sûr, nous ne sommes pas frontaliers avec l'Ismalasie. Le domaine de Tanaleya nous en sépare. C'est un petit comté aux effectifs limités et nous serons tenus de l'assister en cas de conflit. Alors, nouveaux combats, nouveaux risques ! Et si je ne revenais pas de cette guerre ? Puis-je laisser ainsi mon pays en proie aux problèmes de succession ? Car aussitôt, on verrait se former une multitude de camps. Celui d'Odios, dirigé par sa mère, Médée. Ma douce Alvina ne sera pas en reste pour faire valoir les prétentions de Sylvain. Elle sait être aussi féroce que douce, tu peux m'en croire. Elle a seulement plus de tête que les autres. Et je ne parle pas de tous les candidats possibles qui plongeraient le pays dans le désordre et la confusion.

« Or je pense qu'un chef digne de ce nom doit savoir faire taire son propre orgueil et faire passer d'abord le bien de ses sujets et pour cela se choisir un dauphin vraiment digne de cette haute responsabilité.

« Odios est une brute menée par ses sentiments, capable du meilleur comme du pire, sa mère ne lui donnera que de mauvais conseils. Il faut un homme de cran pour le diriger. Odios a un point faible : il aime se rendre indispensable ou se croire tel. Quant à Sylvain, il pourrait faire un souverain honorable, mon choix aurait tendance à se porter vers lui, mais il est trop doux, trop confiant. Il ne possède pas la rouerie et la finesse nécessaires au gouvernement d'un pays. Jans n'est pas chevalier. De plus, il n'a pas de santé.

Czarthoz se tut quelques instants, puis il poursuivit :

— C'est d'ailleurs lui qui m'a conforté dans l'idée que j'ai eue. Cette idée, la voici : c'est toi que je souhaiterais pour dauphin !

— Moi ? Mais...

— Toi, Arnaud ! Toi seul possèdes l'autorité nécessaire pour empoigner ce pays et continuer à le faire vivre en faisant taire toutes les factions rivales. Ton exploit à l'eschola vient d'assurer ta popularité vis-à-vis des Gwondaleyens. Ton nom est sur toutes les lèvres. Tu es devenu leur héros, leur idole. On donne ton nom aux enfants qui naissent. Ta candidature sera acceptée sans difficultés et appréciée. Qu'en penses-tu ?

Dorian resta un long moment silencieux. La proposition du comte le cueillait à froid.

— Seigneur Czarthoz, votre décision me va droit au cœur en ce qu'elle témoigne de la confiance et de l'affection que vous me portez. Je vous sais trop fin pour ne pas avoir longuement réfléchi à la question, mais cette tâche paraît difficile, et je n'ai reçu aucune éducation...

— Tu la recevras, le coupa Czarthoz. C'est un point de détail. L'important, ce sont les dispositions que tu présentes. Tu es né pour diriger, Arnaud. Tu es un guide, un meneur d'hommes. Tu portes la puissance en toi. Commande, et l'on t'obéira.

— Je ne m'en suis jamais rendu compte.

— C'est normal. C'est une disposition naturelle. Tu trouves normal de prendre les décisions et les autres trouvent normal de te suivre. C'est une loi de la nature. Regarde les lionorses. Le roi, ton roi, avait ses chevaliers et son peuple. Chez les hommes, c'est pareil. Certains sont nés pour diriger, pour protéger. Les autres suivent. Supprime leur chef, ils en éliront un autre. C'est un besoin. Ainsi as-tu su t'imposer ici parmi les enfants qui ne jurent que par toi.

Il arracha une feuille de chêne et l'écrasa entre ses doigts, humant longuement le parfum léger.

— J'ai pris également mes informations auprès de mes sujets. Nombreux sont ceux qui partagent mon avis. Ta réaction me prouve que je ne me trompais pas. Tu as immédiatement pensé à ta capacité à remplir ta mission plutôt qu'aux honneurs du titre. C'est à cela qu'on reconnaît un vrai chef. Alors, acceptes-tu ?

Comme Dorian ne répondait pas assez vite, Czarthoz poursuivit .

— Tu sais, c'est surtout à Gwondaleya que je pense, en essayant de lui choisir le plus compétent des chevaliers. Mon affection paternelle m'aurait plus facilement porté à choisir l'un de mes fils.

Dorian ne fut pas tout à fait dupe du piège du comte. Il savait qu'il ne faisait aucune différence entre ses enfants et lui. Il sourit intérieurement.

— J'accepte, seigneur ! En espérant porter le titre le plus tard possible.

— Mais c'est aussi mon intention, précisa le comte en éclatant de rire.

Il assena une grande claque sur l'épaule du jeune homme et fit demi-tour sans rien ajouter.

Aussitôt, Sylvain reparut.

— Tu as l'air songeur, Arnaud ! Rien de grave, j'espère ?

— Non, enfin... je ne sais pas. Ton père vient de me proposer sa succession.

— Sa succession ?

La déception se peignit aussitôt sur les traits du jeune homme.

— Et tu as...

— Tu es amer, Sylvain ! Tu croyais qu'il penserait à toi !

Son compagnon baissa la tête, ferma les yeux et s'ébroua.

— Bah, ce n'est rien. Pardonne-moi ! Un moment d'égoïsme, indigne d'un chevalier ! S'il a pensé à toi, c'est qu'il estime que tu es le plus apte à supporter les charges comtales. Elles n'ont jamais été héréditaires. Je sais qu'il a toujours fait passer les intérêts de son peuple avant les siens. C'est pour cela qu'il restera un grand souverain. Nous avons le devoir de l'imiter.

Ils restèrent un moment silencieux.

— J'ai accepté, Sylvain.

— Tu as eu raison ! Pardonne-moi ma réaction !

— Sylvain ?

— Oui ?

— Je ne voudrais pas que cette nomination, qui d'ailleurs n'est pas encore acquise, soit un sujet de mésentente entre nous.

— Cela ne sera pas, Arnaud ! Rien jamais n'entachera notre amitié fraternelle. Tu es mon frère. Cela seul doit compter. Permets-moi de te féliciter.

Avec enthousiasme il attrapa Dorian par les épaules, le serrant affectueusement contre lui.

CHAPITRE XXII

Une salle ancienne, au décor simple et austère, servait de cadre aux sessions du conseil comtal. Sa construction était antérieure à celle du palais, bâti sur les ruines d'un château plus ancien. De hautes fenêtres étroites s'ouvraient sur une cour intérieure ignorée des promeneurs. Les murs blanchis à la chaux, dépourvus du moindre ornement, n'offraient rien qui pût distraire l'attention.

C'était dans ce sanctuaire rigoureux que se tenaient les assemblées décidant du sort de la cité.

En premier lieu venaient les chevaliers, dirigés par Pierre d'Oth. Celui-ci, un peu plus âgé que Czarthoz, avait rang de coadjuteur. En cas de décès prématuré du comte, la responsabilité de la régence lui revenait, avec Alvina, désignée quelques années plus tôt.

Par droit de préséance, les chevaliers entouraient le suzerain. Ensuite venaient les « khadars », les élus du peuple, pour la plupart de riches commerçants. Enfin, faisant face au suzerain, s'asseyait la phalange.

Czarthoz entra. Il était suivi d'un jeune homme de belle allure, aux épaules larges, au visage grave encadré d'une épaisse chevelure noire et bouclée. Dorian ne mesurait qu'une demi-tête de moins que Czarthoz, ce qui était une belle performance. Le comte vint au-devant de son fauteuil, imité par Dorian qui prit place à sa droite, et prononça l'introduction rituelle :

— Messieurs, siégeons !

Chacun s'assit. Czarthoz prit la parole.

— Puissants amanes, nobles chevaliers, respectés khadars, je vous ai réunis ce jour en session extraordinaire pour vous faire part d'une décision nous concernant tous. Vous n'ignorez pas les rumeurs qui circulent au sujet d'une guerre prochaine entre l'Ismalasie et notre royaume. Nos voisins de Tanaleya sont directement concernés par l'agitation qui règne sur leurs frontières. Ils sont inquiets, non sans raison. Voici vingt ans, nous avons vaincu les Ismalasiens. Il n'en a pas toujours été ainsi par le passé. Il y a un peu moins d'un siècle, la moitié du royaume fut envahie et occupée pendant plus de dix ans. Pour des raisons d'ordre essentiellement économique, la paix ne sera jamais définitivement acquise dans cette région du monde. Les prétextes sont toujours des incidents de frontière, mais la vraie raison est la pauvreté de l'Ismalasie. Sachant que les guerres reviennent régulièrement, nous devons nous préparer à y faire face. Si, comme nous le redoutons, le syrid Khalid envahit nos voisins de Tanaleya, nous leur apporterons notre secours, comme nous l'avons fait voici vingt années. Cependant, moi-même, je n'ai plus vingt ans. Voilà donc la raison de cette session. J'ai posé le problème de ma disparition possible.

Alvina, assise au milieu des notables, pâlit. Czarthoz poursuivit :

— Il faut toujours envisager le pire. Aussi ai-je décidé de vous proposer un successeur. J'aurais évidemment souhaité vous présenter un de mes fils. Je veux dire, l'un de mes fils nés de mon sang. Mais j'ai fait taire ces sentiments paternels pour le bien de Gwondaleya. D'ailleurs, le jeune homme que je veux vous présenter est un peu mon fils, même s'il n'est pas né de moi. Il a été élevé parmi mes propres enfants et je le considère comme tel.

Il désigna Dorian.

— Vous le connaissez ! Le chevalier Arnaud, par son exploit à l'eschola, mais aussi et surtout grâce aux dispositions qu'il présente par ailleurs, est un dauphin tout désigné et un homme capable de développer encore notre cité. C'est avec joie et fierté que je vous requiers, messieurs, pour juger de cette succession.

Czarthoz se tut.

Ces assemblées obéissaient à un rite particulier, une étiquette tellement entrée dans les mœurs que nul n'eût songé à la rompre. Lorsqu'un membre voulait prendre la parole, il avançait devant lui un ou plusieurs bâtonnets d'argent, les « gals », autant que de points qu'il souhaitait aborder. Chacun parlait ensuite, par ordre de préséance et d'ancienneté. Ainsi, chaque participant était certain de pouvoir parler sans être interrompu, le fait de couper la parole étant considéré comme une insulte grave et la marque la plus évidente d'une mauvaise éducation.

Plusieurs gals furent avancés.

Le vieux baron de Brastalia s'exprima le premier.

— Seigneur, je comprends parfaitement votre souci et j'approuve votre décision courageuse. Cependant, je suis surpris que vous proposiez au titre de dauphin un chevalier dont nous ignorons tout, je veux dire dont les origines exactes restent incertaines. Je ne suis pas opposé au chevalier Arnaud, mais je souhaiterais mieux le connaître avant de soutenir votre choix.

Plusieurs gals furent retirés.

Le biolamane Phez leva un gal. L'étiquette lui donnait la priorité.

— Seigneur Arnaud, cette question constitue pour la phalange le point le plus épineux. Aussi nous serions fort désireux de vous voir apporter quelques lumières sur vos origines.

Depuis leur arrivée, Dorian avait eu le temps de mettre au point une histoire parfaitement vague et invérifiable. Jamais devant eux on n'avait prononcé le nom de Syrdahar, comme si la ville n'avait jamais existé. Personne jusqu'à présent n'avait soupçonné quoi que ce soit.

Dorian répondit :

— Sehad, vous savez que je dispose de peu d'éléments. Vous les connaissez déjà. Mon père était un chevalier errant, du nom de Laurent. Je n'ai jamais su s'il portait le nom d'un domaine ou d'une ville. Il louait ses services aux caravanes. Nous avons ainsi sillonné le monde depuis notre naissance. Je me souviens de pays de neiges où le froid nous obligeait à dormir enroulés dans d'épaisses fourrures d'ours. Parfois au contraire, c'était des déserts immenses. J'ai souvenance de lacs et de montagnes. J'ai traversé de nombreuses cités, mais je serais incapable de leur donner un nom.

Il en coûtait à Dorian d'être obligé de débiter de pareils mensonges en plein conseil, surtout pour une affaire aussi importante. La destruction de Syrdahar ne quittait pas son esprit. Il était nécessaire de ne pas mettre la vie de Solyane en danger. À aucun prix on ne devait découvrir leur véritable origine. Zoltan, le théolamane et chef de la phalange, prit la parole.

— Seigneur Arnaud, j'espère que vous vous rendez compte que vous ne répondez pas à notre question. La seule chose que nous ayons apprise est le nom de votre père, Laurent. Cependant, on peut supposer, d'après vos qualités indéniables, que votre père présentait les mêmes. La capture d'un lionorse-roi n'est pas un mince exploit. Beaucoup moins encore que vous ne l'imaginez. En fait, seul un empereur et le commandeur possèdent un shod'l loer suffisant pour se permettre de tenter pareille aventure. Or, vous n'êtes ni l'un ni l'autre.

Dorian leva un gal.

— Sehad, je ne connais pas les origines exactes de mon père. Mais je me souviens qu'il obéissait à des seigneurs qui eux-mêmes n'étaient ni empereurs ni rois. Ces qualités exceptionnelles sont peut-être le fruit du hasard.

Il ne mentait cette fois qu'à moitié. Kogan semblait bien être le vassal du seigneur Hésiorgues. Zoltan poursuivit :

— Seigneur Arnaud, vous ignorez tout des lois sacrées qui transmettent les qualités des hommes. Sachez qu'au niveau des empereurs et des rois, le hasard y tient une place peu importante. Nous sommes là pour y veiller. En admettant même que la capture d'un lionorse-roi constitue un exploit isolé, dû, comme vous dites, au hasard, et, pourquoi pas, à la chance la plus invraisemblable, il existe un autre élément qui nous amène à penser que vous et vos ascendants ne pouvez pas être ces petits chevaliers d'aventure. Au cours de l'eschola, vous avez subi une épreuve, la sagitta, destinée à contrôler votre résistance à la douleur. Sachez que vous avez fait preuve d'une résistance bien au-delà de la normale. Plus étrange encore, vous auriez dû succomber au niveau où vous l'aviez poussée. Pourtant, vous avez survécu, et ceci sans pousser le moindre cri de douleur. Cet exploit dépasse de loin la capture même de votre lionorse. *Car le commandeur lui-même est incapable d'atteindre ce niveau*. Pensez-vous que ceci soit encore dû au hasard ?

— Sehad, je ne sais que répondre. Je sens derrière vos paroles comme une menace voilée. Quel crime ai-je commis en triomphant de ces épreuves un peu mieux que mes compagnons ?

— Aucune menace, chevalier, dit soudain Zoltan dont le ton se radoucit. Nous sommes simplement étonnés par vos facultés pour le moins extraordinaires. Nous tenions à ce que le conseil apprécie leurs implications.

Un autre gal s'avança. Alvina.

— Seigneur Arnaud, mon souci n'est pas orienté vers vos nombreuses qualités. Je crois au contraire qu'elles sont souhaitables. Je m'interroge seulement sur votre attachement véritable à Gwondaleya. Vous l'avez dit vous-même, votre père était un chevalier errant. N'aurez-vous pas un jour, comme lui, l'envie de suivre les pistes ? Je crains aussi que vous ne vous découvriez une parenté élevée qui expliquerait le souci des amanes. Si un jour vous appreniez que vous êtes l'héritier d'un royaume, resteriez-vous à Gwondaleya ?

Dorian sourit à Alvina. Elle au moins abordait un sujet essentiel pour la cité. Il éprouva une brusque bouffée de tendresse pour elle.

— Cette fois, je peux répondre clairement à votre question, madame. Je n'ai aucun désir de quitter Gwondaleya, tant que l'on m'y acceptera. Depuis dix années que je vis ici, il me semble un peu que j'y suis né. En vérité, cela a été comme une seconde naissance, une rupture avec ma vie précédente. Vous avez évoqué la possibilité que je sois l'héritier d'un royaume. Si tel était le cas, je pense que l'on n'aura eu aucune difficulté à me remplacer. Et de toute façon, si l'on me proposait de monter sur un trône, quel qu'il soit, je refuserais.

— Vous refuseriez ? dit Zoltan tout à coup.

— Oui, sehad ! Je ne pourrais pas accepter de gouverner un peuple dont j'ignorerais tout et qui ne saurait rien de moi. Et puis, je tiens à dire ceci : je me sens chez moi à Gwondaleya. Je remercie les dieux d'avoir placé sur ma route le comte Czarthoz qui nous a généreusement accueillis, Isabelle et moi. Il nous a traités comme ses propres enfants et je me considère comme tel. Sylvain et Odios appellent Isabelle notre sœur. Nous avons eu la chance de trouver un foyer. Nous n'avons aucune intention de le quitter. Ai-je répondu à votre question, madame ?

— Oui, seigneur Arnaud !

Phez prit encore la parole.

— Une dernière question, seigneur Arnaud.

Dorian se raidit. Une sourde hostilité émanait de la phalange, qu'il ne s'expliquait pas. Adelfius n'avait jamais été hostile.

— Je vous écoute, sehad !

— Seigneur Arnaud, connaissez-vous ou avez-vous déjà entendu parler de Syrdahar ?

Dorian ne broncha pas, il frémit ultérieurement. Comment avaient-ils pu deviner ? Il ferma son esprit à toute investigation mentale, redoutant ce qui allait se passer.

— Je ne saisis pas votre question, sehad. Je suppose qu'il s'agit d'un lieu ?

— C'est exact !

— Alors, la réponse est non, sehad !

Un long silence plana sur le conseil, enfin rompu par Zoltan.

— Bien, seigneur Arnaud. Notre question est sans objet. Je tiens donc à préciser que la phalange n'est pas opposée à la candidature du chevalier Arnaud.

Il était rare que les amanes intervinssent autant dans les débats. Un soupir de soulagement s'échappa de l'assistance.

Dorian ne comprit pas pourquoi les amanes ne poursuivaient pas leurs questions. D'où connaissaient-ils Syrdahar ? Qu'avaient-ils découvert les concernant, Solyane et lui ? Se rangeaient-ils parmi leurs ennemis, à présent ?

Cependant, l'avis favorable des prêtres influença, ou plus exactement confirma, la décision du conseil. À une très large majorité, la candidature de Dorian à la succession de Czarthoz fut approuvée.

CHAPITRE XXIII

— Si vous aviez pu voir la joie du chevalier Arnaud, madame ! Pour sûr, cette victoire lui a procuré plus de plaisir que sa candidature au dauphinat de Gwondaleya. Sylvain et Odios n'ont pas encore accompli semblable exploit. Mais si notre ami Sylvain était heureux pour son frère d'arme, l'autre crevait de jalousie. On eût dit que sa bile verte lui rongeait les lèvres tant sa bouche faisait un pli amer.

Le conteur prit soudain une expression si comique que Solyane ne put s'empêcher de sourire.

— Voilà une grande et belle victoire, Achil !

— C'est un grand exploit en vérité, dame Isabelle ! Personne auparavant n'a jamais monté un lionorse-roi. Mais pourquoi un si pauvre visage ? Vous ennuierais-je avec mes histoires ?

— Non, Achil ! Ta présence me fait du bien, au contraire.

— Allons, dites-moi tout ! Racontez-moi ce nuage sombre qui obscurcit le ciel de votre jeunesse. Un galant vous battrait-il froid ? Il faudrait qu'il soit sot, ou bien tombé sur la tête !

Solyane sourit encore, malgré elle.

— Non, Achil, ce n'est pas cela. Plus simplement, depuis quelque temps, mon frère me néglige ! Je ne le vois presque plus. Tantôt, il dresse Aram. Tantôt, il suit les cours des amanes.

— L'éducation d'un futur comte prend beaucoup de temps, dame Isabelle. Et le dressage d'un lionorse n'est pas une mince affaire.

— Où est-il à présent ?

— Les dieux seuls le savent, s'ils ont pu le suivre. Il est parti vers la forêt Skovandre à la vitesse de l'éclair.

Le silence s'installa.

— Ne soyez pas triste, dame Isabelle. Il reviendra de lui-même vous annoncer sa victoire.

— Oui, mais il sera encore avec Sylvain, ou avec quelqu'un d'autre. Je ne peux plus le voir seul, comme avant.

— Allons, petite princesse, je ne veux pas voir ces yeux magnifiques pleurer. Sinon, je pleure aussi. Tenez, allons faire un tour en ville. Une troupe de bateleurs venue d'Europania s'est installée place du marché.

— Je n'en ai guère envie.

— Venez, belle dame ! Oseriez-vous désobéir à votre chevalier de rechange ?

Il prit un air si comiquement sévère qu'elle ne put s'empêcher de rire.

Solyane aimait beaucoup Achil. Il était apparu à Gwondaleya environ deux années auparavant. C'était un personnage étrange, haut en couleur. Visage carré, aux muscles d'une extraordinaire mobilité, à la bouche large, auréolé d'une abondante chevelure d'un châtain indéfinissable qu'il coiffait de toutes les manières, suivant ses personnages.

Ses yeux plus que tout attiraient l'attention. Ils ne possédaient pas d'iris. Il offrait ainsi un regard singulier, totalement blanc excepté les pupilles. Il s'était installé à Gwondaleya et faisait les belles soirées du palais, réserve inépuisable de contes et de légendes.

Il s'était attaché plus particulièrement à Dorian et à Solyane. Il suivait la jeune fille comme son ombre, acceptant même ses ordres comme un domesse.

C'était un personnage curieux. Par moments, on eût dit qu'il savait tout. Il connaissait les secrets des choses un peu comme s'il avait été initié aux lois sacrées. Autre détail surprenant, les jumeaux étaient incapables de déceler ses pensées.

Pour le voyageur comme pour l'indigène, Gwondaleya était un spectacle permanent. Dans les rues se bousculaient les drônes, les marchands, les artisans, au milieu d'une collection d'échoppes dont les éventaires attiraient la convoitise. Des mendiants attendaient la pièce qui leur permettrait de rejoindre leurs comparses dans les bas quartiers du port. Sur la place des Chênes, on venait écouter les gazettiers arrivés du monde entier. Debout sur de petites estrades, ils contaient les nouvelles de tous les royaumes, les guerres, les scandales, les potins mondains, le tout agrémenté de commentaires personnels qui n'engendraient pas la mélancolie. Sur cette place, chacun avait également le droit de clamer ses idées, politiques, religieuses ou autres et l'on assistait souvent à d'intéressantes joutes oratoires qui dégénéraient parfois en de non moins intéressants pugilats. Sous les frondaisons des chênes centenaires, des commerçants avisés avaient installé des buvettes et des tables. Plus bas, au-delà du port, se succédaient des auberges abritées par les arbres, bordant les plages où des baigneurs plongeaient dans les eaux du fleuve. Une foule cosmopolite s'y rencontrait, hors des murs de la ville, à l'abri des regards indiscrets. Des mariniers y amenaient les filles ramassées dans les ruelles du port, ou bien une riche commerçante venue s'offrir quelques moments d'évasion. Parfois, une bagarre éclatait, vite interrompue par les gardes comtaux, omniprésents.

On croisait à cet endroit tout un peuple de marginaux, aux yeux usés par les soleils étrangers, à la peau burinée, aux traits fatigués, les Voyageurs. Peuple inquiétant, riche d'expériences, mais démuni de tout. Ils s'approchaient de la ville sans oser y pénétrer. Où qu'ils allassent, ils seraient toujours d'ailleurs. Certains arrivaient d'au-delà des océans, de ces mondes perdus que l'imagination ne parvenait pas à représenter. Ce n'était jamais les mêmes. Les caravanes les reprenaient comme elles les amenaient. La richesse de Gwondaleya ne les retenait pas.

On était en effet riche à Gwondaleya. Riche de soleil, de fruits, de vins, de filles belles comme l'amour, du sourire des hommes, de bonne humeur. La tristesse de Solyane fondit aux rires de la ville. Chacun la saluait sur son passage. Pour le peuple, elle était devenue une légende vivante. On l'aimait pour sa beauté, sa gentillesse, son sourire incomparable, sourire qu'on ne prête qu'aux déesses. Elle était la « petite fée aux pieds nus » qui dansait si bien que « les dieux eux-mêmes se penchaient de leurs nuages pour la contempler ».

Ils étaient fiers d'elle.

Solyane aimait sa ville. Elle s'y sentait chez elle. Comme à Syrdahar. Soudain, une discussion attira son attention. Trois marchands prenaient l'apéritif à la terrasse d'une taverne. L'un d'eux était coiffé d'un maste.

— Il paraît que le roi Hadgar a massé des troupes sur la frontière de Tanaleya.

— Mauvaise chose pour le commerce. Savez-vous qu'un convoi fluvial a été rançonné à la hauteur de Cyprisia ? Sous prétexte de vérification. Ils cherchent la guerre. J'y ai moi-même perdu un chargement de tissus.

— Il faut réagir. Nous ne pouvons continuer à nous laisser dépouiller ainsi. L'Ismalasie commande la route de l'Indianus.

— Un voyageur revenant de Burdaroma m'a appris que le roi Pillat s'apprête à riposter. En tout cas, son armée est sur le pied de guerre.

— D'ici à ce que nous soyons mêlés à ce conflit...

— Le comte Czarthoz est vassal du roi, il n'est pourtant pas obligé de participer à la guerre.

— C'est vrai, mais je le vois mal rester en arrière. Il sera au contraire dans les premiers à partir. C'est lui qui a triomphé des "shots", il y a vingt ans. Il les avait vaincus avant même l'arrivée du père de Pillat.

— En attendant, le commerce ne s'en portera pas mieux.

Solyane et le conteur s'éloignèrent.

— Comment la guerre est-elle possible, Achil ?

— Oh, il y a toujours mille bonnes raisons. Un roi veut

reprendre un territoire perdu lors d'une guerre précédente ; ou bien le peuple crie famine et c'est un moyen de détourner sa colère. C'est souvent le cas à Al Tyrbaagd où les rois, que l'on nomme là-bas des syrids khalids, sont plutôt des tyrans. Ils croient à des dieux sanguinaires et cruels qui les amènent parfois à pratiquer le sacrifice humain. Mais la vérité profonde, c'est l'instabilité de l'homme. Il aime la paix. Du moins, c'est ce qu'il déclare tout haut. En réalité, il aime se battre. Encore et toujours. C'est d'ailleurs cette combativité qui lui a permis de surmonter le Chaos. Il lui faut un ennemi à abattre. Lorsqu'il n'en a pas, il s'en invente un.

— À Gwondaleya, les gens ne paraissent pas avoir envie de faire la guerre.

— Ici, ils ont d'autres occupations. Le travail ne manque pas. La ville se développe. Mais on se bat également. Contre la nature, contre les maraudiers. Les Gwondaleyens ne connaissent pas l'ennui, mais ce sont des combattants. Si la guerre se déclare, vous verrez qu'ils ne seront pas les derniers à vouloir la faire. Les nobles sont avides de gloire au combat. La défense du domaine est leur raison d'être. Ils n'entreprendront rien pour empêcher la guerre. Au contraire, ils y courront pour y faire moisson d'étoiles.

— Moisson d'étoiles ?

— C'est une coutume qui veut que chaque combattant porte une petite étoile d'or cousue à l'emplacement du cœur. Le vainqueur prélève l'étoile de son adversaire tué. Elles vont orner les salles d'armes. Certains chevaliers se font coudre des petites étoiles sur les revers des manches de leur sharack de combat, autant que d'ennemis abattus, pour effrayer l'adversaire.

Solyane ferma les yeux et soupira :

— Et... si une guerre éclate entre l'Ismalasie et nous, Arnaud sera tenu d'y aller ?

— Bien sûr. Mais je ne crois pas que cela soit pour lui déplaire. Ne vous inquiétez pas pour lui. Il est de taille à se défendre.

Elle ne répondit pas.

Lentement, elle remonta vers la porte orientale. Elle remarqua que le nombre des gardes avait été doublé. Hésitant à regagner le palais, elle semblait chercher quelque chose.

Soudain, un nuage de poussière s'éleva vers le nord.

— C'est lui, murmura Solyane.

— Vous êtes sûre ? On ne voit rien.

Mais elle n'écoutait plus. Elle se mit à courir en direction du cavalier, pourtant éloigné de plus d'un quart de marche. Elle l'appela mentalement. Le lionorse changea brusquement de cap et fonça vers elle.

— Arnaud !

— Hal Weya, petite sœur !

Il sauta à bas de sa monture et lui ouvrit les bras. Il rayonnait.

— Mon frère !

Elle éprouva une envie violente de l'embrasser, mais se retint. Il était beau. Une majesté qu'elle ne lui connaissait pas émanait de lui. Il avait revêtu sa tenue favorite, veste de cuir noir ouvragé, pantalon identique et longue cape cuirasse faite de losanges en écailles de migas tressées d'acier. Il arborait sur l'épaule gauche l'aigle d'or de Gwondaleya, mais sur sa poitrine, l'étoile d'or avait cédé la place à un loup dont il avait fait son symbole.

Solyane sentit le flot d'enthousiasme qui la pénétrait et elle s'y abandonna totalement. Elle sourit, puis éclata de rire en écho.

— J'ai réussi, petite sœur, dit-il en la faisant tourner dans ses bras comme un gamin heureux. Je monte Aram. Tu ne peux savoir quelles sensations enivrantes...

— Oh si je le peux ! Elles sont en toi !

Il la serra dans ses bras avec fougue. Rarement elle l'avait vu aussi épanoui.

— Depuis ce matin, je cours la campagne. C'est comme... chevaucher le vent. Je suis retourné dans la forêt Skovandre. Tu sais, j'ai retrouvé l'endroit où le comte nous a découverts. Tu te souviens ?

Elle ne répondit pas. La réponse était en elle et les mots étaient trop faibles pour l'exprimer.

— Je t'ai rapporté quelque chose, regarde !

Faisant glisser son bandoulier, il y prit une petite boule de poils gris et bruns qui s'agitait faiblement.

— Oh, un mishkaa !

— Je l'ai trouvé vagissant auprès de sa mère qui avait été tuée par les loups. Deux d'entre eux étaient encore dans les parages. Ils m'ont bondi dessus. Je les ai tués et j'ai emporté le petit.

Ce fut alors qu'elle remarqua la longue estafilade qui zébrait son avant-bras.

— Mais tu es blessé !

— Ce n'est rien. L'un d'eux a voulu me mordre. Je lui ai tranché la gorge mais il avait eu le temps de me crocheter. Aram s'est occupé de l'autre. Quel animal ! Il l'a réduit à néant.

Il caressa le front large sur lequel coulait l'épaisse crinière noire. Le fauve feula doucement. Solyane prit la petite boule de poils et la serra contre sa poitrine.

— Il faudrait le nourrir avec du lait. Il doit avoir à peine quelques jours.

— Oui, répondit-elle, mais il faut soigner ça d'abord. Viens !

Quelques instants plus tard, ils se retrouvaient dans les appartements de Solyane, seuls. Elle avait congédié ses domesses et Achil n'avait pas voulu suivre.

Elle dénuda le bras blessé et lava la plaie à grande eau. Les empreintes des crocs étaient peu profondes. Pourtant, elle y mit tout son savoir.

— Cela me fait du bien de t'avoir un peu à moi toute seule, Dorian.

— Moi aussi, petite sœur !

Ils se regardèrent longuement. Ils n'avaient pas besoin

de mots pour se comprendre. C'était un nœud de tendresse qui se tissait entre eux. Ils étaient différents. Qui en effet eût été capable de faire naître sur la peau de Solyane ces ondes de chaleur, douces et légères comme la brise ?

Parfois, Dorian sentait les objets vibrer autour de lui, lorsqu'il éprouvait une exaltation intense comme en ce moment. Il savait qu'il aurait pu faire fondre les vêtements de Solyane sans les toucher. Quelles sources de joie n'auraient-ils pas tirées de ce pouvoir insolite si...

Mal à l'aise, Solyane posa la main sur celle de Dorian pour qu'il cessât son tendre attouchement.

— Pourquoi ne viens-tu pas me voir plus souvent, Dorian ?

— Tu le sais, petite sœur. Chaque jour est une lutte incessante contre mon envie de courir vers toi, de te serrer dans mes bras.

— Tais-toi !

Sur les genoux de Solyane, le petit mishkaa, semblable à un ours en peluche, poussa son nez contre le corsage de la jeune fille, à la recherche d'une hypothétique mamelle maternelle. Elle éclata de rire à son manège.

— Il a faim.

— Oui, il serait peut-être plus urgent de t'occuper de lui que de moi.

— Attends, je finis.

Quelques minutes plus tard, un bandage couvrait l'avant-bras de Dorian. Silencieusement, il observa sa sœur remplir un biberon de lait, puis le donner au petit animal qui se jeta goulûment sur la tétine. Sa gaucherie était attendrissante.

Les lèvres de Solyane s'entrouvraient sur ses dents blanches, fines et régulières comme des perles. Dorian frémit intérieurement, il aurait voulu poser sa bouche sur ces lèvres si joliment dessinées, si attirantes. Il soupira. Comment ne pas devenir fou avec cette envie chevillée au corps ?

Comme ses pensées, qu'elle percevait clairement, se faisaient trop brûlantes, Solyane changea de sujet.

— Dis-moi, au cours de l'instruction que te donnent les amanes, te parlent-ils des villes que nous ne connaissons pas ?

— Oui ! Mais je réponds à ta question avant que tu ne la poses : non, aucune information sur Cybernia. J'ai eu accès aux cartes. De tous les empires. Rien ! Après les soupçons de Zoltan, je n'ai pas voulu donner l'éveil en lui posant la question directement. Ni ville, ni pays ne porte ce nom, petite sœur.

— Cela doit bien exister quelque part. Notre mère nous en a parlé.

— C'est vrai, mais cela ne prouve rien. Sur ces cartes, il apparaît de vastes zones dont on ne sait presque rien, sinon qu'elles sont encore soumises au Chaos. Les maraudiers et les garous les infestent. En fait, seuls les territoires qui entourent les villes sont civilisés. Au-delà, c'est l'inconnu. Des routes relient les cités, il ne faut pourtant pas s'en éloigner.

— Peut-être Cybernia se situe-t-elle dans ces zones ? À moins qu'elle ne porte un autre nom. Les amanes prétendent que les terres inconnues ne recèlent que les ruines des cités des anciens, des Terres Bleues, des monstres et rien qui ressemble à une ville. J'ai parlé avec des voyageurs et il semble bien que les amanes aient raison. En dehors de nos cités amanites, il n'y a que le désert.

CHAPITRE XXIV

Deux mois plus tard, Czarthoz réunissait une nouvelle fois le conseil comtal en session extraordinaire. C'était beaucoup en si peu de temps.

— Nobles chevaliers, respectés khadars, vous connaissez déjà la raison pour laquelle je vous ai réunis. Les bruits qui circulaient depuis quelque temps se sont révélés fondés. Les Ismalasiens veulent la guerre. Malheureusement, si mon honneur de chevalier se réjouit de voir notre valeur une nouvelle fois à l'épreuve, je déplore par avance les dommages que vont subir nos sapienniens. Pour eux, la guerre n'engendre que souffrance et misère. J'ai reçu ce matin un message de notre bien-aimé souverain, Pillat de Burdaroma. Notre voisin, le comte de Tanaleya, a été envahi. Notre roi veut répondre immédiatement à l'accession et me demande de me joindre à l'Ost. Tanaleya se défend seul jusqu'à présent. Ses pertes sont lourdes. Il ne pourra résister longtemps à l'armée ismalasienne. Les shots seront bientôt à nos portes. La moitié de Tanaleya est déjà occupée. Notre devoir exige que nous nous portions à son secours. Pour mes fils et surtout pour mon dauphin Arnaud, ce sera le baptême du combat. Ainsi pourront-ils y prouver leur valeur. Notre roi nous attend au col de Sodima dans trois jours. Nous y serons !

Aucun mot n'aurait pu traduire fidèlement ce que Solyane ressentait. Elle ne voulait pas qu'il parte. Elle redoutait trop de ne jamais le revoir. L'idée de l'accompagner la traversa. Dorian la perçut au moment où elle se formait.

— Tu sais bien que c'est impossible, murmura-t-il.

— Je sais...

Elle se blottit étroitement contre lui, pour se rassurer, pour mieux se pénétrer de sa présence, de la force virile qui émanait de son corps, de son odeur d'herbe sauvage. L'eschola avait éloigné Dorian pendant quelques jours et elle avait tremblé pour lui, mais il ne s'agissait que de quelques jours. À présent, c'était différent. On ne savait jamais quand ni comment se terminait une guerre.

— Oh, petit frère, sanglota-t-elle, pourquoi faut-il que l'on ne puisse jamais écouter ses sentiments ? Leur céder totalement, faire ce dont on a envie ?

— Pourquoi ? dit-il en souriant. Sans doute parce que nous sommes des humains, chez qui la raison prime sur les impulsions. Elle nous différencie des animaux. C'est un carcan difficile à supporter, mais c'est un honneur de lui obéir.

— Même si elle doit nous rendre irrémédiablement malheureux ?

— Solyane, tu sais ce qu'il adviendrait si nous cédions à nos désirs ? Notre volonté constitue le seul rempart inébranlable contre notre folie. Aide-moi à partir !

Elle lui prit les mains et leva vers lui des yeux humides de larmes.

— Dorian, si jamais tu ne devais...

— Tais-toi, petite sœur !

Il l'enlaça et l'embrassa avec passion. Une lave brûlante s'écoula entre eux. Puis, lentement, comme s'il déchirait une partie de lui-même, il s'écarta. Leurs mains se séparèrent à regret, restant en contact jusqu'au bout des doigts, comme un canal de chair vive par lequel ruisselait un flot de tendresse bouillante.

Ils allaient devoir supporter un mal étrange qu'ils ne connaissaient pas : la solitude.

L'armée gwondaleyenne quitta la cité dès le lendemain. En tête, chevauchant fièrement son lionorse, Czarthoz précédait Dorian et ses deux fils. Une foule nombreuse les acclamait à tout rompre. À croire que toute la population s'était massée le long de la route, formant une haie hurlante et ininterrompue jusqu'aux portes. On scandait leurs noms, des gamins brandissaient des sabres de bois, rêvant d'accompagner les guerriers. Les chevaliers exhibaient leurs cuirasses sablées de peu qui étincelaient au soleil. Jamais on n'avait connu un tel déploiement de force. Les barons alliés ou vassaux avaient répondu immédiatement à l'appel de leur suzerain. L'aigle d'or n'était pas seul. À ses côtés venait la chimère rouge de Brastalia, le dragon d'argent de

Glescza, et nombre d'autres. Par-derrière les chevaliers suivaient les soldats non nobles, volontaires avides de gloire ou guerriers de métier, cavaliers, fantassins, archers, triviers, arbalétriers. Enfin, menées par leurs guides armés de fouets, venaient les différentes sections de ferroskos dont les visages conservaient la même expression vide.

Pierre d'Oth attendait à une demi-marche des portes. Il ne participerait pas à la campagne. En tant qu'alter ego du comte, la garde de la ville lui revenait. En l'absence du suzerain, il assurerait les fonctions de gouverneur.

Autour de lui, quelques chevaliers désignés par le sort pour le seconder piaffaient d'impatience. Ils rageaient de ne pouvoir prendre part à la fabuleuse moisson d'étoiles qui se préparait. Mais on ne pouvait laisser la cité sans défense.

Hin Meïh ! Il fallait se soumettre.

Suivant la longue route dont le dallage remontait au premier temps de la conquête amanite, Sylvain et Dorian chevauchaient côte à côte. Le fils d'Alvina montait fièrement son lionorse, Shield. Sa première monte datait de moins d'un mois. Odios l'avait imité deux jours plus tard. À son habitude, il restait en arrière, taciturne et grincheux.

Soudain, Sylvain demanda :

— Arnaud, as-tu peur ?

— Non, frère ! J'ai hâte au contraire de participer à cette bataille. Les mains me brûlent de hacher cette vermine. As-tu entendu ce qu'ils ont fait au village de Sonevia ?

— Oui, on dit qu'ils ont égorgé tous les hommes, ont enfermé les enfants dans une grange avant d'y mettre le feu. Quant aux femmes, ils les ont emportées et on a retrouvé leurs cadavres un peu partout, quelquefois en plusieurs morceaux.

— Attends un peu que nous soyons là-bas ! Ce sont eux que l'on retrouvera en morceaux.

— J'en frémis, Arnaud ! Quelle sorte d'hommes est-ce

donc là ? Ils s'en prennent aux sapienniens. Que l'on se massacre entre nobles et guerriers, c'est la loi de la guerre. Mais pourquoi détruire des villages entiers et tuer la population ?

— La haine, je pense. La guerre n'est peut-être pas seulement ces hauts faits d'armes que narrent les conteurs. On dit que le syrid khalid Hadgar est un monstre cruel.

— Il est le fils de celui que mon père tua à Cyprisia voici vingt ans. On raconte que pour se donner du courage, il dévorait le cœur des chevaliers qu'il tuait.

— Maudit soit-il. Si jamais je me retrouve face à face avec Hadgar, je fais serment de lui faire rendre son âme de chacal.

— Cet honneur échoit à notre suzerain, Arnaud. N'oublie pas que ton shod'l loer ne tient pas devant celui d'un roi. Nous ne sommes que des chevaliers.

— Comment se fait-il alors que ton père ait réussi à tuer le père d'Hadgar le maudit ?

— Une flèche bien ajustée au défaut du cou. Mon père est un archer hors pair, tu le sais.

Pillat de Burdaroma

Au cours de ce voyage de trois jours où l'on dormit à la belle étoile, roulé dans une couverture épaisse entre les pattes de son lionorse ou de son cheval, Dorian en entendit beaucoup parler.

Par Sylvain qui se réjouissait de voir son suzerain. Par Czarthoz qui le décrivit comme l'homme le plus sage de la terre, mais aussi comme un joyeux compagnon qui aimait les femmes et la vie ; par les chevaliers qui lui vouaient un dévouement total.

Par les guerriers qui le vénéraient à l'égal d'un dieu.

On ne tarissait pas d'éloges sur lui. Burdaroma, la capitale, avait connu un essor sans précédent depuis son avènement. La cour était une des portes du paradis, un havre de merveilles inventé par les dieux sur lequel régnaient des filles d'une beauté inimaginable dont le roi aimait à faire son escorte.

À entendre ainsi les louanges du roi à longueur de journée, Dorian fut vite impatient de rencontrer le personnage suscitant une si vive admiration.

Il ne fut pas déçu.

Pillat avait le goût du théâtre.

Sans que rien ne le laissât prévoir, l'armée, épuisée après avoir gravi les lacets du col de Sodima, se retrouva sans transition au milieu d'un camp pompeux et bien tenu, où la richesse éclatait comme les fleurs au printemps. Sur les prés herbus d'un vaste plateau s'élevaient une multitude de tentes aux aménagements cossus, destinées à abriter une quantité invraisemblable de chevaliers et autres capitaines. Une fourmilière gigantesque où pullulaient des guerriers aux tenues hétéroclites, frappées aux armes de leur comté ou baronnie.

Les Gwondaleyens demeurèrent un instant muets.

Un capitaine s'avança au-devant de Czarthoz, s'inclina respectueusement et le guida, suivi de ses chevaliers, jusqu'à un trône installé sous les frondaisons d'un vieux chêne.

Le roi accueillait ses vassaux.

C'était un homme de haute taille, aux cheveux coiffés court dont la couleur tirait sur le blond-roux. À son oreille pendait un anneau d'or. Drapé dans une immense cape d'un blanc argenté et serrée à la ceinture par une tresse de cuir noir, il arborait une barbe fournie, semée de pierres scintillantes. Cette barbe expliquait sans doute les joues mal rasées que Dorian avait remarquées à leur arrivée. On avait à cœur de l'imiter. Un magnifique dayal à la poignée superbement décorée pendait à son flanc à côté d'un shayal au fourreau de cuir noir tissé d'or

Une couronne d'élektre frappée aux armes de Burdaroma lui ceignait le front.

Curieux monarque que ce roi pour qui chacun semblait éprouver un respect sans faille, qui ne mesurait pas moins de six pieds et arborait une boucle d'oreille comme un voyageur.

Une vie intense émanait du regard aux yeux d'un bleu persan, extrêmement mobiles, qui enregistraient en un éclair tous les détails intéressants. Un regard au registre étendu, capable aussi bien de susciter la sympathie, la détente et le rire que de faire trembler un ennemi. Souverain déconcertant qui pouvait passer la nuit à boire avec des amis sans pour autant perdre un pouce de sa lucidité, ou rester des heures derrière son bureau à examiner un dossier épineux.

Redoutable chef de guerre, administrateur compétent, amant inventif, suzerain irremplaçable, tel était Pillat de Burdaroma vers lequel Dorian s'avançait aux côtés de Czarthoz.

Sans souci de l'étiquette, afin de marquer en quelle estime il tenait le comte de Gwondaleya, Pillat se leva de son trône et descendit au-devant des arrivants. Selon la coutume, Czarthoz et ses chevaliers mirent les deux genoux en terre.

— Hal Weya, seigneur comte Czarthoz de Gwondaleya. Toi et les tiens, soyez les bienvenus. Puisse Lakor, dieu de la forêt Skovandre, te conserver vie et honneur !

— Hal Weya, djihad[1] ! L'aigle d'or de Gwondaleya a répondu à ton appel. Il se joint à tes troupes pour écraser les Ismalasiens. Puisse Khalvir, dieu de la guerre, nous donner la victoire.

— Sois sans crainte, comte, il nous la donnera, car nous irons la chercher dans le pays même de ces maudits shots.

— Nous les taillerons en pièces, djihad !

1. Djihad : titre donné à un roi. Cf. Djehal : empereur.

— Mon ami, avec toi dans nos rangs, la victoire nous est assurée, mais tu n'es pas venu seul.

Pillat s'avança au milieu des Gwondaleyens et les releva.

— Voici mes fils, Sylvain et Odios... et voici mon dauphin, Arnaud de Gwondaleya, un enfant trouvé par moi voici dix années en forêt Skovandre. Abandonné par des nomades, il se révéla de très haute naissance et ses qualités font de lui un chef digne de me succéder.

— À la place d'un de tes fils ?

— Djihad, lorsque le sort d'une cité est enjeu, il ne faut tenir compte que de la seule valeur. D'ailleurs, Arnaud est comme mon fils depuis que je l'ai adopté.

Il posa la main sur le bras de Dorian. Le jeune homme s'agenouilla à nouveau devant le roi.

— Relève-toi, Arnaud ! Sois le bienvenu parmi nous ! Si tu montres autant de courage que ton père adoptif, les shots vont souffrir. On m'a dit que tu avais déjà accompli un exploit inégalé à ce jour.

Le roi semblait au courant de pas mal de choses.

Dorian le laissa s'approcher d'Aram que Ralph, son écuyer, tenait par la bride.

— Magnifique, murmura Pillat. Une bête splendide.

Le lionorse ne broncha pas lorsque le roi posa la main sur son front.

— Un lionorse-roi, continua le monarque. Assurément, il fera des ravages parmi les shots.

Pillat se tourna ensuite vers Sylvain et Odios restés respectueusement en arrière.

— Par Latham[1], les deux petits démons ont bien grandi depuis ma dernière visite à Gwondaleya !

Par délicatesse, il ne fit pas allusion à Galvin. Pourtant Dorian comprit que le roi l'avait parfaitement en mémoire. Il connaissait ses vassaux. Puis il salua les chevaliers gwondaleyens avant de déclarer :

1. Latham : dieu protecteur de Burdaroma.

— Messeigneurs, soyez remerciés d'être accourus si nombreux à l'Ost. Je veux que le festin de ce soir soit inoubliable ; car demain, nous courons sus à la vermine ismalasienne. Dans deux jours au plus tard, nous livrerons bataille.

Il prit familièrement Czarthoz et Dorian par les épaules. Odios et Sylvain suivirent.

— Mon cher comte, j'espère que tu me feras l'honneur d'un combat à mains nues. Tu restes le seul qui m'ait toujours fait toucher les épaules. Je tiens à prendre ma revanche.

— Djihad, je suis à tes ordres.

Dans les camps, le tutoiement des guerriers était de rigueur.

— J'y compte bien, mon ami. Mais viens, je voudrais te montrer quelque chose.

Il les entraîna vers la tente royale, un immense chapiteau fait de riches draperies à l'intérieur et recouvert d'une toile solide conçue pour résister aux tempêtes.

— Je veux que vous passiez une nuit des plus agréables. Aussi, vous avez libre choix pour passer celle-ci dans les bras de l'une de mes amazones.

Esthète raffiné, le roi Pillat aimait à s'entourer d'un essaim de beautés qu'il appelait ses « amazones ». En effet, disait-il, la vue d'une jolie femme réjouit l'âme et regaillardit le corps.

Pénétrant sous la tente immense, ils furent aussitôt entourés par une armée de charme. Les trois jeunes gens marquèrent un temps d'arrêt, interloqués, se demandant s'ils ne rêvaient pas. Vêtues de voiles transparents et légers qui ne dissimulaient pas grand-chose de leurs corps, des filles toutes plus belles les unes que les autres vinrent s'attrouper autour du roi. Il n'y en avait pas moins d'une soixantaine.

— Mes compliments, djihad, dit Dorian, tu as le goût le plus sûr du monde ! Par les dieux, je ne saurais vraiment pas sur laquelle porter mon choix.

— Djihad, renchérit Czarthoz, tu as le goût des tortures

raffinées. À peine en aurai-je choisi une que je regretterai aussitôt de devoir dire adieu aux autres.

— Eh bien, messeigneurs, laissez donc faire ces demoiselles. Vous ne le regretterez pas.

Le festin que le roi réserva le soir à ses vassaux fut un enchantement.

Les chevaliers, invités sous la tente royale, se divertirent de belle manière, aux accords d'un petit orchestre qui suivait toujours le roi dans ses déplacements. Disséminées au milieu des convives comme des taches de couleur et de charme tranchant sur le gris des sharacks, les amazones rivalisaient de beauté, centres d'attraction de tous les yeux, objets d'éloge et de convoitise, graines lumineuses de féminité parmi cette assemblée virile.

C'était l'occasion de retrouvailles entre voisins, entre compagnons de combat ou de tournoi. Nombre de petits différends se réglaient dans la chaleur des vins, nombre d'amitiés refleurissaient au soleil du repas. Sans raison apparente, Pillat avait tenu à ce que Dorian fût à ses côtés. Une attirance ramenait les deux hommes l'un vers l'autre. Dorian éprouvait de réelles affinités avec le monarque, des ondes de pouvoir bizarrement familières qui trouvaient une résonance en lui.

Inconsciemment, il sentait que Pillat et lui étaient de la même veine. S'ils n'échangèrent au cours de la soirée que des propos sans importance, il apparut nettement à Dorian que le roi ne s'adressait pas à lui de la même manière qu'aux autres vassaux. Comme si Pillat le considérait comme son égal...

Bateleurs, avaleurs de feu, jongleurs, montreurs d'animaux, danseuses se succédaient. Dorian évitait de boire. Il écoutait attentivement ce qui se disait, notant en mémoire les noms des convives, y associant les visages, observant les comportements, tentant de cerner les personnalités. Il nota que le roi l'imitait. Une adorable fille blonde était venue prendre place à ses côtés. Elle découpait sa viande, lui emplissait son gobelet, lui indiquait les noms et les titres des invités. Sa conversation ne manquait pas de charme. Elle était très belle, qui plus est cultivée et Dorian prit beaucoup de plaisir à sa compagnie. Amusé, il dut convenir de la finesse du jugement du monarque qui avait deviné quel genre de fille pouvait l'attirer.

Le roi tapa sur l'épaule du jeune homme.

— Ami Arnaud ! Rien ne vaut une bonne nuit d'amour avant le combat. Elle met les idées en place et donne suffisamment de goût à la vie pour ne pas avoir envie de la perdre. Laisse faire ma petite Néria. C'est une vraie déesse.

Envoûté par l'atmosphère délicieusement trouble créée par les danseuses, Dorian obéit à la jeune femme lorsque celle-ci le prit par la main et l'entraîna au-dehors. La nuit s'était emplie des parfums de la nature que l'ardeur du soleil avait retenus au sol pendant le jour. Dans l'air à présent rafraîchi flottaient des effluves d'herbe écrasée, de fleurs coupées, de foin, de sève brûlante qui échauffèrent les sens de Dorian. Au loin sur le plateau brillaient les feux autour desquels les soldats buvaient et chantaient. Au-dessus veillait un ciel sans nuages, parsemé d'étoiles. Dorian prit la fille par la taille. Il respira à pleins poumons l'air de la nuit, limpide après l'atmosphère de la tente royale, chargée de présences mentales désorientées par les vapeurs d'alcool, embrumées par les relents de tabac, de cuir et de sueur.

Néria appuya sa tête sur son épaule et glissa ses mains fines sous le sharack de combat.

— Viens, lui dit-il.

Il l'entraîna vers sa tente. Ralph, son écuyer, montait la garde, accroupi devant l'entrée. C'était une petite tente ronde, de couleur bleue, sobrement meublée d'un coffre de bois léger et d'un matelas pliant. Dorian congédia Ralph et entra. Refermant la tenture, il alluma une chandelle et contempla la fille. Elle se déshabilla lentement, suivant un rite qui tenait de la danse. Agissait-elle par habitude, parce que cela faisait partie de sa tâche ? Ou bien parce qu'elle éprouvait une réelle attirance pour lui ? Les deux sans doute. Il avait pu constater que les amazones étaient libres d'accepter ou de refuser les avances d'un seigneur.

Sans dire un mot, il caressa délicatement la peau dorée à présent sans voile. Il aimait la beauté. Et Néria était très belle, parfaitement proportionnée. Elle avait conscience de l'émotion qu'elle suscitait chez lui et une lueur amusée allumait son regard. Pourtant, Dorian ne retrouvait pas l'écho mental, la merveilleuse petite flamme qui répondait si bien à la sienne. Solyane n'était pas là. Elle avait disparu, dévorée par la distance, provoquant un vide déchirant. Il refoula amèrement ses pensées incestueuses et attira Néria contre lui. Le contact des doigts souples de la fille le fit frémir et il redevint simplement un homme. Comment résister à l'appel pressant de la chair chaude, à la peau tiède et satinée qui luisait aux doux reflets de la flamme ? Il la prit dans ses bras et la coucha sur la peau d'ours.

Un peu plus tard, la jeune femme dormait contre son épaule, comme un petit animal satisfait. Son souffle régulier caressait son cou et le réchauffait. Il sourit au souvenir de la science amoureuse développée par Néria pour le captiver, mais sa fierté de mâle avait tout lieu de s'enorgueillir : elle s'était fatiguée avant lui.

Pourtant, il n'avait pu éviter que l'image de Solyane ne se superposât à celle de Néria. Il s'insurgeait, se révoltait contre ces pensées abjectes. Cette envie irraisonnée prenait ses racines au niveau de son subconscient et il était vain de tenter de s'y opposer.

Solyane éprouvait les mêmes désirs inavouables. Elle n'en parlait jamais, mais il en ressentait les ornières douloureuses qui marquaient son esprit au matin, lorsque ses traits indiquaient qu'elle n'avait pas beaucoup dormi. Une bouffée de chaleur l'envahit à l'évocation de la sœur trop tendrement chérie. Elle revint encore, et encore le harceler, défiant sa raison, gagnant du terrain au fur et à mesure qu'il cédait au sommeil. Sa dernière pensée cohérente fut pour elle, sans qu'il s'en rendît compte.

« Ô Solyane, ma sœur, mon amie, ma tendre compagne ! Peut-être as-tu raison ! Nous sommes maudits ! À qui es-tu destinée, sinon à moi ? L'acte d'amour avec une autre ne fait que raviver cette blessure intolérable qui vibre en moi. Pardonne-moi, petite sœur chérie, pardonne-moi ! Je t'aime ! Dussé-je y perdre mon âme, jamais je ne voudrais briser les chaînes maudites qui m'emprisonnent à toi, ô ma trop belle geôlière ! »

CHAPITRE XXV

Le lendemain, l'Ost quitta le col de Sodima. Tandis que les domesses démontaient les tentes qu'ils chargeaient sur des chariots tirés par d'énormes golieuthes, les chevaliers s'engagèrent, à la suite du roi, le long de la large piste menant vers l'Ismalasie. Dorian n'avait jamais vu autant de guerriers à la fois. L'horizon était couvert de fantassins, d'archers, de triviers, d'arbalétriers, une véritable forêt humaine hérissée de pointes mortelles. Cette guerre ne serait pas une petite escarmouche. Pillat voulait frapper vite et fort. Il n'ignorait pas que l'ennemi avait préparé sa campagne de longue date et qu'il était lui aussi bien armé.

En tant que dauphin du comte Czarthoz, Dorian était admis de plein droit au sein de l'état-major royal ; à ce titre il chevauchait en tête de l'immense colonne guerrière.

Deux jours plus tard, le contact avec l'ennemi était établi. Des éclaireurs ayant repéré une aile ismalasienne qui tentait de les prendre à revers, Dorian se vit confier la tâche d'en anéantir l'avant-garde.

— Ils se dirigent droit vers Calvera, au sud de Gwondaleya, constata Sylvain. Nous ne devons pas échouer.

— C'est exact, confirma Dorian, penché sur les cartes. Ils sont contraints de passer par le col de Garva. C'est là que nous attaquerons.

Garva se situant sur le domaine de Tanaleya, Dorian s'était assuré le service de guerriers tanaleyens. Ceux-ci les menèrent au sommet du col en empruntant les chemins des crêtes. La population de deux villages s'était jointe à eux, préférant abandonner leurs demeures plutôt que d'affronter les terribles shots. Les bruits les plus effrayants couraient sur eux. On disait que dans le sud, ils avaient pendu tout un village par les pieds en plein soleil. La haine couvait dans les rangs des villageois, attisée par une peur proche de la folie. Pourtant, Dorian sut calmer les esprits. Malgré son jeune âge, les guerriers les plus endurcis lui vouaient une confiance aveugle, les chevaliers aguerris l'écoutaient. Était-ce dû à cette voix posée, grave ? À cette allure décidée, volontaire ? Ou bien à cette étrange sagesse qui émanait de lui ? D'emblée, il avait su captiver les guerriers qui lui avaient été confiés.

Dorian profita de l'avance qu'il avait pour placer ses troupes. Il lui fallait l'avantage de l'effet de surprise, car des éclaireurs avaient repéré l'armée ennemie et dénombré au moins huit cents guerriers. Or, il ne disposait que de cinq cent cinquante hommes, en comptant les villageois qui s'étaient joints à eux.

Une centaine de soldats prirent position au sommet du col, se montrant ostensiblement. Les autres se fondirent dans la forêt.

Les Ismalasiens eurent tôt fait de repérer, en haut de la piste, le petit détachement de Gwondaleyens qui semblait les narguer. Ils hésitèrent un moment, puis, forts de leur nombre, pénétrèrent dans le col.

Lorsqu'il jugea que l'ennemi était à portée des guerriers placés au sommet, Dorian donna le signal de l'attaque.

Un combat sans merci s'engagea. Les dayals frappaient, les trives crochetaient les cavaliers qui roulaient à terre où fantassins et villageois les achevaient. Les styls sifflaient, perçant cœurs et gorges. Des rigoles de sang imprégnaient le sol noir. La forêt par ailleurs si calme s'emplissait des gémissements des blessés, des hurlements des combattants, des chocs ininterrompus des armes. Les archers dissimulés dans les sous-bois tirèrent leur sabre et vinrent se joindre à la mêlée, consacrant la défaite des Ismalasiens.

Comprenant qu'ils ne parviendraient pas à forcer les défenses des Gwondaleyens, les shots rompirent tant bien que mal et refluèrent vers la vallée. Une autre surprise les attendait au bout de la piste. Une centaine de cavaliers se ruèrent sur eux, leur interdisant toute retraite. Pris en tenaille, les Ismalasiens se répandirent en désordre dans les sous-bois avoisinants où les attendaient d'innombrables pièges.

Les pertes s'alourdissaient des deux côtés. Dorian, secondé par Sylvain, tentait d'approcher le capitaine ismalasien. C'était un colosse bardé de fer, protégé par la cuirasse caractéristique ismalasienne, hérissée de pointes de métal aux articulations, qui culbutait sans effort apparent les audacieux qui osaient l'approcher. Déjà cinq cadavres jonchaient le sol autour de lui.

— Il est à moi !

Dorian et le capitaine ennemi s'entre-dévisagèrent. L'un d'eux devait mourir, de cette mort dépendait l'issue de la bataille. L'Ismalasien leva son dayal et attaqua. Une sorte de joie farouche inondait Dorian. Il était né pour combattre. L'entraînement intensif de Rudriko, puis celui de Czarthoz, avait fait de lui une redoutable machine à tuer. Cette bataille était la première où il jouait réellement sa vie et celle des siens. Les dayals se heurtèrent, frappant avec une telle force que le métal à la transparence bleutée lançait des éclairs, éclaboussant les deux chevaliers de lueurs irréelles.

Personne n'osait plus approcher les deux antagonistes. Pourtant, Dorian et Aram prirent peu à peu l'avantage, débordant l'Ismalasien surpris. Comprenant qu'il ne pourrait vaincre son jeune adversaire par les armes, le shot projeta toute sa puissance shod'l loer contre lui, espérant l'immobiliser. Dorian reçut comme un violent coup de poing à l'intérieur de la tête. Instantanément, il bloqua ses défenses et riposta. Un engourdissement diffus le gagna une fraction de seconde, mais sa contre-attaque fut proportionnelle à celle de son agresseur.

Il sentit soudain la résistance de son adversaire faiblir. Tel un barrage qui se rompt, l'écran mental de l'Ismalasien céda et Dorian passa, envahissant l'esprit de son ennemi. Ce fut comme une porte ouvrant sur le vide, un ouragan dévastant tout sur son passage. La haine du combat sema le chaos en une fraction de seconde, un chaos qui se dilua soudain dans un néant angoissant, incommensurable.

Dans un cauchemar incertain, Dorian vit les yeux du shot le contempler avec stupeur, devenir vitreux. Puis il tomba de son lionorse comme un pantin désarticulé. Sylvain s'approcha de Dorian.

— Tu es blessé, s'inquiéta-t-il en voyant le jeune homme immobile.

— Non, je ne crois pas.

Sylvain descendit de son lionorse et se pencha sur l'Ismalasien.

— Mais... C'est incroyable ! Il ne porte aucune blessure sérieuse et pourtant, il est mort !

— Mort ?

— Tout à fait ! Regarde !

Sylvain releva le masque d'acier qui protégeait le visage du capitaine ennemi. Il ne put retenir un cri.

— Par Lakor ! Que lui as-tu fait ?

Dorian examina son adversaire. Une expression d'indicible terreur était figée sur ses traits et le casque était éclaboussé de sang, comme si les veines avaient explosé sous l'effet d'une violente pression intérieure. Sylvain considéra Dorian avec étonnement.

— Par l'aigle d'or, si on me l'avait raconté, je ne l'aurais pas cru. Tu l'as tué par la seule force de l'esprit. J'ai ressenti les effets de la puissance shod'l loer, et pourtant, je n'étais pas vraiment proche. Te rends-tu compte de ce que cela veut dire ?

— Non ! Il a dû avoir un malaise. On ne peut pas tuer par ondes mentales.

— Non ! Pas même le commandeur n'est capable d'accomplir un tel exploit. Pourtant, tu l'as fait !

Dorian se ressaisit soudain.

— Bien, nous reparlerons de tout cela plus tard, frère ! La bataille n'est pas terminée. Il faut assurer notre avantage.

L'étoile arrachée au chef ismalasien, que Dorian brandit en se ruant à l'assaut des derniers groupes de résistance, eut tôt fait de démoraliser l'ennemi qui finit par se rendre.

La riposte rapide du roi Pillat avait désarçonné l'ennemi, habitué à une résistance faible. Calvera dégagée, les Burdaromains reconquirent facilement les territoires perdus de Tanaleya. Les Ismalasiens refluaient vers les frontières, brûlant tout sur leur passage. La population n'avait que le temps de fuir les incendies pour se réfugier dans les bois ou les ravins ignorés. Malheur à ceux qui restaient en arrière !

Ce que l'on en retrouvait n'était pas beau à voir et la colère des Burdaromains ne diminuait pas pour autant. Les pillards emportaient avec eux tout ce qu'ils trouvaient, vivres et animaux. Ce qu'ils ne pouvaient pas prendre, ils le brûlaient. Ainsi les Burdaromains découvrirent-ils un troupeau entier sacrifié dans une petite ville du sud.

— La peste noire ronge les entrailles de ces maudits shots, rageait Pillat. Ce sont des couards qui fuient la bataille !

Dorian prit la parole.

— Je n'en suis pas si sûr, djihad ! Les quelques troupes

éparses que nous avons rencontrées n'étaient destinées qu'à nous retarder. Je crains plutôt qu'ils ne cherchent à nous attirer sur leur territoire, qu'ils connaissent beaucoup mieux que nous.

— Sagement raisonné, Arnaud ! Continue !

— Le fait qu'ils détruisent tout derrière eux tend à nous priver de vivres. Ils doivent savoir que nous avons déjà dû demander un convoi de ravitaillement. Imagine ce qui se passerait si ce convoi était attaqué !

Le roi se pinça l'oreille, signe chez lui d'une intense réflexion. Il regarda Dorian par en dessous et éclata de rire.

— Je t'en veux, Arnaud ! J'aurais dû y penser moi-même.

Il revint vers les cartes.

— Demain, nous atteindrons la frontière ismalasienne. J'ai l'intention de la franchir et de foncer sur Al Tyrbaagd, la capitale. Mais nous courons au désastre si nous nous précipitons dans leurs pièges. Que suggérez-vous, messeigneurs ?

Gustav de Felda, un comte du nord du royaume dont Dorian appréciait la sagesse, déclara :

— Les hommes sont fatigués de courir après un ennemi qui se dérobe sitôt qu'on l'approche. Je propose de libérer entièrement Tanaleya, puis de préparer un plan d'invasion solide, en laissant nos guerriers reprendre souffle.

— Je ne te suis pas, Gustav, dit le comte d'Ursaleya. Nous sommes plus nombreux et mieux armés que ces gueux.

— Non, Gustav a raison, rétorqua Dorian. Que feras-tu si tu trouves soudain en face de toi un ennemi bien nourri dont les rangs se seront subitement grossis des renforts venus des arrière-provinces ?

— Cela ne devrait pas te faire peur, à toi, le héros !

— Que suggères-tu, Arnaud ? demanda le roi.

— Je pense qu'il faudrait changer l'itinéraire initialement prévu pour le convoi de ravitaillement. Regarde, djihad !

Il désigna la carte.

— Par cette route, les Ismalasiens peuvent lancer une attaque éclair, s'emparer du convoi et nous affaiblir dangereusement. D'après ce que je sais, l'Ismalasie est un pays sauvage et sec, presque un désert.

— Où veux-tu en venir ?

— On ne pourra se ravitailler sur place, djihad ! Ce convoi est vital pour nous. C'est pourquoi je propose qu'on le fasse passer par le défilé de Rodenia, là où l'ennemi n'a pas pénétré.

— Et lui faire longer la frontière pour nous rejoindre ?

— Non ! C'est nous qui allons suivre la frontière. Nous remonterons vers l'est et nous effectuerons notre jonction avec lui au plateau de Nephaz ! Ici !

Le roi examina la carte, puis son visage s'éclaira.

— Nous serons proches de la vallée du Glecz qui mène au nord d'Al Tyrbaagd, par le plateau de Kurdia. Tu es un homme précieux, Arnaud !

Czarthoz ajouta :

— Je suggère tout de même de laisser une armée ici, pour leurrer l'ennemi. De même, il faut nous assurer qu'une attaque ne va pas être lancée contre le convoi, tout au moins sur la route initiale. Découvrant qu'ils se sont trompés, les shots risquent de vouloir se venger sur les sapienniens. C'est assez dans leurs habitudes.

— Je vais envoyer des éclaireurs dans cette région, décida Pillat.

Les suppositions de Dorian s'étaient révélées parfaitement exactes.

Près de mille guerriers ismalasiens s'étaient séparés du reste de l'armée et, contournant les lieux des combats, remontaient vers l'ouest, en direction de la route de Calvera, par où devait passer à l'origine la caravane de vivres. Les chevaucheurs royaux avaient déjà porté le message destiné à la faire changer d'itinéraire.

— Mille guerriers, jura Pillat, cela suffit pour menacer

Calvera. S'ils délivrent leurs prisonniers, ils peuvent nous prendre à revers et nous infliger des pertes sérieuses.

— Et le khalid qui les dirige, Djeffer de Scylla, est un grand guerrier, précisa Czarthoz.

— Je demande l'honneur de les arrêter, djihad, déclara Dorian.

Le roi le regarda.

— Je comprends ton enthousiasme, Arnaud, mais saisis-tu ce que signifierait une défaite ?

— Le sort des armes n'est jamais une chose acquise, djihad ! Seuls les orgueilleux peuvent croire le contraire.

— Si tu échoues...

— Je n'ai pas le droit d'échouer. Je vaincrai. Si l'on part au combat avec l'idée d'une défaite possible, autant rendre les armes immédiatement.

Le roi baissa la tête et sourit.

— Il est difficile de te résister. Et je te crois capable de réussir. Je connais Djeffer de Scylla de réputation, j'aurais préféré lui envoyer un chevalier plus aguerri.

Czarthoz intervint.

— Djihad, puis-je intercéder en faveur de mon dauphin ? Je le crois aussi capable d'arrêter les Ismalasiens. Et puis, je suis prêt à lui laisser mes deux fils pour le seconder. Plus tard, ils seront ensemble pour gouverner Gwondaleya. Cette bataille sera une épreuve d'entente entre eux.

— Que veux-tu que je te réponde ? gronda le roi, faussement fâché. Arnaud, tâche seulement de nous revenir entier. Combien d'hommes te faut-il ?

— Un millier, afin que les forces soient équilibrées. Je souhaiterais surtout des volontaires.

— Accordé ! Faites circuler une annonce parmi les différentes unités.

La grande majorité des Gwondaleyens se déclara volontaire. Ils étaient plus de cinq mille et c'était beaucoup plus qu'il n'en fallait. Dorian en désigna cinq cents et il compléta son armée avec des volontaires issus des différents comtés du royaume qu'il reçut individuellement. Il estimait important de les connaître. Ralph, son écuyer, les introduisait les uns après les autres. Il en avait déjà présenté une cinquantaine lorsqu'il dit à Dorian :

— Seigneur, l'un des deux suivants est une montagne. Il est plus grand que le comte Czarthoz lui-même que les dieux gardent. Il sera certainement une excellente recrue.

Dorian sentit soudain son estomac se nouer. Un fol espoir l'envahit. Il n'avait connu qu'un seul homme plus grand que le comte. Mais il était impossible...

— Dis-leur d'entrer tous les deux, souffla-t-il nerveusement.

Les deux hommes apparurent, les chandelles éclairèrent leurs visages. Ils ne réagirent pas immédiatement, puis la surprise se peignit sur leurs traits. Dorian, comme éveillé d'un cauchemar, se leva d'un bond, tremblant de joie. Il contourna sa table de travail, renversant son siège dans l'émotion.

— Petit maître ! balbutia le géant, tandis que des larmes lui coulaient des yeux.

— Les dieux soient mille fois remerciés, gémit son compagnon. Vous êtes vivant !

— Orloff, Rudriko, mes chers compagnons !

Comme frappés par la foudre, les deux hommes tombèrent à genoux. Dorian les releva et les prit affectueusement par les épaules. Bien que de nature peu encline à l'émotion, il sentit les yeux le piquer également. Même le maître d'armes de Syrdahar, jadis si rigide et si froid, semblait sur le point de pleurer. Ils se regardèrent un long moment sans mot dire, puis éclatèrent tous les trois d'un rire énorme. Les deux hommes ne purent résister à l'envie d'embrasser celui qu'ils avaient quitté encore enfant et qu'ils retrouvaient à l'âge adulte, à la tête d'une armée.

Ralph, éberlué, n'y comprenait plus rien.

Dorian se ressaisit le premier.

— Mes compagnons, allez m'attendre dehors. Je termine mon recrutement et je vous retrouve.

Quelque temps plus tard, Dorian vint rejoindre Orloff et Rudriko. La nuit s'illuminait d'innombrables feux de camp. Une sourde rumeur, faite de rires, de voix étouffées par la distance, de bruits de gobelets, de dés, de cliquetis d'armes et de brasillements montait vers le ciel.

Volontairement, Dorian s'écarta des siens et s'installa auprès d'un feu abandonné dont il ranima les braises. Orloff et Rudriko, deux cendres échappées de l'enfer de Syrdahar, deux fantômes surgis du passé et qui venaient de reprendre vie devant lui. Il voulut y voir un signe de sa victoire future.

— À présent, dit-il en débouchant un flacon de vin gwondaleyen, racontez-moi !

Ils se mirent à parler tous les deux en même temps puis éclatèrent de rire.

Lors du combat contre les garous, à la limite des Terres Bleues, ils avaient attendu que les enfants et leur mère fussent hors de portée, ils avaient ensuite rompu. Malheureusement, Jans et Mério avaient succombé sous les coups des monstres. Redoutant la malédiction bleue, les deux hommes avaient fui perpendiculairement à l'orée de la forêt pour détourner les garous de la direction suivie par Orlyane. Les chevaux avaient permis de distancer leurs poursuivants. Mais ils étaient sérieusement blessés et ils avaient dû s'arrêter pour quelques soins rudimentaires. Lorsque enfin, ils avaient pu contourner les partis de garous qui rôdaient encore à leur recherche, ils s'étaient dirigés vers la piste suivie par les enfants. Ils n'avaient pu déceler le moindre indice, ayant perdu trop de temps. Ils redoutaient surtout de découvrir les traces d'un combat où tous trois auraient été tués. Mais ils ne trouvèrent rien. Comme si Orlyane et les enfants s'étaient volatilisés.

— Dame Orlyane avait pourtant bien précisé qu'elle suivrait la lisière de la forêt vers le sud, seigneur Dorian.

— C'est vrai, Orloff, mais ne m'appelle pas Dorian ici. Pour tous, je suis Arnaud de Gwondaleya. Pour des raisons de sécurité. Je vous expliquerai...

— Compris, seigneur... Arnaud ! dit Rudriko. Pourquoi ne vous avons-nous pas retrouvés ?

Dorian réfléchit.

— Notre mère n'a pas suivi la limite des Terres Bleues comme elle l'avait prévu. Nous vous avons attendus près d'une journée, sans succès. Nous vous avons crus morts. Alors, elle nous a entraînés vers l'intérieur de la forêt. Je me demande pourquoi...

Rudriko poursuivit :

— Nous-mêmes avons pénétré dans la forêt deux jours plus tard. Nous étions désemparés. Nous ne savions plus ce que nous devions faire. C'est un phénomène surnaturel qui nous a fait fuir.

— Jamais nous n'avions vu une chose pareille, murmura Orloff dont la voix grave s'était altérée à l'évocation du souvenir.

— Que s'est-il passé ?

— Eh bien, c'était le soir, dit Rudriko. Nous avions l'intention de nous arrêter pour la nuit, quand nous avons vu... Ah ! C'était comme... une étoile qui se serait détachée du ciel. Nous avons pensé tout de suite que nous avions irrité les dieux des Terres Bleues en traversant leurs territoires. L'étoile s'était mise à grossir, à grossir... On aurait dit une charrode en flamme naviguant dans le ciel de la nuit avec des gens dessus qui bougeaient, qui hurlaient...

— Les âmes des morts de la malédiction bleue, murmura Orloff.

— Jamais je n'ai eu si peur de ma vie, ajouta Rudriko. Je ne crains pas de combattre n'importe quel guerrier. Mais ça, c'était...

— Horrible, termina Orloff. Nous avons fui dans la forêt, en espérant que le... ne nous retrouverait pas.

— Surtout, nous avons pensé qu'elle vous avait certainement emportés. Nous étions désespérés ! Nous avons erré pendant de nombreux jours dans la forêt, nous dirigeant vers l'est, sans raison véritable. Nous nous attendions à périr de la malédiction bleue... Nous fûmes épargnés. Nos blessures finirent par se guérir d'elles-mêmes. Nous avons atteint un village dont les habitants nous ont plutôt bien accueillis. Nous y sommes restés deux années, puis nous l'avons quitté pour connaître les grandes villes du sud. Là-bas, vers le nord, l'hiver vient tôt. On dit qu'à moins de cent marches du village où nous étions, commence une muraille de glace qui mène jusqu'au bout du monde. Nous avons voyagé, au-delà même du royaume de Burdaroma, louant nos services comme soldats, pour protéger les caravanes. Lorsque nous avons appris que le roi Pillat cherchait des volontaires pour combattre les Ismalasiens, nous nous sommes engagés dans son armée personnelle. Pendant tout ce temps, nous avons cru que vous étiez morts, seigneur... Arnaud ! Et maintenant, à vous ! Comment va la petite princesse ? Et Dame Orlyane ? Où sont-elles ?

L'évocation de la mère disparue assombrit le visage de Dorian. Les deux hommes le sentirent et l'anxiété crispa leur visage.

— Solyane va bien. On l'appelle Isabelle à présent.

— Comment est-elle ?

— Solyane est devenue la plus belle fille du monde, Orloff. La plus belle. Elle est restée à Gwondaleya.

— Mais qui la défend, là-bas ?

— Ne t'inquiète pas pour elle. Personne ne lui fera de mal. Les Gwondaleyens nous ont adoptés. Jamais ils ne permettront à quiconque de porter la main sur elle.

Il se tut. C'était la première fois depuis... une éternité qu'il prononçait le nom aimé devant quelqu'un d'autre qu'elle. Cela résonna bizarrement dans sa bouche, comme si un monde à jamais enfoui resurgissait de terre.

— Ils sauront la protéger, n'ayez crainte.

— Alors, seigneur, rugit Orloff, il n'y a pas de temps à perdre. Il nous faut gagner cette guerre au plus vite et la rejoindre.

Il faisait à peine jour lorsque, quelques heures plus tard, Dorian quitta le camp royal à la tête de ses troupes. Sylvain chevauchait à ses côtés. Odios avait obéi à son père avec réticence. Il répondait en maugréant à son compagnon, Roby de Kastelvern, un chevalier sans domaine, attaché à la maison du roi. Derrière suivaient Ralph, Orloff et Rudriko et enfin les mille volontaires. Dorian jouissait auprès d'eux d'une renommée grandissante. Ses exploits commençaient à donner naissance à une légende qui le distinguait des autres chevaliers. N'avait-il pas été capable de tuer un grand capitaine ennemi sans même le toucher, par la seule et terrifiante puissance de son shod'l loer ? Le commandeur lui-même n'en était pas capable. Un de ces derniers jours, il avait à lui seul défait sept cavaliers ismalasiens qui l'avaient encerclé et isolé. Il avait fendu en deux un chevalier ennemi et son lionorse. On disait qu'il était si rapide qu'il pouvait arrêter une flèche en plein vol, la brisant d'un coup vif comme l'éclair.

Le soir venu, la troupe fit halte dans une clairière. On dressa des feux de camp. Dorian avait pris l'habitude de passer chaque soir auprès de ses guerriers, bavardant quelques instants avec eux. Puis il s'éloignait, méditant les paroles de chacun, tenant compte des avis recueillis pour en faire la synthèse. Ses hommes l'observaient de loin, n'osant le déranger.

— Il invoque les dieux, disait-on. Il connaît leur langage.

— Peut-être est-il lui-même un dieu !

Les Gwondaleyens prenaient un malin plaisir à rendre le personnage de leur seigneur encore plus mystérieux, afin d'éblouir leurs alliés. Ils finissaient du reste par croire eux-mêmes à leurs fables.

Ainsi naissent les légendes !

Galvanisée par un tel chef, la petite armée ne doutait pas de sa victoire.

L'hostilité latente d'Odios décourageait Dorian. Il savait qu'il le rendait inconsciemment responsable de la mort de Galvin, pour des raisons connues de lui seul. De plus, il avait escompté devenir le dauphin de son père et acceptait mal la nomination de Dorian.

Le lendemain, ils traversèrent une bourgade où, comme par miracle, la popularité de Dorian l'avait précédé. Un accueil triomphal lui fut réservé. Les femmes remirent au jeune homme une corde de soie tissée de fils d'argent où chacune avait fait un nœud représentant son foyer. Cette corde s'appelait le « hamij ». Le chef de guerre dont dépendait le village la portait toujours sur lui pendant le combat. Elle symbolisait ceux qu'il défendait. Le hamij aurait dû revenir au comte de Tanaleya, mais ce fut Dorian qui en hérita. Ce hamij revêtait une grande importance. Lorsque la cité qui l'avait remise au chevalier était détruite, il devait le brûler et le regarder lentement se réduire en cendres, afin de bien s'imprégner de sa responsabilité. Certains chevaliers ne pouvaient alors résister au déshonneur et se tranchaient la main gauche d'un coup de dayal, en expiation. Ensuite, ils attendaient que le sang s'écoulât de leur corps et mouraient.

Vers le milieu du quatrième jour, les éclaireurs signalèrent la présence de l'armée ennemie, à moins d'une journée de marche.

— Ils sont près de deux mille, précisa l'homme.

— On nous avait dit qu'ils seraient à peine mille ! Es-tu bien sûr de ce que tu as vu ?

— Oui, seigneur ! Nous ne sommes pas assez nombreux pour les attaquer de front.

Dorian soupira.

— Ils ont dû faire leur jonction avec une autre armée, suggéra Sylvain.

— Sans doute ! Ils sont deux fois plus nombreux que nous, à présent. Ce serait du suicide de tenter de les arrêter en plaine. Pourtant, il faut les empêcher d'atteindre Calvera.

Dorian avait installé son campement sur un promontoire dominant la piste menant à Calvera. Celle-ci suivait une vaste plaine à la végétation sauvage.

Une rapide étude des lieux dissuada Dorian et Sylvain de tendre une embuscade en cet endroit.

— Rien à faire ! Aucune retraite possible en cas d'échec. Ils nous tailleraient en pièces.

— Il vaudrait mieux remonter plus au nord, Arnaud ! La plaine s'étrécit. Peut-être faudrait-il demander de l'aide aux habitants de Calvera ? La garnison compte plus de cinq cents guerriers !

— Que se passerait-il si nous étions vaincus ? La ville tomberait aux mains des Ismalasiens qui auraient alors beau jeu de massacrer les sapienniens, de délivrer leurs prisonniers, de prendre les nôtres à revers.

— C'est juste ! Mais alors, que faire ?

— Chut !

Dorian tendit l'oreille. Quelque chose avait bougé dans un bosquet situé à courte distance. Un grondement étouffé leur parvint. Les deux lionorses feulèrent en réponse.

— Un dorier, murmura Sylvain en tirant son dayal.

Le monstre se glissa hors des arbres, crachant et rugissant.

— Attends, dit doucement Dorian à Sylvain. Il me vient une idée.

Il s'approcha lentement du monstre, retenant son lionorse avec peine. C'était une sorte de tigre géant, aux canines longues comme des shayals. Son dos se couvrait d'une peau épaisse, semblable à des écailles de cuir, rappelant celle des migas. On disait que cette cuirasse permettait aux doriers de vivre près des Terres Bleues. Dorian avait immédiatement remarqué qu'ils avaient affaire à une femelle. Concentrant son shod'l loer sur le fauve géant, il l'arrêta au moment où il s'apprêtait à bondir. La dorière était en pleine période de fécondité et appelait le mâle. Cela diminuait ses qualités de chasseresse.

— Qu'est-ce que tu attends ? demanda Sylvain. Tu veux la combattre ?

— Tais-toi ! Je vais essayer de la contrôler mentalement. Va chercher une vingtaine d'hommes !

Inquiet, Sylvain obéit. Il savait qu'il était impossible de dominer un animal aussi dangereux. Il s'éloigna à regret, n'osant contrevenir aux ordres de Dorian.

Quelques instants plus tard, il revenait, accompagné d'une trentaine d'hommes dont Orloff et Rudriko.

— Arnaud, que faut-il faire ?

Les traits tendus sous l'effort, il tenait toujours le monstre en respect.

— Abattez des arbres, taillez des pieux, et construisez autour d'elle un enclos suffisamment solide pour l'y enfermer.

Ils obéirent sans discuter, ne comprenant pas vraiment où il voulait en venir. Une heure plus tard, une palissade robuste encerclait le fauve, comme une grosse cage.

La dorière tenta alors d'ébranler sa prison, mais celle-ci résista à ses assauts.

— Et voilà ! soupira Dorian, pâle comme un linge.

— Pourrais-tu nous expliquer ce que tu comptes faire de cette bête ? demanda Sylvain.

— Elle va nous apporter de l'aide, tout simplement !

— Comment cela ? dit Roby, intrigué.

— Elle a ses chaleurs. Ses hurlements vont attirer ici tous les mâles de la région. Demain, lorsque les Ismalasiens passeront par ici, ils tomberont sur une petite armée à quatre pattes qui devrait leur réserver un accueil chaleureux.

Quelques heures plus tard, Rouhann, un jeune capitaine

gwondaleyen, et les six guerriers qui l'accompagnaient observaient la plaine. Dorian les avait laissés à l'arrière tandis qu'il levait le camp et remontait vers le nord, afin de tendre un autre piège aux Ismalasiens.

— Écoutez-la hurler, conseillait, riant, l'un des soldats. Ça doit lui tenir bougrement chaud, la garce !

En quelques heures, il n'y eut pas moins d'une douzaine de doriers. Chacun venait tourner autour de la cage, faisant entendre un chant roulé, une sorte de feulement adouci.

Les Ismalasiens apparurent en fin d'après-midi. Ils progressaient avec l'assurance de ne rien rencontrer de dangereux sur leur route. Visiblement, ils ne s'attendaient pas à trouver d'ennemis avant Calvera. Rouhann et ses compagnons s'avancèrent le plus possible pour ne rien perdre du spectacle.

Les doriers feulaient comme des fous, répondant aux appels désespérés de la femelle. Soudain, ils sentirent quelque chose d'inconnu venir à l'horizon. Une brume de poussière s'élevait vers le sud, en direction du soleil aveuglant. Furieux, ils tournèrent leur colère contre ce phénomène incongru. Obéissant à leur instinct, ils se tapirent dans les buissons et rampèrent silencieusement à la rencontre des arrivants. Les Ismalasiens n'ignoraient pas que les régions à demi sauvages qui séparaient les villes étaient peuplées de grands fauves. Ils savaient aussi que ceux-ci ne vivaient pas en groupe et évitaient l'homme. Ainsi, lorsque la douzaine de doriers se précipita sur eux, ils ne comprirent pas ce qui se passait. Un mouvement de panique se répandit comme une traînée de poudre, désorganisant l'avant-garde ismalasienne.

Une trentaine de guerriers tombèrent rapidement sous les griffes des fauves. L'un des doriers parvint même à saisir un chevalier sur son lionorse. L'homme n'eut pas le temps de réagir et finit déchiré par le monstre, sous les yeux atterrés de ses guerriers. Soudain stoppée dans son avance, l'armée ismalasienne présentait l'aspect d'une fourmilière renversée d'un coup de pied. La défense s'organisa cependant rapidement. Les archers formèrent deux rangs et des volées de flèches s'abattirent sur les fauves. Les pointes ne pouvaient pénétrer profondément leur cuir épais, mais elles avaient au moins le mérite de les tenir en respect. Il fallut les attaquer de front, à la trive, au dayal dont la lame effilée était capable de trancher la cuirasse redoutable. Puis, les chevaliers purent utiliser leurs gonns et six doriers s'écroulèrent. Les autres finirent par s'enfuir, deux d'entre eux laissant derrière eux des traînées sanglantes.

Rouhann estima à près de cinquante le nombre des tués et autant de blessés. Les sept hommes se retinrent de pousser un cri de victoire et se retirèrent discrètement. Une brèche profonde venait d'être ouverte dans le moral de l'ennemi.

Le lendemain, à peine les Ismalasiens s'étaient-ils remis en marche qu'une horde de cavaliers surgis de nulle part jaillit des collines avoisinantes et prit l'avant-garde en tenaille. Deux groupes se joignirent au cœur de l'armée ismalasienne, tirèrent flèches et styls avec une précision meurtrière. Avant que la riposte ait pu avoir lieu, ils étaient repartis, ne laissant que dix des leurs derrière eux. L'attaque avait néanmoins fait une centaine de victimes parmi les Ismalasiens qui n'osèrent les poursuivre.

Décontenancé, l'ennemi s'arrêta à plus de cinq marches de Calvera. Dorian jugea qu'il était temps de lancer la dernière offensive.

La nuit était tombée. Tout autour du camp ismalasien, un cordon de sentinelles montait la garde avec vigilance. Le ciel était couvert, lourd et bas. Un orage se préparait, remplissant l'air d'électricité. Les chevaux et les lionorses s'agitaient nerveusement dans leurs enclos.

Soudain, comme jaillies de nulle part, une cinquantaine de lueurs naquirent au milieu des hautes herbes, tels des feux follets. L'instant d'après, elles s'élevaient dans les airs, décrivant des paraboles dans le ciel noir. Elles tombèrent sur les tentes des nobles. Celles-ci s'embrasèrent en quelques secondes. On disait que les archers de Gwondaleya étaient les meilleurs du monde. Ce n'était pas une légende. Des cavaliers se mirent aussitôt en selle, à leur poursuite. Mais les agresseurs se fondirent dans la nuit et ils ne purent en ramener aucun. Furieux et dépités, les Ismalasiens n'osèrent s'aventurer trop loin et regagnèrent leur camp. Celui-ci était la proie des flammes. Vivres et matériel se consumaient dans un brasier gigantesque. Des silhouettes affolées couraient en tous sens à la recherche d'une eau hypothétique. Le cours d'eau le plus proche était distant d'une demi-marche et l'incendie eut tôt fait de détruire le camp. Force fut aux Ismalasiens de le circonscrire avec les moyens du bord en sacrifiant les rations d'eau et les quelques couvertures sauvées du désastre. Djeffer de Scylla, furieux, voulait attaquer tout de suite. Mais où porter les coups ? Que faire contre cet ennemi fantomatique et insaisissable ?

Il avait réussi à capturer un prisonnier et apprit ainsi le nom de son adversaire : Arnaud de Gwondaleya ! Il s'était juré de le découper en petits morceaux. Grand chef de guerre, il ne pouvait s'empêcher d'éprouver une certaine admiration pour lui. Il avait compris qu'il ne disposait que de quelques centaines d'hommes et appréciait son courage. Ce soir, cet Arnaud de malheur passait les bornes !

Redoutant une attaque, il fit armer tous ses guerriers et les maintint éveillés.

Ils restèrent ainsi toute la nuit. Pourtant, l'attaque attendue ne se produisit pas. Il était impossible de quitter le camp pour lancer une offensive. Les éclaireurs que le khalid avait envoyés n'étaient pas revenus. Il ne fallait pas songer à plier ce qui restait du camp et poursuivre la route. Djeffer avait compris qu'il était pris dans une nasse et qu'il n'avait aucun moyen de sortir de là. Demain, ils atteindraient les abords de Calvera. Et là...

Au matin, la fatigue rongeait les forces des Ismalasiens.

L'aube se leva sur les ruines encore fumantes, les vivres sauvés, entassés à la hâte, les corps écroulés çà et là...

Le petit jour blême et gris acheva de démoraliser les troupes. Les éléments se mirent de la partie et l'orage qui avait menacé toute la nuit éclata soudain. Une pluie torrentielle s'abattit sur le camp, détrempant tout, s'infiltrant sous les vêtements.

— Nous sommes maudits des dieux, gémit un guerrier près du khalid.

— C'est faux ! hurla-t-il. Reprenez-vous, bandes de bons à rien.

Il savait pourtant au fond de lui que la dernière attaque n'allait pas tarder. À la place d'Arnaud, il aurait agi de même. Un doute s'insinua en lui. Et si le guerrier ne s'était pas trompé ? Si le Gwondaleyen disposait de moyens surnaturels ? Coïncidence ou sorcellerie ? Un premier éclair vint se ficher au nord du campement, alors que des cavaliers fantômes se matérialisaient au cœur du rideau de pluie. Il crut tout d'abord à une illusion, car aucun d'entre eux ne poussait de cris de guerre. Ainsi l'avait voulu Dorian. Djeffer de Scylla, incrédule, réagit trop tard. Lorsqu'il hurla ses ordres, l'ennemi était déjà au milieu du camp, semant la panique et la confusion parmi les guerriers épuisés. Parcourant les décombres en tous sens, les Gwondaleyens frappaient sans relâche, poursuivant les fuyards. Tendus par une nuit de veille, les Ismalasiens étaient incapables de réagir.

Dorian était partout, bousculant les chevaliers adverses, hurlant des ordres, galvanisant ses troupes. Il cherchait le capitaine ismalasien. Celui-ci restait introuvable. Il tentait de sauver son armée en organisant une retraite précipitée, mais tout s'écroulait autour de lui, comme si un esprit supérieur se jouait de lui.

Dorian aperçut tout à coup l'un de ses hommes en difficulté. Une dizaine d'Ismalasiens avaient réussi à désarçonner un de ses chevaliers. Il fondit sur eux et le dégagea.

Deux flèches se fichèrent dans son armure, lui entaillant la peau, il les arracha sans hésitation. Culbutant ses adversaires, il saisit le cavalier blessé et le hissa en croupe. Une hache se leva sur lui, mais un coup de dayal bien ajusté brisa les reins de l'Ismalasien qui s'écroula comme un pantin désarticulé.

Aram tint les autres en respect. Jugeant nécessaire de mettre le blessé en lieu sûr, Dorian rompit le combat et s'éloigna. Le lionorse du chevalier le suivit en boitillant.

— Attends ! Ça va aller, grommela une voix derrière lui.

— Odios ?

— C'est moi, monseigneur !

Il se redressa en gémissant, se laissa glisser à terre et se dirigea en titubant vers son lionorse. Au prix de mille difficultés, il parvint à se hisser en selle. Et soudain, incrédule, Dorian le vit porter la main à sa poitrine, tirer un styl et le jeter violemment dans sa direction. Derrière lui s'éleva un râle. Un Ismalasien s'écroula, la gorge transpercée.

— Nous sommes quittes, seigneur !

Dorian fit une grimace, puis rugit :

— Merci quand même !

L'autre finit par éclater de rire.

Il avança son lionorse vers lui et, ôtant son gantelet de cuir et d'acier, tendit la main à Dorian.

— Merci aussi, Arnaud !

Surpris et ému, il prit la main tendue. Ainsi, il venait de remporter deux victoires. L'une sur les Ismalasiens, l'autre sur l'obstination d'Odios. Un peu partout, l'ennemi jetait les armes. Bientôt, seul un dernier carré résista encore. Un homme vigoureux, à la stature puissante, entouré d'une trentaine de fidèles, repoussait tous les assauts, combattant avec l'énergie du désespoir. Nul ne semblait pouvoir l'approcher. Roby se tenait le bras d'où suintait un filet de sang. Dorian s'avança.

— Cet homme est un démon, Arnaud !

— Laissez-le-moi !

Sautant à bas d'Aram, il rompit le cercle et engagea le fer avec le chef ennemi. Djeffer de Scylla utilisa aussitôt son shod'l loer intact et tenta de paralyser Dorian. Son but évident était de le tuer. Peut-être ainsi renverserait-il le sort des armes. Mais la riposte ne se fit pas attendre. Son bras se fit plus lourd. Un engourdissement étrange l'envahit, tandis qu'une force mentale supérieure prenait possession de lui.

— Ne m'oblige pas à te tuer, Djeffer de Scylla, gronda Dorian.

Lentement, il contraignit son adversaire à ouvrir la main et à lâcher son dayal. Voyant leur chef défait, les autres chevaliers rendirent les armes. Dans un dernier effort de volonté, l'Ismalasien tenta de tirer un styl, sa main restait crispée, tandis qu'une violente douleur irradiait dans sa tête. Les deux hommes s'observèrent. Leurs armures étaient déchirées en plusieurs endroits. De la boue et du sang les maculaient de la tête aux pieds, leur confectionnant un uniforme quasi identique. Pâle comme un linge malgré sa peau tannée par le soleil, l'Ismalasien redressa la tête.

— Honneur à toi ! Ma vie t'appartient. Je mourrai fier d'avoir été vaincu par un adversaire tel que toi.

— Honneur à toi, khalid Djeffer de Scylla ! Je te laisse la vie, si tu jures sur le code des chevaliers de ne plus prendre les armes contre les sujets de Burdaroma.

— Je dois obéissance à mon syrid khalid !

— Ce n'est pas une obligation. Ton roi n'est qu'un pillard. Je te connais de réputation. Tu es un guerrier. Jamais tu n'as ordonné de massacres inutiles.

L'autre baissa la tête.

— Je ne suis pas responsable des exactions des miens.

Puis il leva les yeux sur Dorian.

— Qui es-tu donc, pour parler à l'égal d'un roi ? D'où te vient cet étrange pouvoir mental ?

— Je suis Arnaud de Gwondaleya !

— Arnaud de Gwondaleya. Oui, cela me revient à présent. Tu es celui qui tua Gadamer de Khuzal au col de Garva.

— Je le suis.

— On dit que tu l'as tué par la seule force de l'esprit.

— On l'a dit !

L'Ismalasien soupira :

— Alors, je ne peux rien contre toi. Je ne suis qu'un homme. Je ne peux combattre les dieux. Je suis ton prisonnier.

Dorian sourit.

— J'accepte ta défaite et maintiens ma proposition. Je suis disposé à te rendre ta liberté si tu jures sur l'eythim[1] de renoncer à prendre les armes contre nous.

— Et mes guerriers ? Éviteront-ils la spoliation ?

— Ils l'éviteront ! Je n'ai qu'une parole. Veille seulement à ne pas trahir la tienne.

CHAPITRE XXVI

Les feuilles mortes crissaient sous les pas des deux chevaux. À travers les frondaisons encore fournies, le soleil adressait à la terre comme des baisers de lumière. Au loin retentissaient des rires et des bavardages masculins. Une petite troupe accompagnait les deux femmes. Avec le retour de l'automne, les incursions des maraudiers se faisaient plus fréquentes. Tenant leurs montures par la bride, la brune Alvina et la blonde Solyane se promenaient lentement, soulevant par jeu des gerbes de feuilles rousses. Soudain, Alvina se baissa et dégagea une petite fleur d'un bleu violacé.

— Une colchique ! La dernière à fleurir avant l'hiver.

1. Code de la chevalerie.

Solyane sourit tristement.

— L'hiver sera long, dame Alvina.

— Oui ! Heureusement que tu es là. Tous les jours, je me heurte à la coalition des trois autres. Ce n'est pourtant pas ma faute si le seigneur Czarthoz est obligé de prolonger sa campagne.

— Cela fait cinq mois qu'ils sont partis à présent. Cette guerre ne finira donc jamais ! Chaque jour, chaque nuit, je tremble pour Arnaud ! À chaque messager qui arrive, je redoute le pire. Je n'ose écouter les nouvelles qu'il apporte. Parfois, il me prend l'envie de seller un cheval, de courir les rejoindre, pour être là, au cas...

— Ne pense pas à cela, Isabelle ! Ils sont tous de redoutables guerriers. Le comte m'a écrit. J'ai reçu sa lettre hier. Il m'explique qu'ils continuent à avancer, mais que l'ennemi se fait de plus en plus dur en approchant de la capitale. Ils ont remporté la dernière victoire de justesse. Ils tiennent la ville de Kurdia où ils comptent passer l'hiver. Le roi a fait mander ses vassaux du nord et de l'est. Czarthoz estime que les batailles vont se raréfier avec l'arrivée des grands froids. Les hostilités reprendront au printemps. Il me dit encore que le comte de Tanaleya a été tué, ce qui pose des problèmes de succession. Il aurait été abattu par le syrid khalid en personne. Sylvain a été blessé, il m'a écrit aussi pour me dire que ce n'était qu'une blessure superficielle. Quant à ton frère, il a conquis le roi qui l'a nommé son conseiller principal. Il paraît qu'il multiplie les exploits. C'est grâce à lui que les Burdaromains ont remporté la dernière victoire. On dit aussi que plusieurs khalids ont déposé les armes sans même livrer bataille, simplement parce qu'ils avaient appris qu'Arnaud approchait.

Solyane sourit.

— Il m'a écrit. Il ne me parle pas de tout cela. Il me dit surtout qu'il a réussi à vaincre la jalousie d'Odios et que celui-ci lui a sauvé la vie. À présent, ils sont amis. Il dit encore qu'il a été impressionné par le rassemblement des prisonniers. Tenez ! Voici sa lettre.

À toi, ma douce et tendre sœur

Je veux tout de suite te rassurer. Les Ismalasiens, malgré leurs efforts, ne sont pas parvenus à m'abattre. À part une légère égratignure due à une flèche, je suis l'un des rares à n'avoir pas été blessé.

Sylvain se remet de ses blessures. Je le quitte à l'instant. Il sera sur pied d'ici quelques jours.

Le soir, je sors en compagnie d'Odios qui m'est devenu inséparable. C'est un être curieux, fait de brutalité, impulsif, capable du meilleur comme du pire. J'ai eu peine à gagner son amitié. Elle ne me fut acquise que le jour où il a tué un ennemi qui tentait de m'abattre de dos. À présent, il me tient pour le plus grand des chefs de guerre, simplement parce qu'il m'a sauvé la vie. Il estime que je lui appartiens un peu. Pourquoi pas, si cela doit m'assurer de son amitié !

Kurdia, où le roi a établi son quartier général, est une ville étrange et attirante. Les habitants nous ont accueillis avec méfiance, comme les envahisseurs que nous sommes. Mais nous avons réorganisé la gestion de la cité qui était l'affaire de quelques seigneurs corrompus. À présent, la distribution de la nourriture entassée par les nobles nous vaut une sorte de respect de la part de la population. L'architecture de leur temple est curieuse. À l'inverse des nôtres qui sont d'une seule masse, il se divise en quatre corps disposés en étoile, dont deux se terminent par des tours hautes et effilées. Les amanes y appellent les fidèles pour des prières que nous ne connaissons pas. Le théolamane qui suit le roi dans ses déplacements m'a expliqué que dans ces régions, la religion amanite a été obligée de composer avec une religion beaucoup plus ancienne, dont l'origine se perd dans la nuit des temps et qui est restée profondément ancrée dans l'esprit du peuple. J'ai assisté à leurs rites. Ils parlent du grand maître Kalkus de Rives, mais vénèrent aussi un certain Mohmett, qui serait plus ancien et fils d'un dieu suprême qu'ils appellent Rehlah. Les amanes le tiennent pour superstition, ils n'ont pu le faire disparaître totalement.

On voit rarement les femmes kurdiennes. On ne peut savoir si elles sont laides ou belles, car elles restent voilées quand elles sortent. Elles s'habillent de longues robes noires et épaisses qui ne laissent rien apercevoir de leur corps.

Le khalid de Kurdia, qui est notre prisonnier, a accueilli le roi Pillat dans son palais. Il faut reconnaître une qualité aux Ismalasiens : ce sont d'habiles orfèvres et de remarquables bâtisseurs. Je ramène dans mon trésor de guerre quelques bijoux que je te destine et dont je n'ai jamais rencontré l'équivalent.

Je te réserve également une surprise encore plus grande, mais il est trop tôt pour en parler.

J'ai assisté hier au départ des prisonniers destinés à la spoliation. Il règne autour des camps un trafic qui fait honte à l'espèce humaine. Des charognards de tout poil servent d'intermédiaire entre les prisonniers, leurs familles, leurs amis et nous-mêmes. Ils prélèvent leur part. Je t'assure qu'il m'eût été agréable d'en passer quelques-uns au fil du dayal ; mais la coutume est ainsi faite. Ces individus sont lâches, cauteleux, répugnants, ils détiennent pourtant grâce à leur ignoble commerce des fortunes colossales avec lesquelles nous sommes obligés de compter. De rage, j'ai moi-même libéré quelques prisonniers sans rançon. Quatre d'entre eux, stupéfaits de ma décision, ont décidé de rester à mon service comme domesses libres, à condition de ne pas combattre leurs frères. J'ai accepté. Je bavarde longuement avec eux. Ils m'enseignent les langues ismalasiennes et j'espère, à travers eux, percer la mentalité de ce pays si profondément différent du nôtre.

J'ai été nommé conseiller du roi Pillat. Je participe à toutes les réunions d'état-major. Le roi est un homme admirable qui aime la vie et en jouit de belle manière.

À son imitation, je vais amener à Gwondaleya un petit

groupe d'artistes. Je te réserve trois musiciens, experts de ces instruments étranges dont on se sert dans ce pays et six danseuses qui me furent offertes par le khalid Djeffer de Scylla.

Ce Djeffer de Scylla est un bien curieux personnage. Je l'ai vaincu au début de la guerre, il me voue depuis une grande admiration et une solide amitié. Lorsque nous avons traversé son domaine, il n'a opposé aucune résistance. Il nous a reçus fort brillamment, considérant quant à lui que la guerre était terminée. Cette attitude a été jugée comme une trahison par le syrid khalid qui l'a condamné à mort. Il n'a pu cependant faire exécuter sa sentence, car nous tenons le pays bien au-delà de Scylla à présent.

J'aurais encore mille et mille choses à te dire, ma sœur bien-aimée, ne serait-ce que pour le bonheur de rester encore un peu avec toi. L'amitié des miens ne peut me faire oublier ton absence. Il me tarde que cette guerre prenne fin pour te serrer dans mes bras.

Fassent les dieux que nous soyons bientôt réunis. Depuis ce désert de sable et d'or, je t'adresse toute mon affection.

ARNAUD

Alvina resta un moment silencieuse, puis rendit la lettre à Solyane.

— Certes, un amant ne saurait écrire avec plus de flamme et de tendresse.

— Nous sommes jumeaux, dame Alvina. Lui et moi n'avions jamais été séparés.

— Combien j'eusse aimé avoir un frère qui m'affectionnât autant ! Un homme à qui l'on peut tout dire, un homme qui ne vous voit pas comme une femme désirable, mais comme une amie, sans équivoque, un homme avec lequel on est liée d'une façon que nul jamais ne pourra défaire. Un frère !

Solyane sourit amèrement. Dorian ne ressemblait pas

tout à fait au portrait tracé par Alvina. S'il avait fallu s'en tenir à ce qu'elle venait de dire, alors Dorian ne pouvait être son frère. Il y avait tendresse et tendresse.

Des larmes lui montèrent subitement aux yeux, qu'elle eut peine à retenir.

— Qu'as-tu, Isabelle ? Pourquoi pleures-tu ?

Elle prit la jeune fille par les épaules et la serra contre elle.

— Ne crains rien. Tu sais, je crois qu'une sorte de... génie, peut-être même... un dieu, protège Arnaud. Tout lui réussit. Nul à présent n'a été capable de le vaincre. Il reviendra d'Ismalasie.

Par un effort de volonté, Solyane se calma.

— Excusez-moi, dame Alvina ! C'est fini !

— Tu es inquiète aussi pour autre chose.

— C'est vrai !

Elles se turent un instant, chacune respectant les pensées de l'autre. Alvina dit doucement :

— Méfie-toi de ce Karl Seran !

— Il me fait peur, dame Alvina ! Il s'est mis en tête de nous découvrir des origines étranges. Lui et le biolamane ne cessent de me harceler depuis quelques jours.

— Je sais. Depuis son arrivée, ce Seran en prend beaucoup trop à son aise. Il s'est installé dans le palais réservé au roi lors de ses visites.

— Ne peut-on pas le déloger ? Pierre d'Oth...

Alvina soupira.

— Pierre ne peut rien contre lui. Cet homme fait partie de l'inquispol.

— L'inquispol ?

— C'est... je ne sais pas exactement. Mais je sais que chaque fois que l'inquispol est intervenue, il y a eu des disparitions, des crimes mystérieux. C'est une force qui obéit directement aux Grands Initiés.

Solyane réfléchit un instant.

— Je suis sûre que ce Karl Seran a un rapport avec la

supposition que les amanes ont faite, lorsque le comte Czarthoz a proposé Arnaud comme dauphin.

— Je me souviens, enchaîna Alvina. Ils ont émis l’hypothèse que vous étiez de parenté royale, ou même impériale. Arnaud n’aurait pas été capable de capturer un lionorse-roi s’il n’avait pas eu la puissance mentale d’un empereur. Zoltan a même parlé du commandeur. Peut-être représentez-vous une branche inconnue de la Ligne ?

— La Ligne ?

— La branche impériale suprême. Celle qui dirige le monde. Le commandeur règne sur tous les autres suzerains, sur les dix-sept empires. On le considère comme un demi-dieu !

— Je sais, dame Alvina. Mais je sais aussi que le commandeur vit très loin d’ici, au-delà des océans. Nul à Gwondaleya ne connaît Canaméria, l’empire du commandeur. Avallonia, la capitale, est située à plus de mille marches d’ici. Comment voulez-vous que nous ayons un rapport avec la Ligne ?

— Je ne sais pas, Isabelle. Mille marches, ce n’est pas infranchissable, même si cela représente un voyage fantastique et certains aspects du comportement de ton frère sont très troublants. Il possède une puissance shod’l loer bien supérieure à celle d’un simple chevalier. Et toi également.

— Moi ?

— Comment expliques-tu ce don qui te permet parfois de prédire l’avenir ? Et cette mémoire extraordinaire que vous avez tous les deux ?

— Je... je ne sais pas.

— C’est cela qui a motivé la venue de ce Karl Seran.

— Dame Alvina, j’ai peur.

La jeune femme la prit par les épaules.

— Ne crains rien, ma chérie. Je vais te prêter quelques-uns de mes gardes. Au besoin, nous t’éloignerons quelque temps de la cour. Nous allons aussi écrire à Arnaud, afin qu’il se méfie. L’inquispol est partout.

CHAPITRE XXVII

Kurdia fut une trêve, une courte période de repos pour les Burdaromains.

Dès les premiers signes printaniers, la guerre reprit cependant de plus belle, avec d'autant plus de violence que les antagonistes s'étaient reposés pendant trois mois. Les combats devenaient de plus en plus meurtriers. Pillat savait qu'il devait vaincre Hadgar et le faire destituer de son trône. Dans le cas contraire, la paix ne serait jamais acquise. Le syrid khalid refusait toute négociation. Malgré des défaites cuisantes, il exigeait toujours la restitution de Tanaleya, province annexée par les Ukralasiens depuis plus d'un demi-siècle et qui tenait fermement à rester dans le camp de Pillat. Les villes brûlaient, les récoltes ne se faisaient pas, le bétail retournait à l'état sauvage, lorsqu'il n'était pas anéanti par les conquérants ou les vaincus. Des régions entières étaient promises à la misère, même si la paix revenait rapidement.

Cependant, malgré leur hargne, les Ismalasiens ne pouvaient contenir l'avance irrésistible des armées de Pillat, bien entraînées et beaucoup mieux organisées. Lentement, inexorablement, les combats se rapprochaient de la capitale : Al Tyrbaagd. Dorian, suivi par Sylvain et Odios et, toujours protégé par Orloff et Rudriko, accumulait les exploits. Effaçant même par son audace la gloire de Czarthoz et celle de Gustav de Felda, il se taillait à coups de griffes une renommée qui démoralisait l'ennemi. Il était devenu l'adversaire à abattre, la cible toujours visée, jamais atteinte. Payant de sa personne, sans cesse au cœur de la bataille, l'organisant et la dirigeant avec une habileté diabolique, Dorian volait de succès en succès.

Sa popularité tenait avant tout à sa simplicité. À l'inverse des grands seigneurs de la guerre, rendus inaccessibles par leur grade, il savait rester au milieu des siens, parlant peu, écoutant beaucoup. Il savait trouver le mot juste pour chacun, celui qui soutient le blessé, qui réconforte l'agonisant. Les amazones royales n'étaient pas retournées à Burdaroma. Suivant l'Ost avec un courage simple, mais digne d'éloges, elles apportaient toujours la chaleur bienfaisante de leur présence. Dorian les admirait sans réserve pour leur bravoure. Un jour, le roi avait reçu de Hadgar une lettre d'insultes et de menaces où il décrivait par le menu les atrocités qu'il comptait faire subir aux jeunes femmes lorsqu'elles tomberaient entre ses mains.

Le roi avait lu la missive tout haut, au cours du repas du soir où se trouvait réunie toute la chevalerie. Néria et ses camarades avaient éclaté de rire à chacune des réjouissances annoncées. Elles avaient, quant à elles, une idée bien précise de ce qu'elles feraient avec une certaine partie de la personne d'Hadgar si l'occasion s'en présentait. Lorsque Dorian et la jeune femme s'étaient retirés, comme ils avaient souvent coutume de le faire, il lui avait demandé si elle avait peur.

— Non, seigneur Arnaud ! J'ai confiance en la valeur de notre armée. Au besoin, chacune d'entre nous combattra. Mais si l'une de nous était capturée, ce stupide roi shot ne pourrait se venger que sur un cadavre. Jamais nous ne tomberons vivantes entre ses mains.

Elle lui montra le collier qui coulait en cascade entre ses seins fermes et brunis.

— Vois-tu cette perle couleur de sang ? Elle peut se briser d'un coup de dent. Elle renferme un poison violent, une mort douce et rapide.

— Et cela ne t'effraie pas ?

— Pourquoi, seigneur ? Nous n'étions pas obligées d'accompagner l'Ost. Mais il est difficile de vivre loin du roi.

— Du roi ?

Il prit un air faussement contrit.

— Du roi, et de toi aussi, Arnaud le Magnifique ! Même si je dois y laisser ma vie, elle vaut bien le bonheur de t'avoir rencontré.

Elle ferma les yeux et lui tendit les lèvres.

Un autre élément jouait en faveur des Ukralasiens. La guerre avait suspendu la majeure partie des activités agricoles des Ismalasiens. Leurs principales ressources alimentaires se situaient précisément sur les territoires conquis par Pillat. Aussi la famine commença-t-elle à régner dans la capitale. Cela ne diminuait en rien la fureur guerrière des shots qui combattaient avec l'énergie du désespoir. Adeptes de dieux cruels, ils imputaient leurs défaites au mécontentement de ces derniers. Si l'un d'entre eux, Rhellah, rencontré plus fréquemment chez les peuples du Nord, témoignait d'une réelle forme de sagesse, un autre, adoré par les contrées méridionales, Moëk'Mett, exigeait des sacrifices humains. Des villes assiégées parvenaient parfois aux Burdaromains des odeurs de chair brûlée.

Roby de Kestelvern, qui connaissait bien les mœurs ismalasiennes, expliquait :

— Ils brûlent des vierges pour s'attirer la faveur des dieux.

Mais apparemment, ces réjouissants sacrifices n'attendrissaient pas les dieux en question, car les armées de Pillat continuaient d'avancer.

Cependant, en vue d'Al Tyrbaagd, les deux armées s'immobilisèrent. Un front vague et mouvant s'établit tant bien que mal. Soucieux de ménager ses guerriers, le roi Pillat renonça à prendre la ville d'assaut et préféra l'assiéger.

Ce fut un siège précaire et instable, qui redonna pourtant l'avantage aux Burdaromains. Les dimensions d'Al Tyrbaagd interdisaient d'installer autour d'elle une ligne de défense continue. Mais on fit tomber l'une après l'autre toutes les places fortes qui commandaient les accès de la cité. Lorsque le syrid khalid comprit les manœuvres de

Pillat, il était trop tard. Le gros de ses forces s'était laissé enfermer dans la ville. Les quelques troupes éparses que les Ukralasiens avaient rejetées vers l'extérieur ne pourraient constituer une aide efficace. Les convois de ravitaillement étaient irrémédiablement saisis par l'ennemi. La capitale menaçait de se révolter sous la famine. Cela inquiétait peu Hadgar. Les guerriers seraient bien nourris. Quant aux sapienniens, ils devraient se débrouiller. Tant pis pour ceux qui se révolteraient. Les portes s'étaient déjà plusieurs fois ouvertes et des fugitifs s'étaient rendus aux Burdaromains, préférant la captivité à la famine. On disait que les femmes se terraient dans les caves et les égouts ou fuyaient vers l'ennemi plutôt que de finir sur les bûchers.

Le désespoir gagnait peu à peu les Tyrbaagdiens. Pourtant, Pillat ne se résolvait pas à attaquer. L'armée restée fidèle à Hadgar le resterait tant qu'elle serait bien nourrie. Ce fut sur une initiative ismalasienne que la guerre se tourna vers son dénouement, une initiative dont les conséquences faillirent être désastreuses pour les Burdaromains.

CHAPITRE XXVIII

Les combats de la journée avaient été terribles. La nuit apportait enfin sa trêve habituelle lorsque, soudain, une importante troupe armée jaillit des portes nord de la cité et se dirigea droit vers le campement royal.

C'était une charge héroïque, désespérée, inattendue. L'effet de surprise joua à plein en faveur des assaillants. Le roi n'eut que le temps de rassembler ses troupes disponibles et de les ranger en ordre de bataille.

En tête de la cavalerie ennemie caracolait une silhouette qui vociférait des ordres.

Hadgar del Tihiz !

Pillat bondit sur son lionorse et se rua à sa rencontre.

Un choc sans précédent lança les deux armées l'une contre l'autre. Czarthoz comprit le piège et tenta de se rapprocher du roi. Celui-ci visait à atteindre le syrid khalid, abrité derrière un carré de combattants. Dorian n'était pas présent. Comme Sylvain et Odios, comme Leïro d'Ursaleya, comme Gustav de Felda, il commandait l'une des places fortes enlevées à l'ennemi quelques jours auparavant. Czarthoz regretta son absence. Visiblement, les Ismalasiens tentaient d'isoler Pillat pour mieux l'abattre. Czarthoz organisa à la hâte un mouvement en tenaille pour encercler l'ennemi. Mais l'opération d'isolement avait été admirablement montée. On avait misé sur le courage de Pillat et sur sa volonté d'être en première ligne pour combattre Hadgar.

C'était cela qu'escomptait le syrid khalid. Il avait vu juste. Soudain, le roi se rendit compte qu'il était isolé des siens par une douzaine de chevaliers ismalasiens. Il vit alors une ligne d'archers se mettre en place, des arcs se tendre.

— Traîtres ! eut-il le temps de crier.

Les flèches fondirent sur lui. Il se protégea comme il put, tandis que la colère le gagnait. Contre lui, et contre Hadgar qui jamais n'avait voulu le combattre loyalement. Il était tombé dans un piège.

Une série de chocs secoua son corps. Un goût de sang lui piqua la gorge et le nez, puis il sombra dans l'inconscience.

Czarthoz, furieux et impuissant, vit son suzerain s'effondrer contre l'encolure de son lionorse qui poursuivit le combat tout seul. Une douzaine de flèches hérissaient le sharack de combat du roi. Ce fut comme une vision d'enfer. Un homme comme Pillat ne pouvait être vaincu d'une manière si traîtresse. Czarthoz connut un moment de distraction et celui-ci lui fut fatal. Un dayal s'enfonça aussitôt dans son flanc tandis qu'une trive le crochetait, s'empalant profondément dans sa jambe. Réagissant sous la douleur, il fit sauter d'un coup de dayal imparable la tête de son agresseur. Du sang jaillit. Un vertige écarlate le saisit. Il ne dut la vie qu'à la fougue de Gustav de Felda, survenu entre-temps, qui sut rassembler les Ukralasiens et se frayer un chemin jusqu'au roi. Autour de lui, quatre chevaliers survivants formaient un rempart désespéré, mais efficace. L'effort de Gustav fit long feu. Hadgar avait atteint son but et ne tarda pas à rompre le combat. Il n'avait pu achever son ennemi, il avait seulement vu qu'il ne donnait plus signe de vie.

Les Ukralasiens les poursuivirent sans conviction.

Tard dans la nuit, Dorian arriva au camp royal. Abandonnant Aram à Ralph, il se précipita sous la tente du monarque. Il constata avec soulagement que Pillat vivait.

— Ah, Arnaud, mon ami ! Approche !

La voix était faible, elle n'avait cependant rien perdu de ses chaudes inflexions à la fois charmeuses et autoritaires. Ses yeux restaient vifs. Le voile redouté de la mort prochaine en était absent. Néria et deux de ses compagnes étaient agenouillées auprès de lui. On lui tamponnait les tempes de compresses d'eau froide. Le médamane royal avait déjà fait le nécessaire.

— Djihad, murmura Dorian, que s'est-il passé ?

— Je suis un imbécile, Arnaud, le plus fieffé imbécile qui ait jamais gouverné Burdaroma ! Je suis tombé dans le plus grossier des pièges.

Il toussa violemment et une grimace déforma ses traits.

— Ne parle pas trop, djihad ! Ménage-toi !

— Ce maudit Hadgar ! gronda Pillat en saisissant la main de Dorian. Il est venu au-devant de moi. J'ai cru qu'il venait me combattre loyalement, comme un vrai roi. Je me suis trompé. Ce chacal a perdu toute notion de chevalerie, il m'a fait tirer par ses archers, comme un lapin. Sans Czarthoz et Gustav, qui m'ont dégagé à temps, tu n'aurais plus de roi.

— Calme-toi, djihad. Tu es vivant ! Il a échoué !

Pillat grinça un sourire.

Quelques instants plus tard, Dorian se rendait au chevet de Czarthoz.

— Seigneur... dit-il en s'agenouillant.

— Relève-toi, Arnaud ! Je suis vivant ! Et furieux !

— Comment cela ?

— Jamais je n'aurais dû... être touché ainsi. J'ai perdu contenance lorsque j'ai vu le roi tomber. Cela a suffi pour que les Ismalasiens me saignent. Heureusement, Gustav est intervenu. C'est un vrai guerrier, Arnaud. Il a réagi immédiatement, lui. Pas comme moi ! Tel un vieil imbécile, je n'en ai pas cru mes yeux lorsque j'ai vu le roi s'effondrer.

Il jeta un juron à faire rougir le reste de l'armée et cracha sur le sol.

— Rassurez-vous, Czarthoz ! Notre roi est vivant. Il se remettra vite sur pied. Hadgar a échoué.

Le comte n'en paraissait pas persuadé.

— Hum ! Il possède pourtant un gros avantage à présent.

— Lequel ? Nous encerclons toujours Al Tyrbaagd. Nous avons renforcé la garde.

— Il dispose malgré tout d'un atout puissant et je crois qu'il le jouera.

— Je ne comprends pas.

— Il peut défier Pillat suivant le principe du Dekta. Pour conclure une guerre, les souverains ont toujours la possibilité de se rencontrer seul à seul, au milieu de l'arène, avec les armes de la chevalerie. Le vainqueur remporte la victoire et la guerre. La plupart du temps, ce combat se termine par la mort de l'un des deux.

— Notre roi ne peut accepter ce défi, murmura Dorian. Ses blessures...

— Je sais ! Et c'est ce qui m'inquiète. Les règles disent qu'il ne peut refuser le combat Dekta. Même blessé.

— C'est ahurissant. Les chances sont inégales.

— Le shod'l loer reste intact lorsque le corps est touché.

— Ne peut-il se désigner un champion ? J'accepterais volontiers ce rôle !

— C'est ce que font les souverains lorsqu'ils sont trop âgés, ou, cela arrive, trop lâches ! Mais Hadgar est indemne. C'est pour cela qu'il voulait tuer ou blesser Pillat.

— Pourquoi ne pourrais-je prendre la place du roi dans ce combat ?

— Parce qu'un simple chevalier ne peut s'opposer au shod'l loer royal. Tu serais rapidement immobilisé et tué. Même Pillat, blessé comme il est, pourrait encore paralyser n'importe lequel d'entre nous.

Les soupçons de Czarthoz se révélèrent rapidement fondés. Dès le lendemain, les combats se firent plus rares. Vers la fin de la matinée, un petit groupe d'émissaires sortit d'Al Tyrbaagd et se dirigea vers le camp royal.

Gustav de Felda s'avança à sa rencontre, accompagné de Dorian. Le jeune homme lui fit brièvement part des inquiétudes de Czarthoz. Les traits de Gustav se durcirent. Dorian ajouta :

— Il a certainement raison. Ces chacals vont vouloir jouer là leur dernière carte. N'y a-t-il pas un moyen de refuser le piège ? Notre roi ne peut accepter un combat dans cet état.

— Le Code des princes l'interdit, répondit Gustav. Il est possible de repousser un duel, mais Pillat perdrait la face vis-à-vis des autres rois. Refuserais-tu, même blessé, de combattre ton ennemi personnel, Arnaud, quand tu saurais que ta victoire garantirait la vie de tous tes guerriers ?

— Je ne sais pas ! Je crois que non ! Je le combattrais jusqu'à la mort.

— Voilà ! Tu as parfaitement compris ! Ceci s'appelle la Mekkliha, le sens du devoir et de l'honneur des chevaliers souverains.

Ils se turent car les envoyés arrivaient.

L'entrevue fut brève et confirma les craintes des Ukralasiens. Sans faire allusion à la bataille de la veille, ils portèrent le défi d'Hadgar.

— L'infâme, murmura le comte d'Ursaleya. Il sait que Pillat est incapable de le vaincre. Ah, si je pouvais combattre à sa place !

Dorian, à ses côtés, lui souffla :

— Je suis prêt à la prendre, moi, cette place !

Ils se turent. Pillat donnait la réponse aux émissaires. Il s'était vêtu et se tenait fièrement debout, sans aucune aide. Pour qui le connaissait bien, on pouvait lire sur son visage la fatigue et la douleur qui le broyaient. Mais elles ne l'empêchaient pas de sourire.

— Allez dire à votre syrid khalid que je suis bien vivant et que j'accepte son défi. Dites-lui aussi que sa manœuvre lâche d'hier a échoué. Je ne souffre que de quelques égratignures qui ne m'empêcheront pas de lui vider les tripes. Le combat aura lieu en enceinte close, à mi-chemin entre ce camp et la ville, au lieu-dit Hafak'Noï. Allez !

Ils s'inclinèrent et sortirent.

À peine avaient-ils quitté la tente royale que le sourire se figea sur les lèvres de Pillat. Il se retourna, fit deux pas chancelants en direction de sa couche et tomba dans les bras des siens, inconscient. On le porta sur son lit avec précaution.

Gustav attendit que le monarque fût revenu à lui et dit doucement :

— Ce n'est pas raisonnable, djihad ! Tu ne peux vaincre ce chacal maudit !

— Mon shod'l loer est intact, Gustav. Ne t'en fais pas pour moi. Je sais que je peux le dominer et le paralyser. Par Latham, j'aurai bien assez de forces ensuite pour lui ouvrir la gorge !

— Tes blessures vont affaiblir tes forces mentales, djihad !

— La haine me soutiendra !

— Non !

— Qui a dit ça ?

— C'est moi, djihad !

Dorian s'approcha du lit.

— Toi, Arnaud ?

— Oui seigneur ! Le code de la Mekkliha prévoit que tu peux te désigner un champion si ta condition physique ne te permet pas de combattre. Je te demande cet honneur.

Pillat sourit et posa sa main sur celle du jeune homme.

— Tu es courageux, Arnaud de Gwondaleya. Mais je ne veux pas te perdre. Notre royaume a besoin d'hommes de ta valeur. Surtout si je suis tué.

— N'oublie pas, djihad, que j'ai déjà tué un homme par le shod'l loer !

Pillat sourit encore.

— Je sais ce que l'on raconte, Arnaud. Mais je ne crois pas aux légendes. Je pense que cet homme a eu un malaise au moment crucial du combat. Ne va pas en déduire que c'est toi qui l'as tué. Tu as peut-être précipité sa fin. Sache que personne, pas même le commandeur, n'est capable d'un tel exploit. Je te remercie bien sincèrement de ton offre, Arnaud. Je ne peux cependant l'accepter.

— Si, tu le peux ! Logiquement, Hadgar me tuera. Mais j'ai déjà prouvé que je possédais un pouvoir mental supérieur à celui d'un chevalier. Et mes forces sont intactes. Toi, tu as peu de possibilités de vaincre Hadgar. Il faut regarder la vérité en face, djihad ! Burdaroma a besoin de son roi. Moi, je ne représente pas grand-chose. Je ne suis que le dauphin du comte Czarthoz.

— Non ! hurla soudain Pillat. Tu ne me voleras pas ce combat !

Touché par l'attaque imprévue, Dorian recula d'un pas.

— Djihad, tu dois faire taire ton orgueil !

Impressionnée par l'audace de Dorian, l'assistance s'était figée dans un silence de glace.

— Orgueil, gronda le roi, furieux. Orgueil ? Qui te crois-tu donc, Arnaud de Gwondaleya, pour me dicter ma conduite ?

— Orgueil, oui ! poursuivit Dorian sans élever la voix. Tu es furieux contre toi, parce que tu es tombé dans un piège. Et tu veux à tout prix racheter cette erreur. C'est une attitude digne de respect qui ne doit pourtant pas te faire oublier que sur toi repose le sort d'un royaume entier. Ta défaite ou ta victoire signifieront la liberté ou la spoliation pour beaucoup trop d'entre nous. Il ne s'agit pas d'une affaire personnelle entre toi et Hadgar !

Pillat, calmé par la voix imperturbable de Dorian, fit une grimace.

— Honneur à toi, Arnaud ! La voix de la raison parle en toi. Mais crois-tu donc pouvoir vaincre Hadgar ? Sais-tu seulement ce qu'est le shod'l loer d'un roi ?

Dorian ne répondit pas. Depuis le début, il était résolu à tenter l'expérience et l'obstination du monarque le contraignit à agir. Il concentra soudain toutes ses forces mentales sur Pillat, comme un défi, un avertissement et attendit la réponse. Celle-ci surgit, immédiate, violente, d'une puissance effroyable. Visiblement, le roi voulait le châtier de son insolence. Ce fut un choc de plomb, un ouragan qui l'aurait attaqué de front. Le souverain ne mentait pas lorsqu'il affirmait que son shod'l loer était intact. Dorian arc-bouta ses lignes de forces mentales, et lentement, inexorablement, repoussa l'attaque vigoureuse de Pillat. Un étonnement sans nom se peignit sur les traits du roi ainsi que sur ceux des chevaliers présents.

La puissance de Dorian était indescriptible. Peu à peu, le roi sentit qu'il ne pourrait la contenir longtemps. Il rompit le duel étrange. Une fine sueur perlait sur son visage. Il sourit malgré son épuisement.

— Mais qui es-tu donc ?

— Je l'ignore, djihad.

Pillat soupira :

— En tout cas, tu as raison. Tu défendras beaucoup mieux que moi les intérêts du royaume. Beaucoup mieux !

Je te désigne pour lutter en mon nom contre le syrid khalid Hadgar del Tihiz.

L'enceinte close où devait se dérouler le combat n'excédait pas une trentaine de mètres de diamètre. La circonférence se hérissait de pointes de lance acérées. Elles étaient destinées à délimiter l'aire du combat, mais pouvaient également se transformer en armes fixes sur lesquelles les adversaires tenteraient de s'empaler.

L'heure du Dekta avait été fixée au milieu de l'après-midi. Les deux armées avaient pris place de part et d'autre de l'arène. Un silence quasi religieux planait.

Une tension compacte, visqueuse, presque solide, tenait l'assemblée. Pour la première fois, les deux puissances se retrouvaient face à face sans que les dayals ne surgissent, sans que claquent les gonns, sans que frappent les styls. Mais la moindre fausse note dans le déroulement du combat précipiterait les deux armées l'une contre l'autre, décidant d'un massacre impitoyable.

Ainsi que le voulait la coutume Mekkliha, ce furent les amanes, qui conservaient la neutralité la plus stricte dans cette guerre comme dans les autres, qui réglèrent la cérémonie. Le théolamane d'Al Tyrbaagd pénétra dans l'arène.

Baissant les yeux vers le sable, dans l'attitude de la prière, il marmonna la phrase rituelle. Puis il se tourna vers les Ismalasiens.

— Hadgar del Tihiz, approche !

Le syrid khalid s'avança. Dorian l'observa attentivement. C'était un colosse de la même taille que lui, aux yeux noirs et rapprochés. Taillé à coups de sabre, son visage mangé par une barbe fournie et bouclée respirait la cruauté.

— Hadgar del Tihiz, quelles sont tes exigences ? tonna la voix du théolamane.

La voix du monarque gronda, basse, profonde, teintée d'un fort accent ismalasien qui conférait à l'ankos de curieuses intonations gutturales.

— Je veux et j'ordonne l'évacuation immédiate de mon royaume, la restitution du comté de Tanaleya, la liberté pour tous les Ismalasiens détenus en Ukralasie, la livraison de dix mille esclaves et enfin une rançon de cinq millions de drakkhors d'or.

Un murmure courut dans les rangs des Burdaromains, qui se transforma en un grondement sourd. Ce roi quasiment acculé à la défaite avait des exigences inacceptables.

— Tu as compris, Arnaud ?

— J'ai compris, djihad !

Le théolamane se tourna vers eux.

— Pillat de Burdaroma, approche !

Dorian pénétra à son tour dans l'arène.

— Je suis Arnaud de Gwondaleya, représentant notre souverain, Pillat de Burdaroma !

— Quelles sont tes exigences ?

— Je veux et j'ordonne l'annexion des comtés de Kurdia et de Scylla, dix mille esclaves et une rançon de cinq millions de drakkors d'or !

Il avait été prévu à l'origine deux mille esclaves et deux millions de drakkors, mais Dorian s'était délibérément aligné sur les chiffres d'Hadgar. Ce fut au tour des Ismalasiens de manifester. Leur réprobation dura peu de temps. Ils ne doutaient pas de la victoire de leur roi. Un simple chevalier ne pouvait triompher d'Hadgar !

— Que les dieux vous assistent ! clama encore le théolamane.

Puis il quitta l'arène. C'était le signal du combat. Les deux hommes dégainèrent leur dayal et s'observèrent un moment.

— Arnaud de Gwondaleya ! Enfin voici à ma merci celui qui a fait trembler nombre de mes capitaines et qui, paraît-il, a tué l'un d'entre eux en combat mental.

Dorian ne répondit pas. Il se mit en garde, attendant que l'autre veuille bien croiser le sabre. Hadgar poursuivit :

— Eh bien, ton souverain serait-il un couard ? Un lapin ?

Pourquoi n'est-il pas venu m'affronter en personne ? A-t-il donc si peur de moi ?

— Ménage tes forces, ridicule petit roi, tu vas en avoir besoin !

— Tais-toi, chien couchant de Burdaroma ! Je répandrai ta cervelle sur le sable ! Je déroulerai tes tripes fumantes autour des pointes de lance !

Les insultes et les défis entre adversaires étaient chose courante. Dorian ne prit pas la peine de répondre. Sur ses épaules reposait le sort d'un pays entier. Il avait eu peur avant le combat. À présent ne subsistait que l'exaltation d'un duel hors du commun, un combat de titans.

Soudain, le monarque, au milieu d'une injure, attaqua. Dorian para, feinta et rompit. Le shod'l loer n'était pas entré en jeu. Sans doute Hadgar escomptait-il s'amuser un peu avant de lancer l'assaut final. Il était intimement persuadé de sa victoire.

Dorian riposta violemment et attaqua. Surpris, le roi recula, tentant en vain d'endiguer la puissance du jeune homme. Il ne s'arrêta qu'à portée des lances. Un début d'inquiétude se lut sur son visage anguleux, qu'il effaça d'un sourire cynique.

— Je ne t'aurais pas cru si habile, Arnaud ! On disait que les Gwondaleyens se servaient de leur dayal comme d'une fourche à blé.

— On se trompait !

Le sourire d'Hadgar verdit. Le ton calme de son adversaire l'exaspérait visiblement. Il se jeta en avant. Pendant de longues minutes, les deux antagonistes luttèrent ainsi, redoublant d'habileté, de feintes, de parades.

Soudain, le jeune homme ressentit une lourdeur dans le bras. Ses membres s'engourdirent. La lame du roi lui entama la cuisse. Le shod'l loer était entré en jeu. Il bloqua alors son esprit et riposta violemment, se concentrant en une fraction de seconde sur son adversaire. Le choc des ondes mentales frappa Hadgar de plein fouet. Il ne s'attendait visiblement pas à une telle puissance. Il chancela et voulut répondre. Dorian sentit comme une main immatérielle et glacée affluer vers lui, dangereuse et mortelle. Il ne devait pas, il ne voulait pas douter de sa victoire. La moindre erreur lui serait fatale. Dans un effort de volonté surhumain, il brisa l'assaut mental du syrid khalid et contre-attaqua. Pour les spectateurs, le combat avait pris une autre allure. Ramassés comme deux chats se défiant du regard, les deux hommes tournaient autour du cercle de lances à pas lents et lourds, entravés l'un l'autre par leurs forces mentales. Un silence de mort s'était établi.

On s'attendait à chaque instant à ce que l'arme du roi se levât et ouvrît en deux la gorge de Dorian. Mais rien ne se produisait. Pillat se reprit à croire en la victoire. Il posa sa main sur celle de Czarthoz.

— Tu ne pouvais choisir meilleur dauphin, mon ami. Arnaud détient en lui une puissance dont il n'a pas idée.

Il ne put en dire plus. Une sourde rumeur monta de la foule. Contre toute logique, on vit le syrid khalid lâcher son dayal, porter ses mains à sa tête et ouvrir la bouche. On attendit en vain un hurlement qui ne voulait pas, qui ne pouvait pas sortir. Ses yeux s'exorbitèrent, les veines de ses tempes et de son cou saillirent, se gonflèrent, se tendirent comme des arcs, puis explosèrent. Un hurlement démentiel, enfin libéré, jaillit, déchirant dans sa violence les cordes vocales, cristallisant l'angoisse des spectateurs. Il se tordit, s'étouffa dans un râle rauque et liquide. Alors, lentement, Hadgar s'écroula, le visage méconnaissable, couvert de sang, et son corps vint s'empaler sur les pointes de lances.

Dorian baissa la tête et reprit son souffle. L'assistance resta quelques secondes interloquée. On doutait de l'issue du combat. Jamais on n'avait vu tuer un roi de la sorte. C'est alors que les Burdaromains réagirent et qu'une ovation gigantesque monta de leur camp.

Sylvain et Odios bondirent dans l'arène et vinrent chercher Dorian, épuisé par l'effort violent qu'il venait de fournir.

— Tu as vaincu un roi, Arnaud ! Tu vois, ton exploit du col de Garva n'était pas une coïncidence.

Dorian ne répondit pas. Le royaume était sauvé. Il allait enfin pouvoir rentrer, retrouver Solyane. Cela seul comptait.

Des mains amies, des bras le soutenaient. Soudain, il fut devant Pillat.

— Arnaud, sois remercié et béni des dieux pour ce que tu as accompli. Tes exploits resteront longtemps après toi sur les lèvres des conteurs. En ce jour glorieux, le royaume de Burdaroma te doit sa liberté et sa puissance.

CHAPITRE XXIX

Éperonnant sa monture, l'homme fonçait à bride abattue vers les sous-bois de la forêt Skovandre. Une fraîche odeur d'humus montait du sol, un parfum de sève et de résine, d'herbe et de mousse. Les chants des oiseaux se mêlaient aux voix immenses de la forêt, au souffle léger des vents, aux craquements des branches, aux appels des animaux. Après le long hiver, la vie reprenait.

Mais l'homme ne vibrait pas à l'unisson du monde environnant. Une rage impuissante le tenait. Coléreux et impulsif, il venait libérer ses contrariétés au sein des draperies ténébreuses de Skovandre. Lui, à qui rien jamais n'avait été refusé, ne cessait depuis plusieurs mois d'essuyer l'indifférence et peut-être le mépris d'une femme. Aucun objet, semblait-il, n'était trop beau pour elle. Elle ne se permettait même pas le luxe de se montrer coquette pour repousser ses avances. C'était pire : elle l'ignorait. Parce que ce matin encore, elle lui avait fait comprendre que sa présence à

Gwondaleya n'était plus désirée, il lui était venu une envie incontrôlable de frapper... de frapper... Un jour, elle serait à lui, de gré ou de force. On ne se moquait pas impunément de Rodrick de Brastalia.

Seulement, une fois qu'il était en face d'elle, il ne savait que bredouiller. Par les dieux !

Soudain, une silhouette centaurienne se dressa devant lui, comme une idole d'airain surgie par enchantement des profondeurs de la forêt. La vue brouillée par la rage, Rodrick arrêta son cheval, s'apprêtant à passer sa fureur sur l'inconnu. Pourtant sa colère fondit pour laisser la place à l'inquiétude. L'être semblait irréel dans son armure aux reflets métalliques, comme ces spectres de chevaliers dont on dit qu'ils hantent les vallons ignorés de Skovandre. Une sueur froide lui coula le long du dos. Il reconnut l'homme qui lui barrait le chemin.

— Seigneur Seran, balbutia-t-il, impressionné.

— Hal Weya, seigneur Rodrick ! Je souhaiterais vous parler quelques instants.

Rodrick avala sa salive, et bredouilla :

— Je suis à votre disposition, seigneur.

L'autre fit semblant d'ignorer son embarras. Rodrick mit son cheval au pas, aux côtés de celui de l'envoyé. Une onde de panique creusa une douleur dans l'estomac du jeune homme.

Rien ne transparaissait sur les traits de Karl Seran. Ses yeux gris et perçants ne regardaient rien de particulier. Il était difficile de lui donner un âge. Sa peau se ridait aux coins des yeux, mais était-ce dû à la maturité, ou au soleil des nombreux pays qu'il avait traversés ?

Soudain, la voix basse de Karl Seran résonna :

— Vous sembliez bien pressé, seigneur Rodrick ?

— Heu, non... c'est-à-dire, seigneur...

Il voulut bafouiller une explication lamentable, mais l'autre l'arrêta d'un geste.

— Vous êtes libre de faire ce que bon vous semble, seigneur Rodrick !

Il se tourna vers lui.

— J'ai une question à vous poser !

— Je... je vous écoute, seigneur envoyé.

— Que savez-vous d'Isabelle de Gwondaleya ?

Rodrick manqua de choir de son cheval sous la brutalité du ton. Il ne put réprimer un tremblement.

— Pourquoi ?... hasarda-t-il timidement.

— Seigneur Rodrick, c'est moi qui pose les questions.

— Je... je ne sais pas grand-chose, seigneur Seran. C'est la plus belle fille que ce pays ait jamais connue.

— Et vous l'aimez ?

Ce n'était pas une question. Les traits de Rodrick se crispèrent, partagés entre la peur et la colère qui revenait.

— Je le sais, seigneur Rodrick. Je sais tout.

— Je... c'est vrai, seigneur Seran. Je l'aime. Mais je suis mal payé de retour. Elle me traite comme un chien. Elle repousse sans cesse mes avances, mes cadeaux. Elle joue avec moi comme avec un pantin.

— Je sais, coupa l'autre. Poursuivez !

— Pour qui se prend-elle ? Rien n'est trop beau pour elle. Comme si elle était la fille de Lakor. Elle a ensorcelé tout le monde à Gwondaleya, même les femmes... Je la crois un peu sorcière. On dit en effet qu'elle peut prévoir l'avenir.

— Tiens donc !

— Mais je ne l'ai jamais vue le faire. Je l'ai entendu dire.

— Quelles relations entretient-elle avec son frère ?

— Son frère ? Ah ! celui-là aussi a ensorcelé le pays. Elle ne cesse de parler de lui. Surtout depuis qu'il a été désigné dauphin de Gwondaleya. Personne d'autre ne trouve d'attraits à ses yeux. Elle en parle mieux qu'une maîtresse ne saurait parler d'un amant.

— Ils sont jumeaux, je crois.

— Certes, seigneur Seran. Mais cela n'explique pas tout.

Un frère ne détourne pas sa sœur des autres hommes. Ils sont nombreux, ceux qui ont tenté de l'approcher, aucun n'a eu plus de chance que moi. Cela ne me console pas pour autant.

— Les plus dignes sont partis combattre, seigneur Rodrick !

Le jeune homme baissa la tête. La flèche l'atteignit en plein dans son orgueil.

— Il faut bien que certains restent, au cas où les Ismalasiens envahiraient Gwondaleya.

Il ajouta rapidement :

— Si les armées du roi étaient vaincues, nous serions là pour défendre les villes. De toute façon, je ne voulais pas partir pour me retrouver sous les ordres de cet Arnaud.

— Finalement, vous êtes très courageux, ironisa Seran.

Il flatta son cheval, une bête magnifique d'un roux luisant.

— Ainsi, il vous semble donc que cette Isabelle serait... un peu amoureuse de son frère ?

— Je ne veux pas dire cela, seigneur, mais c'est l'impression que j'ai parfois.

— Une dernière question, seigneur Rodrick. D'où viennent-ils ?

— Personne ne le sait très bien, seigneur envoyé. Le comte Czarthoz les a trouvés voici une dizaine d'années, pas très loin d'ici, dans la forêt Skovandre.

— Une dizaine d'années ?

— Exactement !

— Ont-ils dit d'où ils venaient ?

— Ils ont raconté que leur caravane avait été attaquée par des maraudiers et qu'ils avaient réussi à s'enfuir avec leur mère.

— C'est sans doute la vérité, seigneur Rodrick. Les enfants ne mentent pas sur ce genre de chose.

— Je ne sais que croire, seigneur Seran. J'ai l'impression que cette fille m'a ensorcelé. Vous savez que la forêt Skovandre abrite des génies de toutes sortes. Ne pensez-vous pas qu'ils pourraient être des génies ?

— Ou des démons, pourquoi pas ? ironisa Seran. Pourtant, Gwondaleya ne semble pas avoir souffert de leur présence depuis dix ans.

Seran resta un instant silencieux, puis déclara :

— Eh bien, c'est tout, seigneur Rodrick. Je vous souhaite une agréable promenade.

— Seigneur envoyé, je... j'espère qu'Isabelle n'a rien fait qui puisse, attirer...

Il ne put en dire plus. L'envoyé avait tourné bride et disparaissait dans l'épaisseur des sous-bois.

Quelque part au cœur du temple, une porte s'ouvrit, livrant passage à Karl Seran. Seule une faible lectronne éclairait le visage de celui qui l'attendait.

— Hal Weya, seigneur Seran ! Asseyez-vous !

— Hal Weya, sehad !

Le colosse ôta sa veste aux reflets métalliques et s'installa face au biolamane Phez.

— Je commence à croire que vous ne vous êtes pas trompé, sehad ! Aussi invraisemblable que cela puisse paraître, tout concorde. Ce Rodrick de Brastalia m'a confirmé aujourd'hui qu'Isabelle semble amoureuse de son frère.

— Qui le lui rend bien...

La voix de l'amane résonna sous les voûtes de marbre. Contrairement à la froideur insensible de Seran, le prêtre s'animait beaucoup. Ce mystère était le sien.

— Je connaissais l'existence de Syrdahar pour avoir été pendant cinq ans le secrétaire de Piotr Marakine, le théolamane impérial d'Ukralasie. J'ai su que Syrdahar avait été détruite. Il y a près de onze années de cela. Ces deux enfants sont apparus voici plus de dix ans. Je n'étais pas encore à Gwondaleya. J'avoue n'avoir établi aucun rapprochement avant ces derniers temps. D'ailleurs, je n'aurais rien soupçonné sans les aptitudes remarquables de cet

Arnaud. Tout d'abord, il domine un lionorse-roi. Un seul homme avait déjà réalisé cet exploit. Je dois dire que c'est l'élément qui a attiré mon attention, ensuite, il présenta une faculté de résistance encore jamais rencontrée. Et puis, j'ai appris qu'au cours de la guerre, il avait tué un homme par la seule force de l'esprit. Cela faisait vraiment trop de coïncidences.

— Qu'en pense le théolamane Zoltan ?

— Il ne me croit pas. Il ne voit là rien d'extraordinaire. Il ne nie pas la ressemblance, mais il pense qu'il ne peut s'agir que d'une descendance. Ils ont eu une fille. Si les schismatiques n'avaient pas tous été anéantis, je déduirais qu'il fait partie de leur secte honnie.

— Si tel était le cas, il se serait déjà assuré d'eux. L'histoire de ces deux enfants me paraît plausible, sehad. Les attaques de maraudiers sont fréquentes dès que l'on quitte les zones d'influence des cités. Les régions désertiques et sauvages sont nombreuses dans le nord de la forêt Skovandre. Comment auraient-ils pu traverser les Terres Bleues et les dizaines de marches qui les séparaient de Gwondaleya ? Il est plus vraisemblable qu'ils venaient du nord.

— Ils sont ce que j'ai dit, seigneur envoyé. C'est ainsi qu'ils ont pu réaliser cet exploit. Ils en avaient les pouvoirs.

— Ils les auraient aussi s'ils étaient les descendants de... ceux que vous savez. C'est ce que pense Zoltan, sehad. Il estime même que si ces deux enfants ont une telle ascendance, c'est une grande chance pour Gwondaleya. Et la richesse de leur sang expliquerait les exploits d'Arnaud. J'avoue que cette explication en vaut une autre.

— Je maintiens ce que j'avance, seigneur envoyé.

— Écoutez, sehad ! J'étais à Syrdahar ! Rien n'a pu survivre. Tout a été détruit dans un rayon de dix marches.

— Ils ont pu partir avant la destruction. Avec des antialphes, on peut traverser les Terres Bleues.

— Bien entendu ! Mais nous n'avons attendu que deux jours avant de faire exploser la bombe. Ils ne pouvaient être très loin. Et puis, pensez-vous que ceux de Syrdahar auraient laissé partir les enfants sans escorte, sans protection ?

— Il y avait leur mère ! Peut-être étaient-ils escortés de soldats dont ils n'ont jamais parlé afin d'égarer les soupçons. Mais il y a aussi la sagitta !

— Que s'est-il passé ?

— Il a dépassé de très loin les normes habituelles. Un noble de sa classe aurait dû périr. Il est monté plus haut... que le commandeur, seigneur Seran.

— La sagitta, murmura l'autre pensif.

— Et aujourd'hui, on vous confirme le penchant, je dirais moi la passion, qu'Isabelle éprouve pour son frère. Pour moi le doute n'est plus permis. Nous sommes bien en présence de Dorian et Solyane de Syrdahar.

— Je ne m'explique pas comment ils ont pu échapper à la destruction de leur cité. Il ne doit subsister là-bas qu'un désert plus radioactif que les Terres Bleues qui l'entourent.

Seran resta un moment songeur, puis déclara :

— Ce n'est pas une mince affaire de faire disparaître un couple aussi populaire. Surtout que nous ne pouvons pas agir officiellement, vous le savez. Même si vous vous êtes trompé, nous ne pouvons laisser planer un danger aussi important sur le monde. Il faut agir.

Sur la terrasse de la chambre de Solyane, la jeune fille avait entrepris de créer une coiffure pour Alvina. Confortablement installées au soleil, les deux compagnes bavardaient et riaient. La guerre les avait rapprochées. C'était une amitié profonde, faite de complicité, de tendresse, et de cet humour particulier dont seules les femmes sont capables.

Elles étaient seules à part deux domesses qui les assistaient, Achil grattait dans un coin les cordes de sa thamys. Le conteur avait hésité longtemps à suivre Dorian en Ismalasie, mais il s'était résolu à rester à Gwondaleya, aux côtés de Solyane.

Soudain, on frappa discrètement à la porte. Raïs, l'un des gardes de Solyane, entra.

— Dame Isabelle, dit-il en s'inclinant, on vient d'apporter un message pour vous.

— Donne !

Il lui tendit une feuille de papier vergé cacheté hâtivement et lié d'une cordelette. Nul cachet ne permettait d'en déceler l'origine. Solyane l'ouvrit.

« *Madame,*

Si vous voulez avoir des informations sur vos origines, rendez-vous ce soir aux ruines de l'ancien palais Stahav. Venez impérativement seule. Je ne peux me permettre de courir le moindre risque. Détruisez cette missive après en avoir pris connaissance et n'en parlez à quiconque. Il y va de votre vie comme de la mienne. »

Le billet ne comportait aucune signature. L'écriture était rigide, soignée, mais visiblement rapide.

— Qui te l'a remis, Raïs ?

— Drashken, madame ! C'est un garde comtal. Le message lui a été donné par un cavalier qui lui a ordonné de vous le remettre en main propre. Il est reparti aussitôt.

— Comment était-il, ce cavalier ?

— Je ne sais, madame ! Drashken m'a dit qu'il avait à peine eu le temps de le voir. Il n'a pu lui poser aucune question. Il est venu immédiatement me le porter.

Solyane relut la missive. Alvina respecta son silence.

— C'est bien, Raïs ! Laisse-nous à présent !

Le garde sortit. Solyane hésita un court instant puis tendit la lettre à Alvina. La jeune femme l'étudia avec soin et la lui rendit.

— Qu'en pensez-vous ?

— Je ne sais pas. Il semblerait que vous ayez des origines élevées, Arnaud et toi. Quelqu'un vous a peut-être reconnus.

— Non, c'est un piège, je le pressens.

— Alors, il ne faut pas y aller !

Elle ajouta :

— Pourquoi un piège ?

— Peut-être est-il vrai qu'Arnaud et moi avons une origine élevée. Si tel est le cas, on a cherché à nous éliminer, ou tout au moins à nous écarter. Nous ignorons tout ce qui arrive. Pourquoi ne voudrait-on pas nous éliminer définitivement ? C'est un piège... un piège...

Soudain, sa vue se dissocia. Elle apercevait toujours le visage anxieux d'Alvina, mais une autre vision se superposait peu à peu, diaphane, qui s'emplit d'une consistance quasi matérielle.

Un champ de ruines, au crépuscule. D'énormes blocs de marbre écroulés depuis des temps anciens se couvraient de mousse et de lichen. Des herbes folles couraient au milieu, agitées par un vent léger venu de nulle part, dont il lui semblait éprouver la caresse sur la joue. Au loin, des ombres d'arbres noires, inquiétantes. Un horizon de collines sombres. Au milieu des buissons plongés dans la nuit, un danger, des êtres inconnus, acharnés à sa perte. On voulait sa mort.

Tout à coup surgit devant elle un monstre de cauchemar, une silhouette vaguement humaine, couverte d'écaillés et dont les yeux rouge sang se mirent à la fixer... à la fixer...

Elle hurla. Alvina bondit vers elle, affolée.

Tout s'estompa, se dilua dans le néant.

— Qu'y a-t-il, Isabelle ? Qu'as-tu vu ?

La jeune fille respira profondément. Fermant les yeux, elle calma par la volonté, comme sa mère le lui avait appris, les battements de son cœur.

— Ce... ce n'est rien, dame Alvina. C'est fini.

— Qu'as-tu vu, cette fois ?

— Il m'a semblé reconnaître les ruines de l'ancien palais Stahav. J'avais raison, il s'agit d'un piège. Je ne comprends pas. Deux forces ennemies semblaient m'y attendre. L'une veut ma mort. L'autre est là pour me protéger. J'ai aussi aperçu un monstre horrible. Pourtant, je crois qu'il était là pour... me défendre.

— Qu'était-ce donc ?

— Je ne sais pas. On aurait dit... un homme couvert d'écaillés. Avec des yeux rouges, luisants.

— Tu ne vas pas y aller, tout de même ?

Solyane réfléchit un instant.

— Je crois que si, mais armée et escortée par mes gardes.

— Tu n'y songes pas sérieusement ! Tu veux donc courir à la mort ?

— Je n'ai pas vu ma mort dans cette vision ! Par contre, s'il existe la moindre chance pour obtenir une information sur nos prétendues origines, je ne veux pas la laisser passer.

— Tu songes à la douleur d'Arnaud s'il t'arrivait malheur ?

— Je n'oublie pas les dangers qu'il court de son côté. Je me dois d'être digne de lui. Je serai armée, je porterai un casque et un sharack.

Alvina savait qu'il était inutile de tenter de la dissuader. Il émanait d'elle, parfois, une autorité étrange et naturelle contre laquelle personne ne pouvait lutter.

— Bien, soupira la jeune femme. Je vais alors te prêter six de mes gardes. Je veux que tu promettes quelque chose. Depuis que Karl Seran est arrivé, je sens comme une menace imprécise rôder autour de toi. Alors, je voudrais que tu acceptes de quitter Gwondaleya. Je peux te cacher jusqu'au retour d'Arnaud chez une de mes cousines, Flora. Elle habite à quelques marches au nord de la ville. Elle me doit beaucoup, de plus, c'est une femme adorable. Chez elle, tu seras en sécurité.

Le palais Stahav avait été autrefois la résidence d'été des comtes de Gwondaleya. Bâti au sommet d'une colline granitique, il dominait un petit affluent du Danov, le Stino, qui descendait de la forêt Skovandre en suivant un cours méandreux. Détruit trois siècles auparavant au cours d'une invasion ismalasienne, il n'avait jamais été reconstruit. Les comtes lui préféraient, depuis, les rives du Danov elles-mêmes. On disait aussi que les ruines encore chancelantes auraient servi de décor aux orgies sanglantes d'un seigneur du lieu qui fut déposé et exécuté ensuite. Mais les ruines avaient revêtu un caractère sacré et maudit. La légende voulait que les soirs de pleine lune, les victimes revinssent se lamenter entre les blocs de pierre, surgissant de la terre sous la forme de spectres blanchâtres et transparents.

Un endroit merveilleux pour un guet-apens.

C'était ce que pensait Solyane, enveloppée dans une grande cape bleu marine. À ses côtés chevauchaient douze gardes, dont les six prêtés par Alvina. En cette fin d'hiver, la neige avait disparu des sous-bois. Au loin, sur le ciel sombre du crépuscule, se découpaient les crêtes noires du massif Skovandre. Au premier plan, se dessinait le mont Stahav qui avait donné son nom au palais. Surplombant le Stino, il se dressait comme une sentinelle assoupie depuis des siècles, couronné de murs blanchâtres que les derniers rayons du soleil mourant paraient d'or et de sang. C'était l'heure où les rapaces nocturnes se mettaient en chasse. Leurs hululements étranges avaient remplacé le chant des oiseaux et composaient avec les bruits des sabots des chevaux une mélodie lugubre et lancinante. Parfois, une rafale de vent glaciale fouettait la petite escorte. Une angoisse indéfinissable envahit le cœur de Solyane. Quelle folie incompréhensible l'avait ainsi poussée à se jeter dans la gueule du loup ? Sa main se crispa sur le shayal emprunté à un soldat. Elle savait s'en servir, mais serait-il suffisant ?

Peu à peu, la petite troupe approcha des ruines. Un chemin montant qui, jadis, avait dû connaître les carrosses et les charrodes des nobles, y menait. À présent, il était embarrassé de ronces et de mauvaises herbes. Par endroits même, un arbre avait soulevé le lourd dallage de marbre et dressait sa silhouette sombre et menaçante. Parvenue à ce qui fut l'entrée du palais, Solyane arrêta ses guerriers.

— Vous allez rester là ! Je vais entrer. Je suis armée et protégée par un sharack solide. S'il m'arrive quoi que ce soit, accourez immédiatement.

— Bien madame !

De l'entrée, il ne restait plus qu'une arche désagrégée par le temps. Une cour dallée encombrée d'épineux, de buissons rampants où éclataient des fleurs sauvages que le soir avait recroquevillées. Des nuages fous couraient devant la pleine lune. Si la légende disait vrai, la nuit apporterait ses fantômes fugaces, ses spectres dansant parmi les ruines.

Soudain, Solyane s'arrêta. Un bruit suspect. Mais rien ne se produisit. Le vent ébouriffait ses cheveux d'or, s'écorchait aux angles des pierres, s'infiltrait en sifflant entre les fissures des murailles. Solyane s'efforça de ne pas prêter attention à l'atmosphère inquiétante de l'endroit. Elle discernait avec soulagement la présence mentale de ses gardes, postés à proximité. Elle reprit sa marche, tous les sens aux aguets. Deux murs éboulés. Par-delà s'étendaient d'anciennes écuries et sans doute une salle d'armes. Au fond, au-delà d'un bassin vide et réquisitionné par les ronces, un escalier à double révolution menait sur la nuit. À droite, un pan de muraille encadrait une haute fenêtre. Plus loin, Solyane déboucha sur une placette dont les pavés descellés contenaient mal l'invasion du liseron et des orties. Au centre s'élevait le souvenir d'un puits.

Elle s'arrêta, se demandant s'il fallait appeler. À présent, elle avait pratiquement perdu les traces mentales de ses gardes. D'autres ombres les remplaçaient, impalpables, fugitives, insaisissables. Amies ou ennemies ?

Soudain, une présence se précisa auprès d'elle, invisible pour le regard, mais oppressante pour l'esprit de la jeune fille. Elle n'eut pas le temps d'avoir peur. Une silhouette monstrueuse jaillit de derrière un pan de mur, se jeta sur elle et roula en l'entraînant derrière les ruines du vieux puits. Simultanément, un trait de feu fulgura dans la nuit.

Une fraction de seconde plus tôt, Solyane se trouvait à l'endroit où, à présent, la dalle se liquéfiait. Une flamme bleue s'éleva et une onde de chaleur étouffa un instant la jeune fille. Elle hurla. Une main de fer lui écrasa la bouche, lui tordant son cri dans la gorge. L'ombre démoniaque, aux reflets métalliques, se coucha sur elle, comme pour la protéger et l'entraîna en rampant à l'intérieur du puits, près du rebord. En un instant, la nuit se dilua dans un enfer de feu, de flèches fulgurantes qui embrasaient les buissons.

Au cri de Solyane, les gardes avaient bondi. Ils se précipitèrent vers l'intérieur, mais ils s'arrêtèrent aussitôt, pétrifiés par les apparitions terrifiantes qui leur barraient le chemin. Deux démons, recouverts d'écailles métalliques.

— Restez où vous êtes ! Vous ne pouvez rien faire pour aider la princesse ! Nous la protégeons. Attendez son retour !

Tout autour de Solyane et de son étrange compagnon, la végétation s'était mise à flamber sur la roche en fusion. Curieusement, les flammes ne s'approchaient pas à moins de deux mètres d'eux, comme si une force inconnue les repoussait.

Solyane remarqua au milieu de sa terreur que le démon n'était pas seul. Sur la gauche et sur la droite, des éclairs jaillissaient, destinés aux « autres », à ceux qui tentaient de les tuer. Les ruines s'illuminaient des lueurs d'un incendie volcanique que les vents commençaient à propager aux pentes du mont Stahav. Le nez dans la poussière, Solyane ne pouvait voir les traits de son agresseur. Au bout de quelques instants, fort étonnée d'être encore en vie, elle se força à calmer les battements de son cœur affolé. Une voix profonde, comme venue d'outre-tombe, lui dit doucement :

— Ne bougez pas !

L'ombre la libéra lentement, elle put se retourner. Elle aperçut une arme mystérieuse — semblable à celle découverte par Dorian ! — apparaître dans la serre du monstre. Un éclair, un bruit étrange. Un râle de douleur. Avec horreur, Solyane entrevit une silhouette faite de chair et de feu se dresser au loin et s'écrouler en hurlant parmi les ronces en flammes. Elle se mordit la main pour ne pas hurler de terreur. Un début de folie s'empara d'elle. Elle ne comprenait plus rien. Qui voulait la tuer ? Seran ? Qui la défendait ? Et pourquoi ? Qui était ce monstre penché sur elle, dont la carapace infernale semblait dévier les éclairs mortels ?

Elle surmonta sa panique pour l'observer. Son corps entier était couvert d'écaillés d'argent. Ou n'était-ce pas un liquide reflétant l'éclat de la lune ? Elle leva les yeux vers la tête et hurla de peur. Il n'avait pas de nez, pas de bouche, et surtout, les yeux n'étaient que deux gros trous rouges bizarrement lumineux. L'être se plaqua sur elle comme le tir ennemi se concentrait. L'entendant gémir et pleurer, le monstre murmura :

— Ne craignez rien ! Nous sommes mieux armés qu'eux !

La chaleur de l'incendie, de la pierre fondue étouffait peu à peu Solyane. Avec terreur, elle vit les flammes se rapprocher de leur abri précaire.

Soudain, une, deux, quatre silhouettes jaillirent, bondissant au cœur de l'incendie, tirant toutes ensemble, balayant d'une immense langue de feu l'endroit où se trouvaient les agresseurs. Des hurlements s'élevèrent, noyés dans le vacarme des flammes. Curieusement, les compagnons de l'ange gardien de Solyane paraissaient eux aussi insensibles à la température.

Bientôt, Solyane suffoqua et se mit à tousser. L'esprit engourdi, une odeur acre de pierre fondue et de chair brûlée dans les poumons, elle sombra dans une demi-inconscience. Elle sentit à peine deux bras puissants qui la soulevaient, l'emportaient au-dessus des flammes qui lui léchaient le visage.

La nuit, les nuages, les flaques de roche en fusion, les étoiles et la lune lointaine, sereine, un brouillard qui dansait... des yeux rouges, immenses, qui la regardaient.

Elle retrouva ses esprits comme un froid de glace s'infiltrait traîtreusement en elle. Elle s'aperçut qu'elle reposait sur l'herbe. Le monstre était toujours là et elle ne put retenir un cri. Mais il mit un doigt à l'endroit où devait se trouver sa bouche et dit :

— C'est fini, madame, vous êtes sauvée !

Solyane, encore sous le coup de l'émotion, ne répondit pas immédiatement. Elle grelottait de froid après l'enfer qu'elle venait de traverser. Elle balbutia :

— Je... je suppose que je dois vous remercier.

— Cela ne sera pas nécessaire ! Je suis là pour veiller sur vous.

— Qui êtes-vous ?

— Je ne peux pas le dire, princesse !

— Vous savez quelque chose sur moi ! Dites-le !

— Non, je ne sais rien ! Je suis là pour vous protéger !

À présent, Solyane ne craignait plus le monstre aux écailles d'argent.

— Dites-moi ! Qui êtes-vous ? D'où venez-vous ? De... de Cybernia ?

— Oui... oui ! Ne me demandez rien d'autre. Je ne suis qu'un soldat. Je ne peux rien vous dire. Je ne dois pas compromettre celui qui est au-dessus de moi.

— Cybernia ! Où est Cybernia ?

— N'essayez pas de lire en moi, princesse ! Venez !

Autour d'eux apparurent quatre autres silhouettes.

— C'est fini ! Il n'en reste pas un de vivant !

— Parfait.

Solyane s'était relevée. Sans un mot, elle suivit ses anges gardiens et rejoignit par un chemin détourné ses gardes terrorisés par deux autres démons aux yeux rouges.

— Voilà, messires, dit celui qui semblait être le chef. Nous vous rendons votre maîtresse. Faites bonne garde et, surtout, oubliez ce que vous avez vu ce soir.

Puis il se tourna vers Solyane.

— Quant à vous, madame, acceptez l'offre de dame

Alvina. Éloignez-vous quelque temps de Gwondaleya. Tant que Karl Seran y sera votre vie sera en danger. Ce soir, vous avez eu de la chance.

— Comment... comment savez-vous cela aussi ? Personne n'est au courant.

— Acceptez, madame !

Des ennemis acharnés à la détruire ! Des inconnus, non moins résolus à la défendre ! Crachant le feu comme des démons jaillis de la terre des morts ! Dans son lit, Solyane se tournait et se retournait sans parvenir à trouver d'explication. Du fond du passé avait surgi le nom presque oublié de Cybernia, ce nom à la résonance étrange, révélé par Orlyane juste avant sa mort. Un nom qu'elle était allée chercher dans le subconscient de l'homme aux yeux rouges.

Elle n'avait pas eu de difficultés à obtenir le silence des gardes. Âmes simples, ils avaient déjà été suffisamment impressionnés. Elle avait prévenu Alvina de son retour, mais ne s'était pas attardée à tout lui raconter. Elle avait besoin de faire le point. Quelqu'un à Gwondaleya savait que Dorian et elle n'étaient pas ceux qu'ils prétendaient être. On connaissait leur origine. Au bout d'un long moment, elle n'y tint plus. Elle se leva et se rendit dans les appartements de son amie. Une domesse couchée en travers de la porte se dressa à son arrivée. La reconnaissant, elle entra prévenir sa maîtresse qui la reçut immédiatement. Solyane courut se jeter dans ses bras. Elle aurait voulu être suffisamment forte pour tenir jusqu'au lendemain matin pour réfléchir. Elle ne pouvait cependant plus résister.

— Oh, dame Alvina, j'ai peur. J'ai peur ! Emmenez-moi ! Tout de suite ! Ce Seran veut me tuer !

— Que s'est-il passé ?

En quelques mots, elle lui conta son aventure, en évitant toutefois de parler de Cybernia. La silhouette de l'homme en flammes ne quittait pas son esprit. Elle avait beau savoir qu'il voulait sa mort, elle ne pourrait jamais oublier cette scène atroce. Alvina la serra dans ses bras avec tendresse.

— Viens, je vais te donner une potion pour dormir. Demain, le soleil effacera tout cela et nous partirons chez Flora de bonne heure.

Solyane leva vers elle des yeux humides.

— S'il vous plaît, je voudrais partir tout de suite... Je sens que je vais devenir folle.

— Calme-toi. Je vais te garder ici cette nuit. Nous partirons avant l'aube, sans prévenir personne. Je m'occupe de tout faire préparer.

Soulagée, Solyane se replongea dans la chaleur maternelle d'Alvina.

CHAPITRE XXX

La colonne s'étirait sur plusieurs marches. Avec la fin du printemps, un soleil de plomb écrasait le paysage.

Le roi avait laissé Gustav de Felda à Kurdia, capitale d'une nouvelle province du royaume. Une bonne partie des cinq millions de drakkhors d'or exigés par les vainqueurs avaient quitté les coffres d'Al Tyrbaagd pour gagner ceux de Pillat. Chaque soldat avait touché sa part et les visages étaient euphoriques.

Pourtant, les fastes de la victoire dissimulaient mal les horreurs des combats, les pertes irréparables. Dorian contemplait avec amertume les rangs de ses Gwondaleyens clairsemés. Combien de ses compagnons avaient payé cette victoire de leur vie !

Mort, le gros et sympathique Roby de Kastelvern ; une flèche stupide l'avait arrêté alors qu'il prenait d'assaut un bastion fortifié au sud d'Al Tyrbaagd. Sa bravoure avait décidé de la réussite de ses troupes, mais il ne l'avait jamais su.

Mort, son sergent Rouhann, et finies les histoires égrillardes ou les souvenirs de bataille mélancoliques qu'il aimait à raconter le soir autour des feux de bois. Il ferait à présent partie des souvenirs des autres.

Morte aussi la petite Néria qui avait adouci pour lui les rigueurs de la campagne. Après sa victoire sur le syrid khafid, une armée incontrôlée constituée par des Ismalasiens du désert avait contourné le plateau où avait lieu la rencontre et avait pris le camp royal à revers. C'était une action désespérée, un acte gratuit, partagé entre le vandalisme et le suicide. Les chevaliers avaient réagi immédiatement, mais pas suffisamment pour éviter la destruction de la tente royale et de quelques autres. Menés par Gustav de Felda, ils avaient massacré, furieux, les pirates jusqu'au dernier. Les amazones avaient fait front courageusement. Néria avait saisi une trive et même tué un Ismalasien, mais un styl meurtrier l'avait frappée dans le dos.

Bouleversé par le sort de ses amazones, Pillat s'était aussitôt fait transporter sur les lieux. Il était arrivé juste à temps pour prendre la jeune femme dans ses bras et recueillir son dernier souffle.

Dorian songeait qu'il n'avait même pas eu le temps de la revoir encore une fois. Les yeux le brûlaient lorsqu'il l'évoquait.

De cette guerre, il sortait grandi, auréolé d'une renommée qui allait s'étendre par-delà les limites du royaume... Cette auréole vampire s'était nourrie du sang de ceux qu'il avait connus et aimés. Il en gardait comme un goût de cendre au fond de la gorge. À présent que la fougue des batailles l'avait quitté, il voyait mieux de quelles misères se nourrissait la guerre. Le retour lui montrait les villages dévastés, brûlés, les ruines où se terraient des enfants orphelins, des femmes désespérées qui venaient s'agripper à sa cape pour lui réclamer des vivres.

Derrière son armée titubait une horde de gueux en haillons, esclaves promis à la spoliation, pauvres hères à qui l'on brûlait la plante des pieds pour leur ôter l'envie de s'enfuir.

Une rage violente lui broyait les entrailles, d'autant plus terrible qu'il ne pouvait rien faire. Depuis toujours, les guerres apportaient leurs lots d'esclaves. C'était dans l'ordre des choses. Les individus abjects qui en faisaient commerce comptaient parmi les plus grosses fortunes du royaume. Il eût été vain de vouloir s'opposer à eux.

Les concernant, le roi lui avait dit :

— Ce sont des charognards, mais qu'y pouvons-nous ?

— Les supprimer ! Interdire l'esclavage !

— Interdire l'esclavage ? Ne déraisonne pas, Arnaud ! L'esclavage fait partie du monde. Nous serions sans doute les seuls à le faire. Et cela n'arrangerait rien. Tu as parfois de bien étranges idées.

— Mais alors, djihad, où est la justice ?

Le roi eut un sourire désabusé.

— La justice ? Oui, c'est un joli mot. Un mot créé par les hommes. J'ai dû croire à ce mot il y a très longtemps, au début de mon règne. Cependant, après vingt années et plus de pouvoir, je puis t'affirmer ceci : la justice, la vraie, cela n'existe pas ! La loi du plus fort prime toujours ! Il en a toujours été ainsi et il en sera toujours ainsi. Ne prends pas ton ennemi en pitié, car lui n'en aura pas pour toi. Tu n'as pas le droit de te montrer juste, on interprétera ta justice comme de la faiblesse. C'est la loi de la nature.

« Oh, bien sûr, il m'est arrivé de réparer des torts commis envers des petits. J'ai pu le faire non par justice, mais parce que je possédais le pouvoir. Il n'y a pas de justice là-dedans. Combien de fois aussi ai-je dû fermer les yeux, parce que l'intérêt du royaume était en jeu. Les manteaux des rois traînent dans leurs replis des taches de sang et de boue. Elles sont inhérentes au pouvoir, d'autre part c'est une forme de courage que de les accepter, d'en supporter le fardeau, sachant que l'on a agi pour le bien du plus grand nombre.

« Si tu y réfléchis bien, cette loi est-elle mauvaise ? Je ne le crois pas. Les hommes luttent pour survivre, comme les animaux à qui ils s'estiment pourtant bien supérieurs. Ce sont les meilleurs, les plus forts, les plus intelligents qui dominent les autres. Les faibles sont éliminés. Ainsi l'espèce est-elle constamment purifiée. Voilà la vraie justice, Arnaud ! La seule ! Elle ne tient pas compte de l'individu, mais de l'ensemble.

— Ce sont des paroles terribles, djihad, je ne suis pas sûr que tu aies raison !

— Il est bon que tu les trouves terribles, Arnaud ! Je ne cherche pas à te convaincre. Tu feras ta propre expérience toi-même. Peut-être ira-t-elle au-delà de la mienne ? Tu es jeune encore, ta réaction est celle de la jeunesse, celle de la générosité. Tu comprendras toute la valeur écrasante du pouvoir le jour où tu seras obligé de commettre ta première injustice. Tu devras alors surmonter le dégoût de toi que tu éprouveras, faire taire ta conscience et tes scrupules pour agir. Crois-moi, il te faudra du courage, car tu auras l'impression de te trahir toi-même.

— Je crois que je comprends, djihad ! Il me faut du courage pour supporter sans broncher le spectacle des marchands d'esclaves.

Dorian soupira. Le roi continua :

— Il est dur d'apprendre à diriger un pays, Arnaud ! Il faut t'y préparer, sans faiblir.

— Djihad, le comte Czarthoz n'est pas...

— Non, par Latham ! Il est encore parmi nous ! Par tous les dieux, je lui souhaite de se remettre promptement de ses blessures. Tu sais quand même comme moi qu'elles sont très sérieuses.

— Djihad, comment osez-vous penser alors...

— Et toi, Arnaud, tu oses ne pas y penser ? Tu es son

dauphin, ne l'oublie pas ! Tu as le devoir d'envisager le cas où il ne se relèverait pas de ses blessures.

— Djihad...

— Tu sais, il faut aussi beaucoup de courage pour parler ainsi d'un homme qui est pour moi plus qu'un ami, un homme à qui je dois la vie, avec qui j'ai passé tant de bons et de mauvais moments. C'est lui qui a évité que je sois tué. Mon métier de roi m'oblige à étudier la situation d'un œil glacé, insensible. Ma peine, je la garderai pour moi seul ; comme tu apprendras à dissimuler la tienne. Regarde autour de toi, Arnaud. Vois tes Gwondaleyens. Vois comme ils t'acclament, comme ils croient en toi. Tu es leur véritable chef, à présent.

— Ils oublient un peu vite Czarthoz.

— Ne crois pas cela ! Tu apprendras vite que les foules sont femelles, versatiles. Elles aiment être éblouies, dominées, manipulées. Rassure-toi. Si Czarthoz est oublié des foules, il garde une place solide dans le cœur de chacun d'eux, pris individuellement. Cependant, c'est toi qu'ils veulent pour guide. Tu es une légende vivante, Arnaud. Ta ville t'attend pour te porter en triomphe. Tu as le devoir de respecter cette image merveilleuse qu'ils se sont faite de toi. Ce n'est pas ton humanité qui les porte vers toi, mais ta puissance. Tes guerriers diront bien sûr qu'ils ont eu l'immense honneur de déjeuner avec toi. Ils diront : il m'a parlé, comme je te parle. Ils se souviendront surtout de ta force, de tes victoires. Ils te craignent autant qu'ils t'admirent. Ne cherche pas à être trop bon. Étant le plus fort, tu pourras alors imposer ce qui te semblera le plus proche de la justice. Ton seul, ton véritable ennemi, c'est l'orgueil qui pourrait un jour te tourner la tête. Combien de rois sont tombés pour avoir ignoré la modestie. Le pouvoir est une drogue. Il faut en user, mais prends bien garde qu'il ne te détruise, comme il en a déjà détruit tant. Tes chagrins et tes doutes, garde-les pour le secret de ta solitude.

Pillat se tut, fatigué d'avoir trop parlé.

Dorian respecta son silence. Le roi reprit :

— Ainsi, moi, Pillat de Burdaroma, souverain de plusieurs millions de sujets, fort d'une nouvelle victoire sur l'Ismalasie, j'attendrai d'être de retour au palais, d'être seul dans mes appartements pour pleurer mes compagnons disparus et ma petite Néria.

Dorian baissa la tête.

— Je comprends, djihad ! Tes paroles sont empreintes de sagesse et ta confiance me réchauffe le cœur. Je n'aurai garde d'oublier ce que tu viens de me dire.

Deux jours après cette conversation, les Gwondaleyens se séparèrent des troupes royales. Pillat convoqua Dorian et Czarthoz dont on amena la litière. Le roi éclata de rire, car lui aussi était dans la même situation.

— Mon compagnon, je compte sur ta vaillance pour me guérir toutes ces méchantes blessures et te refaire un sang neuf. Dès que tu seras remis, je te convie, toi et ton dauphin, à la capitale. Je veux donner de grandes réjouissances en l'honneur de cette victoire qui est un peu la tienne.

Dorian était inquiet. Les soins que l'on donnait à Czarthoz se révélaient insuffisants. Peu avant de rejoindre Gwondaleya, le comte fit venir son dauphin à son chevet.

— Arnaud, c'est à toi de ramener nos gens chez eux. Ma foutue carcasse ne veut plus m'obéir. Je crains que cette fois l'ennemi n'ait eu raison de moi. Tu dois me remplacer.

— Ne dites pas ça, Czarthoz. Je préférerais renoncer à gouverner Gwondaleya et vous conserver en vie. Je vous ordonne de surmonter vos blessures.

— Tu me l'ordonnes ?

— Je vous l'ordonne ! Tant que vous serez indisponible, c'est moi qui suis le capitaine de cette armée. Et c'est en tant que capitaine que je vous ordonne de guérir.

— Bien alors, dans ce cas...

Sylvain et Odios ne quittaient plus la litière comtale. Ils ne comprenaient pas. Que les guerriers se fassent tuer, que les nobles périssent au combat, quoi de plus normal ? Mais on ne pouvait détruire ce roc qui était leur père. Il allait s'en sortir, vaincre la maladie.

Ils savaient pourtant au fond d'eux que le mal qui le rongeait était de ceux dont on ne se remet pas. Parfois une larme glissait sur leurs joues mangées de barbe.

À Gwondaleya, ce fut un délire. Les rues avaient été pavoisées. Une foule hurlante, enthousiaste, accueillit les héros. Les soldats disparurent les uns après les autres, happés, digérés par les groupes. On voulait connaître en hâte les détails que l'imagination et le vin ne tarderaient pas à embellir. Ce soir, on veillerait fort tard dans les tavernes et les demeures. On danserait dans les rues. Çà et là, quelques femmes pleuraient. Pour elles, il n'y aurait pas de retour, mais l'allégresse générale noyait impitoyablement leurs cris et leurs peines. Il fallut trois heures à Dorian, flanqué de ses deux demi-frères, pour parvenir au palais. Des femmes embrassaient leurs sharacks, des petites filles leur tendaient des fleurs. On se pressait aux fenêtres pour les voir.

Lorsque Dorian, Sylvain et Odios virent avec satisfaction les lourdes grilles du palais se refermer sur eux, il ne restait plus à leurs côtés qu'Orloff, Rudriko, les quatre gardes ismalasiens de Dorian et quelques capitaines. L'armée s'était diluée dans la foule. Un des capitaines s'avança vers lui.

— Je suis désolé, seigneur. Je n'ai rien pu faire pour les retenir. Je ferai donner des punitions.

— Que me chantes-tu là ? Tu ne feras punir personne ! Cette gloire est la leur. Ils l'ont bien méritée. Va plutôt les rejoindre, et que l'on ne me parle plus de punition !

Il se retourna. Une silhouette courait au-devant d'eux. Alvina. La jeune femme salua brièvement Dorian, puis se précipita sur la litière. Ses larmes coulèrent à la vue de

Czarthoz. Le comte la reçut sur sa large poitrine couverte de bandages.

— Ma petite Alvina ! Toujours la première ! et en vérité, la seule.

— Monseigneur !

— Ne pleure pas, mon petit agneau. Notre fils est là, sain et sauf, quoique couturé de cicatrices. C'est un chevalier de valeur.

Sylvain sauta à bas de Shield et courut vers sa mère.

— Mon petit !

Il fallait se nommer Alvina pour songer à appeler ainsi un gaillard qui faisait deux têtes de plus qu'elle. À l'arrivée des trois autres favorites, Alvina s'écarta. Dorian en profita pour l'attirer vers lui.

— Où est Isabelle ?

— À l'abri, seigneur Arnaud. Je vous expliquerai tout à l'heure. Il s'est passé ici des événements étranges. Venez me rejoindre d'ici une heure. Rassurez-vous, elle va bien.

— Que lui est-il arrivé ?

Elle regarda dans la direction de Zoltan et de Phez qui venaient d'arriver. Ravalant sa fureur, Dorian répondit sèchement :

— D'accord ! Dans une heure !

Le lendemain, dès l'aube, Dorian quitta la ville avec Alvina, Orloff, Rudriko et sa garde personnelle. Le soleil matinal inondait la campagne d'une lumière éblouissante.

— Isabelle est à l'abri chez ma cousine Flora. C'est une fille adorable, généreuse, mariée à un paysan aisé dont elle a eu douze enfants. Sur les douze, il y a sept filles. Isabelle s'est rapidement intégrée à la famille. Elle m'a écrit plusieurs fois depuis. Elle participe à la vie des champs, soigne les animaux, sème le grain. Elle m'a semblé parfaitement heureuse.

— Je le crois, dit Dorian.

La vie simple de Syrdahar lui revint en mémoire. Solyane

ne devait avoir eu aucun mal à retrouver les gestes d'autrefois lorsqu'ils aidaient les paysans.

Peu à peu, la petite troupe se rapprochait de la forêt Skovandre.

— Les migas ont mis deux troupeaux en pièces pendant l'hiver, murmura Alvina. Jamais ils ne s'étaient aventurés aussi près de la ville. Nous avons eu beaucoup de mal à les chasser. Cinq hommes y ont perdu la vie.

— L'hiver fut donc si rude ?

— Il le fut ! Le Danov lui-même a gelé. On pouvait le traverser à cheval.

— En Ismalasie, l'hiver est moins rigoureux. Mais la terre est pauvre. Les sapienniens mouraient de faim. On dit que dans les villages isolés des hauts plateaux, il leur est arrivé de se dévorer entre eux.

— Quelle horreur !

Ils ne purent poursuivre. De la forêt sortait un groupe de cavaliers.

— Karl Seran, souffla Alvina.

— Enfin il se montre à visage découvert, ajouta Dorian, les dents serrées.

— Prenez garde, seigneur Arnaud. C'est un membre de l'inquispol. Un homme extrêmement dangereux.

L'homme aux yeux gris se porta au-devant de Dorian.

— Hal Weya, seigneur dauphin de Gwondaleya

— Hal Weya, seigneur...

— Je suis Karl Seran, envoyé plénipotentiaire de la Phalange suprême.

— Je suis très honoré de croiser votre route, seigneur Seran. À cette heure-ci et sur ce chemin, cela tient du miracle.

— Ce n'est pas un hasard. Je voulais vous rencontrer. Je dois vous parler seul à seul.

— Pourquoi avoir choisi cette route ? Et cet endroit ? Il eût été facile de me demander au palais.

L'envoyé éluda la question.

— Veuillez me suivre, seigneur Arnaud !

— Pas avant que vous ne m'ayez dit la raison de cette rencontre.

Ce disant, il posa la main sur la garde de son dayal. Orloff et Rudriko l'encadrèrent. Simultanément, les gardes éloignèrent Alvina.

— Seigneur Arnaud, dit Karl Seran d'un ton glacial, je crains que vous n'ayez pas compris qui j'étais.

— Si fait ! Vous êtes l'envoyé du Grand Initié Horius. Alors, monsieur l'envoyé, je vous écoute.

— Seigneur, même les rois m'obéissent. Je vous ordonne donc de me suivre. À moins que le héros que vous êtes n'ait peur d'être séparé de ses hommes.

— Je ne tomberai pas dans un piège aussi grossier, seigneur envoyé. J'aimerais savoir qui a pu vous dire que je devais passer par ici ce matin.

— C'est moi qui pose les questions. Pour la dernière fois, renvoyez vos hommes !

— Je refuse et exige le passage.

Seran soupira.

— Vous êtes impertinent et courageux, mais vous êtes inconscient. Savez-vous de quelle sorte sont les guerriers qui m'escortent ?

Dorian les observa brièvement. Aucune émotion ne transparaissait sur leurs visages. Froids, implacables, ils semblaient capables d'égorger père et mère si on leur en donnait l'ordre.

— Non !

— Ce sont des dramas. Il faudrait dix de vos hommes pour venir à bout de chacun d'eux.

Le nom redouté troubla quelque peu les gardes de Dorian. Seuls Orloff et Rudriko restèrent impassibles.

— Alors, à présent, consentirez-vous à me suivre ?

— Qui me prouve que je peux avoir confiance en vous ?

— Ma seule parole !

Dorian hésita, et finit par accepter.

— Soit, qu'avez-vous à me demander ?

Parvenus à distance, les deux hommes s'arrêtèrent.

Un troisième individu sortit alors des fourrés, dissimulé par un vaste capuchon.

Seran dit :

— Seigneur Arnaud, je n'irai pas par quatre chemins. Connaissez-vous Syrdahar ?

Nous y voilà, songea Dorian.

— C'est curieux, on m'a déjà posé la même question depuis mon arrivée à Gwondaleya. Il n'y a pas très longtemps. C'était au moment de ma candidature...

— Vous ne répondez pas à ma question, trancha Seran.

Dorian blêmit sous le ton cinglant. Il serra les poings et dit :

— Je ne connais ni personne ni lieu de ce nom, seigneur Seran. Et j'exige que vous me parliez sur un autre ton. Tout envoyé d'Horius que vous êtes, vous ne m'impressionnez pas !

L'autre ne répondit pas. Il se tourna vers l'homme au capuchon qui manœuvrait un petit appareil à l'usage indéfinissable.

— Il ment, seigneur Seran. C'est à peine décelable. Cela prouve sa maîtrise remarquable, mais l'appareil ne peut se tromper.

Seran se tourna vers le jeune homme.

— Ainsi vous aviez vu juste, sehad ! Seigneur Arnaud, vous êtes Dorian de Syrdahar, fils de Kogan de Syrdahar et de la Léphénide Orlyane.

Sondant l'esprit de l'envoyé, Dorian y lut un incompréhensible arrêt de mort. Il dégaina aussitôt son dayal.

— Tuez-les ! Tuez-les tous ! hurla Karl Seran.

Lui-même avait sous-estimé son adversaire. D'un coup de sabre magistral, Dorian lui ouvrit la gorge. L'homme au capuchon tenta de s'enfuir quand un styl l'atteignit à la nuque.

L'instant d'après, Dorian se retrouvait aux prises avec

quatre dramas. Rapidement, il fut obligé de céder le pied. Malgré son habileté et sa puissance, il ne pouvait résister à leurs assauts redoublés. Ils étaient les meilleurs combattants qu'il lui avait été donné de rencontrer. Il devait se contenter de parer sans pouvoir porter de coups décisifs. Au loin, il entendait à peine les cris poussés par les siens. Il avait confiance en ses gardes, mais seraient-ils capables de triompher de tels adversaires ? Ceux-ci étaient moins nombreux, mais combien redoutables.

Intérieurement, il rageait. Il n'était pas possible qu'il se fasse tuer sans revoir Solyane. Se dégageant d'un moulinet rageur, il esquiva une botte et porta la sienne. L'un des agresseurs s'effondra, la gorge béante. Un coup violent l'atteignit alors au bras. Bondissant comme un chat pris au piège, il gagna le refuge des fourrés et décocha ses styls que les dramas arrêtaient les uns après les autres d'un revers de main précis et violent. Le combat se poursuivit, à trois contre un. Son principal atout était son endurance. Il pouvait combattre des heures ainsi. Mais quelle était la résistance d'un dramas ?

Soudain, l'un des trois assaillants s'écroula, un styl profondément fiché dans la tempe. Un deuxième suivit. Surpris, le troisième ne put résister à l'assaut de Dorian qui transperça son sharack de part en part. Il se tourna vers son allié providentiel. Rudriko !

— Vite, seigneur ! Les nôtres sont en difficulté.

Le nombre parlait en leur faveur. Rapidement, les derniers dramas tombèrent. La partie avait été rude. Cinq gardes avaient été tués. Tout le monde était plus ou moins blessé.

Alvina, tremblante mais indemne, s'avança vers Dorian.

— Quelle horreur, seigneur ! J'ai cru que tout était perdu.

Il la prit contre lui pour la calmer.

— C'est fini, Alvina. Ils ne feront plus de mal à personne.

— Que dira le Grand Initié lorsqu'il verra que son envoyé ne revient pas ?

— Je n'en sais rien. Nous dirons qu'il est reparti. Les routes ne sont pas sûres... la preuve ! et les maraudiers sont nombreux. Par contre, j'aimerais savoir...

Il s'approcha du corps de l'homme au capuchon.

— Eh bien, je crois que Gwondaleya va devoir se chercher un autre biolamane.

— Phez ! jeta Alvina en le reconnaissant.

— Oui ! Phez, de mèche avec Karl Seran.

— Pourquoi voulaient-ils vous tuer ?

— Il n'a pas voulu me le dire et je ne peux plus le lui demander à présent.

Il n'était pas loin de midi lorsque la petite troupe reprit sa route. Tous les corps avaient été rendus à la terre. Le soleil brillait plus que jamais. Pour Dorian et les siens, le printemps avait un goût de sang.

Khaled, l'un des deux Ismalasiens survivants, dit soudain avec son drôle d'accent :

— En tout cas, ce combat a prouvé que les dramas n'étaient pas invincibles.

Les autres approuvèrent.

Rudriko prit Dorian à part.

— Le seigneur Seran n'a commis qu'une petite erreur. Je suis moi-même un ancien dramas. Nos guerriers ont été entraînés à la même école.

Ce fut avec une escorte réduite que Dorian et Alvina parvinrent à la ferme de Flora. La découvrant au creux d'un vallon, dressée sur la rive d'un étang, le jeune homme ne put s'empêcher de songer à la verte douceur du lac de Syrdahar.

— C'est là, dit Alvina.

Dorian ne résista pas plus longtemps. Éperonnant Darksun qu'il avait substitué à Aram, fatigué de sa longue expédition, il piqua vers la demeure. Dans une prairie proche, quelques silhouettes tournèrent la tête dans sa direction. L'une d'elles se détacha pour courir à sa rencontre.

— Solyane !

— Dorian !

Émue, elle s'arrêta à quelques pas de lui. Il sauta à bas de son cheval et elle se jeta dans ses bras.

— Enfin, tu es revenu !

— Ma petite sœur chérie !

Une irrésistible envie de l'embrasser le prit, mais les regards braqués sur eux les ramenèrent à la raison. Ils durent se contenter de s'étreindre avec force. Puis Solyane s'écarta, contemplant ses mains ensanglantées.

— Dorian, tu es blessé !

— Ce n'est rien ! Une égratignure. Je te raconterai. Nous avons été attaqués sur la route. Cinq de mes gardes ont été tués.

— Par qui ?

— Karl Seran ! Rassure-toi ! Il ne fera plus de mal à quiconque. Je l'ai tué !

— Tu l'as tué ?

— Oui ! mais toi, raconte-moi !

En quelques mots, elle le mit au courant. Puis soudain, elle s'interrompit.

— Dorian, là, derrière toi !

Il se retourna.

— Ah ! voilà la surprise dont je t'ai parlé dans mes lettres.

Tremblante d'émotion, Solyane venait de reconnaître Orloff et Rudriko. Les deux hommes sautèrent à bas de leurs montures. Elle se jeta dans leurs bras, riant et pleurant à la fois. Les deux hommes ne pleuraient pas moins que la jeune fille.

La bonne cousine Flora ne fut pas prise au dépourvu par l'arrivée d'une dizaine de bouches supplémentaires. Le repas fut copieux, joyeux et bien arrosé. On se sentait en sécurité auprès d'une femme comme elle.

Dorian et Solyane profitèrent du premier prétexte pour

s'esquiver. Ils firent une longue promenade silencieuse dans la campagne environnante, échangeant seulement le plaisir secret qu'ils éprouvaient à se trouver enfin réunis.

— Tu sais, Dorian, j'ai vraiment été heureuse ici. Parfois, je regrette que nous ne soyons pas tous deux de simples paysans et non deux énigmes incompréhensibles que l'on veut détruire sans qu'elles sachent pourquoi.

Dorian sourit.

— Rassure-toi, petite sœur. Je sais qui avait découvert notre origine. Le biolamane Phez.

— Phez ? Je croyais Zoltan plus dangereux.

— Je ne sais pas ce que vaut Zoltan, mais Seran et Phez étant morts, nos ennuis sont terminés pour un temps. De plus, il y a une chose que je ne comprends pas. Horius, en tant que maître de la Phalange suprême, ne devrait avoir aucune difficulté pour nous faire disparaître. Or, il semble bien que nos agresseurs ne puissent agir officiellement. Sinon, pourquoi Seran nous aurait-il tendu ces pièges ?

— Et ces mystérieux défenseurs ? Pourquoi ne se manifestent-ils pas ? Je sais seulement qu'ils viennent de Cybernia.

— Peut-être vont-ils prendre contact avec nous à présent que je suis revenu !

CHAPITRE XXXI

Ce fut en vain que Dorian et Solyane attendirent une manifestation de leurs protecteurs inconnus.

À Gwondaleya, la vie avait repris son cours normal. Pourtant, un événement important avait eu lieu.

Quelques jours après leur retour, Czarthoz, toujours immobilisé, avait fait réunir le conseil comtal.

— Je veux, avait-il déclaré, transmettre les pouvoirs à

mon dauphin Arnaud. La maladie me cloue en litière et je ne peux plus tenir mon rôle. Le comportement d'Arnaud au cours de la dernière guerre parle pour lui et vous prouve que je ne m'étais pas trompé en le désignant. Aussi je désire dorénavant le voir assumer les fonctions de comte de Gwondaleya. Je ne sais combien de jours les dieux vont encore m'accorder et je veux en profiter en paix.

À l'issue du conseil qui avait entériné sans discussion la décision de Czarthoz, celui-ci, chancelant, sortit appuyé sur les épaules solides de Dorian.

— À présent, je puis mourir tranquille. La relève est assurée.

— Czarthoz, je suis désolé. N'y a-t-il pas de remède à votre mal ?

Le colosse sourit.

— Je sais ce que je dis, Arnaud. Le mal me ronge peu à peu : je n'en ai plus pour longtemps. Cette guerre aura été la dernière pour moi ! Ce ne sont pas les coups ismalasiens qui m'auront tué, mais une maladie qui a suivi et contre laquelle on ne peut rien. Le médamane parle de me couper la jambe. J'ai vu trop de mes amis partir ainsi pour ignorer ce que cela signifie.

— Mais...

— Il n'y a rien à faire, Arnaud. Je te laisse un domaine riche et sans histoire, comme je l'ai voulu. À toi de le mener vers son avenir, de le protéger contre ses ennemis, d'y faire régner l'ordre.

Les domesses et les familiers regrettaient de ne plus entendre la voix tonitruante de leur colosse de seigneur. On était habitué à ses colères, à ses excès. Une sorte de mélancolie s'était abattue sur le pays.

Dorian eut tôt fait d'assurer sa popularité. On le saluait avec respect lorsqu'il se promenait en ville sur son magnifique lionorse noir. Sa légende le précédait. Il était jeune, beau comme un dieu, séduisant. Les filles se pressaient pour l'apercevoir, l'approcher. Les riches négociants lui accordèrent rapidement leur confiance. Dorian avait appris avec Jans les arcanes du commerce et n'avait pas été long à en comprendre les finesses. Il avait confirmé à leurs postes les anciens administrateurs de Czarthoz. Jans avait pris la tête des affaires économiques. Leur amitié s'était renforcée.

Odios, quant à lui, s'était vu confier la responsabilité des guerriers de métier.

Sylvain avait remplacé Pierre d'Oth qui avait décidé de se retirer.

— Voyez-vous, seigneur, avait-il dit à Dorian, je fus autrefois le rival de Czarthoz. Nous étions deux candidats au comté de Gwondaleya. Czarthoz l'obtint. Il avait su reconnaître ma valeur et m'attacha à son destin. C'est un être de grande noblesse d'âme. Je lui ai voué ma vie pendant plus de trente ans. Entre nous sont nées l'estime, puis l'amitié. Nous sommes devenus inséparables, comme je vous vois avec Sylvain et ce diable d'Odios. Je resterai à Gwondaleya, au cas où vous auriez besoin de mes services. Mais ils sont mieux armés que moi. Ils ont la jeunesse, que je n'ai plus.

— Ils ont la jeunesse, Pierre. Cependant ont-ils, avons-nous la sagesse ?

Le vieux chevalier sourit.

— Vous l'avez, seigneur Arnaud. Vous l'avez prouvé. Vous les façonnerez à votre image.

*

Hélas, Czarthoz ne s'était pas trompé sur son état. Vers le début de l'été, celui-ci s'aggrava rapidement. Un soir, il fit appeler Dorian à son chevet. Alvina l'accueillit. Elle ne quittait plus le comte, dormant même dans sa chambre.

— Il veut vous parler, seigneur !

Elle sortit. Il s'approcha du lit. Le géant était méconnaissable. En quelques semaines, il avait vieilli de plusieurs années. Ses traits s'étaient creusés, il respirait avec peine.

— La peste soit de cette maudite maladie, grommela-t-il. J'aurais voulu mourir proprement, dignement, en seigneur, debout sur un champ de bataille, frappé par un ennemi méritant. Au lieu de ça, me voici cloué ici...

— Ne parlez pas trop, Czarthoz, vous allez vous fatiguer.

— Tais-toi, par Lakor ! Je n'en ai plus que pour quelques jours. Alors, laisse-moi râler tout mon saoul. C'est si bon de parler quand on le peut encore.

Dorian ne répondit pas. La main gigantesque, mais à présent squelettique, se posa sur son bras.

— Écoute-moi, mon fils, je voudrais te dire quelque chose. Alvina m'a raconté la menace qui pèse sur toi et sur Isabelle. Elle m'a dit aussi comment tu avais tué Karl Seran, l'envoyé, et le biolamane Phez.

Dorian tira un siège à lui et s'assit.

— Quelle est votre conclusion ?

— Je ne sais que penser... Je commence à croire que j'ai commis une erreur en te choisissant comme dauphin, Arnaud. Ne t'en formalise pas. Je pense surtout à mes sujets en disant cela. Il semble que vous soyez, Isabelle et toi, d'une origine élevée, et que le sort, ou quelque chose d'autre, vous ait éloignés de votre destinée. Je ne voudrais pas que, décidant de reconquérir le royaume, ou peut-être l'empire qui vous revient, tu entraînes Gwondaleya dans une aventure guerrière insensée qui n'apporterait que la ruine et la misère. N'oublie pas la puissance des amanes. À côté d'eux, les rois et les empereurs ne sont rien. Les prêtres détiennent la connaissance des dieux anciens. Or, il semblerait que ton ennemi soit Horius, le Grand Initié.

Il se tut, épuisé. Dorian prit la main de Czarthoz dans les siennes.

— Je voudrais aussi vous dire quelque chose, Czarthoz. J'ai compris votre message. Je n'entraînerai pas Gwondaleya dans cette histoire dont j'ignore tout. De toute façon, soyez rassuré, je ne pense pas que l'on puisse ainsi disposer des Gwondaleyens.

« Ce que j'ai à vous dire est plus grave. Quand je dis tout ignorer, ce n'est pas tout à fait exact. J'ai gardé jusqu'ici le silence pour sauvegarder Isabelle, mais je vous dois la vérité, quelle que soit l'estime que vous deviez me porter ensuite.

— Tu connais ton origine, Arnaud ?

— Non ! Mais peut-être pourrez-vous m'aider à y voir plus clair. Vous souvenez-vous de la question posée par Zoltan lors de ma nomination au dauphinat ?

— Laquelle ?

— Il m'a demandé si j'avais entendu parler d'un lieu nommé Syrdahar.

— Oui, je me souviens. Je n'ai d'ailleurs pas compris pourquoi il te posait cette question.

— Il avait sans doute de bonnes raisons que j'ignore. Quant à Karl Seran, il est venu à Gwondaleya pour ces mêmes raisons.

— Explique-toi !

— Nous n'avons jamais été les enfants de ce chevalier errant, comme nous l'avons dit. Nous connaissons Syrdahar, pour la bonne raison que nous y sommes nés.

Czarthoz le regarda avec stupeur.

— Qui es-tu en réalité ?

— J'aimerais le savoir, Czarthoz. La vérité, ou tout au moins ce que j'en sais, est la suivante : mon vrai nom est Dorian de Syrdahar et Isabelle s'appelle Solyane. Elle est bien ma sœur jumelle. Syrdahar était une petite cité perdue au cœur d'un désert mort que l'on appelait les Terres Bleues. Un monde tellement fermé que pendant longtemps, nous avons cru qu'il n'existait rien d'autre. Quelques mois avant que vous nous découvriez dans la forêt Skovandre, nous avons dû fuir Syrdahar, menacés par un ennemi inconnu. Nous avons traversé les Terres Bleues à l'aide d'un équipement spécial fourni par notre théolamane, Adelfius.

Nous n'avons pas compris ce qui s'est passé. Tout a été trop vite. De loin, nous avons assisté à la destruction de notre ville, brûlée par un embrasement d'enfer qui a tout ravagé dans un rayon de dix marches. Nous avons ensuite imaginé que Syrdahar avait été anéantie à cause de nous.

« Nous avons fui sans savoir où nous allions. Nous avons franchi des montagnes, des forêts interminables. Nos compagnons ont été tués. Seule notre mère est restée à nos côtés jusqu'à ce qu'elle soit frappée par des paysans à demi sauvages. Tout le monde semblait vouloir notre mort jusqu'à ce que nous vous rencontrions. C'est pourquoi nous avons décidé de nous taire, de tenter d'oublier tout ceci. Syrdahar a disparu de nos vies. Puis elle a resurgi il y a peu de temps, lors de ma nomination au dauphinat. Vous comprenez pourquoi je n'ai pas voulu avouer la vérité. Je craignais pour la vie de Solyane et pour Gwondaleya.

« Voilà ! Vous savez la vérité. Un dernier point encore : notre mère nous a demandé de nous rendre, lorsque nous serions devenus adultes, dans un lieu nommé Cybernia. Malgré mes recherches, je n'ai pu découvrir ce lieu sur aucune carte.

Czarthoz prit une profonde inspiration.

— Mais pourquoi ne m'as-tu pas parlé de ça avant ?

— Seigneur Czarthoz, la mort est attachée au nom de Syrdahar. J'en ignore la raison. Nous avions réussi, Solyane et moi, à devenir autres, à oublier ce cauchemar. Pourquoi tenter de l'exhumer et voir à nouveau surgir des ennemis dont nous ignorons tout ? Quelle que soit notre origine, nous n'en voulons pas. Si à présent vous désirez que j'abdique, je suis prêt à le faire. Vous resterez le seul à connaître la vérité.

Le comte grommela :

— Je suis stupide. J'aurais dû prendre de plus grandes précautions, vous interroger.

— Je n'aurais pas répondu. Pour protéger Solyane.

Czarthoz médita quelques instants.

— Je devrais t'en vouloir, Arnaud. Pourtant, je crois que j'aurais agi pareillement à ta place. Quant à cette origine... Dis-moi qui était ta mère.

— Elle s'appelait Orlyane. C'était une Léphénide.

— Une Léphénide ? Alors...

Il se tut, puis reprit brusquement :

— Et qui était ton père ?

— Son nom était Kogan de Syrdahar.

— Le nom de Syrdahar n'évoque rien pour moi, mais le fait que ta mère soit une Léphénide... Sais-tu ce que cela signifie ?

— Je sais que les Léphénides constituent la dix-huitième lignée.

— C'est cela. Les Léphénides sont destinées à devenir les épouses des rois, des empereurs et même...

— Même ?

— Le commandeur lui-même choisit son épouse parmi les Léphénides.

— Mon père n'était rien de tout cela.

— Était-il bien ton père ?

Ce fut comme si d'un coup le monde se dissolvait autour de Dorian. Czarthoz ébranlait, dans sa recherche de la vérité, les fondements sur lesquels le jeune homme s'appuyait depuis toujours.

— Oui, dit-il. C'était mon père.

Sa voix manquait tout à coup de conviction. Pourquoi le seigneur Hésiorgues venait-il tous les ans à Syrdahar ? Aurait-il porté un intérêt si grand aux enfants de Kogan ? Un souvenir lui revint : une veillée autour de la cheminée... Solyane dansant pour le seigneur Hésiorgues et cette réflexion énigmatique : « C'est elle ! C'est bien elle ! » De qui voulait-il parler ? Une idée germa soudain dans son esprit.

— Czarthoz, où peut-on trouver un portrait du commandeur Lyophème qui gouverne actuellement le monde ?

— Dans la bibliothèque, à côté de la chambre.

Quelques instants plus tard, Dorian revenait avec un livre épais. Czarthoz lui désigna un homme d'une soixantaine d'années, au regard dominateur, aux traits un peu empâtés, mais à la stature imposante.

— Quelle est ton idée, Arnaud ?

— Je me demandais si cet homme n'aurait pas pu être notre vrai père. Je ne décèle cependant aucune ressemblance, aucun point commun.

— Certes non !

Il referma le livre. Czarthoz reprit :

— Que feras-tu si tu découvres que tu es l'héritier d'un empire, ou même — il hésita — du monde ?

— Je souhaiterais que l'on nous oublie. Je n'ai pas envie de quitter Gwondaleya. De plus, je doute fort d'être l'héritier de quoi que ce soit.

— Dans ce cas, pourquoi cherche-t-on à vous supprimer ?

Dorian ne répondit pas. Czarthoz poursuivit :

— Notre roi m'a dit quelque chose te concernant. "Compagnon, tu as bien choisi ton dauphin. Pourtant, ce jeune homme m'inquiète un peu. C'est un chevalier remarquable, mais qui possède des pouvoirs dont lui-même n'a pas idée. Il me semble, lorsque je converse avec lui, que je suis en présence du commandeur lui-même. L'empereur Khristan Leonov ne possède pas un rayonnement aussi puissant." Il m'a dit cela avant même que tu ne triomphes d'Hadgar.

Ils restèrent un long moment sans parler.

— Que dois-je faire, Czarthoz ?

— Je ne peux te conseiller, Arnaud. Le roi a raison. Tu possèdes une autorité naturelle contre laquelle je n'ai aucune force. Tu es le seul maître de Gwondaleya à présent et j'ai confiance en toi. Je te sais assez sage pour ne pas entraîner ma cité à sa perte, mais je crois qu'il serait prudent aussi, au cas où tu viendrais à disparaître, de te désigner un successeur.

— Je suivrai ce conseil, Czarthoz... mais avant de vous quitter, je voudrais...

Le comte le contempla avec affection.

— Je sais ce que tu veux, mon fils ! Tranquillise-toi. Je te pardonne. Je te remercie aussi de ta confiance, tu aurais pu garder tout cela pour toi. Prends bien garde à toi ! Tes ennemis sont puissants.

Une vague de tristesse avait déferlé sur le comté. Le roc indestructible, le colosse qui avait étendu son bras protecteur sur le pays pendant plus de trente années, Czarthoz n'était plus. Il avait sombré dans le coma deux jours après son entretien avec Dorian. Pendant plusieurs jours, son grand corps décharné avait lutté, combattant la maladie pied à pied. L'issue était inévitable. L'infection s'était généralisée. Alvina l'avait veillé sans faiblir jusqu'au dernier moment, ne dormant pratiquement plus.

Un matin, elle était entrée dans le bureau de Dorian et avait dit simplement :

— Seigneur, c'est fini !

Puis elle s'était évanouie dans ses bras.

Czarthoz fut longtemps pleuré par ses sujets. On lui avait toujours voué respect et admiration. Il rejoindrait dans les esprits les héros dont les légendes ne s'éteignent jamais, parce qu'ils marquent leur époque de leur sceau.

La vie continuait, impitoyable pour les sentiments. Dorian avait repris le pays en main. Le commerce était plus prospère que jamais. Les rançons prélevées sur l'Ismalasie avaient permis des travaux d'aménagement urbain et l'ouverture d'un vaste parc d'agrément que l'on dédia au comte disparu.

Dorian profitait de ses moments de liberté pour effectuer des recherches dans les archives du palais. Avec Solyane, il tentait de trouver un indice qui aurait pu les mettre sur la trace de leur origine, ou bien un ouvrage faisant allusion à Cybernia. En vain ! À croire que Cybernia n'existait pas.

Ils épluchèrent les arbres généalogiques de toutes les familles régnantes, de chaque empire, chaque royaume, mais ils ne purent se découvrir une quelconque ressemblance avec aucun prince régnant. Le mystère s'épaississait.

Un jour, Solyane fit une découverte étrange, bien que sans rapport avec leur problème.

— Regarde, Dorian : dans cet ouvrage consacré à la ligne, on passe sous silence toute une période.

Ils se penchèrent sur le livre.

— Cette période remonte à plus d'un siècle, dit-il. Près de cent cinquante ans.

Il alla chercher un autre volume.

— J'avais déjà remarqué que l'on évitait cette période. Je me demande pourquoi...

— C'est écrit ici, dit Solyane. Regarde !

Elle lut.

« Deux commandeurs vécurent entre 1979 et 1994, mais l'Histoire ne retiendra pas leurs noms. Leurs règnes furent une époque de misère et de chaos. Les dieux les ont rejetés pour l'éternité dans l'oubli. »

— Je me demande ce qu'ils ont pu faire pour être ainsi rayés de l'Histoire.

— Il est difficile de faire pire que ce monstre qui domina le monde il y a quatre siècles et qui fit brûler une dizaine de villes avec leurs habitants à l'intérieur.

— Crois-tu que ces deux commandeurs puissent avoir un rapport avec nous ?

— Non, Dorian ! Nous sommes en 2147. Cette histoire est trop ancienne. Si une conspiration a pu avoir lieu à cette époque, tous les protagonistes doivent être morts à l'heure actuelle.

— Tous, sauf un !

— Lequel ?

— Horius ! Il devait être vivant au XXe siècle, tout au moins si l'on en croit cette légende qui le prétend immortel.

— C'est une légende ! Personne ne l'a jamais vérifiée.

— Voyons ce que dit la suite.

— Presque rien. Une branche cadette a pris la suite. Celui qui règne actuellement, Lyophème, descend de cette branche. Serait-ce lui qui a manœuvré pour nous écarter ?

— Nous écarter de quoi, petite sœur ? Nous n'avons aucun rapport avec la ligne.

— Mais alors, pourquoi veut-on nous tuer ? Pourquoi avoir déplacé un membre de l'inquispol pour ça ? Pourquoi n'a-t-on pas hésité à détruire Syrdahar ? Quel danger représentent Dorian et Solyane de Syrdahar ? Et qui les protège ? Et pourquoi ? Pourquoi ?

Elle eut un bref sanglot. Dorian ne répondit pas. Il la contemplait. Son visage baissé sur les livres, encadré de l'épaisse chevelure blonde, prenait à la lueur des lampes à huile des reflets dorés et chaleureux. Un profil parfait, dangereusement attirant. Une émotion intense lui serra le cœur. Il aimait ces instants où ils étaient seuls, comme en dehors du monde. Elle ressentit la vague de tendresse qui le troublait et leva vers lui un sourire triste. Il passa son bras autour de ses épaules et l'attira contre lui. Elle se laissa faire.

Des images coulèrent de l'un à l'autre, fugitives. La terrasse du palais de Syrdahar, les Terres Bleues, les orages magnétiques qui dévoraient l'été, les rives brumeuses du petit lac, le visage de leurs parents. Ils n'auraient su dire lequel des deux évoquait les souvenirs. Ils possédaient une mémoire commune, un seul esprit. Des larmes gonflèrent les yeux de la jeune fille.

— Dorian, pourquoi ne sommes-nous pas restés petits ? Rien ne nous séparait alors. Nous étions si bien à Syrdahar.

Il la serra contre lui avec force.

— Nous sommes bien ici aussi, à Gwondaleya.

— C'est vrai, mais...

Les mots n'étaient que des supports creux, vides, impuissants à traduire la passion qui les unissait : un flot de tendresse presque tangible, une chaleur immatérielle. Leurs pensées se mêlaient intimement, passaient sans effort de l'un à l'autre. Chacun n'était que le prolongement de l'autre, connaissait toutes ses certitudes, toutes ses inquiétudes, tous ses secrets. Personne jamais ne saurait leur apporter cette plénitude, cette complicité, cette complémentarité.

Soudain, Solyane crispa la main sur celle de son frère, hésita, puis dit :

— Oh, Dorian, je... j'aimerais tellement... faire l'amour avec toi. Rien qu'une fois. Je n'ai jamais connu d'autre homme. Je voudrais que ce soit toi, toi seul qui me fasse connaître l'amour.

Puis elle se mordit les lèvres, atterrée par ce qu'elle venait de dire. Dorian lui caressa la joue, puis déposa un baiser infiniment doux sur les lèvres de sa sœur.

— C'est toi qui as osé le dire la première.

— Pardonne-moi ! Pardonne-moi !

Il la serra à nouveau contre lui.

— Je n'ai rien à te pardonner. C'est ta bouche qui a parlé, mais cette pensée est la nôtre. Nous n'y pouvons rien.

Elle continua de sangloter contre sa poitrine. Il la berça doucement. Il aurait voulu que cet instant durât toujours. Il murmura :

— Tu sais, parfois, j'ai l'impression que cet amour est irréel, qu'il est la manifestation d'une puissance divine, quelque chose contre lequel on ne peut rien. Quelquefois, je me prends à rêver que tu n'es pas ma sœur. Nous sommes nés ainsi par hasard, mais pas réellement liés par un lien fraternel.

— Et si c'était vrai, Dorian ?

— Tais-toi !

Ils restèrent un long moment enlacés. Il la calmait avec de tendres baisers sur les yeux, les lèvres, des baisers dont on n'aurait pu dire qu'ils étaient seulement fraternels.

Enfin, elle se dégagea, lentement, comme si elle se déchirait de lui.

— J'ai peur, Dorian ! Peut-être sommes-nous maudits !

— Non, petite sœur, je ne le crois pas.

— Syrdahar a disparu dans les flammes à cause de nous.

— Ce n'est pas nous qui avons pris la décision de détruire la ville.

— Nous apportons le malheur partout où nous passons.

— Ne déraisonne pas. N'oublie pas que c'est grâce à mes pouvoirs mystérieux que nous avons remporté la victoire sur les Ismalasiens. Gwondaleya ne semble pas avoir trop souffert de notre présence.

— Que va-t-il se passer à présent que nos ennemis savent où nous sommes ? Ne vont-ils pas anéantir aussi Gwondaleya ?

— Non ! Gwondaleya n'est pas isolée comme Syrdahar.

— Qu'allons-nous faire, Dorian ?

— J'ai une idée. Nous allons interroger Achil. Un conteur comme lui est peut-être au courant de l'existence d'un lieu comme Cybernia.

CHAPITRE XXXII

— L'existence de Gwondaleya remonte à près à douze siècles, seigneur Arnaud.

« À l'origine, le Danov coulait beaucoup plus à l'ouest, vers la forêt Skovandre. Puis un gigantesque tremblement de terre a soulevé le fond du fleuve. La plaine fut inondée d'ici à Brastalia. On dit qu'un monstre énorme, caché dans les entrailles de la terre, a essayé d'en sortir. Il était envoyé par Shaïentus. Il fut vaincu par un dieu nommé Lakor, venu des lointaines brumes du nord pour fonder une nouvelle cité. Lakor tua le monstre dont on a oublié le nom, avant de creuser un nouveau lit pour le Danov. Dompté, le fleuve s'est installé dans le lit que nous lui connaissons aujourd'hui. En regardant bien, vous pourrez constater sur ces collines les traces d'une usure ancienne ainsi que des cassures inexplicables.

Le conteur arrêta son cheval sur une crête d'où les trois cavaliers dominaient une vallée au relief tourmenté, incrustée dans le flanc sud de la forêt Skovandre.

Solyane s'approcha du bord du promontoire.

— Je ne vois rien. Cet endroit me semble bien lugubre.

— Regardez bien, princesse ! Ne voyez-vous pas comme la dépression suit un cours à peu près régulier ? Elle rejoint le cours du Danov bien plus au sud, près de la frontière de Tanaleya.

Dorian constata que le conteur ne mentait pas. Personne ne vivait là, à part des paysans à demi sauvages. Étrange personnage que cet Achil. Ils n'étaient jamais parvenus à déceler ses sentiments. Pourtant, il s'était attaché à leur service pour une raison connue de lui seul. Mystérieux comme tous les conteurs, il paraissait parfois plus savant que les amanes eux-mêmes.

Dorian, qui l'avait entraîné dans cette promenade sur la rive occidentale du Danov pour lui poser ses questions loin des oreilles indiscrètes, hésitait pourtant à aborder le sujet.

Enfin, il se lança :

— Achil, un voyageur m'a parlé, au cours de la dernière guerre, d'un lieu étrange nommé Cybernia. Or, je n'ai pu trouver ce nom sur aucune carte. Toi-même, en as-tu entendu parler ?

Le conteur se tourna vers lui. Son visage ne trahissait nul sentiment. Dorian crut pourtant déceler comme une lueur d'intérêt.

— Je connais ce nom, seigneur Arnaud. Mais ne le prononcez jamais devant quiconque.

— Pourquoi ? demanda Solyane.

— C'est le nom d'un lieu maudit !

— Un lieu maudit ? Qu'appelles-tu ainsi ?

— Nul ne le sait, princesse. Personne n'a jamais pu s'y

rendre. On dit que dans ces endroits habiteraient des génies ou des dieux.

— Comme les Terres Bleues, ajouta Solyane.

— Non, princesse, pas comme les Terres Bleues. Avec des antialphes dont les amanes connaissent le secret, il est possible de traverser les Terres Bleues. Mais un lieu maudit reste inaccessible. Il est protégé par des forces mystérieuses, comme une barrière invisible et infranchissable. Si vous tirez une balle ou une flèche sur elle, elle rebondit, comme un mur plus épais que du chalqueverre, mais totalement transparent.

— Qu'y a-t-il au-delà ?

— Rien ! Le paysage continue, comme s'il n'y avait rien d'autre. Cette barrière interdit des régions de plusieurs dizaines de marches carrées. Personne n'ose s'installer trop près, car de l'autre côté, hors de portée de vue, il se passe des phénomènes bizarres. On dit que parfois, des chariots de feu traversent le ciel. La nuit, une étrange lueur persiste au-dessus d'un lieu situé loin à l'intérieur. Personne jamais n'a pu franchir cette barrière. Il y a plus d'un siècle, le grand initié Horius a rassemblé une armée dramas près de l'un de ces lieux maudits. Une gigantesque vague de feu a jailli des entrailles de la terre. La moitié des effectifs a été détruite en quelques secondes.

— Quelle horreur ! gémit Solyane.

— Le sort des survivants ne fut pas plus enviable. Ils devinrent à moitié fous, car un bruit naquit de nulle part, qui devint de plus en plus grave. À la fin, l'on ne l'entendait plus. Mais il était toujours là et faisait résonner les guerriers qui tombaient comme des mouches, le cœur éclaté. L'armée dramas, ou ce qu'il en restait, a fui sans demander son reste. Parmi ceux qui en réchappèrent, aucun n'avait compris ce qui s'était passé. Une chose apparut clairement, il n'y avait personne de l'autre côté. Si quelqu'un habitait à l'intérieur, ce n'était pas des êtres humains, mais des dieux.

— Des dieux que l'on n'a jamais vus ?

— Jamais ! Il vaut mieux éviter ces endroits, seigneur !

Un flot de pensées glissa insensiblement entre le frère et la sœur. Quels rapports pouvaient-ils avoir avec un lieu maudit nommé Cybernia ?

— Sais-tu où se trouve Cybernia, Achil ?

— Oui, seigneur Arnaud ! Très loin en Europannia. À plusieurs centaines de marches d'ici.

Il serait toujours temps de lui demander de les accompagner, de toute façon, ils devaient en parler avant. Et puis un voyage si long était-il vraiment utile pour se retrouver devant une barrière infranchissable ? Un lieu habité par... leurs alliés ?

Ainsi Orlyane avait-elle défini Cybernia. Il ne pouvait pas en faire part au conteur. Il changea de sujet.

— J'ai une autre question à te poser, Achil. Toi qui sembles connaître beaucoup de choses sur tous les sujets, sais-tu pourquoi les règnes de deux commandeurs ne sont pas mentionnés dans les livres de la bibliothèque du palais ?

— Je le sais aussi, seigneur.

— Cet homme est une véritable encyclopédie, dit Dorian à Solyane. Sais-tu de quelle époque je veux parler ? C'était une vérification.

— Sans doute celle qui va de 1979 à 1994, seigneur. Les amanes ont de bonnes raisons pour dissimuler cette époque.

— Explique-toi !

— Eh bien, contrairement à ce que disent les livres, les deux commandeurs concernés étaient dignes d'éloges. Pour bien comprendre, il faut remonter très loin dans le temps, à l'époque de la création de la religion. Le fondateur, Kalkus de Rives, a laissé derrière lui des écrits auxquels ses disciples devaient se référer en cas de litiges. On se reporta souvent à ses paroles, car elles étaient empreintes de sagesse. Or, il avait dit : « Les amanes seront les gardiens de la connaissance héritée des dieux anciens. La renaissance du monde ne pourra se faire sans elle, mais les prêtres y apporteront la sagesse. Ainsi, tel un phénix, la civilisation renaîtra-t-elle de ses cendres ! »

« On peut interpréter le texte de deux manières. Les amanes, en grand nombre, en ont conclu qu'ils étaient les gardiens exclusifs des lois sacrées qu'ils interdirent à jamais aux sapienniens et aux nobles. Ils puisaient sans doute de nombreux avantages de cette situation.

— On dit que c'est surtout pour éviter que les hommes ne se servent de la connaissance de n'importe quelle manière.

Les paroles d'Adelfius revinrent à la mémoire de Dorian : « Imagine cette arme entre les mains d'hommes animés de mauvaises intentions ! »

— Je pense que les prêtres n'ont pas tort. Que serait devenue Gwondaleya si les shots avaient possédé des armes plus puissantes ?

— Vous auriez aussi possédé de telles armes, seigneur ! Et la guerre eût été beaucoup plus meurtrière. Mais je reviens aux paroles de Kalkus de Rives. D'autres amanes ont compris le texte différemment. Pour eux, la connaissance était la propriété inaliénable de l'homme. Pour se relever définitivement du Chaos, les hommes devaient hériter des lois sacrées. Cependant, afin d'éviter les erreurs qui les avaient conduits au Jour du Soleil, les amanes devaient garder cette connaissance aussi longtemps que le monde ne serait pas unifié. Ils ne se sentaient pas le droit de conserver pour eux seuls l'héritage des dieux anciens. Pendant de nombreuses années, les prêtres schismatiques et les conservateurs cohabitèrent sans difficulté. Ils étaient bien trop occupés par la reconquête du monde sur le Chaos. Cette entreprise gigantesque leur prit plus de mille années. Puis, la religion organisa le monde en dix-sept empires, découpés en royaumes et nomma un souverain pour diriger tous les autres. Il prit le nom de commandeur. Il avait plus un rôle représentatif que des pouvoirs réels, mais les peuples du monde entier apprirent à le considérer comme un demi-dieu. Durant huit siècles, les amanes utilisèrent les saintes lois de la génétique pour améliorer la ligne. Ainsi, le commandeur vécut de plus en plus longtemps. Ses pouvoirs mentaux prirent des proportions qui le rendaient supérieur à tous les autres souverains, rois ou empereurs. Les amanes avaient tout intérêt à centraliser le pouvoir au maximum.

« Pendant ce temps, la faction schismatique continuait d'évoluer. Au début du vingtième siècle, arguant que le monde était à présent unifié, elle proposa de redonner la connaissance aux hommes. Le conflit qui couvait depuis plusieurs siècles éclata. La majorité conservatrice refusa. Le moment n'était pas encore venu. Les poches territoriales non encore soumises au contrôle de la religion étaient trop nombreuses. On discuta pendant des lustres, sans qu'aucune décision ne soit prise. Enfin, vers 1940, un amane schismatique, Landius, fut nommé à la phalange suprême. Il décida d'agir en mettant sur le trône du monde un commandeur qu'il prit soin d'éduquer lui-même et de former aux idées des schismatiques. Il s'appelait Aurélios. Né en 1943, il succéda à son père en 1973. Passant outre l'accord des conservateurs, et fermement soutenu par la faction dissidente, le jeune commandeur décida d'ouvrir des lieux d'enseignement dans quelques villes expérimentales. Son but était essentiellement de préparer les hommes à recevoir la connaissance qui avait pris depuis longtemps un aspect tabou. Peu de gens d'ailleurs osèrent fréquenter ces écoles au début. Puis, au fil des années, il fallut en ouvrir d'autres. Mais Aurélios fut tué en 1985, au cours d'un accident de chasse dont les circonstances demeurèrent mystérieuses. Son fils lui succéda. Il s'appelait Darios. Marié à une femme d'une beauté légendaire, il avait acquis une popularité extraordinaire dans le monde qu'il avait parcouru avant d'hériter du trône mondial. Formé aux idées de Landius, il avait contribué à les répandre dans les dix-sept empires. En 1985, quand il succède à son père, il entreprend de développer son action. Il l'étend sur un plan jamais imaginé. Des centres furent ouverts dans chaque empire, chaque royaume, chaque comté... La réticence des peuples était vaincue. Elle fit bientôt place à l'enthousiasme. On se bousculait pour s'inscrire.

« Voilà quel fut le vrai crime d'Aurélios et de Darios : défier la puissance des amanes.

— Que s'est-il passé ensuite ?

— Les conservateurs ne pouvaient se permettre de laisser l'expérience se poursuivre, sous peine de disparaître. Ils ne pouvaient d'autre part agir ouvertement sans compromettre l'unité de la religion. Le schisme devait rester ignoré des peuples. Les conservateurs frappèrent alors vite et fort. Darios et son épouse Lyanéa furent assassinés par un ferroskos qui se suicida sitôt son crime accompli. Une vaste campagne fut organisée pour discréditer l'enseignement des lois sacrées. On agita le spectre du Jour du Soleil. Habilement manœuvrés par une propagande adroite, les peuples se détournèrent des centres. Il y eut de nombreuses émeutes, parfois de véritables guerres civiles que les armées dramas réprimèrent dans le sang. Ce fut à cette époque que l'on créa la terrible inquispol. Les schismatiques furent désignés à la vindicte publique ; et les peuples finirent par se retourner contre eux. Une répression impitoyable suivit. Les centres furent brûlés. Les schismatiques furent poursuivis par l'inquispol, anéantis. Leurs idées furent bannies. La religion s'était épurée. Ainsi raya-t-on les noms d'Aurélios et de Darios.

— Je crois comprendre. Les conservateurs ne voulaient pas perdre leur hégémonie sur le monde.

— Ce n'est pas aussi simple. Nombre d'entre eux étaient sincères et redoutaient réellement de voir revenir un nouveau Jour du Soleil.

Le conteur se tut un instant, puis reprit :

— Pourtant, l'histoire ne s'arrête pas là. Il existe une légende au sujet du commandeur Darios. Certains disent qu'il ne serait pas mort complètement, qu'il reviendra un jour.

— Comment cela ?

— Écoutez : "Coiffé d'un casque d'or, tenant dans sa main les foudres capables d'anéantir des villes entières, il surgira du gouffre noir de la mort et aveuglera ses ennemis d'une lumière éblouissante. À ses côtés se tiendra sa compagne, la très belle Lyanéa, la déesse aux cheveux de soleil. Derrière eux marcheront les dieux anciens, revenus des étoiles au lieu de leur naissance."

CHAPITRE XXXIII

L'invitation parvint à Gwondaleya vers la fin de l'été. Dorian était dans son bureau lorsque Sylvain entra.

— Arnaud ! Un homme est là, qui demande à te voir !

— Qui est-ce ?

— Je ne sais pas ! Il est envoyé par le roi Pillat.

Dorian sentit pourtant que Sylvain connaissait très bien l'arrivant.

— Faites-le entrer !

Il ne s'était pas trompé. Une silhouette imposante pénétra dans la pièce, que le jeune homme reconnut tout de suite.

— Hal Weya, seigneur Gustav !

— Hal Weya, seigneur Arnaud !

Les deux hommes tombèrent dans les bras l'un de l'autre.

— Arnaud ! J'ai la joie au cœur de te retrouver.

— Qu'il est bon de te revoir, compagnon ! As-tu fait bon voyage ?

— Épuisant ! Les maraudiers sentent venir l'hiver. De Kurdia à Burdaroma, puis à Gwondaleya, j'ai essuyé trois attaques.

— Par les tripes de Shaïentus !

— J'ai eu à peine le temps de souffler de mon retour d'Ismalasie que notre roi m'envoyait vers toi.

— Mais tu es arrivé, compagnon ! Tu vas pouvoir te reposer. Prends un siège !

Il frappa dans ses mains. Khaled apparut.

— Apporte-nous à boire et quelques petites choses pour remettre mon compagnon de son voyage.

— Bien seigneur !

L'Ismalasien disparut.

— Tu as encore ce grand escogriffe ?

— Il m'est plus fidèle qu'un chien. Depuis que j'ai tué son roi, il me prend pour un dieu. C'est un guerrier brave et courageux. Mais toi, raconte-moi !

Les deux hommes se regardèrent un moment, éclatèrent de rire, puis s'administrèrent de vigoureuses claques dans les côtes, heureux de se retrouver après une séparation de plusieurs mois.

Dorian appréciait beaucoup le comte Gustav de Felda, de quinze ans son aîné. Loyal, courageux, de compagnie agréable, il faisait montre en toutes occasions d'une sagesse que Dorian s'était appliqué à imiter pendant la guerre. Ami de longue date et confident du souverain, il avait acquis à son école des qualités rares. Entre Gustav et Dorian s'étaient tissés des liens d'amitié que la longue campagne et les amis communs perdus avaient renforcés. Son honnêteté et son autorité naturelle lui avaient valu d'être nommé administrateur de Kurdia, nouvellement acquise à la couronne.

— Alors, compagnon, que me vaut le plaisir de ta visite ?

— C'est le roi qui m'envoie. J'ai une invitation à te remettre de sa part.

Il sortit de son ample cape un rouleau de parchemin scellé et le tendit à Dorian. Il était écrit de la main même du souverain.

« Nous, Pillat, de par la grâce des dieux seigneur roi de Burdaroma, en ce jour prions notre bien-aimé vassal, notre grand ami Arnaud, seigneur de Gwondaleya, de se rendre en notre bonne ville capitale du royaume. Des festivités y seront données en son honneur et en l'honneur de ceux à qui nous devons la victoire. Un palais résidentiel lui est réservé et préparé pour lui et les gens lui appartenant dont il aura le bon plaisir de se faire accompagner.

Fait à Burdaroma, le troisième jour de novéa de l'an 2147. »

Dorian reposa la missive.

— Le roi m'invite, dit-il avec émotion. Par Lakor, j'aurais grande joie à le revoir !

— Il te l'avait dit lorsque vous vous êtes séparés, il y a six mois. Il tient toujours ses promesses. De plus, tu l'as profondément impressionné. Il ne parle que de toi. Il t'a auréolé d'une légende qui n'est pas près de se ternir. Toutes ces dames de la cour l'écoutent bouche bée lorsqu'il conte tes exploits. Tu ne suffiras pas à la demande, compagnon. D'autant qu'il a pris soin de clamer hautement que tu n'avais pas d'épouse.

Dorian sourit devant l'enthousiasme de son ami.

— Comment va-t-il ? Je l'avais quitté gravement blessé. Mes chevaucheurs ne m'ont pas apporté que de bonnes nouvelles depuis.

— Il est totalement remis. Notre médamane a fait des miracles. Il est sur pied depuis deux mois et ne se ressent plus de ses blessures. Sept de ses amazones sont enceintes et c'est de ses bons soins, tu peux m'en croire.

Dorian éclata de rire.

— Alors, il est rétabli.

— Et il n'a pas changé. Il dit qu'il préfère donner *la* vie, que donner *sa* vie. Les finances du royaume n'ont jamais été aussi bonnes grâce à la rançon versée par nos amis ismalasiens. Il comble ses femmes de cadeaux. Il a attribué des rentes à chacun de ceux qui ont combattu à ses côtés.

— Je sais ! J'ai reçu pour ma part un troupeau de trente chevaux, des bijoux, des meubles et un lot d'artistes, des tapisseries représentant mon butin ; sans compter une pension pour mes soldats invalides qui à présent engraissent comme gorets en étable. Certes, il ne nous a pas oubliés.

— Alors, que dis-tu de cette invitation ?

— J'ai grande envie de le revoir. Et puis, on m'a tant parlé de cette capitale, belle comme un joyau, de ses quarante palais, de ses parcs et de ses lacs, que je meurs de curiosité de la connaître. Je vais faire préparer les miens. Mais auparavant, j'espère que tu me feras l'amitié d'accepter mon hospitalité. Tu dois avoir tellement d'aventures à raconter.

Le comte de Felda resta à Gwondaleya. Dorian tint à lui faire les honneurs de sa cour. Le lendemain, le palais accueillait la fine fleur de la chevalerie gwondaleyenne, ainsi que de nombreux notables. Profitant des dernières chaleurs de l'été, on dressa les tables sur les terrasses en étage qui dominaient le Danov. Le repas fut animé et joyeux. Sylvain, Odios et les chevaliers qui avaient participé à la campagne d'Ismalasie se regroupèrent autour de Gustav.

Le comte expliqua comment, sur l'intervention des conseils impériaux d'Ukralasie et d'Ismalasie, il avait été décidé de remettre le royaume entre les mains d'une branche cadette, moins hostile à Burdaroma.

— C'est une bonne chose pour nous, conclut Gustav. Pendant qu'ils règlent leurs problèmes de succession, ils nous laissent tranquilles.

Pillat l'avait nommé administrateur provisoire de la province conquise : Kurdia.

— Le roi pensait rétablir le comte ismalasien dans ses fonctions, comme il l'avait fait pour ton ami Djeffer de Scylla. Il pensait qu'il serait mieux accepté par les Kurdiens.

À notre grande surprise, les sapienniens ont multiplié les démarches auprès de moi pour que je choisisse un autre gouverneur. Certains ont même intrigué pour m'élire personnellement.

Le repas se termina fort tard. On évoqua les compagnons disparus et surtout le plus grand d'entre eux, le comte Czarthoz dont l'ombre gigantesque planait encore entre les murs du palais.

On parla de l'invitation royale. Les femmes imaginaient les robes qu'elles allaient se faire confectionner. Les hommes, loin de leurs épouses ou maîtresses, parlèrent des amazones et des femmes de la cour. Gustav dit à Dorian :

— Tu es attendu là-bas avec une impatience dont tu n'as pas idée, Arnaud. Toutes ces dames frémissent d'émotion au simple énoncé de ton nom. Chacune rêve de rencontrer le héros légendaire, le chevalier qui a sauvé le royaume, le demi-dieu qui a tué le roi maudit par la seule force de l'esprit.

— N'exagère pas, dit Dorian, amusé.

Il sourit, mais reçut comme une vague glacée le désespoir qui avait envahi l'esprit de Solyane.

Bien plus tard, alors que le ciel commençait à pâlir à l'orient et que les invités s'étaient fondus dans la nuit, Dorian et Solyane firent une longue promenade sur les remparts de la citadelle. Ils n'avaient pu se résoudre à se séparer à l'issue de la soirée.

Un parfum frais montait des jardins s'éveillant sous la rosée. Les premiers chants d'oiseaux faisaient timidement vibrer l'air piquant de la pointe du jour. Solyane resserra frileusement autour d'elle sa cape de velours bleu. Ils n'avaient pas échangé une parole ; mais leurs pensées vagabondaient librement de l'un à l'autre, éveillant comme des rêves, des émotions troubles et équivoques, des délices chargées de menaces. Dorian avait passé autour de sa sœur un bras protecteur. À un détour du chemin de ronde, un garde somnolent se raidit de surprise et les salua. Ils parvinrent à la tour carrée qui gardait comme une monstrueuse sentinelle la pointe sud du palais, dominant de sa masse trapue la basse ville et la courbe majestueuse du Danov. Au loin, dans le port, les bateaux pas plus grands que des jouets se balançaient mollement, assoupis dans les brumes cotonneuses des eaux matinales.

Les deux jeunes gens s'accoudèrent au rempart et admirèrent longuement le paysage où la nuit s'achevait.

— Quel étrange destin est le nôtre, petite sœur. Voici dix ans, nous n'étions que deux enfants démunis de tout, ayant perdu foyer et parents. Aujourd'hui, nous voilà les maîtres d'une province puissante et riche. Quel sort insolite nous réserve encore l'avenir ?

Solyane soupira.

— Avons-nous un avenir, Dorian ?

— Explique-toi !

— À quoi bon ? Tu m'as déjà comprise. Tu es le seigneur aimé et respecté de ce pays. Bien que la charge comtale ne soit pas héréditaire, les Gwondaleyens aimeraient te voir prendre une épouse et sans doute quelques favorites. Ils attendent de toi des enfants, des graines de héros à aimer et à admirer.

Des larmes coulèrent de ses yeux, que Dorian essuya tendrement.

— Je ne veux pas te voir pleurer, ma sœur, ma compagne, mon amie.

Une émotion brûlante le déchira. Quelle force d'âme lui fallait-il pour résister au désir insensé qu'il avait de l'embrasser ? Comment ne pas céder à cette bouche sensuelle, ces yeux d'eau pure, cette peau délicatement dorée ?

Solyane le regarda tristement.

— Tu vois, petit frère, ce n'est plus possible. Il faut nous séparer !

Il lui prit les mains et respira longuement les paumes parfumées auxquelles se mêlait l'air vif de la nuit finissante. Quel dieu cruel et perfide les avait fait naître frère et sœur ?

— Je ne veux pas, dit-il d'une voix rauque. Jamais. Je ne veux pas que tu partes. Ma force est en toi, petite sœur. Rien jamais ne devra nous séparer. Nous sommes forts. Nous saurons résister à cette passion maudite qui nous enchaîne.

— Peut-être, Dorian. Mais que se passerait-il si jamais nous... Une fois déjà, j'ai failli céder.

— Cela ne sera pas !

Ils se turent un long moment, observant les derniers vols des rapaces nocturnes. Au loin, un chat sauvage fit entendre un hululement plaintif.

Solyane dit soudain :

— Nous allons nous rendre à Burdaroma. Puisque le roi a pris soin de répandre le bruit que tu n'étais pas marié...

— Non, je...

— Si, Dorian. Tu chercheras une épouse, et moi, un mari. Si j'ai la force d'accepter.

Elle eut du mal à terminer sa phrase.

— Solyane !

— Il le faut, Dorian ! Nous ne pouvons passer notre temps à souffrir l'un par l'autre. Et ton peuple finira par te réclamer une épouse.

— Je suis libre d'accepter ou de refuser.

— Non ! Tu leur appartiens. Ils ne comprendraient pas.

— Jamais ! Jamais je ne pourrai aimer une autre que toi.

— Tu finiras par l'aimer. L'amour est une chose si étrange. Peut-être parviendrons-nous à oublier cette passion folle. Mon frère !

— Solyane, ma petite sœur !

Il se découvrit l'envie de pleurer. Alors, comme ils étaient seuls au sein de la nuit complice, il l'enlaça et posa ses lèvres sur celles de la jeune fille. Un baiser terrible les unit, éveillant en eux un désir sauvage, dévastateur, teinté d'une angoisse sourde et douloureuse.

Lorsqu'ils se séparèrent, Solyane pleurait silencieusement.

— Pourquoi ? Pourquoi ?

— Tais-toi, petite sœur !

Il caressa délicatement la lourde chevelure blonde encore parée du diadème d'or blanc qu'il lui avait rapporté d'Ismalasie.

Puis il soupira :

— Tu as raison ! Nous ferons ce que tu as décidé ! Il le faut !

CHAPITRE XXXIV

Jamais Dorian et Solyane n'auraient imaginé une telle splendeur. Il avait pourtant vu les fines constructions des cités ismalasiennes, les palais aux arches élancées, les terrasses de mosaïques multicolores. Mais rien ne pouvait se comparer au gigantisme de Burdaroma. Parvenus au sommet du mont des Dragons, les deux jeunes gens et leur suite, guidés par Gustav de Felda, avaient découvert la cité tentaculaire dont les constructions s'étendaient d'un bord à l'autre de la vallée. On disait que la capitale abritait plus d'un million d'habitants.

C'était indescriptible, inexplicable. Un long ruban couleur d'argent serpentait majestueusement, séparant la ville en deux, avant de se fondre dans le sud lointain. On devinait de nombreux parcs dont la volonté humaine avait réglé l'harmonie. Ailleurs, d'invraisemblables bâtisses de pierres grises et blanches se dressaient. Les plus hautes dépassaient cinq étages et logeaient, selon la rumeur, les familles des sapienniens. Çà et là s'élevaient les architectures audacieuses des demeures des nobles, dont l'austérité sombre s'égayait parfois d'un marbre éclatant et s'entourait de plans d'eau aux formes variées.

Au-delà du fleuve, on apercevait l'immense palais royal, cerné de ses légendaires jardins en terrasses, comme un joyau dans son écrin.

— On pourrait passer sa vie entière dans ces jardins sans s'ennuyer un seul instant, Arnaud. Ils abritent plus de mille essences d'arbres différentes, des fleurs et des plantes venues de tous les pays du monde. Certaines sont entretenues dans des serres où l'on a reconstitué le climat de leur pays d'origine. Ces terrasses sont un labyrinthe stupéfiant où vivent quantité d'animaux. Il est facile de s'isoler pour un rendez-vous amoureux. C'est un lieu à nul autre semblable.

Impressionnés, les Gwondaleyens restèrent un long moment à s'imprégner du spectacle extraordinaire.

Dorian avait amené avec lui ses frères d'adoption, Odios et Sylvain, Pierre d'Oth qui avait tenu à rendre hommage au roi et les vassaux qui avaient suivi Czarthoz en Ismalasie. Parmi eux, le vieux baron de Brastalia, accompagné de son fils Rodrick. Le baron escomptait le faire engager parmi les gardes royaux, espérant que la discipline de fer de rigueur chez eux parviendrait à mûrir son caractère nonchalant. Alvina avait également suivi, peu désireuse de se retrouver face aux trois autres concubines.

Seul Jans avait décliné l'invitation.

— Seigneur, j'ai ici trouvé femme à ma convenance. Je n'ai nul besoin d'en chercher une autre. Les affaires d'ici sont suffisantes à me tenir en éveil. La cour m'intimide par trop. Il vous faut quelqu'un pour veiller à la bonne marche du domaine. Choisissez-moi, seigneur ! Burdaroma est trop vaste pour moi.

Ainsi était Jans ! Casanier, efficace dans son travail, habile à démêler un embrouillamini commercial, mais maladroit en compagnie. Dorian n'avait pas voulu lui imposer le supplice de la cour royale.

Les Gwondaleyens allaient de surprise en surprise. La cité n'était pas entourée de murailles. Peut-être en avait-il existé dans un lointain passé, mais son expansion les avait irrésistiblement débordées, comme une vague submerge un rocher. La défense de la ville était assurée par des camps guerriers perchés sur les collines avoisinantes. Bien que la capitale n'eût pas connu d'invasion depuis près de deux siècles, on n'en restait pas moins prudent.

Bientôt, un petit détachement de cavaliers apparut, qui s'arrêta devant Dorian.

— Hal Weya, seigneur de Gwondaleya ! Je suis le chevalier Heegh de Sancro. Au nom du roi, je viens vous souhaiter la bienvenue à Burdaroma. J'ai pour mission de vous guider jusqu'à votre palais résidentiel, pour y faire ablutions et prendre collation avant la réception du roi.

— Hal Weya, chevalier ! Nous sommes à vos ordres !

L'arrivant était un jeune homme de belle allure, les cheveux roux sous un casque orné d'un aigle. Une courte barbe masquait son visage. Visiblement, la mode de la barbe, ramenée d'Ismalasie, avait fait son chemin. Dorian était l'un des rares à ne pas l'avoir adoptée. À la suite de leur escorte, les Gwondaleyens pénétrèrent dans la ville par une large artère dallée, bordée d'arbres et des massifs et surtout très animée. Une agitation incroyable régnait dans les rues. À côté de Burdaroma, Gwondaleya semblait un village. Les arrivants découvrirent avec méfiance quelques-uns de ces véhicules automobiles, mus par un mécanisme lectronique que seuls les nobles et les marchands excentriques osaient utiliser. On n'en voyait jamais à Gwondaleya. Les rues et les pistes n'étaient pas prévues pour leurs roues ridiculement petites. À chaque carrefour, on était assailli par une armée de vendeurs ambulants. Les femmes affichaient ici une assurance qu'on ne leur connaissait pas ailleurs. Et on s'enfonçait, toujours plus loin, vers le cœur de la cité qui se refermait sur les Gwondaleyens comme une nasse inimaginable. La ville semblait s'étendre jusqu'à l'infini dans toutes les directions. La circulation était telle que l'on avait été obligé de séparer les artères en deux voies parallèles. Des gardes, aux croisements importants, réglaient le trafic. Jamais Dorian n'avait imaginé pareil phénomène. Le gigantisme de la cité l'écrasait. Même Al Tyrbaagd, pourtant plus peuplée que Gwondaleya, était de dimensions plus modestes.

Heegh de Sancro désigna à Dorian une vaste construction circulaire, l'un des trois cirques de Burdaroma où l'on donnait des représentations théâtrales.

— Dans celui-ci, commenta le jeune chevalier, se déroulent tous les ans des compétitions d'athlètes venus de tous les pays du monde. Les jeux de Burdaroma sont réputés bien au-delà de l'empire. Les vainqueurs sont richement récompensés. Deux fois déjà, l'empereur en personne y a assisté. Ces jeux sont une idée de notre roi bien-aimé que les dieux protègent ; vous le connaissez déjà, seigneur Arnaud !

Bien sûr, il connaissait Pillat, il était même son « grand ami ». Pourtant, il découvrait à présent un autre aspect de la personnalité hors du commun du roi. Pillat était un bâtisseur. Ces artères larges, agréables, ces parcs immenses, ces cirques de marbre, ce canal que l'on était en train de creuser, tout cela était le reflet de son esprit grandiose et généreux.

— Tout ceci doit coûter une fortune, remarqua Dorian en examinant les sculptures harmonieuses d'une porte d'entrée.

— Assurément, seigneur, mais tout a été bâti avec les rançons prélevées sur les ennemis du royaume.

Enfin, après avoir traversé le vaste fleuve Vashtav, les Gwondaleyens parvinrent au palais qui leur était réservé.

— C'est ici que je vous quitte, seigneur Arnaud. Je dois prévenir le roi de votre installation.

La demeure rassurait par ses dimensions modestes. Elle

se composait de deux corps de bâtiments, disposés en losange autour d'un patio central. Une colonnade aux arches fines, décorées de bas-reliefs, les longeait. Chaque détail, chaque statue attirait le regard. L'ensemble était tout à la fois fonctionnel et agréable à la vue. Sur les murs étaient peints des scènes de chasse, des tableaux galants, des fresques d'animaux ou des déesses dévêtues dont la chair nacrée contrastait avec les bleus lumineux des décors.

Un éclairage indirect sourdait de curieuses sphères serties dans la pierre. Elles se commandaient au moyen de petits leviers ouvragés. Stupéfait, Dorian les examina avec circonspection. Achil expliqua :

— Ces lampes s'appellent des lectrones, seigneur ! Nul ne sait comment elles fonctionnent, à part les amanes. Elles sont réservées au seul usage du roi et de ses invités.

— C'est exact, messire conteur, dit un homme qui s'avança à leur rencontre. Je suis Leïos, parane responsable du palais de Paralko.

— Mes respects, inhad Leïos, dit Dorian en s'inclinant selon l'usage.

Leïos, jeune homme maigre au cou interminable, revêtu de la traditionnelle robe rouge des paranes, leur fit découvrir les merveilles insolites de Paralko. Telles ces étranges lectrosonnes, sortes de boîtes à musique aux airs inconnus, apparemment contenus dans de petites cassettes dorées de forme bizarre.

— Comme c'est beau, murmura Solyane. Inhad Leïos, pensez-vous que je pourrais demander un de ces lectrosonnes pour Gwondaleya ?

— Cela dépend de la volonté de la Phalange, madame. Ces objets sont un cadeau des dieux, puisque c'est grâce à leur puissance qu'ils fonctionnent. Ils sont réservés aux rois et aux empereurs. Le degré de science divine qu'ils exigent ne peut s'accommoder de leur divulgation dans n'importe quel lieu.

Solyane ne répondit pas, déçue par la réponse hautaine

et quelque peu méprisante du prêtre. Elle se promit d'en obtenir un malgré tout.

L'installation s'effectua sans difficulté et Gustav de Felda dit à Dorian :

— Le roi t'attend dès ce soir. Une réception est préparée en ton honneur.

— Dès ce soir ?

— Le protocole voudrait qu'on attende demain, mais Pillat a fait savoir qu'il était trop impatient de te revoir.

Le palais royal de Burdaroma attirait d'abord l'attention par la juxtaposition des couleurs de marbre veiné de ses murailles. Un vert lumineux aux nuances différentes s'opposait au sable rosé strié d'écarlate. On s'apercevait vite que la disposition et les proportions du palais s'intégraient si parfaitement au site, qu'il semblait prolonger et magnifier la nature environnante. Réussissant le tour de force d'allier la masse et l'élégance, les architectes avaient réalisé une merveille, un joyau dont la renommée avait dépassé les frontières de l'empire. Le palais était suffisamment vaste pour accueillir tous les courtisans dont le roi faisait son escorte habituelle et qu'il tenait à garder sous son contrôle. Ses hôtes de marque avaient droit, quant à eux, à une demeure indépendante, c'était le cas de Dorian et de Gustav de Felda qui possédait un petit château situé dans les faubourgs sud de la capitale.

La forme du palais rappelait deux U accolés par la base. Les bras du premier enserraient la cour de réception dont les dalles, de quatre couleurs différentes, étaient disposées de manière à créer une impression de perspective grandiose. Les bâtiments ne comptaient pourtant pas plus de trois étages et logeaient les gardes, les lionorses et les chevaux.

Des palefreniers vinrent prendre les montures des Gwondaleyens. De l'autre côté, les deux ailes dont les murs se paraient des reflets de nacre servaient d'écrin à un parc de rêve, aux bassins de formes étranges dont les rives évoquaient les douceurs des courbes féminines. Par endroits, apparaissaient des rochers nus, amoureusement ciselés par des siècles de vent et de pluie. Le parc se prolongeait loin vers l'horizon. Entre les ailes orientales du palais, il se transformait en une vaste terrasse. Ce fut là que Dorian retrouva le roi. Le jeune homme, un peu impressionné, suivait Gustav de Felda qui écartait avec autorité la foule courtisane. Les Gwondaleyens se tenaient en groupe, légèrement intimidés par le faste qu'ils découvraient, les bijoux énormes, les robes éblouissantes, les regards fardés, masculins comme féminins.

Au passage, Dorian reconnut quelques visages. Des chevaliers, des nobles, au côté desquels il avait guerroyé, mais parés du masque des festivités royales, resplendissant comme des phénix. Bien plus brillants que sur les champs de bataille, lorsque la barbe leur mangeait les joues et que poussière et sueur maculaient leurs fronts, beaucoup de femmes également, toutes plus belles et plus attirantes les unes que les autres, certaines masquées, d'autres éclatantes de sourires. Un millier de paires d'yeux convergea vers eux lorsqu'ils apparurent, éblouis par les feux de puissantes lectrones. Dorian vit avec une ironie amère la jalousie se peindre sur quelques bouches féminines car il s'avançait accompagné de Solyane, radieuse, resplendissante dans une robe d'un bleu roi nacré, inspirée des saryaads ismalasiens, qui rappelait la couleur inimitable de ses yeux. Un diadème d'or serti de diamants et de rubis enserrait ses cheveux, libérant une courte mèche délicatement ourlée sur son front et laissant couler sur son dos la cape lourde et vivante de sa toison d'or.

La jeune fille perçut instantanément la joie qu'il éprouvait à se montrer avec elle et le secret plaisir qu'il prenait à provoquer ainsi le doute chez les autres femmes. Elles savaient pourtant qu'il était libre. La jeune fille se pencha vers lui.

— N'oublie pas, Dorian !

— Je n'oublie pas, petite sœur bien-aimée. Laisse-moi pourtant goûter un peu le plaisir de croire un instant que tu pourrais être ma femme.

Elle aussi ne pouvait se défendre d'une fierté incontrôlable et nostalgique. Elle avait parfaitement conscience du couple exceptionnel qu'ils constituaient tous les deux. La preuve en était le silence qui se répandait sur la foule comme une onde.

Enfin, le petit groupe parvint sur la terrasse. Face à eux, installé dans un fauteuil magnifique, le dos tourné au parc, le roi attendait. Un domesse en livrée aboya :

— Le comte Arnaud de Gwondaleya, sa sœur Isabelle, ses barons et ses chevaliers !

Dorian s'avança dans un silence total. On savait que le héros de la guerre devait venir ce soir. On attendait, remplis d'impatience. Et voilà qu'il venait d'apparaître. On remarqua immédiatement que son riche habit dénotait une mode déjà dépassée. Dorian avait conservé sa couleur habituelle, le noir, et portait une longue tunique de cuir ouvragé et un pantalon serré qui mettait en valeur sa musculature impressionnante. Par-dessus, il avait passé la vaste cape noire qui faisait déjà partie de sa légende. Sur son épaule gauche resplendissait l'aigle d'or de Gwondaleya et sur la droite une tête de loup stylisée, son emblème personnel.

Contrairement à ce qu'on avait imaginé, il n'arborait aucune étoile sur la poitrine, comme c'était le cas pour tous les chevaliers présents. Des chuchotements circulèrent, puis s'éteignirent.

Selon l'usage, Dorian s'agenouilla et tendit les bras vers le roi, paumes tournées vers le ciel, en signe d'allégeance. Le monarque devait alors répondre en étendant ses mains au-dessus de celles de Dorian, paumes tournées vers le sol.

— Hal Weya, djihad ! Votre fidèle sujet a répondu avec joie et empressement à l'honneur de votre invitation.

Pillat le regarda avec satisfaction. Un sourire détendit ses traits.

— Hal Weya, comte Arnaud. Nous sommes heureux de vous compter à nouveau parmi nous.

Le roi fit alors quelque chose de nouveau, d'inattendu. Contrairement à la coutume, il se leva, s'approcha de Dorian, mais n'étendit pas ses mains sur celles de son vassal. Une vague de murmures courut dans l'assemblée. Pillat calma le brouhaha en élevant les bras.

— Nobles de Burdaroma ! Regardez bien cet homme que nous accueillons. N'oubliez jamais que c'est grâce à son courage, à ses qualités extraordinaires que nous fûmes victorieux de l'Ismalasie. C'est à lui que je dois d'avoir conservé la vie, car, blessé, je n'aurais pu vaincre Hadgar. Par ses qualités de cœur et d'esprit, je déclare que le comte Arnaud est plus que notre vassal. Il est avant tout notre ami. Aussi est-ce en tant qu'ami que je le reçois. La fête que nous donnons ce soir est à lui. C'est en son honneur que je l'ai voulue grandiose et inoubliable.

Il se tourna vers Dorian.

— Arnaud, je suis heureux de te revoir, comme un simple soldat est heureux de retrouver le compagnon des heures difficiles. Soyez les bienvenus, toi et les tiens. Vous êtes ici chez vous !

Il donna une vigoureuse accolade au jeune homme.

— Djihad, je ne mérite pas...

Tout bas, Pillat lui glissa :

— Ah non, Arnaud ! Pas de protocole entre nous ! Souviens-toi que nous avons partagé le pain et le vin sous la tente, sué sang et eau dans les déserts ismalasiens, dormi à la belle étoile. La mort n'eût pas fait de différence entre toi et moi. Les cendres des rois ont la même couleur que celles des comtes ou des simples guerriers.

Dorian sourit et décida lui aussi de ne pas respecter l'étiquette.

— Je suis heureux de constater que ta santé est revenue, djihad !

— Bah, c'est du passé, n'en parlons plus. Pensons au présent.

Il le prit familièrement par l'épaule et se tourna vers Solyane et les Gwondaleyens.

— Mademoiselle, je suis confus, dit-il. Mon misérable palais est indigne de la beauté d'une déesse. Les feux dont il brille ne sont que pâles lumignons à côté de la lumière dont vous irradiez.

Solyane sourit sous l'éloge dithyrambique.

Pillat accueillit ensuite les Gwondaleyens avec quelques paroles de bienvenue, montrant par là quelle estime il portait à leur seigneur. Peu à peu, les conversations reprirent leur cours, commentant l'événement, émettant des jugements sur les arrivants. Les échotiers de cour allaient se régaler.

Le roi entraîna Dorian vers les jardins, le tenant toujours par l'épaule.

Tout ici était destiné au plaisir de l'œil et de l'oreille. Des petits garçons et des petites filles vêtus aux couleurs royales passaient au milieu des groupes en proposant des friandises et des coupes de vin. Sur les pelouses s'ébattaient toutes sortes d'animaux étranges, oiseaux aux plumages polychromes, chats bleus, fauves ou noirs, aux allures de princes orientaux, chevreuils et daims peu farouches qui venaient manger dans la main des invités ou chaparder des gâteaux sur les tables. Malgré ses dimensions fabuleuses, le parc multipliait les recoins discrets où il était facile de se perdre. Des mélodies aériennes sourdaient des rochers, différentes d'un endroit à l'autre. À leurs harmonies se juxtaposaient le murmure d'une fontaine, le bruissement des feuilles, les cris des oiseaux, le brouhaha confus des bavardages.

Rapidement, un groupe d'amazones vint entourer Dorian et le roi. Deux d'entre elles affichaient un ventre rond que Pillat caressa avec une fierté évidente.

Peu à peu, les Gwondaleyens se trouvèrent happés par la foule curieuse, digérés par les retrouvailles avec d'anciens compagnons de combat. Sylvain prit Solyane par le bras et lui servit de chaperon.

Finement, Pillat remarqua l'amertume qui envahit l'esprit de la jeune fille lorsque les amazones vinrent les entourer et faire mille câlineries à son frère.

— Arnaud, ta sœur t'est vraiment attachée. Elle réagit un peu comme une épouse jalouse.

Dorian se ferma à la remarque.

— Elle est ma jumelle, djihad. Entre nous existe une tendresse inexplicable, très forte. Nous sommes comme deux arbres qui seraient nés au même endroit, plongeant nos racines entremêlées dans la même terre nourricière, élançant nos branches vers le ciel comme un tronc unique. Elle est une autre partie de moi-même et je me retrouve en elle, bien que nous soyons différents. Il est vrai aussi que je supporte assez mal un homme qui lui fait la cour.

Pillat réfléchit, amusé.

— Une sœur jumelle ? C'est curieux. Vous êtes si dissemblables, les formes de vos visages ne présentent pas de points communs ! On ne la prendrait même pas pour une parente.

— Seuls les dieux connaissent les mystères de la vie, djihad ! Pour moi, elle représente tout ce que j'ai de plus cher au monde.

— En vérité, je dois t'avouer avoir rarement contemplé une beauté aussi pure, aussi parfaite. Je n'ai pas tout à fait menti lorsque je lui ai adressé ce compliment. Il émane d'elle comme une lumière, une puissance bénéfique, une auréole magique. Il y a un mot qui traduit cela. Les sorciers disent : la setchaya !

Il parlait à voix basse, peu soucieux d'être entendu par les courtisans qui se pressaient sur leurs pas.

— Il me serait très facile de tomber amoureux d'elle. Je suis sûr qu'elle doit compter de nombreux soupirants. Pourtant, quelque chose me dit que je ne dois pas... À cause de toi... je ne comprends pas. Elle me fait penser à ces déesses vierges, inaccessibles aux mortels.

Il respira profondément.

— Heureux celui qui saura la séduire !

Dorian n'avait rien dit. Il respecta le silence qui suivit les paroles de Pillat, il en profita pour faire dévier la conversation.

— Que deviennent les affaires ismalasiennes, djihad ?

— J'ai invité le nouveau roi. Il nous est favorable ainsi que je l'ai voulu. J'espère seulement qu'il sera suffisamment adroit pour déjouer les complots tramés par les nobles du sud qui n'ont toujours pas digéré leur défaite et encore moins la rançon. Ton ami Djeffer de Scylla m'a demandé de lui envoyer des renforts car il craint des représailles de la part de bandes incontrôlées, mais ce ne sont que points de détail. La rançon rentre régulièrement, ce qui m'a permis de commencer à faire creuser un canal, de rénover les cirques, d'élargir les routes. La paix est fragile, nous travaillons à la consolider.

Soudain, au détour d'un buisson, ils tombèrent nez à nez avec une jeune fille qui réparait hâtivement son soulier. Surprise, elle rougit.

— Oh, djihad, je suis confuse.

— Et de quoi, mon enfant ? Votre jambe est un spectacle charmant, murmura Pillat de sa voix la plus veloutée.

— Je... je suis désolée. Ma boucle s'est coincée. Je ne parviens pas à la redresser.

— Je ne saurais laisser une femme dans l'embarras. Si vous le permettez ?

— Oh, djihad...

Sans plus de manière, Pillat s'accroupit aux pieds de la belle et s'affaira sur le soulier qu'il eut tôt fait de remettre en état. La jeune fille, rouge comme une cerise, n'osait plus rien dire.

— Voilà, belle enfant, dit le roi en se relevant.

— Dj... Djihad, je ne sais...

— Remettez-vous mon petit. C'est moi qui devrais bafouiller, à la vue d'un pied aussi mignon. Ces souliers sont ravissants, mais vous pourriez aisément vous en passer. Vos chevilles sont si fines.

Le tout pimenté d'un sourire éclatant et charmeur acheva de désarçonner la belle.

— Comment vous appelez-vous, petite ?

— Elena de Shalbatena, djihad, répondit-elle avec une révérence gauche.

— Shalbatena ? Je ne savais pas que le comte avait une fille aussi séduisante. Il vous cachait, le bougre ! Je ne lui connaissais que des fils.

— Mes frères aînés, djihad. C'est la première fois que je viens à la cour.

— Eh bien, vous y êtes invitée de façon permanente, mon enfant. Quand il vous plaira de revenir...

Il lui caressa la joue d'un geste mi-paternel, mi-séducteur, s'amusant un peu cruellement de la confusion de la demoiselle. Elena fit une nouvelle révérence pour saluer, puis se tourna vers Dorian. Leurs regards se croisèrent. Le jeune homme lut dans les yeux verts un reste de panique qui ne parvenait pas à s'estomper. Il vit aussi qu'elle était très belle. Ce n'était pas la beauté presque surnaturelle de Solyane, inaccessible, comme avait dit le roi, mais plutôt la fraîcheur d'une fleur sauvage. Contrairement à toutes les courtisanes qui ne cessaient de le dévorer des yeux depuis son arrivée, elle était très peu fardée. Seule une légère ombre soulignait l'émeraude de son regard enfantin. De longs cils lui conféraient la candeur d'un ange. On devinait au fond de ses yeux la spontanéité et la douceur.

Ému plus qu'il ne l'aurait voulu, Dorian lui rendit son salut. Puis elle s'enfuit, dans un envol de soie blanche et or.

— Comme un oiseau, murmura Pillat. Un bel oiseau farouche et sauvage. Qu'en dis-tu, Arnaud ?

— Elle est ravissante, djihad !

— Ravissante ? C'est tout ?

Dorian le regarda, interloqué.

— Remets-toi, compagnon ! J'ai dans l'idée que cette petite a accroché ses épines neuves quelque part par-là.

Il lui donna un coup vigoureux dans la poitrine. Dorian éclata de rire.

— Peut-être !

— Peut-être ? C'est sûr ! Je m'y connais en hommes, presque autant qu'en femmes. Mais si c'est le cas, il faudra te montrer plus bavard, plus entreprenant.

— Comment cela ?

— Tu ignores les règles qui régissent les relations entre les hommes et les femmes ici, à Burdaroma. Il est vrai que c'est la première fois que tu viens.

— Quelles règles ?

— Il existe toutes sortes de conventions, de rites. Par exemple, il est de bon ton d'offrir des cadeaux qui diffèrent suivant le degré de la passion qui nous inspire. Tu vois ces foulards que portent nos dames. Selon leurs couleurs, leur façon d'être noués, l'endroit où ils sont placés, ils peuvent signifier toutes sortes de choses. Les hommes se doivent de comprendre ce langage des foulards. Il est aussi d'usage de composer des poèmes, voire de petites pièces théâtrales pour sa belle.

Effaré, Dorian grogna :

— Je suis incapable de faire tout cela, djihad !

— Ce n'est pas tout. Il est également très apprécié de savoir jouer d'un instrument et d'aller donner des aubades à sa maîtresse.

— Tout cela est bel et bon, djihad, mais je ne me sens pas l'âme d'un troubadour. Je suis un guerrier et un administrateur. Je sais danser, jouer de la thamys, c'est à peu près tout.

Le roi sourit, visiblement ravi.

— Un gouverneur doit savoir tout faire, Arnaud. Je te crois capable de tourner galamment le compliment. Toi qui te sens à l'aise au milieu de tes guerriers, tu dois apprendre à maîtriser aussi le langage des cours.

— Je n'aime rien tant que la sincérité, djihad !

— Je le crois. Rassure-toi ! Les femmes apprécient de même les hommes peu bavards, auréolés de mystère. Si tu sais jouer cette carte, tu feras des ravages.

Dorian n'envisageait pas de faire des ravages. Devinant l'embarras du jeune homme, le roi lui claqua amicalement l'épaule.

— Tu apprendras tout cela très vite, mon ami. Tu sais, ces artifices ne sont que des masques. Nos grands seigneurs se plaisent à compliquer les choses, mais la nature humaine ne change pas pour autant. Il soupira et ajouta :

— D'ailleurs, je te comprends. Parfois, je me lasse de toutes ces hypocrisies qui font perdre à l'amour sa profondeur véritable, qui ensevelissent l'amitié sous la futilité, qui détériorent les sentiments véritables. C'est pourquoi je me suis entouré de mes amazones. Au moins, elles ne sont pas atteintes de cette crise de poésie amoureuse. Je veille personnellement à leur éducation. Ce sont des filles saines et sincères. Viens avec moi !

Il l'entraîna par un labyrinthe d'allées encaissées, jusqu'à un promontoire d'où l'on dominait l'un des jardins en terrasse. Au milieu se dressait un palais miniature, à l'architecture audacieuse, mais dont la particularité résidait dans ses murs à l'apparence de cristal. Lové comme un S gigantesque autour de deux bassins aux eaux d'un bleu pur, il était entouré de petits bosquets et de massifs de fleurs disposés harmonieusement. Le soleil couchant jouait dans les vitraux bleus qui paraient les fenêtres aux formes compliquées. Ici, chaque détail attirait l'œil, flattait le regard.

— Ceci est le “qaïsar”, Arnaud. C'est ici que logent mes amazones. Chacune y possède un petit appartement indépendant ainsi que des esclaves et des domesses. Lorsque je me sens fatigué, découragé, je viens au qaïsar et j'y passe quelques heures, éloigné de tout, au milieu de mes femmes.

Le spectacle d'une jolie fille est propre à chasser les méchantes idées. De plus, mes amazones possèdent une qualité rare chez une femme : elles savent se taire, respecter mes silences. Je les ai choisies non seulement pour leur beauté, mais aussi pour leur esprit.

Tel était Pillat de Burdaroma. Roi excentrique, grandiose, fantasque, excessif dans tous les domaines, il avait poussé le raffinement jusqu'à se constituer une collection unique au monde, enviée par tous les souverains étrangers : une collection de femmes ! Les amazones n'étaient pas toutes ses maîtresses. Leur unique obligation était de se conserver belles. Elles étaient libres de choisir leurs amants, de rester seules, si elles le voulaient, de fonder un foyer.

Pillat tint à faire à Dorian les honneurs du palais et l'entraîna dans une longue promenade qui s'acheva avec le repas servi sur des tables dressées dans les jardins.

Lorsque Dorian retrouva enfin Solyane, elle était épuisée et d'humeur chagrine.

— Je n'en peux plus, petit frère. Cet imbécile de Rodrick ne me lâche pas d'une semelle. Il s'est juré de me servir de chaperon.

— Je vais de ce pas lui dire de se tenir tranquille, à celui-là !

— Non, s'il te plaît, pas de scandale ici.

Dorian se contenta d'adresser un regard noir à Brastalia. Il en fallait plus pour décourager l'encombrant baronnet. Dès que Dorian eut été repris par la cour, il reparut. Décidé à écarter tous les prétendants de Solyane, il s'arrangeait pour qu'on le voie avec elle, se permettant des familiarités qui laissaient supposer des relations de longue date. Un bal suivit, qui imposa un véritable supplice à Solyane. Supplice aussi pour Dorian qui supportait mal les attentions dont sa sœur était l'objet.

Gustav de Felda, amusé par sa méconnaissance des règles courtoises, se chargeait de le présenter à de nombreuses femmes. Il subissait l'assaut de leurs charmes d'un front égal. La détresse de Solyane le préoccupait. Son regard ténébreux fit des ravages qu'il ne remarqua même pas. Plusieurs fois, il se retint de ne pas courir vers sa sœur pour écarter d'elle ces oiseaux aux plumages ridicules qui multipliaient les ronds de jambe et les compliments.

Que savaient-ils d'elle, ces imbéciles ? Bientôt, l'un d'eux porterait la main sur elle, la toucherait, la caresserait, souillerait sa peau au grain si fin. Il mêlerait ses idées, ses émotions aux siennes. Non ! Cela lui serait impossible. Ils avaient tous l'air d'ours à côté d'elle.

À quoi s'arrêterait-elle pour le choisir ? La beauté ? Le charme ? L'intelligence ? Existait-il un homme capable de la comprendre aussi bien que lui ? Pourquoi pas ? À cette idée, une rage folle lui tordait le cœur, lui rongeait les entrailles. Non, c'était impossible ! Jaloux ! Il était jaloux ! Stupide ! Il savait qu'elle ne serait jamais à un autre que lui. Dans le cœur au moins, mais dans les faits ?

La raison, le devoir lui ordonnaient cruellement de s'en tenir à leur décision. Quel que soit le prix à payer.

Une tempête sans nom bouillonnait dans son esprit, lui brouillait les idées. Et cet imbécile, ce porc immonde qui voulait faire croire...

Une onde de plaisir le baigna tout entier lorsque Solyane, au loin, se tourna vers Rodrick et lui lança des paroles qu'il n'entendit pas, mais dont il comprit parfaitement le sens à la mine déconfite du jeune homme.

« Bravo petite sœur ! » pensa-t-il. Comble de satisfaction, il vit encore l'indésirable tourner les talons et s'éloigner.

— Arnaud, on te regarde !

C'était Sylvain. Il ne l'avait pratiquement pas quitté de la soirée, comme s'il comprenait sa peine, mais que pouvait-il en savoir ?

— Arnaud, on te regarde, répéta-t-il.

Dorian tourna les yeux et aperçut le regard vert de la demoiselle au soulier brisé, qui le fixait intensément. Aussitôt, elle baissa le nez, comme une enfant prise en faute.

— Elle est très belle, cette petite, murmura Sylvain.

— C'est exact, répondit-il laconiquement.

Sylvain l'observa à la dérobée, puis passa sa main amicalement sur l'épaule de Dorian.

— Ces pantins t'énervent, n'est-ce pas ?

Il ne répondit pas.

— Mais Isabelle est ta sœur, seigneur !

Dorian se raidit sous les mots. Avait-il compris le lien étrange qui les unissait ?

— Oui, elle est ma sœur !

— Alors, intéresse-toi à cette petite fleur blanche, là-bas. Quant à moi, je vais m'occuper un peu de ces jeunes loups et surtout de cet idiot de Brastalia.

— Non, reste avec moi, plutôt.

— Tu ne veux pas que je prenne soin de notre sœur ?

« Notre sœur ». Dorian sourit et lui serra le bras affectueusement. Lui au moins la considérait comme sa sœur, sans équivoque. C'était d'ailleurs curieux. Il eût été normal qu'il fût un peu amoureux de Solyane.

— Non ! Nous avons décidé de...

Les mots étaient si durs à prononcer.

— De rechercher un compagnon, chacun de notre côté.

Un silence lourd s'installa entre eux, presque tangible. Sylvain dit doucement :

— Comme vous devez souffrir, tous les deux.

Dorian baissa la tête. Ainsi, il avait compris. Ce n'était pas une condamnation qu'il décelait dans l'esprit de son ami, mais une véritable compassion, une peine partagée.

— Tu sais ?

— On ne peut vaincre ses sentiments, Arnaud, on peut cependant les dominer. Tu souffriras, mais je te sais, je vous sais capables de triompher tous les deux.

— Amère victoire !

— Mais indispensable, frère ! La chance te sourit par la bouche de cette petite beauté brune, là-bas. Ne la laisse pas passer.

Dorian saisit la main de Sylvain et la serra chaleureusement. L'autre s'éloigna avec un dernier sourire d'encouragement. Dorian le regarda avec émotion.

Il décida de suivre ses conseils de sagesse et se tourna vers la belle Elena. Entre-temps, une petite cour d'admirateurs s'était constituée autour d'elle. Il ne put se résoudre à s'y mêler, ne désirant pas devenir l'un de ces soupirants bêlant dont les femmes sont fort friandes. Une curieuse pointe de jalousie le griffa. Cette fille lui appartenait-elle, simplement parce qu'il avait décidé qu'elle lui plaisait ? Il se reprocha cette réaction stupide, pourtant révélatrice. En réalité, il dut convenir qu'il n'avait jamais eu à déployer la moindre séduction. Les femmes étaient attirées par sa seule personnalité. Il était tout de même utile qu'il s'intéressât à ces fameuses règles courtoises dont lui avait parlé Pillat.

Il renonça pour ce soir aux subtilités de la cour, préférant la compagnie sans équivoque des amazones avec lesquelles il prit plaisir à évoquer leurs souvenirs de guerre.

CHAPITRE XXXV

Le cirque Hassin ne déparait pas les réalisations grandioses de Burdaroma. Destiné à accueillir les courses de chevaux, les tournois et les rencontres athlétiques, il se composait d'une vaste piste ovale, ceinturée de gradins de marbre rouge et vert. Au milieu s'élevait la loge royale, large amphithéâtre qui pouvait recevoir près de deux cents invités. Une place auprès du monarque était recherchée comme un honneur suprême et provoquait toutes sortes de petites conspirations de cour.

Les jeunes chevaliers avides de se couvrir de gloire s'inscrivirent en nombre aux épreuves. Chaque spécialité comportait ses champions, et les connaisseurs n'hésitaient pas à engager des paris. Le peuple de Burdaroma était friand de ces tournois et les gradins eurent tôt fait de se remplir, d'autant que l'on avait annoncé la participation du héros de l'Ismalasie, ce comte de Gwondaleya que personne, hormis la cour, n'avait encore vu.

Quatre épreuves étaient prévues : course de lionorses, lutte à mains nues, lancer de styls, enfin combat au dayal. Dorian n'avait pu éviter son inscription. La cour entière avait les yeux fixés sur lui. On escomptait un spectacle de choix.

La première épreuve commença très rapidement. C'était le lancer des styls. Des cibles mouvantes, constituées par des ferroskos harnachés d'épais sharacks, couraient devant les participants, bougeaient, repartaient, s'arrêtaient, feintaient. Des juges appréciaient chaque lancer.

C'était essentiellement une épreuve d'adresse et de vitesse. Les vingt-neuf styls devaient être placés et faire mouche dans un minimum de temps. Dorian, entraîné à cet exercice depuis son plus jeune âge, n'eut aucune peine à supplanter tous ses adversaires. Ses vingt-neuf styls vinrent se planter sans coup férir dans les croix rouges brodées sur les sharacks des ferroskos. Seul Gustav de Felda approcha son exploit avec vingt-sept styls. Ailleurs, il y eut même parfois des blessés.

Une ovation énorme salua la performance de Dorian. La foule l'avait immédiatement adopté pour champion et il ne l'avait pas déçue. Elle se passionna pour la suite des épreuves.

Pourtant, la seconde épreuve ne lui apporta pas la victoire. Dorian terrassa tous ses adversaires, sauf un seul, un colosse aussi grand qu'Orloff, qui bénéficia de l'avantage de son poids. Le shod'l loer n'entrant pas en ligne de compte, il échoua à la seconde place, les côtes pas mal endolories.

La troisième épreuve, la course de lionorses, lui amena une deuxième victoire, car aucun des fauves présents ne put résister à la puissance d'Aram. Dominant les autres concurrents d'une bonne tête au garrot, il n'eut aucune peine à les distancer. À l'issue de la troisième épreuve, Dorian avait déjà gagné, puisque son vainqueur à la lutte ne pouvait faire mieux que l'égaler. Mais on disait dans les coulisses qu'il n'était qu'un piètre adversaire au dayal.

Différents groupes de combat furent organisés, où chacun devait éliminer les autres, au hasard des rencontres. Si l'un des participants était blessé, l'abandon était automatique. On pouvait également abandonner avant, sur décision personnelle, reconnaissant par là la supériorité d'un adversaire. Ces abandons étaient rares. Aussi coulait-il en général pas mal de sang sur le sable de l'arène. Les blessures, le plus souvent légères, ne décourageaient pas les combattants.

Dorian, passé maître dans le maniement du dayal, triompha de tous les combattants de son groupe dans lequel se trouvait Odios. Une courte pause après ces premières éliminatoires et il se retrouva face à face avec un homme monstrueux, le comte de Baastel, qui maniait son dayal comme un couteau de table. Mais si la force parlait pour lui, il manquait de souplesse. Sa lame ne rencontrait que le vide. Par contre, celle de Dorian déchiquetait peu à peu son sharack. Soudain, par une attaque plus audacieuse, il se rétablit derrière son adversaire et lui assena un coup tranchant qui entama les fesses rebondies du géant. L'autre hurla de douleur.

— Heureusement que tu étais de dos, lui souffla le jeune homme.

L'autre, furieux et haletant, se résolut à abandonner. Il ne restait à présent que quatre combattants dans l'arène, opposés deux à deux.

Entre chaque échange, les duellistes revenaient se détendre auprès des leurs. On les épongeait du sang versé, on changeait leur sharack, on leur donnait à boire et le combat reprenait.

L'avant-dernier duel fut plus rude encore. L'adversaire n'avait rien d'extraordinaire par la taille. Il était même plus petit que Dorian. Ce dernier le connaissait de réputation pour avoir combattu à ses côtés en Ismalasie. Le comte d'Ursaleya avait la spécialité des bottes secrètes. Beaucoup le tenaient pour le meilleur duelliste du royaume. Visage de marbre, les yeux gris et perçants, il combattait avec le contrôle et la puissance d'un maître. La foule se réjouit. Cette fois, les paris se faisaient plus serrés. Leïro d'Ursaleya avait plus de quinze années de succès derrière lui.

Cependant Dorian avait pour lui une résistance au-delà de la normale. Il n'avait de plus pas oublié les leçons de Rudriko dont l'art prenait sa source au cœur même de la science dramas. Le comte d'Ursaleya avait face à lui un adversaire à sa taille. Le combat dura longtemps sans que l'on pût départager les deux chevaliers. Une nouvelle blessure s'ouvrit sur la cuisse gauche de Dorian, mais un revers imparable entailla le front du comte Leïro. Du sang coula, aveuglant un instant les yeux de l'homme qui sourit malgré sa douleur. Dorian arrêta le combat. L'autre s'essuya d'un revers de manche.

— Arnaud, tu es le plus fier adversaire que j'aie jamais rencontré. Tu es digne de la plus dangereuse de mes bottes secrètes. Si tu la pares, je te l'enseignerai. Sache avant qu'elle a déjà tué plus de trente chevaliers. L'épaisseur de ton sharack ne sera sans doute pas suffisante et je ne veux pas te tuer. Pourtant, j'ai envie de gagner cette épreuve. Acceptes-tu de courir le risque ?

— J'accepte !

— Alors, que les dieux te protègent !

Les combattants savaient qu'ils risquaient leur vie. Les morts étaient peu nombreux au cours de ces tournois. Un participant pouvait abandonner sans pour autant être déshonoré. Parfois l'orgueil poussait les combattants au-delà de leurs possibilités réelles. Ils transgressaient les lois de la chevalerie et leur mort n'était que la conséquence de leur orgueil. Dorian se demanda s'il ne s'était pas montré outrecuidant. Il respira profondément. À présent il connaissait son adversaire. Seuls ses réflexes rapides pouvaient le sauver. Le silence se fit sur les gradins. Le combat reprit.

Soudain, le comte d'Ursaleya attaqua, feinta, puis se fendit et porta une botte aussi vive que l'éclair, remontant vers le haut, vers la gorge de Dorian. La pointe effilée passa à quelques millimètres du cou du jeune homme. Mais celui-ci, à la dernière fraction de seconde, parvint à éviter le coup mortel ; utilisant l'inertie de son adversaire, il riposta alors d'un coup si violent sur la lame ennemie qu'elle se brisa à la garde sous l'impact.

Le comte sentit le froid du métal translucide sur sa propre gorge et se releva lentement, avec dans les yeux tout l'étonnement du monde.

— Par Kalvel, dieu des roches maudites, qui es-tu donc, Arnaud de Gwondaleya ? Jamais personne ne s'est relevé de cette botte.

— J'ai eu de bons professeurs, et puis tu ne l'as pas poussée à fond.

— C'est vrai ! Je ne voulais pas te tuer. Mais personne n'est capable de briser un dayal !

— Tiendras-tu ta promesse de me l'enseigner ?

— Je suis ton homme ! Quand tu voudras !

D'un revers de main, Dorian essuya le sang qui coulait du front de son adversaire.

— Alors, à bientôt, seigneur d'Ursaleya !

Le comte s'en fut, non encore remis de sa surprise. Au silence qui avait salué l'exploit, succéda soudain comme une marée irrésistible, une ovation formidable. La foule délirait à l'idée que son champion allait bientôt remporter le tournoi. Jamais un seigneur n'avait connu pareille adulation.

Un hurlement déchira l'enthousiasme des Burdaromains. Le ventre ouvert, l'un des deux derniers combattants s'écroula sur le sable. Sous un coup plus violent que les autres, son sharack s'était déchiré et la mort s'était engouffrée par l'ouverture. Dorian observa le vainqueur. C'était un homme de haute stature, masqué, dont il ne connaissait pas les couleurs. Une blessure au bras gauche témoignait de la férocité de son dernier duel. Il se détourna sans un regard pour son infortuné adversaire qui se tordit de douleur avant de retomber inerte. Dorian et le comte d'Ursaleya se précipitèrent à son secours : il était trop tard.

— Il s'appelait Logan. Chevalier attaché à la maison du roi. C'était un fin bretteur, dit Leïro. Un de mes plus redoutables concurrents.

Tous deux regardèrent le vainqueur qui regagnait les bords de l'arène d'un pas souple de félin. Un silence consterné s'était abattu sur le cirque. Plus que jamais, Dorian devenait le champion des Burdaromains, contre cet homme surgi de nulle part dont personne ne savait rien.

Des guerriers vinrent chercher le corps du malheureux chevalier, tandis que Dorian reprenait des forces. Solyane apparut à ses côtés, le visage défait. Elle se jeta dans ses bras, sans souci pour sa robe qui se tacha instantanément de sang.

— Sois prudent, petit frère !

Ce furent les seuls mots qu'elle prononça. Un flot de tendresse douloureuse les envahit. Mentalement, elle l'avertit : « Attention, Dorian. Cet homme est ici pour nous. C'est un dramas. »

Elle ne put en dire plus. Sylvain vint les séparer. Il glissa à Dorian :

— Prends garde, frère ! Cet homme est fou ! Il aurait pu éviter de tuer. N'hésite pas à le faire s'il le faut.

— N'aie crainte. Je ne le raterai pas.

Le combat final commença. Les deux adversaires s'avancèrent l'un vers l'autre. Perçant l'esprit de son adversaire, Dorian y lut avec stupeur son arrêt de mort. Solyane ne s'était pas trompée. Avait-elle eu une nouvelle prescience ?

Il ne comprenait pas la raison de cette haine. Il n'avait jamais vu cet homme.

Sylvain, lui, avait eu tort. Ce n'était pas la folie qui animait son ennemi, mais un fanatisme forcené, irrévocable, dont il ne pouvait déceler l'origine. L'homme se planta devant lui et le dévisagea.

— Regarde-moi bien ! Je suis Otwann Galeïr ! Chevalier étranger au royaume de Burdaroma et de plus capitaine impérial des dramas d'Ukralasie !

— Tu es un dramas ? Je m'en doutais à ta façon de combattre.

— Regarde !

L'autre ôta soudain son casque. Dorian se retint de pousser un cri de surprise. Le visage de l'autre n'existait plus, détruit par le feu. Les chairs calcinées, à peine cicatrisées, ne rappelaient plus un visage humain. Il n'avait plus ni nez, ni bouche. Seuls deux yeux petits et féroces brillaient au creux d'orbites déchiquetées.

— Tu as vu ? Tu as vu ce que m'ont fait ceux de Cybernia au mont Stahav ? Ils ont cru que nous étions tous morts, mais j'ai survécu. Ils ont fait bonne garde depuis. Je n'ai pu vous atteindre. Aujourd'hui, personne ne te défendra, je suis là pour te tuer, Dorian de Syrdahar !

— Pourquoi veux-tu me tuer ?

— Parce que tu représentes un danger pour le monde !

— Quel danger ?

L'autre ne répondit pas. Il remit son casque et, sans préambule, poussa un barrissement terrible qui surprit le jeune homme et le cloua une fraction de seconde sur place. Il n'évita le coup que de justesse. Le combat s'engagea à nouveau. Dorian tenta d'utiliser le shod'l loer, mais l'autre ricana.

— Les dramas sont armés contre tes pouvoirs, Dorian. N'espère pas me vaincre ainsi.

Il aurait dû s'en douter. Il avait déjà eu l'occasion de le remarquer, lorsque Seran l'avait attaqué dans la forêt Skovandre. Otwann Galeïr était de loin le plus puissant et le plus rapide des adversaires qu'il ait jamais affrontés.

C'était un combat à mort où la moindre erreur serait fatale. Le dramas était partout, feintant, roulant à terre, bondissant comme un démon. De plus, il n'avait pas participé aux autres épreuves. Le combat dura ainsi une demi-heure. Sans résultat.

— Tu es plus fort que je ne le pensais, Dorian. Tu connais la science dramas, mais tu ne sortiras pas d'ici vivant.

Dorian trouvait qu'il parlait beaucoup trop.

Il avait cerné à présent son adversaire. Faisant appel à toutes ses ressources, il attaqua à son tour, plein d'une vigueur nouvelle, bouscula, déborda le dramas. Une rage froide l'habitait, sans lui faire perdre une once de sa lucidité. Cet homme avait tenté de tuer Solyane. Il était l'incarnation des troupes fantômes qui avaient détruit Syrdahar douze ans plus tôt. Peut-être était-il là-bas, lui aussi ?

Il paierait pour les autres.

Soudain, il rugit :

— Syrdahar ! Je t'offre ce sang !

Le dramas eut un moment d'hésitation. Il lui fut fatal. Sa tête tranchée roula sur le sol. Le casque se détacha, dévoilant le terrifiant visage brûlé.

Malgré ses multiples blessures, Dorian se redressa. Un démon grimaçant avait surgi du néant pour le détruire ; pour une cause qu'il ignorait toujours, une fois de plus, il avait triomphé !

La foule impressionnée par la sauvagerie du combat ne réagit pas immédiatement. Puis, peu à peu, un délire sans nom gonfla les poitrines, secoua les fondations du cirque. Des hommes, des femmes sautèrent sur le sable, coururent vers lui.

Des gardes surgirent, écartant les plus audacieux. Pillat le fit amener devant lui pour lui remettre la couronne du vainqueur. Une couronne chryséléphantine, d'ivoire et d'or tressés et incrustée de rubis. Il l'accompagna d'une leevanne mauve, sertie d'une arabesque d'or et d'argent.

— Ce trophée est pour ta dame, celle que tu choisiras pour compagne ce soir.

On amena Aram qui se coucha pour permettre à Dorian de le monter plus facilement. On eût dit qu'il ressentait les blessures et l'épuisement de son maître. Malgré son sharack lacéré et les douleurs qui lui cuisaient les membres, Dorian tint à effectuer un tour d'arène triomphal. La foule enthousiaste scandait son nom.

La tradition voulait qu'il se choisisse une compagne pour le soir, et pourquoi pas, la nuit suivante. Nombreuses étaient les femmes qui lui lançaient des appels à peine discrets.

Dorian avait déjà fait son choix.

Il s'arrêta devant la loge du comte de Shalbatena. La petite Elena, rouge de confusion, se leva. Dorian descendit de sa monture, escalada l'enceinte et offrit la leevanne à la jeune fille.

— Elena, je veux que vous soyez ma princesse pour ce soir.

— Moi, seigneur ?

— Vous, Elena !

Il ne tenait pas compte du sang qui perlait au travers de sa cape, à la hauteur de son bras gauche et sur sa cuisse. Tout à coup, une goutte glissa, tomba sur le bas de la robe d'Elena.

— Je suis désolé, murmura Dorian.

— Oh non, seigneur ! Jamais je ne ferai laver cette tache.

Et elle lui tendit les bras.

CHAPITRE XXXVI

Solyane se mordit les lèvres pour ne pas crier. Dorian avait choisi. Le premier, il avait respecté leur terrible pacte.

C'était une belle résolution avant qu'elle ne devînt réalité. Un acte de courage, mais à présent, c'était un acide violent qui lui rongeait les entrailles.

Comme dans un cauchemar, elle vit la petite Elena descendre dans l'arène au bras de son frère. Elle vit une robe bleue s'envoler comme un oiseau lorsqu'il la hissa sur l'encolure d'Aram. Combien de fois avait-il eu ce geste pour elle ? Une haine extravagante l'envahit, dirigée vers la petite silhouette brune accrochée au corps de Dorian. Un effort de volonté surhumain la jugula. Elena n'y était pour rien. Au même moment, elle comprit qu'elle-même serait incapable de respecter le pacte. Jamais elle ne pourrait supporter qu'un autre homme portât la main sur elle. Elle resterait seule.

Le nouveau héros de légende s'avança fièrement au-devant du roi qui descendit à son tour dans l'arène.

— Arnaud, cette journée est à toi. Les dieux ont armé ton bras. Jamais champion ne put remporter plus de deux épreuves.

La foule des courtisans se referma autour du jeune couple et du roi, comme une amibe gigantesque. L'esprit vide, Solyane suivit, regagna le palais, écouta des inconnus lui raconter n'importe quoi. Un audacieux profita même de son trouble pour lui voler un baiser furtif qu'elle ne sentit pas.

Un combat de titans se livrait en elle. Sa passion sans limite menaçait d'exploser à tout instant, combattue pied à pied par la raison, une inébranlable volonté qui lui imposait un masque d'impassibilité.

Elle n'eut pas le courage d'assister au triomphe de son frère jusqu'au bout. Rodrick le stupide, le fat, le vaniteux, ne cessait de la suivre. Elle comprit qu'elle ne pourrait le supporter encore très longtemps. Aussi, dans la soirée, après le buffet servi dans les jardins en terrasse, elle fit signe à Sylvain.

— Je suis fatiguée ! Veux-tu me raccompagner ?

— Bien sûr, Isabelle !

Ils quittèrent directement le palais. Sylvain la prit sur l'encolure de Shield. Sitôt dehors, elle ne put retenir ses larmes. Sylvain la serra affectueusement contre lui.

— Il le fallait, Isabelle !

— Sylvain...

— Ne dis rien, petite sœur !

Elle soupira. Ainsi, il avait compris.

— Nous sommes maudits, Sylvain.

— Non ! Le dieu malfaisant qui vous a jeté ce mauvais sort n'aura pas raison de vous. Vous avez su faire ce qu'il fallait. Arnaud a agi avec courage. Tu dois suivre son exemple.

— Je ne pourrai jamais.

Ils restèrent un long moment silencieux, écoutant les bruits de la nuit au milieu du parc qui reliait le palais royal à Paralko.

— S'il y a quelque chose qui peut te consoler, ajouta-t-il enfin, sache qu'aucune femme ne te remplacera pour lui. Tu resteras toujours la première. La seule, sans doute.

Elle ne répondit pas.

Dans sa chambre, elle congédia ses domesses, pourtant avides des détails du combat dont elles connaissaient l'issue et se dévêtit seule. Elle n'alluma pas ses lectrones, préférant se fondre, se diluer dans l'ombre bienfaisante de la nuit. Elle jeta sa robe sur un faldestuel, trop lasse pour la plier, se défit de tous les sous-vêtements et passa une longue chemise de nuit floue qui noyait ses formes parfaites dans une brume soyeuse.

Curieusement, elle ne pleura pas. Une paix étrange, faite de résignation, s'était emparée d'elle, comme si plus rien ne la concernait.

Après tout, quelle importance cela avait-il que Dorian fît d'Elena sa femme ? Plusieurs femmes déjà avaient dormi dans ses bras. Elle le savait et n'en souffrait pas. Sylvain avait raison. Quant à elle... Non ! Jamais encore un homme ne l'avait touchée. On ne peut compter les baisers de soupirants audacieux pour des relations intimes. Elle resterait la petite fée vierge qu'aimaicnt ses Gwondaleyens. Plus tard peut-être...

Quel avenir lui était cependant réservé ? Elle n'avait pas d'avenir.

Elle avança vers la psyché qui faisait face à son lit. Écartant les pans de sa longue chemise, elle examina son corps. Les ombres de la nuit dessinaient sa silhouette en contre-jour. Ses formes obéissaient à l'esthétique la plus rigoureuse. Combien de fois Alvina s'était-elle extasiée devant ses courbes pures, disant que toutes les femmes souhaiteraient lui ressembler ! Elle ne pouvait non plus ignorer les désirs brûlants qui la bouleversaient parfois, au travers desquels elle discernait un visage sombre, aux yeux noirs et à la chevelure bouclée. Alors, un fer rouge la déchirait et elle ne pouvait retenir ses larmes. Elle frissonna sous la fraîcheur de la nuit et se prépara à se coucher. Une tisane soporifique l'aiderait peut-être à dormir.

Soudain, on gratta à la porte. Elle avait pourtant demandé qu'on ne la dérangeât pas. Elle ferma sa chemise et alla ouvrir.

— Mes hommages, princesse !

— Vous ? Que faites-vous ici ?

Rodrick de Brastalia s'insinua malgré elle dans sa chambre et claqua la porte avant qu'elle n'ait pu faire un geste.

— Sortez !

— Non ! Je suis venu vous parler.

— Cela ne pouvait pas attendre demain ?

— Non ! Vous le savez bien. Je ne peux jamais vous approcher seul à seul. Une armée de soupirants s'accroche toujours à vos basques.

— Vous en faites partie, Rodrick ! répondit-elle d'un ton sec. Je ne crois pas vous avoir autorisé à me rendre visite la nuit, que je sache. Je pensais vous avoir fait comprendre que vous ne m'attiriez pas.

— Cela, je ne peux le supporter, Isabelle ! Je vous aime. Vous le savez. Je vous veux.

— Mais moi je ne vous veux pas.

Elle sourit devant la mine déconfite de son amoureux transi.

— Allez, sortez, dit-elle doucement. Je ne dirai rien à mon frère pour cette fois, promettez-moi de ne jamais recommencer.

— Votre frère... Il ne doit pas beaucoup penser à vous en ce moment. S'il a réussi à entraîner sa conquête facile dans quelque recoin sombre des vieux jardins...

— Taisez-vous, vous êtes ivre ! Je vous défends de parler de lui ainsi. Il est votre seigneur.

— Vous me défendez ?

Il éclata de rire.

— Vous ne pouvez me défendre d'être devenu fou à cause de vous.

Il la regarda méchamment.

— Il ne pense plus à toi, belle garce, ton frère chéri. Il est parti se rouler dans la paille avec une autre.

— Taisez-vous, Rodrick !

Elle commençait à avoir peur.

— Non ! Pour une fois, c'est moi qui dirige tout ! Tu croyais être plus forte que moi. Mais tu peux crier. Je viens de fermer la porte à clef. Des amis à moi montent la garde. Si cet idiot de Sylvain tente d'intervenir, tant pis pour lui. Sans doute est-il déjà reparti.

— Vous êtes fou ! Sortez !

Elle recula. Cette fois, elle était effrayée. Elle perçut son haleine. Il empestait l'alcool et surtout la maaklawa, cette liqueur hallucinatoire, interdite par les amanes, qui provoquait des visions et annihilait toute conscience. On en trouvait dans les bas-fonds des villes, au voisinage des ports.

Il éclata d'un rire, hystérique devant sa frayeur soudaine.

— Voilà ! Voilà comment je te préfère, belle garce ! Ainsi doivent être toutes les femmes !

Il se jeta soudain sur elle et la saisit à bras-le-corps. La seconde suivante, elle se trouva projetée sur le lit et un corps puissant s'écroula sur elle, tentant de s'incruster entre ses cuisses. Un flot de dégoût l'envahit. Une odeur de sueur, de parfums acres et de maaklawa s'infiltra en elle. Elle voulut hurler, mais une bouche avide se plaqua sur la sienne. Une rage terrible s'empara d'elle quand les mains sauvages de Rodrick déchirèrent la fine chemise de soie. D'un violent coup de reins, elle se dégagea, se tordit et parvint à échapper à son agresseur.

— Sale garce ! Tu ne t'enfuiras pas !

Elle lui glissa pourtant entre les doigts et s'empara d'un petit couteau abandonné sur un plateau à fruits. Il n'était pas très long, mais suffisant pour déchirer un ventre un peu tendre. Rodrick se ramassa et s'avança vers elle, un mauvais sourire figé sur ses lèvres retroussées.

— Ne bouge pas !

— Reste où tu es, porc immonde ! Mon frère te fera écorcher vif !

Il bondit sur elle, persuadé de sa victoire, mais la maaklawa avait quelque peu émoussé ses réflexes. Solyane esquiva et planta sans remords sa lame dans le gras du bras de son ennemi.

— Putain !

— Sylvain ! hurla-t-elle soudain. Sylvain, au secours !

Un bruit de pas retentit dans le couloir.

— Inutile de crier, clama Rodrick. Mes amis vont s'occuper de lui. Tu n'auras fait que provoquer sa mort.

Un bruit de combat se fit entendre de l'autre côté de la porte.

— Tu entends ?

— Chien !

Elle se rua en avant, décidée à lui ouvrir le ventre ou la gorge, puis à se porter au secours de Sylvain, mais elle connaissait mal l'art du combat. Il esquiva l'attaque et elle se retrouva plaquée contre lui. Il l'entraîna à nouveau vers le lit, après l'avoir désarmée. Elle hurla de douleur. Il lui tordit le bras pour l'obliger à s'allonger.

Mais il ne put aller plus loin.

Un nouveau bruit éclata dans les couloirs, qui le surprit. Deux coups ébranlèrent la porte qui s'ouvrit violemment.

Affolé par ce revers imprévu, Rodrick lâcha Solyane, hésita une fraction de seconde, et bondit vers la fenêtre. Il est dit que la peur donne des ailes. Sans doute ce proverbe contient-il une part de vérité, car l'homme sauta littéralement par-dessus le balcon pour atterrir cinq mètres plus bas, sur la pelouse. Dorian se précipita à sa poursuite, mais Rodrick avait déjà disparu. Il hurla des ordres à ses gardes afin qu'ils poursuivent le fugitif. Cependant, il savait d'avance que ce serait peine perdue. Burdaroma constituait une cachette idéale.

Il se tourna vers Solyane, tremblante dans les lambeaux de sa chemise de nuit. Elle se jeta dans ses bras en sanglotant.

— Je le ferai égorger comme un goret, ce pourceau infect. Je ferai brûler sa tête et jetterai les cendres aux araignées. Non ! Je le tuerai de mes propres mains.

— Non ! Non ! souffla-t-elle. Assez de violence ! Tais-toi !

Elle posa sa main sur sa bouche et leva vers lui des yeux baignés de larmes.

— Tais-toi ! Tu es là ! C'est tout ce que je veux !

Il la serra violemment contre lui. Elle enfouit sa tête, son visage dans le cuir fin de sa tunique, respirant avec ivresse son odeur et les parfums de la fête qu'il venait de quitter, auxquels se mêlaient les effluves de la nuit.

— Je suis arrivé juste à temps ! Que s'est-il passé ?

— C'est un fou, petit frère ! Il a voulu me prendre de force, parce que je ne veux pas de lui.

Il caressa les longs cheveux blonds, eut envie de prendre ces lèvres humides de larmes, de s'y noyer, de tout oublier, mais ils n'étaient pas seuls. Odios les contemplait de la porte béante ainsi que les gardes de Dorian. Orloff appela :

— Seigneur ! Venez vite !

Dorian s'écarta de Solyane et sortit.

— Le chevalier Sylvain est sérieusement blessé.

— Non, ce n'est rien, gémit l'intéressé.

Il était difficile de le croire. Aux premiers cris de Solyane, il était accouru. Il s'était aussitôt trouvé face à face avec quatre individus inquiétants qui l'avaient assailli avant même de se faire connaître. Il avait réussi à en mettre un hors de combat, mais les autres lui étaient tombés dessus. Dorian et les gardes étaient intervenus par la suite — miraculeusement !

Dorian l'examina.

— Je vais faire appeler le médamane du roi. Ne t'inquiète pas ! Nous te tirerons de là. Et merci !

— Tu en aurais fait autant à ma place !

Dorian sourit. Il espérait ne pas être trop optimiste. Sylvain avait perdu beaucoup de sang. La rage l'étouffa. Si Sylvain ne se relevait pas...

Il lui faudrait maintenant retrouver Rodrick. Il était probable qu'il ne reviendrait pas. Les quatre autres gisaient, le ventre ouvert. On ne savait même pas d'où ils sortaient.

— Mais comment ont-ils pu entrer ?

— Il n'y avait pas de gardes, seigneur, dit Orloff.

La discipline était relâchée. À cause de la fête... Il préféra ne pas répondre.

Quelques instants plus tard, il se retrouva seul avec Solyane. Il dut s'appuyer sur un faldestuel pour ne pas tomber.

— Qu'y a-t-il, Dorian ?

— Ce n'est rien ! Je n'ai pas pris le temps de soigner les égratignures que j'ai eues aujourd'hui !

— Viens, je vais te soigner.

— Laisse !

— Non !

Elle se débarrassa des lambeaux de sa chemise et apparut soudain nue. Une douce chaleur envahit Dorian, à laquelle elle refusa de prêter attention. Plus ému qu'il ne l'aurait voulu, il imagina bientôt des mains, des mains étrangères dessinant les courbes délicieuses de ce corps sans défaut. Des mains caressantes s'arrêtant sur les seins si fiers...

— Non, murmura Solyane.

Elle s'approcha de lui, passant une autre chemise qu'elle resserra autour d'elle.

— Il n'y aura rien de tout cela.

— Pourquoi ? J'ai bien choisi, moi. Il n'y a aucune raison pour que tu restes seule.

— Pour toi, c'était absolument nécessaire. Il te fallait une femme, pour te donner des enfants. Moi, je ne pourrai jamais supporter qu'un autre me touche. Jamais !

— Solyane...

— Ne dis rien, s'il te plaît. Je me contenterai de ma place.

— Mais tous les hommes ne sont pas comme ce Rodrick, ce porc infâme !

— Tais-toi !

Elle posa ses mains sur le torse de Dorian, écartant la tunique pour caresser la peau rude. Ses doigts découvrirent une blessure sur laquelle le sang venait à peine de sécher.

— Toi, n'abandonne pas cette petite Elena. Elle n'est pas responsable de tout ceci. Je crois qu'elle est digne de toi. Si le destin ne nous avait cruellement enchaînés l'un à l'autre, il t'eût conduit plus aisément vers elle.

Elle abandonna sa tête contre la poitrine puissante du jeune homme et soupira longuement.

— Si tu m'accordes quelques instants, encore, parfois, quelques instants où je pourrai me serrer contre toi, comme avant, alors, cela suffira.

Elle releva vers lui un regard noyé et il se pencha. Un baiser farouche comme un défi les unit. Soudain, Solyane s'écarta de lui.

— Attends ! Oh... non ! Non !

— Qu'y a-t-il ?

— Je vois... je vois... Nous allons être séparés. Je vois un désert hallucinant... ce n'est pas vraiment un désert ! Des monstres, des volcans, des villes étranges... il y a une femme ! Une femme qui meurt, mais je ne peux pas voir son visage. Cette femme, c'est... peut-être moi... Je vois... un homme chauve. Un combattant redoutable. Tu te bats avec lui...

— Solyane...

— Je ne vois presque plus rien... tout s'estompe.

Il lui prit la main doucement.

— Dorian, prends garde ! Il n'a jamais été vaincu à ce jour et je n'ai pas vu ta victoire.

Chancelante, elle s'appuya sur le lit. Ces visions prémonitoires, sortes de tranches de futur déplacées dans le temps, l'épuisaient considérablement.

Dorian la prit dans ses bras, l'allongea et rabattit le drap sur elle.

— Mais, je ne t'ai pas soigné, Dorian !

— Ne te tracasse pas pour ça, petite sœur. Dors à présent !

Il l'embrassa tendrement, puis se retira.

CHAPITRE XXXVII

La forêt d'Éliandre, qui habillait les massifs montagneux du nord de Burdaroma, s'étendait à perte de vue. Parfois, au détour d'un promontoire, on découvrait un panorama grandiose, une combe sauvage, un vallon ignoré, déjà dévorés par les flammes de l'automne.

Depuis le matin, une importante troupe de cavaliers s'était répandue au long des sommières et des sentiers. Prudemment, les chasseurs restaient groupés, car le gibier poursuivi, le maroncle, était extrêmement dangereux. C'était une sorte de sanglier géant qui descendait du cœur de l'hiver pour attaquer les hameaux isolés.

Pillat avait offert à Dorian un fusil magnifique, à la crosse de chêne sculptée et vernie, incrustée de moulures d'or. Taillé et façonné par un artisan habile, le gonn s'adaptait parfaitement à sa main. Au loin résonnaient les appels des « harceleurs » dont la tâche consistait à débusquer les bêtes.

Depuis quelque temps, la cour s'était dispersée en plusieurs groupes. Les différentes sonneries de gavel racontaient les étapes de la chasse, disaient les espoirs et les échecs, rameutaient les égarés.

Il n'y avait pas encore grand danger, puisqu'on n'avait pu jusqu'à présent repérer un seul maroncle. Mais sitôt que retentirait la sonnerie dite de la « Venue », tous les cavaliers devraient se regrouper.

Elena n'espérait qu'une chose, c'était que l'on ne rencontrerait aucun maroncle aujourd'hui. La veille, la soirée s'était achevée relativement tôt en prévision de la chasse, et elle n'avait pu profiter comme elle l'aurait souhaité de la présence du chevalier Arnaud. Aussi depuis le matin l'avait-elle suivi comme son ombre. Elle savait qu'il la cherchait des yeux si elle s'éloignait trop et ces regards où brillait de l'inquiétude faisaient couler dans ses veines une liqueur de feu.

Elle parlait pour deux. Dorian restait peu loquace. Elle avait imaginé au début que c'était de la timidité. Il émanait de lui une telle assurance qu'elle repoussa rapidement cette supposition. Il n'avait tout simplement pas envie de parler. Alors, elle respectait ses silences, buvant comme du miel les quelques paroles qu'ils échangeaient. Il possédait une voix grave et chaude, ensorcelante, qu'elle savait pouvoir être aussi impitoyable que caressante. Pour elle, il n'était que douceur, telle une onde sonore qui l'enveloppait tout entière.

Il se montrait délicat et prévenant envers elle, possédait

l'art de trouver le mot qui faisait plaisir, savait prévenir ses désirs.

Dorian appréciait la compagnie d'Elena. Sous son apparence naïve, elle dissimulait une instruction élevée. Elle se passionnait pour tout avec la spontanéité d'une enfant. Elle avait dix-huit ans.

Il dut s'avouer qu'il se laissait prendre au piège du charme innocent et frais de la jeune fille. Son regard rappelait un peu celui de Solyane. Sa bouche aux lèvres soyeuses comme des fruits mûrs s'encadrait de deux fossettes adorables. Contrairement aux femmes de la cour, elle n'affichait pas de coiffure aux entrelacs compliqués et laissait sa lourde crinière brune flotter en toute liberté. Une mèche folle lui tombait continuellement devant les yeux, qu'elle replaçait d'un revers de main machinal. Ce geste séduisait beaucoup Dorian.

Couleur de nuit contre la carnation chaude de la peau. L'eau profonde des yeux. Une peau à la soie douce et régulière, attirante, devinée sous le voile sombre des cheveux, au creux du décolleté pourtant sage. Elena était très belle, mais elle ignorait tout de l'art de la séduction.

La veille, elle avait tremblé lorsqu'elle s'était vue projetée d'un coup au premier plan. On s'était aperçu de sa beauté, de son charme. On l'avait entourée, flattée, évaluée, jugée. Elle s'était sentie comme mise à nu par la foule intriguée et curieuse. Partagée entre l'effroi et le bonheur, elle s'était rapprochée de l'homme puissant qui l'avait choisie et avait obtenu sa protection, sans qu'aucun mot ne soit échangé entre eux. Il était là et cela suffisait.

À présent, elle n'osait espérer grand-chose. Elle était à ses côtés, avec lui et la forêt complice avait écarté les importuns. Elle se refusait à regarder vers l'avenir de peur d'y briser les rêves qu'elle n'osait formuler. Pour l'instant, elle était prodigieusement heureuse, comme une fleur caressée par le soleil. Dorian commençait à aimer son bavardage spontané et son rire clair comme l'eau des roches.

Soudain, par jeu, et aussi par provocation, elle se laissa glisser à terre et s'approcha d'un fourré.

— Venez voir, seigneur Arnaud !

Amusé, il la rejoignit. Elle s'accroupit et lui montra, au creux d'un terrier douillet, quatre petites boules de poils qui dormaient.

— N'y touchez pas, Elena !

— Pourquoi ? Ils sont si petits !

— Ils ne sont plus si petits que ça ! Et ce sont des petits blaireaux. Si leur mère décèle sur eux une odeur étrangère, elle peut les dévorer.

— Quelle horreur !

— Attention !

Il n'eut que le temps de l'arracher au sol et de la projeter au loin. Stupéfaite, Elena roula sur la mousse tandis que Dorian esquivait tant bien que mal l'attaque fulgurante de la mère, revenue défendre sa progéniture. Il ne dut la vie qu'à l'épaisseur du col de sa veste de cuir noir ; mais un maître coup de griffe avait rouvert à l'épaule une blessure reçue la veille au cours du tournoi. Il ne put retenir un cri de douleur et bondit pour se placer entre Elena et la blaireaude. Celle-ci grondait, tous crocs dehors. Il savait combien le petit animal pouvait être dangereux. Intimant mentalement à Aram l'ordre de ne pas intervenir, il recula, entraînant la jeune fille. Il eut beaucoup de peine à retenir le lionorse, mais l'attitude de la blaireaude lui valait le respect.

Tenant son épaule blessée, le jeune homme s'écarta du terrier et ordonna à Elena de remonter en selle, puis il enfourcha Aram et tourna bride. Confuse, la jeune fille n'osait rien dire. Dorian se taisait. Elle crut qu'il lui en voulait de s'être montrée aussi inconsciente. Elle s'aperçut avec stupeur qu'un filet de sang coulait au travers des déchirures du cuir. Normalement, sa gorge eût dû se trouver à la place du col de la veste. Le cuir épais lui avait sauvé la vie. Elena l'entendit respirer profondément, vit ses mâchoires contractées.

— Seigneur Arnaud, vous souffrez ? Je suis furieuse contre moi-même.

— Ne vous reprochez rien, Elena ! souffla-t-il, c'est moi qui aurais dû me montrer plus prudent !

Soudain, sa tête retomba sur sa poitrine, comme s'il s'écroulait de sommeil.

— Arnaud ! Qu'y a-t-il ?

— Ce n'est rien ! Cela va passer !

Par fierté, il n'avait pas voulu tenir compte des blessures de la veille. Or, deux d'entre elles étaient sérieuses. Il s'était fait soigner, rapidement, mais il avait négligé tout repos. Les coups de griffes de la blaireaude l'avaient douloureusement rappelé à la réalité.

Bientôt, ils retrouvèrent Odios et Gustav.

Dorian ne vit que deux silhouettes troubles. Sa vue se brouilla et il glissa à bas d'Aram.

— Seigneur Arnaud ! hurla Elena.

Elle sauta à terre et se précipita sur lui. Odios et Gustav la rejoignirent. Ce n'était qu'un étourdissement. Dorian ouvrit les yeux et murmura :

— Que se passe-t-il ?

Odios le regarda d'un œil sévère.

— Je n'en sais rien, mais tes blessures se sont rouvertes. Ce n'était guère recommandé de chasser après les coups que tu as reçus hier. Monsieur le comte se croit toujours plus fort que les autres ; pour faire le joli cœur devant sa belle, il n'hésite pas à jouer sa vie !

Son ton mi-figue mi-raisin amena un sourire sur les lèvres de Dorian.

— C'est ça, condamne-moi à présent ! Tu veux vraiment m'achever !

— Pour ça, tu es bien capable de t'en charger tout seul !

— C'est de ma faute, seigneur Odios ! intervint Elena. Il m'a défendue contre un blaireau !

Odios éclata de rire.

— Un blaireau ! Voilà qui est plaisant ! Toi qui vins à bout de l'armée ismalasienne, toi qui tuas tant de chevaliers valeureux, tu as failli te faire égorger par un blaireau !

— Elle m'a attaqué par-derrière !

— Elle défendait ses petits, seigneur Odios ! renchérit la jeune fille.

Mais Odios et Gustav étaient partis d'un rire tonitruant, à la grande indignation d'Elena qui voyait Dorian perdre son sang. Il s'était lui-même mis à rire. Odios, redevenant sérieux, déclara :

— À présent, fini de faire le malin ! Je vais te ramener à Paralko. Il faut que tu te soignes ! Tes blessures sont mauvaises et risquent d'empirer. Alors, pour une fois, c'est toi qui vas m'obéir, seigneur !

Vaincu, Dorian se laissa faire. L'amitié d'Odios était restée bourrue, mais il adorait rendre service et secourir les autres.

Une heure plus tard, Dorian était allongé dans son lit. Deux domesses s'affairaient. Elena avait pris place sur un faldestuel qu'elle avait rapproché de manière à pouvoir tenir la main du jeune homme. Odios, les bras croisés sur sa veste de cuir, les contemplait avec un certain amusement.

Au moment de quitter la chambre, il jeta à Dorian :

— Heureusement que tu es encore capable d'avoir des faiblesses. Sinon, tu ne serais pas fréquentable !

Puis il s'en fut. Dorian sourit. C'était là un compliment magnifique.

Les blessures se révélèrent plus profondes qu'il ne l'avait cru. Une fièvre inquiétante le tenait et le roi, averti immédiatement, envoya à son grand ami le médamane royal.

— Rien de grave, déclara le prêtre. Il vous faut beaucoup de repos et quelques potions que je vais vous prescrire.

— Et Sylvain ?

— Je me suis occupé de lui, seigneur ! Comme vous, il devra garder le lit. Il sera sur pied d'ici quelques jours.

Elena ne quittait plus Dorian, tenant tête à son père qui redoutait les mauvaises langues.

— Qu'elles jasent. Et que leur fiel leur brûle les lèvres ! Il a besoin de moi !

C'était vrai.

Le premier soir, elle refusa de se rendre au repas qui clôturait la chasse.

— Elena, vous avez le droit de vous amuser. Rejoignez la cour !

— Si vous le permettez, seigneur, je veux rester auprès de vous.

— Je fais un piètre chevalier servant.

— Non, seigneur ! Vos blessures sont belles comme des décorations. Je n'oublierai jamais que la dernière est due à mon imprudence.

— Vous ne pouviez pas savoir qu'un blaireau pouvait être aussi dangereux.

— J'aurais dû. Chez moi, dans le nord, les forêts ne sont pas moins sauvages qu'ici. Je chasse depuis mon plus jeune âge. Mais ne parlez plus, seigneur, votre front est brûlant.

Elle se leva et alla chercher une compresse d'eau froide avec laquelle elle tamponna les tempes du jeune homme. Il lui prit la main et la porta à ses lèvres.

— Vous êtes vraiment une curieuse petite femme ! La cour ne manque pourtant pas de chevaliers beaux et jeunes qui ne demandent qu'à tomber à vos genoux ! On vous a remarquée, depuis le tournoi. N'avez-vous pas vu comme de nombreuses femmes laissent à présent leurs cheveux sur leurs épaules et imitent votre adorable petite mèche folle ?

— Seigneur, il faut que vous dormiez !

Il lui sourit, puis se retourna sur son épaule intacte, non sans une grimace de douleur. Par jeu, il la suivit mentalement. Elle revint s'asseoir sur le faldestuel et prit un livre.

Plus tard, il l'entendit se lever dans son sommeil agité. À nouveau, il sentit une compresse fraîche éponger la sueur fiévreuse qui ruisselait sur son front. Une caresse frôla sa joue.

Elle s'approcha, intriguée.

— Regardez, seigneur Arnaud. La blessure que vous avez reçue à l'épaule au cours du tournoi a pratiquement disparu. On jurerait que vous n'avez jamais été touché à cet endroit.

— Je sais. Je dois posséder une constitution particulièrement robuste. Je ne garde jamais la trace d'aucune cicatrice.

— Jamais ?

— Non !

— C'est étrange. J'aurais cru qu'une blessure comme celle-là vous laisserait au moins une marque.

— Vous le regrettez ?

— Pas du tout ! Je n'avais encore jamais vu cela.

Il lui caressa la joue d'un doigt tendre et se dirigea vers la salle d'eau attenante où les domesses avaient fait couler un bain chaud.

Lorsqu'il revint, Elena s'était rassise dans le faldestuel, le visage triste. Il s'approcha d'elle.

— Qu'avez-vous, Elena ? demanda-t-il hypocritement.

Elle leva les yeux vers lui.

— Vous le savez bien, seigneur. Ne m'obligez pas à vous le dire.

— Je voudrais pourtant l'entendre.

Elle soupira.

— Non ! Je... Vous allez retourner à la cour. C'est bien ! Là est votre place. Dans quelques jours, je rentrerai à Shalbatena avec mon père.

— Et je ne serai plus complètement à toi, petite fille...

Elle baissa les yeux et se mordit les lèvres. Il lui caressa les cheveux et s'accroupit à côté d'elle.

— Tu ne repartiras pas à Shalbatena. Écoute-moi. Je ne suis pas venu à la cour pour m'y pavaner comme un coq. Mon peuple attend une nouvelle petite comtesse. C'est elle que je suis venu chercher à Burdaroma. Si tu l'acceptes, c'est toi que je veux pour suzeraine.

La phrase lui avait coûté. L'image de Solyane s'était imposée à lui. Il le fallait pourtant. Et puis, Elena était si douce, si jolie.

Le regard embué qu'elle leva sur lui acheva de le séduire.

— Acceptes-tu, Elena ?

— Seigneur Arnaud, c'est vrai ? Vous voulez faire de moi votre femme ?

— Je te l'ai demandé !

— Mais pourquoi moi ? Je ne suis que la fille cadette d'un petit comte du nord. Les femmes de la cour...

— Ne parle pas des autres femmes. C'est toi que j'ai choisie. Je voudrais que tu acceptes. J'ai besoin de toi.

Il l'attira contre lui et l'embrassa. Elle se laissa faire.

— Acceptes-tu, Elena ?

— Oui, Arnaud ! Je...

Les mots étaient difficiles à prononcer. Alors, elle l'embrassa à son tour, avec passion.

Bien entendu, ce fut le moment que choisit Odios pour entrer. Il n'était pas seul. Le roi en personne le suivait. Pillat partit d'un grand éclat de rire.

— Je crois que nous n'arrivons pas au bon moment...

Dorian se releva instantanément. Elena rougit de confusion et se redressa à la hâte. Le roi s'avança, ravi de la scène qu'il venait de surprendre.

— Hal Weya, seigneur Arnaud ! J'ai plaisir à constater que vous semblez totalement remis.

— Hal Weya, djihad ! C'est exact ! Grâce à votre médamane.

— Grâce surtout à la petite demoiselle qui perd ses souliers, précisa le roi en regardant Elena.

Dorian prit la main de la jeune fille.

— Djihad, avec votre permission, la petite demoiselle qui perd ses souliers deviendra d'ici peu la nouvelle comtesse de Gwondaleya.

CHAPITRE XXXVIII

Le vent d'automne lui griffait le visage, séchant des larmes devenues rares. Son corps ne lui appartenait plus. Elle s'était saoulée de musique, de danse, de fêtes pour échapper à la réalité. Ce qui avait été devait être, mais la plaie ouverte ne voulait pas se refermer. Elle ne se refermerait jamais. Elle n'avait rien trouvé de mieux que de sauter sur le dos d'un cheval et de filer à travers les parcs du palais royal jusqu'à la forêt d'Éliandre. Quatre gardes l'avaient suivie, qui avaient ordre de veiller sur elle.

Depuis l'aube, elle parcourait les sommières détrempées par les pluies récentes, franchissant parfois de véritables fondrières. La forêt de feu et d'or avait désormais viré au brun terne. Les arbres se dépouillaient de leurs feuilles que les sabots des chevaux soulevaient en tornades folles.

Elle ne voulait plus penser à rien. Elle aurait souhaité se fondre dans le décor fantastique, chargé d'odeurs de terre mouillée. Oublier... oublier...

Parfois, une envie de mourir la prenait et elle était tentée de se jeter contre un arbre ou de se précipiter au fond d'un ravin. Un doute obscur et inexplicable la retenait.

Elle voyait la cérémonie comme si elle y était. À cette heure-ci, ils devaient échanger les serments, sous les regards d'une foule innombrable venue acclamer son héros.

Selon le rite de la religion, les époux se promettaient un amour éternel, une assistance mutuelle et s'assuraient d'une fidélité constante. Cette fidélité ne concernait nullement les rapports physiques. Selon la coutume, le chevalier régnant avait le droit — sinon le devoir — de prendre plusieurs maîtresses. Leur rôle serait d'enfanter. Le sang d'un chevalier avait trop de valeur et devait être distribué généreusement.

Mais il n'avait droit qu'à une épouse légitime. Celle-ci

conservait un rang privilégié. Ainsi, elle assurait la régence en cas de décès de son mari. Cette coutume de polygamie n'était d'ailleurs pas à sens unique. L'épouse d'un prince se devait d'avoir également sa cour d'admirateurs. Si elle se laissait aller à avoir des bontés pour l'un d'eux, il était de bon ton de fermer les yeux. La fidélité, selon la religion, correspondait à une complicité, une amitié née de la vie commune, de ses épreuves, de ses joies et de ses peines. Ces mœurs très libres pimentaient étrangement les relations. Les « envies d'ailleurs », comme on les appelait, n'apparaissaient pas immédiatement. Curieusement, elles garantissaient la solidité d'un couple.

Solyane eût admis que Dorian eût des maîtresses. C'était une chose normale. Tous les seigneurs possédaient leur harem, mais jamais elle ne serait la première, l'épouse !

Jamais ! Elle était sa sœur. Zoltan avait dit un jour que les sangs fraternels ne devaient jamais se mélanger. Sans pour autant donner naissance à des monstres, comme le prétendait la légende, la sœur incestueuse mettrait au monde des enfants anormaux, trop fragiles, parfois difformes, sans doute incapables d'avoir une descendance. Cela plus que tout autre chose avait réduit à néant l'espoir insensé qu'elle entretenait malgré tout au plus profond d'elle-même.

L'acte d'amour n'était rien en lui-même, mais entre un frère et une sœur, il devenait un acte maudit, dont les fruits eux-mêmes portaient la malédiction.

Jamais elle ne porterait d'enfants de Dorian. Cette pensée la faisait frémir d'horreur, mais aussi d'envie. Une envie terrible, incontrôlable, qui lui arrachait des larmes que le vent emportait.

Soudain, un bruit suspect attira son attention. Elle se retourna. Derrière les quatre gardes qui la suivaient silencieusement, elle aperçut une troupe de cavaliers. Elle pensa aussitôt à une troupe de maraudiers. En automne, ils devenaient plus audacieux et n'hésitaient pas à s'approcher des villes. Elle se reprocha son imprudence, puis reconnut des livrées seigneuriales. Elle poussa un soupir de soulagement. Il y avait une douzaine de gardes qui accompagnaient deux seigneurs. Mais tout à coup, son sang se figea.

— Belle dame, je vous salue !

— Rodrick de Brastalia !

— Pour vous servir, madame, répondit-il ironiquement.

— ... Que faites-vous ici ? Et qui vous a dit où je me trouvais ?

Rodrick s'avança, mais les gardes gwondaleyens lui interdirent le passage.

Il leur décocha un regard noir, puis jeta :

— Je sais toujours où tu es ! Partout ! Avec qui ! Depuis que tu m'as si gentiment chassé de ta chambre, des amis à moi te surveillent !

— Vous êtes fou, mon pauvre Rodrick !

— Oui, je suis fou ! Fou de toi !

Il ricana.

— C'est ta faute ! Tu es une sorcière ! C'est en toi qu'il faut chercher le mal qui me ronge. Tu connais le pouvoir de tes yeux. Je ne serai guéri que lorsque tu seras à moi ! À moi...

— Je ne vous ai pas autorisé à me tutoyer, que je sache ! Et je ne goûte guère votre présence ! Cessez de m'importuner ! Et tâchez de ne pas vous trouver en présence de mon frère !

— Cessez de m'importuner ! la singea-t-il.

Puis il éclata de rire, imité par l'autre seigneur, un hercule à la peau cuivrée, dont le visage se balafrait d'une fine moustache noire. On eût dit un chat à l'affût d'une souris. L'échange acide entre Rodrick et Solyane semblait l'amuser prodigieusement. Elle commença à avoir peur lorsqu'elle constata que les soldats étrangers opéraient une manœuvre d'encerclement. L'un des siens hurla soudain :

— Fuyez, madame ! Nous protégeons votre retraite !

La phrase tomba comme la foudre. La tension explosa

d'un coup. Une brusque montée d'adrénaline donna des ailes à Solyane. Elle tourna bride et s'enfuit vers les profondeurs de la forêt ténébreuse. Un bruit de combat emplit les sous-bois.

Galopant au hasard, tenaillée par une peur abjecte qui prenait ses racines dans le regard dément de Rodrick, elle fonçait en aveugle. Le vent glacé la giflait. Des branches basses la fouettaient, tentaient de l'agripper, de la faire choir. La terreur s'empara d'elle. Fuir ! Fuir ! Toujours plus loin, plus vite ! Elle avait compris au premier coup d'œil que son ennemi était en proie à la maaklawa.

Enfin elle se retourna, espérant avoir distancé ses agresseurs. Elle frémit en constatant que Brastalia avait réussi à forcer le barrage des gardes et la poursuivait en hurlant comme un fauve. Une onde de chaleur la parcourut de la tête aux pieds. Cette fois, Dorian ne viendrait pas à son secours.

Ni lui ni personne. Ils étaient au moins à une marche de toute habitation.

La frayeur l'envahit, elle sentit soudain le sol se dérober sous les pas de son cheval. C'était la mort qui la suivait, qui la rejoignait. Un choc terrible. Elle n'eut que le temps d'entendre un rire sonore, effrayant, puis elle sombra dans l'inconscience.

CHAPITRE XXXIX

Elena croyait rêver. Elle, fille du gouverneur d'un petit domaine obscur du nord de Burdaroma, se trouvait projetée en quelques jours au tout premier rang de la cour. Sitôt remis de ses blessures, Dorian n'avait pas perdu de temps. Il avait demandé à rencontrer le comte de Shalbatena et lui avait expliqué qu'il désirait épouser sa fille.

Surpris et charmé, le vieil homme avait accepté.

— Seigneur Arnaud, votre acte est celui d'un parfait chevalier. C'est avec une grande émotion et un plaisir profond que je vous reconnais pour mon fils !

Il avait tellement eu peur pour la vertu de sa fille qu'il ne savait comment remercier Dorian de l'honneur qu'il lui faisait.

— La cour est un tel lieu de perdition, seigneur !

Le matin du jour où Solyane avait fui vers la forêt d'Éliandre, Dorian, sous le nom d'Arnaud de Gwondaleya, épousait la belle Elena de Shalbatena.

De nombreuses femmes de l'assistance remâchaient leur amertume et les sourires qu'elles adressèrent à la jeune mariée ressemblaient fort à des grimaces, mais Elena n'en avait pas conscience.

Rarement mariage princier réunit autant de monde et donna lieu à des festivités aussi éblouissantes. On fit deux tours d'honneur dans la capitale, au milieu d'une foule délirante. Le nom d'Arnaud était sur toutes les lèvres. On voulait voir, approcher et si possible, toucher la jeune femme, la petite princesse qui avait séduit le héros de l'Ismalasie. On les applaudit avec d'autant plus d'enthousiasme que la note finale serait payée par l'ennemi.

Au palais de Paralko, on ne trouva bientôt plus de place pour les cadeaux. Le roi Pillat lui-même avait offert au jeune couple un ensemble de meubles venus de la lointaine Cathasia, en bois noir laqué, peint à la main et incrusté de nacre.

Accaparés par chacun, points de mire d'un royaume entier, les deux jeunes mariés trouvèrent à peine le temps de disparaître pour une trop courte nuit. Puis la cour les reprit à nouveau. Aussi Dorian ne s'aperçut-il pas immédiatement de la disparition de Solyane. Il comprit parfaitement qu'elle n'eût pas envie de se montrer le jour même du mariage. Il était cependant curieux qu'elle ne fût pas revenue le lendemain. Interrogés, Sylvain, Alvina et Odios répondirent par la négative. Ralph, l'écuyer, expliqua que dame Isabelle était partie avec quatre guerriers, la veille au matin. Aucun des gardes n'était revenu.

Dorian l'attrapa par le revers de sa veste.

— Où sont-ils allés ? Parle !

— Je ne sais, seigneur ! Sur ma vie, je ne sais !

Sylvain et Odios retinrent Dorian.

— Arrête ! Ralph n'y est pour rien, Arnaud ! Elle n'est sans doute pas loin, dit doucement Sylvain.

— Tu as raison, excuse-moi ! Je suis inquiet. Vous allez tous vous mettre à sa recherche.

Ce qu'ils firent. Mais on ne trouva rien.

Le lendemain, Pillat, averti par Dorian, mit à sa disposition sa garde personnelle. La ville entière fut fouillée discrètement ; on effectua des reconnaissances jusqu'aux villages proches.

Sans résultat.

Solyane avait disparu sans laisser de traces.

— Enfin, c'est incompréhensible ! hurlait Dorian. Elle n'a pu disparaître ainsi. Quelqu'un l'a enlevée !

Le roi ne s'inquiétait pas outre mesure. Pour lui, Isabelle avait rencontré un seigneur à son goût et coulait dans son lit des heures bien agréables. Bien sûr, il était étrange que les gardes ne soient pas revenus, mais sans doute leur avait-elle glissé la pièce pour obtenir leur silence. Il avait remarqué les liens existant entre le frère et la sœur. On la reverrait d'ici un jour ou deux, plus resplendissante qu'à l'accoutumée, les joues rouges et les yeux brillants. Tout bien réfléchi, lui, Pillat, aurait bien dû envisager la chose... pour son compte personnel.

Toutefois, il ne parla pas de ses soupçons à Dorian et les rejeta d'ailleurs bien vite, lorsqu'un paysan retrouva les cadavres des gardes, lardés de coups de sabre et de shaval, à demi dévorés par les loups, dans un ravin de la forêt d'Éliandre.

— Et Isabelle ? demanda Dorian, angoissé.

— Aucune trace, dit Pillat. J'ai immédiatement envoyé des guerriers sur les lieux. Rien ! Pas le moindre bout d'étoffe, pas le plus petit indice.

Dorian revint à Paralko la mort dans l'âme. Elena, effrayée, ne savait que faire pour le consoler. Il s'emmurait dans une douleur incompréhensible, inaccessible, même pour elle qui n'avait presque pas connu Solyane. Elle n'osait dire un mot, de peur de déclencher une colère incontrôlable. Personne ne savait comment le prendre.

Ce fut avec soulagement qu'on le vit s'enfermer dans sa chambre, seul.

— On ne peut rien pour lui, murmura Sylvain.

— Je voudrais l'aider, dit Elena, mais il me repousse.

— Les grandes douleurs ne peuvent se partager, dame Elena ! Isabelle est la sœur jumelle d'Arnaud. C'est un peu comme si on lui avait arraché un morceau de sa chair.

— Je comprends !

Le lendemain, Dorian sortit de sa chambre comme un ouragan, fonça aux écuries, sella Aram et sortit de Burdaroma. Le jour se levait à peine. Un soleil timide et rouge qui ne parvenait pas à chasser la froideur glacée de la forêt.

Poussant Aram au maximum, Dorian se laissa griser par le vent du matin qui lui brûlait la peau. Inconsciemment peut-être, il espérait en effacer ses cauchemars. L'animal complice renvoyait en écho à sa rage impuissante la chaleur de sa présence. C'était auprès de lui que le jeune homme avait trouvé le réconfort le plus sûr. Le lionorse ne tentait pas de le consoler, de le rassurer par des mensonges. Il se contentait d'être là, comme aux plus mauvais moments de la guerre, lorsqu'un compagnon fidèle tombait à leurs côtés. Les larmes qui coulaient des yeux de Dorian n'étaient peut-être pas toutes dues à l'air glacial !

Suivant les indications données par le paysan, il retrouva l'endroit où avaient été découverts les corps. Il mit pied à terre et se mit à fouiller minutieusement le sol, à la recherche de quelque chose, n'importe quoi. Le soleil naissant perçait de flèches d'or les frondaisons décharnées. Des flaques de lumière éclaboussaient le tapis de feuilles mortes. De faibles nappes de brouillard stagnaient au creux des ravines. Un petit chevreuil surgit d'un buisson.

Dorian eut tôt fait de repérer l'endroit où avait eu lieu le combat. On avait traîné les corps au fond d'un fossé, mais les gardes avaient été tués à quelques pas de la som mière.

Un espoir fou se glissa en lui. Il lui semblait que Solyane était là, toute proche, qu'il n'aurait eu qu'à tendre la main pour la toucher, mais c'était un désir insensé. Il se mit à courir d'un point à un autre, comme un animal inquiet et affolé, distribuant de violents coups de pied dans les amas de feuilles mortes, les yeux brûlés de trop regarder.

Au bout de minutes interminables, il dut se rendre à l'évidence : il ne restait rien. Rien ! Comme si elle avait disparu pour toujours. Comme si elle n'avait jamais existé !

Il hurla soudain de désespoir et s'écroula sur le sol, ravagé. On venait de lui arracher la moitié du cœur.

— Solyane... Solyane, ma petite sœur bien-aimée, ma compagne, mon amie... je jure pas le sang de Kryshla de ne prendre aucun repos avant de t'avoir arrachée à tes ravisseurs. Garde espoir ! Où que tu sois, je te retrouverai, petite sœur ! Je te vengerai. Il n'existe nul endroit où je ne sois capable de te rejoindre. Solyane... Solyane... je t'aime. Je t'aime !

Seul le vent répondit à son désespoir. Une voix insidieuse s'infiltrait en lui, lui soufflant qu'elle n'existait peut-être plus... réellement. Une douleur terrible lui broya le cœur. Elle seule était partie et c'était comme un grand désert qui se creusait autour de lui. Le néant...

Face contre terre, il laissa éclater sa peine. Longtemps...

Soudain, une main se posa sur son épaule. Il sursauta, fit face.

— Sylvain !

— Arnaud !

Dorian se releva et tomba dans les bras de son ami.

— Sylvain, qu'ont-ils fait ? Pourquoi ? Elle est si belle, si fragile ! Ils vont la tuer...

— Non, Arnaud ! Et tu le sais. Isabelle est plus forte qu'eux. Nous la retrouverons. Déjà quelques chevaliers sont venus t'offrir leurs services si tu veux te lancer à leur poursuite.

Dorian consentit à sourire. Non, il n'était pas seul. Il avait un royaume entier derrière lui.

— Me lancer à leur poursuite ? Mais dans quelle direction ? Nous ne savons même pas qui ils sont. Les dieux seuls savent si elle est encore vivante.

Il soupira.

— Je n'ai rien trouvé. Rien ! Si les nôtres ont tué l'un d'entre eux, ils ont dû emporter le corps. S'il s'agit de maraudiers, nous ne la retrouverons jamais.

— Il ne s'agit pas de maraudiers. Isabelle avait au moins un ennemi.

— Qui ? hurla Dorian.

— Tu le demandes ? Rodrick de Brastalia ! Ce chien n'a pas digéré son échec de l'autre jour et il n'a toujours pas reparu.

— Rodrick de Brastalia ! grinça Dorian. L'immonde pourceau ! Tu as raison, ce ne peut être que lui.

— C'est peut-être lui, mais il n'a pu l'enlever seul. Le plus maladroit de nos gardes aurait raison de lui et ils étaient quatre pour protéger Isabelle.

— Qui alors peut l'avoir aidé ?

— C'est ce qu'il nous faut découvrir. Il s'agit sans doute des mêmes qui m'ont attaqué. Viens Arnaud, le roi nous attend.

Pillat n'avait pas perdu de temps. Des messagers étaient partis aux quatre coins du royaume, ordonnant aux garnisons royales de se mettre à la recherche d'Isabelle de Gwondaleya et de Rodrick de Brastalia.

Deux jours plus tard, Odios vint trouver Dorian dans sa

chambre, sans même prendre le temps de frapper. Il avait l'air bouleversé. Elena n'eut que le temps de se couvrir.

— Eh bien, que se passe-t-il ? s'irrita Dorian.

— Viens vite !

— Qu'y a-t-il ?

Odios ne répondit pas. Dorian bondit à sa suite. Il n'eut pas à aller loin.

Une porte ouverte sur un appartement. Des visages douloureux.

— Brastalia ?

Dorian entra. Le baron de Brastalia, le père de Rodrick, avait mis fin à ses jours. Selon le rite de la chevalerie, il s'était tranché la main gauche et passé le dayal au travers du corps. La mort survenait ainsi en moins de trois heures, mais après des souffrances intolérables.

— Voilà pourquoi il s'est isolé hier soir, dit Alvina. Il n'a pu supporter le déshonneur.

— Pourquoi a-t-il fait cela ? soupira Dorian, ému. Il n'était pas responsable des actes de son fils. On n'est même pas sûr que ce soit lui qui ait enlevé Isabelle.

— Il a laissé ceci pour toi, dit Sylvain en lui tendant un morceau de papier.

Dorian l'ouvrit. Le message ne comportait qu'un seul mot :

« Pardonnez ! »

— Pardonner ? dit Dorian douloureusement. Mais comment ?

— Ce Rodrick a tué son père, gronda sourdement Odios. Si jamais il me tombe entre les mains...

Mais il aurait fallu le retrouver.

À bout de ressources, Dorian et les siens quittèrent Burdaroma cinq jours plus tard, désespérés. Des guerriers avaient parcouru le royaume sans résultat, franchissant parfois même les frontières. Des milliers de demeures avaient été fouillées. On avait sillonné la forêt d'Éliandre en tous sens. Rien !

— Peut-être est-elle encore ici, à Burdaroma, tonna Pillat, furieux, cette ville est si vaste...

— J'espère seulement qu'elle est encore en vie... gronda Dorian. Parce que, dans le cas contraire, je me chargerai personnellement de ses assassins et ils regretteront d'être nés !

— Garde confiance, Arnaud ! Nous poursuivons les recherches. Nous la retrouverons.

La veille du départ, le comte Leïro d'Ursaleya vint rendre visite à Dorian.

— Arnaud, avant que tu nous quittes, je veux que tu saches que mon dayal t'est acquis. Je compatis à ta peine. Si tu as besoin de moi, appelle-moi. Je suis prêt à te suivre n'importe où pour châtier tes ennemis. De plus, je n'ai pas eu le temps de t'enseigner ma botte secrète.

— Merci, Leïro. Tu es un véritable ami, mais il faudrait que je sache qui sont mes ennemis.

— Nous les trouverons, garde espoir !

Le retour à Gwondaleya fut un véritable triomphe. Dorian reçut de son peuple un accueil d'autant plus chaleureux que l'on savait le malheur qui l'avait frappé. Il mesura vraiment sa popularité aux expressions familières jaillies du cœur de la foule. On le revendiquait. Il leur appartenait. Plus encore à présent. Et puis, on découvrait avec plaisir la nouvelle comtesse, la belle Elena que Dorian serrait contre lui sur l'encolure d'Aram. Elle semblait bien un peu effrayée, la petite comtesse, mais elle paraissait si mignonne dans sa cape de fourrure blanche ! On prendrait bien soin d'elle. On la dorloterait.

Ainsi Elena découvrit-elle son nouveau domaine. La beauté du lieu l'émerveilla. La douceur du climat ne laissa pas de l'étonner. Bien que l'on approchât de l'hiver à grands pas, le temps restait doux. Chez elle, à Shalbatena, la neige avait depuis longtemps fait son apparition, avec son cortège de loups, de maraudiers, de migas.

Ici, la ville, la colline riante et la large boucle du Danov, tout lui paraissait magnifique, plein de vie. L'exubérance des Gwondaleyens l'effarouchait un peu, mais elle leur trouva un charme attirant. On devait se sentir bien ici.

De retour au palais, Dorian voulut avoir une explication avec Zoltan.

Il se rendit au temple, où le théolamane le reçut immédiatement. Le prêtre affichait comme à l'accoutumée un visage impassible. On avait remplacé le biolamane Phez par un parane et l'affaire avait été étouffée. À la réflexion, c'était même un peu étonnant, mais Dorian avait d'autres chats à fouetter. Il était décidé à aller droit au but.

— Sehad, je serai bref. Je veux connaître la vérité. Par deux fois, on a tenté de nous tuer, Isabelle et moi. Une première fois, elle fut convoquée dans les ruines du palais Stahav. Elle échappa de justesse à un attentat. La deuxième fois, je fus agressé par l'envoyé Karl Seran et une douzaine de dramas. Le sort des armes me fut favorable. J'aimerais comprendre pourquoi l'on veut ma mort et celle d'Isabelle. Que signifie ceci, sehad ?

— Calmez-vous, seigneur Arnaud !

— Excusez-moi, sehad ! L'enlèvement de ma sœur m'a mis hors de moi.

— Je comprends. Que voulez-vous savoir ?

— Je vous soupçonne d'avoir participé à ces attentats, pour un motif que j'aimerais connaître.

Les traits de l'amane se figèrent sous l'attaque brutale.

— C'est là une accusation très grave, seigneur Arnaud ! Sur quoi étayez-vous vos soupçons ?

— Karl Seran m'a avoué être l'instrument de l'amane suprême, le Grand Initié Horius.

— Horius ?

— Oui ! Et Phez l'accompagnait !

— Phez ?

— Oui. Il fut tué, comme Karl Seran, au cours de cet affrontement.

— C'est donc vous qui l'avez tué.

— C'est exact. J'étais en état de légitime défense. J'ai demandé des explications que l'on ne m'a pas données. Alors, puisque Phez était au nombre de mes agresseurs, je vous soupçonne de savoir quelque chose.

— Et vous êtes venu pour me tuer aussi.

— Non, sehad ! Je ne suis pas un assassin. Je veux comprendre. Vous pouvez m'aider.

Il se tut et respira profondément. Discrètement, il sonda l'esprit du prêtre. Il espérait que sa sincérité aurait ébranlé Zoltan. Il sentit qu'il avait partie gagnée lorsque l'amane dit :

— Je vous écoute, seigneur Arnaud.

— On m'a accusé plusieurs fois depuis deux ans, plus exactement, depuis ma réussite à l'eschola, d'avoir un rapport avec un certain Dorian de Syrdahar. Ainsi m'a appelé l'envoyé lorsqu'il m'a tendu ce guet-apens.

— Nous y voilà.

— Oui, sehad ! C'est pour cela qu'on a voulu me tuer.

— Non sans raison. Vous ignorez bien sûr qui est Dorian de Syrdahar ?

— Totalement, sehad !

Il ne mentait pas. Il savait qu'il portait ce nom, mais il ne savait pas qui était Dorian de Syrdahar.

— C'est étrange. Beaucoup de points concordent, dit le prêtre. Je leur avais dit qu'il ne pouvait s'agir que d'une coïncidence. Si j'étais sûr...

Il regarda Dorian.

— Je ne vous comprends pas, sehad.

— Écoutez, seigneur Arnaud. Je vais vous poser une question. Je vous demande d'y répondre avec la plus grande franchise. Êtes-vous oui ou non Dorian de Syrdahar ?

La sincérité soudaine de Zoltan déconcerta Dorian. Il

fut sur le point d'avouer la vérité, mais la pensée de Solyane le retint. Par qui avait-elle réellement été enlevée ? Ce fut pour la protéger qu'il déclara :

— Je ne suis pas Dorian de Syrdahar.

Le théolamane n'insista pas. Dorian sentit pourtant comme l'ombre d'une déception.

— Pourquoi tenez-vous à ce que je sois Dorian de Syrdahar, sehad ?

— Je ne peux rien dire. Des intérêts trop grands sont en jeu.

— Si je vous avais répondu oui, est-ce que vous m'auriez tué, vous aussi ?

Visiblement en proie à une violente lutte intérieure, Zoltan se leva et fit quelques pas. Il frottait nerveusement ses mains l'une contre l'autre. Il paraissait sur le point d'exploser. Jamais Dorian n'avait vu un amane dans un tel état d'excitation. Soudain il avoua :

— Écoutez, seigneur Arnaud, je ne sais pas où se trouve la vérité. Je ne sais pas qui vous êtes réellement. Si vous êtes vraiment Dorian de Syrdahar, je sais que vous êtes capable de vous jouer de moi, de connaître la vérité. Si c'est le cas, je veux que vous sachiez que vous n'avez rien à craindre de moi, je n'ai pas pris part à ces agressions.

— Mais qui est ce Dorian ?

L'amane hésita encore un instant, puis se décida.

— Peut-être vais-je commettre une indiscrétion qui nous coûtera la vie à tous les deux, je vais vous montrer quelque chose qui vous surprendra. Venez !

Intrigué, Dorian le suivit. Zoltan l'entraîna dans ses appartements, jusque dans un bureau bibliothèque où dormaient des rangées de livres, de dossiers épais et des objets étranges dont Dorian aurait été bien incapable de définir l'usage.

Le théolamane s'empara d'un dossier renfermé dans un tiroir à combinaison et l'ouvrit devant Dorian.

— Regardez, seigneur Arnaud ! Que pensez-vous de ces deux portraits ?

Il déposa sur la table de bois verni deux petits cartons glacés. L'un représentait Solyane vêtue d'une magnifique robe blanche brodée d'or et d'argent et coiffée d'un diadème de diamant ; il se reconnut sur l'autre, portant la tenue de cérémonie du commandeur : veste d'or soutachée de rubis, longue cape de soie noire, rattachée sur l'épaule par une broche d'or, le dayal d'apparat au côté. Il en resta abasourdi.

— Qu'est-ce que ça veut dire ? Jamais nous ne sommes vêtus comme ça !

— Il ne s'agit pas de vous. Vous admettez cependant la ressemblance ?

— Il serait ridicule de la nier. Qui sont-ils ?

Zoltan hésita encore, puis déclara :

— Le commandeur maudit, Darios, et son épouse, Lyanéa.

— Je n'ai jamais entendu parler d'eux, mentit-il.

— Et pour cause ! Leurs noms furent rayés de l'Histoire.

— Pourquoi ?

— Parce qu'ils ont tenté de renverser la religion. On dit qu'ils voulaient replonger le monde dans le chaos. Ils étaient envoyés par Shaïentus.

— Mais je ne sais rien d'eux, sehad. J'ignorais jusqu'à leur existence. Ils ont donc vécu il y a peu d'années pour que vous ayez pu penser... Non, c'est absurde, nous sommes à Gwondaleya depuis onze ans. Isabelle et moi étions des enfants, lorsque nous sommes arrivés. Pourquoi avez-vous imaginé que nous étions... Attendez, je ne comprends plus rien. Quel rapport pouvons-nous avoir avec ce commandeur Darios, à part la ressemblance ?

Zoltan hésita encore.

— Je vous en ai déjà trop dit, seigneur Arnaud. Je suis en train de violer un secret dont vous ignorez les conséquences. Qui que vous soyez, restez le petit seigneur de

Gwondaleya. Oubliez tout cela, soyez aimé par votre peuple et par votre épouse. Cela vaudra mieux pour tout le monde.

— Je n'ai pas d'autres intentions, sehad, si ce n'est celle de retrouver ma sœur. Je veux savoir. Un jour peut-être, cette ressemblance nous coûtera la vie. J'ai le droit de savoir pourquoi.

Il était difficile de résister à sa volonté.

— Eh bien voilà ! Sachez que Darios et Lyanéa sont morts il y a plus d'un siècle et demi. En 1994, pour être précis. Nous sommes en 2147. Une légende prétend qu'ils reviendront pour se venger et renverser la religion, avec l'aide des dieux anciens revenus sur la terre, mais ceci est une fable accréditée par les ennemis de la religion. On dit qu'Horius lui-même aurait fait disparaître Darios et Lyanéa.

— Horius ne peut être âgé d'un siècle et demi ?

— On sait si peu de chose sur les Grands Initiés. Ce ne sont pas des prêtres comme les autres. Il semble bien qu'ils soient immortels.

— Ce Darios, comment fera-t-il pour se venger, puisqu'il est mort ? Je n'ai jamais rencontré de revenant et je n'y crois pas.

— Vous avez tort ! C'est justement là où interviennent Solyane et Dorian de Syrdahar.

— Je ne vous suis pas.

Zoltan marqua un temps.

— Seigneur Arnaud, jurez-moi que vous ne répéterez cette histoire à personne !

— Elle ne doit pas être connue de beaucoup.

— Heureusement !

— Vous avez ma parole, sehad.

— Alors voilà : Dorian de Syrdahar et sa sœur jumelle Solyane sont les réincarnations de Darios et de Lyanéa, le couple maudit qui régna voici cent cinquante ans.

II

L'AMOUR INTERDIT

CHAPITRE PREMIER

Réincarnation !

Abasourdi, Dorian regagna le palais à pied. Il éprouvait le besoin de l'univers rassurant de sa ville. L'information fantastique révélée par Zoltan heurtait toute logique. Des citadins le saluaient respectueusement. Une petite fille vint le bousculer en jouant, aussitôt morigénée par sa mère. Il caressa la tête de l'enfant et poursuivit son chemin.

Personne ne savait qu'il était réellement Dorian de Syrdahar. Zoltan l'avait soupçonné, mais il semblait avoir abandonné cette idée. Il croyait plutôt que Solyane et lui étaient des descendants de Darios et de Lyanéa.

— Ils ont eu une fille avant d'être tués, avait-il dit. Cette fille a eu une descendance que malheureusement on n'a pu suivre.

Curieux personnage ! Il ne paraissait pas véritablement hostile à Syrdahar, comme Phez. Cela aussi, c'était inexplicable. Il récapitula ce qu'il savait.

Darios et son épouse Lyanéa, maudits par les uns, adorés par les autres, avaient vécu un siècle et demi plus tôt. Leur but apparemment avait été de redonner la connaissance aux peuples, parce qu'ils estimaient que cet héritage des dieux anciens leur revenait.

Les amanes, qui avaient voulu conserver leurs prérogatives, avaient réagi. Une sorte de guerre civile à l'échelle mondiale s'en était suivie, où avait triomphé l'invincible armée dramas. Le calme était revenu. Les prêtres schismatiques avaient été anéantis. Pourtant, une légende, venue d'on ne savait où, proclamait que Darios et Lyanéa reviendraient pour détruire la « fausse religion ». Ils seraient aidés par les dieux anciens, revenus des étoiles au lieu de leur naissance. Certaines légendes peu vraisemblables contaient le cas de héros réincarnés. Il n'avait jamais cru qu'elles pussent être vraies. Or Zoltan venait de lui apprendre que Solyane et lui étaient les réincarnations de Darios et de Lyanéa.

Comment était-ce possible ? Ils étaient morts depuis plus d'un siècle et demi. Pourtant, cette réincarnation expliquerait pourquoi Horius, ou qui se cachait sous cette appellation, tentait de les supprimer.

Une phrase du seigneur Hésiorgues lui revint à l'esprit. En voyant Solyane danser, lors de sa dernière visite à Syrdahar, il avait dit : « C'est elle ! C'est tout à fait elle ! » Il avait bien sûr reconnu la commanderesse Lyanéa, mais cela n'expliquait rien. Hésiorgues n'était pas si âgé. Il ne pouvait avoir rencontré Lyanéa qui vivait un siècle auparavant. Un portrait, peut-être ? La vague ressemblance des prénoms, qu'il avait déjà remarquée, n'était sans doute pas fortuite. Comment expliquer cette réincarnation ? Ses parents, Kogan et Orlyane, connaissaient le secret de leur naissance. Pourtant, leur mère les avait portés, tous les deux. Elle ne pouvait mentir lorsqu'elle disait juste avant de mourir : « Je vous ai nourris de mon sang, de ma chair. Vous êtes mes enfants ! »

Solyane et lui étaient bien frère et sœur. Cela ne faisait pas de doute, mais Darios et Lyanéa ne l'étaient pas !

Il soupira. Personne, à part cet Horius, ne connaissait le

secret de leur naissance et leurs ennemis fantômes parviendraient peut-être à les détruire sans qu'ils connussent la vérité. C'était trop stupide.

Il repensa aux bagues. Quelle était leur signification ? Hâtant le pas, il se rendit directement dans la chambre où un petit coffret les conservait dans le secret de son double fond. Il les examina minutieusement. Elles n'offraient rien d'extraordinaire à première vue. Pourtant, les filaments rayonnant de la pierre noire représentaient une prouesse technique incompréhensible. Si seulement ces bagues avaient pu parler... Dorian ne pouvait croire tout à fait ce qu'avait dit Zoltan. Il devait y avoir une explication, une réponse logique.

Cybernia ! Le nom lui revint à l'esprit comme un éclair. Là-bas se trouvait la clé de l'énigme. Une curiosité intense lui fit un moment envisager d'entreprendre le voyage. Il devait d'abord retrouver Solyane, enlevée par des inconnus. Solyane, disparue comme si elle n'avait jamais existé.

Solyane ! Son fantôme était présent chaque instant à ses côtés. Il avait besoin d'elle. Il était devenu plus irritable, plus vulnérable. Plusieurs fois par jour, il aurait voulu se tourner vers elle pour solliciter son avis ou simplement sentir la chaleur de sa présence. Il ne rencontrait que le vide. Il aurait voulu se montrer plus tendre envers Elena. Elle n'était pour rien dans tout cela. Une rage sourde le tenait, parce qu'il ne pouvait rien entreprendre, ni tourner ses armes vers un ennemi quelconque.

Avait-on si peur de lui, qu'on n'osait le combattre à visage découvert ? Depuis toujours, ses adversaires avaient surgi du néant pour y replonger l'instant d'après, mais ceux qui avaient enlevé Solyane étaient-ils les mêmes que ceux qui avaient détruit Syrdahar ? Il ne se posa pas la question très longtemps.

Une semaine s'était à peine écoulée depuis son retour quand on annonça une troupe de cavaliers portant la livrée royale. Ils demandaient à le rencontrer. On les fit entrer dans son bureau et il reconnut immédiatement quelques visages, parmi lesquels le comte Leïro d'Ursaleya. Il était accompagné d'une bonne dizaine de chevaliers de la maison du roi. Dorian retrouva le sourire pour accueillir son adversaire malheureux du tournoi.

— Hal Weya, seigneur d'Ursaleya ! Sois le bienvenu, compagnon !

— Hal Weya, seigneur Arnaud ! Je crois que je suis le bienvenu, en effet. J'apporte une nouvelle qui te redonnera peut-être quelque espoir...

— Quelle est-elle ? demanda anxieusement Dorian.

— Nous savons qui a enlevé ta sœur Isabelle. C'est l'un de tes vassaux, Rodrick de Brastalia. Celui que tu as soupçonné dès le début. Nous savons aussi qui l'a aidé. Il s'agit de Gunar, comte d'Al Khandarya, dit l'Orgueilleux.

— Qui est cet individu ?

— C'est là le plus ennuyeux. Gunar est l'un des favoris de l'empereur de Nogafrika, le terrible Hadran de Bahiskra, et Rodrick s'est mis au service de l'Orgueilleux. Il a emmené ta sœur avec lui à Al Khandarya.

— Comment avez-vous appris cela ?

— Gunar et ses troupes ont bivouaqué près de la frontière ismalasienne, non loin d'une ferme. Voilà ce que des enfants ont découvert sur les lieux, le lendemain.

Il tendit à Dorian un morceau de l'écharpe de soie bleue qui avait appartenu à Solyane. Un bout de papier y était épinglé, griffonné à l'encre brune, aux lettres curieusement mal formées.

« *À Arnaud de Gwondaleya, mon frère bien-aimé. Petit frère, j'ai été enlevée par Rodrick de Brastalia. Il m'emmène à Al Khandarya, en Nogafrika. L'autre s'appelle Gunar. Viens à mon secours. Je t'aime.*

ISABELLE. »

Dorian serra les dents pour ne pas pleurer. C'était elle qui avait écrit ces lignes. Elle !

— Cette encre ! Regardez, c'est du sang !

Leïro baissa la tête.

— Elle a dû s'ouvrir une veine, mais nous leur ferons payer cela aussi.

— Où est Al Khandarya ? demanda Dorian.

— En Nogafrika, de l'autre côté de la Médhellenie. Qu'on apporte les cartes.

Des domesses se précipitèrent aussitôt. Le comte d'Ursaleya posa sa main sur l'épaule de Dorian.

— Arnaud, ma proposition tient toujours. Je sais que tu vas te lancer à la poursuite des ravisseurs d'Isabelle. C'est pour cela que nous sommes venus, mes compagnons et moi. Nos dayals sont les tiens. Nous sommes prêts à te suivre.

— Merci à toi, compagnon ! Ton offre me réjouit le cœur Tu connais les dangers que nous allons courir.

— Nous le savons. Tant pis pour les dangers !

Dorian sourit.

— J'accepte avec reconnaissance, Leïro. Amis, soyez les bienvenus. Vous êtes ici chez vous. Prenez place.

— Ce n'est pas tout, Arnaud. Je t'apporte également un message du roi. Le voici !

Dorian fit sauter les cachets.

« À mon grand ami Arnaud de Gwondaleya.

Arnaud, ce n'est pas le roi qui t'écrit, mais l'ami, le compagnon avec lequel tu as partagé le pain et le vin sur les pistes d'Ismalasie. Nous savons enfin ce qu'il est advenu d'Isabelle. Je sais que tu partiras la délivrer dès que tu connaîtras la vérité. Aussi, je veux que tu saches que tu as mon appui sans condition. Quelques-uns de mes fidèles chevaliers veulent te suivre. Accepte-les. Ce sont de braves et dévoués compagnons. Ma condition de souverain m'interdit d'en faire autant. Pourtant j'aurais eu grande joie à participer à ton expédition, quitte à redevenir un simple chevalier che-

vauchant sous ta bannière. Mon esprit te suivra néanmoins et te soutiendra dans l'adversité. Je veux également t'avertir : pour te rendre en Nogafrika, il te faut traverser la Médhellenie. C'est un désert étrange où vivent des monstres dangereux et des peuplades aux mœurs incompréhensibles. Un monde où les légendes deviennent réalité. La religion en est pratiquement absente. J'ai entendu dire tellement de choses hallucinantes sur la Médhellenie que je doute qu'elles soient vraies. Mais je te conseille de t'assurer la compagnie d'un guide qui connaisse parfaitement ce curieux empire. Mon amitié t'accompagne.

PILLAT, roi de Burdaroma. »

Une vive émotion troubla un instant Dorian. Deux ou trois intimes seulement avaient reçu du roi une lettre utilisant le tutoiement des guerriers.

Dorian replia lentement la missive et la rangea dans un coffret.

— Que veut-il dire à propos de la Médhellenie ?

— Je ne sais pas, Arnaud ! Il court sur elle de bien étranges légendes.

On dit qu'autrefois, avant le Jour du Soleil, une mer immense la recouvrait. Il n'en subsiste plus que des marais et trois grands lacs d'eau salée, le lac de Cyprisia, le Grand Adriat et le lac du Lion. Les montagnes furent jadis des îles. On dit aussi que la Médhellenie est le refuge de tous les peuples marginaux qui refusent la religion et la combattent. Le pouvoir des amanes ne s'étend pas là-bas. Les villes sont peu nombreuses, isolées, la terre difficile à cultiver.

— Pourtant, il nous faut la traverser, dit Dorian.

Les domesses revinrent avec des cartes qu'ils étalèrent sur une grande table. Une exaltation nouvelle gagna Dorian. Enfin, il allait pouvoir agir.

Mais, en examinant les cartes, il s'inquiéta.

— C'est tout ce que nous possédons ?

— Oui, seigneur. La Médhellenie est très mal connue.

— Je commence à comprendre la mise en garde du roi.

Alors que l'Ukralasie, dont Gwondaleya faisait partie, l'Europannia, l'Ismalasie et Nogafrika étaient parfaitement délimitées, avec des pistes bien tracées, des villes placées avec précision et de nombreux détails, un brouillard confus planait sur la Médhellenie. On repérait çà et là quelques villes : Alakhos, capitale d'un royaume oriental, Valatia, la capitale impériale, les ports d'Yphrisios et d'Étania. Mais entre elles s'étendaient des taches grises, indistinctes, sur lesquelles se greffaient des noms équivoques : marais de Londobakos, désert de Phrysia, vallée des Boues de l'Enfer, monts Salés. Une zone, au sud du Grand Adriat, était même notée : Inconnu.

Perplexe, Dorian réunit son état-major et expliqua son projet. Odios et Sylvain s'offrirent bien entendu à le suivre ainsi que nombre de jeunes chevaliers de Gwondaleya. Pendant deux jours, l'effervescence régna dans la cité. On accourait des quatre coins de l'horizon pour se ranger sous la bannière de Dorian. Il dut faire un choix, constituant une armée d'une trentaine de chevaliers, accompagnés de leurs écuyers et valets, soit un peu plus d'une centaine de guerriers auxquels il adjoignit sa garde personnelle. Il ne put se résoudre non plus à repousser Sylvain et Odios.

— Les dieux seuls savent dans quel guêpier tu vas encore te fourrer, grommela Odios. Que deviendras-tu si nous ne sommes pas là pour t'aider ?

— Il ferait beau voir que nous restions là comme femmes filant quenouille, pendant que notre sœur est la proie de ce pourceau ignoble, rugit Sylvain. Nous partons avec toi !

— Mais qui assurera le gouvernement du comté ? hasarda Dorian, amusé et ému par leur véhémence.

— Pierre d'Oth et Jans en sont parfaitement capables, rétorqua Sylvain.

Pour lui, la cause était entendue.

Orloff, Rudriko, Ralph, son écuyer et capitaine des gardes,

Raïs et Khaled, ses deux Ismalasiens, exigèrent également de le suivre.

— Notre place est auprès de vous, seigneur !

Un autre personnage demanda également à l'accompagner.

— Toi, Achil ?

— Je pars avec vous, seigneur ! Je connais un peu la Médhellenie. Je l'ai déjà traversée.

— Tu sais ce que tu risques en te joignant à nous.

— Je le sais, seigneur Arnaud, mais la vie ne vaut la peine d'être vécue que si un peu de danger vient la pimenter, sinon on ne devient pas conteur ; et puis, je pourrais vous éviter là-bas de mauvaises surprises. Médhellenie est un empire très bizarre. Ne vous fiez pas aux pistes rapportées sur les cartes : certaines d'entre elles ont sans doute déjà disparu.

— Comment cela ?

— Autrefois, la Médhellenie était recouverte par les eaux. On a oublié le nom ancien de la mer qui l'occupait. Certaines peuplades l'appellent « la mer du Milieu du monde », « la mère de toute vie », « la mer Originelle ». Après le Jour du Soleil, ses entrailles se sont soulevées et elle s'est transformée en un désert de volcans et de marécages. Les îles sont devenues des plateaux élevés. On y rencontre des animaux et des plantes que l'on ne trouve nulle part ailleurs.

— Eh bien, sois le bienvenu, Achil ! Tes conseils nous seront précieux.

Pendant deux jours, Dorian et son état-major se penchèrent sur un itinéraire, mais il était difficile d'en dessiner un avec précision. Les cartes n'apportaient pratiquement aucune information solide. On en traça un, tant bien que mal, que l'on pourrait modifier au besoin.

— Je me demande par où sont passés Rodrick et Gunar, dit Sylvain.

Il eût été vain de tenter de les suivre à la trace. Solyane avait été enlevée il y avait près d'un mois.

La veille du départ, Dorian se retrouva seul dans son bureau, mettant de l'ordre dans ses affaires. Il examina une fois encore les bagues mystérieuses. À tout hasard, il décida de les emporter. Il se souvenait des paroles de sa mère : « Ne vous en séparez jamais ! » Soudain, on gratta à la porte. Il les fit disparaître et alla ouvrir. C'était Alvina et Elena.

La jeune femme vint vers lui avec un grand sourire. Il la connaissait assez à présent pour savoir qu'elle avait quelque chose à lui demander, mais qu'elle n'osait pas.

— Eh bien, madame, comment trouvez-vous vos appartements ? Les décorateurs ont-ils terminé leurs travaux ? demanda-t-il en riant.

Il l'embrassa et la prit contre lui. Elle allait lui manquer.

— Ils sont merveilleux, seigneur, mais...

— Mais ?

— Ils vont me sembler tellement vides si vous partez... sans moi. Cela, je ne pourrais le supporter. Je voudrais...

Elle hésita à poursuivre devant le visage inquiet de Dorian. En désespoir de cause, elle se tourna vers Alvina. Celle-ci enchaîna :

— Seigneur Arnaud, nous sommes venues vous demander de nous emmener avec vous.

Stupéfait, Dorian répliqua :

— Vous n'y songez pas ! Nous ne nous rendons pas à une invitation, cette fois-ci. Nous partons très loin, combattre des ennemis dont nous ne savons rien. Pour y parvenir, il nous faudra traverser un pays qui ferait reculer les plus braves, un monde de volcans et de marais, peuplé de monstres gigantesques, de tribus aux mœurs sanguinaires. Que se passerait-il si vous tombiez entre leurs mains ?

— Tout cela ne nous impressionne pas, seigneur Arnaud, dit Alvina, balayant d'un coup ses avertissements.

— Je refuse tout net. C'est trop dangereux !

— Alors, je vous suivrai, répliqua Elena, butée.

Amusé, il répondit :

— Je vais être obligé de vous tenir enfermée.

— Je m'échapperai et je vous rejoindrai. Croyez-vous être le seul à avoir de la volonté ici, seigneur ? Je puis en avoir encore plus que vous ! Pensez-vous que ma vie sera possible entre ces murs, à vous attendre, en imaginant les dangers effroyables que vous allez courir ? À vous croire dévoré par les monstres, rôti par les volcans, massacré par les sauvages ? Ne serai-je pas mieux à vos côtés ?

Il allait parler ; elle l'arrêta d'un geste.

— Ne craignez rien. Je ne suis pas de ces jeunes filles geignardes qui ne cessent de se plaindre et de pleurnicher au moindre inconfort.

— Mais...

— Je puis être forte, mon beau seigneur ! Vous serez bien content de me trouver pour vous reposer sur ma poitrine, lorsque la fatigue pèsera sur vous. Vous aussi avez besoin de réparer vos forces quelquefois.

— Elen...

— Il vous arrive de connaître le découragement. Je serai là. Je saurai vous seconder.

Ébahi par le flot de paroles, Dorian baissa les bras.

— Que voulez-vous que je réponde à cela ?

— Rien ! Je veux partir avec vous !

Il soupira.

— Je vois que je n'ai aucun moyen de m'y soustraire. Bravo, madame, vous m'avez vaincu ! Je reconnais ma défaite.

Spontanément, Elena se jeta dans ses bras et l'embrassa.

— Oh, merci, mon beau seigneur !

— Attention ! Pas de plaintes ! Sinon, vous me feriez regretter de vous avoir emmenée.

Elle se fit câline.

— Tout ce que vous voudrez.

Il était difficile de lui résister. Il se tourna vers Alvina.

— Mais toi, Alvina ?

— Notre petite Elena a besoin de moi, seigneur. Si je ne pars pas avec elle, elle sera la seule femme du convoi. À qui parlera-t-elle de ses petits secrets de femme ?

— ... À moi ?

Alvina sourit.

— Mon cher seigneur, on voit bien que vous n'êtes encore qu'un jeune marié. Une femme a des petits secrets qu'elle ne doit jamais révéler à un homme. Surtout pas à son mari.

— J'ignorais cela, grogna-t-il, faussement amer.

— Donc, je vous suis également. Nos guerriers aussi auront besoin de moi. Je connais les plantes qui soignent, je sais consoler les blessés et les mourants.

Dorian soupira à nouveau.

— Il est déjà difficile de résister à une femme. Alors, quand elles s'y mettent à deux... Soit ! Allez préparer vos bagages ! Attention ! Ne prenez que le strict nécessaire. Nous voyagerons à cheval. Une litière et même une charrode nous ralentiraient.

— N'ayez crainte ! dit Elena. Je monte depuis l'âge de quatre ans, je suis peut-être meilleure cavalière que vous !

— Bien, bien, j'ai compris ! Vous voulez peut-être commander à ma place ?

Les deux jeunes femmes se retirèrent. Il les entendit bavarder avec enthousiasme, comme si elles se rendaient à une fête royale. En ce qui concernait Alvina, il ne se faisait aucun souci. C'était une femme volontaire, tenace, une de ces femmes capables de diriger un pays. Si la naissance l'avait faite noble, elle eût été comtesse, ou reine.

Il était plus embarrassé vis-à-vis d'Elena. Une inquiétude sourde le tenait, mais il ne pouvait s'empêcher d'être heureux de son obstination. Ce mois en compagnie de la jeune femme l'avait comblé. Lors des trop courtes nuits où ils avaient réussi à s'isoler, elle avait fait montre d'un appétit d'amour et de tendresse qui l'avait séduit. Imaginative, nullement farouche, dotée d'un corps aux proportions délicieuses, elle promettait de devenir une maîtresse bien agréable. Elle riait facilement, s'émerveillait d'un rien. Elle rayonnait de bonheur. Il l'avait couverte de cadeaux, pour compenser son humeur parfois morose. Mais elle comprenait ses soucis, savait les partager et lui apportait le réconfort de sa spontanéité, de sa joie de vivre. De plus, sous ses apparences naïves, elle dissimulait une intelligence profonde et une grande soif de connaissances. Elle s'intéressait à tout, écoutait beaucoup, retenait ce qui se disait pour en parler plus tard avec Dorian. Son rang d'épouse comtale l'amenait à siéger aux conseils. Elle deviendrait rapidement une alliée efficace. Dorian sourit et s'avoua que Solyane ne s'était peut-être pas trompée. Il commençait déjà à l'aimer, sa petite princesse des brumes du nord.

CHAPITRE II

Le lendemain, toute la population de Gwondaleya s'était massée le long des rues pour encourager son seigneur et lui manifester sa fidélité. Aram ouvrait la marche d'un pas volontaire et décidé. Il sentait l'impatience de Dorian et la traduisait par une allure souple et puissante qui eût tôt fait de distancer les autres si le jeune homme ne l'avait pas retenu.

Elena chevauchait à ses côtés. Pour le voyage, elle avait revêtu une tenue de combat, pantalon de drap bleu épais et veste de cuir ouvragée. Des bottes fauves et un chapeau à bords larges pour se protéger du soleil complétaient son équipement. De loin, on eût pu la prendre pour un jeune enseigne, mais ses longs cheveux bruns et son joli visage le démentaient. Elle s'était aussi armée d'un shayal dont elle ne savait pas se servir, elle avait fait jurer à Dorian de lui apprendre au cours du voyage.

Nulle charrode ne suivait la colonne. Chacun portait sur son cheval ou son lionorse vivres et abri.

La traversée du comté de Gwondaleya se déroula sans incident. On contourna par le sud la vaste forêt Skovandre. Au sud-ouest, le domaine jouxtait la pointe extrême de l'Europannia. Grâce à la verve des gazetiers et des conteurs, la renommée du seigneur de Gwondaleya avait déjà franchi les frontières, et des nobles hospitaliers, ayant appris sa présence sur leurs terres, les reçurent en leurs palais. Le dernier d'entre eux, le comte de Salonikos, un vieil homme aux cheveux de neige, avertit Dorian.

— Seigneur Arnaud, j'admire votre courage et vous présente tous mes vœux de victoire. Si j'avais été plus jeune, je vous eusse volontiers accompagné. Jamais de mon temps on n'a connu pareille vilenie. Mais les temps ont changé. Je vous aurais été d'un secours appréciable, car je connais bien la Médhellenie. Mon domaine la jouxte. Croyez-moi, seigneur Arnaud, ce n'est pas un empire digne de ce nom. Là-bas, vos ennemis ne seront pas seulement les hommes, mais aussi les éléments, les marais, les monstres.

— Parlez-moi d'eux, seigneur comte !

— Une légende, que pour ma part je crois volontiers, raconte qu'autrefois la Médhellenie fut une mer. Il n'en reste aujourd'hui que trois grands lacs salés. Juste après le Jour du Soleil, une créature monstrueuse, nommée Belbaath, aurait asséché la mer. Belbaath vivait sous les entrailles du monde de Nogafrika. Né des flammes infernales de ce jour maudit, il aurait voulu se libérer et aurait poussé vers le haut le fond de la Médhellenie. Il n'a pu se libérer, car il s'est blessé en se heurtant à l'Europannia. Les nombreux volcans qui cernent la Médhellenie ne sont que ses plaies béantes. Elles continuent à vomir son sang de feu. Parfois, il hurle sa douleur et la terre gronde et se fissure. On parle de failles si grandes qu'on n'en voit pas le fond et on dit qu'elles se referment aussitôt qu'elles sont apparues.

Elena, blottie contre Dorian, frissonna de frayeur.

— Ce monstre est-il toujours vivant, seigneur ?

— Hélas oui, belle enfant ! Il y a dix années à peine, la petite ville de Lavonia s'effondra au sein de la terre, engloutie par Belbaath.

— Quelle horreur !

Le comte de Salonikos poussa un soupir à fendre l'âme.

— Il n'y eut pratiquement pas de survivants. Rien n'aurait pu laisser prévoir une telle catastrophe. La vallée était calme depuis des siècles. Ses habitants se croyaient à l'abri de tout. Cela a commencé par des grondements souterrains, plus forts que des coups de tonnerre. Certains Lavoniens, plus avisés, eurent la présence d'esprit de fuir. Les autres se moquèrent d'eux. Ils eussent mieux fait de les écouter. Le lendemain, au milieu d'un champ, apparut un petit geyser de feu et de lave. Il se mit à grossir tellement vite que les Lavoniens n'eurent pas le temps de réagir. Ils ne purent que rester sur place, pétrifiés, comme fascinés par la mort en flammes qui fondait sur eux. En quelques instants, la vallée se disloqua et une nuée de cendres incandescentes l'envahit. La ville fut anéantie en un clin d'œil. Non loin de Lavonia s'étendait un grand lac, je le connaissais fort bien. Il m'était arrivé d'y pêcher lors d'un voyage là-bas. On dit qu'un tourbillon apparut en son centre, par lequel l'eau fut aspirée. Elle s'engouffra dans les entrailles de la terre, puis rejaillit soudain en un geyser de vapeur qui remonta jusqu'aux nuages. Pendant plus d'un mois, la pluie qui tombait ici, à Salonikos, était noire de cendres. J'ai dû faire nettoyer toute la ville. Pourtant, Lavonia se trouvait à plus de trente marches d'ici. Personne depuis n'a osé s'aventurer là-bas, sauf quelques inconscients. Ceux qui en sont revenus n'avaient plus toute leur raison. On dit que, depuis, la vallée maudite est hantée par des hommes de pierre, immobiles, des habitants de Lavonia que Belbaath aurait changé en statues.

« Non, seigneur Arnaud, la Médhellenie est un empire de cauchemar. Elle est le refuge de tous les proscrits, tous les parias, toutes les sectes religieuses honnies. Certaines d'entre elles prétendent descendre des anciens, ces dieux qui dominèrent le monde avant le Jour du Soleil. Vous trouverez de tout là-bas. Des nobles un peu troubles qui se sont taillé un domaine par la force. Il n'y existe aucune justice, aucune vraie chevalerie. L'empereur qui réside à Valatia, sur les monts Malates, n'a aucun pouvoir réel.

« Méfiez-vous des marais. C'est là que vous rencontrerez les animaux les plus redoutables, comme les sokongas, qui sont d'énormes mollusques à huit bras. Elles grimpent le long des arbres et se laissent choir par surprise sur leurs proies. Elles les emprisonnent dans leurs huit tentacules et percent un trou dans la chair pour aspirer le sang. Les plus grosses ont le poids d'un homme, mais les sokongas ne sont rien à côté des djarks. En avez-vous déjà entendu parler ?

— Je crois que oui, continua Dorian. Je pensais qu'il ne s'agissait que d'une légende, ajouta-t-il en regardant Achil.

— Hélas non, seigneur Arnaud ! Les djarks existent réellement, bien que personne ne puisse se vanter de les avoir jamais vus. Ceux qui les ont vus en sont morts. Ce sont des monstres vomis par Belbaath pour attirer vers lui les voyageurs imprudents. Ils dévorent tout, même les os. On ignore s'il s'agit d'animaux... ou d'autre chose. Ils vivent dans les marais. Malheur à celui qui s'aventure hors des pistes. Ne posez jamais le pied sur de la boue un peu liquide. Sinon, on sent comme des mâchoires qui se resserrent autour de la cheville et qui vous entraînent vers le fond. Les djarks vivent sous la vase.

— Charmant pays ! grommela Odios.

— Toute la Médhellenie n'est pas comme ça. Il existe heureusement des domaines plus calmes où sont installées les cités, mais la terre est dure à cultiver. Le sol est imprégné de sel, il en existe même des déserts entiers. Rien n'y vit. Et je ne parle pas des insectes géants qui infestent les marais, des serpents venimeux, des crills...

— Les crills ?

— C'est encore une des surprises réservées par la Médhellenie, seigneur Arnaud ! Ce sont des vers de petite taille qui vivent dans les étangs salés. Ne vous y baignez surtout pas, malgré leurs rives accueillantes. Les crills surviennent alors par millions et vous dévorent un cheval en quelques minutes. Il existe d'autres espèces, moins dangereuses, mais tout aussi impressionnantes. L'anémone carnivore, par exemple, ressemble à une fleur. Attention, ce n'en est pas une. Elle attire les insectes et les petits oiseaux par ses couleurs vives et changeantes qui sont très belles. Lorsqu'un oiseau vient se poser, elle referme d'un coup ses pétales et l'oiseau disparaît à l'intérieur. On n'en retrouve rien.

— Et les Médhelleniens ?

— Les Médhelleniens ? Ah, seigneur Arnaud ! Jamais il ne m'a été donné de rencontrer un tel ramassis de fripouilles, de fous illuminés, de bandits sans foi ni loi. Il y a aussi des hommes braves, courageux, des hommes forgés par le pays. Ils ne constituent pas un peuple à proprement parler. Les domaines n'ont pas de frontières bien définies. La Médhellenie est un amalgame de petits territoires vivant par nécessité en autarcie. Les contacts avec les voisins sont très rares. Il faut presque à chaque voyage retracer les pistes. La capitale, Valatia, ne reçoit pas plus de trois caravanes par an. Les maraudiers et les garous y sont moins nombreux qu'ailleurs, mais il n'est pas besoin d'eux pour faire disparaître les voyageurs. La Médhellenie a tôt fait d'engloutir ceux qui s'écartent trop des pistes et des villes. Au-delà, c'est la jungle. Seules les montagnes, qui d'après la légende furent autrefois des îles, sont relativement sûres. Tout au moins celles qui ne sont pas interdites.

— Comment cela ?

— Sur certaines d'entre elles vivent les Folmans. C'est un peuple de fous, de guerriers extrêmement dangereux, aux mœurs bien particulières. On dit que leurs femmes appartiennent à tous, qu'ils dévorent leurs ennemis et surtout, ils possèdent des armes magiques. Les dramas eux-mêmes évitent de les affronter. Ne vous aventurez pas dans ces montagnes, seigneur Arnaud !

Il laissa planer un silence lourd de sous-entendus.

— Prenez garde également aux brumes ! Là-bas, le brouillard se lève en quelques secondes et il devient impossible de se diriger. Ne croyez pas vous en tirer en suivant les pistes. Certaines d'entre elles ne mènent nulle part. Elles ont été tracées par les génies pour attirer les imprudents dans les marais. Évitez ces derniers. Une légende raconte que la terre ferme s'y déplace. Eh bien, je peux vous dire que cette légende n'en est pas une. Je l'ai vérifiée par moi-même, bien malgré moi. Nous étions partis une armée entière, plus de mille hommes. Seuls quelques dizaines d'entre nous sont revenus. Nous avons réussi à ressortir, au bout de plusieurs semaines. Je ne sais d'ailleurs par quel miracle. C'est là que j'ai vu... Ah, je m'en souviendrai jusqu'à mon dernier jour... C'était la chose la plus effroyable qui soit...

En conteur né, il s'arrêta, but une gorgée de vin pour maintenir ses auditeurs en haleine.

— Ah, c'était une chose à vous glacer le sang...

« Nous étions installés, avec quelques-uns de mes guerriers et deux chevaliers qui avaient perdu leurs écuyers, dans une clairière de ces marais maudits. Ce n'était pas de l'herbe qui couvrait le sol, mais une sorte de plante aux feuilles épaisses comme du caoutchouc. Très douce d'ailleurs au toucher et moelleuse pour y dormir ; autour de nous, des arbres étranges, aux troncs multiples... On aurait dit des pieuvres géantes et immobiles. Ils montaient si haut que la clarté du ciel tombait à peine jusqu'à nous. Il flottait dans l'air des nappes de brouillard qui noyaient les alentours aux caprices des vents. On entendait des cris d'animaux, des oiseaux, des bêtes comme on n'en voit nulle part ailleurs, comme ces crabes verts qui vivent à moitié dans la boue. Il y avait aussi des serpents, des poissons-qui-marchent, des cloportes géants. Nous étions épuisés, car nous avions parcouru plus de deux marches dans la journée, dans des conditions atroces. Plusieurs de nos compagnons avaient péri. Nous n'étions même pas certains de suivre la bonne direction. Soudain, l'un des miens poussa un hurlement de terreur : "Regardez, seigneur ! Les arbres marchent !" Nous avons tourné les yeux vers ce qu'il nous montrait. Oh, par les dieux, c'était hallucinant ! Un grondement sourd montait du sol, tandis que devant nous, à quelques dizaines de pas seulement, la forêt bougeait. Pas très vite, c'est vrai, mais on apercevait nettement son déplacement vers notre gauche, comme si le monde s'était mis à flotter... sur autre chose ! Nous étions pétrifiés. Soudain, un de mes guerriers, paniqué, s'est mis à courir comme un dément. La forêt bougeait dans toutes les directions. Brusquement, il a glissé dans un trou et nous l'avons vu disparaître, s'enfoncer lentement dans le sol. Aucun de nous n'a eu le courage de lui porter secours. Nous étions figés par la peur. Tout à coup, comme par enchantement, tout s'est immobilisé. Au bout d'un long moment, je me suis rendu à l'endroit où il avait disparu. Je n'ai rien retrouvé. Peut-être avait-il été emporté par un djark. Il est indispensable de sonder le terrain sur lequel vous avancez, seigneur Arnaud ! Le malheureux l'avait oublié.

— J'en aurais fait tout autant à sa place, dit le comte d'Ursaleya, un peu pâle.

Le silence s'installa, puis le comte de Salonikos conclut :

— Voilà l'enfer que vous allez devoir traverser, seigneur Arnaud !... Comme je vous l'ai dit, je ne peux pas vous accompagner, mais je vais faire mieux.

Il frappa dans ses mains.

— Holà, domesses de malheur ! Allez me chercher Ronald le Sombre.

Quelques instants plus tard, un curieux personnage fit son apparition. C'était un homme démesurément grand, à la maigreur squelettique et à la peau d'un noir de jais. Il était vêtu d'une robe de corde de toutes les couleurs, largement débraillée sur sa poitrine où l'on découvrait plusieurs colliers chargés d'objets hétéroclites.

— Ne soyez pas impressionnés par son aspect. Vous rencontrerez bien pire là-bas. Lui au moins a toute sa raison. C'est un spécimen de médhellenien classique. Un jour, je l'ai sauvé de l'attaque d'une sokongas. Depuis, il me considère comme son dieu. Je l'ai gardé à mon service, car ces diables-là possèdent des talents bizarres, mais utiles.

— Seigneur comte, je ne sais comment vous remercier, dit Dorian.

— Vous le pouvez, seigneur Arnaud. Triomphez des deux méchants qui ont enlevé votre sœur.

Il se leva et se dirigea vers la terrasse. Dorian et Elena le suivirent. Il s'accouda au rempart de grès rose. Vers l'est, on devinait la petite ville à ses quelques lumières falotes. Ici, en Europannia, le palais seigneurial était souvent bâti en dehors des cités. Partout ailleurs, c'était le noir le plus absolu. À peine à l'occident devinait-on comme le souvenir d'un coucher de soleil. Le vieil homme contempla longuement la nuit profonde, percée par les appels des rapaces nocturnes, une nuit riche des parfums de fleurs et de la résine des pins qui ceinturaient le petit castel, mais il s'y glissait autre chose.

Le comte respira lentement, comme on déguste un alcool rare.

— Là, tenez, dit-il. L'odeur même de la Médhellenie ! Cette senteur étrange qui vient du sud. On ne la remarque plus par ici. Pourtant, elle est toujours là. Les paysans disent qu'elle perpétue le souvenir de la mer qui autrefois venait battre au pied de ces falaises.

Dorian et Elena distinguèrent en effet, derrière les effluves forestiers, une odeur indéfinissable, inconnue, rappelant un peu celle du Danov en plein été, mais pourtant différente.

— Ce parfum me rappelle tant de souvenirs... murmura le comte.

Il se tourna vers eux. Son visage, sombrement éclairé par les lampes à huile parcimonieuses de la terrasse, s'était creusé de rides nouvelles, d'ombres chargées d'un passé nostalgique et riche qu'il ne pourrait jamais oublier. Ses yeux se mirent à briller.

— Voyez-vous, seigneur Arnaud, j'ai parcouru de nombreux domaines d'Europannia. Je me suis même rendu jusqu'à Miniska, la glorieuse capitale impériale de l'Ukralasie. Je connais Burdaroma et Gwondaleya. Eh bien, malgré sa cruauté et sa sauvagerie, je peux dire aujourd'hui que je n'ai jamais traversé de pays plus beau et plus attachant que cette diablesse de Médhellenia. C'est un pays vrai, un pays auquel on ne peut mentir. Il exprime tout ce qui est mauvais en vous, vous pousse jusqu'au bout de vos forces, au-delà de vous-même. Les faibles et les lâches n'y ont pas droit de cité. Médhellenia est comme une femme, une reine d'une grande beauté, cruelle, capable de vous tuer, de vous déchirer. Par contre elle vous réservera, si vous savez l'apprivoiser, les caresses les plus douces, les paysages les plus inoubliables. Il règne là-bas une atmosphère étrange, un peu irréelle. Qui n'a vu le soleil se coucher sur le lac de Marashenio n'a rien vu. Le décor y change de couleur d'instant en instant. Il arrive que le soleil se dédouble. Quelquefois même, on en voit trois. Les femmes médhelleniennes sont belles et accueillantes. Elles vivent intensément, à pleine bouche, de toutes les fibres de leur corps, car elles savent qu'elles ne verront peut-être pas de lendemain. On ne peut oublier non plus les éruptions de l'Etenato qui s'élève seul comme un dieu terrifiant au cœur du lac Adriat. Ses coulées de lave font bouillir l'eau et de cette lutte à mort naissent des nuages de sang et d'or qui explosent dans un ciel tourmenté par les vents. On croirait que le monde va s'embraser.

« Sachez dominer Médhellenia, seigneur Arnaud. Ne vous laissez pas impressionner par les monstres de cauchemar qu'elle lance sur la route des audacieux qui osent la violer. Vous ramènerez d'elle, si vous savez la conquérir, des souvenirs inoubliables.

CHAPITRE III

Le lendemain, la petite armée reprit la route.

Le comte de Salonikos tint à accompagner Dorian jusqu'aux limites de son domaine. Le temps restait curieusement chaud, bien que l'on fût déjà presque en hiver. Un soleil glorieux se levait à l'orient. La frontière entre l'Europannia et la Médhellenie était parfaitement délimitée. Au détour d'une colline, les Gwondaleyens découvrirent un spectacle impressionnant. Le monde semblait s'arrêter là. Les falaises salonniennes plongeaient tout à coup à pic dans une surface d'un blanc argenté et mouvant qui s'étendait jusqu'à l'horizon. Comme la brume matinale drape l'étang à l'aube, un voile à la dimension du monde dissimulait la Médhellenie à ses envahisseurs, un voile titanesque sur lequel le soleil semblait déposer comme des baisers de lumière. Au loin émergeaient d'énormes silhouettes semblables aux carapaces de quelques formidables monstres préhistoriques.

— Médhellenia s'est revêtue de sa robe de lumière pour vous accueillir, seigneur Arnaud. Mes vœux vous accompagnent.

Dorian regarda partir le vieil homme, entouré de quelques gardes presque aussi âgés que lui. Une vague de nostalgie s'empara de lui devant l'amertume qui coulait de la petite silhouette voûtée lui tournant le dos. Il songea avec une curieuse angoisse que lui aussi serait vieux un jour et qu'il lui faudrait alors se contenter des seuls souvenirs que lui auront laissés les pays fabuleux qu'il aura traversés.

Le comte de Salonikos mourrait certainement dans son lit, mais il aurait mérité de laisser sa vie à cet empire fantastique à qui il vouait un amour digne de celui qu'on peut offrir à une femme exceptionnelle. Chassant ses pensées mélancoliques, il prit la tête de la colonne et s'engagea résolument le long de la piste qui serpentait sur les flancs des falaises europanniennes. Ils atteignirent rapidement le niveau des brumes et s'y enfoncèrent avec appréhension. Pourtant, ils cessèrent bientôt de descendre et constatèrent qu'il faisait plus clair que la couche nuageuse ne le laissait présager. On devinait vers l'est comme un rêve de soleil qui tentait de la disperser. Néanmoins, à distance, tout se noyait, se diluait dans un décor d'aquarelle.

C'était un autre monde. Les vertes forêts d'Europannia n'étaient plus qu'un souvenir. Le brouillard léger étouffait tous les sons. On entendait parfois des appels étranges et peu rassurants, des sifflements, des coassements. Ronald, si grand que ses pieds touchaient presque à terre de chaque côté, expliquait laconiquement à Dorian la signification de chacun.

— Un lamandre ! Lézard qui vit dans l'eau. Mange insectes. Tout petit, mais gueule très fort.

— Dangereux ? demandait Dorian.

— Non ! Bon à manger !

— Pouah ! fit Elena.

— Attendre, kella[1] !

Le grand Médhellenien enjamba son cheval et disparut dans la brume. Dorian fit arrêter la colonne. Quelques instants plus tard, Ronald revenait, triomphant et hilare, avec trois bestioles gigotantes qu'il montra au couple.

1. Kella : madame, maîtresse.

— Ça deux lamandres ! Pour toi, kella, cadeau de Ronald. Cuire pour toi à midi. Toi aimer !

Il tua les deux lézards en leur brisant d'un coup la colonne vertébrale et les jeta dans sa besace. Il montra ensuite à Dorian le troisième animal, une espèce de cloporte géant, de couleur rouge, qui ouvrait et fermait spasmodiquement ses mandibules.

— Ça corombre, aïch[1] ! Pour toi, cadeau de Ronald. Chair tendre, réservée aux chefs.

Elena remercia d'un sourire forcé. Visiblement, les lamandres ne l'inspiraient pas beaucoup. Elle s'approcha de Dorian.

— N'aie crainte, lui dit-il. Achil m'a dit que la cuisine médhellenienne était excellente. Il paraît que ces lamandres sont meilleurs que du poisson.

— J'en ai l'estomac retourné à l'avance !

Dorian éclata de rire.

— Tu sais, il vaut mieux nous habituer dès maintenant. Nous allons être obligés de vivre des produits de notre chasse. Les villes sont trop éloignées les unes des autres pour nous ravitailler régulièrement.

— Et les villages ?

— Les villages ? Ils sont si bien cachés qu'on peut passer à côté sans les voir.

— Quelle est notre prochaine étape ? demanda la jeune femme.

— Alakhos, sur les plateaux de Khrêtia. Nous n'y serons pas avant plusieurs jours. Deux routes y mènent. L'une suit la frontière de l'Ismalasie, mais elle est longue. L'autre peut nous faire gagner du temps. Elle passe par les marais de Londobakos. Elle est moins sûre, mais Ronald m'a dit la connaître.

Vers la fin de la matinée, la brume se dissipa un peu. Par endroits, on apercevait même l'horizon. Ailleurs, livrées au

1. Aïch : seigneur, maître.

caprice des vents, de longues banderoles fugaces s'étiraient, s'enroulaient, luminescentes, autour des buissons, coulaient au creux des ravines. La Médhellenie découvrait l'un de ses multiples aspects. C'était un paysage bizarre, désolé malgré la fraîcheur et le soleil. Une moiteur lourde imprégnait les corps abrités par les longues capes de voyage. Il était hors de question de se débarrasser d'elles, car elles constituaient la meilleure protection contre les essaims d'insectes voraces qui, de temps à autre, attaquaient le convoi. Ronald avait muni quelques hommes de ce qu'il appelait des « kagandès ». C'étaient des récipients percés dans lesquels on faisait brûler de l'andès, une herbe rampante dont il avait fait provision dès leur entrée en Médhellenie. La fumée ainsi dégagée chassait les essaims trop familiers. L'odeur un peu âcre n'était pas désagréable.

L'horizon que les vents dévoilaient au gré de leur fantaisie, par morceaux, n'avait rien de commun avec celui des hautes terres. Ici, aucun arbre, mais des buissons aux longues feuilles souples, dont certaines replongeaient dans le sol pour y faire naître de nouvelles plantes. Çà et là émergeaient des rochers couverts de mousse et de lichen. Parfois, ils croisaient des bosquets de plantes géantes, espèce de fougères arborescentes aux troncs larges en forme de bouteille.

— Ça jacondas, aïch ! Pleins d'eau. Bon à boire, disait Ronald.

Au pied des groupes de jacondas s'étendaient de petits étangs bordés de roseaux et d'ajoncs.

— Au moins, nous ne manquerons pas d'eau, fit remarquer Elena.

— Attention, kella ! s'écria le Noir. Toi pas boire cette eau ! Salée ! Poison ! Beurk ! Toi mourir si toi boire ! Viens voir !

Dorian commençait à s'habituer à l'exubérance de Ronald. Il fallait toujours qu'il prouve ce qu'il affirmait.

Elena sourit et descendit de cheval. Le Médhellenien l'entraîna vers l'un des étangs bordant la piste.

— Regarde !

En effet, à la surface affleurait comme une pellicule huileuse et des cristaux blanchâtres. On ne distinguait pas le fond. De loin, la mare reflétait magnifiquement le bleu du ciel, mais elle perdait de près ces nuances merveilleuses pour un brun noir peu engageant.

Soudain, Ronald bondit et se plaça devant elle.

— Pas bouger, kella !

Elle détourna le regard dans la direction qu'il indiquait. Elle ne put retenir un cri. Une sorte de gigantesque limace, dont les flancs se dotaient de minuscules crochets courbes grâce auxquels elle se déplaçait, avançait vers eux. Son dos jaune vif se tachait d'un noir brillant. Le monstre atteignait sans doute un mètre de long. Il progressait rapidement, trop rapidement. Deux antennes extrêmement mobiles surmontaient une gueule qui s'ouvrait sur de nombreuses petites dents pointues. De part et d'autre de la tête jaillissaient quatre vibrilles s'agitant en tous sens. Ronald se figea, fixant la bête. Tout à coup, il se retourna, enleva Elena qui se mit à hurler et revint en courant vers la colonne. Dorian s'élançait déjà à leur secours, mais le Noir l'arrêta.

— Toi pas aller, aïch ! Ça gedokos. Très dangereux. Cracher venin et aveugler ses proies. Jamais approcher à moins de dix pas.

Puis il prit son arc et observa l'animal qui rampait toujours dans leur direction. Lentement, il banda la corde et décocha brusquement une flèche sûre qui cloua le gedokos au sol. Simultanément jaillit de la gueule un jet de liquide jaunâtre qui retomba au moins à huit pas.

Ronald se retourna vers Dorian et souleva sa chevelure frisée.

— Ça travail gedokos, aïch ! Moi tourner la tête à temps. Mais douleur, ayayaille !

Il découvrit complaisamment son pavillon, brûlé par le

venin, courant ensuite vers Sylvain, Odios et les autres pour leur montrer aussi.

Dorian éclata de rire. Il commençait à s'attacher à ce grand diable noir. C'était un curieux personnage qui semblait toujours plongé dans un inaccessible rêve intérieur, mais qui partait soudain d'un grand rire sonore, parce que quelque chose d'incompréhensible l'avait amusé. Parfois, en route, il tripotait les multiples objets qu'il portait autour du cou, marmonnant des incantations dans une langue inconnue.

— Pour écarter les mauvais génies, disait-il.

De temps en temps, sans doute parce qu'il était content, il se mettait à pousser une mélopée à pleins poumons, une chanson rythmée et sonore.

— Là vivre Râmâth Luu, esprit des hautes plaines. Lui aimer chansons.

Et il repartait de plus belle.

Parfois, c'était l'esprit d'une montagne, d'un étang marécageux. Tous semblaient apprécier ce que Ronald avait inconsidérément baptisé chanson. En tout cas, avec ou sans la protection du Râmâth Luu susnommé, la colonne ne connut aucun incident. À midi, Dorian décida une halte. Ronald mit un point d'honneur à accommoder son gibier pour aïch et kella !

Il disparut quelques instants, puis revint avec des herbes-algues inconnues. Il alluma ensuite un petit feu à part et prépara ses mets avec toute la componction apportée à un rite religieux.

Elena fit la grimace lorsque le grand Noir lui présenta deux brochettes sur lesquelles étaient enfilés deux morceaux de chair grillés. Lui, apparemment, était fort satisfait. Courageusement, la jeune femme croqua la viande. La surprise se peignit sur ses traits. C'est excellent.

Elle en fit goûter un morceau à Dorian qui apprécia lui aussi. Ronald poussa un rugissement qui devait être son cri de victoire. Puis il porta à Dorian la carapace du corombre dont il s'était servi comme récipient pour faire cuire la chair. Le jeune homme goûta, un peu réticent, et convint lui aussi que Ronald connaissait son affaire. Il tendit un bout de chair nacrée à Elena. Le Noir n'eut pas l'air d'apprécier ce geste. Décidément, ces étrangers étaient gentils, mais ils n'avaient aucune éducation. Donner de la nourriture de chef à une femme !

Après le repas, le soleil avait presque entièrement dissipé la brume. Seules quelques écharpes oubliées traînaient encore autour des étangs. Le paysage restait uniformément plat à perte de vue. Derrière eux, la barrière des falaises de l'Europannia avait disparu. La chaleur devenait étouffante.

— Pas boire maintenant, disait Ronald. Sinon, soleil boire eau de ton corps.

Il avait raison.

Vers le soir enfin, Dorian décida de bivouaquer pour la nuit. Ronald, Odios et quelques hommes s'éloignèrent pour remplir les gourdes.

— Jakondas, dit le Noir en montrant les hautes fougères en forme de bouteille. Eau bonne à boire.

Il perça un trou à la base du tronc avec son shayal, et un liquide clair s'écoula. Ce n'était pas de l'eau à proprement parler, mais un jus étrangement frais, à la fois acide et sucré, qui désaltérait parfaitement. Plus tard, il les emmena chasser les « rassas », sorte de langouste terrestre à la chair tendre et parfumée, qui se nourrissait d'herbe-caoutchouc. Cette herbe que Ronald appelait « hklebaj ».

Chacun fit sa petite provision de ce hklebaj, car il constituait le plus confortable des matelas, à condition toutefois d'en chasser les petites bestioles qui y avaient élu domicile.

On installa deux petites tentes de toile, l'une pour Dorian et Elena, l'autre pour Alvina.

Malgré la longue distance parcourue depuis le matin, les deux femmes n'avaient émis aucune plainte. Au contraire, elles semblaient plus fraîches que certains guerriers...

— Comment donc êtes-vous faites, mesdames ? demanda Dorian. Je craignais que vous ne gémissiez et vous lamentiez. Or, je vous vois rire et plaisanter, alors que moi-même je n'aspire qu'à dormir.

Alvina sourit.

— Nous sommes mortes de fatigue, seigneur ! Mais nous sommes trop fières pour le montrer.

— Je suis votre épouse, seigneur Arnaud, ne l'oubliez pas ! ajouta Elena.

On partagea le repas dans la bonne humeur. La Médhellenie ne semblait pas si terrible que ça.

Dorian s'adressa aux siens.

— Demain, nous pénétrerons dans les marais de Londobakos. Jusqu'à présent, tout s'est bien déroulé. Il est vrai que le terrain était bon. Au-delà, il devient plus dangereux. Aussi, il faudra rester groupés et vigilants.

Sylvain fit remarquer :

— Il est tout de même curieux que nous n'ayons rencontré âme qui vive depuis ce matin. Ces terres doivent être quand même fertiles.

Achil prit la parole.

— Il y a une raison simple, seigneur Sylvain. La Médhellenie est peuplée de gens qui ont fui les hordes sauvages laissées par le Chaos. Ils se sont réfugiés au-delà des marais, là où ils étaient sûrs que personne ne se rendrait jamais. N'oubliez pas la barbarie dans laquelle se trouvait le monde avant l'arrivée des amanes. Plus tard, les Médhelleniens ont refusé la religion, parce qu'ils avaient conservé celles de leurs ancêtres, ces religions disparues avec le jour du soleil. Elles survivent encore ici. Tels sont les Folmans.

— Tu connais les Folmans ? demanda Odios.

— Un peu, mais qui peut se vanter de vraiment les connaître ? C'est un peuple si étrange !

Avec la nuit tombante, les conversations s'apaisèrent et chacun s'enroula dans sa couverture. Un vacarme inhabituel s'éleva, fait de coassements, de bruissements, de hululements, de souffles, de craquements. Ronald s'approcha de Dorian.

— Écoute, aïch ! Écoute le chant de Râmâth Luu !

C'était le plateau qui chantait. Avec le soir, la température s'était agréablement adoucie. Dans l'air flottaient des odeurs de feux de bois. Un indéfinissable parfum d'algues et de mer oubliée s'y insinuait, envoûtant. Elena, épuisée, s'appuyait contre l'épaule de Dorian. Lorsque enfin ils se glissèrent sous leur tente, au creux des couvertures accueillantes, elle soupira :

— Tu sais, je voudrais que ce voyage dure toujours. Je n'ai jamais été aussi heureuse.

Il la serra contre lui et l'embrassa.

Mais Elena, de naissance noble, percevait comme lui les ondes mentales. Et Dorian était trop proche d'elle à présent pour qu'elle ne ressentît pas sa contrariété. Elle se méprit sur son origine et dit timidement :

— Pardonne-moi. Je sais combien Isabelle te manque. Je n'aurais jamais dû dire ça.

Comme éveillé d'un songe, il répondit :

— Non, ce n'est pas cela. Ce n'est pas à Isabelle que je pensais.

— Qu'y a-t-il, alors ?

— C'est difficile à expliquer en vérité. Je songe à Achil. C'est un bien étrange personnage. Il semble avoir du monde une vision totalement différente de nous. C'est plus une impression qu'autre chose... Je ne sais comment dire. Je crois que je commence à percevoir le monde comme lui.

— Je ne comprends pas.

— Les légendes disent qu'autrefois, le monde était habité par les hommes et les dieux. Ceux qu'on appelle aussi les Anciens.

— C'est la vérité.

— Elles disent aussi : “La connaissance fut donnée aux hommes par les dieux, mais dans leur orgueil impardonnable, les hommes se crurent bientôt les égaux des dieux. Ils furent ainsi les artisans de leur propre perte. Les dieux, découragés par le manque de sagesse des hommes, repartirent pour les étoiles. Ils n'ignoraient pas le sort promis à l'homme, incapable de maîtriser les forces qu'il détenait. La connaissance se retourna contre lui. Ce fut le Jour du Soleil."

— C'est ainsi que parlent les légendes, Arnaud.

— Oui ! "Ce fut comme si le soleil lui-même avait noyé le sol. Les villes brûlèrent et fondirent. Un souffle infernal anéantit les campagnes, bouleversa les hautes montagnes..." Est-ce bien ainsi que les choses se sont passées ?

— Comment cela ?

— Personne n'a jamais vu ces dieux anciens. Nul ne sait à quoi ils ressemblaient. Achil raconte ces légendes peuplées de dieux et de démons. Pourtant, lorsqu'il donne une explication sur quelque chose, sur la Médhellenie, sur ses peuples, il en parle différemment. Il décrit un phénomène, comme un observateur critique, sans jamais faire appel à des dieux ou des génies.

— Et alors ?

— Eh bien, j'essaie de tout reconsidérer de cette manière, sans faire intervenir des divinités pour expliquer certains phénomènes "inexplicables".

— Je ne te suis plus.

— Écoute-moi. Nous ne connaissons le Jour du Soleil que par ce que nous en disent les légendes, mais ce sont les amants qui sont à l'origine des légendes. À présent, imagine que les Anciens n'aient été que des hommes, qu'il n'y ait jamais eu de dieux sur notre monde...

— Arnaud, s'écria la jeune femme, tu blasphèmes !

Malgré la pénombre, il la vit pâlir. Il poursuivit néanmoins.

— Non ! Ces hommes possédaient la connaissance qu'ils avaient peut-être découverte en observant, en effectuant des expériences, je ne sais pas. Elle n'était pas réservée aux seuls amanes. Imagine que le Jour du Soleil n'ait été qu'une catastrophe à l'échelle du monde et non une vengeance de ces dieux que personne n'a jamais vus. La civilisation s'écroule, remplacée par un chaos qui dure plusieurs siècles.

— Quelle catastrophe ?

— Peut-être identique à celle qui détruisit Lavonia il y a dix ans. Cependant, au milieu de ce chaos, un petit groupe conserve le souvenir de la connaissance. Le groupe originel des amanes. Ils détiennent dans leurs mains l'arme la plus extraordinaire qui existe. Ils créent alors une armée puissante, celle des dramas, et entreprennent de reconquérir le monde sur le chaos pour l'asservir à leur religion.

— Arnaud, c'est horrible ! Les amanes ne sont pas les monstres que tu décris, ils font le bien partout.

— C'est vrai, mais ils nous privent de la connaissance. Ils sont impitoyables pour ceux qui tentent de percer leurs secrets.

— Tu sais pourquoi ! Imagine un Rodrick de Brastalia en possession d'une arme dramas !

Dorian se tut, ébranlé par la justesse de l'argument.

— Tu as raison, finit-il par dire. Les hommes ne sont pas encore mûrs pour acquérir la connaissance. Peut-être le seront-ils un jour ? Le monde stagne. Il n'évolue pas. Nous vivons toujours comme vivaient nos ancêtres, comme vivront toujours nos descendants dans un siècle, dans dix, dans cent... Il ne faut pas que cela soit ainsi. Les hommes doivent progresser, s'améliorer.

— Pourquoi ?

— Dans le cas contraire, ils disparaîtront.

Il n'aurait su dire pourquoi il avait avancé cet argument, mais il lui semblait évident. L'homme, s'endormant sur lui-même, finirait par s'ennuyer, s'étioler et disparaître. L'univers lui posait sans cesse des énigmes, des mystères qui ne demandaient qu'à être explorés, mais que l'on masquait sous des légendes qu'un raisonnement logique ne pouvait admettre. Pouvait-il faire comprendre tout cela à Elena ?

Il ne voulait surtout pas la blesser, ni semer l'angoisse

dans son esprit. Or, il remettait en cause les fondements les plus solides de son éducation. C'était un peu comme si pour elle, le ciel bleu s'était fissuré pour laisser entrevoir au-delà un néant incompréhensible.

— Pardonne-moi, dit-il avec tendresse. C'est peut-être ce pays étrange qui me fait déraisonner. Oublie ce que j'ai dit.

Il se pencha sur elle et l'enlaça. L'amour était le meilleur philtre d'oubli. Émerveillée, Elena perdit la notion des choses et se dilua dans le plaisir et la volupté. On n'eût pas remarqué qu'elle avait parcouru depuis le matin un nombre respectable de marches. Elle se donna même avec une sauvagerie et une soif d'amour qui lui étaient inhabituelles. Derrière ce manque de tendresse, Dorian décela une étrange onde de passion naissante mêlée à de la peur qu'il avait laissé naître en elle.

Il se montra alors plus attentif à la mener vers une extase totale qui fit refluer l'angoisse et l'enfouit au plus profond d'elle-même.

Lorsque enfin, il la sentit s'engourdir dans un sommeil réparateur, il poursuivit pour lui seul son raisonnement. Il se remémora l'arme remise en état par Adelfius.

Elle était faite pour une main d'homme. Pourtant, un élément venait détruire ses déductions. Il lui fallait admettre qu'il était la réincarnation du commandeur Darios. En cela au moins, la légende disait vrai. Or, elle parlait aussi du retour des dieux anciens qui viendraient le seconder. Des dieux qui reviendraient des étoiles.

CHAPITRE IV

Le lendemain, vers midi, les Gwondaleyens aperçurent au loin un groupe de misérables bâtisses.

— De quoi peuvent vivre les habitants de ce pays ? demanda Dorian à Achil.

— Ils chassent la langouste des marais, recueillent l'eau des jakondas. Ils sont plus pauvres que les plus pauvres de Gwondaleya. Leurs ancêtres ont fui la tyrannie d'un seigneur quelconque ou bien la religion. Ils sont cependant libres et à l'abri de tout. Qui s'intéresserait à ce morceau de terre brûlée par le sel perdu au milieu de l'enfer ?

— Ils ne tiennent pas tellement à nous rencontrer, fit remarquer Sylvain. On dirait qu'il n'y a personne !

— Ils ont dû fuir leur village en apercevant notre armée. Parfois, des bandes organisées effectuent des razzias chez eux, afin d'approvisionner les marchés en esclaves non spoliés. Surtout les marchands de femmes et d'enfants. Les filles d'ici sont réputées pour avoir le sang chaud et une jolie peau brune. Quelquefois, ce sont ces miséreux qui attaquent les petites caravanes ; ils n'ont pas l'habitude de se montrer cléments envers les survivants. Ils ne respectent rien, pas même les conteurs. D'ailleurs, ils ne parlent pas l'ankos.

Elena regarda la longue colonne, les sharacks étincelants des chevaliers, les écuyers armés jusqu'aux dents. Elle se sentit rassurée. Sur la route de Shalbatena à Burdaroma, la petite caravane de son père avait été attaquée par les maraudiers et deux de leurs gardes avaient été tués. Elle se dit qu'elle devait absolument apprendre à se défendre.

Ils approchaient à présent des marais de Londobakos. Parfois, une théorie de langoustes traversait la piste, paniquées, fuyant le martèlement des chevaux.

— Je crois que ces animaux détectent la présence de leurs ennemis en écoutant les bruits par l'intermédiaire de leurs antennes, dit Achil. Regardez comme elles palpent le sol autour d'elles. Notre convoi doit leur faire une peur bleue.

Un homme de l'arrière-garde fut attaqué par un gedokos vindicatif. Fort heureusement, la bestiole visait mal et le venin ne fit que trouer la cape de cuir, mais le guerrier n'en attrapa pas moins une colique rétrospective, à l'idée que sa tête eût pu se trouver... à la place du trou.

Peu à peu, le paysage se transforma. Par endroits, la piste était coupée par des dénivellations dues sans doute à des tremblements de terre. Ailleurs, d'énormes rochers éboulés des falaises barraient la route. Aux étendues planes et monotones des Hautes Terres succédait à présent un relief chaotique, accidenté, comme bouleversé par une main gigantesque.

Lentement, comme un rêve qui se précise, les brumes dévoilèrent les rives incertaines d'un lac immense. Une chaleur lourde montait des eaux troubles et fangeuses. Engoncés dans leurs armures, les guerriers se mirent à transpirer. Les vapeurs stagnantes marquaient un horizon hypothétique. Des lumières irréelles éclaboussaient par instants des fantômes de végétaux inquiétants. Une désagréable odeur de vase et de pourriture assaillit les narines des Gwondaleyens. Un étrange concert s'infiltrait partout, une musique mystérieuse, faite de cris d'oiseaux, de sifflements et surtout d'une plainte monocorde, modulée, une lamentation sans fin.

— D'où vient ce cri ? murmura Elena, peu rassurée.

— Arnaud, dit Sylvain, lui aussi vaguement inquiet, crois-tu qu'il soit prudent de nous aventurer dans ce lieu ? On dirait l'antre de Shaïentus.

— Une piste le traverse, celle que nous suivons actuellement. D'autres sont passés avant nous. Nous ne serons pas les premiers.

— Les premiers, peut-être pas, ronchonna Odios. Mais depuis combien de temps une caravane n'est-elle pas passée par là ?

— Seigneur Arnaud, regardez Ronald, dit soudain Alvina.

Le grand Noir s'était agenouillé et avait entamé une complainte douce et lancinante, accrochant les tonalités qui montaient des marais et s'y accordant du mieux qu'il pouvait. Alternativement, il touchait ses amulettes à petits gestes précis, se frappant les bras et les cuisses. Dorian le laissa faire. Lorsqu'il eut terminé, Ronald se releva et vint vers eux.

— Moi demander protection esprits sacrés de Londobakos, aïch. Eux me répondre.

— Ils t'ont répondu ?

— Oui, aïch. Eux demander une vie pour prix du passage.

Un vague frisson parcourut l'échine de Dorian. Une pareille prédiction l'eût fait sourire à Gwondaleya, mais la sincérité du Médhellenien le troubla, et cette lamentation mystérieuse...

— Réponds-leur que nous voulons tous passer. Nous n'avons pas coutume de pratiquer le sacrifice humain.

— Moi pas pouvoir dire, aïch. Eux pas parler. Eux... montrer. Faire sentir... ce qui va venir.

Dorian songea à la prescience de Solyane.

— Et qu'as-tu vu ?

— Rien, aïch. Moi pas voir. Sentir.

Sondant l'esprit du grand Noir, il ne put rien déceler d'autre, sinon une émotion intense. Ronald poursuivit :

— Mais nous pouvoir passer, aïch. Djarks moins dangereux en ce moment. Eux engourdis par le froid.

— Le froid ? Il fait une chaleur infernale !

— À la saison du haut soleil, nous pas pouvoir traverser, aïch. Trop chaud, trop brumes. Et Djark, ayayaille !

Il roula d'énormes yeux blancs.

— Fous avec chaleur ! Tuer tout dans les marais.

— Alors, si je comprends bien, comme la période des grands froids est revenue, ils nous laisseront tranquilles, ironisa Dorian.

— Toi pas moquer, aïch. Nous faire attention quand même. Eux jamais dormir. Et... sokongas. Prendre garde sokongas.

— Les sokongas ?

— Eux esprits mauvais. Loger âmes des morts. Boire sang des bêtes tuées par elles.

— Charmant, dit doucement le comte d'Ursaleya. Comment pratiquent-elles ?

— Elles tomber du ciel. Changer couleur pour ressembler arbre. S'agripper avec tentacules. Puis enfoncer bec crochu, très dur, capable percer cuir. Et sucer sang ! Très fort ! Ayayaille !

Il fit une démonstration gestuelle éloquente. Elena, impressionnée au début, ne put s'empêcher de pouffer de rire.

— Que faire en cas d'attaque ? demanda Dorian.

— Trancher tête, aïch. Tout de suite. Sinon, elle t'empoisonner. Venin. Endormir leurs victimes.

Il se laissa choir sur la mousse, puis se redressa, imitant l'expression féroce et profondément antipathique de la sokongas en action.

— Et là, sshlup, elle vider tout ton sang. Toi fini, mourir. Dévoré par petits vers des marais. Ayayaille !

— Bien Ronald, j'ai compris. Alors, ouvre l'œil. Dis-moi quelle est cette plainte étrange que l'on entend ?

Ronald se rapprocha et expliqua sur le ton de la confidence, comme s'il craignait d'être entendu :

— Aïch, ça être sanglots de Phystolès, dieu des marais. Lui pleurer ainsi. Tout le temps.

Impressionnés, les guerriers qui avaient entendu se touchèrent le front de la paume droite pour écarter la mauvaise humeur du dieu.

Dorian lui-même les imita. L'endroit était trop lugubre pour qu'on ne le prît pas au sérieux. Même s'il ne croyait pas tellement aux dieux, dans le doute...

Par moment, la plainte prenait des accents pathétiques, quasi humains, comme ceux d'un enfant qui pleurait. La piste longeait le lac, s'enfonçant au cœur des marais. Au fur et à mesure qu'ils progressaient, ils remarquèrent que ce qu'ils croyaient être de l'eau sombre était en réalité une boue liquide, d'où émergeait par endroits un sol plus ferme. De multiples végétaux y rampaient. Des vapeurs épaisses s'élevaient lentement çà et là, lourdes et âcres, comme vomies par les entrailles de la terre. Des plaques de boue se soulevaient, exhalant des bulles qui crevaient avec des glouglous de marmite, chargées de relents fétides.

Sans avoir eu encore à subir les attentions des sokongas, ils n'avaient pas pour autant à se plaindre d'être négligés par les indigènes. Des nuées de moustiques les environnaient, ravis de l'aubaine, accompagnés de mouches blanches vrombissantes. Celles-ci offraient l'avantage de ne pas piquer, mais l'inconvénient d'être insupportablement curieuses et s'infiltraient joyeusement partout, jusque sous les vêtements.

Une autre espèce les impressionna beaucoup au début, mais on se rendit compte très vite qu'elle ne présentait pas de grand danger, à part celui d'une impardonnable maladresse. C'était une sorte de libellule géante. Les plus grandes atteignaient près d'un mètre d'envergure ; leur vol rappelait la démarche gracieuse d'un ivrogne.

Soudain, un hurlement fit sursauter Dorian.

— Là, là ! cria Elena, effrayée.

Dorian ne vit rien, au travers d'une trouée de brume, que la peau cloaqueuse des marais agitée par un remous bizarre, guère plus inquiétant que le reste.

— Que s'est-il passé ?

— Là, seigneur Arnaud. J'ai vu comme une boule. Ou plutôt un anneau énorme, tout gris. Comme un serpent, mais beaucoup plus gros. Puis ça a disparu.

Ronald s'approcha, lugubre. Sa peau avait viré au gris.

— Toi vu djark, kella ! Doigt de Phystolès ! Nous pas rester ici.

Bien que rien ne fût encore advenu à quiconque, il régnait une atmosphère d'angoisse latente qui rendait les hommes nerveux. Plus aucun chant n'accompagnait le pas rythmé des chevaux. Les plaisanteries et les bavardages s'espaçaient. La chaleur moite et la plainte lancinante n'étaient pas étrangères à ce phénomène. On craignait pardessus tout le redoutable et invisible djark, véritable seigneur des marais. Malgré tout, la piste restait ferme, serpentant au milieu d'une forêt étrange, faite de brume et de végétation. Parfois, elle s'élargissait, s'élevait et les marais disparaissaient derrière les brouillards. Ailleurs, elle se resserrait tellement que quatre chevaux pouvaient y passer de front. Parfois, elle présentait un embranchement, mais Ronald finissait toujours par dénicher une borne dévorée de mousse et de lichen qui indiquait la bonne direction. Ces bornes grossières confirmaient, contre toute attente, que des hommes étaient déjà passés par là et y avaient laissé des traces. Il était quelquefois difficile de savoir où s'achevait la piste et où commençait le marais. Une herbe caoutchouteuse couvrait les rives, s'aventurant sans prévenir sur la boue liquide. Plusieurs fois déjà, on avait dû repêcher des cavaliers imprudents. Partout sur les rives, au milieu de la vase, poussaient les arbres pieuvres que Ronald avait poétiquement baptisés : mahahi ebe mahahis. Leurs branches dépourvues d'écorce replongeaient dans le sol fangeux à la recherche d'une eau non salée. Achil précisa que quelques arbres pieuvres suffisaient pour couvrir des forêts entières, sans qu'il soit possible de déterminer le tronc originel. À leurs branches dénudées par la chaleur et les pluies, s'agrippait un réseau arachnéen de lianes vivaces. Certaines d'entre elles sécrétaient un suc collant et visqueux qui entravait l'avance des guerriers. Ronald les appelait les cheveux de Phystolès. Il poussa un cri d'épouvante lorsque Sylvain entreprit de dégager le chemin encombré à coups de dayal. Ces « cheveux » étaient sacrés à ses yeux. Sylvain renonça donc. De toute façon, leur résistance était telle qu'il valait mieux s'en débarrasser à la main.

— Regardez les fleurs qui poussent sur ces lianes, fit remarquer Elena. Jamais je n'en ai vu d'aussi belles.

Elle disait vrai. Leurs couleurs polychromes entremêlées,

leurs formes étourdissantes, aux circonvolutions dessinées par un dieu artiste, composaient une symphonie extraordinaire. Leurs taches de lumière vives semblaient déplacées dans la grisaille environnante.

Il n'était pas étonnant qu'on les supposât être la chevelure du dieu des marais. Seul inconvénient, elles sentaient horriblement mauvais, dégageant de tenaces remugles de chair pourrie. Comme leur sens olfactif était déjà passablement mis à l'épreuve par les relents exhalés par les boues, personne ne songeait à s'en offusquer.

Plus loin, Elena, admirant une énorme fleur d'un rouge vermillon éclatant, constata que son épanouissement n'avait servi qu'à attirer un oiseau minuscule. Elle cria de surprise. Les pétales se refermèrent si vite que le petit animal englué ne put s'enfuir. L'envers des pétales multicolores, d'un vert sombre et luisant, fut agité par des soubresauts désespérés, puis redevint immobile. Le piège mortel s'était refermé. La jeune femme frissonna.

— Oh, seigneur Arnaud, j'ai peur. Cet endroit est maudit. Pourquoi faut-il qu'une telle beauté cache tant de cruauté ?

La sentant bouleversée, il la prit contre lui sur l'encolure d'Aram.

— N'aie pas peur, petite dame. Ne vois pas la cruauté là où elle n'existe pas.

— Comment cela ?

— Cette fleur ne sait pas qu'elle est belle. C'est toi qui la vois ainsi, parce que sa forme et sa couleur te flattent. Elle ne sait pas non plus qu'elle est cruelle. C'est toi qui l'imagines parce qu'elle s'est nourrie d'un petit oiseau. Elle, elle savait seulement qu'elle avait faim.

Elle soupira et finit par sourire.

— C'est vrai, excuse-moi. Je suis sotte.

Il l'embrassa tendrement.

— Non ! Mais j'ai remarqué que l'on a tendance à prêter à ce que l'on voit, bêtes, choses ou autres, des sentiments, des intentions qui en réalité émanent de soi. On a beaucoup de mal à admettre que la vérité soit différente, parfois totalement opposée. Ainsi, cet endroit nous semble un enfer. Pourtant, regarde comme la vie y explose.

Elena soupira.

— Je comprends. Qui t'a appris cela ?

— Personne ! J'ai seulement observé. Sans préjugé, avec la plus grande neutralité possible, cela aide à comprendre beaucoup plus facilement.

Elle sourit et ajouta :

— Par moments, tu me rappelles mon grand-père.

— Hein ?

— À Shalbatena, on écoutait toujours ses conseils. Il avait beaucoup vécu et voyagé très loin. Son expérience était grande. Il ne parlait jamais beaucoup, mais quand il parlait, on y découvrait toujours une leçon de sagesse. Tu es tellement plus jeune que lui ! ajouta-t-elle en riant.

— Heureusement pour toi !

On sut que la nuit tombait lorsque la luminosité commença à décliner. Ronald se mit en quête d'une aire suffisante pour le bivouac. Ce ne fut pas chose facile, mais il finit par découvrir une sorte de clairière recouverte de l'inévitable « hklebaj ».

En revanche, l'humidité lourde oppressait la respiration. Afin de chasser, ne fût-ce que pour la nuit, les insectes suceurs de sang, on tenta d'allumer un feu. Récoltant des branches tombées des arbres pieuvres, on en fit des petits tas. Après d'innombrables tentatives infructueuses, l'un d'eux consentit à crachoter quelques petites flammes jaunâtres. Ce ne fut pas, bien sûr, le feu clair et pétillant que l'on peut allumer dans les plaines, un beau soir d'été, sous un ciel constellé d'étoiles, mais les résultats dépassèrent bientôt les espérances. Le feu se propagea lentement au cœur des branches pourries et creuses, dégageant une fumée âcre et épaisse. Si elle fit tousser tout le monde de belle manière, elle eut au moins le mérite de disperser à tire-d'aile les insectes trop entreprenants. À la nuit tombante, le concert des lamentations n'avait pas cessé, mais il s'était un peu calmé.

Soudain, déchirant la monotonie de la plainte lancinante, un hurlement de terreur glaça le sang des Gwondaleyens. Dorian bondit aussitôt. Le cri venait de l'autre côté du camp.

— Qu'est-ce qui se passe, par Lakor ?

Suivi de Sylvain et d'Odios, il courut vers l'endroit présumé. L'explication lui sauta aux yeux immédiatement. Cinq hommes s'étaient quelque peu éloignés du campement, sur un terrain plat couvert de hklebaj et apparemment sans danger, pour s'exercer au sabre. Le sol traître s'était tout à coup dérobé sous les pieds de l'un d'entre eux, et il se débattait à présent, enfoncé dans la boue jusqu'à la taille. Impressionnés, ses camarades n'osaient plus bouger de l'endroit où ils étaient. Trois d'entre eux portaient des torches fumeuses dont les lueurs tremblantes trouaient le crépuscule. Un flot de terreur noyait leur esprit, qui cueillit Dorian comme une vague glacée, chargée de fantômes de djarks d'autant plus terrifiants qu'on ne savait pas à quoi ils ressemblaient.

Arrachant une trive et une torche à un garde pétrifié, il avança prudemment sur le terrain trompeur. Il s'aperçut vite que les trous étaient plus nombreux qu'on aurait pu le croire. C'était un miracle qu'un seul d'entre eux ait été englouti.

— Par les tripes de Shaïentus, allez-vous le laisser crever là ?

Il parvint aux côtés du guerrier gémissant et lui tendit sa trive. Il constata qu'il s'enfonçait de plus en plus.

— Allez, accroche-toi fermement et essaye de t'allonger le plus possible.

Rapidement, un soldat, puis Odios et Sylvain vinrent lui prêter main-forte. Bandant leurs muscles, ils parvinrent peu à peu à arracher le malheureux de la vase gluante. La boue l'aspirait et ils n'étaient pas trop de quatre. Inconsciemment, les paroles de Ronald revinrent à la mémoire de Dorian : « Les dieux réclament une vie pour prix du passage. » Était-il en train de lutter contre la volonté des dieux ? Le guerrier était encore enfoui jusqu'à mi-cuisse lorsqu'il poussa un autre hurlement.

— Ah, seigneur ! Quelque chose me tire la jambe.

— Par l'aigle d'or, vite !

Tous quatre l'attirèrent violemment et le garde fut arraché de son cloaque qui se referma en bouillonnant sous la trouée de hklebaj.

— Ma botte, gémit-il.

— Elle y est restée, dit Dorian.

— Partons vite, seigneur. J'ai senti quelque chose s'enrouler autour de ma jambe et emprisonner mon pied. Quelque chose d'affreux.

Comme pour confirmer ses dires, Ronald hurla de loin :

— Aïch, toi revenir vite ! Regarde autour de toi Djark ! Djark ! Djark venir !

En effet, le champ de hklebaj tout à l'heure si calme offrait à présent un aspect étrange. Des moutonnements inquiétants agitaient la surface vert-de-gris, se gonflaient en annelures, en boursouflures lentes et majestueuses. Un grondement sourd emplit l'atmosphère. Les trois soldats restants s'étaient rapprochés, des chevaliers qui soutenaient le guerrier blessé. Une bonne trentaine de mètres les séparaient de la terre ferme. Les mouvements d'herbe se répartissaient en éventail autour de leur îlot de calme, comme pour les encercler. Le phénomène était d'autant plus impressionnant que la nuit était maintenant presque totalement tombée.

— Arnaud, je n'aime pas ça, murmura Sylvain. Qu'est-ce qu'on fait ?

— Tire ton dayal et ouvre la route. Surtout, ne vous laissez pas gagner par la peur. La moindre fuite au hasard et c'est la mort, compris ?

Les guerriers hochèrent la tête. Le soldat qu'ils venaient de sauver se mit à gémir, paniqué. Odios, pratique, lui assena un coup efficace sur la tête et le chargea sur ses épaules, inconscient. Dorian hurla à ceux restés sur la rive d'apporter des torches et Sylvain ouvrit le chemin. Il progressait pas à pas, sondant le sol de sa trive, amené parfois à revenir sur ses pas.

— Par où êtes-vous passés tout à l'heure ? gronda-t-il.

Au loin, ils distinguaient à peine leurs compagnons, parmi lesquels avançait une petite silhouette angoissée. Elena tremblait de la tête aux pieds.

Tout à coup, devant les pieds d'Odios, encombré par le poids de l'homme, la couche de hklebaj se souleva, creva, et une sorte de tentacule monstrueux apparut, tâtonnant à l'aveuglette à la recherche de sa proie.

— Ne bouge pas ! hurla Dorian.

Passant devant lui, il leva son dayal et frappa. La dureté des anneaux était telle que la lame acérée réussit à peine à les entamer. Dorian continua à frapper. Il parvint à contenir la bête hideuse, tandis qu'Odios et les guerriers s'échappaient.

— Attention ! cria quelqu'un.

Dorian se retourna. Un deuxième tentacule rampait sournoisement vers lui. Tout à coup, des hurlements s'élevèrent de partout à la fois. Des annelures apparurent en divers endroits, parfois loin, parfois toutes proches. Sylvain était parvenu à mi-chemin.

— Vite, aïch, sinon djark te couper la route !

Il ne se trompait pas. Les tentacules le contournaient peu à peu. Ils tâtonnaient à travers les herbes, cherchant un membre à happer. Leurs extrémités se terminaient par un orifice noir béant, armé d'une couronne de dents coniques, fixées sur une membrane dont les mouvements ondulatoires tendaient à engloutir tout ce qui passait à portée. Tout autour s'agitaient de longues vibrilles qui faisaient apparemment office d'organes des sens. S'aidant de sa trive, Dorian repoussa l'horrible tentacule.

Quelqu'un eut soudain une idée. Peut-être Leïro.

— Les torches ! Jetez-leur les torches enflammées dans la gueule !

Un guerrier plus brave obéit. Le résultat fut immédiat. Comme frappé de folie, le tentacule s'agita en tous sens et disparut sous la boue.

Voyant Odios hors de portée, Dorian rompit le combat et suivit. Les hommes possédaient tout de même un avantage sur les monstres. Ils étaient beaucoup plus rapides, mais il fallait se méfier des sursauts imprévus. Enfin, Sylvain atteignit la rive. Il collecta alors quelques torches et revint sur ses pas. Sur sa gauche venaient d'apparaître trois tentacules monstrueux. Sans hésiter, il jeta un brandon dans la gueule du premier. Il ne put retenir un cri de terreur. Le monstre se dressa jusqu'à la hauteur de trois hommes. Le diamètre augmenta et surtout, les deux autres l'imitèrent, comme si le feu les avait touchés eux aussi. La panique s'installa. Un soldat poussa un cri hystérique et se mit à courir droit devant lui, en direction de la rive pourtant proche. Sans savoir pourquoi, Dorian comprit qu'il était perdu. Il ne parcourut pas dix mètres. Avec horreur, chacun le vit s'enfoncer dans un trou boueux jusqu'à la ceinture. S'agitant désespérément, il ne fit qu'aggraver sa position.

— Imbécile, gronda Dorian, impuissant à le secourir.

Avec précaution, il se dirigea vers l'homme gigotant de terreur. Puis un effroi sans nom se peignit sur le visage du guerrier et il se mit à hurler comme un fou.

— Au secours ! Ma jambe ! Ma jambe !

Incapable d'intervenir, Dorian le vit se soulever, violemment repoussé par une force inconnue venue des profondeurs cloaqueuses, il s'enfonça comme un pantin désarticulé sous la boue. Derrière lui ne subsista qu'un bouillonnement abject. Pendant un instant, ils restèrent pétrifiés par le sort du malheureux.

— Par Lakor, hurla Dorian, ne restez pas là ! Les autres vous guettent.

Brusquement tirés de leur cauchemar, ils reprirent leur avance dangereuse, frappant comme des fous la moindre protubérance suspecte.

Enfin, après un combat titanesque, les trois chevaliers et les quatre soldats survivants parvinrent sur le sol ferme. Les tentacules s'agitèrent encore quelques instants, puis le moutonnement se déplaça vers le fond du marais et disparut dans la nuit.

Un silence pesant suivit la fin du combat. Personne n'osait regarder vers l'endroit où avait disparu le guerrier. Dorian pensait encore aux paroles de Ronald, à ces dieux qui avaient exigé une vie... Coïncidence ? Ou... autre chose ?

— Pauvre Lambs, murmura Sylvain.

— Oui, sa panique était bien pardonnable, dit doucement Dorian. Je n'aurais jamais imaginé que de tels monstres pouvaient exister. Combien y en avait-il, à ton avis ?

— Un seul ! dit une voix derrière eux.

— Un seul ?

Achil s'approcha.

— Oui, seigneur Arnaud. Vous n'avez vu là que l'extrémité des tentacules d'un djark. Le corps sort rarement de la boue. C'est une sorte de pieuvre géante, dont chaque membre peut atteindre vingt mètres de long. Je crois savoir que c'est le plus gros animal que le monde connaisse actuellement.

Une fois de plus, Achil raisonnait en observateur lucide et non en conteur, avide de sensations.

— Lors d'un voyage en Médhellenie, j'ai traversé un marais asséché par un tremblement de terre. J'ai eu l'occasion unique de contempler un djark échoué. Les indigènes prétendaient qu'il vivait encore. Je pense qu'il était mort. Malgré tout, je ne l'ai pas approché de trop près. C'était... hallucinant. Jamais je n'oublierai ce spectacle.

Le lendemain, Dorian fit lever le camp de bonne heure. Il ne tenait pas à rester longtemps dans cet endroit maudit.

Les feux s'étaient étouffés au cours de la nuit et l'inévitable cortège d'insectes était revenu harceler les voyageurs. Le départ se fit dans un silence trouble. Personne ne pouvait chasser de son esprit le drame de la veille. La Médhellenie avait fait sa première victime. Qui serait la suivante ?

Contrairement à la veille, le jour semblait ne jamais devoir se lever. La plainte lancinante avait repris, se muant parfois en une véritable sirène. Les brouillards s'étaient épaissis, mais des remous de vents tantôt tièdes, tantôt froids, les bouleversaient, les mélangeaient, modifiant le paysage flou au gré de leur fantaisie. La luminosité restait crépusculaire.

— Que se passe-t-il ? demanda Sylvain, mal à l'aise.

— Je n'en sais trop rien, mais l'attitude de Ronald m'inquiète. Regarde-le !

Le grand Noir scrutait fréquemment les deux noyés d'ombres noires, marmonnait sans cesse des incantations incompréhensibles, touchait ses amulettes. Dorian l'appela.

— Ronald, peux-tu me dire ce que signifient ces vents et cette demi-nuit ?

— Aïch, moi craindre tempête. Ici, quand pluie tomber, marais déborder, piste envahie, submergée. Nous finis, noyés ! Pas se mettre à l'abri. Rien ! Djark furieux. Attaquer ! Et sokongas ! Ayayaille !

Dorian décida d'accélérer l'allure. L'autre extrémité de Londobakos ne pouvait être loin.

Bientôt, les vents semblèrent pris de folie. Les écharpes de brume s'étirèrent, s'animèrent d'une vie inquiétante, s'entremêlèrent aux troncs des mahahis. Les lamentations avaient redoublé, se mêlant en contrepoint aux hurlements du vent. Des oiseaux effrayés fendaient l'air alourdi avec des cris stridents. Par chance, les insectes avaient presque disparu, mais les brindilles, les sables, les feuilles arrachés au marais obligèrent les hommes, malgré la touffeur oppressante, à se serrer au plus profond de leur cape de cuir.

Brusquement, une pluie diluvienne se mit à tomber. Ils n'y voyaient plus à dix pas. À ses côtés, Elena et Alvina, protégées par un petit groupe de guerriers, avaient rabattu leur capuche sur leur visage. Tout à coup, le ciel invisible sembla se déchirer en deux. Un fracas étourdissant fit trembler le sol. Les chevaux énervés s'agitèrent et leurs cavaliers durent user de toutes leurs forces pour les maintenir dans l'axe de la piste, heureusement bien délimitée. Parfois, un éclair aveuglant illuminait le paysage dantesque d'une lumière éblouissante ; suivait un grondement assourdissant qui faisait vibrer les entrailles. Malgré le déluge, Dorian ne consentit pas à mettre pied à terre. La piste surplombait l'étendue cloaqueuse de près de deux mètres, mais le niveau montait inexorablement. Plus loin, sans doute à moins d'un quart de marche, ils trouveraient le salut.

La piste redescendit bientôt vers l'étendue mouvante. L'eau s'infiltrait partout. Bientôt, l'herbe caoutchouc se mit à flotter sur un liquide fangeux, sale et puant. Lentement, une nappe inquiétante se lança à l'assaut des terres fermes. Ronald hurla à Dorian :

— Aïch, moi peur ! Sokongas risquer nous attaquer ! Nous dépêcher ! Montagne plus très loin !

Les vents, ou peut-être des courants chauds nés dans les profondeurs, agitaient les boues, parcourues de vagues irrégulières. Dorian ne se guidait plus qu'à la trouée que la piste disparue perçait au travers du magma des arbres pieuvres. Il laissait à son lionorse le soin de sonder le terrain avant de poursuivre. Entre Aram et lui s'était établi un dialogue d'une qualité extraordinaire. L'homme calmait l'animal lorsque grondait le tonnerre. Le fauve cherchait le sol ferme sous la nappe gluante, puis progressait. Dorian faisait corps avec lui et sentait au bout des griffes du fauve la nature du terrain. Il frissonnait de dégoût lorsqu'il sentait glisser le long de ses pattes une de ces horreurs animales ressemblant à des mollusques. La pluie redoubla. Les vents gonflaient la surface de vagues angoissantes et chacun craignait sans oser le dire la venue d'un djark. La plainte lugubre s'était définitivement fondue au vacarme assourdissant. Jusqu'où pouvaient monter les eaux ?

Brusquement, la pluie se transforma en grêle. Des glaçons gros comme des œufs de pigeon les contraignirent à gagner l'abri d'une frondaison d'arbres pieuvres. Heureusement, les capes étaient prévues pour résister à ce genre d'intempéries. Dorian attira Elena contre lui. Il était devenu impossible d'avancer. La pluie cessa soudain, aussi brutalement qu'elle était apparue. Des bourrasques effrayantes essuyèrent le ciel, déchiquetant les brumes et éloignant les nuages. Un soleil noyé d'humidité éclaboussa alors les marais maudits d'une lumière glorieuse. Des milliards d'étincelles répondirent à son appel. Les anémones carnivores se parèrent de nuances éclatantes. Le silence qui succéda à l'orage abasourdit les cavaliers, tout étonnés de découvrir la lumière au fond de leur enfer. Les paroles du comte de Salonikos revinrent à la mémoire de Dorian : « Il semble régner là-bas la plus absurde des folies, dont les dieux sont les maîtres de cérémonie. Au milieu des dangers les plus grands, au sein de la laideur la plus repoussante, Médhellenia peut faire apparaître une beauté extraordinaire, un joyau incomparable, dont on sait que l'on ne perdra jamais le souvenir. »

Les hommes éreintés, mais aussi surpris et heureux d'avoir été épargnés, intimidés d'être invités à contempler pareille splendeur, ne purent repartir avant d'avoir longuement admiré le panorama. Une symphonie de lumières et de couleurs, une trêve, une harmonie qui ne durerait pas.

Au cœur de ce miracle apparut enfin le salut. À peu de distance, la piste reprenait ses droits, se dressant définitivement au-dessus du niveau des eaux. Au-delà, derrière le rideau de vapeur qui commençait à s'élever, on devinait une gigantesque masse sombre, une falaise de rocaille dont les sommets allaient se perdre dans les nuages. Des hurlements de joie accueillirent la vision rassurante.

Mais Achil s'approcha de Dorian.

— Seigneur Arnaud, il va nous falloir redoubler de prudence.

— Pourquoi ?

— Vous voyez cette montagne ? C'est un territoire interdit. Un domaine où vivent les ennemis les plus irréductibles de la religion. Les Folmans ! Les fous !

CHAPITRE V

Les Folmans

Il courait sur leur compte de bien étranges légendes. On disait que leurs femmes se partageaient entre tous. Les enfants étaient arrachés à leurs parents dès leur plus jeune âge. Ils adoraient un dieu cruel auquel ils sacrifiaient leurs ennemis de façon atroce. Les récits des rares voyageurs qui avaient survécu à un affrontement avec eux faisaient mention de monticules de crânes qu'ils exposaient à l'entrée de leurs villages pour effrayer leurs ennemis.

Interrogeant Ronald, Dorian ne put démêler la vérité des racontars. Une chose pourtant semblait certaine, ils possédaient des armes terrifiantes. Par mesure de précaution, il avertit ses chevaliers de se tenir prêts à combattre.

Devant eux se dressait une paroi rocheuse qui s'élevait à pic vers les nuages. La végétation rappelait à présent celle des plateaux de Râmâth Luu. Ils avaient retrouvé les jakondas et l'Andès. Les moustiques aussi avaient suivi. Quelques langoustes rassas s'enfuirent à leur approche.

— Comment allons-nous franchir cette montagne ? demanda Sylvain.

Une demi-marche plus loin, ils découvrirent un défilé rocheux et sombre, encaissé entre deux murailles, dans lequel la piste s'enfonçait résolument.

— L'endroit rêvé pour une embuscade, murmura Odios.

Dorian acquiesça. Pourtant, ils n'avaient d'autre alternative que de franchir le col. Des éclaireurs furent envoyés en reconnaissance, qui ne signalèrent rien de suspect. Lentement, la colonne reprit sa marche. Chacun scrutait anxieusement la moindre anfractuosité, redoutant de voir surgir un ennemi hirsute et menaçant, mais rien ne bougeait.

Peu à peu, le défilé s'élargit, devint une vallée suspendue. Par instants, le soleil déclinant parvenait à percer la couche lourde et grise des nuages bas, parant d'or et de sang les écharpes de brume agrippées aux pics sombres. Une ombre froide et inquiétante coulait comme du plomb au creux du défilé. Les seuls habitants du lieu étaient de curieux oiseaux de proie au bec dentelé. Ces « bshârks », ainsi que les nomma Ronald, ne présentaient aucun danger pour eux. Leur cri ressemblait même à un ricanement si saugrenu qu'il portait à rire.

Contrairement à ce qu'ils redoutaient, ils ne subirent aucune attaque. La nuit commençait à tomber, lorsqu'ils atteignirent l'autre versant, là où la piste redescendait vers les marais méridionaux. Dorian décida d'y bivouaquer.

— Alakhos n'est plus qu'à quatre jours, déclara-t-il. Là, nous ferons étape un jour ou deux.

— Quatre jours, à condition que les pluies n'aient pas coupé la piste, fit remarquer Achil.

— Comment cela ?

— Il est fort probable que le niveau des marais ait monté également de ce côté, seigneur Arnaud. La tempête n'a pas épargné ce défilé. Les marais du sud ont dû être touchés eux aussi.

— Par Lakor, je n'avais pas pensé à cela !

— Dans ce cas, il nous faudra attendre que le niveau baisse et nous installer ici pour plusieurs jours.

— C'est hors de question !

Achil ignora la remarque.

— Attendre ne représente pas un danger en soi, seigneur Arnaud, mais nous risquons une attaque des Folmans. Ils tolèrent le passage seulement, non pas que l'on élise domicile sur leur territoire.

Un silence pesant plana quelques instants. Dorian fit sortir les cartes et les étudia.

— Il y aurait peut-être une autre possibilité : la traversée du territoire des Folmans !

— Hein ?

— Regardez la carte. Cela nous rapprocherait sensiblement d'Alakhos. En fait, les marais nous obligent à un détour.

— Vous n'y pensez pas, dit Achil. Nous ne pourrions effectuer une marche ou même une demie hors de la piste. Nous serions tous morts avant.

— Pas s'ils nous accordent le passage. Nous pouvons le leur demander. Nous ne sommes pas ennemis, que je sache !

— Leur demander le passage ? On voit que vous ne connaissez pas les Folmans, seigneur. Le dialogue est impossible avec eux, dit lugubrement le conteur. Ils adorent un dieu du nom de Dealla, à qui ils vouent une foi indestructible. Ils considèrent tous les étrangers comme des démons qui n'ont d'autre but que de les anéantir et de détruire son image. Eux seuls détiennent la vérité. Ils n'acceptent aucun compromis. C'est grâce à leur intransigeance qu'ils sont parvenus à vaincre la Médhellenie.

— Tu m'as dit les avoir approchés. Parle-moi de ce que tu sais.

— Ce que je sais ? C'est tellement peu de chose, seigneur. Qui pourra se vanter un jour de connaître les Folmans ? Ce sont les plus fous, les plus dangereux des Médhelleniens. Ce sont pourtant les plus admirables, ajouta-t-il après un moment de réflexion.

— Où les as-tu rencontrés ?

— C'était il y a un peu plus d'une dizaine d'années, à Yphrisios. Ce port, sur la côte orientale du grand Adriat, est le seul endroit où l'on puisse les approcher. Le roi M'Monsôl a instauré des échanges commerciaux avec eux. Régulièrement, ils arrivaient, armés jusqu'aux dents, enveloppés dans leurs bizarres vêtements beige et rouge. Sur leurs flancs, ils portaient de longs sabres aux fourreaux décorés ; ils ne quittaient jamais leurs gonns. Des gonns fantastiques, capables de tirer plusieurs balles en quelques secondes. Pas un d'entre eux ne connaissait l'ankos. Ou tout au moins le feignaient-ils ! Rarement, il m'a été donné de rencontrer un peuple aussi noble, aussi impressionnant. Ils ne se mêlaient jamais aux Yphrisiens, sauf pour les échanges. Ils s'installaient à l'écart, sur les collines qui dominaient la ville. Yphrisios est une cité étrange, seigneur, construite sur une multitude de petites îles. On s'y déplace surtout en bateau. Ils n'entraient jamais dans la ville, craignant sans doute qu'un piège leur soit tendu. Ils faisaient du troc, apportant avec eux des céréales, des fruits séchés, du vin, des outils remarquables, des poteries, des bijoux.

— Est-ce que tu connais leur langue ?

— C'est exact. J'étais fasciné par ce peuple, ces hommes et ces femmes aux visages graves, brunis par le soleil.

— Ils emmenaient leurs femmes ?

— Oui ! Il n'est pas faux de dire que leurs femmes appartiennent à tous. C'est seulement une interprétation un peu hâtive de la vérité. En fait, ils vivent par groupes d'une dizaine d'individus, autant d'hommes que de femmes. Ces femmes appartiennent indifféremment à tous les hommes de leur clan.

— Quelles mœurs curieuses, dit Elena.

— Non, madame. Cela ne semble pas les affecter, au contraire. Il règne au sein de ces groupes une entente incompréhensible. Les hommes traitent les femmes comme leurs égales. Dans certains clans, c'était une femme qui parlait pour les siens. Elles aussi portaient des armes et je dois avouer qu'elles semblaient encore plus impressionnantes que les hommes. Les guerriers d'Yphrisios les traitaient avec respect. Autre élément troublant, ils ne semblaient pas avoir de chef, ni de roi, ni quoi que ce soit d'autre. Chacun savait ce qu'il avait à faire. Ils ne sont ni pauvres, ni mal nourris. Je n'en ai jamais vu un seul rire. Un peuple énigmatique qui force le respect.

— Quelles sont ces armes dont parlent les légendes ?

— Leurs gonns, je suppose. Prions les dieux qu'ils ne les tournent jamais contre nous. Un jour, une bande de maraudiers a attaqué le campement des Folmans. J'étais là, car ils toléraient ma présence. Mes histoires parvenaient parfois à en dérider quelques-uns. Dès que les bandits apparurent, ils m'ordonnèrent de me cacher. Le combat n'a duré que quelques instants. Les gonns folmans avaient fauché plusieurs dizaines d'assaillants qui furent achevés sans pitié.

— D'où proviennent ces armes ? Les Folmans détiendraient-ils la connaissance ?

— Je ne sais pas. Peut-être. Seuls les dramas possèdent des armes plus puissantes.

— As-tu suivi les Folmans chez eux ? demanda Sylvain.

— Non, seigneur. Ils m'ont autorisé à passer quelques jours en leur compagnie. J'ai partagé le pain et la viande avec eux, mais je ne suis pas devenu leur ami pour autant. Ils nous considèrent comme des êtres inférieurs, parce que leur dieu ne nous a pas choisis. Seul leur peuple survivra, car ils sont les élus.

Le lendemain, une épaisse couche de nuages cachait les montagnes. Une bruine fine et pénétrante tombait, imprégnant tout, poissant les vêtements. Soudain, un garde dit :

— Seigneur, regardez !

Dorian repéra aussitôt, sur les hauteurs de la falaise

orientale, juste à la limite de la brume, une vingtaine de silhouettes qui se découpaient sur le ciel tourmenté. Des cavaliers emmitouflés dans d'épais vêtements. Ils étaient trop loin pour qu'on pût deviner leurs intentions. Spectres noirs et lourds de menaces, ils se tenaient aussi immobiles que des statues.

— J'espère que les marais du sud ne sont pas inondés, murmura Elena, inquiète.

Achil ne s'était pas trompé. À quelque distance de là, la piste s'enfonçait sous une boue sombre et agitée de remous suspects. Un brouillard épais s'y appesantissait, noyant les bruits, diluant les formes comme des fantômes diffus.

— Impossible de poursuivre par là !

— Qu'allons-nous faire ? demanda Sylvain.

— Je ne sais pas. Nous ne pouvons pas passer. À ton avis, dans combien de temps la piste sera-t-elle de nouveau praticable ? interrogea Dorian.

— Dans cinq jours au moins, répondit Achil. S'il n'y a pas de nouvelles crues d'ici là. Elles sont fréquentes en cette saison.

— Ne pouvons-nous pas tenter de longer les marais ?

Ce fut Ronald qui répondit.

— Non, aïch ! Impossible ! Montagne sacrée. Tomber dans les marais. Démons habiter là.

Dorian soupira.

— Bien ! Il ne nous reste plus qu'à rentrer au campement et attendre.

Le campement avait cependant reçu une visite. Les cavaliers avaient quitté les hauteurs et étaient descendus examiner les lieux. Lorsque les Gwondaleyens arrivèrent, ils se rangèrent sur une ligne, leur interdisant la route. Ils n'étaient qu'une douzaine, contre plus de cent, mais cela n'avait pas l'air de les affecter. Les gonns pointaient sur Dorian et les siens, menaçants. L'un des Folmans s'avança et prononça quelques mots dans une langue inconnue.

— Il demande pourquoi nous avons fait demi-tour, traduisit Achil.

— Explique-lui.

Le conteur se mit à parler d'une voix hésitante, laborieuse, trébuchant sur des mots inusités. Les autres comprirent. Leur chef, ou celui qui en tenait lieu, hocha la tête. Un dialogue difficile s'instaura, puis Achil traduisit :

— Ils nous autorisent à bivouaquer au même endroit, mais il nous est formellement interdit de quitter la piste. Le premier d'entre nous qui s'aventure sur la montagne y perdra la vie.

Pour ponctuer les paroles du conteur, le Folman arma son gonn et tira. Une rangée de trous noirs se creusa aux pieds d'Aram. Les échos affolés se renvoyèrent le fracas de la rafale tandis que le lionorse, effrayé, se cabrait. Dorian eut toutes les peines du monde à le calmer.

— Les imbéciles ! rugit-il.

Achil évita de traduire.

Trois jours

Cela faisait déjà trois jours que les Gwondaleyens attendaient que le niveau des eaux accepte de baisser. Il n'y avait pas eu de nouvelles tempêtes, mais, lorsque Dorian se rendait jusqu'à l'orée des marais, il ne remarquait aucun progrès.

— Par les tripes de Shaïentus, nous n'allons tout de même pas rester bloqués dans ce trou. Je vais demander le passage aux Folmans.

Il regagna le camp et appela Achil.

— Viens avec moi, tu me serviras d'interprète.

— Mais, seigneur...

— Viens !

Inquiet, le conteur obéit.

Les Folmans s'étaient établis sur un éperon rocheux,

situé à mi-chemin du sommet, d'où ils surveillaient la caravane. Leurs silhouettes immobiles se détachaient sur le ciel sombre, menaçantes, omniprésentes. Prenaient-ils seulement le temps de dormir ?

Dorian ne voulait d'un affrontement à aucun prix. Ce qu'il avait vu des gonns l'avait fait réfléchir. Bien sûr, leurs fusils électriques étaient de taille à riposter, mais un combat eût été inutilement meurtrier. Dorian s'engagea sur le sentier. Ostensiblement, il se défit de sa ceinture de styls, ôta le fourreau de son dayal, qu'il jeta au loin. S'ils ne comprenaient pas ce geste, ils étaient complètement stupides. Les Folmans opérèrent un regroupement, lui barrant le passage. Les gonns pointèrent. Par le truchement d'Achil, Dorian entama le dialogue.

— Je veux parler à votre chef.

L'un d'eux s'avança.

— Nous n'en avons pas.

— Nous nous rendons à Alakhos. La piste des marais est coupée. Nous vous demandons le passage par votre territoire.

— Non !

L'autre avait hurlé. Puis il mit Dorian en joue et tira sans sommation. Une rafale de balles s'écrasa aux pieds du lionorse qui fit un violent écart. Dorian le rattrapa de justesse avant qu'il ne bascule dans le ravin avec lui sur l'échine.

Rageur, il égrena un chapelet de jurons tous plus verts les uns que les autres. Force lui fut de faire demi-tour.

— Je vous l'avais dit, seigneur. Ce sont des fous !

— Les imbéciles ! gronda Dorian. Impossible de rien obtenir d'eux. Ils semblent même nous faire un cadeau en ne nous massacrant pas. Je me demande comment le roi M'Monsôl a pu établir un contact avec eux. Il doit bien y avoir un moyen.

Était-il en effet possible de lier conversation avec des statues ?

Dans l'après-midi, Dorian, Sylvain et le comte d'Ursaleya quittèrent le camp pour longer les marais, dans le vague espoir de découvrir un passage ignoré.

Ils n'allèrent pas très loin. Soudain, surgissant d'une anfractuosité de la falaise, quatre cavaliers se dressèrent devant eux. Surpris, ils s'arrêtèrent.

— Que veulent-ils ? Nous ne sommes pas sur la montagne.

Ils avaient reconnu des vêtements folmans ; mais, à l'inverse des guerriers qui surveillaient la piste, ceux-ci avaient dissimulé leurs visages derrière des voiles noirs. Dorian et ses compagnons éprouvèrent comme une gifle la vague de haine qui émanait des esprits ennemis. Une hostilité impitoyable, dirigée non contre leurs personnes, mais contre ce qu'ils représentaient.

Tout à coup, sans qu'un mot soit échangé, trois des Folmans se ruèrent sur eux, l'arme haute. Un combat sans merci s'engagea. Achil n'était pas là, mais il n'y avait rien à traduire. Curieusement, le quatrième attendait à l'écart, piaffant d'impatience. Il était prêt à remplacer le premier de ses compagnons qui tomberait, mais il paraissait tenir à ce que le combat fût loyal.

Cependant, si les Folmans ne manquaient ni de courage ni d'énergie, ils ne possédaient pratiquement aucune expérience. Les trois chevaliers n'eurent guère de peine à les bousculer. Quelques instants plus tard, les trois guerriers masqués regardaient tout surpris leurs bras blessés, leurs sabres inutiles tombés à terre. Le dernier se rua aussitôt à l'attaque, intercepté par Sylvain. Sans doute furieux de l'échec cuisant de ses compagnons, il jeta toute sa fougue dans la bataille, débordant presque le jeune homme. Sylvain, un peu surpris, reprit rapidement la situation en main. Bretteur remarquable, il finit par repousser le Folman. Dorian et Leïro, respectant la règle d'égalité, ne bougèrent pas. À leurs côtés, les Folmans vaincus regardaient également le combat, médusés.

Peu à peu, le Folman perdait du terrain, se rapprochant

dangereusement du rebord dominant les marais, dix mètres en contrebas.

Soudain, le cheval se cabra, battit l'air de ses pattes et perdit l'équilibre. Un cri jaillit, terrible, tandis que l'animal et son cavalier disparaissaient au fond du ravin. Sylvain s'avança, suivi par les autres. Apparemment, le cavalier ne s'était pas fait trop de mal. Dans la boue jusqu'aux genoux, barbotant et crachant, il parvenait tout de même à rugir des insultes.

Tout à coup, comme dans un cauchemar, chacun vit de hideuses annelures se former à la surface, convergeant vers l'homme et l'animal qui se mit à hennir de frayeur.

— Attention ! hurla Dorian.

Les trois Folmans se mirent à crier, mais Sylvain bondit. Dévalant la paroi presque à pic qui bordait les marais, il vola au secours de son ennemi. Son ex-adversaire s'époumonait d'une voix de fausset. Il avait aperçu la mort horrible qui s'avançait vers lui. Sylvain, pataugeant dans la boue, lui tendit la main. L'autre s'y agrippa avec l'énergie du désespoir. Avant que le chevalier n'ait pu le tirer à l'abri, une force terrible l'attira vers le marais, l'arrachant avec une violence inouïe à son sauveteur. Sylvain s'avança et frappa de toutes ses forces sur le tentacule qui avait saisi la jambe du folman. Dorian et Leïro vinrent lui prêter main-forte. À eux trois, ils parvinrent à trancher le membre visqueux. Heureusement, ils avaient affaire à un djark de petite taille. Les autres tentacules étaient trop occupés par le cheval qui, lui, ne put être secouru. Impuissants, les antagonistes virent le malheureux animal disparaître dans les marais, englouti par une puissance irrésistible. Ses hennissements de terreur leur glacèrent le sang dans les veines.

Sylvain se pencha sur son adversaire et arracha le masque noir.

— Ça alors ! s'exclama-t-il.

— Une fille ! s'écria Leïro. Par tous les dieux ! Et les autres ?

Les trois autres arrachèrent d'eux-mêmes leurs foulards. Ceux-là étaient bien des garçons.

— Ce sont des enfants, dit Dorian.

— Des adolescents, rectifia Leïro.

En effet, leurs quatre brillants adversaires n'avaient pas plus de dix-huit ans.

Sylvain, ému par la frayeur de la jeune fille, se pencha sur elle et se mit à lui parler avec douceur. Après avoir voulu jouer la guerrière valeureuse, la peur et la proximité de la mort avaient eu raison de son orgueil. Elle était redevenue ce qu'elle était : une gamine qui avait outrepassé ses possibilités. Sylvain ne cessait de la regarder. Jamais il n'avait rencontré de fille plus attirante. Pouvait-il exister des yeux plus limpides, de regard plus fier ? Cette bouche si joliment dessinée était faite pour les baisers, non pour hurler des paroles de haine.

Il sourit. Surprise, la jeune fille sourit gauchement en retour. Puis, repensant à son cheval, elle éclata en sanglots.

Pendant ce temps, Dorian et Leïro avaient confisqué les sabres des autres Folmans qui semblaient résignés à subir leur sort de prisonniers.

Sylvain tendit la main à la jeune fille et la releva. Il se désigna et dit :

— Moi ! Sylvain !

— Sylvain, répéta-t-elle avec un curieux accent.

— Et toi ? demanda-t-il en pointant son index sur elle.

Elle se raidit.

— Toi ? insista-t-il.

Elle recula d'un pas, soudain reprise par la peur et par une confusion de sentiments inconnus qu'elle ne s'expliquait pas. Renonçant à poursuivre cette conversation, Sylvain l'attrapa par un bras et la hissa sur l'encolure de Shield. Elle se tendit, visiblement effrayée par le fauve.

Le petit groupe revint au campement.

Par le truchement d'Achil, les prisonniers expliquèrent qu'ils avaient bravé l'interdiction des Anciens pour venir observer les étrangers et si possible les provoquer. Tous, ils étaient des démons, des êtres vomis par l'enfer et un jour viendrait où les Folmans seraient assez nombreux pour descendre des montagnes et les anéantir. Le tout fut clamé avec une fière arrogance et conclu en ces termes :

— À présent, vous pouvez nous torturer et nous tuer. Nous ne gémirons pas sous la torture et mourrons en guerriers, pour la gloire de Dealla. Il nous assistera dans notre épreuve !

Dorian sourit devant la fougue véhémente des jeunes gens. Seule la fille semblait avoir perdu son assurance.

Il dit :

— Nous n'avons pas du tout l'intention de vous torturer. Nous allons simplement vous rendre aux vôtres. Malgré votre haine incompréhensible et injustifiée à notre égard, nous ne sommes pas vos ennemis. Nous nous refusons à vous considérer comme tels. Vous êtes libres de partir quand vous le souhaiterez.

Interloqués, les jeunes Folmans se regardèrent. Ils ne comprenaient visiblement pas. Dorian décela en eux des images de pillages et de massacre, des villages ravagés par des étrangers. Des étrangers sans visage ! Il se souvint brièvement de Syrdahar.

— Nous ne sommes pas vos ennemis ! répéta-t-il avec force.

Prudemment, les Folmans se dirigèrent vers leurs chevaux. Comme personne ne s'opposait à leur départ, ils bondirent soudain en selle et éperonnèrent leurs montures.

Pourtant, la fille, montée en croupe, fit ralentir son compagnon pour se retourner et regarder une dernière fois dans la direction de Sylvain.

Les trois chevaux s'engagèrent sur l'étroit sentier de chèvres, vers les sentinelles qui n'avaient pas bronché.

Pour Dorian, l'incident était clos. Ils avaient eu affaire à de jeunes écervelés qui n'avaient pas hésité à braver l'interdiction de leurs aînés pour venir affronter les « démons », dans le seul but d'éprouver leur courage. Une bonne semonce les attendait. Sans doute même le fouet, à cause du cheval perdu. Mais heureusement, il n'y avait pas eu mort d'homme.

Dorian observa Sylvain à la dérobée. Le jeune homme ne quittait pas des yeux la montagne sombre où l'on distinguait encore trois silhouettes minuscules que l'ombre diluait peu à peu. Dorian lui posa la main sur l'épaule.

— Allons, compagnon ! Ne songe plus à ta ravissante adversaire. Elle n'est pas pour toi.

Sylvain soupira.

— Tu as raison ! Il vaut mieux ne plus y penser.

Le lendemain, au moment où Dorian s'apprêtait à descendre inspecter l'état de la piste, un nuage de poussière s'éleva de l'endroit où se tenaient les sentinelles. Une troupe de cavaliers se dirigeait vers le camp. Par prudence, Dorian fit armer les fusils électriques.

Un vieil homme en armure, à la peau brunie et ridée par le soleil, s'adressa à lui. De longs cheveux gris tirés en arrière croulaient sur ses épaules. Une croix énorme était brodée sur sa cape.

— Honneur à toi, étranger ! Es-tu le chef de cette caravane ?

Achil traduisit.

— En vérité, je le suis, répondit Dorian.

— Mon nom est Armando ! Je suis le cheïvek de Kunta Lego. Le prêtre, si tu préfères.

— Sois le bienvenu ! Que puis-je pour toi ?

— Je désire te présenter nos excuses pour l'agression dont tu as été victime hier. Tu as respecté la neutralité de la grande piste, mais nous, nous ne l'avons pas respectée. Ta sagesse a évité un conflit. Il est juste que tu assistes au châtiment des coupables. Aussi, je désire que tu nous accompagnes à Kunta Lego, afin que notre dette soit lavée devant tes yeux et que tu constates que nous disons la vérité.

Dorian n'en crut pas ses oreilles. Qu'allait-on faire à ces malheureux gosses ?

— Honneur à toi, Armando ! J'accepte volontiers de te suivre. J'ai confiance en ta parole, mais je considère qu'il n'existe aucune dette entre nos deux peuples. L'incident d'hier ne fut qu'un banal caprice d'enfant. Je ne tiens pas rigueur aux tiens de nous avoir attaqués.

— Ils ont désobéi ! Ils ont bafoué la parole de leurs aînés. Sauf en temps de guerre, nous ne portons pas préjudice à ceux qui empruntent la grande piste. Nous sommes en paix. Ils doivent payer !

— Pourtant, il n'y a pas eu de blessé. Eux seuls furent touchés.

— Tu parles généreusement, mais il est impossible d'effacer ce qui a été. La loi doit rester sans tache. Nous ne sommes pas des pillards et nous ne souffrirons jamais que l'on nous considère comme tels.

Dorian comprit qu'il était inutile de discuter avec un vieillard aussi intransigeant.

— C'est bien, Armando. Nous sommes prêts à te suivre.

Elena se précipita.

— Arnaud, n'y allez pas ! Je vous en supplie. Ces gens me font peur.

— N'ayez crainte, petite dame. Je serai rapidement de retour.

Puis il suivit les Folmans, accompagné par Sylvain, Odios, Achil, Leïro, Orloff et Rudriko, auxquels vinrent se joindre Raïs et Khaled, ses deux gardes ismalasiens. S'il y avait quelque chose à faire pour éviter un châtiment trop rude aux enfants, il fallait monter jusqu'à Kunta Lego. Et puis, le contact était désormais lié avec les Folmans.

Chacun des guerriers arborait cette curieuse croix sur le dos de sa cuirasse. Ils n'adressèrent pas une parole aux Gwondaleyens pendant l'ascension du sentier étroit. Au fur et à mesure que l'on s'élevait, la température diminuait. Ils traversèrent le méplat où les sentinelles avaient établi un campement de fortune. Elles les regardèrent passer, imperturbables. Nul sentiment ne transparaissait sur leurs visages tannés. Suivant le chemin abrupt, ils plongèrent au cœur de l'épaisse couche de nuages pour émerger, quelques centaines de mètres plus haut, dans une lumière éblouissante. Au sommet, la montagne rappelait une plage. Elle semblait une île posée sur un océan de brumes argentées sur lesquelles jouaient les rayons du soleil.

— Ici commence le pays des Folmans, dit Armando laconiquement.

On se serait cru dans un autre monde. La légende disait vrai. Dans les temps anciens, la Médhellenie avait été recouverte par les eaux. Ces montagnes avaient été des îles. La végétation avait totalement changé. Pratiquement sans transition, des arbres véritables avaient remplacé les jakondas et le hklebaj. Les Gwondaleyens remarquèrent avec plaisir les palmiers, les chênes, quelques buissons d'épineux, d'énormes plantes cactées et des pins appelés « ombres de soleil », identiques à ceux qui peuplaient les rives du Danov. Vers l'ouest, derrière eux, s'élevait une autre île, flottant comme un rêve au-dessus de la mer de nuages. L'autre versant de la piste.

Aucun mot n'était échangé. Bien sûr, les langues étaient différentes. Dorian captait pourtant sans difficulté les sentiments qui animaient les Folmans. Ils le considéraient comme un ennemi en puissance envers lequel ils avaient une dette d'honneur. Il n'entrait pas du tout dans leurs intentions, cependant, d'établir des relations avec lui. Il resterait toujours l'étranger, celui qui apporte le malheur et la destruction.

Sur la montagne, le sentier devint un chemin véritable, menant vers les collines. Les Gwondaleyens découvrirent avec surprise au creux des combes de petits prés où paissaient des chèvres et des moutons. Plus loin encore, ils aperçurent un troupeau de bovins placides, puis des champs cultivés, des vignes et des vergers.

Pour l'heure, personne n'y travaillait.

Le village de Kunta Lego était distant de plus d'une marche. Dorian avait conscience que certainement bien peu d'étrangers avaient eu le privilège d'entrer ainsi en territoire folman. Il n'était pas au bout de ses surprises.

Le village apparut, imposant, dressé au sommet d'une colline hérissée de blocs de granit. Des murs les joignaient, transformant Kunta Lego en une forteresse inexpugnable. Cette muraille à demi naturelle n'était percée que par deux portes. Dorian s'attendait plus ou moins à trouver à l'intérieur un ensemble de demeures grossières de pierre et de pisé. En tout cas, il ne découvrit pas ces fameux tas d'ossements dont parlaient les légendes. Il ne put retenir un cri d'admiration lorsque la ville, car c'en était une, lui apparut. De l'autre côté d'un gigantesque portail, le chemin se transformait en une large allée au dallage de marbre blanc, remarquablement égalisé. De place en place, de curieux mâts supportaient ce qui ressemblait fort à des lectrones. Les demeures n'étaient pas tassées les unes sur les autres, mais au contraire séparées par des jardins bien entretenus. Chacune comportait visiblement des écuries, dont on apercevait les chevaux. Au cœur des patios qu'entouraient les bâtiments, on distinguait des enfants grimpés sur des murets pour tenter de les voir. Chaque demeure était bâtie suivant le même modèle, selon une architecture inconnue, mais qui n'ignorait pas la décoration. Des fresques ornaient les murs, des statues peuplaient les jardins. Tout ici était d'inspiration étrange. D'où venaient ces démons grimaçants et cornus ? Et surtout, que signifiait cette croix qui surmontait chaque demeure et que l'on retrouvait sur tous les vêtements ?

Une foule silencieuse entoura les arrivants. Çà et là apparurent quelques visages enfantins, vite refoulés par les aînés. Une hostilité latente sourdait de la multitude des esprits. Les Gwondaleyens comprirent que le moindre geste équivoque leur coûterait la vie. Derrière le cheïvek, ils remontèrent l'artère principale jusqu'à une vaste place au milieu de laquelle s'élevait un bâtiment différent des autres, d'une seule masse. Sans doute le temple. Lui aussi était surmonté de la croix, mais un spectacle effrayant attira aussitôt leur attention.

Sylvain s'écria :

— Arnaud, regarde !

— Par tous les dieux ! Qu'ont-ils fait ?

CHAPITRE VI

Le cœur de Dorian lui remonta dans la gorge. Il douta un instant de la réalité de l'horreur qui se dressait devant ses yeux, une horreur qui se découpait, lugubre, dans le soleil déjà haut. Face au temple, comme ciselées sur le bleu d'acier du ciel, s'élevaient quatre croix. Dans le froid piquant du matin hivernal, quatre corps nus étaient liés de manière grotesque aux sinistres poteaux. Une boule lourde gonfla la gorge de Sylvain. Il venait d'apercevoir, sur la droite, sa jeune adversaire de la veille, les bras tordus vers le haut, la tête retombant sur la poitrine. Comme elle semblait fragile au milieu de cette foule ingrate, au milieu de laquelle elle avait vécu jusqu'à hier ! Peut-être avait-elle, elle-même, assisté à des exécutions de ce genre, les approuvant même. Il devina avec émotion la forme juvénile des hanches, le petit triangle de toison brune qui protégeait dérisoirement la partie la plus secrète de son corps. Le soleil aveuglant jouait cruellement sur la peau brune, dorée, sur la lourde chevelure croulant sur le visage invisible, jusqu'aux seins petits et fermes. Quels démons habitaient donc le cœur de ces gens, ces sauvages qui n'hésitaient pas à sacrifier, à assassiner ainsi leurs propres enfants ? Le comte de Salonikos avait raison : ils étaient fous !

— Arnaud, dit Sylvain, Arnaud, retiens-moi !

— Calme-toi, frère !

— Pauvres gosses ! Je comprends à présent la signification de ces croix maudites sur leurs demeures. Elles rappellent à chacun de ne pas s'écarter des lois, sous peine de mort.

— Ce n'est pas tout à fait cela, rectifia Achil. Les Folmans m'ont expliqué leur religion. C'est au contraire un grand honneur pour eux de mourir de cette manière, car c'est ainsi que périt leur dieu jadis.

— Leur dieu est mort ?

— Mort et ressuscité. C'est une religion très ancienne, bien antérieure au Jour du Soleil.

Ils se turent, car le cheïvek Armando se tournait vers eux. D'une voix ample et grave, il tonna :

— Voici, peuple de Kunto Lego, les étrangers que quatre des nôtres ont lâchement agressés hier. Grâce à Dealla, aucun d'eux n'a été tué. Une bataille inutile et meurtrière aurait pu éclater entre nos deux tribus. Ces étrangers n'avaient pourtant manifesté aucun signe d'hostilité. Nous portons donc tous la responsabilité de la parole rompue. La honte est sur nous, peuple de Kunta Lego ! Une honte dont portent le poids les quatre ragannes exposés ici au ressentiment de chacun. Notre honneur a souffert. Il doit être lavé selon la loi. Le sang coulera, afin de rappeler à tous quelle dure condition est la nôtre, de quelles douleurs nous devons payer les fautes commises par nos ancêtres.

Sylvain n'écoutait plus qu'à moitié. Son cœur fit un bond dans sa poitrine. Il venait de voir la tête de la jeune fille bouger imperceptiblement.

— Arnaud, chuchota-t-il. Elle n'est pas morte !

Le vieux cheïvek descendit de cheval et se dirigea à pas lents vers les croix.

Pas un soupçon de compassion n'émanait des Folmans,

sauf de quelques femmes âgées, plus indulgentes et de certains jeunes gens, un peu effrayés de la rigueur de la sentence. La ferveur, la foi aveugle et implacable qui montait de la foule inquiéta Dorian. Elle avait détruit chez eux les sentiments humains, la trame fine et complexe des forces et des faiblesses qui dessinent la personnalité. De quelle manière atteindre un troupeau ainsi conditionné ?

Le cheveïk s'adressa aux condamnés.

— Deïmos, Markus, Spiros, et surtout toi, Vaïna, reconnaissez-vous votre culpabilité ?

Ils relevèrent la tête et chuchotèrent un acquiescement difficile. Ou tout au moins, ce fut interprété ainsi. La douleur et l'épuisement avaient eu raison de leur fierté naturelle. Où étaient les quatre guerriers fougueux qui les avaient attaqués la veille, sans l'ombre d'une hésitation ?

— Vous savez ce qui vous attend. Les Folmans doivent une obéissance aveugle aux lois. Ces lois divines qui leur ont donné la force de survivre au milieu de l'enfer. Vous avez ignoré les lois. Vous avez bafoué l'autorité de vos aînés. Votre vanité sera punie, non pour vous-même, mais pour le danger que vous représentez pour votre peuple. Vous aurez l'honneur cependant de périr comme le fit Notre Seigneur. Que son esprit vous assiste et vous apporte courage dans votre épreuve. Que votre exemple rappelle à chacun que les lois doivent rester pures.

« C'est à cette seule condition qu'un jour nous apportera le Pardon, un jour nous verra assez puissants pour reconquérir le monde livré au Chaos et aux forces du mal et l'éclairer de la vérité.

Un murmure d'approbation monta de la foule qui fit à Dorian l'effet d'une avalanche irrésistible. Il ne reconnaissait pas le poison corrosif de la haine qui, tout compte fait, eût été rassurant pour ce qu'il contenait d'humain. Devant lui se dressait le spectre hideux, sans âme, du fanatisme impitoyable.

Le grondement s'apaisa. Le cheïvek leva une croix d'or. Il se tourna vers Dorian et ses compagnons.

— Vous avez entendu, étrangers. Un jour viendra où les Folmans chasseront les ténèbres où vous vous complaisez. Ils vous apporteront la vérité. Ceux qui la refuseront seront anéantis.

Enfin, il leva les yeux vers les cieux immuablement bleus.

— Seigneur ! Pardonne à ces quatre ragannes l'affront qu'ils t'ont fait. Pardonne aussi à ces étrangers plongés dans les affres de l'ignorance et daigne les éclairer de Ta lumière. Accorde enfin le soutien de Ton esprit à ceux qui vont mourir afin que les étrangers voient quel courage est celui des Folmans. Que Ta volonté s'accomplisse !

La foule reprit les dernières paroles.

— QUE TA VOLONTÉ S'ACCOMPLISSE !

Sylvain, blême, crispa ses poings sur la bride de son lionorse.

— Que vont-ils encore leur faire ? demanda-t-il à Achil.

— Je crois qu'ils vont leur enfoncer des chevilles dans les mains et les pieds. Puis ils les laisseront mourir lentement, afin de leur laisser le temps de se repentir.

— Mais ils sont fous ! La mort, pour un simple caprice d'adolescents !

— Nous n'y pouvons rien faire, seigneur. Ils ont un sens très strict de l'honneur.

— Nous aussi, intervint Dorian, mais il n'exige pas de prendre la vie de ses enfants.

— Dans la religion folmane, il n'y a pas d'enfants. Dès leur naissance, ils appartiennent à leur dieu.

— Regardez, dit Leïro.

Lentement, chaque croix fut abaissée jusqu'à terre. Sylvain vit avec douleur le corps de Vaïna, puisque c'était son nom, glisser le long de la croix et rester accroché par les liens qui entravaient ses poignets et ses chevilles. Un son faible s'échappa de ses lèvres bleuies par le froid.

Un homme dont la vaste robe noire s'ornait d'une croix

rouge s'avança, portant un énorme maillet. Avec des gestes méthodiques, il replaça chacun des condamnés sur sa croix, revint pour choisir d'épaisses chevilles métalliques, puis saisit son maillet et se dirigea vers le premier, Deimos. À moins que ce ne fût Spiros ou Markus. Cela n'avait guère d'importance.

— Arnaud ! Arnaud ! Que faisons-nous ? s'impatienta Sylvain. Que dit le code des chevaliers en pareil cas ?

Inquiet, Dorian posa la main sur celle du jeune homme.

— Calme-toi, frère.

— Aaah !

Un hurlement de douleur éclata, vrillant l'air pur du matin. La première cheville avait percé la première main.

CHAPITRE VII

Un gémissement suivit, qui électrisa les nerfs des Gwondaleyens. Un silence complet s'était abattu sur les Folmans. Il s'agissait pour eux d'un acte rituel, cruel, mais nécessaire. Cependant, la tension montait lentement. Ils n'étaient pas habitués à voir des étrangers haïs assister à leurs coutumes. De plus, c'était à cause des mêmes étrangers que quatre des leurs allaient mourir. Des regards furtifs et chargés de haine commencèrent à se tourner vers eux. Une série de coups rapprochés résonna dans l'air, arrachant des cris au malheureux.

C'était plus que Dorian ne pouvait en supporter. Quelle sorte de dieu sauvage adoraient-ils ? Les dieux n'étaient que ce que les hommes en font. C'étaient eux, Folmans, les aveugles. Il fallait leur ouvrir les yeux. Il rassura Sylvain d'une pression de main et s'avança dans l'espace vide, au milieu de la foule, en direction des croix abaissées. On le regarda avec étonnement, mais personne n'osa intervenir.

Braquant d'un coup son shod'l loer sur le bourreau qui s'apprêtait à fixer une deuxième cheville, il concentra ses forces mentales et le maillet resta suspendu en l'air, indécis. Le cheïvek approcha. L'exécuteur se releva lentement, oppressé. Il se tourna vers le prêtre comme s'il se déplaçait dans une gangue boueuse. Dorian le contraignit à desserrer les mains. Les doigts s'écartèrent, le maillet et la cheville tombèrent.

D'un coup, la tension monta au zénith. Une houle de murmures parcourut la foule indignée. Que voulait cet étranger ? De quel droit se permettait-il d'interrompre l'exécution de la sentence ? Pourtant, la foule resta sur ses positions, impressionnée par le pouvoir insolite de l'étranger. Une sorte de frayeur respectueuse retenait la foule. Dorian comprit que tout dépendrait de ce qu'il allait dire. Il avait déjà noté dans la population des esprits satisfaits. Beaucoup ne souhaitaient pas vraiment la mort des jeunes, mais on craignait trop le cheveïk.

Achil, qui n'en menait pas large, s'approcha pour traduire.

— Peuple de Kunta Lego, je suis déçu. J'aurais souhaité pénétrer dans votre cité en ami. Jamais il n'a été dans mes intentions de diriger mes armes contre vous. Au lieu d'un accueil que j'aurais voulu amical et parce que quatre enfants ont décidé, avec la belle inconscience, mais aussi le courage, de la jeunesse, de nous défier, je dois ici assister à un sacrifice humain. Les dieux qui président à la destinée de mon pays ne sont pas aussi exigeants, aussi cruels. Je ne désire pas la mort de ces quatre jeunes vies dont vous avez par ailleurs grand besoin. Votre dieu n'est-il pas un dieu de sagesse ? Chacun de vous est-il persuadé, au fond de son âme, qu'il exige réellement quatre existences, pour une faute où le sang n'a même pas coulé ?

Le grondement s'amplifia. De quoi se mêlait-il, cet étranger ? Il osait invoquer, depuis la boue fangeuse de son ignorance, le nom de Celui qui est partout. Dorian ne tint pas compte de l'hostilité. Il éleva la voix, cette voix dont il connaissait les pouvoirs. Malgré eux, les Folmans l'écoutaient, captivés par les inflexions chaudes. Le grondement s'apaisa, stagna, puis se tut. C'était comme une volonté supérieure, la voix d'un maître. On ne comprenait ses paroles qu'après que le curieux bonhomme aux yeux blancs les eut traduites, mais le ton suffisait.

— Votre dieu, à qui j'exprime mon plus profond respect, ne vous a-t-il pas également enseigné la mansuétude et le pardon ? Puisque moi, qui suis directement l'offensé, ne requiers aucune peine contre ces jeunes gens, j'attends de votre sagesse qu'à votre tour, vous leur accordiez votre grâce. Détachez-les !

Il avait presque hurlé la dernière phrase. La foule frémit, indécise.

— La vérité de votre dieu réclame la vie et non la mort ! Le Jour du Soleil est loin. La vie doit triompher !

Les Folmans recommencèrent à gronder. Des rumeurs contradictoires les agitaient. De courtes disputes éclatèrent. Certains tendaient le poing vers Dorian, mais personne n'eut le courage de l'affronter directement. Son seul regard tenait en respect les plus enragés. Seul le cheveïk osa intervenir.

— Étranger, tu as outrepassé tes droits ! Je t'ordonne de quitter Kunta Lego immédiatement.

Il se tourna vers les siens.

— Ne l'écoutez pas, Folmans ! Il veut tenter d'affaiblir nos lois. Il veut semer le doute dans vos esprits. Ne l'écoutez pas !

— Silence vous tous !

Une voix inconnue avait tranché net la diatribe du vieux prêtre. Les regards se portèrent vers l'endroit d'où elle avait jailli. Une femme se dressait sur les marches du temple, une femme imposante, aux cheveux striés de gris, à la silhouette généreuse de mère de famille nombreuse. Sa voix puissante avait interrompu tous les discours, toutes les disputes. Elle poursuivit :

— L'étranger a raison ! Nous devons au contraire le remercier de nous avoir apporté la vérité. Le conseil des mères a désapprouvé la sentence. Êtes-vous donc devenus des monstres assoiffés de sang ? Des êtres dépourvus d'âmes ? Votre aveuglement à écouter les lois vous a-t-il fait oublier qu'elles recommandent également la pitié et la compassion ? Détachez les condamnés ! L'humiliation subie sera leur châtiment. Elle aiguisera leur repentir.

Des cris d'enthousiasme jaillirent, saluant les paroles de la femme. Dorian les avait comprises bien avant que le conteur ne les traduisît. Il sentit que la tension retombait. Il avait gagné. La femme s'adressa à lui.

— Je ne sais qui tu es, étranger, mais je veux te remercier de nous avoir rappelé que le pardon de l'offense fait aussi partie des commandements divins. D'où les connais-tu, étranger ?

— Chaque homme juste les connaît, femme ! Quel que soit son dieu, il les porte en lui !

Il avait répondu avant que le conteur ne lui transmette les paroles de son interlocutrice. Chez les Folmans, l'étonnement, puis le respect remplacèrent peu à peu la colère.

Le cheveïk, contrarié de voir son autorité mise en question, mais très sensible aux « signes », s'approcha de Dorian. Les paroles de l'étranger ne manquaient pas de sagesse.

— Honneur à toi, seigneur inconnu. Puisque le conseil des mères a décidé, je dois m'incliner.

— Mon nom est Arnaud de Gwondaleya, noble cheveïk. J'accepte votre grâce et tiens à l'appliquer moi-même.

Il se tourna vers Sylvain et Leïro et leur fit signe de le rejoindre. Tous trois sautèrent à bas de leur monture et s'approchèrent des croix, dégainant leur dayal. En quelques coups rapides et précis, les cordes sautèrent. Les garçons étaient libres. Dorian se pencha sur celui dont la main droite restait fichée au bois de la cheville. Malgré le froid, son front était poissé de sueur. Il fixa sur Dorian un regard fiévreux. Il fallait espérer pour lui que les Folmans connaissaient les plantes qui soignent.

— Maintenant, tu vas serrer les dents, petit !

L'autre comprit peut-être le sens des mots et ferma les yeux. Le jeune homme saisit la cheville à pleines mains et s'arc-bouta. C'était là une épreuve de force dont peu d'hommes étaient capables, mais, après quelques violentes tractions et quelques gémissements du blessé, la cheville s'arracha. La foule qui avait retenu son souffle hurla d'enthousiasme.

Enfin, à Sylvain revint le droit de délivrer la petite Vaïna. Celle-ci, affaiblie et grelottant de froid, eut peine à retrouver ses esprits. Alors, il ôta sa cape et l'en enveloppa jalousement. Puis il l'emporta dans ses bras. Dorian et Leïro échangèrent un clin d'œil.

Il y eut ensuite un moment de flottement. Les condamnés furent emmenés vers de chaudes demeures. Ils avaient besoin de réparer leurs forces. Sylvain dut à contrecœur remettre Vaïna aux siens.

La femme qui avait nom Malika convia les Gwondaleyens au temple, qui servait également de salle commune.

Le vieux cheveïk les suivit.

— Il est très rare, seigneur Arnaud, dit Malika, que nous permettions à des étrangers de pénétrer jusqu'ici. Nous voulons que vous sachiez que nous ne sommes pas des pillards. Nous vivons en paix avec l'extérieur. Aussi, ces ragannes n'avaient aucune raison de vous attaquer.

— Pourquoi ont-ils agi ainsi ?

— Nous considérons tous les étrangers comme des ennemis, seigneur Arnaud. Non sans raison. Nos lois le commandent ainsi, parce que nous sommes les seuls à avoir conservé la vérité, celle que détenaient les Anciens avant le Jour du Soleil. Nos lois sont dures, parce que la Médhellenie est impitoyable. Nous devons lui ressembler si nous voulons survivre. Nous détestons également les étrangers, car nous avons eu à souffrir de leurs incursions. Seul notre armement supérieur nous garantit des barbares qui vivent dans les basses plaines. Parfois, nous subissons les attaques d'une armée isolée, d'autres fois, il s'agit d'une guerre en règle. Nos territoires sont convoités parce qu'ils sont les plus riches. Les nôtres qui sont capturés deviennent des esclaves et pire encore. On leur ôte jusqu'à leur esprit, leur âme. Ils deviennent moins que des animaux.

Dorian comprit qu'elle voulait parler de la spoliation. Peu à peu, il se fit une idée plus précise sur ses hôtes. Par un accord tacite, les Folmans n'attaquaient pas les caravanes. Ils n'étaient pas des voleurs. Ils se défendaient comme des loups lorsqu'ils étaient menacés. Ainsi étaient nées ces légendes les affublant de cruauté. Ils n'avaient pas coutume en effet de faire des prisonniers. La Médhellenie n'enseignait pas la pitié.

— Ces jeunes gens, comme tous ici, continua Malika, vous ont considérés comme une menace. Ce n'est pas un crime de supprimer un ennemi. Pour nous, vous n'êtes pas totalement humains, puisque vous ne croyez pas au seul dieu qui existe. Ils voulaient éprouver leur valeur et leur courage au cours d'un vrai combat. Les lois interdisent cependant de provoquer nos ennemis. Ils ont mis en danger la sécurité de la tribu tout entière. Voilà pourquoi la punition devait être exemplaire.

Peu à peu, le vieil Armando se mêla à la conversation. La personnalité hors du commun de Dorian l'intriguait et l'attirait. Avec ferveur, il entama une vigoureuse discussion théologique, tentant visiblement de persuader, de convertir le jeune homme. S'il n'y parvint pas, il apporta à Dorian de multiples informations sur leur mode de vie et sur leur histoire.

Leur foi aveugle avait été l'arme la plus efficace, le bouclier infaillible derrière lequel ils avaient pu se protéger de l'enfer de la Médhellenie. Elle seule leur avait permis de vaincre les marais, les maladies, les ennemis de toutes sortes. Armando dessina pour Dorian l'histoire fascinante de ce peuple évadé du Chaos, qui avait su sauvegarder des valeurs ayant eu cours avant le Jour du Soleil. Des valeurs que le monde, son monde à lui, avait totalement oubliées. Des valeurs et aussi des erreurs. Ils avaient emporté avec eux une religion ignorée, quelques miettes de la connaissance que les générations s'étaient transmises. La connaissance n'avait aucun caractère sacré pour eux. Elle n'était que l'expression de la puissance infinie de leur dieu. Elle n'était pas inaccessible aux hommes. Leur dieu, baptisé Dealla, avait jadis, dans un passé très lointain, situé bien avant le Jour du Soleil, envoyé son fils Kristus sur la terre. Les hommes, cependant, n'avaient pas écouté ses paroles de sagesse. Le malheur avait ravagé le monde pendant des siècles, jusqu'au jour de la fin du monde. Armagueddon. Ainsi nommaient-ils le Jour du Soleil. Mais Dealla, dans sa grande bonté, avait permis que des hommes survécussent, des hommes auxquels il avait voulu donner une seconde chance. Ces hommes, c'étaient les Folmans.

Pour échapper aux hordes sauvages qui dévastaient les ruines des pays détruits, ils s'étaient réfugiés en Médhellenie, ce lieu mystérieux qui autrefois avait été une mer. Personne n'osa les suivre dans ces marais infernaux, gardés par de monstrueux volcans. Ils savaient que des lieux leur avaient été réservés : les anciennes îles, devenues montagnes. Ils avaient intégré sans difficulté les autochtones survivants et depuis occupaient une centaine de lieux semblables, répartis sur toute la surface de la Médhellenie. Les prêtres se réunissaient tous les cinq ans afin de préserver l'unité folmane. Chaque tribu vivait en autarcie sur son propre territoire. Les échanges commerciaux étaient rares.

Leur but principal était de se multiplier, pour constituer un jour une armée suffisante pour reconquérir le monde. De là était née une organisation sociale un peu étrange. Afin de mélanger les sangs, le couple avait été remplacé par le clan. Celui-ci comportait cinq hommes et cinq femmes, vivant ensemble dans l'intimité la plus absolue. Chaque femme entretenait des rapports sexuels avec tous les hommes du clan et les enfants nés de ces unions ne connaissaient jamais leurs véritables parents. Ils étaient tous considérés comme frères et sœurs et élevés dans le foyer. Ainsi s'expliquaient les demeures extrêmement vastes, mais finalement peu nombreuses. Dorian songea que cette coutume se rapprochait de celle autorisant les chevaliers à avoir des concubines, coutumes imitées assez souvent par les sapienniens. Après le Jour du Soleil, l'espèce humaine avait instinctivement mélangé ses gènes pour se garantir de l'extinction.

À l'âge de dix-huit ans, les enfants se réunissaient par groupes, par affinité. Pendant deux années, des clans à l'essai se formaient et se défaisaient. Un frère et une sœur ne pouvaient se retrouver dans le même clan. On y tolérait à la rigueur deux frères ou deux sœurs, mais on l'évitait. Pourtant, ils pouvaient très bien n'avoir aucun sang en commun.

Lorsqu'un groupe avait trouvé son équilibre, il prenait l'appellation définitive de clan, au cours d'une cérémonie nommée la « fondation ». Cette fondation avait lieu dans un bâtiment situé hors de la ville, où les jeunes gens s'enfermaient pendant plusieurs jours en compagnie du prêtre. Sans rien d'autre à manger que des fruits secs, ils parlaient, des heures durant, se dévoilant peu à peu aux autres tels qu'ils étaient, extirpaient leur personnalité secrète, celle qui restait enfouie. Libérant, arrachant leurs peurs, leurs fantasmes, ils prévenaient les conflits qui auraient pu naître ultérieurement. Ils apprenaient à communiquer, à libérer une tension dès qu'elle apparaissait.

Lentement, au fur et à mesure que se mettaient à nu les différentes personnalités, apparaissait, prenait forme une entité, une personne unique répartie en dix corps. Lorsque la fondation prenait fin, le clan était soudé ou bien se désagrégeait. Cela arrivait lorsque naissaient des dissensions trop grandes.

— Mais pourquoi une telle organisation ? demanda Sylvain.

— Pour le mélange des sangs, répondit Malika. De plus, on assure ainsi la cohésion de la tribu. Chaque clan a des attaches fraternelles avec les autres.

— Voilà une civilisation remarquable, dit Dorian à Achil en ankos. Il est dommage cependant que leur personnalité ait eu à en souffrir.

— Je crois plutôt que c'est l'intransigeance de leur religion qui est cause de leur aveuglement. Voyez comme ils s'entendent.

— C'est vrai, mais...

Il ne poursuivit pas. Un personnage venait d'entrer. Un homme bizarre, encore plus âgé qu'Armando, tordu comme un cep de vigne et qui prenait appui sur une canne. Il respirait difficilement, avait le souffle court et saccadé. On se demandait comment la vie pouvait encore tenir à cette carcasse usée et squelettique. Un détail horrible attirait l'attention : le vieillard n'avait plus d'yeux. Un rapide sondage mental apprit à Dorian que l'arrivant n'avait plus toute sa raison.

Le cheveïk se leva aussitôt qu'il aperçut l'homme et lui avança un siège avec un respect non feint.

— Sois le bienvenu, Maaltus !

Le vieillard reprit son souffle égaré et s'assit.

Chacun se taisait. Puis, Armando se tourna vers Dorian.

— Vois, Arnaud. Tu comprendras pourquoi nous nous méfions des étrangers. Les criminels qui peuplent les vallées maudites effectuent parfois des incursions sur nos territoires. Ils attaquent toujours des fermes isolées. Vois, vois ce qu'ils ont fait à Maaltus. Il était encore enfant lorsque la “doma” où il vivait a été pillée. Son clan fut massacré, exterminé, torturé, les femmes violées et égorgées. Pour se distraire, ses tortionnaires n'ont pas imaginé mieux que de lui arracher les yeux.

— Tais-toi ! gronda soudain la voix curieusement forte du vieillard.

Il ponctua son ordre d'un vigoureux coup de canne sur le carrelage.

— Mon histoire n'intéresse pas le noble seigneur que tu as en face de toi, Armando.

Les effrayants trous noirs des orbites se tournèrent vers Dorian qui, mal à l'aise, soutint le regard sans yeux. Il émanait du personnage une aura mystérieuse, une puissance spirituelle un peu semblable au shod'l loer.

— Je vois qui tu es, noble étranger. Je vois.

Un silence de mort plana. Malika se rapprocha, les traits durcis, les sourcils froncés.

— Parle, Maaltus ! Dis-nous ce que tu vois.

— Je vois... un homme à la chevelure noire, de haute taille. Jeune ! Très jeune ! Fort comme un lion. Il possède la voix qui commande, le regard qui domine. Un très grand seigneur déjà parmi les siens.

La voix de l'aveugle s'enfla et résonna curieusement sous les voûtes. Lentement Achil traduisait. Dorian lisait directement dans l'esprit du vieil homme.

— Écoute, Armando ! Écoute la prophétie ! “Il viendra d'ailleurs celui qui mènera mon peuple vers la victoire. Il viendra d'au-delà des terres maudites. Il viendra et périra, mais il renaîtra de ses cendres et avec lui le monde ! Il sera unique, mais vivra en deux corps : un mâle et une femelle. La dynastie qu'il engendrera ramènera l'homme vers les étoiles !”

— Dealla soit remercié ! souffla Armando.

Le vieux continua :

— C'est lui que tu as en face de toi, Armando ! C'est lui !

Achil avait cessé de traduire. Maaltus se leva, vint vers Dorian d'un pas étrangement assuré. On eût dit qu'il y voyait aussi bien que s'il avait eu des yeux. Il posa sans tâtonner sa main flétrie sur celle du jeune homme et la serra.

— C'est toi, seigneur ! Toi ! Ah, je peux mourir à présent. Je t'aurai approché, je t'aurai touché.

Lentement, il promena ses doigts sur le visage de Dorian. Chacun retenait son souffle. Le jeune homme ne broncha pas.

— Tu es seul, seigneur ! Tu es... Les forces néfastes t'ont arraché ton autre toi-même.

— La retrouverai-je, Maaltus ?

Achil n'eut pas besoin de traduire. Les deux hommes communiquaient à un autre niveau.

— Je... je ne sais, seigneur. Les puissances interdites m'aveuglent. Je vois... je vois... elle sera devenue autre.

Dorian sentait en lui vibrer l'esprit fantastique du vieillard, mais ne pouvait parvenir à le percer. Une pensée le traversa. Maaltus éprouva un instant comme une émotion fraternelle vis-à-vis de Solyane, cette femme que pourtant il ne connaissait pas. Était-ce parce que, comme lui, elle possédait le don de prévoir l'avenir, de voir au-delà du réel ? Mais c'était aussi un sentiment qui se colorait de pitié. Une vague d'angoisse l'étreignit.

— Je vois... un sacrifice. Je ne... peux pas continuer.

Sa voix se cassa. Une sueur froide coula le long du dos de Dorian. Le vieillard confirmait sans le vouloir les paroles de Zoltan. Les mots de l'amane lui revinrent en mémoire : « Dorian et Solyane de Syrdahar sont les réincarnations du commandeur Darios et de son épouse Lyanéa. »

Qui aussi leur avait dit une chose semblable, bien des années auparavant ? « Vous êtes les pierres fécondes qui raviveront les cendres de l'ancien monde. »

La prédiction angoissante eut au moins un avantage : elle permit aux Gwondaleyens d'obtenir le passage sur le territoire folman. Dorian et les siens n'étaient plus les « étrangers », mais les « sauveurs du monde ». Le jeune homme s'émerveilla une fois de plus de la crédulité humaine. Après la haine, l'admiration. Le cheveïk Armando s'étonna un peu du fait que Dorian ne croyait pas au dieu des Folmans. Mais comme il l'expliqua lui-même : les voies de Dealla étaient impénétrables.

Deux jours plus tard, la petite armée quittait les hauteurs des montagnes folmanes.

Armando avait voulu adjoindre des guerriers à la troupe, mais Dorian avait refusé. Entrant dans leur croyance, il déclara qu'il ferait appel à eux lorsque le besoin s'en ferait sentir. Il n'avait pu empêcher des messagers de partir aux quatre coins de la Médhellennie pour avertir les autres tribus de la nouvelle.

Ils n'avaient pas quitté les Folmans depuis plus de deux heures qu'un cavalier les rattrapait et s'arrêtait, essoufflé, devant Dorian.

— Vaïna ? Que fais-tu ici ?

Par le truchement d'Achil, elle s'expliqua.

— Emmène-moi, seigneur ! Je ne suis pas faite pour vivre dans un clan. Je veux voyager ! Connaître le monde !

— Mais le monde est dangereux. Tu n'y penses pas !

— Je sais me battre, seigneur. Je veux connaître l'extérieur.

— Voilà ce qui s'appelle un sentiment soudain. Il y a deux jours, tu voulais nous tuer. À présent, tu renies les tiens pour nous suivre.

— Emmène-moi ! Tu es celui qui dominera le monde. Je serai ton esclave.

Il sourit devant la véhémence de la jeune fille. Lorsqu'il put enfin placer un mot, il déclara :

— Je ne suis pas... celui que tu crois. Et je n'ai pas besoin d'esclave. Les tiens vont te rechercher.

— Ils ne sauront pas que je suis partie avec toi. Oh, seigneur, ne me repousse pas !

Elle le supplia avec une telle conviction qu'il ne put s'empêcher de rire.

— Écoute, dit-il. Je ne veux pas de toi comme esclave,

mais je connais un de mes compagnons qui rêve d'en posséder une. À partir d'aujourd'hui, tu appartiendras à mon ami Sylvain.

La jeune fille s'éclaira d'un gracieux sourire et Dorian crut qu'elle allait lui sauter au cou.

CHAPITRE VIII

Curieux pays que la Médhellenie. Les paysages n'offraient aucune unité. Une dépression, une vallée, une gorge traversée et la végétation changeait totalement, ainsi que la faune.

Ils parcoururent ainsi l'extrémité orientale des marais de Londobakos, puis la boue se fit plus ferme, se craquela par endroits sous l'effet de la sécheresse. Les arbres pieuvres changèrent de couleur, se métamorphosèrent en une espèce différente, aux frondaisons plus fournies. C'était le royaume des sokongas. Ils subirent ainsi l'attaque d'une centaine de ces monstres de la taille d'un chien, qui se hissaient dans les arbres à l'aide de leurs huit pattes-tentacules et se laissaient choir sur leurs victimes.

Cependant, la terre se fit plus hospitalière dès qu'ils eurent rejoint les plateaux. On retrouva même quelques arbres rappelant les chênes, mais dont les troncs se gonflaient de nœuds où l'on pouvait recueillir de l'eau. Les jacondas se faisaient rares, remplacés par une multitude d'épineux et de plantes rampantes où des lézards fouisseurs ressemblant à des poissons pourvus de pattes creusaient des terriers.

— Nous arrivons à Alakhos, dit Achil.

— Que sais-tu de cette ville ? demanda Dorian.

— Peu de chose. C'est un petit État dont le roi, si ma mémoire est bonne, est un bien curieux personnage.

— Comment cela ?

— Son nom est Khetoub. On dit qu'il préfère les jeunes garçons aux femmes, qu'il se drogue au "souvian", une algue herbeuse dont les vapeurs détruisent l'âme. Oh, il n'est pas le seul dans ce cas ! Les royaumes de Médhellenie sont le refuge de tous les nobles marginaux, les parjures, les bandits chassés par leurs pairs. On y trouve beaucoup de chevaliers bannis par les leurs. Ils ont eu la possibilité d'acquérir en Médhellenie des royaumes et des comtés. D'ailleurs, ils s'affublent presque tous du titre de roi. Les amanes ferment les yeux. Leur influence est moins grande ici. Certains sont des souverains authentiques, comme M'Monsôl d'Yphrisios ou comme l'empereur Tarxès. Ce n'est pas le cas de Khetoub. Cela se traduit par une exploitation éhontée des sapienniens qui n'ont pas plus de valeur que des esclaves. Les peuples crèvent de faim. Ils n'ont même pas la possibilité de fuir : les soldats font régner la terreur. Les nobles vivent dans un luxe outrancier, bafouent sans vergogne l'esprit de la chevalerie, s'adonnent à tous les plaisirs que leurs esprits inventent. C'est le royaume de la dépravation.

Fort de tous ces renseignements, Dorian décida de ne pas s'aventurer dans la ville même.

— Nous bivouaquerons à quelque distance de la cité, nous irons nous ravitailler, puis nous repartirons.

Au fur et à mesure qu'ils approchaient d'Alakhos, ils découvraient partout l'empreinte du travail de l'homme. C'était un phénomène curieux, après ces déserts qui semblaient appartenir à d'autres mondes. L'opiniâtreté ou l'esclavage avaient arraché à la terre griffée par les vents et la sécheresse quelques parcelles où végétaient de maigres plantations. Çà et là se dressaient de pauvres bâtisses de torchis, groupées autour de ce qui semblait être des puits.

Des paysans en haillons se tenaient sur le bord des pistes, visiblement attirés et curieux, mais aussi prêts à fuir. Des troupeaux de chèvres et de moutons faméliques paissaient mélancoliquement l'herbe jaunie. Le contraste entre cette misère et l'opulence des folmans était flagrant, ce qui expliquait aussi pourquoi ils se considéraient comme les seuls gardiens de la vérité.

Une brume légère couvrait l'horizon lointain, ternissant l'éclat du soleil bas. Une hostilité latente flottait dans l'air, comme un malaise indéfinissable.

— Il reste encore beaucoup de sel en surface, seigneur, expliqua Achil, voilà pourquoi la terre est si sèche. En réalité, il pleut régulièrement sur Alakhos.

Il ne poursuivit pas. Un groupe de cavaliers venait de surgir d'une crête. Les chevaliers portèrent instinctivement la main à leur dayal. La petite escouade s'arrêta à bonne distance.

— Qui êtes-vous, étrangers ?

— Je suis le comte Arnaud de Gwondaleya. Je demande pour moi et les miens droit de passage sur les terres d'Alakhos.

— Le comte Arnaud de Gwondaleya ? Le grand Arnaud ? Le champion du tournoi de Burdaroma ?

— Je suis celui-là, chevalier.

L'homme s'approcha, monté sur un magnifique lionorse gris. C'était un individu de grande taille, au nez en bec d'aigle. Un rapide sondage mental apprit à Dorian que le personnage était quelque peu veule et fourbe, mais son admiration pour lui n'était pas feinte.

— Je suis le chevalier Gurd Stashein, seigneur comte. Attaché au service du roi Khetoub. J'assure la sécurité du royaume. Me permettrez-vous d'annoncer votre visite à notre souverain ?

— Je vous remercie, chevalier, mais je ne suis que de passage à Alakhos.

— Le roi sera certainement ravi de vous accueillir en son palais. Je vais le prévenir.

Sans attendre de réponse, il tourna bride et entraîna les gardes.

Au loin, la ville s'y précisait, perchée sur une colline, à moins d'une marche de distance. On percevait la richesse de vastes demeures nichées au creux de parcs luxuriants.

Peu à peu se dessina une autre cité, agrippée au pied de la colline, séparée de la première par un espace vierge. Débordant largement dans la plaine de façon anarchique, elle se composait d'un agglomérat de masures de torchis dont la grisaille contrastait avec la blancheur des palais de la colline. La misère étendait sa lèpre encore plus cruellement aux abords de la cité. Des mendiants en guenilles, des enfants squelettiques aux ventres gonflés regardèrent les arrivants avec des yeux remplis d'effroi. Ici, peu de charrodes, aucun véhicule automobile. La grande majorité des chariots était tirée par des bœufs malingres à deux bosses ou même par des hommes enchaînés et pitoyables. Des rats furtifs s'infiltraient dans les fissures des masures, et cet univers de cauchemar s'étendait jusqu'à l'horizon, contournant la colline. C'était la basse ville, la « Mahadine ».

Dorian établit son cantonnement dans un pré à l'herbe maigre, distant de la ville d'un bon quart de marche. Ils avaient à peine posé le pied à terre que déjà le chevalier Gurd Stashein surgissait. Il vint au-devant de Dorian.

— Seigneur Arnaud, j'ai vu le roi. Il ignorait votre présence en Médhellenie, mais il a entendu parler de vos exploits et aimerait vous connaître. Il vous convie ce soir à une petite fête qui sera donnée en votre honneur. Tous les chevaliers de votre suite y sont bien sûr invités.

Dorian sonda brièvement Stashein. Il se méfiait d'un piège toujours possible, mais ne décela rien d'anormal. Le monarque désirait effectivement le rencontrer, parce qu'il était un champion dont la renommée avait franchi les frontières. Son invitation était tout à fait logique. Il eût été délicat de la refuser.

— Chevalier, vous direz au roi que je le rencontrerai avec plaisir et que je m'estime honoré de son invitation.

— Je lui porte votre réponse qui le ravira certainement.

Le soir venu, lorsque Dorian et ses chevaliers se préparèrent à se rendre au palais, Alvina refusa de les suivre.

— Je ne suis point noble, seigneur Arnaud !

— Alvina, tu l'es de cœur et d'esprit, si tu ne l'es pas de naissance. Quiconque oserait te manquer de respect aurait affaire à moi !

— Et à moi, ajouta Sylvain. Venez, mère, votre place est parmi nous.

La jeune femme sourit.

— Non, mes enfants. Ce que je vois de cette ville ne m'incite pas à y pénétrer. Je n'ai aucune envie de rencontrer un monarque dont les sujets souffrent tant.

Dorian soupira.

— Tu es libre d'agir à ta guise, Alvina. Cette invitation ne m'enchante guère, moi non plus, mais je suis obligé de l'accepter. Un refus serait un affront.

Alvina resta donc avec les guerriers. Par contre, Vaïna ne fit aucune difficulté pour suivre Sylvain. Celui-ci était ravi de sa nouvelle compagne. Elle était dotée d'une forte personnalité et il ne faisait plus de doute que c'était sur son instigation que les quatre jeunes gens les avaient attaqués. Elle avait choisi sa voie, malgré les difficultés qu'elle rencontrait chaque jour, dont la moindre n'était pas celle du langage. Patiemment, Sylvain passait de nombreuses heures à lui enseigner l'ankos. Elle tentait de ne pas se préoccuper des préceptes de la religion folmane, mais ce n'était pas chose facile. Ainsi, elle redouta la colère de Dealla lorsque pour la première fois elle se donna à Sylvain.

— Je ne comprends pas, lui dit ce dernier. Qu'appelles-tu péché mortel ? Je ne t'ai pas fait grand mal.

— Mais ce n'est pas toi, pleurnicha-t-elle dans un ankos maladroit. C'est moi. Je n'aurais pas dû.

Sylvain, inquiet, se demanda longtemps quelle blessure

elle avait pu se faire pour mettre ainsi ses jours en danger. Il l'observa discrètement sous toutes les coutures, sans trouver. Il n'est pas toujours facile de communiquer lorsqu'on parle deux langues différentes. Ce fut Achil qui lui donna l'explication.

— Seigneur, une fille folmane ne doit pas toucher un homme avant la fondation. Leur religion parle d'une autre vie, éternelle celle-là, qui suit la mort et prédit les pires tourments à ceux qui auront désobéi aux lois.

— Ils doivent être bien malheureux, ces Folmans.

Cela ne l'empêcha pas pourtant de recommencer. Il avait eu de la peine à lui faire abandonner ces vêtements folmans, ornés de l'inévitable croix, ce qui se révélait nécessaire et prudent pour la traversée de la Mahadine.

Il y régnait une désagréable sensation d'étouffement. Ils empruntèrent l'artère principale, séparée en son milieu par un ruisseau charriant les immondices dont s'échappait une puanteur infernale. Transversalement s'ouvraient quantité de petites ruelles sombres. Des gamins quasiment nus jouaient à même la terre battue, jusque dans le ruisseau gras. D'autres, à peine plus âgés, vinrent proposer leur grande sœur ou leur mère aux chevaliers stupéfaits. De temps à autre une petite troupe de cavaliers passait. Des gardes, sans doute. Alors, le peuple s'écartait craintivement.

Entre la ville basse et la ville haute s'étendait une zone déserte où se dressaient çà et là de longs bâtiments gris, réservés aux garnisons. Aux abords de celles-ci se pressaient une foule de femmes dévoilant leurs maigres charmes sans vergogne. Parmi elles, Dorian remarqua des gamines qui n'avaient pas dix ans. Ils franchirent la ceinture des casernements et débouchèrent soudain dans un univers totalement différent. Dans des jardins à la végétation exubérante se dressaient des palais opulents, au luxe clinquant, outré. Une foule de domesses se pressaient dans les allées. Des caricatures de nobles, vêtues de façon excentrique, aux visages maquillés, toisèrent les arrivants d'un œil hautain.

Vivant en parasite du travail de la ville basse, la ville haute avait drainé pour elle, comme un vampire, toutes les richesses, toutes les nourritures, ne laissant stagner dans les bas-fonds que des résidus humains incapables même de se révolter. Pourtant, dans les esprits que sonda Dorian, il découvrit chez les nobles une détresse similaire, due cette fois à l'insatisfaction personnelle, à l'abus des alcools et des drogues. Le désespoir d'un avenir sans but.

Le palais royal se dressait au sommet d'une éminence rocheuse. Il n'avait pas les dimensions et la splendeur de celui du roi Pillat. Son architecture ne rappelait rien de connu. Il semblait construit de bric et de broc. Les découpes des fenêtres, des porches, la couleur des pierres variaient d'une aile à l'autre. Apparemment, il avait été bâti par étapes, par rajouts successifs. Ici, des colonnes, là des cariatides aux visages dévorés par l'érosion, ailleurs des arches plein cintre.

La richesse apparente disparaissait à l'examen. Des pans de murs entiers tombaient en ruine, livrés à l'exubérance d'une nature tenace et redevenue sauvage. Des gardes nonchalants invitèrent Dorian et les siens à pénétrer dans l'enceinte du palais, puis prirent leurs montures en charge

Achil donna aux chevaliers le conseil de ne pas trop s'approcher des femmes d'Alakhos s'ils voulaient conserver leur belle santé au lit. Ils se le tinrent pour dit.

— Hal Weya, comte Arnaud de Gwondaleya !

— Hal Weya, djihad !

Du haut de son trône au bois peint de couleurs vives, surmonté d'un dais de velours pastel, le roi Khetoub accueillit Dorian. C'était un homme aux jambes ridiculement courtes par rapport à son ventre proéminent, rond comme une boule et dont les bourrelets de graisse dépassaient de sa ceinture de cuir entrelacée de pierres. Un triple menton ornait son cou taurin. Ses yeux petits et rapprochés lui conféraient un air porcin. Il déplut immédiatement à Dorian. Il était bien à l'image de son royaume décrépit.

Autour du roi évoluait une foule de mignons dont les plus jeunes n'avaient certainement pas dix ans. Quelques-uns d'entre eux étaient peut-être des filles. Une assemblée de courtisans équivoques braqua ses regards sur les Gwondaleyens. Les hommes, imitant servilement leur souverain, affichaient des visages peinturlurés, des yeux de biche. L'aspect de cette bauge aurait effrayé les filles les plus dévergondées de Gwondaleya. Dorian regretta d'avoir amené Elena. La pauvre, habituée à la rigidité nordique de Shalbatena, n'était pas préparée à un tel spectacle. Quant à Vaïna, elle ne dissimulait pas son écœurement. Elle se cramponnait fébrilement au bras de Sylvain, persuadée d'avoir mis les pieds dans cet enfer dont parlait si souvent Armando.

— Vous êtes beau comme un dieu, seigneur Arnaud, gazouilla le poussah. Vos yeux de jais percent les âmes comme des shayals. Que dire de cette abondante chevelure noire, sinon la comparer à la crinière du lion ?

Cette fois, Dorian faillit éclater de rire devant la mine sucrée du monarque.

— Djihad, je vous présente mon épouse, Elena de Shalbatena.

— Elle est ravissante, seigneur Arnaud. Madame, mon palais est indigne de votre beauté.

C'était exactement ce qu'elle pensait. Khetoub dédia à la jeune femme un redoutable sourire orné de dents en or et d'autres gâtées. Il devait y avoir des femmes parmi les mignons. Il ne semblait pas les détester.

Rien ici ne se comparait à l'ambiance chaleureuse qui régnait à Burdaroma. Les rires des hommes chevrotaient. Les femmes se paraient d'une vulgarité déconcertante. Leïro d'Ursaleya dit tout bas à Dorian :

— Compagnon, voici un monde bien étrange. Par Lakor, si l'un de ces pantins barbouillés me fait la moindre proposition, je lui vide les tripes derechef.

Dorian éclata de rire.

— Nous ne nous attarderons pas, n'aie crainte.

Force leur fut d'assister au repas servi dans un jardin d'hiver. Des verrières aux entrelacs compliqués le couvraient dont beaucoup de vitres avaient été brisées sans être remplacées. Ceci ne gênait en aucune manière les mangeurs, même quand la pluie qui se mit à tomber à la nuit s'infiltra dans les plats. Les Gwondaleyens avaient pris leur parti de la débauche ambiante. Vaïna et Elena fermèrent les yeux quand des seigneurs éméchés s'éloignèrent dans des recoins assombris, en compagnie de femmes plus ou moins dévêtues, ou bien sans femme. Obscénités et paillardises voltigeaient au-dessus de la table. Elles ne constituaient pas une provocation vis-à-vis des Gwondaleyens. Elles faisaient partie de la manière de vivre de leurs hôtes. Ceux-ci s'étonnaient un peu de ne pouvoir entraîner les invités dans leurs agapes, mais ils eurent le bon goût — ou la prudence — de ne pas insister.

Khetoub avait tenu à ce que Dorian fût près de lui. Eût-il voulu lui faire sa cour qu'il ne put un instant le séparer d'Elena, blottie contre son chevalier, l'œil mauvais, prête à sortir ses griffes. Cela amusait beaucoup le jeune homme. Il se demandait comment un pantin aussi flasque que Khetoub avait pu accéder au trône royal. Encore un mystère de la Médhellenie ! Sa méfiance était tombée. L'invitation n'était pas un piège. Avide de tout ce qui était nouveau, le monarque ne l'avait fait venir que par curiosité.

— Ici on se distrait, seigneur Arnaud ! gloussait le poussah qui avait déboutonné sa robe immense sur une bedaine graisseuse dépourvue de la moindre pilosité, une monstrueuse protubérance obscène. La vie est dure à Alakhos, comme dans toute la Médhellenie. Demain, les démons de feu qui hantent les entrailles de la terre peuvent nous engloutir en quelques instants. Peut-être sont-ils déjà en chemin ? Alors, profitons de ce que la vie peut nous apporter. Ne croyez-vous pas, cher ?

Le « cher » répondait évasivement.

Soudain, il remarqua un homme qui s'était ostensiblement rapproché. Il se différenciait des autres par son absence de maquillage. Un homme semblable à eux. Un autre détail retenait son attention. Un élément insolite, inexplicable, remonté des profondeurs de sa mémoire. Pourtant, il était sûr de ne jamais avoir rencontré cet homme.

Il avait engagé la conversation avec Elena. Dorian n'entendait pas exactement ce qu'ils disaient, car elle s'était un peu éloignée, mais la jeune femme souriait, visiblement charmée. Il reconnut que l'autre ne manquait pas de présence, malgré sa calvitie et surtout cette vilaine balafre qui marquait sa joue gauche et lui composait un sourire permanent et inquiétant. Ses muscles noueux jouaient sous le cuir léger de sa veste frappée d'armes inconnues.

Tout à coup, il comprit. L'homme correspondait à la vision de Solyane. Il l'avait déjà vu, décelé dans l'esprit de sa sœur, la nuit où Rodrick avait tenté de la violer. Elle avait « vu » la Médhellenie, ce désert qui n'en était pas un. Et puis, elle avait parlé d'un homme chauve, un homme que personne n'avait jamais vaincu, avec lequel il se battait. Il en avait deviné l'image au travers des lignes mentales de Solyane. C'était lui.

Il demanda discrètement à Achil :

— Toi qui connais tout, sais-tu qui est ce seigneur ?

— Le comte Dracchus de Vik, seigneur Arnaud. Un personnage étrange, une figure de cet empire. Il n'est pas véritablement médhellenien, mais il passe le plus clair de son temps à sillonner les pistes, suivi d'une petite armée de guerriers redoutables. C'est un homme curieux. On le dit sans foi ni loi, prêt à se vendre au plus offrant. On dit aussi qu'il ne se bat que pour des causes qu'il estime justes. J'ai traversé deux fois son domaine, dans le sud de la Francie. C'est un territoire riche et remarquablement bien administré. Ce sont ses fils qui assurent la gestion. Le comte de Vik est un guerrier dans l'âme. Il ne peut rester en place.

Il est très connu en Médhellenie où chacun le respecte et le craint.

Dorian observa l'inconnu à la dérobée. Il lui déplaisait fortement. Était-ce à cause d'une antipathie naturelle ou bien de cette cour à peine discrète qu'il faisait à Elena ?

La jeune femme revint vers lui, accompagnée du comte.

— Seigneur comte, votre serviteur. Vous avez une épouse aussi belle que fidèle ! À mon grand regret !

Au moins, il n'était pas hypocrite. Sa voix basse s'enflait de curieuses intonations, claires et chantantes. Nul doute que cet homme devait exercer un grand attrait sur les femmes.

— Honneur à vous, seigneur comte, répliqua Dorian d'un ton neutre.

L'autre ignora le salut rituel avec effronterie.

— On se demande d'ailleurs ce qu'elle peut avoir à faire dans cette débauche. Regardez autour de vous ! Ne se croirait-on pas dans quelque bordel ?

Il avait clamé la dernière phrase tout haut. Le roi ne pouvait pas ne pas avoir entendu. Dorian regarda le poussah, interloqué. Celui-ci sourit niaisement, visiblement mal à l'aise. Le comte de Vik éclata d'un rire impressionnant.

— Quoi ? Vous craignez une réaction ? Cette larve repoussante me craint comme la peste.

Il se tourna vers Khetoub.

— N'est-ce pas, djihad ? Aujourd'hui, nous sommes alliés, mais qui peut dire de quoi sera fait demain ?

Le roi fit entendre un rire jaune où perçait une peur proche de l'angoisse. Dorian resta stupéfait. Quiconque eût parlé sur ce ton à Pillat se serait vu immédiatement lardé de coups de shayal par mille chevaliers. Personne d'ailleurs ne pouvait imaginer pareille invraisemblance. Le comte de Vik se planta devant Dorian et l'examina d'un œil critique, volontiers provocateur. Le jeune homme ne broncha pas.

— Vraiment, déclara l'autre, je ne comprends pas !

— Que ne comprenez-vous pas, seigneur comte ?

— Que vous ayez pu entraîner cette pauvre enfant, cette jeune femme si pure au milieu de cette porcherie.

Elena réagit avant Dorian.

— J'ai suivi mon mari, comte de Vik, cingla-t-elle. Je ne crois pas vous avoir autorisé à porter un jugement sur ma conduite, ni sur la sienne !

Il sourit.

— Belle dame, croyez que je n'ai parlé que dans votre intérêt. Il n'en reste pas moins que je garde rancune à votre époux de vous avoir fourvoyée dans cette bauge.

— Voilà un intérêt qui ne s'impose pas, comte de Vik, répliqua sèchement Elena.

Dorian s'interposa. L'autre commençait à l'agacer prodigieusement.

— Que cherchez-vous, comte de Vik ?

Dracchus plongea son regard vert dans celui de Dorian.

— Vous m'avez déçu, comte Arnaud de Gwondaleya. J'avais entendu parler de vos exploits. D'ailleurs, qui ne les connaît pas ici ? On m'a laissé entendre que vous auriez remporté un tournoi là-bas, à Burdaroma.

— "On" ne vous a pas trompé !

— J'imaginais autrement le champion d'un royaume aussi puissant, qui vainquit les Ismalasiens de si belle manière il y a peu. Je ne pensais pas qu'il irait se vautrer dans la fange médhellenienne. Les chevaliers de Pillat se seraient-ils avilis à ce point ?

Odios bondit.

— Arnaud, laisse-moi corriger cet insolent !

— Calme-toi, Odios ! Cet homme cherche à me provoquer. J'aimerais avant tout savoir pourquoi. Qui vous envoie, comte de Vik ? Qui servez-vous ?

L'autre éclata d'un rire sonore. Autour d'eux se formait déjà un attroupement de curieux.

— Qui m'envoie ? Personne, seigneur Arnaud !

Son rire se brisa d'un coup et son visage prit une expression féroce, accentuée par sa hideuse balafre.

— Non, comte de Gwondaleya, personne ne m'envoie. Je ne suis le domesse de personne. Apprenez que je suis libre d'esprit, libre de la domination d'un roi, d'une quelconque phalange. Je ne crains ni dieu, ni prêtre. Sachez que moi aussi, on me considère comme un héros. Que même les dramas ont peur de moi !

Sondant l'esprit de son adversaire, Dorian comprit qu'il ne mentait pas. Ses fanfaronnades n'étaient pas vaines. Elles se teintaient plutôt d'une amertume inexplicable.

Dorian leva la main en signe d'apaisement.

— Écoutez, seigneur de Vik, je n'ai rien contre vous. Je ne suis que de passage à Alakhos. Si vous le voulez bien, arrêtons là cette discussion stérile.

L'autre le coupa.

— Vous ne m'avez pas compris, seigneur de Gwondaleya ! Vous refusez l'affrontement. Seriez-vous lâche ?

Dorian bondit sous l'insulte.

— Ah, que voilà une belle réaction, enfin ! rugit le comte de Vik. Ces couards veulent des émotions fortes. Nous allons leur en donner.

Dorian se planta devant Dracchus, les bras croisés.

— Je ne suis pas lâche, seigneur de Vik, mais j'aimerais savoir ce que vous avez contre moi.

— Vous reculez encore ?

Le jeune homme comprit qu'il lui faudrait affronter le comte. Il gronda :

— Non pas, seigneur Dracchus. Je suis votre homme C'est vous qui l'aurez voulu.

— Parfait, déclara l'autre, visiblement satisfait. En ce cas, je vous défie suivant le principe du duel da fekta.

— Le duel da fekta ?

L'assemblée muette faisait cercle autour des deux antagonistes. Les nobles aux masques multicolores, aux yeux bleus ou mauves, côtoyaient les courtisanes aux seins dénudés et flasques. Les mignons du roi jouaient des coudes pour se faufiler au premier rang. Elena posa une main tremblante sur le bras de Dorian. Le monarque battit des mains.

— Un duel da fekta ! Quelle merveilleuse idée, seigneur Dracchus ! Voilà qui nous divertira de belle manière.

Le principe da fekta était interdit par les amanes. Extension des jeux de hasard, il consistait en un duel au dayal ou à toute autre arme, mais où l'usage du shod'l loer était interdit, sous peine de mort, ceci afin d'égaliser les chances entre nobles et sapienniens. Il avait également ceci de particulier que les adversaires fixaient eux-mêmes le prix qu'ils exigeaient de l'autre. En principe, l'honneur voulait que l'on ne refusât pas le combat, ce qui mettait en défaut le code des chevaliers qui interdisait toute querelle personnelle. Aussi était-il interdit par les amanes. Il survivait néanmoins.

Cynique, le comte de Vik ajouta :

— Vous ne pouvez vous dérober, seigneur Arnaud !

— Si, je le peux ! Ce duel est contraire à la chevalerie.

— Alors, vous êtes un lâche ! tonna Dracchus.

Aussitôt, Odios bondit. Dorian ne put le retenir. Mais le jeune homme se heurta à un poing d'acier qui l'assomma pour le compte. Dorian avait à peine eu le temps de voir le poing partir. Dracchus le contempla avec une lueur de mépris. C'en était trop pour lui.

— Vous me paierez tout cela, comte de Vik, gronda-t-il. Vous avez malmené l'un des miens. L'honneur de la chevalerie est sauf. J'accepte.

L'autre sourit.

— Bien ! Nous nous rencontrerons donc demain dans l'arène. Je vous vaincrai et le prix que je vous demanderai est votre femme.

— Ma femme ?

Elena poussa un cri.

— Mais je ne suis pas un objet, comte de Vik ! Je refuse.

— En Médhellenie, ce sont les hommes qui décident,

belle dame. Vous serez à moi ! Et vous, seigneur Arnaud, que demandez-vous ?

— Vous !

— Moi ?

— Exactement ! Si vous aviez eu la curiosité de me demander la raison de ma présence à Alakhos, vous auriez appris que je suis à la recherche de deux seigneurs indignes qui ont enlevé ma sœur. J'ai besoin de guerriers pour les combattre. Je vous vaincrai et vous serez mon vassal.

Dracchus éclata de rire.

— Cela me convient. Alors, à demain dans l'arène, seigneur Arnaud.

Il s'inclina devant Elena.

— N'ayez crainte, belle dame. Je n'ai pas l'intention de tuer votre cher époux. Je ne suis pas une brute. Mon domaine est le plus beau du monde, vous en serez la maîtresse.

— Vous n'auriez jamais dû le quitter. Si vous croyez que je vais vous suivre, vous rêvez. Même si vous êtes vainqueur, je ne serai jamais à vous.

Dorian intervint.

— Attendez tout de même que je sois vaincu !

Dracchus fit entendre un grand rire sonore et s'en fut sans saluer le roi.

Elena se jeta dans les bras de son mari.

— Oh, je suis désolée. Il paraissait si gentil au début. Je ne sais ce qui lui a pris.

— Tu n'y es pour rien, Elena. Cet homme ne supporte pas que nous soyons deux héros sous le même toit. Il veut absolument savoir qui est le plus fort. C'est dans sa nature. Et puis sans doute est-il un peu amoureux de toi. Cela se comprend. Vous êtes ravissante, madame.

— Et cela vous amuse ?

— Il est assez juste que l'on ait à se battre pour conserver une épouse aussi belle. Où serait le mérite ?

— Vous, les hommes, vous êtes incapables de rien prendre au sérieux ! S'il est vainqueur, que deviendrai-je ?

Le roi Khetoub jubilait.

— Un duel da fekta ! Quelle merveille ! L'affrontement, le choc de deux divinités de la guerre ! Merci, merci, seigneur Arnaud ! Châtiez bien ce rustre. Il le mérite.

Odios se relevait lentement, reprenant ses esprits avec difficulté.

Plus tard, au camp, Achil vint trouver Dorian.

— Seigneur Arnaud, méfiez-vous de ce Dracchus de Vik. C'est un redoutable combattant. Peut-être le plus terrible que je connaisse. Il n'a foi qu'en les armes. À sa manière, c'est un cœur pur. Ce n'est pas un mauvais homme, mais il ne supporte pas qu'un héros se mêle à la fange de la Médhellenie. Il eût mieux valu éviter l'affrontement. Il est d'une autre trempe que ceux que vous rencontrez à Burdaroma.

— Nous verrons demain, Achil.

Dorian cependant n'était pas tranquille. Pour la première fois, il percevait comme une onde d'inquiétude émanant de l'esprit du conteur.

CHAPITRE IX

Une pluie battante accueillit la cour lorsqu'elle s'installa sur les gradins de pierre ceinturant l'arène. Un vent violent cinglait en rafales, aspergeant joyeusement les visages peints des nobles dont les maquillages ne tardèrent pas à couler. Pourtant, il en aurait fallu plus pour les décourager.

Tout autour de la piste avaient pris place des chevaliers dont le rôle consistait à déceler l'utilisation du shod'l loer. À la moindre perturbation mentale révélatrice, le combattant responsable était criblé de flèches par des archers postés en surplomb. Dorian, entouré des siens, se détendait en pratiquant des exercices respiratoires enseignés par Rudriko.

Enveloppée dans sa cape de cuir, Elena frissonnait, les yeux rougis.

— Ne pleure pas, lui dit doucement Dorian en l'attirant contre lui. Tu dois croire en ma victoire.

— Pardonne-moi. J'y crois de toutes mes forces, mais cet homme me fait peur. Il est si sûr de lui.

— C'est un stratagème pour impressionner l'adversaire. Il ne faut pas tomber dans le piège. Nous verrons ce qu'il vaut tout à l'heure.

— On dit qu'il n'a jamais été vaincu.

— Moi non plus !

— Sois prudent ! J'ai peur ! Ce duel est une stupidité.

Dracchus descendit le premier dans l'arène. Il toisa nonchalamment la cour, s'amusant intérieurement des mines des courtisans qui hurlaient d'enthousiasme. Lentement, il fit le tour de la piste, vêtu d'un épais sharack rouge sang. Comme Dorian, il n'arborait aucune collection d'étoiles. Sa réputation le précédait. La silhouette noire de Dorian sauta à son tour dans l'arène. Le comte de Vik l'interpella.

— Eh, Arnaud ! Tu sais que l'on me surnomme le Balafré. Sache que mon deuxième surnom est l'Invincible !

Dorian ne répondit pas. Elena avait raison : ce duel était stupide, inutile même, mais il n'y pouvait rien. Le comte de Vik avait besoin d'une leçon de modestie. Serait-il capable de la lui donner ?

Le roi obèse apparut et prit place sous un dais où ses mignons s'étaient déjà installés.

Un noble de la cour, le chevalier Goltaab Cherad, vint au-devant des deux adversaires.

— Seigneurs, l'instant est à vous, répéta-t-il suivant la formule consacrée. Je vous rappelle que seul l'usage du shod'l loer est interdit.

Puis il recula.

Les deux hommes se mirent en garde. D'un coup de

shayal, Cherad sépara les dayals des deux champions et se retira. Le combat était lancé.

Aussitôt, Dracchus attaqua comme un forcené, multipliant les bottes, virevoltant, bondissant, roulant au sol pour se relever plus loin et jaillir à nouveau. Il frappait de tous côtés, avec une force et une précision étonnantes.

Dorian eut peine à ne pas faiblir sous l'assaut impérieux. Mais son entraînement et sa science des armes lui permirent de contenir les attaques fulgurantes sans perdre un pouce de terrain. Enfin, le comte rompit. Un sourire ravi éclairait son visage.

— Bravo, petit ! Au moins, tu es un adversaire intéressant.

Puis il bondit et porta une botte directe et foudroyante. Dorian dévia la lame de justesse.

— Bravo encore ! Sais-tu que cette botte a tué plus de trente chevaliers ?

Dorian ne répondit pas. Il n'avait pas coutume, à l'inverse de beaucoup d'autres, de tenter d'impressionner l'adversaire par des paroles. Ils reprirent le combat. Le jeune homme se contentait de parer les assauts du comte. Il cherchait une faille, sans la trouver. Les passes se succédaient, rapides et brutales. Par trois fois, Dorian riposta violemment et força son adversaire à reculer. Le comte parait ses bottes avec de grands éclats de rire tonitruants.

Au bout d'une heure, le combat durait toujours sans qu'aucun élément ne permît de porter un jugement en faveur de l'un ou de l'autre. Dracchus avait entamé l'épaule de Dorian, mais celui-ci avait blessé le comte à la cuisse. Blessures superficielles qui ne ralentissaient en rien l'ardeur des deux hommes. Dracchus rompit à nouveau et s'épongea le front.

— Par les tripes fumantes de Shaïentus, Arnaud, c'est un vrai plaisir de combattre contre toi. Rarement un homme a tenu aussi longtemps devant moi.

Ils reprirent. Sur les gradins, la foule anxieuse et trempée trépignait d'enthousiasme. Les femmes hurlaient lorsqu'une passe semblait avoir touché l'un des deux guerriers. Elena fixait Dorian en tremblant. Elle tendait son esprit vers lui, poussait un cri lorsque la lame du comte écorchait son sharack. Derrière elle, les chevaliers gwondaleyens commentaient le combat avec passion. Leurs penchants guerriers avaient repris le dessus. Ils admiraient sans feinte la technique extraordinaire des deux hommes.

Une deuxième heure passa. Dorian et Dracchus ne montraient aucun signe de fatigue. Ils rompirent encore, d'un commun accord et le comte demanda de l'eau, qu'il partagea avec Dorian. Visiblement, il avait l'air heureux.

— Nous n'y arriverons jamais, seigneur Arnaud. N'avez-vous donc aucune faiblesse ?

— À vous de découvrir lesquelles, seigneur Dracchus.

L'autre se rinça la bouche, se racla la gorge, cracha et éclata de rire.

— Je crois que je vous ai mal jugé. Vous êtes un homme de valeur. Je me demande toujours ce que vous êtes venu faire dans cette porcherie.

— Je vous l'ai dit. Ce duel m'ennuie profondément. J'avais prévu de repartir aujourd'hui. Je n'ai pas de temps à perdre. Si le roi ne m'avait pas invité, je serais parti depuis ce matin.

— Pourquoi ne l'avez-vous pas fait ? Je veux dire : refusé l'invitation de Khetoub ?

— Comment refuser l'accueil d'un roi que je ne connaissais pas et qui voulait donner une fête en mon honneur ? Je ne suis pas en guerre contre Adakhos.

Ils reprirent le combat, mais les quelques paroles échangées avaient modifié l'atmosphère. À présent, ils luttaient plus pour la beauté du geste que pour autre chose. Ils prenaient visiblement plaisir à s'affronter, se complimentant mutuellement lorsque l'un d'eux réussissait une passe.

Dracchus rompit à nouveau.

— Il faut que je vous avoue quelque chose, seigneur

Arnaud. Vous ne vous êtes pas trompé en disant que je ne pouvais supporter d'être sous le même toit qu'un autre champion. Il y a un autre élément. J'ai rencontré il y a un mois un homme qui m'a parlé de vous.

— Qui ?

— Je n'ai pas su son nom. Il était en compagnie d'un seigneur de ma connaissance : Gunar d'Al Khandarya, celui qu'on appelle l'Orgueilleux.

— Où ? Où les avez-vous rencontrés ?

— À Yphrisios ! Mais pourquoi cette haine soudaine ?

— Yphrisios ?

Dorian se mit à marcher nerveusement, serrant les poings.

— Eh, le relança Dracchus, nous n'avons pas terminé !

Dorian revint se planter devant lui.

— C'est exact ! Écoutez ! Je garde encore une botte secrète qui m'a été enseignée par un seigneur de mon escorte. Jusqu'à présent, je fus le seul à pouvoir la parer. Je ne désire pas votre mort, mais je désire en finir avec ce duel qui m'a déjà fait perdre suffisamment de temps.

— Je suis votre homme.

Ils engagèrent le combat. Au moment propice, Dorian feinta, se plaça et porta la botte d'Ursaleya. La lame passa à deux millimètres de la gorge du comte qui bascula sur le sol.

— Par la langue baveuse de Shaïentus, jura Dracchus, c'est fantastique ! Jamais vu une chose pareille.

Il s'ébroua.

— Je ne comprends pas. Vous étiez placé pour me tuer. Logiquement, je devrais être mort.

— Je n'ai pas eu le courage de pousser ma lame jusqu'au bout. Malgré votre caractère impossible, j'ai une certaine sympathie pour vous.

L'autre se releva, stupéfait. Dorian continua :

— Je vous signale que je viens de marquer un point sur

vous. Lorsque le comte d'Ursaleya a tenté cette botte sur moi, au cours du tournoi, j'ai brisé sa lame.

— Brisé ? Mais le chalqueverre ne se brise pas !

— Il fait partie de mon escorte. Vous pourrez le lui demander.

Dracchus secoua son sharack taché de sang, ramassa son dayal et le remit au fourreau d'un mouvement bref.

— Bien ! En ce cas, j'abandonne, seigneur Arnaud. Je vous reconnais pour vainqueur. J'accepte de devenir votre vassal. D'ailleurs, il m'est avis que l'on ne doit pas s'ennuyer tous les jours en votre compagnie.

Dorian sourit.

— Dracchus, je ne désire pas que vous deveniez mon vassal. Je ne vous ai pas réellement vaincu. Je souhaiterais plutôt que nous annulions ce duel et que nous soyons amis.

Le comte sourit à son tour.

— Arnaud, tu es un vrai chevalier ! Ils m'avaient menti, ces deux fourbes. Tu as raison. Je regrette que ce duel t'ait fait perdre du temps. C'est toi qui as vaincu ; non par les armes, mais par l'amitié.

Ils tombèrent dans les bras l'un de l'autre, s'administrant des claques aussi vigoureuses qu'affectueuses dans les omoplates. La foule se leva et se déchaîna en un tonnerre d'acclamations. Elena bondit sur le sable de l'arène, et, sans se soucier de la pluie qui n'avait cessé, courut se jeter dans les bras de Dorian... Dracchus s'inclina devant elle.

— Belle dame, je souhaiterais que vous acceptiez mes plus humbles excuses pour la manière un peu cavalière dont je me suis conduit avec vous hier soir.

Elena ne put répondre. Était-ce la pluie ou les larmes qui illuminaient son visage ?

Dorian passa un bras autour des épaules de Dracchus et dit :

— Il me plairait de savoir ce que ces deux bougres ont bien pu raconter sur mon compte. Et surtout, dis-moi s'il y avait une femme avec eux.

— Une femme ? Non, je ne crois pas. En tout cas, pas dans l'auberge même. Un conteur venait de narrer tes exploits. C'était dans une taverne, près du port. Il faisait encore chaud. Tout le monde avait pas mal bu. Le jeune, celui dont je ne connais pas le nom, nous a dit que tout ceci était exagéré. Il a affirmé que le roi s'était entiché de toi au point de ne laisser concourir que des adversaires de piètre valeur. Il a parlé de toi en termes peu flatteurs. Ne te connaissant pas, je n'avais aucune raison de mettre sa parole en doute. C'est pourquoi j'ai voulu vérifier par moi-même en apprenant ta présence à Alakhos.

— Tu as voulu vérifier par toi-même ? Eh bien écoute ceci, mon cher adversaire. Ces deux hommes qui ont dit tant de mensonges sur mon compte sont ceux que je recherche. Le plus jeune s'appelle Rodrick de Brastalia. Je veux le retrouver et le tuer. C'est lui qui a enlevé ma sœur bien-aimée.

— Lui ? Eux ? Mais alors ? Par les dieux, Arnaud, je suis ton homme. Mes compagnons et moi sommes prêts à te suivre. Nous les retrouverons. Je t'aiderai à rattraper le temps que je t'ai fait perdre. Mon dayal est à toi.

CHAPITRE X

Le lendemain, les Gwondaleyens quittèrent Alakhos, le plein de vivres fait et les vêtements remplacés. Ils n'étaient plus seuls. Leurs rangs s'étaient grossis des deux cents chevaliers et guerriers vikéens dont Dracchus faisait toujours son escorte. D'un bout à l'autre de la Médhellenie, on redoutait chacun d'eux presque autant que leur seigneur. Ils possédaient une science remarquable des armes, perfectionnée au fil des combats qu'aimait à livrer leur bouillant capitaine.

Pour Dorian, ils constituaient un atout majeur. D'autant plus que Dracchus persistait à se placer sous sa bannière, persuadé d'avoir été vaincu. Il désirait surtout rester dans le sillage de Dorian, escomptant non sans raison de virils affrontements.

— J'ai le sentiment d'avoir été berné par ces deux mauvais sires. J'aurais dû deviner qu'ils mentaient. J'espère bien les retrouver, pour leur dire deux mots.

— Pour quelle raison te trouvais-tu toi-même à Alakhos, toi qui me reprochas d'y avoir aventuré ma femme ?

— J'escortais une caravane venue de Valatia, la capitale impériale. Il n'en passe qu'une toutes les deux ou trois années. De nombreuses bandes de pillards s'y intéressent. Par les tripes de Shaïentus, nous avons livré de beaux combats, même sur mer. Nous fûmes attaqués par une flottille de pirates. As-tu déjà guerroyé sur la mer ?

— Jamais. Mais pourquoi avoir choisi la Médhellenie ? On m'a dit que Vik se trouvait dans le sud de l'Europannia.

— Ah, il faut connaître la Médhellenie pour comprendre. C'est vrai, j'aime beaucoup mon petit comté. Le climat y est rude en hiver, mais on y fait de belles chasses. Les femmes y sont plus chaudes qu'ailleurs. Pourtant, je m'y ennuie rapidement. Médhellenie m'a envoûté. J'ai besoin d'action, de dangers, de combats. Vik est une presqu'île facile à défendre et mes voisins ne sont guère belliqueux. Par contre, cet empire regorge de mauvais drôles à pourfendre, de jolies filles à sauver, de seigneurs à combattre ou à soutenir. Et surtout, on y découvre des beautés que nulle autre contrée au monde ne peut offrir. Chaque seconde de la vie équivaut à une année passée ailleurs. C'est un pays fantasque qui se joue de la vie et de la mort, un pays hanté par des dieux puissants. Les faibles et les incapables y sont éliminés sans pitié. Parfois, on y souffre le martyre, on y maudit les marais, le soleil, les mirages et le sel, toutes ces beautés cruelles qui vous rongent l'âme et les entrailles. Pourtant, lorsque l'on a regagné la sécurité de son petit comté sans histoire, on se reprend à rêver de tout ce que l'on a vécu, enduré et les souvenirs gardent un parfum éblouissant. C'est comme une fascination, un appel et l'on sent les pieds qui vous démangent, des picotements dans les doigts. C'est cela le miracle de Médhellenie. Elle apprivoise ceux qui savent la conquérir.

— Le comte de Salonikos, qui fut longtemps en Médhellenie, la définit ainsi : c'est un pays auquel on ne peut mentir.

— La formule est belle et combien exacte. Elle te révèle à toi-même, elle te contraint à aller au bout de tes forces et même au-delà. On y rencontre tant de merveilles étonnantes, tant de peuples fabuleux... Le piment, l'âme de la Médhellenie ! On peut les combattre et y perdre la vie, mais on ne peut s'empêcher de les admirer. Je ne parle pas de ceux d'Alakhos, mais des Yphrisiens, des Étaniens, des hommes du désert de sel, des Valatiens.

Il se rapprocha de Dorian.

— Cette petite Vaïna, la compagne de Sylvain, c'est une Folmane ?

— C'est vrai ! De Kunta Lego. Une fillette qui tenta d'abord de l'écorcher vif avant de lui vouer sa vie.

Dracchus éclata de rire.

— Ah, les Folmans ! Quel peuple remarquable ! Farouches, courageux, supérieurement organisés. J'ai vécu plusieurs mois au village d'Artikos que nous allons traverser. Il règne chez eux une atmosphère troublante. Est-ce parce qu'il n'existe pas de classes sociales ? Ou bien à cause de ce dieu bizarre qui ne leur interdit pas la connaissance, chez qui on peut retrouver les traces d'une sagesse oubliée depuis la nuit des temps ? Un dieu impitoyable pourtant auquel ils obéissent jusqu'à l'abnégation. C'est effrayant. J'ai assisté une fois à une fondation. Enfin, de loin. Ceux d'Artikos ont ouvert leur cité à leurs alliés, mais les relations restent limitées. J'ai vu le clan partir pour le temple, dont nous, les étrangers, nous ignorions l'emplacement. Ils sont revenus dix jours plus tard, amaigris, épuisés. Ils n'avaient pratiquement rien mangé depuis dix jours. Tu n'es pas obligé de me croire, j'aurais voulu être à leur place. Il émanait d'eux une telle confiance, une telle ferveur... Ils étaient si unis les uns aux autres... Ils m'ont fait peur. Oui, peur ! Imagine les Folmans plus nombreux. Les amanes et leurs dramas seraient incapables de leur résister.

Dracchus parlait beaucoup, narrant complaisamment ses campagnes, évoquant avec plaisir les épouses plus ou moins légitimes qui l'attendaient un peu partout. Des blondes, des brunes, dont les rejetons, « si nombreux qu'il ne pouvait plus les compter », lui ressemblaient. Depuis son combat contre Dorian, il ne s'intéressait plus à Elena. La femme d'un ami est sacrée, disait-il, mais il avait entrepris de faire une cour assidue à Alvina dont la beauté sans faille l'avait séduit.

Pour avoir roulé sa bosse aux quatre coins de la Médhellenie, Dracchus en connaissait tous les horizons, toutes les légendes et une foule d'anecdotes. Il ne se faisait pas prier pour les raconter. Hâbleur, excessif, fort en gueule, il monopolisait l'attention et n'hésitait pas à pimenter ses histoires de détails étonnants dont la véracité restait douteuse ! Dorian éclatait parfois de rire aux sorties de son compagnon.

— Arnaud, tu ne me crois pas ? Tu me prends pour un menteur ?

— Désolé, mais j'en ai bien peur.

— Eh bien, soupirait-il, j'ai le regret de te dire que tu as raison... en partie seulement. Tu sais, la vérité gagne toujours à être... enjolivée.

— Il faut qu'elle reste crédible.

— Mais tout le monde me croit. Il n'y a que toi qui aies la triste manie de tout décortiquer. Une histoire, c'est fait pour distraire, pour égayer l'âme et chasser les mauvaises humeurs. L'exagération, c'est l'assaisonnement qui lui donne toute sa saveur. Toi cependant, tu ne m'as pas raconté tes exploits. Un chevalier se doit d'en parler, pour se faire connaître.

— Achil et bien d'autres s'en chargent, apparemment.

— Ce n'est pas la même chose.

— Il faudrait que tu m'en laisses le temps.

— C'est vrai, c'est vrai ! Je parle tout le temps. Je vais me taire.

Promesse d'ivrogne ! Il restait coi deux minutes, puis un rien lui ramenait une anecdote à la mémoire, qu'il ne pouvait s'empêcher de raconter. Chacun l'écoutait, parce qu'il éveillait l'intérêt et qu'il était plein d'humour.

Sur la route d'Yphrisios, leur prochaine étape, ils firent halte non loin d'Artikos, établi sur un plateau volcanique jouxtant le territoire d'Alakhos. Contrairement à ceux de Kunta Lego, les Folmans de cette région avaient perdu de leur méfiance envers les étrangers.

Vaïna commençait à parler facilement l'ankos que Sylvain lui apprenait avec patience.

Bien que leurs tempéraments fussent différents, elle s'était liée d'amitié avec Elena. La douce fille du Nord avait parfois peine à suivre la bouillonnante Folmane, petite sauvageonne toujours prête à accompagner les chasseurs et les éclaireurs et à se mesurer avec les sokongas. Vaïna ne comprenait pas que Elena ne connût pas le métier des armes. Chez elle, toutes les femmes savaient combattre. Sa vie s'était déroulée dans une atmosphère de guerre imminente avec l'extérieur. Elle lui enseigna donc à se servir du shayal offert par Dorian, à tirer à l'arc, à chasser, dans le but avoué de la transformer en une véritable épouse de guerrier. Elena, ravie, se montrait une élève docile et douée. La jeune Folmane avait peine à imaginer qu'au nord, bien au-delà de la Médhellenie, s'étendaient des pays où les guerres ne duraient pas, où les femmes étaient surtout préoccupées par les toilettes et les fêtes.

En vérité, elle se révéla très utile, suppléant Ronald et les Vikéens par sa connaissance du pays et de ses embûches.

Embûches toujours présentes, même aux moments les plus inattendus, comme ce gedokos qui blessa sérieusement un écuyer peu après Artikos, ou cette éruption lointaine qui fit trembler le sol sous les sabots des chevaux, mais leur nombre écarta le danger le plus pressant, les pillards, et le plateau volcanique les mena sans encombre jusqu'à Yphrisios.

Un spectacle étonnant les y attendait.

Dorian et ses Gwondaleyens n'avaient jamais vu d'étendue d'eau aussi grande. Vestige imposant de la mer disparue, le Grand Adriat s'étirait sur près de trois cents marches du nord au sud et pas moins de quatre-vingts d'est en ouest. Il remontait jusqu'au cœur de l'Europannia du nord, presqu'à la limite des vastes plaines glacées et ses racines méridionales allaient se perdre dans un désert de marais que personne n'avait jamais pu reconnaître. Les cartes le mentionnaient sous l'appellation : Inconnu. De sombres légendes couraient sur ces marais maudits, bien plus dangereux que ceux de Londobakos.

Entre Yphrisios, sur la côte orientale, et Étania, à l'occident, s'effectuaient de nombreux échanges commerciaux.

— ... Sauf à cette période de l'année où sévissent des tempêtes d'une violence inouïe, précisa Dracchus. Les capitaines connaissent leur métier, ils savent prévoir les grains rien qu'en examinant la couleur des nuages, le vol des oiseaux. Ils ne prennent jamais la mer lorsqu'ils redoutent une tempête.

— Voilà qui est rassurant !

La vue des deux immensités, bleu sombre de la mer, et bleu lumineux du ciel, ne laissa pas d'émerveiller Dorian et ses Gwondaleyens.

— Quelle splendeur ! murmura Elena, emmitouflée dans sa cape à cause de la froideur hivernale. On dirait un miroir à la dimension des dieux.

Comme brisé dans son élan, le plateau d'Artikos s'effondrait vers l'ouest et se transformait en une plaine qui venait mourir sur les rives accidentées de l'Adriat. Vers le sud, au-delà de trois petites collines, s'étendait la ville d'Yphrisios, installée sur une multitude de petites îles enfermées dans un lagon. Une barrière de corail la protégeait du côté de la mer et une enceinte fortifiée la défendait de toute attaque venue des terres. Les demeures étaient bâties dans une curieuse symphonie de roches légères de couleur gris argenté et d'un grès rouge-brun dans lequel on taillait les linteaux et les montants des portails.

À l'inverse d'Alakhos, la petite cité semblait animée d'une vie industrieuse. De lourds bateaux sommeillaient le long des rades s'ouvrant vers le large, au milieu de la barrière de récifs. Ici, des canaux remplaçaient les rues et l'on circulait au moyen de longues barques plates et noires qui glissaient silencieusement sur les eaux lisses que les ouragans de l'extérieur n'atteignaient jamais. Un ciel lourd et bas pesait sur la cité.

— Regardez ! Une tempête se prépare, dit Dracchus.

Elena s'enveloppa frileusement dans son épaisse cape de cuir. Un vent violent battait en hurlant les rochers qui bordaient la piste. Soudain, la jeune femme poussa un cri.

Au détour d'une paroi abrupte, un spectacle effrayant s'offrait à eux. Au sommet d'une éminence couverte d'herbe rase se dressaient une douzaine de potences. Au bout des cordes, liés par les pieds, une dizaine de cadavres se balançaient au gré des tourbillons, comme habités d'une vie mouvante et sinistre. Elena se couvrit le visage lorsqu'elle vit les nuages d'oiseaux qui tournoyaient autour des malheureux.

— Qu'est donc ceci, Dracchus ? demanda Dorian.

— Vraisemblablement des malandrins, des maraudiers que M'Monsôl a fait pendre. Il les expose ici pour décourager les autres. Les pillards de la région ne sont pas des tendres. Ceci est un avertissement.

— On dirait que nous sommes attendus ! Regarde !

En effet, en contrebas se tenaient une vingtaine de cavaliers vêtus de longues capes sombres dont les pans claquaient aux bourrasques venues de la mer.

— Par les tripes de Shaïentus, souffla Dracchus, on dirait M'Monsôl en personne.

Les cavaliers se portèrent à leur rencontre. Visiblement, ils rentraient d'une tournée d'inspection. À leur tête chevauchait un gaillard immense, à la peau aussi noire que celle de Ronald. Des traits fins au regard profond émanait une autorité incontestable.

— Hal Weya, étrangers !

— Hal Weya, djihad ! Mon nom est Arnaud de Gwondaleya. Je suis de passage à Yphrisios où je désire affréter un navire pour Étania. Ces gens constituent ma recrue.

— Honneur à vous, comte Arnaud ! Je vous connais de réputation, je connais aussi le comte de Vik qui vous accompagne. Soyez les bienvenus ! Mon palais est le vôtre. Permettez-moi de vous y faire réserver des appartements. Je serais très heureux de vous y recevoir.

Ainsi Dorian fit-il la connaissance du monarque le plus étrange et le plus fascinant de la Médhellenie.

— Il serait même prudent de nous hâter, ajouta M'Monsôl. Une tempête est à craindre. Elles sont extrêmement violentes en hiver.

Il ne se trompait pas. Un ouragan rageur les cueillit bientôt de plein fouet, ralentissant leur avance. Une tornade qui dura quelque six jours et les obligea à rester à Yphrisios. Les guerriers exténués n'y virent aucun inconvénient.

Avec l'appui du roi, il ne fut pas difficile pour Dorian d'affréter deux navires en partance pour Étania, capables d'accueillir près de quatre cents guerriers et leurs montures. Dorian dut prendre son mal en patience. La particularité essentielle du palais de M'Monsôl résidait dans une haute tour à la base triangulaire dont le sommet avait été aménagé en phare. L'édifice monumental dominait la cité du haut de ses quatre-vingt-dix mètres et servait de point de repère aux navires malmenés par l'Adriat.

Immédiatement au-dessous du phare se situaient les appartements royaux auxquels on accédait par des ascenseurs mus par un système hydraulique ingénieux. Ainsi, le roi pouvait d'un seul coup d'œil embrasser la totalité de sa petite ville, éparpillée sur sa multitude d'îlots et efficacement protégée par sa barrière naturelle de récifs. Du haut de la tour royale, la tempête qui sévit pendant cinq jours et cinq nuits revêtait toute sa splendeur, toute sa sauvagerie.

— La colère des dieux n'est pas calmée, disait M'Monsôl. En réalité, elle dure depuis toujours. Depuis ce fameux Armagueddon dont parlent les Folmans. Leur haleine furieuse hurle sur la Médhellenie. Parfois, leur courroux gronde sans relâche, comme en ce moment. Savez-vous qu'il peut naître également au sein de la journée la plus douce, la plus calme ; alors que rien ne peut le laisser prévoir, le fond de l'Adriat se fend et remonte exploser à la surface. Des raz de marée gigantesques le parcourent quelquefois tout au long de ses trois cents marches. Par deux fois déjà, Yphrisios fut détruite par de semblables phénomènes. Sans doute sommes-nous un peu déments de nous attacher à ces quelques îlots perdus au milieu de l'enfer ; mais l'homme est ainsi fait qu'il vit d'espoir et d'insouciance... Il est persuadé que les lendemains lui apporteront toujours le meilleur et que le malheur ne frappe que les autres ; pour s'aveugler, pour se masquer la vérité, il se crée des dieux amulettes expliquant l'incompréhensible. Pour se justifier...

« Pourtant... Ah, qui serait véritablement capable de comprendre ? Vous, chevalier ? »

Il émanait constamment de lui une inquiétude latente pour la sauvegarde de ses sujets. Ses enfants, comme il ne les nommait que pour lui-même.

— Venez, Arnaud ! Venez voir cela de plus près...

Il l'entraîna sur la terrasse où hurlait l'ouragan titanesque. Des bourrasques déchaînées gémissaient en s'écorchant aux arêtes de la tour. Sous les pieds de Dorian, la superstructure vibrait imperceptiblement, effrayante. Il comprit pourquoi la pointe de l'édifice était dirigée vers la mer. Seule cette forme insolite permettait au monument de résister. À quelques mètres au-dessus de leurs têtes se dressait un monolithe de verre qui s'illuminait la nuit. Une pierre ingénieuse qui, selon les marins, passait pour donner asile à l'un des génies protecteurs de l'Adriat.

Les deux hommes pouvaient à peine parler. Une vague de sentiments mêlés émanait du monarque, comme des parfums contrastés, contradictoires même, rancœur, haine impuissante, rage contenue, mais aussi passion, admiration devant le spectacle dantesque des flots turbulents qui venaient s'écraser au loin, par-delà le moutonnement des toits gris protégés par la digue. Des gerbes d'écume et de rage explosaient par intermittence, crevant les rafales échevelées de la mer. Des gifles de pluie cinglaient Dorian et son compagnon qui semblait y prendre un certain plaisir. Ils revinrent à l'abri d'un auvent où Elena et Dracchus les rejoignirent.

— Voilà, seigneur Arnaud ! Vous avez vu la nature à l'œuvre. Comment, après cela, croire à ces dieux de bienveillance dont parle la religion ? Ici peut-être plus que partout ailleurs, nous sommes mis à l'épreuve. Les dieux exaltent leurs pouvoirs, se vengent ou parfois nous récompensent d'une bonne pêche ou d'une bonne récolte. Ainsi parlent les amanes ! Tout ceci est faux ! Ce n'est pas la volonté des dieux qui nous gouverne, mais bien le plus aveugle des hasards. Le hasard ! Le seul dieu véritable ! Un dieu impitoyable que nous subissons sans le comprendre vraiment, contre lequel notre pauvre volonté reste bien faible et ne nous protège même pas de nous-même.

Dorian appréciait beaucoup les monologues du grand monarque noir. M'Monsôl exprimait clairement ce que son esprit formulait instinctivement.

— Alors, les dieux n'existeraient pas ? Ne sont-ils que des fantômes, des prolongements de l'esprit humain, créés de toutes pièces par lui à cause d'un besoin profond de surnaturel ? Ou bien sont-ils... autre chose ?

— Ma foi, je ne saurais répondre, seigneur Arnaud ! Là est la vraie question : les dieux ont-ils créé les hommes ? Ou bien ne sont-ils que le fruit de superstitions, d'une nécessité viscérale de se rassurer par des croyances trompeuses ?

Dorian buvait les paroles du roi qu'il estimait emplies d'une sagesse glaciale et lucide, à l'image de la sauvagerie du pays.

Fascinée, Elena se taisait. Était-ce à cause des hurlements des vents extérieurs, du ciel sombre et tourmenté qui semblait prêt à s'ouvrir à tout instant sur le néant d'une nouvelle apocalypse ou bien à cause des terribles vérités que leur hôte distillait implacablement ? Combien faibles lui apparaissaient les remparts de la religion qui lui avaient apporté la sécurité jusqu'à présent. Il est tellement plus facile de repousser les incertitudes, de s'aveugler d'une loi sacrée ou d'une légende ! Les paroles du comte de Salonikos la hantaient. Médhellenia vous oblige à aller au bout de vous-même. On ne peut lui mentir. Elena repensa à cette conversation qu'elle avait eue avec Dorian plusieurs jours auparavant. Elle comprit que le pays la bouleversait, la mûrissait. Elle devait ne retenir qu'une seule vérité : la vie. Le passé, l'avenir, la mort, tout était relatif. Les mensonges pieux se déchiraient dans cet enfer. L'angoisse née de ses doutes se diluait lentement dans une volonté farouche de vivre, de comprendre. Elle s'aperçut, elle sentit qu'elle était extrêmement heureuse. Les ouragans, les soleils brûlants, le sable et la boue avaient détruit la carapace de ses croyances. Elle était nue, offerte à cette rage de vivre qui la pénétrait tout entière et distillait en elle une puissance nouvelle. Lorsqu'elle contempla le profil de Dorian, penché vers M'Monsôl, elle fut envahie par un flot de tendresse incontrôlable. Elle eut envie de l'embrasser, de poser ses lèvres sur les siennes. Lui avait déjà compris depuis longtemps ; voilà pourquoi il était si fort. Elle se prit à aimer ce pays infernal et si beau, ses peuples étranges et ces soirées intimes passées auprès de l'immense cheminée royale.

M'Monsôl était ravi. Il avait trouvé en Dorian un interlocuteur de poids qui savait l'écouter, le contrer à juste titre, mais ne se retranchait jamais derrière le bouclier d'une loi sainte. Avec de telles idées, il était étonnant que M'Monsôl ait pu devenir roi. Aussi Dorian ne fut-il pas surpris d'apprendre qu'il n'existait pas de temple à Yphrisios.

— Je n'ai aucun grief contre les amanes. Leur religion n'est pas plus mauvaise qu'une autre. Elle a au moins le mérite de la tolérance. Une quantité d'autres l'ont précédée avant le Jour du Soleil. Elles ont toutes pratiquement disparu. Il n'en reste rien : du vent, des prières incrustées dans les pierres des ruines que les forêts et les sables ont recouvertes ; des idées à jamais enfuies de la mémoire des hommes. Les Folmans perpétuent le souvenir d'une religion qui, à les écouter, fut l'une des plus puissantes du monde, et la seule véritable. Imaginez que la Médhellenie s'effondre, que les océans la reprennent. Les Folmans disparaîtraient et leur religion avec eux. Ainsi ont dû s'éteindre une foule d'autres divinités au cours des millénaires écoulés.

Il fixa Dorian dans les yeux.

— Comprenez-vous, chevalier ?

Il y avait presque de la détresse dans sa voix.

— Continuez, djihad, je vous entends.

— Les dieux ! Ces dieux pour lesquels des hommes ont donné leur vie pendant des siècles et des siècles, auxquels ils ont sacrifié tant de leurs ennemis, dans la crainte desquels ils ont vécu, ces fantômes brandis comme des vérités absolues dans un univers où il n'existe réellement aucun point de repère...

— On ne peut reprocher à la religion amanite de vouloir à toutes forces détruire les autres.

— Elle est la plus puissante actuellement. La seule en fait. Du reste, ce n'est pas véritablement une religion.

— Comment cela ?

— Demandez-vous si les amanes eux-mêmes croient à toutes ces divinités dont ils peuplent leurs légendes et qui varient d'un empire à l'autre, d'un comté à l'autre ?

Dorian ne répondit pas.

M'Monsôl poursuivit :

— Les amanes sont adroits. Ils tolèrent ce qu'ils ne peuvent détruire. Or, ils ont parfaitement compris que la force ne pouvait détruire les idées, à moins d'anéantir tous ceux qui professent ces idées. Les amanes ne sont pas des sanguinaires. Lorsqu'il y a plus de vingt ans, j'ai noué les premiers contacts avec les Folmans, ils m'ont encouragé. Ils ne sont pas présents à Alakhos, mais j'entretiens d'excellentes relations avec eux.

Il soupira.

— Pourtant, un jour viendra où cette religion amanite disparaîtra, comme les autres, et avec elle, les dieux auxquels elle aura donné naissance.

— Précisez votre pensée, djihad.

— Les dieux auxquels cette religion a donné naissance, des dieux qui naissent, vivent et meurent comme les hommes, des dieux à l'image de l'homme. Non physiquement, mais spirituellement. Un besoin fondamental de cet animal supérieur.

— Je vous comprends, djihad. Les dieux ne sont rien. Seule la foi compte. Qu'importe la façon de croire pourvu qu'elle apporte ce que l'on attend d'elle. Qu'entendez-vous par animal supérieur ? Nous considérez-vous comme des animaux ?

— Parfaitement, chevalier ! Comme les animaux, nous sommes faits de chair et de sang. L'amour d'une louve, d'une chatte ou d'une allienne pour ses petits n'est pas moins puissant que celui d'une femme. Mais une faculté extraordinaire nous différencie des animaux, un phénomène inexplicable, merveilleux : la conscience ! Ce don miraculeux qui permet à l'homme de réfléchir, d'analyser, de mesurer, de comparer. La véritable question est là : d'où vient la conscience ? Est-elle apparue spontanément, au cours de l'évolution des ancêtres de l'homme ? Ou bien est-elle un don d'une essence supérieure, la divinité véritable ? Par là, je rejoindrai un peu mes amis folmans. Mais leur dieu s'est englué dans trop de fausses références. Écoutez-moi, seigneur Arnaud ! Nous sommes les seuls êtres dotés de l'intelligence. Il y a des dizaines de siècles, le Jour du Soleil a failli anéantir le monde. Le Chaos a régné pendant longtemps ensuite, mais l'homme a repris le dessus. À nouveau, il domine le monde. Il ne se connaît nul ennemi en dehors de lui-même. Il est condamné à s'élever, encore et toujours. Plus loin, plus haut. Alors, n'est-ce pas parce qu'il est effrayé de sa propre puissance, de sa propre audace qu'il a, inconsciemment, imaginé des dieux, des êtres supérieurs, sur lesquels il pourrait s'appuyer ?

— Imaginé des dieux...

— Ne me prenez pas pour un fou, seigneur Arnaud. Mais ne vous y trompez pas : il n'existe qu'un seul dieu en ce monde. C'est l'homme lui-même. Ni parfaitement bon ni irrémédiablement mauvais, mais insuffisamment mûr pour accepter la terrible responsabilité qui pèse sur ses épaules. Le reste n'est que hasard. Un hasard aveugle et cruel, capable du meilleur comme du pire. Le hasard... est l'autre divinité qui gouverne ce monde. Le tort des religions est de vouloir raisonner au niveau de l'individu. Repensez à tout ce que je viens de vous dire en vous situant au niveau de l'espèce.

Un long silence plana, troublé seulement par le crépitement du feu dans l'âtre et les mugissements des vents au-dehors.

— Loin de moi l'idée de vous prendre pour un fou, djihad. Vos paroles me glacent, mais elles sonnent juste.

Malgré son scepticisme, Dorian avait toujours trouvé confortable d'invoquer l'un ou l'autre des dieux bienveillants de Syrdahar ou de Gwondaleya. C'était comme si M'Monsôl lui avait prouvé que cette cuirasse n'était qu'une feuille de papier. Le roi avait raison. Comment expliquer autrement que par la cécité du hasard la mort d'un enfant ? Même un manichéisme rigide ne pouvait justifier les injustices dont l'existence était truffée. Le hasard, le destin, que l'esprit des hommes habillait de dieux impalpables et rassurants.

— Je comprends, djihad. Il faut beaucoup de courage pour admettre ce que vous dites. Comme partir au combat sans sharack, ou même sans vêtement. Seuls votre force et votre cœur peuvent vous sauver. C'est aussi une belle profession de foi que de croire en l'homme à ce point. Sans doute les amanes ont-ils compris cela. De là vient leur puissance.

— Peut-être, chevalier. J'irai même plus loin. Je ne crois pas véritablement en l'homme. Je crois à la vie. La vie qui fourmille dans les enfers tels que la Médhellenie. Les marais ne sont des lieux maudits que pour nous, mais ils sont le paradis des Sokongas et des Mahahis. La vie s'y plaît, s'y multiplie. Après le Jour du Soleil, elle a donné une seconde chance à l'homme. S'il échoue encore, peut-être favorisera-t-elle une autre espèce ? La conscience sera donnée... aux rats, par exemple, aux lionorses, aux chats, aux chiens, pourquoi pas ?

— D'où vous viennent toutes ces idées étranges, djihad ?

— De la méditation, seigneur Arnaud. Les amanes connaissent mes opinions. Le croiriez-vous, ils prennent beaucoup de plaisir à venir bavarder avec moi. Je reçois de temps à autre la visite du théolamane impérial, Markus. C'est un homme remarquable. J'espère que vous aurez l'occasion de le rencontrer.

En dehors de ses discussions philosophiques et métaphysiques, M'Monsôl se révéla un compagnon agréable et distrayant. Plein d'admiration pour Pillât de Burdaroma qu'il connaissait, il possédait à son exemple une petite collection de femmes qu'il réservait, cependant, à son usage personnel. Il aimait à s'entourer de ses favorites, des femmes magnifiques aux corps à peine voilés. Certaines avaient la peau aussi noire que la sienne. D'autres au contraire ne pouvaient renier une origine septentrionale. Sa préférée était une fille superbe aux yeux tirés en amande, à la silhouette souple et féline, dont la mère, disait-on, avait été amenée de la lointaine Cathasia. Était-il possible de « posséder » un être humain ainsi qu'un animal domestique ? Mis à part les esclaves spoliés, Ferroskos, Ouvroks et Tennartes, Dorian estimait que non. Pourtant, tel était bien le sentiment qui animait M'Monsôl lorsqu'il caressait les cheveux de la belle Eurasienne. De l'esprit de la fille coulaient des ondes de soumission bienheureuse, de confort et de sécurité. Elle lui appartenait totalement, corps et âme, et trouvait cela tout naturel. Pour la première fois, il prit conscience de ce sentiment étrange que pouvaient éprouver certains des siens vis-à-vis de lui. Était-il différent de celui de la petite Eurasienne ? Rudriko et Orloff l'avaient vu enfant. Mais ses inconditionnels, comme ils les appelaient inconsciemment ? Khaled et Raïs, les deux Ismalasiens, Ralph, son écuyer discret et effacé, valet orphelin employé aux écuries de Gwondaleya et qui avait spontanément pris la charge d'Aram, Sylvain, son frère dévoué et jusqu'à ce diable d'Odios qui lui était devenu plus fidèle qu'un chien de garde ? Et tous les autres, guerriers rudes et farouches qui auraient donné leur vie pour lui et qui recherchaient sa présence, le soir, au campement ?

M'Monsôl avait respecté son silence méditatif. Il dit enfin :

— Situation bien inconfortable, seigneur Arnaud. Cela exige que nous ne fassions jamais d'erreur. Nous ne sommes pourtant que des hommes, sujets à des faiblesses. Le pouvoir est un carcan hérissé de pointes, dont chacune contient un poison différent. C'est une cravache impitoyable qui vous contraint à aller toujours au-delà de vos forces. Les hommes ne naissent pas égaux. Certains sont nés pour dominer les autres, pour les guider, les protéger. Ce serait lâcheté que de refuser ce rôle pour lequel la vie nous a créés. J'avoue que, parfois, j'envie le plus humble de mes sujets qui n'a d'autre souci que celui d'obéir. Nous l'aidons, de tout le poids des puissances qui vibrent en nous. Mais nous, qui nous aidera ?

Lorsque Dorian éprouva le désir de se rendre à la taverne où le comte de Vik avait rencontré Rodrick de Brastalia, le roi se proposa immédiatement de l'accompagner.

Dédaignant d'emprunter son bateau personnel, M'Monsôl fit arrêter une « youche », une de ces barques plates, larges et longues qui sillonnaient les canaux. Il aimait pardessus tout se mêler à son peuple. Le godilleur n'eut pas l'air surpris.

Un ciel lourd et sombre pesait sur le labyrinthe lacustre. Les vents furieux torturaient des nuages menaçants qui s'étiraient et se contorsionnaient sous les bourrasques. Des vagues nerveuses agitaient l'eau glacée des canaux étroits, nées des rafales qui sifflaient entre les bâtiments s'élevant sur les rives. Parfois, on contournait une construction qui s'avançait au-dessus des eaux noires, plantée sur des pilotis énormes où s'agglutinaient des algues et des coquillages. Sous les fondations s'ouvraient des néants noirs et humides au fond desquels s'enfuyaient des rats grondins et des salamandres furtives. Un brouillard vague stagnait au ras de l'eau, pénétrant insidieusement les vêtements. Elena, qui avait tenu à les suivre, regretta bientôt la tiédeur confortable du palais.

Enfin, ils abordèrent l'île de Skondylos, sur laquelle était bâti l'ensemble portuaire. Délaissant les hangars battus par les bourrasques aux senteurs iodées, ils s'engagèrent dans une ruelle avoisinante. Dracchus se dirigea sans hésiter vers une taverne de pierre noire jaunie de lichen. Une odeur de poisson frit et de bière renversée les agressa à l'entrée. Une douzaine de pêcheurs se levèrent lorsqu'ils reconnurent leur roi.

— Hal Weya, bonnes gens d'Yphrisios ! Ne vous dérangez pas.

L'aubergiste s'approcha, visiblement surpris d'une visite royale à cette époque de l'année. D'emblée, il servit l'ophreïnas, la tisane brûlante à base d'algue-fleur, accompagnée d'un verre de maareïos, alcool tiré d'un fruit bleu qu'on ne trouvait qu'en Médhellenie. Dracchus attendit qu'il ait terminé pour l'entreprendre.

— J'aimerais que tu nous parles des deux hommes qui ont séjourné chez toi voici un mois. L'un d'eux s'appelle Gunar l'Orgueilleux.

Le gros tavernier gratta ses énormes sourcils noirs.

— Gunar l'Orgueilleux ? Oui, je me souviens. Oui, oui, un Nogafrikain. Un grand seigneur. Il ne logeait pas ici, il était descendu à l'auberge d'Amon, là où s'arrêtent les nobles. Ma taverne est trop modeste, seigneur comte. Ils venaient cependant ici le soir, parce que j'accueille quelques-unes des « demoiselles ».

Ainsi nommait-on pudiquement les prostituées du port.

— Y avait-il une femme parmi eux, aubergiste ? demanda Dorian.

— Non pas, seigneur ! Mais ils pourraient mieux vous renseigner à l'hostellerie d'Amon.

Ils s'y rendirent. Là, l'hôtelier leur confirma qu'une jeune femme d'une grande beauté accompagnait les deux seigneurs. La sœur du plus jeune. Cette pauvre demoiselle souffrait d'un mal étrange. Pas une fois elle n'avait prononcé un mot. Elle semblait perdue dans un rêve intérieur, ses yeux ne se fixaient jamais sur rien. D'ailleurs, il l'avait très peu vue. Ses repas lui étaient servis dans sa chambre par les domesses du seigneur. Le plus jeune, son frère, semblait très inquiet pour sa santé.

— Assez ! rugit Dorian. Cet homme que tu as hébergé est un criminel. Cette jeune femme n'était pas sa sœur, mais la mienne, qu'il a odieusement enlevée. Dis-nous tout ce que tu sais sur lui.

Effrayé par la soudaine colère de Dorian, l'aubergiste ne demanda pas mieux que de répondre, mais ses renseignements ne pesaient pas bien lourd. Ils apprirent néanmoins que Gunar avait quitté Yphrisios pour Étania un mois auparavant. Leur bateau était arrivé à bon port, puisqu'il était revenu, et reparti depuis.

Il leur montra les appartements occupés par Solyane et Brastalia.

— Il vivait avec elle, précisa l'hôtelier. Je pensais qu'il souhaitait ne pas la laisser trop longtemps seule. D'ailleurs, deux de ses gardes restaient en permanence avec elle.

Dorian fouilla l'endroit, espérant inconsidérément découvrir un indice ou peut-être un message. Sans succès !

Une fois sorti de l'hostellerie, il laissa libre cours à sa rage.

— Les chiens puants ! cracha-t-il. Ils l'ont certainement droguée. Elle... elle était sans défense.

Le roi lui posa la main sur l'épaule.

— Gardez confiance, seigneur Arnaud. Au moins, vous savez qu'elle est vivante. Ne laissez pas votre cœur se ronger de colère. Gardez-la pour l'instant où vous tiendrez vos ennemis à votre merci.

— Le roi a raison, dit doucement Elena.

— Mais quelle vengeance, quel sort réserver à ce... ce rat de Brastalia ? Quel supplice ?

— Aucun, seigneur Arnaud ! Votre vassal n'est qu'une bête nuisible, un être malfaisant, ainsi vous débarrasserez-vous de lui. Il ne mérite pas l'honneur de votre vengeance. Les lâches doivent être écrasés comme des punaises.

Dorian se tut, calmé par les paroles du roi.

— La sagesse est en vous, djihad !

— Croyez-moi, ami Arnaud. Ne laissez jamais la haine aveugler votre esprit, guider vos actes. Vous vous abaisseriez au même niveau que vos ennemis. L'heure de votre vengeance approche. Voyez ces nuages rouges à l'horizon. La tempête ne va pas tarder à s'apaiser. Vous allez pouvoir gagner Étania. Quatre jours, trois, peut-être, avec un bon vent.

CHAPITRE XI

Deux jours plus tard, un dernier ouragan balaya les lourds nuages sombres qui allèrent s'éventrer sur les hauteurs du plateau d'Artikos. Les vents demeurèrent violents, mais les deux capitaines se déclarèrent prêts à prendre la mer.

On embarqua donc dans la matinée, sous les regards d'une foule curieuse, surgie comme par enchantement des ruelles tortueuses du port. Le temps plus clément avait repeuplé Yphrisios. Le roi en personne avait tenu à accompagner Dorian et Elena jusqu'au *Chroséïnos*.

— Ami Arnaud, mon cœur s'est réjoui de connaître un chevalier de votre mérite. Yphrisios est désormais votre alliée et sera honorée de vous retrouver à votre retour. Puissent les dieux vous accorder la victoire.

Il sourit sur les derniers mots et ajouta tout bas :

— Mais aidez-les tout de même !

Elena, ravie du retour du soleil, se serrait contre Dorian, léchant avec amusement les perles d'eau venues se poser sur ses lèvres. Dracchus semblait aussi à l'aise sur mer que sur terre. Planté fièrement à la proue, négligeant les embruns qui l'éclaboussaient, il observait l'horizon limpide en respirant à pleins poumons l'air vif et iodé. On ne pouvait pas en dire autant de certains Gwondaleyens qui se cantonnaient avec inquiétude dans l'entrepont, malades des mouvements incessants du navire. Tel était le cas du pauvre comte d'Ursaleya dont le visage avait pris une teinte cireuse.

— Par les tripes fumantes de Shaïentus, éructa-t-il entre deux hoquets, maudit soit ce bateau qui prend si peu soin de mes entrailles. Il me semble que je vais me retourner comme loque au lavoir.

L'autre navire, *L'Artemos*, voguait à quelques encablures. Sur le pont, on apercevait les silhouettes de Sylvain et d'Odios. Aucune trace de Vaïna. Sans doute n'aimait-elle pas la mer, elle non plus.

Des matelots s'affairaient sur les vergues, amenant ou déployant les voiles au gré des vents restés forts. L'étrave du *Chroséïnos* fendait les flots comme le front d'une bête majestueuse et puissante. La proue s'enfonçait au creux des rouleaux, puis resurgissait dégoulinante d'eau et d'écume, replongeait et resurgissait encore.

Quelques mouettes et quelques cormorans tapageurs les accompagnaient, appelant impatiemment les reliefs des repas que les cuisines rejetaient dans le sillage des vaisseaux. Dans l'après-midi, un banc de dauphins vint jouer à l'avant du navire, bondissant joyeusement hors des vagues pour s'y laisser retomber à grand fracas. Ils semblaient prendre plaisir aux cris et aux rires des guerriers qui les interpellaient.

Pourtant, vers le soir, les dauphins disparurent presque en un clin d'œil.

— C'est curieux, dit un marin. Habituellement, certains nous accompagnent pendant toute la durée de la traversée. Regardez : il n'y en a plus un seul !

La nuit tomba rapidement. Leur repas pris en compagnie du capitaine Droclos et de leurs compagnons, Dorian et Elena regagnèrent leurs quartiers. Une petite pièce confortable meublée d'un lit et d'une table escamotable. Un hublot octogonal s'ouvrait sur les ténèbres liquides de l'extérieur. Ils s'allongèrent, bercés par le rugissement des flots et les grincements du navire. Au-dessous d'eux claquaient les sabots des chevaux, parqués dans les cales avec les lionorses. Depuis le départ de Gwondaleya, leurs réels moments d'intimité avaient été rares. Pour la première fois depuis longtemps, Dorian prit plaisir à caresser le corps nu de sa compagne, blotti contre le sien. Pourtant, il discerna chez elle un vague relent d'inquiétude qu'il ne parvenait pas à définir. Une mélancolie incompréhensible. Il se pencha sur elle. L'amour était le meilleur remède contre les maux de ce genre. Pourtant, lorsque les ondes de plaisir s'estompèrent lentement dans l'esprit de la jeune femme, il y retrouva la gêne obscure, l'angoisse informulée.

Il se dressa sur un coude pour la contempler dans son demi-sommeil. Son souffle vint effleurer avec tendresse les petites perles humides que l'amour avait fait naître au coin de ses lèvres. Était-ce à cause de son courage, parce qu'elle ne se plaignait jamais, ou bien à cause de sa spontanéité ? Il éprouva soudain pour elle un brusque élan d'affection. Il ne parvenait pas à oublier le goût de cendres amer que Solyane lui laissait au fond du cœur, mais il devait s'avouer qu'il s'attachait de plus en plus à sa compagne. Elle qui était faite pour la vie des cours, pour le luxe et les raffinements s'était remarquablement bien adaptée aux dures conditions de la Médhellenie. Elle voulait se montrer digne de lui et pour cela acceptait tout sans faiblir. De cela, il lui était reconnaissant. Il n'aurait pas voulu la réveiller. Mais soudain, son visage se crispa, elle ouvrit les yeux tout grands et se retourna brutalement vers lui, cherchant sa chaleur, comme si elle avait voulu trouver un refuge au plus profond de sa chair.

Un écho de frayeur vibra en elle un court instant, puis se dilua dans le néant.

— Qu'as-tu, Elena ?

— Je... je ne sais pas. Je n'ai pas aimé la façon dont les dauphins nous ont quittés tout à l'heure. On aurait dit qu'ils avaient senti quelque chose que nous ne pouvions percevoir. Quelque chose d'horrible qui les a fait fuir.

— Ils avaient peut-être repéré un banc de poissons, tu sais. Rappelle-toi ce que nous a dit le capitaine Droclos ce soir. La mer est belle, malgré la houle violente. Si les vents se maintiennent, nous serons à Étania dans trois jours.

Pourtant, les dauphins ne s'y étaient pas trompés. Leurs sens aiguisés leur permettaient de percevoir des signes que les humains ne pouvaient qu'ignorer.

L'aube pointait à peine lorsque la vigie, engourdie par une nuit de veille, jeta un coup d'œil circulaire sur l'horizon. Il ne fut pas long à remarquer l'aspect étrange de la mer malgré le soleil naissant, et un cri de terreur s'étrangla dans sa gorge. Il se précipita vers le porte-voix qui, par un habile système de communication, le reliait à la chambre du capitaine.

— Capitaine, capitaine ! Venez, c'est horrible !

Le capitaine Droclos prit à peine le temps d'enfiler ses vêtements et se précipita sur le pont. Déjà l'homme de quart dégringolait des haubans.

— Capitaine ! Regardez ! Regardez ça !

Droclos n'avait pas besoin d'une longue-vue pour comprendre le spectacle qui se déroulait au loin. Sa gorge se serra et son estomac se noua. Il aperçut sans les voir les petites silhouettes qui s'agitaient déjà sur le pont de l'autre navire.

— Par les dieux bienveillants ! Nous sommes perdus !

Comment espérer en effet que son navire, malgré sa robustesse, soit capable de résister à la monstrueuse vague haute d'une centaine de mètres qui fondait sur eux à la vitesse d'un lionorse au galop ?

CHAPITRE XII

Le premier moment de surprise passé, Droclos réagit vigoureusement : d'abord, amener toute la voilure, dans la mesure du possible, fermer les écoutilles, poster les hommes aux pompes. Surtout, placer le navire face au raz de marée. Mais auraient-ils le temps de manœuvrer ?

Éveillé par le vacarme soudain, Dorian émergeait du sommeil chaleureux où le tenait sa compagne et bondit du lit.

— Que se passe-t-il ? demanda la voix engourdie d'Elena.

— Ne bouge pas ! Je reviens !

Sur le pont, qu'il atteignit au prix de nombreux efforts, un spectacle de cauchemar l'attendait. Les voiles, battues par les vents déchaînés, claquaient violemment, amenées fiévreusement par les marins affolés. Le navire tanguait tellement que la progression sur le pont ne fut pas une entreprise aisée. Des rouleaux de cordages glissaient de part et d'autre, s'entremêlaient, s'enroulaient et se déroulaient comme de monstrueux serpents. Droclos hurlait des ordres dans son porte-voix, ameutant ses mousses et ses gabiers. Au septentrion, une vague énorme, une bête liquide, dévorait l'horizon, gonflée comme un muscle de titan.

— La fureur de Belbaath, grelotta un marin à ses côtés.

À demi mort de panique, le malheureux voulut s'enfuir, trébucha sur un rouleau de corde et glissa à la mer par un sabord. Dorian bondit à son secours, mais trop tard.

— Par Lakor, gémit-il, M'Monsôl avait raison ! Aucun dieu de justice ne permettrait que je disparaisse ainsi, sans pouvoir arracher ma pauvre Solyane à ses bourreaux.

Il se rendit tant bien que mal auprès du capitaine Droclos.

— Qu'est-ce que c'est que ça ?

— Je ne sais pas, seigneur Arnaud. J'ai entendu parler d'une telle chose, mais seulement dans les légendes. Il y a un siècle ou deux, le Grand Adriat a été parcouru par un raz de marée de cette ampleur. Les fonds bougent constamment, seigneur. C'est la colère de Belbaath. Que les dieux nous protègent.

— Vous devez vaincre ce monstre, Droclos ! Ce doit être possible !

— Je... je vais essayer, seigneur, mais regagnez votre cabine et commandez aux vôtres de ne pas bouger.

— Arnaud ! Arnaud !

— Elena !

La silhouette fine et échevelée de la jeune femme surgissait des coursives.

Les vents démentiels tordirent son hurlement dans sa gorge. Négligeant les cordages et les objets indéfinissables qui roulaient sur le pont, il bondit vers sa compagne, à demi nue dans une simple couverture.

— Je t'avais dit de m'attendre ! hurla-t-il.

— Pardonne-moi ! J'ai eu si peur. J'ai vu. C'est horrible, Arnaud !

Il n'en écouta pas davantage et l'attrapa sous son bras pour rentrer à l'intérieur. Il était trop tard pour regagner leur cabine. Il entra dans la timonerie. Abri précaire, mais où l'on ne risquait pas d'être emporté par les flots. Dehors, des marins colmataient les écoutilles à la hâte. Les hommes de pompe étaient prêts, mais la moitié des voiles seulement avaient été amenées. La montagne liquide se gonflait rapidement, une falaise monstrueuse décidée à tout écraser sur son passage.

L'Artemos semblait en difficulté. Presque toutes ses voiles claquaient encore sous les assauts des rafales furieuses. L'une d'elles finit par s'arracher, emportée au loin avant de disparaître dans l'écume blanchâtre. Tenant Elena serrée contre lui, Dorian gagna le pont arrière où le capitaine vint prendre place, après avoir bloqué la barre. Par les vitres fumées, chacun vit, impuissant, le monstre effroyable se ruer sur le navire. Une angoisse sans fond les broyait tous. Une vague de hurlements submergea le vaisseau. Là-haut, tout là-haut, la crête écumante roulait, basculait au galop vers eux. Le jour s'assombrit, se dilua dans le crépuscule du léviathan. Dorian s'agrippa à un pilier et attira Elena contre lui. La jeune femme enfouit sa tête dans son cou en gémissant. À tout hasard, il adressa une supplique à Lakor, dieu de Gwondaleya, à Kryshla, dieu de Syrdahar. Un remous agita le bateau comme un vulgaire bouchon, puis une main gigantesque l'empoigna, le projeta brutalement vers le haut, toujours plus haut. Des objets, des hommes, soudain alourdis, tombèrent à terre, roulèrent de part et d'autre de la chambre, hurlant dans la pénombre angoissante. L'ascension sembla durer un siècle, ne plus jamais devoir finir. Un rouleau éblouissant d'écume bouillonnante déferla sur le pont, le submergea, emportant cordes et voiles, ruissela, explosa par les sabords dont certains furent arrachés avec le bastingage. Un éclat de lumière inonda un instant la carrée, ce fut à nouveau le crépuscule en pleine aurore. Elena hurla, vrilla les tympans de Dorian. Une nuit aveugle engloutit le *Chroséïnos*, puis un formidable craquement retentit, dont l'écho vint résonner en chacun. Les vitres fumées de la chambre des cartes, pourtant petites et épaisses, volèrent en éclats sous la pression des flots, livrant passage à des trombes d'eau furieuses. L'écume envahit les recoins. Des remous violents vinrent s'agripper aux jambes des marins, arrachèrent la couverture d'Elena, à demi inconsciente dans les bras de Dorian. Des corps glissaient, heurtaient brutalement les parois. Un bélier liquide fit sauter la porte du poste de commande et se rua férocement vers les coursives, entraînant un quartier-maître dans sa fureur. Dorian avait enveloppé Elena pratiquement nue dans sa cape et s'accrochait désespérément au pilier, s'écorchant aux aspérités du bois. Une chute vertigineuse suivit l'ascension ahurissante, puis une nouvelle fois le bateau fut pris dans de violents remous. Ce fut comme un troupeau de chevaux sauvages qui passa sur le grand corps démembré du vaisseau. Des craquements sinistres retentirent à nouveau. Une ombre gigantesque se déploya un court instant, oscilla, puis s'effondra dans un fracas assourdissant.

— Le grand mât vient d'être arraché ! hurla quelqu'un.

Des cris perçaient les cloisons. Des hennissements et des feulements de panique montaient des cales. À nouveau, un mur liquide, nouvelle ascension, nouvelle descente, nouveau choc.

Mais la première vague, la plus puissante, était passée.

— La barre ne répond plus ! s'écria le timonier.

Le capitaine, le front ouvert et sanguinolent, se releva. Des tourbillons d'eau, d'écume et de boue tentèrent une nouvelle fois de le renverser, mais il tint bon.

— Nous avons vaincu ! dit-il en grimaçant un sourire. Ce brave *Chroséïnos* a tenu !

Vaincu, mais à quel prix ! Des vagues furieuses continuaient à déferler sur le pont, emmêlant les cordages, culbutant tout ce qui tramait par les sabords à demi arrachés, malmenant les ruines du grand mât, abattu comme un géant en travers du navire, empêtré dans les haubans. Droclos hurla des ordres dans ses porte-voix, communiquant ses directives à tous les points névralgiques du bateau. Déjà les pompes s'étaient mises en action.

On dressa rapidement le bilan. À part la perte du grand mât qu'il faudrait basculer par-dessus bord, le bateau ne s'en était pas trop mal tiré. Une voie d'eau dans la cale serait bien vite colmatée. Par contre, trois marins étaient portés disparus, emportés par les vagues avant d'avoir pu regagner leurs quartiers. Deux passagers étaient morts, écrasés par l'effondrement du grand mât. Dix chevaux et un lionorse avaient péri. Lorsque Dorian entendit le mot lionorse, il se précipita dans les cales, redoutant d'avoir perdu son fidèle Aram. Celui-ci était bien vivant quoique légèrement blessé. Le lionorse mort appartenait à un chevalier de la maison de Vik qui pleurait, écroulé près de son compagnon.

Tout à coup, un marin accourut, essoufflé.

— Seigneur, seigneur ! Venez vite ! *L'Artemos* est en difficulté.

L'Artemos ! Le navire de Sylvain et d'Odios. Il avait presque failli les oublier. Il remonta quatre à quatre sur le pont où déjà les marins avaient entrepris de dégager la mâture abattue.

Il retrouva Elena et Alvina serrées frileusement l'une contre l'autre dans des vêtements trempés. Plus rien n'était sec à bord. Elles contemplaient anxieusement *L'Artemos* qui gîtait lamentablement, à quelques encablures du *Chroséïnos*. Il avait eu moins de chance. Deux de ses mâts avaient disparu. Quant au troisième, il pendait, brisé en son milieu, dans un enchevêtrement de haubans.

— On dirait qu'il est en train de couler, gémit un marin.

Une onde glacée parcourut l'échine de Dorian.

— On ne peut pas les laisser ainsi, ordonna-t-il. Il faut faire quelque chose.

— Nous sommes déjà mal en point nous-mêmes, seigneur, intervint le capitaine Droclos. Notre gouvernail est brisé. Nous ne pouvons même pas nous approcher d'eux.

— Il y a encore suffisamment de place à bord pour les accueillir, répondit Dorian.

Il songeait à Sylvain, Odios, Achil et à tous les autres qui étaient à bord de *L'Artemos*, sans compter tous les lionorses et les chevaux.

— Je sais qu'il y a de la place, seigneur. Nous serons chargés, mais c'est possible. Ce n'est pas cela qui m'inquiète. Ce sont les vivres. On raconte qu'il est arrivé que les marins se soient dévorés entre eux. Dans combien de temps parviendrons-nous à Étania ? Nous ne pouvons plus maintenir le cap.

— Taisez-vous, mettez vos chaloupes à la mer.

Déjà celles de *L'Artemos* étaient à l'eau, se dirigeant à force rames vers le *Chroséïnios*. Rapidement, au milieu des flots écumants, Droclos organisa un va-et-vient destiné à recueillir les naufragés.

La poupe de *L'Artemos* avait déjà pratiquement disparu sous les vagues hurlantes, mais les superstructures de bois le maintenaient contre toute attente à flot, laissant aux sauveteurs le temps d'opérer.

Les lionorses, comme les chevaux, savaient nager, mais le troupeau affolé hésitait à sauter dans l'eau froide et agitée. On sauva tout ce qui pouvait être récupéré, surtout les vivres. Des barils d'eau douce basculèrent dans les barques, suivis de lourdes caisses.

À la fin de la journée, exténué, Dorian s'abattit sur sa couche.

Il contempla à ses côtés ses compagnons épuisés. Il avait cédé sa cabine à Alvina et Vaïna qui tenaient compagnie à Elena. Elles se serreraient un peu. Comme tous à présent.

Sylvain rampa jusqu'à lui.

— Nous comptons beaucoup de blessés. Je me demande combien de temps nous allons mettre pour joindre Étania...

— Si nous y parvenons jamais... grommela Dracchus. Le capitaine m'a affirmé que le gouvernail était hors d'usage et irréparable. Nous suivons un courant qui nous entraîne droit vers le sud. Vers les marais de l'Inconnu.

— L'Inconnu ? Mais on ne peut rien faire pour ce fichu gouvernail ?

— Avec quel bois ? Quelles pièces ? Il n'y a rien à faire. Tout au plus, à l'aide des voiles pas trop déchirées, on peut essayer de maintenir le cap sur Goelstova. C'est une petite bourgade installée sur une île ou une presqu'île, à l'extrême sud de l'Adriat, mais au-delà de Goelstova, on ne sait pas ce qu'il y a.

Un voyage long et épuisant commença. Comme si elle avait voulu faire oublier sa fureur subite, la mer s'était calmée. Une brise légère agitait à peine une mer d'aspect huileux. De longs friselis couraient par plaques, éparpillant le reflet d'un soleil froid.

Pas un nuage ne salissait le ciel d'un bleu immuable. Ceci ne faisait guère l'affaire des naufragés qui n'avançaient plus que grâce à cet étrange courant qui les emportait vers les marais méridionaux, ces marais terrifiants que les cartes elles-mêmes ignoraient et que l'on avait baptisés : l'Inconnu !

Seule une petite tache de civilisation y survivait, agrippée à son rocher comme une étoile de mer famélique, un petit village de pêcheurs que personne ne visitait jamais : le bout du monde. Le fond de l'enfer médhellenien. Encore fallait-il y arriver. Les vivres vinrent rapidement à manquer. La traversée ne devait durer que trois ou quatre jours. Le sixième jour après le raz de marée, les vents consentirent à souffler un peu. Le capitaine fit hisser les voiles survivantes et le *Chroséïnos* abandonna lentement l'épave de *L'Artemos* qui s'obstinait à flotter à son côté. Prélevant des pièces de bois sur le navire martyr, on avait pu bricoler un gouvernail de fortune, insuffisant pour joindre Étania, mais qui permettait néanmoins de conserver le cap sur Goelstova. Le huitième jour, l'eau douce se fit rare et on la réserva uniquement aux blessés. Des barriques de vins de négoce furent mises en perce.

Au matin du dixième jour enfin, l'horizon se voila d'une ligne étrange, différente. Ce n'était pas à proprement parler la terre, mais une ombre marécageuse qui eût été tout aussi inquiétante si en son milieu ne s'était dressée la silhouette rassurante d'une petite montagne cernée d'une couronne de brume.

Il restait à peine pour une journée de vivres et la surpopulation menaçait le moral des guerriers. Déjà quelques bagarres avaient éclaté.

— Goelstova ! hurla l'homme de quart.

— Terre !

Le lourd navire sembla s'ébrouer comme un cheval sentant l'écurie. Des gabiers coururent sur les vergues. Des cris de joie et de victoire retentirent, des casques volèrent, des flèches jaillirent vers les cieux en signe d'allégresse.

Comment allaient-ils être accueillis ?

CHAPITRE XIII

Il eût été délicat de dire où finissait le grand Adriat et où commençait l'Inconnu. Déjà, bien avant d'avoir atteint Goelstova, les hauts-fonds rendaient la navigation difficile et dangereuse pour un navire surchargé et privé de gouvernail. Les eaux sales charriaient des masses d'algues entremêlées que survolaient en piaillant des nuées de mouettes et de cormorans. Une puissante odeur de varech montait du magma végétal où grouillait toute une population de petits animaux. Émergeant du marasme, la carcasse décharnée et couverte de coquillages d'une épave avertit Droclos du danger.

— Il doit bien exister un chenal, grommela-t-il.

Rien n'était moins sûr. Au loin, le petit port de Goelstova ne semblait abriter aucun navire de fort tonnage. Rien qu'une flottille de barques dont quelques-unes firent voile vers les survivants. Des pêcheurs aux vêtements grossiers les occupaient, nullement effrayés par le navire et ses guerriers. La prise de contact se révéla problématique, car un seul d'entre eux parlait un sabir entremêlé de mots d'ankos, passablement déformés. Même Ronald ne parvint pas à se faire comprendre. À force de patience pourtant, l'homme réussit à expliquer qu'il était impossible de rallier le port avec le *Chroséïnos*. Tout au plus existait-il un haut-fond suffisant pour l'approcher à moins de trois encablures.

Goelstova ne présentait aucun point commun avec le port actif d'Yphrisios. Ce n'était qu'un agglomérat de demeures curieusement tordues, dont le torchis des murs suivait les caprices des poutres taillées dans des troncs d'arbres pieuvres. Ces cases d'architecture fantaisiste s'étageaient sur les pentes de la colline, l'escaladaient jusqu'au sommet où se dressait ce qu'il fallait bien se résoudre à baptiser château, le palais seigneurial du lieu, faute de terme plus approprié.

Car Goelstova, forte d'un peu moins d'un millier d'âmes, possédait également son seigneur, qui s'était mêlé à la foule pour accueillir les arrivants.

C'était un petit bonhomme sec comme un sarment de vigne, vêtu un peu moins pauvrement que ses sujets et suivi d'une ribambelle de femmes et d'enfants, dont les Gwondaleyens n'allaient pas tarder à apprendre qu'ils constituaient sa famille. Sa voix aiguë avait peine à dominer le tumulte de sa marmaille, ravie de l'aubaine.

Après les civilités d'usage, Odhmatt Bahlann, comte de Goelstova, invita les Gwondaleyens en son château, escortés par une foule curieuse et bruyante. Une odeur de mystère et de mysticisme planait sur la cité.

Les ruelles tortueuses s'ouvraient de façon anarchique sur des petites places ou se terminaient en cul-de-sac, pour reprendre à un niveau plus élevé que l'on atteignait au moyen d'échelles douteuses. Les vêtements suivaient la même philosophie, tant ils étaient rapiécés, constituant des symphonies agressives même à l'œil le plus blasé. Le comte Odhmatt lui-même présentait plusieurs reprises sur des vêtements plus qu'usés. Seul le théolamane Ogghius arborait l'inévitable toge noire de sa caste, ornée du soleil d'or. Car la religion était présente à Goelstova. La foule s'écarta de lui respectueusement et craintivement lorsqu'il surgit comme par enchantement. Ses yeux impassibles ne trahirent aucune émotion. Cependant, malgré son apparente froideur, il se montra efficace lorsque Dorian et le capitaine Droclos lui eurent expliqué les raisons de leur présence.

— Hélas, vous êtes ici au bout du monde, seigneur Arnaud. Il n'existe nul autre accès à Goelstova que l'Adriat. Derrière cette montagne de rocaille s'étend le marais et la faille de Karinatos. C'est une jungle absolument infranchissable. Il n'y a pour vous qu'une solution : remettre votre navire en état et reprendre la mer. En attendant, le comte Bahlann va veiller à ce que vous soyez confortablement installés, vous et les vôtres. Si cependant, votre séjour doit se prolonger, je vous demanderai de participer aux activités des Goelstoviens, c'est-à-dire de pêcher avec eux. Votre or ne les intéresse pas. Ils n'en ont aucun usage ici.

— Je vous entends, sehad. Je n'y vois aucune objection et vous remercie de votre accueil.

Ainsi fut fait. Les guerriers gwondaleyens et vikéens furent débarqués, ravis de quitter le navire où les conditions de vie devenaient de plus en plus précaires. On amena également les montures que l'on parqua dans un vallon suspendu couvert d'une herbe-algue suffisante pour les nourrir. Dorian fit dresser un camp à l'écart de la ville, redoutant de voir ses guerriers, sevrés de femmes, convoiter celles des goelstoviens. Il n'aurait plus manqué qu'un conflit éclatât ! Les épouses des pêcheurs le comprirent fort bien, qui surent se montrer discrètes.

Le travail put commencer.

Lorsqu'on fit le bilan des avaries, le capitaine Droclos fit la grimace.

— Mon pauvre *Chroséïnos* ! J'ai bien peur que ce ne soit plus grave que je l'escomptais. À première vue, et à condition de dénicher le bois nécessaire dans les collines, nous sommes bloqués ici pour trois mois, peut-être quatre et je ne suis pas sûr de trouver de quoi remplacer le grand mât.

— Quatre mois ? Mais c'est impossible, dit Dorian. N'y a-t-il pas un moyen d'aller plus vite ?

— Non, seigneur. Je ne veux pas risquer de reprendre la mer sans avoir colmaté toutes les voies d'eau apparues dans la cale. Il a été disloqué, vous comprenez ? Il a résisté, mais c'est presque un miracle. Il me faut un vrai gouvernail, des voiles neuves qu'il va falloir tisser. Avez-vous remarqué que ces braves Goelstoviens ne savent pas tisser ? Quand je dis quatre mois, c'est même optimiste.

Dorian s'en fut, la tête basse. Une douleur brûlante lui

déchirait les entrailles. Quatre mois ! Pendant ce temps, tout pouvait arriver à Solyane. Il serra les poings à se déchirer les paumes pour ne pas pleurer. On aurait dit que le sort prenait un malin plaisir à les séparer. Un moment, il douta de la revoir un jour, puis il se ressaisit, jamais il n'abandonnerait.

Quelques jours plus tard, il décida d'examiner de près les marais de l'Inconnu et surtout cette faille de Karinatos, comme l'avait nommée le théolamane. Ils avaient bien vaincu Londobakos. Pourquoi pas ceux-là ?

— C'est l'enfer de Shaïentus, seigneur Arnaud, le prévint le comte Odhmatt Bahlann. Ces marais sont le refuge de tous les mauvais esprits de la Médhellenie.

Dracchus s'avança.

— On dit pourtant que plusieurs expéditions ont tenté de traverser ces marais, d'y ouvrir une piste.

— C'est exact, seigneur. Trois au total. Aucune d'entre elles n'est revenue. Karinatos les a englouties toutes les trois. La dernière remonte d'ailleurs à moins de quarante ans. Un seigneur et quelques centaines de ses sujets ont un jour débarqué ici, accompagnés par une phalange complète et une petite armée de dramas. Ces gens étaient persuadés que quelque part, au cœur de ces marais, existaient des terres fertiles et accueillantes, mais jamais personne n'est revenu pour le confirmer.

— Je crois savoir que les légendes parlent d'une île habitée par des dieux, précisa Dracchus.

— Je vois que vous connaissez notre pays, seigneur. C'est exact. Des dieux, certains disent des déesses, vivraient au cœur de ces marais. Ils détruisent sans pitié quiconque tente de les approcher

— J'aimerais malgré tout voir ces marais, seigneur Odhmatt, dit Dorian.

— Rien de plus facile, seigneur Arnaud.

Il n'y avait pas une marche pour joindre les marais. Vers le sud, la montagne de rocaille s'effondrait d'un coup, comme brisée par une main gigantesque. Une falaise élevée tombait quasiment à pic au cœur d'un magma défiant l'imagination, une jungle bouillonnante mangée par les brumes, où il était impossible de découvrir le moindre début de piste. Bien plus, au loin, vers le sud-est, s'ouvrait une faille énorme d'où s'élevaient des nuages incessants, comme animés d'une vie propre. Un grondement sourd en provenait.

— Voilà, seigneur Arnaud ! Vous comprenez pourquoi cette région n'a jamais été conquise. Le gouffre que vous apercevez là-bas, à plus de quatre marches, s'appelle la faille de Karinatos. Les gens d'ici la surnomment : la « Gueule de Shaïentus ».

Empruntant un sentier de chèvre, Dorian guida Aram jusqu'au niveau des marais. Dracchus et Odhmatt le suivirent. Ils ne purent cependant dépasser l'éperon rocheux qui surplombait les marécages. La visibilité était encore plus mauvaise qu'à Londobakos. Des brumes jaunâtres aux senteurs fétides s'exhalaient des boues sombres, agitées de remous inquiétants. Un fouillis de mahahis, de lianes inextricables, des bouquets exubérants d'anémones aux couleurs éclatantes et par-dessus un concert effrayant de cris, de hurlements, de piaillements, de craquements, de grondements, dominé par le bruit sourd, la plainte qu'ils avaient déjà rencontrée à Londobakos. Nulle part ne s'ouvraient de terres fermes. Rien que la boue, les sables et encore la boue, noyés dans une chaleur torride et étouffante.

Il retourna plusieurs fois au bord des marais maudits, seul ou parfois accompagné d'Elena. Il conservait toujours un vague espoir de découvrir une faille dans leur invulnérabilité.

Quelquefois, il lui prenait l'envie de se jeter dans les marais, de foncer, foncer droit devant lui, jusqu'à ce que les sables mouvants l'engloutissent.

Impuissante, Elena assistait à sa rage et à son chagrin.

Pourtant, un soir, le destin se présenta à lui sous les traits d'un personnage pittoresque.

— Arnaud, vint l'avertir Sylvain, il y a là un individu bizarre qui demande à te parler seul à seul.

— Fais-le entrer !

Il introduisit un bonhomme sans âge, tordu, presque difforme et d'une maigreur squelettique. Il ne restait de ses cheveux qu'un souvenir en forme de couronne blanchâtre tombant sur ses frêles épaules. Ses yeux vifs d'un gris délavé prirent le temps d'admirer l'intérieur de la tente avant de se tourner vers Dorian. Le personnage semblait fragile comme un fagot de bois prêt à s'écrouler. Il sautilla néanmoins avec souplesse jusqu'à lui.

— Hal Weya, vieil homme ! Tu as demandé à me voir ?

— Hal Weya, seigneur de Gwondaleya ! Mon nom est Ghaldir. J'ai entendu dire que vous vouliez traverser les marais maudits.

— Qui t'a dit cela ?

— Tout se sait vite ici. Plusieurs fois, je vous ai vu descendre vers les marais et longer l'éperon de Sheedeen. Je vous ai suivi. Vous voulez quitter ce pays au plus vite. J'ai parlé avec les vôtres.

— Et alors, que me veux-tu ?

— L'éperon de Sheedeen n'est pas infini. Il rejoint les marais, à trois marches vers l'est.

— Tu connais une piste ?

— Il n'y en a pas. On peut cependant en ouvrir une. Je peux vous aider à retrouver celle qu'empruntèrent les nôtres, il y a quarante ans de cela.

— Toi ? Mais qui es-tu ?

Dorian avait failli éclater de rire, il se retint car l'autre avait l'air sincère.

— Écoutez-moi, seigneur ! On a dit que jamais personne n'était revenu de la dernière expédition. Mais c'est faux ! J'en faisais partie. Ici, personne ne me croit. On me prend pour un fou, c'est pourtant la vérité. Nous étions plus de mille au départ. Nous ne sommes arrivés qu'à cent à l'île des déesses.

— L'île des déesses ?

— Oui ! Elles existent, seigneur ! Elles existent !

— Tu les as rencontrées ?

— Parfaitement, seigneur ! Des femmes d'une beauté extraordinaire et possédant des pouvoirs...

— Extraordinaires également... et elles vous ont accueillis gentiment, vous ont offert des fruits et des colliers de fleurs.

L'autre s'enferma soudain dans un mutisme plein d'indignation.

Par curiosité, Dorian le sonda. Au-delà de la sincérité du bonhomme, au-delà de la folie qui semblait émaner de lui, il découvrit une invraisemblable vérité.

Il ne mentait pas. L'île existait bel et bien et il possédait les cartes permettant d'en retrouver le chemin.

— Mais alors, poursuivit-il radouci, pourquoi es-tu revenu ?

— J'étais un dramas, seigneur. Il n'était pas prévu que je reste là-bas. Ma mission consistait à revenir prévenir les amanes du succès de notre expédition.

— Ce que tu as fait ?

— Non ! Je fus le seul à ressortir des marais. Tous mes compagnons dramas ont trouvé la mort sur le chemin du retour. J'ai déserté. On me croyait mort avec les autres. Alors, je suis revenu ici, avec mes cartes, attendre une nouvelle expédition. Durant ces quarante années, je n'ai vécu que dans cet espoir : retourner dans l'île des déesses pour y finir mes jours.

— Comment est cette île ?

— Ah, seigneur, il n'existe pas de mots pour la décrire. C'est le paradis. On y rencontre les arbres les plus beaux du monde. Des femmes incomparables. Les déesses ont la délicieuse habitude de vivre pratiquement nues. Elles possèdent des pouvoirs fantastiques. Ah, pourquoi n'ai-je pas désobéi aux ordres ? Nous n'étions que vingt dramas survivants. Nous sommes repartis vers l'ouest, mais je fus le seul à parvenir de l'autre côté des marais. J'ai compris trop tard ma folie. J'aurais dû rester. Personne n'a cru à mon histoire.

— Cela se comprend un peu, non ? Des femmes nues vivant au milieu de cette jungle infernale.

— L'île est différente, seigneur ! Un joyau, un paradis, avec des arbres, des fleurs, un climat d'une douceur... surnaturelle. J'ai vu là-bas... des choses incroyables.

Il se rapprocha et ajouta sur le ton de la confidence :

— Écoutez. Leurs demeures semblent petites. Mais à l'intérieur s'ouvrent des mondes magnifiques, étranges. Leurs vêtements, lorsqu'elles en portent, ne sont pas faits de tissus. Elles s'habillent... de lumière, de nuages.

Il se recula soudain, comme piqué par une guêpe.

— Je sais, seigneur. Je sais que tout cela paraît ahurissant, seigneur, mais c'est la vérité. La Vérité.

— Et ces déesses incomparables vous ont accueillis à bras ouverts ?

— Elles nous ont recueillis et soignés, seigneur. Et même... Ah, j'étais encore jeune, seigneur. Je veux retourner là-bas pour devenir leur esclave.

Dorian se demanda quelle aberration le poussait à écouter les délires du vieil homme, mais il ne pouvait se résoudre à le chasser, car il flattait cette folie qu'il nourrissait également : traverser les marais.

— Tu dis connaître la route qui permettrait de gagner cette île ?

— Parfaitement, seigneur ! J'ai tout noté sur mes cartes. Je sais tous les dangers à éviter, les pièges, les provisions nécessaires. Notre seul ennemi véritable sera le krankett.

— Le krankett ? Quelle sorte de monstre est-ce là ?

— Ce n'est pas un monstre. C'est une maladie redoutable. C'est elle qui nous fit le plus de mal. Elle tua plus de la moitié des nôtres.

— Tu as toujours ces cartes ?

— Certainement, seigneur. Je vous les ai apportées.

Il sortit de sa besace des rouleaux de cuir de chevreau délavés par les années qu'il déplia avec amour devant Dorian. Celui-ci fit venir Dracchus, Leïro, Sylvain et Odios.

— Voilà, seigneur. Il faut remonter de trois marches vers l'est pour trouver une langue de terre ferme. Les gens d'ici pensent que c'est impossible, car il faut s'approcher de très près de la faille de Karinatos. Ils en ont peur, parce qu'ils imaginent qu'il s'agit de l'entrée de l'enfer. Ce n'est qu'un gigantesque volcan. Nous devons le longer, puis contourner cette dépression, là, par le sud. Ici, regardez !

— Cela va nous faire perdre du temps.

— Il n'existe aucun passage par le nord. C'est pourquoi les Goelstoviens s'imaginent que leur île n'est accessible que par mer.

Ghaldir parlait avec volubilité, sans hésitation. Visiblement, il connaissait son itinéraire par cœur. Pour Dorian et ses compagnons, il revécut son aventure, émaillant son récit d'anecdotes, d'avertissements, évoquant ses amis disparus. Depuis son retour, il n'avait fait que survivre, dans l'espoir insensé de reprendre la piste avec une nouvelle et hypothétique expédition. Il était impensable de repartir seul ; sinon, il eût déjà tenté l'expérience.

Dracchus, habitué aux caprices de la Médhellenie, lui posa une foule de questions, lui tendant une multitude de pièges dont le vieil homme se tira sans erreur. Le comte de Vik se frotta la barbe d'un air pensif et prit Dorian à part.

— Il n'y a pas de doute, cet homme est sûr de lui, Arnaud. Je ne sais pas pourquoi, mais je serais assez tenté de lui faire confiance.

— Je suis de ton avis. Qu'en penseront les nôtres ?

— Ils te suivront. Je les imagine mal acceptant de rester ici, coincés pendant plusieurs mois.

— Cette expédition sera la plus dangereuse de toutes. Nombre d'entre nous risquent de ne jamais revenir.

Ce fut le comte d'Ursaleya qui répondit.

— Nous vous avons juré fidélité, seigneur Arnaud. Nous vous suivrons jusqu'au bout.

Quant aux hommes de Dracchus, ils semblaient prendre un malin plaisir à rechercher le moindre danger pour se mesurer avec lui. Les marais médhelleniens ne les effrayaient pas ! Ils traverseraient ceux-là également.

Ghaldir n'avait pas menti. À trois marches à l'est de Goelstova, ils trouvèrent un endroit où le surplomb de Sheedeen rejoignait le niveau des boues. Vers le sud-est, en direction de Karinatos, une colonne de vapeurs s'élevait, constituant un gigantesque champignon de nuages.

— Le volcan de Karinatos, dit Ghaldir. Nous allons le longer par le sud-ouest. Cette langue de terre y conduit. Il n'y a pratiquement aucun danger sur deux ou trois marches. Ensuite, il faudra traverser une zone de sables mouvants et de terres flottantes, mais grâce à mes cartes, nous passerons.

Pratiquement sans danger, c'était vite dit. Au bout d'une heure de marche pénible, une nuée de sokongas voraces s'abattit sur eux. Heureusement, les guerriers commençaient à avoir l'habitude de combattre ces animaux. De même qu'ils avaient retrouvé sans trop de surprise les relents pestilentiels des boues, de même, des exhalaisons fétides de chair pourrie, des végétaux décomposés sourdaient de sombres remous qui agitaient les marais. La lourde mélodie des marais émanait de tous les horizons, parfois proche, parfois lointaine, insaisissable, surnaturelle. Sur tout cela régnait une chaleur infernale, supérieure à celle de Londobakos. D'ailleurs, Karinatos se révéla rapidement beaucoup plus difficile. Les éclaireurs devaient constamment ouvrir la route à coups de machette. Par endroits, ils étaient obligés de rebrousser chemin.

Soudain, Elena poussa un cri.

— Seigneur Arnaud ! Regardez !

Dorian tourna les yeux... et douta aussitôt de sa vue.

Loin vers l'ouest, une partie de la forêt à demi masquée par les vapeurs se déplaçait lentement, comme un navire ayant rompu ses amarres. Plus angoissant encore, un grondement sourd montait du sol. Les entrailles des guerriers se mirent à vibrer. Un crescendo impitoyable, incroyablement puissant, emplit l'atmosphère surchauffée, qui impressionna les plus endurcis des Vikéens.

De nombreux guerriers se touchèrent le front à plusieurs reprises. Comme s'ils pouvaient en chasser la panique. Ghaldir jubilait.

— Nous sommes arrivés dans la région des terres flottantes, seigneur. Aucun Goelstovien n'est jamais allé plus loin. Surtout, que personne ne tente de s'approcher ! Ici, nous ne risquons rien ; mais là-bas, les djarks veillent. Lors de notre première expédition, ces terres ont provoqué une telle panique que des dizaines de personnes se sont enfuies en tous sens et ont été englouties dans les vases.

À moitié rassuré, Dorian hurla des ordres aux guerriers, afin qu'ils ne cèdent pas à la peur. Une fois encore, sa voix calma les esprits.

Achil s'approcha.

— Il existe une explication à ces terres mouvantes, seigneur. Elles sont constituées par des amas de végétaux en décomposition, un magma plus léger que la boue épaisse sur lesquelles elles flottent. Nous sommes dans une région hautement volcanique. Il est probable que des courants tectoniques naissent dans les profondeurs et entraînent ces amas, malgré leur masse gigantesque. Nous marchons sur un énorme volcan recouvert de boue.

— Eh bien, voilà une explication qui me rassure tout à fait ! ironisa Dorian.

Contrairement à ce qu'avait craint Odhmatt Bahlann, les terres flottantes n'avaient pas modifié la route tracée par Ghaldir et ses compagnons, quarante années plus tôt ; mais combien d'entre eux avaient péri avant de découvrir cette passe au cœur des vases gluantes, indistincte du reste du marais. D'étranges poissons lézards se montrèrent aussi dangereux que les djarks. Ils plantaient leurs trois rangées de dents acérées dans les jambes des chevaux qu'ils attaquaient par surprise. Néanmoins, on pouvait déceler leur arrivée à une émission de bulles caractéristiques. Un trivier adroit parvint à en transpercer un et eut toutes les peines du monde à l'arracher de sa gangue de boue à laquelle sa victime s'accrochait désespérément. L'animal, dont les nageoires rappelaient des pattes, ne mesurait pas moins d'un mètre de long.

Presque sans transition, la terre se fit rocailleuse. La végétation se clairsema. Contre toute attente, les brumes se dispersèrent, dévoilant un paysage cauchemardesque. La faille de Karinatos méritait amplement son surnom de « Gueule de Shaïentus ».

Au milieu de la jungle ahurissante s'ouvrait une dépression aux dimensions invraisemblables. Ses falaises à pic plongeaient dans un chaos bouillonnant dont la roche dénudée rappelait les Terres Bleues, mais c'était encore différent. Le gouffre titanesque abritait en son sein, quelques centaines de mètres plus bas, un lac de roches rougeâtres, agité de vagues lentes et puissantes, d'où montait une haleine infernale. La faille de Karinatos était un volcan dont le cratère mesurait plusieurs marches de diamètre. Véritable plaie ouverte dans les entrailles de la Médhellenie, il recevait les flots de boue débordant des marais, qui coulaient en cascade sur les pentes septentrionales. Un paysage dantesque, apocalyptique, dont l'immensité et la beauté cruelle coupèrent le souffle aux voyageurs, un monde à la dimension des dieux. Au cœur du lac de lave, les boues entraient en ébullition et donnaient naissance au nuage fantastique qui allait nourrir de pluies toute la zone méridionale de l'Adriat.

Un soir, alors qu'Elena se défaisait lentement de ses vêtements trempés et sales, elle contemplait Dorian, déjà allongé, qui la regardait sans la voir. Une fatigue immense creusait son visage. La journée avait été rude. Sept chevaux et deux hommes avaient trouvé la mort dans un combat avec un djark de taille colossale qui leur avait barré la route pendant plus de deux heures. Cinq des animaux avaient pris peur et avaient galopé vers les terres flottantes. Ils ne les avaient jamais atteintes.

La mort dans l'âme, Dorian revoyait le combat désespéré livré par le chevalier Kenneth Vallik, un compagnon des premiers moments. Une gueule énorme avait réussi à tromper sa défense et l'avait entraîné au loin, sous le regard impuissant des autres. Plus tard, un soldat de Dracchus avait suivi. La Médhellenie continuait à prélever son tribut de sang. Pourtant, il fallait continuer, refouler ses larmes. Combien des siens déjà avaient payé de leur vie leur expédition hasardeuse, pour elle, pour Solyane.

Il aurait dû partir seul à sa recherche, mais ils ne l'auraient jamais laissé partir. Bien sûr, ils savaient ce qu'ils risquaient en le suivant. Jamais Gunar et Rodrick ne pourraient payer leurs crimes. Ces morts étaient encore leur œuvre.

Une rage impuissante l'étouffait. Solyane était prisonnière de ces deux monstres, leurs mains ignobles se posaient sur elle. Solyane et son sourire incomparable, la grâce qu'elle mettait même dans les gestes les plus simples, sa voix aux accents si purs, cette voix claire, aux intonations chantantes, aériennes. Solyane si belle, aux yeux si profonds, si expressifs, au rire spontané.

Il revécut l'une de leurs dernières rencontres, celle où Rodrick l'avait agressée à l'intérieur même du palais de Paralko. Il revit sa chemise déchirée, lacérée par ce chien. Sa peau au grain de satin, si délicieusement dévoilée par la pénombre et les lectrones discrètes. Aucune femme ne possédait un corps aussi délicatement sculpté. Il avait aimé cette expression de frayeur, puis sa joie lorsqu'il était apparu, lorsqu'il avait volé à son secours.

Et voilà que ce soir, une angoisse nouvelle s'insinuait en

lui, l'envahissait. Il ne parvenait plus à l'évoquer. En lui, restaient imprimés sa personnalité, son caractère, mais les traits de son visage lui revenaient comme diffus, comme si le temps peu à peu les estompait. Il avait beau faire des efforts, elle le fuyait, se diluait dans le néant.

Épuisé, il n'aperçut pas le regard étonné que lui lança Elena. De naissance noble, la jeune femme était capable elle aussi de capter les émotions et les sentiments. Recru de fatigue sans doute et habitué à sa présence, Dorian ne lui avait opposé aucun écran mental.

Le flot de tendresse l'avait cueillie, caressée avec chaleur, jusqu'à ce qu'elle comprenne qu'il ne lui était pas destiné. Un sursaut de jalousie la gagna, puis s'estompa derrière une surprise encore plus grande lorsque, dans un éclair de lucidité, elle lut dans l'esprit de Dorian. L'objet de ses pensées était clair, limpide, effroyable de beauté et de vérité. Elle douta un instant de ce qu'elle avait découvert, la fatigue du jeune homme avait altéré toutes ses défenses. Elle s'approcha de lui comme si elle le voyait pour la première fois.

— Mais, seigneur, Isabelle est votre sœur !

Il reçut comme un coup de fouet. Il comprit trop tard qu'il avait trop laissé parler son esprit.

— Elle est ma jumelle, Elena.

— Non !

— Comment non ?

— Pour vous, elle est plus que cela ! Elle seule compte pour vous !

Il ne sut comment réagir devant les larmes qui coulaient soudain sur les joues de la jeune femme.

— Elena, tu n'as aucune raison d'être jalouse. C'est toi qui es ma femme.

— NON !

Elle se jeta contre lui, enfouissant son visage dans son cou, noyant son chagrin dans les épaisses boucles noires de Dorian.

— Vous ne m'aimez pas comme vous l'aimez elle !

Il la serra avec force. À cet instant, il découvrit combien elle avait pris d'importance pour lui. S'il n'avait pas eu le cœur rongé par cette passion brûlante et incestueuse, comme il l'eût aimée, sa petite princesse des brumes du Nord.

Tendrement, il caressa sa longue chevelure brune, humide encore de la chaleur des marais. Elle ne se plaignait jamais des contraintes exténuantes de l'aventure. Elle supportait tout sans broncher, héroïquement. Que pouvait-il faire contre l'inévitable ? Ses sentiments, le combat violent qui se livrait en lui, mis à nu par la fatigue et les épreuves du jour, ses émotions, tout se fit transparent comme du cristal de roche.

Il sentait le léger attouchement mental d'Elena. C'était comme des mains irréelles qui effleuraient délicatement son esprit, timidement, un peu comme on hésite à toucher un objet interdit et sacré, des mains avides de vérité, d'une vérité infernale qui éclatait comme une tache de sang. Quel démon incompréhensible lui interdisait de se fermer, de protéger son terrible secret ? Sans doute, Elena avait le droit de savoir. Elle releva vers lui des yeux trempés de larmes.

— Comment est-ce possible, seigneur ? Isabelle est votre sœur. Vous... vous n'avez pas le droit de l'aimer ainsi.

Il baissa la tête.

— Le droit, non ! Mais on ne choisit pas ses sentiments. On ne peut que les dominer. Une force irrésistible me pousse vers elle, la seule que je ne pourrai jamais vaincre.

Elle lui prit le visage entre les mains.

— Comme vous devez souffrir !

Il la repoussa avec brusquerie.

— Ah non ! Ça, jamais ! Je refuse que tu aies pitié de moi !

— Pardonnez-moi, seigneur ! Vous avez agi courageusement en tentant de tromper le destin. Vous vous êtes forcé à m'épouser, mais on ne peut aller contre le sort. Tôt ou tard, il prend sa revanche. Vous aimerez toujours votre sœur. Elle est en vous. Elle fait partie de vous.

Toute jalousie avait disparu de son esprit, une peine immense lui avait fait place. Sa douceur, sa réaction indulgente émurent Dorian. Peut-être avait-il droit, lui aussi, à un peu de faiblesse ? Mais Elena existait. Elle était à ses côtés, partageait son épreuve avec courage. Elle l'aimait. Elle supportait tout pour lui. Et voilà qu'il venait de l'éveiller de ses rêves, de son amour. Il la regarda avec tendresse, puis, décontenancé, il enfouit sa tête entre les seins tièdes de la jeune femme, comme un enfant qui cherche refuge.

— Pourquoi ? Pourquoi ?

Il ne savait pas réellement quelle question il se posait.

— Je n'aurais jamais dû t'entraîner dans cette aventure, ma petite Elena.

Il ne parlait pas de leur expédition médhellenienne.

— N'ayez aucun remords, seigneur Arnaud. J'étais libre d'accepter ou de refuser.

— Mes pauvres compagnons, gémit-il, tous ceux que j'emmène toujours plus loin dans ma folie, tous ceux qui ont trouvé la mort dans cette expédition hasardeuse. Ai-je le droit de le faire ?

Elle le serra contre lui.

— Taisez-vous ! Tais-toi ! Tu n'as pas le droit de douter de ce que tu fais. Ils t'ont suivi de leur plein gré. Ils avaient mesuré les risques qu'ils prenaient. Ils n'ont pas démérité de la chevalerie. Ils ont en toi une confiance aveugle, une confiance méritée. Ne laisse pas la fatigue égarer ton esprit.

Il soupira.

— La fatigue ? Ils sont morts, Elena... et combien d'entre eux vont encore mourir avant Al Khandarya ? Et là-bas, dans les combats que nous allons livrer ?

— Ils ont choisi, Arnaud.

— Elena, ne m'abandonne pas. J'ai besoin de toi !

— Je suis là.

Pour la première fois, depuis des siècles sans doute, une femme le protégeait, le caressait.

Curieusement, Elena découvrit un sentiment nouveau, insolite. Jamais elle n'avait pu déceler derrière la cuirasse de ce mari qui, chaque jour, l'éblouissait un peu plus, le moindre défaut, la moindre faiblesse. On l'admirait, on le vénérait, on le suivait sans hésitation, malgré son jeune âge, parce qu'il possédait toutes les qualités d'un chef, d'un meneur de peuples. Elle comprenait aujourd'hui qu'il était aussi un homme, sujet au doute, au découragement et qu'il était victime d'un secret inavouable, cette passion incompréhensible et coupable qu'il portait à cette sœur jumelle dont elle-même ne conservait qu'un vague souvenir. En elle s'éveilla peu à peu un sentiment nouveau coloré de tendresse maternelle. C'était plus d'une mère que d'une épouse dont il avait besoin ce soir. Ce sentiment étrange l'imprégna d'une joie nouvelle, d'une confiance en l'avenir. Ils réussiraient. Ils vaincraient la jungle. La vie triompherait et elle porterait un enfant de lui.

Elle venait de découvrir une nouvelle dimension à son rôle d'épouse.

CHAPITRE XIV

Dorian et les siens pensaient avoir connu le véritable enfer en traversant les marais de Londobakos, mais ceux-ci n'offraient rien de comparable avec la jungle délirante de Karinatos. Achil ne mentait pas lorsqu'il affirmait qu'ils se trouvaient sur un énorme volcan envahi par les boues. Les landes marécageuses se succédaient, parfois sur plusieurs niveaux communiquant entre eux. En certains endroits, des cascades bouillonnantes dévalaient des éboulis de rochers. Des vallées infernales s'ouvraient derrière des rideaux de vapeurs suffocantes, la température atteignait la limite du supportable. Un guerrier vikéen périt en quelques instants, cuit dans son sharack pour avoir trébuché dans une mare de boue en ébullition. La nuit n'apportait pas la fraîcheur escomptée, car la chaleur ne venait pas du soleil hivernal, mais des entrailles de la terre.

Ils assistèrent, muets de stupeur, à un combat titanesque opposant un djark à un crocodile mutant qui devait dépasser les quinze mètres de long. Pour une fois, un djark leur rendit service, bien involontairement, en les débarrassant du reptile.

Ici, la nature avait donné la démesure de sa folie. Il y régnait le chaos le plus absolu, le plus effarant. Les montagnes aux crêtes déchiquetées qui s'élevaient par endroits semblaient brisées, bouleversées par une charrue gigantesque. De leurs failles-blessures jaillissaient des torrents limoneux et bouillonnants qui s'écoulaient comme une bave monstrueuse jusque dans des lacs sur lesquels stagnaient des vapeurs méphitiques. Partout s'infiltrait une vie grouillante, fourmillante, hurlante, d'insectes, de larves gigotantes, de serpents, de mollusques, de crustacés aux couleurs chatoyantes. Plantes et arbres s'enchevêtraient dans un fouillis inextricable où les hommes n'avaient pas leur place. À d'autres endroits, des ravines entières cuisaient sous une montée soudaine des boues profondes et brûlantes. Quelques jours plus tard, la vie replongeait ses racines au milieu de l'enfer.

Pourtant, malgré l'hostilité de la nature, les attaques incessantes des djarks, les assauts furieux des sokongas, le harcèlement étouffant des insectes, ils avançaient, traversant les mornes étendues aux brumes suffocantes, taillant une route incertaine à coups de sabre et de dayal, franchissant montagnes de rocailles et vallons bouillonnants.

Cependant, un ennemi bien plus dangereux les guettait, qui faillit bien les engloutir tous.

Un soir, Dorian trouva deux de ses hommes pliés en

deux, vomissant, suant abondamment, gémissant comme des femmes sur le point d'accoucher. Daneel, écuyer d'Odios et Khaled, son dernier Ismalasien. Tous deux n'étaient certes pas des mauviettes. Leur visage était marqué de plaques rougeâtres et boursouflées qui les défiguraient atrocement.

— Le krankett ! balbutia Ghaldir. Dieux de bienveillance, protégez-nous !

Une sueur froide coula dans le dos de Dorian. Elena s'était plainte de douleurs dans le ventre aujourd'hui ainsi que Vaïna. Selon l'aveu de Sylvain.

— Que faut-il faire ?

— Il n'y a rien à faire, seigneur ! Le krankett est une maladie extrêmement contagieuse. Il faut abandonner ces deux hommes.

— Jamais ! Arnaud de Gwondaleya n'abandonnera pas ainsi deux des siens à une mort certaine.

— Il le faut, seigneur ! Voulez-vous voir toute votre armée décimée ?

Heureusement, l'alerte fut de courte durée. Un secours inattendu leur vint en la personne d'Achil, le conteur qui examina attentivement les malades. Il fit une grimace, puis déclara :

— Je crois connaître cette maladie, seigneur ! Si les dieux le permettent, nous la vaincrons. Des indigènes d'un pays semblable à celui-ci, en Malivolta, m'ont appris à combattre la plupart des maladies de la jungle.

Tout en parlant, il sortit de sa besace des sachets et des fioles ainsi qu'une aiguille à injection semblable à celle utilisée par les médamanes. Dorian n'en crut pas ses yeux. Le conteur expliqua :

— Chaque lieu donnant asile à un poison recèle généralement son antidote. C'est une loi de la nature que de conserver partout l'équilibre. Je pense que les racines de nunjals feront l'affaire. Pouvez-vous m'en ramasser et les faire fondre dans une marmite ?

Tandis qu'Achil pratiquait aux deux hommes des injections d'un produit jaunâtre contenu dans une de ses mystérieuses fioles, Dorian et les autres se mirent en quête de racines de nunjals. C'était une sorte de liane parasite aux petites fleurs de couleur bleue. Après un travail de titans, dix cadavres de sokongas audacieuses, et une cheville foulée pour Odios, ils parvinrent à en extraire une bonne dizaine de mètres. Achil les fit fondre dans une marmite, filtra le jus noirâtre obtenu, ajouta quelques feuilles de mahahi, puis laissa bouillonner encore pendant trois heures avant de refiltrer. Il obtint enfin une décoction infecte qu'il fit avaler à chacun y compris lui-même.

Les résultats ne se firent pas attendre. Une demi-heure après, la totalité de la troupe vomissait ses tripes à qui mieux mieux.

— Parfait, parfait, disait Achil à Dorian, les yeux rouges et remplis de larmes.

— Parfait ? éructa le jeune homme. Quel mauvais poison nous as-tu fait ingurgiter là, conteur de malheur ? Nous allons tous mourir.

— Non pas, seigneur ! Cette tisane va chercher le mal qui est en nous, à plus ou moins forte dose. Elle l'emprisonne et le ramène avec elle.

Ils revinrent vers les deux soldats. Ceux-ci dormaient paisiblement. Leurs plaques avaient notablement diminué et leurs respirations se faisaient plus régulières. Ils semblaient ne plus souffrir.

— Regardez, seigneur ! Demain, ils seront capables de tenir en selle. Eux aussi devront prendre de cette potion lorsqu'ils seront suffisamment remis pour la supporter. À présent, donnez l'ordre de dormir. Aucune nourriture pour ce soir.

C'était un ordre inutile. Personne n'aurait eu l'idée saugrenue de rajouter des compagnons à l'hydre gigotante qui avait pris possession de leur estomac. Courageuses, les trois femmes ne disaient rien, donnant un magnifique exemple de dignité. Pendant ce temps, Dorian et Dracchus se traînaient lamentablement, décidés à effectuer malgré tout leur tournée d'inspection. Ghaldir, le visage terreux, glissa à Dorian :

— Cet homme, votre conteur, est un grand magicien. Personne ne connaît le remède contre le krankett. Nous avions pourtant un médamane parmi nous. Il en est mort. Cet Achil est un génie ou un démon.

Il devenait de plus en plus difficile de croire qu'ailleurs existait un monde riant et accueillant, des plaines sans limite couvertes d'herbe tendre, des forêts emplies d'arbres à l'écorce sèche et parfumée, aux senteurs de résine, des rivières où coulait une eau limpide.

Ils avaient l'impression que le cloaque démentiel s'était refermé sur eux pour toujours. En réalité, ils n'avaient quitté Goelstova que depuis trois semaines, mais Dorian regrettait de s'être lancé dans cette aventure insensée. Une vingtaine d'hommes y avaient déjà perdu la vie et presque autant de chevaux. Aussi, lorsqu'un matin le panorama changea comme par enchantement, chacun se frotta les yeux, imaginant une quelconque malice d'un génie malveillant. Par un capricieux miracle des vents circulaires, les brumes qui noyaient les horizons se dissipèrent, découvrant, au milieu d'une étendue d'eau d'un bleu profond, une île étrange, dont les fondations venaient se perdre dans un lit de brouillard. Une île d'enchantement, posée au-dessus des marais. Le soleil naissant la parait d'or et de lumières rosées. Des collines escarpées étincelaient, couvertes de forêts de rêve où l'on devinait, très loin, comme la tache blanche d'une cité.

— L'île des déesses ! murmura Ghaldir, en proie à une vive émotion.

— Ainsi, elle existait réellement, cette île, bredouilla Dracchus. Il était difficile d'y croire, même en l'ayant sous les yeux. Comment était-il possible qu'un rivage aussi merveilleux pût prendre racines au cœur d'un tel chaos ? Fallait-il chercher une explication aux caprices invraisemblables de la Médhellenie ?

Ils ne furent pas longs à repérer, vers le sud, une langue de terre qui reliait l'île aux terres marécageuses. Un hurlement d'enthousiasme gonfla toutes les poitrines, jaillissant comme un tonnerre dans la lumière éblouissante du matin.

La vue d'une étendue d'eau claire où il ferait bon se jeter à corps perdu envahit les esprits. Au mépris de toute prudence, quelques cavaliers éperonnèrent leurs montures et foncèrent à bride abattue vers les flots calmes qui caressaient la plage, face à l'île divine.

— Non ! hurla soudain Ghaldir.

La raison de sa frayeur parvint instantanément à Dorian : les crills.

Il éperonna Aram, se lança à la poursuite des imprudents qui, à peine parvenus au bord de l'eau, ne prirent pas le temps de se défaire de leurs vêtements et se précipitèrent dans l'eau en hurlant de joie.

Dorian n'eut que le temps de leur ordonner de remonter. Surpris, ils obéirent. L'un d'entre eux hésita, ne comprenant pas la raison de la colère subite de leur seigneur. Il ne se posa pas longtemps la question. Autour de lui, l'eau se mit à bouillonner et il vit avec terreur une masse noire et grouillante converger vers lui. Il hurla et remonta aussi vite qu'il put, sentant en quelques secondes sa peau s'ouvrir en plusieurs endroits. Lorsqu'il parvint à terre, les autres restèrent pétrifiés. Une multitude de vers noirs et gluants s'agrippaient à lui sur toute la surface de ses vêtements. Quelques guerriers réagirent avec promptitude et se mirent en devoir de lui arracher veste, bottes et le reste. L'homme en fut quitte pour la peur et quelques blessures peu profondes.

Douchés par l'incident, les guerriers se calmèrent et se rangèrent derrière leurs capitaines sans broncher. Ainsi était la Médhellenie. La beauté la plus attirante pouvait dissimuler la mort la plus horrible.

Dorian fit venir Ghaldir.

— À présent, je suis bien obligé de croire que tu ne m'as pas menti. Encore que je n'aie vu aucune déesse jusqu'à présent. Si déesses il y a, comment vont-elles nous accueillir ?

— Comme des déesses, seigneur ! Il y a quarante ans, elles ont été surprises de nous voir, mais elles nous ont soignés, nourris, logés. L'île est grande, on n'en voit d'ici qu'une petite partie. Elles ont accepté de céder une vallée méridionale aux nôtres.

Dorian fit une moue sceptique.

Pourtant, était-ce à cause de cette écharpe de brume qui ceinturait la base de l'île, l'isolant, comme la protégeant des miasmes des marais, un sentiment étrange l'envahit comme ils approchaient de la langue de terre ? Si des êtres humains vivaient dans ce lieu énigmatique, se pouvait-il qu'ils soient semblables à eux ? Il refusait de croire à cette légende de déesses immortelles.

Cependant, il resta frappé d'étonnement lorsque, abordant les rivages de l'île, il découvrit une petite troupe de cavalières qui leur barraient le chemin.

Elles n'étaient que quatre, nullement effrayées, vaguement amusées et surtout curieuses. Ghaldir n'avait pas menti au sujet de leur beauté. Le climat humide et chaud qui régnait dans les marais les dispensait de tout vêtement superflu. Chacune ne portait qu'une jupe courte retenue par une ceinture dorée. L'une d'elles était coiffée d'un diadème, mais là s'arrêtait leur vêture. Le soleil jouait sur leurs peaux brunies, dessinant leurs poitrines fières et leurs formes parfaites. Une brise légère gonflait leurs chevelures abondantes, étonnamment claires. Elles ne ressemblaient ni à des Médhelleniennes, ni à des Folmanes. En fait, elles ne rappelaient à Dorian aucune peuplade connue. Les silhouettes gracieuses exercèrent rapidement un effet chaleureux sur les guerriers, sevrés de femmes depuis plusieurs semaines, exactement depuis Yphrisios. Une onde d'envie coula vers elles, impalpable, violente, impérieuse.

Elles remarquèrent les sourires, les yeux fiévreux, mais cela ne les impressionna pas outre mesure.

Le regard de Dorian se porta à la ceinture de la femme au diadème. Il comprit pourquoi elles ne semblaient pas les redouter, malgré leur aspect effrayant et leur nombre. Chacune portait une arme équivalente à celle qu'il avait découverte à Syrdahar, dans les ruines de la lande Konvern.

CHAPITRE XV

Avant qu'il ait pu réagir, Dorian vit Ghaldir sauter à bas de sa monture et clopiner au-devant des cavalières.

— Ô nobles dames, déesses immortelles et sacrées, je vous supplie de bien vouloir accorder votre hospitalité au pauvre humain que je suis, à moi ainsi qu'à mes compagnons !

— Qui es-tu ? demanda la femme au diadème, en ankos.

— Je suis Ghaldir le dramas qui vous visita voici plus de quarante années. Vous souvenez-vous de moi ?

C'était peu probable. La fille devait tout au plus avoir trente ans. Pourtant, Dorian, incrédule, l'entendit répondre :

— Je me souviens en effet de ces fous admirables qui avaient oser braver les marais pour parvenir jusqu'à nous. Je me rappelle vaguement ton regard. Mais tu étais beaucoup plus jeune alors.

— J'avais vingt-deux ans, madame. Je ne suis qu'un pauvre mortel. Jamais je n'ai oublié votre radieux visage, reine Nyra, vos yeux si purs et si bons. Je n'ai vécu que dans l'espoir de revenir finir mes jours ici, à Fomalhaut, parmi mes compagnons, pour avoir le plaisir incomparable de vivre dans la lumière que vous répandez autour de vous, majesté.

— Nyra ! Tu te souviens même de mon nom, répondit-elle en écho.

La « jeune » femme sourit.

— Mais qui sont tes compagnons, si bien armés ?

Dorian s'avança.

— Je me nomme Arnaud, comte de Gwondaleya, majesté. Et voici mon compagnon Dracchus de Vik, Sylvain et Odios, mes frères d'armes, le chevalier Leïro d'Ursaleya et mon épouse, la comtesse Elena.

La femme le détailla longuement avant de répondre.

Il tenta de la sonder, sans pour autant y parvenir.

Elle savait fermer son esprit.

Elle éclata d'un rire clair et demanda :

— Pourquoi êtes-vous venus si nombreux et si bien armés ? Entrerait-il dans vos intentions de nous envahir ?

— Non pas, madame. Je sollicite seulement l'hospitalité pour un ou deux jours, le temps de permettre aux miens de se reposer un peu. Nous avons choisi d'affronter les marais après que notre navire, endommagé par un raz de marée, nous eut déposés à Goelstova.

— Goelstova ? En effet, c'était le seul moyen de quitter cette île, mais un moyen dangereux.

Il tenta à nouveau de percer le sourire énigmatique et moqueur, sans succès. Elle s'approcha de lui et dit doucement :

— N'essayez pas de sonder nos âmes, comte Arnaud ! N'oubliez pas que nous sommes... des déesses !

Ses yeux d'un bleu azuréen rappelaient un peu ceux de Solyane. Il émanait d'elle une sensualité troublante, inquiétante, mais irrésistible. Son rire léger éclata à nouveau.

— J'accepte de vous accueillir, comte Arnaud, et de recueillir ce pauvre bougre qui a bravé tant de dangers pour nous retrouver. J'aimerais cependant savoir pourquoi vous-même semblez si pressé de nous quitter.

— Deux seigneurs maudits ont enlevé ma sœur, madame. Je suis à leur poursuite.

— Enlevée ? Mais c'est odieux ! Un tel crime doit être puni.

Visiblement, l'affaire ne la passionnait pas.

Par contre, elle trouvait Dorian à son goût et vint se placer à ses côtés, sans se soucier d'Elena.

— Venez, seigneur Arnaud. Je vais vous faire découvrir Fomalhaut.

L'île des déesses méritait son nom. Par quel miracle une telle beauté avait-elle pu éclore au milieu du marasme environnant ? Cela restait un mystère. Dorian chercha Achil des yeux, mais ne put le trouver. Contrairement à son habitude, il s'était éloigné. Il déplora son absence. Peut-être son savoir étrange aurait-il pu expliquer cette île fantastique. La végétation infernale des marais avait totalement disparu. Les forêts étaient constituées d'arbres véritables, gigantesques. Des arbres qui n'avaient rien à voir avec les filandreux arbres pieuvres. Des pins aux senteurs résinées côtoyaient des eucalyptus aux effluves puissants, des lauriers couverts de fleurs, des peupliers sagement ordonnés, des palmiers, des chênes kermès. À la réflexion, la perfection inexplicable de l'île avait un caractère inhabituel, comme artificiel. Les déesses avaient visiblement marqué l'endroit de leur sceau.

Elles l'avaient transformé. Comment expliquer autrement ces buissons fleuris qui bordaient la piste, ces sous-bois abritant de petites mares argentées couvertes de nénuphars et de roseaux ? Ailleurs c'était une source qui cascadait des hauteurs d'une falaise proche, un ruisseau qui murmurait sous un tunnel de feuillage. De petits animaux pointaient leurs museaux intrigués sous les pierres ou dans les branches. Écureuils, polatouches bondissants dans leur cape de fourrure, loirs furtifs, marmottes discrètes, gerboises effrayées. Des renards inquiets apparaissaient au creux des ravines, des chevreuils, des chats somptueux et hautains qui observaient le défilé, confortablement allongés sur des murets de pierre tendre dont l'ordonnance soulignait l'harmonie de la forêt.

Burdaroma ! L'île rappelait ses jardins suspendus. Elle avait été remodelée par la main de ces femmes qui l'avaient transformée en paradis. Chaque détail visait à satisfaire l'esthétique, chaque décor constituait un hymne à la beauté. De partout surgissaient des femmes, montées à cru sur de magnifiques chevaux aux crinières folles. Certaines portaient des pagnes courts, parfois des tuniques larges ouvertes sur les côtés. Quant aux plus jeunes, elles ne portaient strictement rien, mais cela n'avait pas l'air de les gêner outre mesure.

La nudité était chose courante à Gwondaleya, à Burdaroma ou ailleurs. Les amanes axaient la religion sur l'amour, prônaient les couples qui donnaient naissance à de nombreux enfants. Ils glorifiaient volontiers la beauté du corps humain. Le spectacle de femmes et d'hommes nus n'était pas rare sur les rives du Danov, lorsque l'été était chaud.

Mais ici, au cœur de l'enfer, ces beautés pratiquement nues étaient inconcevables. Car chacune des déesses était belle. Chacune retenait l'attention. Rien ne pouvait expliquer leur présence sur cette île. Comment étaient-elles arrivées ? D'où venait leur « immortalité » ? Autant de questions qui plongeaient Dorian dans la perplexité, sans pour autant effleurer ses guerriers. La face hilare et la plaisanterie aux lèvres, ils se désignaient les plus désirables des demoiselles. De leur côté, les femmes semblaient faire leur choix. Dorian jetait fréquemment derrière lui des coups d'œil inquiets. Aucun des soldats ne pouvait connaître la puissance des armes fomalhiennes.

Elena, Vaïna et Alvina ne disaient mot, visiblement stupéfaites. La piste quitta les terres basses, s'éleva, franchit deux vallons couverts de fleurs aux teintes pastel, une petite vallée cultivée. Enfin, au sommet d'un col, la cité apparut, comme un diamant dans son écrin de verdure.

Une multitude de petites bâtisses construites dans un matériau d'un blanc translucide s'organisait en étoile autour d'un palais central. Celui-ci, semblable à un anneau incomplet, s'ornait d'un petit parc qui prenait ses racines à l'intérieur d'un patio pour venir s'enrouler autour de la construction. Une merveille d'harmonie et de couleurs.

— Voici Fomalhaut, seigneur Arnaud !

— Par tous les dieux, murmura-t-il, je n'ai jamais rien vu d'aussi séduisant.

Il ne mentait pas. On ne retrouvait pas ici le faste somptueux de Burdaroma, ni la chaleur des vieilles pierres de Gwondaleya, mais chaque demeure possédait son architecture propre, personnelle, l'empreinte d'une féminité. Les lignes pures et déliées, dépouillées de toute agressivité, épousaient étroitement les caprices et les formes de la nature environnante. Elles n'en interrompaient pas le charme, s'intégrant au contraire merveilleusement au paysage. Des fontaines agrémentaient des petites places aux dalles de mosaïques multicolores. Des colonnes torsadées, des cariatides aux visages reposants soutenaient les toits de tuiles rosés ou pourpres, des chemins dallés menaient vers l'intérieur des demeures.

Cet étrange paradis était conçu par des femmes, pour des femmes.

— Mon nom est Nyra, dit doucement la reine en posant une main délicate sur le bras de Dorian.

Il sourit en réponse, mais un malaise vague s'insinuait en lui. Ni homme ni enfant ne hantaient les rues. Pas même des petites filles. Il se demanda comment elles se reproduisaient, si elles se reproduisaient. Après tout, peut-être Ghaldir avait-il raison. Peut-être ces femmes étaient-elles des déesses. Un frisson glacé lui courut le long de l'échine.

Quel âge pouvait avoir Nyra ? Tout amenait à penser qu'elle avait déjà accueilli l'expédition précédente, près de quarante années auparavant. Ghaldir l'avait reconnue. Le vieux dramas pouvait passer pour un original, mais il avait toute sa raison. Pour achever de le dérouter, le vieil homme saluait en les nommant plusieurs Fomalhiennes dont il semblait parfaitement se souvenir. Certaines d'entre elles ne pouvaient pas avoir plus de vingt ans.

— Seerah, Wonia, Eglée, Aurope, Iona, Mady...

Pas une d'entre elles ne portait les marques du temps. Par tous les dieux, qu'elles étaient belles ! Lui ne semblait pas s'étonner. C'étaient des déesses. Pourtant, un autre élément aurait dû l'intriguer. Dorian le prit à part.

— Tu m'as bien dit qu'une cinquantaine d'entre vous étaient restés ici ? Il y avait des hommes parmi eux. Des enfants ! Où sont-ils à présent ?

Le vieux dramas, comme éveillé d'un rêve, bafouilla :

— Mais... je ne sais pas. Peut-être ont-ils construit une autre cité, plus loin ?

Il écarquilla les yeux.

— Seigneur ! Vous ne pouvez pas penser que les déesses les ont... tués ?

— Je ne pense rien. Je trouve étrange qu'aucun d'entre eux ou de leurs descendants ne soit là pour nous accueillir.

Par prudence, il intima à ses guerriers de se tenir réservés vis-à-vis des Fomalhiennes. Puis il se décida à jouer le tout pour le tout et revint vers Nyra.

— Dites-moi, majesté. Existe-t-il une autre cité dans l'île ?

Elle le regarda, étonnée.

— Non, Arnaud ! Nous vivons toutes ici. Pourquoi cette question ?

— Mon compagnon Ghaldir a quitté Fomalhaut voici près de quarante ans, laissant derrière lui quelques dizaines d'hommes et de femmes. Ni eux ni leurs descendants ne sont là aujourd'hui.

Elle se renfrogna quelque peu.

— Beau chevalier, vous apprendrez qu'on ne pose pas de question à une déesse.

— Parce que vous êtes réellement une déesse ?

Elle cessa tout à fait de sourire.

— Je ne vous permets pas d'en douter. Sachez que je peux vous réduire en cendres avant que vous n'ayez eu le temps de faire le moindre geste. Chacune d'entre nous possède le pouvoir d'anéantir votre armée à elle seule.

Dorian sourit.

— Je vous crois bien volontiers. Je connais les armes que vous portez à la ceinture. J'ai eu la même entre les mains il y a bien longtemps.

Soudain intriguée, elle arrêta son cheval et plongea un regard sévère dans le sien.

— Ces armes ? Vous savez que ce sont des armes ?

— Oui ! Des armes détenant la puissance des dieux. Des armes capables de tirer des charges d'énergie pure.

Ainsi avait parlé Adelfius !

Brutalement, elle lui demanda :

— Qui vous envoie, seigneur Arnaud ? Qui êtes-vous réellement ?

Il ne répondit pas immédiatement. Il sut qu'il avait vu juste. Nyra et ses compagnes n'étaient pas des déesses, mais des femmes issues d'un monde étrange, n'ayant aucun rapport avec le sien. Un monde dont visiblement elles désiraient s'isoler.

— Je ne vous ai pas menti. Je suis le comte Arnaud de Gwondaleya. Du royaume de Burdaroma. Je ne sais qui vous êtes, ni à quoi vous devez votre immortalité, mais je ne vous veux aucun mal. Je ne sollicite que votre hospitalité et surtout la sécurité pour les miens. Je vous sais capables effectivement de nous anéantir en quelques instants et nous ne possédons aucune arme susceptible de vous inquiéter. Devant l'absence de tout représentant de l'expédition précédente, je suis inquiet pour les miens.

Nyra se détendit un peu.

— D'où connaissez-vous ces armes ?

— J'en ai découvert une semblable, dans une grotte ignorée de l'endroit où je vivais lorsque j'étais enfant. Un amane l'a remise en état. J'ai constaté sa puissance. Il me plairait d'en posséder une.

Ils se turent quelques instants, puis la reine déclara :

— Oubliez vos craintes, seigneur Arnaud. Nous ne sommes pas responsables de la disparition de ces malheureux. Nous n'avons pu les sauver de ce que vous appelez le krankett. Ils étaient trop profondément atteints. C'était sans espoir.

Elle lui adressa un sourire triste.

— Je vous assure que nous n'y sommes pour rien. L'île était assez grande pour les accueillir et ils nous auraient apporté une compagnie intéressante. Ghaldir est aujourd'hui le seul survivant de cette expédition. C'est pourquoi nous l'accepterons parmi nous, s'il désire rester.

— Je vous crois, Nyra. Mais ceci n'explique pas votre... immortalité. Nous autres, nobles, vivons plus longtemps que les humains normaux, les sapienniens ; nous sommes néanmoins sensibles aux atteintes de l'âge.

Elle sourit malicieusement.

— Ne cherchez pas à savoir, comte Arnaud. Ceci est... notre secret.

Il la regarda longuement. Elle ne paraissait pas trente ans. Une chaude sensualité émanait d'elle et elle le savait.

— Je vais faire préparer un terrain pour vos guerriers, murmura-t-elle. Si mes compagnes désirent lier connaissance avec vos amis, laissez-les faire. Quant à moi, je souhaiterais que vous acceptiez mon hospitalité ce soir.

— Mon épouse m'accompagne, majesté.

— Taisez-vous, vous allez dire des bêtises. C'est vous que j'invite. Vous seul ! Mais n'allez pas vous imaginer quoi que ce soit. J'ai seulement une très grande envie de bavarder avec vous.

CHAPITRE XVI

Le palais de Fomalhaut n'avait qu'un lointain rapport avec les constructions grandioses des mondes d'Ukralasia. C'était une petite demeure circulaire, lovée autour d'un bassin intérieur. Des lectrones immergées faisaient jouer d'étranges lumières sur la mosaïque aux teintes pastel de la margelle. Nul esclave, nul domesse ne sommeillait dans un coin, attendant les ordres de sa maîtresse. Dorian se demanda qui pouvait vaquer aux tâches ménagères. Il imaginait mal Nyra dans ce rôle.

Autour de la piscine centrale s'étoilaient les différentes pièces de la maison, s'ouvrant sur un couloir circulaire. De nombreuses cariatides soutenaient le toit bleu. Les matériaux achevèrent de dérouter Dorian. Les murs semblaient faits de lumière et non de marbre ou de granit. À l'intérieur, la toiture à l'aspect cristallin laissait entrer les derniers rayons du jour déclinant.

La disposition surprit Dorian. Les dimensions modestes contrastaient avec les salles vastes et hautes auxquelles il avait été habitué. De plus, certaines cloisons semblaient n'avoir aucune consistance. C'était comme des voiles semi-opaques, des tapisseries étranges représentant des scènes bucoliques, riantes, à l'érotisme subtil. On y voyait des hommes et des femmes nus y bavardant, leurs chairs dorées aux reflets de nacre tranchant sur les bleus et les verts tendres du décor. Un raffinement délicat se notait jusque dans le moindre détail. Lorsqu'il voulut caresser la trame fine de l'une d'elles, Dorian recula, comme s'il s'était brûlé. Sa main était passée à travers. Nyra, amusée, éclata de rire.

— Quelle sorcellerie est-ce là ?

Elle sourit en guise de réponse.

— Madame, m'expliquerez-vous ?

Elle fit alors courir ses doigts sur un étrange monolithe

translucide, parcouru de myriades de lumières scintillantes. Sans préambule, les tapisseries et les murs se diluèrent dans le néant, pour être remplacés par d'autres. Mal à l'aise, Dorian se retrouvait à présent au centre d'un paysage hallucinant. Sous un ciel d'un magnifique vert émeraude, teinté de sang vers l'horizon, les rayons de cuivre d'un mystérieux soleil géant découpaient les ombres longues du crépuscule et les bleus argentés d'une végétation inconnue. À faible distance se détachaient les taches écarlates de fleurs aux pétales mouvants comme des voiles. Au loin, dans une vallée, s'étendait une ville fantastique, blanche, lumineuse, comme vibrant d'un soleil intérieur. Stupéfait, le jeune homme constata qu'une brise légère agitait les fleurs et les feuilles proches, une brise qui vint le caresser délicatement.

— Je... je rêve, balbutia-t-il.

La reine vint le prendre par la main.

— Ce paysage vous convient-il, seigneur Arnaud ?

— Mais enfin, me direz-vous où je suis ?

— Cela a-t-il une si grande importance ?

Pour la première fois de sa vie, il doutait de sa raison. Il respira profondément en fermant les yeux, pour chasser la vision. Lorsqu'il les rouvrit, elle était toujours là. Le paysage fantastique l'encerclait complètement, venant s'intégrer jusqu'au sol sur lequel il se tenait. Il se dirigea lentement vers le monolithe et y posa la main. C'était de lui qu'émanait cette magie, mais rien ne se passa.

— Allons, beau prince, murmura Nyra, visiblement ravie, ne cherchez pas à percer les mystères divins.

— Je crois comprendre. Il n'obéit qu'à vous. Ce décor n'est qu'une illusion, rendue possible grâce à la... connaissance.

Elle hocha la tête, étonnée, mais ne répondit pas.

— Nyra, dites-moi ce que représente ce paysage.

Elle soupira.

— C'est une manie chez vous d'analyser tout ce que vous

voyez. Ne pouvez-vous en accepter la beauté, sans chercher à la comprendre ?

— La compréhension peut aider à aimer davantage, Nyra.

Elle sourit.

— Méfiez-vous ! Parfois, elle déçoit.

Elle contempla longuement le paysage insolite.

— Je ne sais pas exactement de quel lieu il s'agit. Certaines d'entre nous pensent qu'il s'agit d'un monde où auraient vécu ceux que vous appelez les dieux anciens. C'est peut-être vrai, mais nous ignorons tout d'eux.

Après avoir dirigé l'installation des siens dans une vallée proche, il s'était rendu seul à l'invitation de Nyra. Celle-ci le fascinait. Les Fomalhiennes possédaient la connaissance. Un savoir peut-être plus avancé que celui des amanes. Les armes, les lectrones dont certaines flottaient dans l'air sans support, les décors intangibles en étaient la preuve. Dorian refusait de croire à la nature divine des Fomalhiennes. Leur présence sur cette île était incompréhensible. Elles devaient venir de quelque part. D'où ? Qui étaient-elles en réalité ? Il les avait immédiatement soupçonnées d'avoir un rapport avec les dieux anciens. C'était surtout pour ces raisons qu'il avait accepté l'invitation de la reine. Celle-ci l'avait reçu sans protocole, en tête-à-tête. Elle avait revêtu une longue robe blanche, taillée dans une matière qui avait la consistance de la brume. Faite de deux pièces retenues aux épaules par des agrafes d'or, son drapé flou ne dissimulait rien de son corps fin et doré, de sa poitrine fière dont elle savait le pouvoir. Les lectrones flottantes paraient les plis évanescents des couleurs de l'arc-en-ciel, fontaines qui ruisselaient à chaque mouvement. Ses bras nus s'ornaient de bijoux d'or aux lignes pures, dont la forme primordiale était un serpent enroulé sur lui-même. Elle avait ôté son diadème pour laisser sa chevelure flotter sur ses épaules. De fines sandales aux lacets montant sur les mollets la chaussaient. Il émanait d'elle une séduction irrésistible. Sous son regard bleu et moqueur, il éprouva une forte envie de la prendre dans ses bras, mais une force mystérieuse le retenait encore. Visiblement, cette femme à la beauté troublante avait l'habitude d'être idolâtrée. Par qui ?

Elle savait parfaitement le pouvoir de chacun de ses gestes, l'effet de son parfum étrange. Il savait qu'il accepterait de faire l'amour avec elle. Il ne se faisait aucune illusion quant à la raison de son invitation. Il refusait cependant de tomber dans ses pièges.

S'amusant de son inquiétude, elle l'entraîna vers le paysage bleu, y pénétra sans hésitation et y disparut. Un instant, Dorian sentit son cœur lui remonter dans la gorge. Puis il l'aperçut, comme en filigrane, au-delà de la vision. Alors, il la suivit pour se retrouver dans un petit salon de style vaguement ismalasien. Une terrasse le bordait, depuis laquelle on devinait, au loin, la mer et les marais, par-delà un petit bosquet de pins parasols dont l'odeur résinée embaumait la pièce. Le paysage fantastique avait disparu. Il renonça à comprendre.

— Asseyez-vous, Arnaud !

Ils prirent place à même le sol dallé, sur des coussins épais et des peaux d'ours, autour d'une table basse en cuivre ciselé et martelé. Une fois de plus, il se demanda de quelle matière était faite sa robe vaporeuse qui laissait parfois apparaître la peau nue, puis venait se reformer comme un brouillard rampant.

— Voulez-vous boire quelque chose ?

— Volontiers !

Elle effleura une touche sur un monolithe identique à l'autre. Aussitôt apparut un personnage singulier. C'était un homme, vêtu d'une curieuse tenue de cuir fauve. Son allure semblait bizarre et son regard conservait une fixité inquiétante. On eût dit un mort en marche. Le malaise de Dorian s'accentua.

— Keran, apporte deux verres de vin d'askalys, avec leur accompagnement.

— Bien, maîtresse !

Lorsqu'il parla, sa voix résonna gravement.

— Ainsi, il y a donc des hommes à Fomalhaut, dit doucement Dorian.

Une idée terrible lui traversa l'esprit. Nyra ne projetait-elle pas de les transformer en esclaves, lui et les siens ? Il scruta l'esprit de l'homme. Rien ! Le néant absolu. Même un esclave spolié émettait des ondes cérébrales, semblables à celles d'un animal.

— Le vide, n'est-ce pas, beau chevalier télépathe ! sourit Nyra.

— Par tous les dieux, que lui avez-vous fait ?

Elle éclata de rire.

— Vous êtes charmant lorsque vous êtes étonné.

Il se renfrogna. Cette femme affichait un extrême cynisme.

— Soyez certaine que vous ne me transformerez pas de cette manière, Nyra !

Elle rit de plus belle.

— Rassurez-vous ! Keran n'est pas un homme, expliqua-t-elle. C'est une machine à forme humaine. Ce que nous appelons un androïde. Chacune d'entre nous en possède deux ou trois. Ils sont chargés de toutes les tâches domestiques ainsi que de l'entretien de la cité.

— Mais c'est impossible. On ne peut ainsi imiter l'homme.

— Ce que vous appelez la connaissance est capable de prodiges plus étonnants encore, seigneur Arnaud. Keran est suffisant pour les tâches que je lui assigne. On dit que nos ancêtres savaient fabriquer des androïdes si parfaits qu'on pouvait les prendre pour de véritables humains. Vos esclaves spoliés ne sont que leurs successeurs. Lorsque après le Chaos, les hommes eurent perdu le secret de la fabrication des androïdes, ils sont revenus à l'esclavage et vos amanes, grâce à la spoliation, ont pu faire de ces malheureux esclaves l'équivalent des androïdes de jadis.

— Mais d'où tenez-vous la connaissance ?

Il ne put poursuivre. L'androïde revenait, portant un plateau qu'il déposa sur la table de cuivre. Avec des gestes précis, à peine mécaniques, il servit le vin d'askalys dans des gobelets de cristal, puis se retira. Nyra prit un verre et le tendit à Dorian.

— Ce vin est tiré d'un arbuste qu'on ne trouve qu'ici, à Fomalhaut.

Elle prit le second verre. Dorian hésita à boire. S'apercevant de son manège, Nyra lui reprit le gobelet, but une gorgée et le lui rendit.

— Toujours aussi méfiant, beau chevalier ! Je vous pardonne car je comprends vos scrupules.

Il ne répondit pas et huma le liquide aux reflets bleutés. Une odeur riche lui emplit les narines, un parfum capiteux, fruité, enivrant. Il se décida à boire. Sucré, légèrement amer, le vin d'askalys se teintait d'une lourde volupté, un souvenir de coriandre qui échauffait étrangement le corps. Il devait être un tant soit peu aphrodisiaque, car une onde de désir lui coula douloureusement le long des reins. Nyra battit des paupières et s'étira comme une chatte satisfaite. Était-ce dans ses habitudes de s'offrir ainsi au premier homme qu'elle rencontrait ? Mais il n'y avait pas d'hommes à Fomalhaut. Rien que des machines. Alors ? Légèrement enivré par l'askalys, il lutta pour conserver à leur tête-à-tête un semblant de décence que démentait la poitrine largement dévoilée par la robe nuageuse de la reine.

— Majesté, j'aurais aimé avoir quelques informations sur l'ancien monde, ce monde d'où est issue la connaissance.

Elle soupira.

— Et vous pensez que le moment est bien choisi pour ça ? Oh, Arnaud, pourquoi remuer ce passé depuis longtemps recouvert par le sable ?

Elle le regarda droit dans les yeux.

— Vous avez deviné que nous n'étions pas des déesses et cela vous emplit d'orgueil.

Elle semblait presque en colère.

— J'aime comprendre, Nyra. N'oubliez pas que je suis responsable de quelques centaines de personnes.

— Cela vous oblige-t-il à renier la beauté et la poésie ? Regardez autour de vous ! J'ai à peine réussi à vous éblouir.

— Vous m'avez étonné, Nyra.

— Et inquiété aussi. Ceci est ma faute. Je vous ai sous-estimé. Puisque vous désirez la vérité, la voici. C'est vrai, nous possédons la connaissance. Mes compagnes et moi avons fui un monde hostile où nous étions considérées comme moins que des esclaves. Nous avons emporté avec nous presque tout le savoir de ce que vous appelez l'ancien monde, le secret de l'immortalité, les hologrammes, le savoir, tout... et nous avons découvert cette île paradisiaque. Enfin, nous l'avons transformée en paradis. Voilà ! Êtes-vous satisfait ?

Il baissa la tête.

— Je ne crois pas. J'ai l'impression... d'avoir brisé un rêve. Mais toutes ces illusions...

— Ces paysages que vous avez cru voir et qui n'existent pas ? Y a-t-il une grande différence entre la réalité et la façon dont nous la percevons, Arnaud ? À votre avis, quelle est la plus importante ? La réalité ou la fiction ? La réalité n'est-elle pas elle-même une fiction dans laquelle nous ne serions que des personnages, pour un dieu quelconque qui tirerait les ficelles de notre existence ? Nous ne voyons jamais la réalité totale, dans son essence même. Nous n'en percevons qu'une infime partie, déformée par nos sens. Nous l'appréhendons avec notre cœur, avec nos entrailles, avec notre petite existence. Depuis longtemps nous avons compris que la vie était belle, que seuls la beauté, le plaisir comptaient, c'est ainsi que nous vivons. Nous vivons... seulement cela !

Un silence les sépara. Puis il dit :

— Pourquoi n'y a-t-il aucun homme à Fomalhaut ?

— Nous ne pouvions plus les supporter. Si vous voulez

le savoir, c'est pour fuir leur tyrannie que nous avons quitté leur cité.

Elle le regarda sévèrement.

— Mais vous, vous ne vivez pas ? Vous êtes vraiment curieux. Je vous imaginais plus distrayant.

Il soupira à son tour.

— Pardonnez-moi, Nyra. J'aime résoudre les mystères. L'inconnu m'attire.

— Si vous percez tous les mystères de l'inconnu, alors il perdra tout son charme.

— Sans doute avez-vous raison. Alors ne tentez pas de comprendre.

— Mais ? Que faites-vous ?

Avec une pensée émue pour Elena, il enlaça Nyra et l'attira contre lui. Elle avait voulu se divertir un peu à ses dépens. Il était temps d'inverser les rôles.

— Rien, madame. Voyez, je ne vous touche pas.

Ses mains restaient effectivement bien sagement posées sur les épaules et autour de la taille de la jeune femme. Il fit cependant naître par impulsion cérébrale des ondes caressantes qui couraient sous les vêtements de Nyra, des vagues de chaleur délicates qui s'arrêtaient aux endroits les plus secrets, suscitant des élans de désir : la reine gémit.

— Voyez ! Je possède moi aussi certaines connaissances.

Il posa sa bouche sur les lèvres offertes. Elles s'ouvrirent sans hésitation. Elle se tendit comme un arc. Était-ce l'effet du vin d'askalys, de l'atmosphère envoûtante du petit palais, du fluide mystérieux qui flottait dans l'air ? Il ne comprit guère ce qui se passa ensuite. Une marée sauvage s'empara de lui et il se découvrit nu, contre le corps nu de la reine. Sa robe avait disparu comme par enchantement. Les rayons rouges du soleil déclinant faisaient naître sur leurs peaux sombres et luisantes des jeux d'ombre et de lumière, brillant de la fine sueur née de l'acte d'amour. Deux statues mouvantes, de satin, de muscles et de nuit roulèrent sur les fourrures épaisses, au milieu des tentures diaphanes. La crinière léonienne de l'homme se fondit dans la chevelure d'or ruisselant de la femme. De leur union naquit une fleur, une fleur hallucinante balancée par un rythme lent et majestueux, une fleur aux pétales de chair et de sang, offerte au vent impérieux de l'amour. Lorsque enfin elle se délia, le soleil avait sombré derrière l'horizon fuligineux. Seules quelques lueurs mauves rappelaient encore sa présence, bien au-delà de la mer. Une brise légère entra, mêlant à la moiteur du salon les odeurs fraîches et enivrantes de la nuit. Aux appels des oiseaux nocturnes, Nyra frissonna et se blottit contre Dorian.

— Fomalhaut est un beau pays, n'est-ce pas ?

— Magnifique, Nyra.

Elle se détourna et, d'un coup de reins, se mit à plat ventre, le menton posé sur la poitrine du jeune homme.

— Sais-tu que tu fais très bien l'amour ?

— Tu es une merveilleuse partenaire, répondit-il en lui caressant la joue.

Elle soupira d'aise et déclara :

— Eh bien, cela m'a donné faim ! Pas toi ?

Quelques instants plus tard, Keran, sur un ordre de sa maîtresse, apporta de nouveaux plateaux comportant des mets raffinés, viandes grillées, légumes rôtis, fruits et laitages parfumés au poivre et à la menthe sauvage.

— Si c'est ton... androïde qui possède ces talents de cuisinier, je lui adresse tous mes compliments. Il me plairait d'en posséder un.

— Il m'a seulement aidée. La cuisine est une de mes occupations favorites. Quant à t'en offrir un, c'est impossible. Ils n'obéissent qu'au son de ma voix.

Ils se turent pour se contempler longuement, ravis l'un de l'autre, de se trouver si beaux, si plaisants et de s'être accordés si parfaitement. Enfin, Dorian murmura :

— Tu es quand même une drôle de petite femme, Nyra ! Je ne m'attendais certes pas à me retrouver ici, avec toi, lorsque je suis arrivé ce matin.

— Ne cherche pas à me comprendre. Ma vie est totalement différente de la tienne. J'ai déjà tellement vécu... J'ai compris que la sagesse consiste à prendre de la vie le meilleur des plaisirs qu'elle peut offrir.

— La présence d'un homme ne te manque jamais ?

— Non ! L'être humain, contrairement à ce qu'il pense, est solitaire. Il aime à vivre en société, mais il lui faut toujours conserver une part de lui-même intacte, un endroit où il peut se retrouver seul, face à face avec lui-même. Vos amanes l'ont compris, qui ne favorisent aucunement la fidélité. Pour multiplier les croisements des sangs, sans doute, mais aussi par sagesse et réalisme. Il est difficile de vivre à deux pendant plusieurs dizaines d'années. Alors, pendant plusieurs siècles... Ne crois pas pour autant que nous vivons sans hommes. Lorsque nous éprouvons le besoin de nous rapprocher de l'un d'eux, nous quittons Fomalhaut pour rechercher des... partenaires. Un peu partout dans le monde, là où nous pousse le hasard.

— Comment quittez-vous l'île ?

— Par un moyen que tu aurais peine à imaginer. Disons, un engin semblable à un navire volant. Nous sommes à l'origine de bien des légendes qui parlent de déesses descendues du ciel sur leur char de lumière.

Elle sourit.

— La naïveté des peuples de l'extérieur est désarmante.

Dorian se renfrogna.

— Ils le seraient sans doute beaucoup moins si, comme toi, ils possédaient la connaissance.

— Ne te fâche pas. Ils seraient aussi beaucoup plus dangereux. Vos amanes sont des sages. Entre des mains irresponsables, les secrets scientifiques pourraient amener une nouvelle destruction du monde.

Bien sûr, elle avait raison. Il partageait son opinion. Mais était-il normal de priver la population d'une planète de l'héritage de ses ancêtres ?

— Non ! On peut concevoir que ce n'est pas normal,

répondit la jeune femme, comme si elle avait deviné ses pensées, mais qu'est-ce que la normalité ? Les amanes détiennent le pouvoir, ils possèdent la puissance. Donc, leur loi restera la meilleure. Jusqu'à ce qu'ils soient détrônés. Ne les juge pas sur le fait qu'ils conservent la connaissance pour eux et éliminent ceux qui tentent de se l'approprier. Ils ont créé une civilisation d'une stabilité qui n'avait jamais été atteinte auparavant. Le temps les fera tomber, tôt ou tard. Est-ce que ce sera une bonne chose ?

— Je ne sais pas.

Elle le regarda longuement, caressa sa peau nue, passa son doigt sur les muscles saillants de son épaule.

— Toi aussi, tu es un homme curieux, Arnaud. Tu parais jeune, mais tu donnes l'impression d'avoir vécu déjà au moins deux ou trois vies. Il ne m'a pas semblé que tu aies eu beaucoup de remords à me faire l'amour, alors que ta femme était proche et restait seule.

Il soupira.

— Tu l'as dit toi-même, Nyra. La fidélité n'est pas considérée comme une vertu et puis je ne confonds pas une étreinte qui restera un merveilleux souvenir avec un sentiment durable, fait de tendresse, d'amour, de douleurs et de joies partagées... Parlons d'autre chose.

Elle se rapprocha de lui.

— Non, non ! Cela m'intéresse, Arnaud ! La vérité, c'est que tu n'éprouves pas ce qu'on appelle de la passion pour ta femme. Beaucoup d'affection, certes, mais rien de plus.

Il se redressa sur un coude. Il n'appréciait pas tellement cette inquisition.

— C'est possible.

— Tu aimes ailleurs, Arnaud...

Cette fois, il resta suffoqué.

— Comment... mais qu'est-ce qui te permet d'affirmer une chose pareille ?

— Tu avoues donc ?

— J'avoue... je n'avoue rien du tout. C'est ton vin qui me trouble. Pourquoi me dis-tu ça ?

— Crois-tu que l'on peut avoir vécu plus de trois siècles sans avoir appris à percer les secrets de l'âme humaine ?

— Plus de trois siècles ?

Elle éluda la question.

— Tu n'aimes pas ta femme. Tu éprouves beaucoup de tendresse pour elle. Tu l'adores parce que tu peux la protéger, l'amuser, l'éblouir aussi, mais ta passion s'écoule ailleurs. Je sens... je sens quelque chose d'étrange en toi qui dément ce que j'ai affirmé tout à l'heure. Toi, tu as vécu déjà quelque chose d'exceptionnel. Tu n'es pas un solitaire, comme les autres humains. Tu as connu quelqu'un, une femme, avec laquelle tu ne faisais qu'un, avec laquelle tu pouvais communiquer totalement. Elle a laissé son empreinte en toi. Une marque indélébile. Elle est partie, car il te manque quelque chose.

— Assez ! cria-t-il. En quoi mes sentiments te regardent-ils ?

Elle baissa la tête, fit la moue comme une enfant prise en faute.

À cet instant, il comprit qu'elle était réellement aussi âgée qu'elle le prétendait, malgré les apparences. Les sorcières devineresses qu'il avait côtoyées lui parurent soudain naïves et puériles. En effet, elle avait deviné juste. Elle eût pu se parer de mystères, s'entourer de cérémonials étranges, elle réagissait seulement comme si elle venait de lui jouer un bon tour, comme si tout cela ne devait finalement pas être pris tellement au sérieux. La mort, la douleur, la peine et le malheur ne pouvaient plus avoir aucune prise sur elle. Peu importait qu'il s'agisse d'artifices fantastiques, dus à la connaissance. Elle avait vaincu la mort et grâce à cela, avait compris la vanité de toute chose. Ne lui restaient que la pureté, la sagesse et une soif de vivre qui eût dû être l'apanage de tous les êtres humains. Pauvres humains qui combattaient le plus souvent pour des chimères, l'espoir d'une vie meilleure en laissant s'enfuir le présent. Il regarda autour de lui : le petit salon était rempli d'objets d'art magnifiques. Dans un coin, une bibliothèque recelait quantité d'ouvrages sur lesquels il eût aimé jeter les yeux ; au-delà, il devinait une activité créatrice qu'il n'avait pas remarquée jusque-là, fasciné qu'il était par la personnalité de son interlocutrice. Sous les dehors déroutants d'une insouciance un peu infantile se cachait une puissance fantastique qui se traduisait par un redoutable appétit de vivre.

Elle murmura d'une voix câline :

— Pardonne-moi, je ne puis m'empêcher d'analyser les hommes que j'approche.

Il grogna.

— Tu es une épouvantable petite curieuse. Alors, il va falloir te faire pardonner.

— Me faire pardonner ? Comment cela ?

— On ne raconte pas à un homme que l'on a l'âge d'être dix fois sa grand-mère sans lui donner d'explication.

— Décidément, tu es incorrigible. Il te faut des explications pour tout. Tu ignores donc les préceptes : POINT NE CHERCHERAS...

— À PERCER LES MYSTÈRES DIVINS, acheva-t-il. Je cherche quand même et je ne crois pas à l'immortalité.

— Là, tu as tort ! Je ne mourrai que lorsque je l'aurai décidé. Ce n'est pas demain la veille. La vie est bien trop passionnante. De toute façon, durant le temps de ma vie, mon corps ne vieillira pas.

— C'est encore là un secret de la connaissance, mais s'il t'arrivait un accident, dans lequel ton corps serait détruit ? Un incendie, ou autre chose du même genre ?

— Même dans ce cas, je continuerais à vivre, Arnaud. Je ne peux t'expliquer comment.

— Tu es capable... de te réincarner ?

Elle se recula, troublée.

— Tais-toi. Je n'aurais jamais dû te dire tout cela.

Son ton avait changé soudain. Il y avait comme de la

mélancolie dans sa voix. Un court silence s'installa, bercé seulement par les appels des oiseaux de nuit.

— Il... il vaudrait mieux que tu ne restes pas trop longtemps à Fomalhaut, Arnaud.

C'était là une étrange déclaration d'amour. Il ne s'y trompa pas. Elle le regarda.

— C'est un peu ridicule à mon âge, n'est-ce pas ? Tu es... tellement différent des autres. Pourtant, je sais que tu ignores encore qui tu es.

Il se rapprocha d'elle et la prit doucement contre lui.

— Justement, Nyra. J'ai besoin de savoir. Je dois savoir. Tu ne viens pas du monde des amanes. Alors, d'où viens-tu ? Quel est ton secret ?

— Tais-toi ! Je ne dois, je ne veux rien te dire.

— Tu peux pourtant m'apporter beaucoup, Nyra.

Il était difficile de lui résister. Elle hésita, puis se décida.

— Écoute, je vais te dire ce que je sais sur le monde d'où nous venons et sur les Anciens, mais c'est peu de chose. Seulement, je veux que tu gardes tout cela enfoui au fond de ta mémoire.

— Je te jure sur mon honneur de chevalier de ne jamais rien révéler.

Elle se tut un court instant, puis commença une étrange histoire.

— Je suis née il y a exactement trois cent vingt-six ans dans un lieu situé dans le nord de ce que vous appelez l'Europannia. Un pays envahi par les glaces, où survivent quelques tribus sauvages groupées dans les vallées volcaniques. La chaleur dégagée par les volcans y entretient encore une végétation maigre et quelques troupeaux de rennes suffisant à leur subsistance. Je ne faisais pas partie de ces tribus. Ma ville s'appelait Ghandivar. Tu aurais peine à imaginer une telle cité, presque entièrement enfouie sous les glaciers, mais protégée par des barrières de chaleur. Une cité souterraine, survivante de l'ancien monde. Nos ancêtres vivaient là depuis des siècles et des siècles. Nos connaissances scientifiques nous permettaient de survivre, en recréant un microclimat, en maintenant des cultures hydroponiques et des élevages d'animaux au cœur de nos grottes inviolables. Ne tente pas de savoir quelle était notre vie. Je suppose que notre savoir nous venait en droite ligne de ceux que, comme vous, nous nommions les Anciens. Nous avions perdu la mémoire de ce qui s'est réellement passé. La seule chose que je puisse te dire, c'est la légende concernant ces fameux ancêtres. Loin dans le temps, les nôtres se sont réfugiés dans ces grottes pour fuir la destruction du monde. De quelle nature, je l'ignore. Je suppose que ce dut être quelque chose d'effroyable, car je me souviens avoir vu des cartes anciennes : le monde ne ressemblait pas à ce qu'il est devenu à présent. Cet endroit où nous sommes, Fomalhaut, était recouvert par les eaux. Les glaciers n'avaient pas envahi la moitié de l'Europannia. Ils s'arrêtaient bien plus au nord. J'ignore quelle fut la vie de nos ancêtres ghandivariens. J'étais jeune alors. Un homme, un fanatique, avait pris la direction de la cité. Il se croyait investi d'une mission divine, désigné pour faire renaître une religion antique disparue. Dans cette religion, les femmes étaient considérées comme des animaux sans âme, tout juste bonnes à enfanter et à assumer les tâches ménagères. Cela peut sembler inconcevable lorsque l'on connaît le haut degré de technologie dont disposait Ghandivar. Seulement, au cours des siècles, l'ennui les avait gangrenés. La population diminuait régulièrement, les sangs ne se mélangeaient plus, les enfants qui naissaient étaient affligés de nombreuses tares. Par bonheur, les machines qui maintenaient le microclimat de Ghandivar étaient capables de se réparer seules, mais tout le reste, la recherche, l'étude, les arts furent abandonnés. Les Ghandivariens se laissaient abrutir par cette nouvelle religion, sans doute parce qu'elle leur apportait de quoi s'arracher à leur léthargie. Le prophète possédait un don de persuasion extraordinaire. Il avait réussi à convaincre les hommes qu'ils étaient le peuple élu de son dieu, mis en réserve après la grande catastrophe jusqu'au jour où il lui plairait de faire refleurir le monde. En quelques décennies, on abandonna la vie agréable que nous permettait de mener notre technologie. Les hommes se muèrent en ascètes, se transformèrent en guerriers fanatiques. Seulement, ils avaient oublié comment fonctionnaient les aéronefs de Ghandivar. Ils ne purent s'envoler pour conquérir le monde et se contentèrent de combattre et d'anéantir les quelques tribus sauvages vivant non loin de la cité. Le froid les arrêtait, et les empêchait de descendre plus au sud.

« Nous autres, les femmes, nous étions humiliées, bafouées, reléguées à l'entretien de la ville et condamnées à nous offrir au bon plaisir de ces messieurs qui devaient procréer pour remplacer les guerriers tombés sous les coups du blizzard qui régnait à l'extérieur. Le croirais-tu, j'étais âgée à cette époque de plus de soixante-dix années, j'étais une vieille femme. J'avais connu une autre époque, celle où l'on prenait encore soin d'éduquer les enfants, où les filles et les garçons étaient considérés comme égaux. Après la venue du prophète, l'éducation tomba en désuétude. On ne s'intéressa plus qu'à l'étude de la religion, à la prière, aux rites. Plus personne ne s'inquiétait de la mémoire centrale, qui contenait une somme phénoménale de connaissances. Un beau jour, excédée de la conduite des nôtres, je décidai de m'approcher d'elle. J'étais trop vieille pour la procréation et ne devais m'occuper que de ménages. On me laissait circuler à peu près n'importe où. Aussi mis-je à profit mon temps libre pour approfondir mes connaissances. J'étais devenue rapidement le seul être humain de Ghandivar à pouvoir encore dialoguer avec la mémoire. Peu à peu, je réussis à convaincre de nombreuses femmes que nous devions quitter Ghandivar. J'emportais avec moi le secret de l'immortalité, celui de la fabrication des androïdes, je savais comment piloter un aéronef et une foule d'autres choses utiles pour construire ailleurs une nouvelle cité.

« Un beau jour, il y a plus de deux cent cinquante ans de cela, mes compagnes et moi quittâmes Ghandivar, emportant une grande partie de la mémoire, à bord du plus puissant aéronef de la cité.

— Qu'appelles-tu un aéronef ?

— Un navire capable de s'élever dans les airs. Après quelques jours de recherche, nous avons découvert cette île qui se différenciait à peine de la jungle qui l'entourait. Nous l'avons aménagée et nous y sommes restées, car nous estimions que son isolement nous garantissait de l'incursion des peuples de l'extérieur. À l'époque, nous ignorions jusqu'à l'existence des amanes. Ce n'est que plus tard, lorsque nous avons commencé à sillonner le monde, que nous avons découvert ce qu'il était devenu.

— Vous n'avez jamais tenté d'établir un contact avec nous ?

— Pour quelles raisons l'aurions-nous fait ? Nous ne tenons pas à être découvertes. Nous avons transformé cette île en paradis. Nous avons retrouvé nos corps de jeunes femmes. Nous sommes heureuses. Que désirer de plus ?

Elle sourit.

— Ne t'y trompe pas. Chacune d'entre nous a effectué plus de voyages dans le monde que tu ne pourras jamais le faire. Nous nous déplaçons beaucoup. Nous nous mêlons aux peuples, mais sans intervenir directement dans leurs destinées. Nous ne sommes là qu'en spectatrices, ou pour nous offrir à un bel homme qui nous a fait envie. Parfois, l'une d'entre nous se fait faire un enfant. Uniquement des filles. Nous n'étions que soixante au départ. À présent, nous sommes plus de cinq cents. L'île est grande, nous pourrions être cent fois plus nombreuses.

— Pourquoi n'acceptez-vous pas d'hommes parmi vous ?

— Ne cherche pas à comprendre. Nous sommes heureuses entre nous. Les hommes ne représentent pour nous qu'un divertissement agréable. Ils ne doivent pas devenir un motif de discorde.

— Quel peut être ton avenir, Nyra ? Qu'allez-vous devenir, toi et tes compagnes ?

Elle sourit.

— Nous n'avons pas d'avenir, Arnaud. Pour nous, c'est un mot sans signification. Il porte en lui l'espoir, la volonté de s'élever, d'accéder à une autre vie, mais nous, que pourrions-nous désirer de plus ? Nous vivons au présent. L'immortalité... a tué l'espoir en nous. Nous n'aurons véritablement plus d'avenir lorsque viendra l'ennui, la décadence. C'est lui qui nous tuera. Dans un an, dans dix, dans un siècle, dans mille ans...

Elle soupira.

— L'avenir, c'est à toi qu'il appartient. À toi, et aux tiens, tous ceux dont l'avenir est incertain, ceux que la mort peut enlever sans prévenir.

Elle se tut. Dorian respecta son silence et s'abîma dans ses propres réflexions.

Soudain, la robe nuageuse se reforma autour du corps de Nyra.

— Habille-toi, lui intima-t-elle.

Sans comprendre, il obéit.

Lorsqu'il eut passé sa cape noire, elle vint se blottir contre lui. Ses mains traversèrent les brumes de la robe et il sentit sous ses doigts la peau chaude de la « jeune » femme. Il n'en était plus à un mystère près.

— Viens, dit-elle. Je voudrais te montrer quelque chose. Parce que tu m'as promis de ne rien révéler.

Elle l'entraîna au-dehors.

Malgré l'hiver, la nuit était douce. Un parfum de fleurs et d'humus flottait dans l'air.

Main dans la main, ils traversèrent la petite ville dont les allées aux dalles blanches s'épanouissaient vers de multiples petites demeures. Par les baies ouvertes s'échappaient des rires et des clameurs équivoques.

— Mes compagnes ont pris soin de tes guerriers, Arnaud. Ils garderont un bon souvenir de Fomalhaut.

— Je n'en doute pas. J'espère seulement qu'ils accepteront de repartir.

— Ne te tracasse pas pour ça.

Empruntant deux chevaux aux écuries, ils quittèrent la ville en direction du sud.

Ils débouchèrent au cœur d'un petit vallon abrité. En son centre s'élevait un bâtiment étrange, de forme circulaire, luisant comme du vif-argent. Nyra mit pied à terre, s'approcha de l'édifice et manœuvra un panneau métallique. Lorsqu'ils pénétrèrent à l'intérieur, une lumière éblouissante jaillit, découvrant une chose inimaginable.

— Voici *L'Aphrodite*, déclara Nyra. C'est un vaisseau planétaire, capable de quitter le sol et d'emporter jusqu'à plus de trois cents personnes dans les airs. C'est grâce à lui que nous avons fui Ghandivar.

— Tu plaisantes. Tu veux me faire croire que cette... monstruosité...vole ?

— Bien sûr !

Il se souvint tout à coup de la lueur étrange aperçue longtemps auparavant, lorsque avec sa sœur et sa mère, ils fuyaient les Terres Bleues. S'agissait-il d'un vaisseau similaire ?

Elle le prit par la main et l'amena près de l'aéronef. Il posa une main timide, respectueuse, sur la carcasse métallique, caressa la douceur de la coque. Un sentiment de vénération l'envahit pour les génies capables de donner vie à un animal aussi fantastique.

Nyra effectua une manœuvre et un énorme panneau bascula. Une ouverture se dessina à la proue de l'appareil. Une gueule baignée de lumière, révélant comme une sorte de coursive.

— Viens !

Une crainte mêlée de superstition fit hésiter le jeune

homme. Devant lui se dévoilait un autre monde, venu du fond des temps. Néanmoins, il suivit la reine.

Il s'aperçut très vite que l'engin présentait de nombreuses similitudes avec un véritable navire. Nyra tenta de lui expliquer comment fonctionnait *L'Aphrodite*. Elle lui parla de ceinture magnétique, de champ gravifique, d'ondes, qui composèrent dans son esprit un savant mélange générateur de migraine.

Il ressortit du vaisseau comme on a l'impression de s'éveiller d'un rêve.

Dans un autre endroit de l'énorme hangar sommeillaient cinq autres petits engins, sagement posés sur leurs berceaux.

— Ceux-ci sont des aérodynes légers, expliqua Nyra. C'est grâce à eux que nous quittons Fomalhaut. *L'Aphrodite* est beaucoup trop important. Nous le maintenons en état pour le cas où une catastrophe naturelle viendrait à détruire l'île.

Sur le chemin du retour, Dorian tenta de remettre de l'ordre dans ses idées. L'ancien monde avait laissé au moins une cicatrice : cette mystérieuse cité de Ghandivar enfouie sous les neiges du Grand Nord europannien. Pourquoi n'en aurait-il pas existé d'autres ? Cybernia ?

— Cybernia ? Ce nom me dit vaguement quelque chose. Peut-être le nom d'une cité semblable à Ghandivar. Je sais qu'il en a existé d'autres qui ont entretenu des relations entre elles par le passé, mais certains éléments de la mémoire me sont restés inaccessibles. Il faut dire qu'elle était bien vieille.

— Dis-moi, Nyra, une légende amanite parle des dieux anciens qui auraient vécu sur le monde bien avant le Jour du Soleil. Que sais-tu d'eux ?

Elle le regarda, ennuyée.

— On peut supposer qu'il s'agissait de nos ancêtres. Imagines-tu ce que représentent quarante siècles ? Quatre mille ans ? C'est la durée qui nous sépare de ce qui fut le

Jour du Soleil, comme vous dites. Nous avons perdu la mémoire de ce qui se passa.

— On dit que ces dieux sont repartis pour les étoiles.

— Je sais. Je connais les légendes amanites. Elles me passionnent. Comme toutes les légendes, je suppose que celle-ci prend ses racines dans une réalité. Mais laquelle ? On ne peut remonter le temps de quatre mille ans. Les ruines de certaines cités que nous avons retrouvées prouvent que nous fûmes précédés par une civilisation extraordinairement évoluée, au moins sur le plan technologique. Nous ne savons rien d'autre. Il n'est pas exclu de penser que les hommes ont construit des vaisseaux capables de quitter la Terre. Nous-mêmes envisageons de visiter les autres planètes du système. Mais nous savons qu'elles sont totalement inhabitables.

— Attends, je ne te suis plus. Que veux-tu dire ?

Après quelques explications d'ordre astronomique qui lui coupèrent un peu la respiration, il finit par admettre que le monde n'était pas limité à la Terre. Les bouillonnants marais Adriat étaient de riants paradis à côté des enfers de l'espace.

— Dans les étoiles, peut-être, hasarda Nyra, mais à ma connaissance, nul n'a découvert le moyen de franchir les immenses espaces interstellaires. C'était un vieux rêve. Il n'a jamais abouti. Les étoiles sont trop éloignées les unes des autres. Avec un navire comme *L'Aphrodite* lancé à pleine vitesse, il faudrait plusieurs milliers d'années.

— Alors, qui furent les dieux anciens ?

— Nos ancêtres, Arnaud. Les tiens et les miens. Des humains qu'une catastrophe fantastique a pratiquement anéantis voici près de quatre mille ans. Rien de plus, rien de moins. Toutes les légendes qui survivent aujourd'hui doivent trouver leur origine dans les mystères qu'ils nous ont laissés en héritage.

CHAPITRE XVII

Deux jours plus tard, lorsque les Gwondaleyens et les Vikéens eurent repris des forces, fait le plein de vivres et de souvenirs brûlants, Dorian décida de repartir.

Il y eut quelques grognements nostalgiques parmi les guerriers subjugués, persuadés quant à eux d'avoir eu affaire à des déesses.

« Garde-moi, je serai ton esclave ! »

Les Fomalhiennes avaient passé d'agréables moments, cela leur suffisait. Visiblement, elles n'avaient pas tellement envie de voir leurs encombrants visiteurs s'attarder. Seul Ghaldir fit exception à la règle. Elena avait fait grise mine devant l'intérêt de la reine pour Dorian. La fidélité n'était pas de mise dans la chevalerie. Tôt ou tard, elle s'attendait à ce que Arnaud prenne une ou plusieurs favorites. C'était dans l'ordre des choses, mais la beauté de Nyra l'inquiétait. Elle se réjouit du départ.

Le matin où ils quittèrent Fomalhaut, la reine rendit une dernière visite à Dorian.

— Seigneur Arnaud, mes vœux vous accompagnent. L'honneur soit sur vous et les vôtres. Afin de sceller notre alliance et notre amitié, je désire que vous acceptiez ce présent.

Une jeune femme s'approcha alors, portant une arme semblable à celle de Nyra, serrée dans un écrin de cuir noir ouvragé, incrusté d'or et de pierres.

— Avec cela, vous tiendrez tête à une armée entière, Arnaud. Je sais que vous l'utiliserez à bon escient.

Aux yeux émerveillés des Gwondaleyens, la légende de Dorian se colorait d'un nouvel épisode. Il resterait celui qui avait séduit la reine des déesses, celui à qui elle avait fait don d'une arme plus puissante que la foudre.

Nyra sourit tristement et dit :

— Adieu, Arnaud ! Que la victoire soit ton esclave, que les dieux de bienveillance t'assistent et te protègent.

— Je ne t'oublierai jamais, Nyra.

Deux perles fugitives brillèrent un instant dans les yeux d'eau pure de la reine. Puis elle tourna bride et s'enfuit au galop.

Elle laissait derrière elle une douzaine de ses sujets pour guider la petite armée jusqu'à la sortie des marais.

La traversée des marais occidentaux ne fut pas moins pénible que la première, mais l'arme des Fomalhiennes les garantissait contre tous les prédateurs.

Douze jours plus tard, une armée hagarde, épuisée, vit devant elle se dresser les contreforts d'un plateau dont le sommet allait se perdre au-dessus des brumes.

— C'est ici que nous nous séparons, dirent les Fomalhiennes.

Après des adieux difficiles, les Gwondaleyens entreprirent d'escalader la muraille abrupte, discontinuité effrayante entre deux mondes résolument décidés à s'ignorer. En bas, la fournaise étouffante des marais, saturés d'humidité, chargés de relents de pourriture. En haut, au-delà de la couche nuageuse qui s'appesantissait sur la jungle adriate, un plateau sec, aride, à l'horizon morne, uniforme, sans relief, surplombé d'un ciel d'un bleu intense, éblouissant, terrible. Un vent violent balayait le sable et la rocaille. Çà et là survivaient quelques arbustes griffés de douleur, des plaques d'une herbe jaunie et pelée. Plissant les yeux pour atténuer l'ardeur solaire, Dorian parcourut les alentours.

— Ce n'est pas possible. Cet endroit est plus inhumain que les marais.

Trente jours d'un enfer où la soif déchira les gosiers, où les tornades de poussière et de rocailles tentèrent de les disperser, où d'étranges animaux des sables les assaillirent.

Pourtant, de points d'eau en villages ignorés, suivant une piste inexistante, le creux d'une gorge profonde, ou le cours d'un fleuve-fantôme, délirant sous le soleil de plomb qui troublait leur raison, ils vainquirent le redoutable Khamsiat.

Un jour, une nouvelle muraille se dressa sur l'horizon, comme posée sur la mince couche de nuages nés de la chaleur. Une île, un continent, perché dans les cieux, inaccessible !

Le cœur de Dorian fit un bond dans sa poitrine. Solyane était là, dans ce pays mystérieux, à portée du regard.

— Compagnons ! dit-il d'une voix rendue rauque par la sécheresse, nous sommes arrivés. Ici commence l'empire de Nogafrika. Al Khandarya est à moins de trois marches. Bientôt, nous livrerons combat.

Alors, bousculant les semaines de fatigue accumulées le long des muscles, un sang nouveau répondit à l'appel de Dorian, inondant les guerriers. Un grondement jaillit, prenant naissance au plus profond des poitrines, monta, éclata comme un tonnerre dans le ciel pur.

CHAPITRE XVIII

Comme l'Europannia, Nogafrika dominait la Médhellenie du haut d'une monstrueuse barrière rocheuse, frontière naturelle délimitant sans conteste deux mondes jadis étrangers.

— Jamais nous ne prendrons cette ville d'assaut, grommela Dracchus. Regarde ces remparts. Nous serons tous tués avant d'avoir pu approcher de leur base.

— En effet, répondit Dorian. De toute façon, je n'ai pas l'intention d'attaquer de front. Nous ne sommes pas assez nombreux et c'est une méthode qui nous coûterait beaucoup trop d'hommes. De plus, nous ne connaissons rien des lieux, ni ce qu'il est advenu de ma sœur.

Pour cette raison, ayant laissé l'armée cantonnée près

d'un petit village médhellenien, Litéa, il avait décidé de se rendre à Al Khandarya, afin de glaner toute information susceptible de les intéresser. Une escorte réduite l'accompagnait, formée de Dracchus, Orloff, Rudriko et Achil.

Incontestablement, il aurait fallu une armée de plusieurs milliers d'hommes pour s'aventurer à prendre d'assaut les hautes murailles qui prolongeaient le rocher nu. Accroché au flanc de la falaise, un chemin à peine assez large pour permettre le passage d'une charrode serpentait, encombré de pierraille, jusqu'à une porte massive gardée par une petite escouade de guerriers. Peau de bronze, cheveux noirs, nez aquilin, le regard inquisiteur, ils s'opposèrent au passage des cinq hommes.

Peu désireux de se faire connaître, Dorian se fit passer pour un vassal de Dracchus qui dut montrer son sceau avant d'obtenir l'entrée de la ville.

— Seraient-ils en guerre ? demanda Rudriko.

— Non, mais les bandes de maraudiers sont très hardies en Nogafrika. Elles n'hésitent pas à s'attaquer aux cités mêmes.

Déambulant dans les rues, ils s'aperçurent que la puissance de la ville n'était qu'apparente. Une atmosphère de malaise se dégageait des venelles sombres où un linge rare et reprisé flottait d'une fenêtre à l'autre. Une armée de gamins en haillons assaillit les cinq hommes dès qu'ils eurent fait quelques pas.

Comme les êtres humains, les villes naissent, se développent, vivent et meurent. Visiblement, Al Khandarya vivait ses dernières décennies. De l'intérieur, on apercevait des pans entiers de remparts écroulés, dont les pierres avaient roulé jusqu'au pied des demeures lépreuses qui bordaient les boulevards. Des plantes sauvages giflées par les vents couraient sur ces demi-ruines que personne ne semblait avoir le courage de relever. Une profonde lassitude, presque de la résignation, se lisait sur le visage des habitants, vêtus de l'inévitable fahadjen, sorte de robe aux multiples replis dont le tissu isolant garantissait de la morsure du désert. Par-delà les brèches des murailles, on distinguait dans toutes les directions ce désert triomphant qui, peu à peu, grignotait les remparts, minait la résistance de la cité. De violentes bourrasques soulevaient parfois des colonnes de sable qui se gonflaient comme des muscles de titans avant d'éclater.

Du côté de Nogafrika s'étendait une plaine autrefois fertile. Des arbres desséchés se resserraient autour des points d'eau. Des bœufs faméliques tractaient des charrues, fourmis noires au cœur du soleil, cheminant inlassablement dans des champs encombrés de roches désagrégées par les vents.

Pourtant, la cité avait connu jadis un passé de gloire et d'opulence. Une bonne dizaine de riches demeures en témoignaient, qui s'ordonnaient autour d'un palais taillé dans le marbre. La résidence du seigneur du lieu : le comte Gunar, dit l'Orgueilleux !

Là aussi, la griffe inexorable du temps avait posé son empreinte. Les fresques peintes s'écaillaient, s'effritaient par plaques. Les statues n'offraient plus à admirer que des membres mutilés, les jardins d'agrément dépérissaient, redevenaient sauvages. Des ronces et des broussailles dévoraient les murets ciselés par des mains depuis longtemps retournées à la poussière.

— On dit que, autrefois, Al Khandarya a dominé cette région du monde, dit Achil.

Les vastes écuries, les grands casernements qui jouxtaient le château n'abritaient plus que quelques centaines de chevaux et de chameaux et à peine plus d'un millier de guerriers aux visages fatigués.

Dans une taverne où semblaient se réunir les rares caravaniers, Dorian et Dracchus firent parler quelques indigènes.

— Le vent de la mort souffle son haleine perfide sur ce lieu, noble fahhandi, comme sur toute cette partie du monde. Chaque année, Seharatt, le dieu maudit, gagne sur la vie. Autrefois, les collines du sud étaient couvertes de vignes, de palmiers. Dans les montagnes de l'ouest paissaient les plus grands troupeaux qu'on ne vît jamais. Le climat restait doux toute l'année. Le désert ne débutait qu'à cent marches d'ici. Puis la mer s'est retirée et le sable a commencé à dévorer les plaines fertiles du sud, n'épargnant que quelques vallons insignifiants dont l'eau remonte du plus profond du sol. Là-bas, vers le sud, cela ne vaut guère mieux que dans le Khamsiat médhellenien. Les oasis se dessèchent les unes après les autres. Parfois, un fleuve puissant naît d'une tempête gigantesque dans les montagnes. On croit alors qu'il va redonner la vie au pays, mais il dévale les pentes, se creuse un lit et s'en va mourir nulle part, au milieu des sables, aspiré par le désert. Bientôt, Seharatt dévorera cette ville, comme il en a déjà dévoré tant d'autres dont on a oublié les noms. Il s'étendra jusqu'en Médhellenie, jusqu'au lac du Lion. La vie disparaîtra et le sable ensevelira les ruines de ce qui fut l'une des plus belles cités du monde.

— Pourtant, avança Dorian, il m'a semblé apercevoir, vers l'ouest, une région plus verte, à moins d'une marche d'ici.

L'aubergiste se toucha le front avec la paume de la main, signe universel pour conjurer un mauvais sort.

— On ne parle pas de ce lieu, fahhandi ! Là, se situent les ruines d'une cité qui fut habitée par les dieux anciens. On dit que leurs esprits reviennent de temps à autre et frappent de folie les audacieux qui osent s'y aventurer.

— C'est là que se terrent les égorgeurs ! renchérit un serveur, en roulant des yeux blancs effrayés.

— Les égorgeurs ?

— Ce sont des bandits qui attaquent les caravanes, fahhandi ! Priez les dieux de ne jamais tomber entre leurs mains, car ils sont sans pitié. Ils ne font jamais de prisonniers. Ils vous tranchent la gorge. Zouc !

Il fit un geste éloquent.

— Quant aux femmes, ajouta un client, on dit qu'ils les violent, puis les dévorent après.

— Grillées comme des moutons, reprit l'aubergiste. Parce qu'ils ont fait alliance avec...

Il baissa la voix.

— On ne prononce jamais leur nom à haute voix, fahhandi. Ils se sont alliés avec les esprits anthropophages.

— Et vous tolérez ça, à moins d'une marche de la ville ! s'exclama Dracchus.

S'il n'avait été à Al Khandarya en ennemi, il se serait proposé pour aller combattre ces esprits malfaisants.

— Que voulez-vous faire, noble fahhandi ? Nos guerriers n'osent s'aventurer là-bas. Il n'y a pas dix ans, un chevalier courageux, l'oncle de notre seigneur Gunar, a voulu déloger les égorgeurs de leur repaire. Il a emmené avec lui une centaine de nos meilleurs guerriers.

Il respecta un court silence, puis reprit, lugubre :

— Mon fils en faisait partie, fahhandi ! On ne les revit jamais. Un seul d'entre eux parvint à s'échapper. Il était devenu fou. Plusieurs de ses compagnons avaient été tués et dévorés sous ses yeux. Par les esprits, leur aspect ferait fuir les plus braves. Vous comprenez pourquoi personne ne veut s'aventurer là-bas.

Vers la fin de l'après-midi, Dorian et ses compagnons se résolurent à quitter la ville.

— Nous ne sommes guère avancés, dit Dracchus. Même si nous parvenons à entrer dans la cité, nous ne pourrons nous infiltrer dans le palais. Les gardes sont trop nombreux.

— Nous pourrions les vaincre. N'oublie pas l'arme que m'a donnée la reine Nyra, mais il serait délicat de nous enfuir ensuite. La ville se refermerait sur nous comme une nasse. Et puis, sans compter l'incident diplomatique entre nos deux empires, je n'ai aucun grief contre les Khandaryens eux-mêmes. Il faudrait trouver le moyen d'attirer Gunar et Rodrick au-dehors.

— Et être sûr que ta sœur soit là, Arnaud. Écoute,

veux-tu que je rencontre Gunar ? Il ignore que nous sommes alliés et n'a aucune raison de se méfier de moi.

Comme ils repassaient les portes de la cité, l'attention de Dorian fut attirée par quelque chose d'insolite qu'il n'avait pas remarqué à l'arrivée.

— Quelle horreur ! Je me demande quel crime a pu commettre ce malheureux, gronda Orloff.

Le long de la muraille, empalé sur de grands crochets que l'on appelait des « hanefs », pendait le corps d'un homme. Afin de servir d'exemple, certains condamnés à mort étaient précipités du haut des remparts et venaient s'embrocher sur les pointes acérées. Les plus chanceux étaient tués sur le coup, les autres pouvaient mettre plusieurs heures avant de mourir. Le cadavre exposé aux regards était dans un état lamentable, déjà à demi dévoré par les insectes et les oiseaux. Pourtant, un avertissement inconscient retint Dorian. Sans savoir pourquoi, il ne pouvait détacher ses yeux du mort. Orloff et Rudriko se rapprochèrent de leur maître et soudain, ils comprirent.

— Par les tripes fumantes de Shaïentus, bafouilla Rudriko, tout à coup mal à l'aise, on dirait...

— C'est lui, compléta Dorian. Personne ne peut avoir cette tignasse, ce... visage.

Puis il détourna les yeux, écœuré. Ce faciès grimaçant, aux orbites vidées, à la chair arrachée par plaques, maculé de sang séché, ne pouvait appartenir qu'à Rodrick de Brastalia.

CHAPITRE XIX

Un malaise diffus avait envahi le cœur de Dorian. Il ne desserra pas les dents de tout le temps que dura le voyage de retour. Dracchus, n'osant interrompre la méditation sauvage de son ami, s'abstint pour une fois de son bavardage incessant.

Que s'était-il passé ? Pour quelle raison avait-on tué Rodrick de Brastalia ? N'étaient-ils pas alliés, Gunar et lui ? Bien sûr, il aurait aimé pousser lui-même le ravisseur de sa sœur du haut des remparts. Mais la vue du cadavre affreusement mutilé, défiguré, avait réduit sa haine à une nausée trouble, incertaine.

Gunar seul avait pu prononcer cette condamnation. Mais pourquoi ? Un autre élément, bien plus inquiétant, accroissait son angoisse. Ils avaient parcouru la ville dans tous les sens. Ils s'étaient approchés du palais. Or pas un instant Dorian n'avait senti l'écho d'une présence familière. Même séparés par des murs, Solyane et lui savaient se reconnaître. Un fol espoir l'avait habité tout le temps de leurs déambulations fiévreuses dans les rues khandaryennes. Il la cherchait. Il aurait dû sentir, distinguer parmi les autres le schéma mental de sa sœur, la chaleur incomparable de son esprit.

Rien ne s'était produit. Seul un néant terrifiant lui avait répondu. Il n'en avait éprouvé que de la déception sur le moment. Sans doute était-elle hors de la ville, en expédition avec l'Orgueilleux.

La vue du cadavre de Rodrick lui faisait envisager les choses sous un angle différent. D'autant plus qu'il avait appris que Gunar était bien là. Il refusait de croire à une vérité trop abjecte, entrevue sur les crochets des hanefs. Solyane ne pouvait pas mourir. Il l'aurait ressenti. Elle était sa jumelle, mais une telle distance les avait séparés... La mort de Rodrick ne signifiait pas forcément la sienne. Alors, pourquoi ne répondait-elle pas ? Où était-elle ? Une colère irrépressible, terrible, monta en lui, s'enfla, tandis que des larmes brillaient au fond de ses yeux noirs, des larmes de rage, d'impuissance, que les vents secs du désert avaient tôt fait d'emporter. Si Gunar avait tué Solyane, sa vengeance serait sans nom. Un goût de sang lui coula dans l'arrière-gorge. Le soir, au campement, il refusa toute nourriture. Il était sûr à présent qu'il était arrivé quelque chose de grave à Solyane.

Dracchus entreprit de conter leur expédition aux autres. Seul. Pour une fois, sa verve ne se manifesta pas. Chacun redoutait de voir la colère de Dorian éclater. On l'évitait. Lorsqu'il se retira sous sa tente, Elena le suivit. D'un geste brusque, il lui fit signe de sortir.

— Laisse-moi, grogna-t-il sourdement.

Mais elle n'en fit rien, et vint s'asseoir à ses côtés. Il se tourna vers elle, le visage violent.

— Tu m'as entendu, Elena ! Va-t'en !

— Non, seigneur ! Ma place est auprès de vous. Vous pourrez m'injurier, me battre même, je resterai. Vous n'êtes pas seul, quoique vous puissiez en penser. Chacun ici connaît votre peine et la partage. Si nous aimons Isabelle moins parfaitement que vous, nous souffrons aussi, pour elle et pour vous. Ne passez pas votre rage sur nous. Nous ne sommes là que pour vous aider, parce que nous vous aimons.

Elle posa une main timide sur la poigne serrée de son mari.

— Qui croyez-vous être pour vouloir supporter seul une telle épreuve ? Tout homme, y compris le plus puissant, a parfois besoin de déverser ses peines dans un cœur ami. Vous nous maintenez tous à bout de bras depuis notre départ de Gwondaleya. Jamais l'enthousiasme des nôtres n'a fléchi, malgré la douleur et la fatigue qui furent nos compagnes quotidiennes. Même Dracchus a peine à vous suivre. Alors, vous nous devez à tous l'image du vainqueur. Isabelle n'est pas morte. Vous le sauriez. Nous la délivrerons. Tous ensemble.

Une tension terrible nouait la gorge de Dorian. Il parvint à articuler :

— L'image du vainqueur, dis-tu ? Et vers quelle victoire vais-je mener les miens ? Je reviens d'Al Khandarya, tu comprends ? Eh bien, à aucun moment je n'ai senti la présence de... d'Isabelle !

Il avait failli dire Solyane.

— Sans doute était-elle absente. Ou bien vous ne l'avez pas approchée de suffisamment près.

— Elle aurait dû réagir. Je serais capable de déceler sa présence d'un bout à l'autre de la ville. Elle n'était pas là. Ou alors...

Il n'osa pas achever.

Par un violent effort de volonté, il parvint à se calmer. Ignorant les larmes qui coulaient de ses yeux sombres, il attira la jeune femme contre lui. Jamais, jamais elle ne saurait remplacer... Solyane. Solyane n'aurait pas parlé. Elle lui aurait ouvert son esprit et il se serait dilué en elle, se réchauffant à sa force bienfaisante. Il aurait puisé en elle des forces nouvelles, pansé ses plaies. Elena était incapable de lui apporter un tel réconfort, de combler le vide oppressant qui se creusait en lui, mais elle était à ses côtés. De toute sa volonté elle lui donnait l'appui de sa propre faiblesse.

— Gardez confiance, seigneur Arnaud. Nous la retrouverons.

— Si elle vit encore...

— Elle vit encore ! Et vous le savez ! Au fond de vous, vous le savez ! Vous lui êtes trop attaché.

— Je sais, je sens qu'il lui est arrivé malheur !

Il n'ajouta rien. Il lui revint alors une impression étrange qui l'avait assailli un soir, au début de la traversée du Khamsiat. Un malaise indéfinissable l'avait un instant privé de ses forces. Il avait ressenti une violente douleur à la tête, derrière les yeux. Il se souvint avoir perdu la vue une fraction de seconde. Il avait attribué sans trop y croire ce malaise à la fatigue, mais il n'avait pu s'empêcher de penser qu'il avait une autre origine. Un rapport avec Solyane. Elle l'avait hanté toute la nuit suivante.

Cette nuit qui suivit la visite à Al Khandarya, il eut plus

que jamais besoin de se blottir au creux des bras de la jeune femme, de sentir sa chair tiède se refermer sur lui, pour tenter de diluer son angoisse à sa chaleur rassurante.

Un cri les tira pourtant du sommeil.

— Arnaud ! Arnaud !

Instantanément réveillé, il passa ses vêtements à la hâte et sortit. Sylvain et Odios l'attendaient, déjà harnachés pour le combat.

— Le village voisin vient de subir une attaque nocturne, expliqua Sylvain. Il semble qu'il s'agisse des égorgeurs dont a parlé Dracchus. Les habitants se sont barricadés chez eux. L'un d'eux a pu s'échapper. Il est venu nous demander du secours. Il paraît qu'ils ont déjà massacré les membres d'une petite caravane arrivée il y a deux jours. Ils ont enlevé une douzaine de prisonniers.

Un homme au visage marqué de coups, aux vêtements couverts de poussière se jeta aux pieds de Dorian.

— Seigneur, ayez pitié de nous ! Ils nous tueront jusqu'au dernier. Ils ont enlevé ma fille et mon fils. Ils vont les jeter en pâture aux monstres.

— Qui sont ces monstres ?

— Les esprits mauvais, seigneur ! Par les dieux de bienveillance, protégez-nous !

La rage de Dorian rejaillit d'un coup à la surface, crevant comme la lave d'un volcan trop longtemps contenue.

— Garde espoir, ami ! Ceux-là paieront les crimes. Nous avons tous besoin de dérouiller nos dayals. Que chacun se prépare !

Sans doute les égorgeurs ignoraient-ils la présence de trois cents guerriers avides de combat à proximité de Litéa. Ils ne s'attendaient vraiment pas à les voir surgir du désert comme des guerriers de la nuit. L'effet de surprise fut total. Dorian ne prit même pas le temps d'organiser un plan quelconque. Une armée galvanisée, sevrée de bataille depuis trop longtemps le suivit, heureuse de retrouver son chef, et déboula dans le petit village comme une marée irrésistible. Les égorgeurs tentaient de forcer les demeures périphériques sans que personne ne songeât à s'opposer à eux Une brève tentative de riposte se solda par un écrasement complet. Moins nombreux, moins bien armés et surtout incapables de rivaliser avec la science combative des chevaliers, les égorgeurs survivants rompirent rapidement et s'enfuirent. Une poursuite farouche s'organisa aussitôt. Le repaire des pirates, situé à la frontière nogafrikaine, semblait se cacher au milieu de cette lande verte aperçue de la ville par Dorian et ses compagnons. Les terres interdites évoquées par l'aubergiste. Quelques Litéens, stimulés par l'ardeur des Gwondaleyens, se joignirent à eux et enfourchèrent les quelques montures du village pour les suivre. Les égorgeurs avaient déjà emporté une douzaine d'hommes et de femmes. Il fallait les délivrer. Cependant, malgré la rapidité des lionorses, qui les menèrent immédiatement en tête de la poursuite, les chevaliers ne purent rattraper les assaillants. Ils avaient pour eux une parfaite connaissance de la région, creusée de ravines et de gorges. Bientôt, les Gwondaleyens se trouvèrent face à une vallée au relief tourmenté baignée d'une pénombre sinistre. Au milieu d'une végétation exubérante éclairée par la lune blafarde se dressaient des ruines insolites, de curieux monolithes semblables à des orgues de pierre.

— Seigneur, bredouilla un Litéen, il ne faut pas aller plus loin. Ce lieu est maudit.

— Ce n'est que le repaire des égorgeurs. Il faut sauver les vôtres.

L'homme prit un teint verdâtre.

— On ne peut plus rien pour eux. Ils sont entre les griffes des Rongeurs !

— Les Rongeurs ? Explique-toi !

— Les égorgeurs ont fait alliance avec les démons qui hantent ces lieux. Ils mangent de la chair humaine, seigneur. C'est pour eux que les égorgeurs viennent parfois enlever des jeunes à Litéa.

— Eh bien, rentre chez toi si tu le désires. Nous continuons.

Résolument, il engagea Aram dans une faille qui s'enfonçait vers la vallée sinistre. Les autres suivirent sans l'ombre d'une hésitation. Voyant tous les guerriers marcher sur les traces de leur seigneur, les villageois, peu désireux de rester en arrière, les imitèrent.

Les égorgeurs avaient disparu. Soudain, la bague orsaf qui ne quittait jamais Dorian se mit à bourdonner. Une joie sauvage et amère monta en lui. Douze années auparavant, la même situation. Mais cette fois, il était en force. Un court instant, il revit les Terre Bleues, le visage tendu d'Orlyane, sa mère, les silhouettes grotesques qui les avaient assaillis. À cause d'elles, il avait perdu la trace d'Orloff et de Rudriko.

Deux de leurs compagnons étaient morts. Ils avaient dû fuir, droit devant eux, très loin. Sans la protection des guerriers, Orlyane avait dû affronter seule la redoutable forêt Skovandre. Ils portaient en eux une part de sa mort.

Une lueur inhumaine passa dans ses yeux lorsqu'il dégaina l'arme offerte par Nyra. Il devait éviter que les siens n'approchassent trop des monstres. La malédiction bleue frappait sans rémission. Le bourdonnement s'amplifia et une vision de cauchemar embrasa le paysage lugubre. De derrière chaque buisson, chaque rocher jaillirent une centaine de figures hideuses, des caricatures humaines, aux bras et aux jambes disproportionnés. Dorian avait vu juste : des garous ! Décontenancés, les chevaliers marquèrent un temps d'arrêt.

— Arnaud, on ne peut pas combattre ça ! murmura la voix altérée de Dracchus, assourdie par le heaume du sharack.

— Je l'ai déjà fait, compagnon, et je meurs d'envie d'utiliser cette arme.

Il leva le pistolaser et tira à la puissance maximale. Un rayon couleur de sang troua la nuit et se planta, monstrueuse lance de feu, au cœur d'un groupe de garous. En une seconde, les créatures se transformèrent en torches vivantes. Leurs hurlements d'apocalypse glacèrent le sang des chevaliers.

Dorian ne s'y arrêta pourtant pas. Balayant systématiquement devant lui, il transforma la vallée en un gigantesque brasier au milieu duquel se débattaient les monstres soudain pris de folie. Une rage meurtrière l'avait envahi. C'était sa mère qu'il vengeait, c'était Solyane qu'il défendait. Ces flammes étaient l'exorcisation de ses angoisses d'enfant, la destruction des démons qui lui avaient tout pris. Il était comme dédoublé. Une partie inaccessible de lui-même lui hurlait la cruauté de ses actes. Il savait que ces êtres monstrueux descendaient malgré tout de l'homme, que ceux-là n'avaient rien à voir avec ceux de la forêt Skovandre. La haine paralysait son esprit.

Lorsque enfin la place fut nettoyée, un grand frisson le prit. Il regarda avec terreur l'arme qui avait causé tant de ravages. Pâle comme un linge, il la remit au fourreau. Elle était à peine chaude. De quel droit un homme seul pouvait-il détenir une telle puissance ? Sans doute les amanes avaient-ils raison. Cette arme était une arme de lâche, elle avait cependant évité aux siens d'affronter directement les garous. Elle les avait garantis de la malédiction bleue. Il sentit couler vers lui une vague de respect et de crainte, ruisselant des esprits amis. Il ne devait pas céder à son émotion. Se mordant ultérieurement la joue pour maîtriser ses réactions, il se dirigea vers le brasier. Ses compagnons hésitèrent, puis Sylvain, Odios et Dracchus lui emboîtèrent le pas. Le comte de Vik s'approcha de Dorian et dit :

— Je comprends à présent pourquoi les Fomalhiennes n'ont pas eu peur de nous.

Traversant le sol calciné, ignorant les cadavres brasillant

encore, ils franchirent la zone dévastée et s'enfoncèrent dans la vallée maudite.

Une ville fantastique s'était élevée là. Une citée aux dimensions inimaginables, plus vaste peut-être que Burdaroma. Des pans entiers de murailles se dressaient encore, défigurés par les plantes grimpantes, dont la force irrésistible faisait éclater un mortier étrange, plus dur que le granit dont semblaient constituées les demeures détruites. Jusqu'où s'élevaient ces constructions audacieuses ?

— De quelle puissance ont dû disposer les Anciens qui ont vécu ici ! murmura Odios, ébranlé.

— Cela n'a pas empêché leur anéantissement, répondit Dorian.

À présent, ils avançaient sans rencontrer la moindre résistance. Les garous survivants avaient fui, si toutefois il y en avait. Le nettoyage n'avait pas pris plus de deux minutes, mais aucune trace des égorgeurs...

Tous les sens en alerte, Dorian poursuivit son inspection. Son shod'l loer plus fin que les autres lui permit bientôt de discerner une présence, puis deux, et enfin une foule. Des pensées suintant la peur, la stupéfaction, l'indécision, des relents de panique ; pourtant, personne en vue !

— Là ! Regardez !

Un guerrier de Dracchus avait crié, provoquant l'envol lourd d'un oiseau de nuit. Une ouverture sombre se découpait dans la clarté lunaire, derrière un amas de blocs dévorés par la mousse et les liserons. Les pulsations cérébrales émanaient de là. Les pirates se cachaient dans une grotte. Dorian sauta à bas d'Aram et s'approcha avec circonspection. Une flèche jaillit, qu'il brisa net d'un coup de main précis. Il riposta par un flash laser qui pulvérisa un énorme bloc gardant l'entrée de la caverne. Un homme s'écroula, disloqué. Quelques instants plus tard, il entrait dans la grotte et découvrit un escalier. Bientôt, il déboucha dans une caverne sombre, à la forme étrangement régulière. Une sorte de rivière la creusait en son milieu, mais aucune eau n'y coulait. Le lit était encombré de traverses bizarres, brisées pour la plupart. En proie à une panique sans nom, une centaine d'hommes et quelques femmes se tenaient là, resserrés les uns contre les autres. Un petit groupe de prisonniers s'entassait à l'écart, tout aussi effrayés. Ils se précipitèrent vers les leurs dès qu'ils les reconnurent. Les égorgeurs avaient perdu de leur superbe. Leurs armes, inefficaces contre celle de Dorian, pendaient lamentablement au bout de leurs bras. Il lut dans leurs yeux qu'ils le prenaient pour un dieu venu les punir de leurs crimes. Un gémissement plaintif monta des femmes.

Il y eut un moment de flottement. Dorian n'avait jamais pu se résoudre à tuer de sang-froid. Or, le feu de la bataille était passé. Ces hommes n'aspiraient plus qu'à rendre leurs armes, à fuir la mort horrible et inéluctable qui s'avançait vers eux.

L'un d'eux se jeta aux pieds de Dorian en hurlant :

— Pitié, noble fahhandi ! Épargne nos vies !

Dorian ne répondit pas et continua d'avancer.

— Nooon ! Ne nous brûle pas, noble fahhandi ! Nous serons tes esclaves ! Ce n'est pas nous ! Nous ne sommes pas les vrais coupables ! C'est lui...

— Qui ?

— Le khalid !

Il désignait, baissant soudain la voix, le tunnel obscur qui naissait au loin, à l'autre extrémité de la caverne. Un autre lui faisait vis-à-vis, près de l'endroit où se tenaient Dorian et ses compagnons, mais un éboulement obstruait ce dernier. Celui du fond, par contre, indiquait grossièrement la direction d'Al Khandarya. Dans cet univers fermé, jonché de débris, la voix résonnait étrangement.

— Qui est votre khalid ?

Hésitations, murmures, vite dissipés par un mouvement vif de l'arme.

— Lui ! Le seigneur Gunar, clama une femme. Ce tunnel

rejoint les caves profondes du palais d'Al Khandarya, lui seul connaît le passage. Nous pillons les caravanes pour lui. Il a besoin de beaucoup de drakkhors pour vivre à la cour de Bahiskra. En échange, il nous laisse libres.

— Je comprends. Ce Gunar est décidément un bien sinistre personnage.

Dracchus se rapprocha de Dorian.

— Voilà le moyen d'attaquer directement le palais comtal, dit-il.

— J'ai entendu, compagnon. Nous attaquerons donc demain. Envoie une estafette prévenir que nous resterons ici cette nuit.

— Là, Arnaud, regarde !

Le jeune homme approcha sa torche de l'endroit désigné par Odios.

— Une tablette de... de marbre, gravée par les Anciens, balbutia Sylvain.

— Quels caractères d'écriture étranges ! Quelle langue magique employaient-ils donc ? murmura Dorian.

Il caressa avec respect la plaque brisée, gisant sur le sol couvert de gravats, de poussière, d'objets indistincts, soudés à leur environnement par le temps. Avant d'engager son armée dans une aventure inconnue, Dorian avait décidé de reconnaître les souterrains. Il regretta l'absence d'Achil dont le savoir universel aurait peut-être trouvé une explication à cette caverne insolite qui s'élargissait par endroit pour laisser apparaître comme des quais. Des boyaux plus petits s'ouvraient çà et là, découvrant des escaliers ne menant nulle part. Des rats furtifs et curieux se faufilaient dans les ruines, l'œil et l'oreille aux aguets, épiant avec attention le groupe d'humains qui explorait leur univers. Dorian et une douzaine de guerriers suivaient le tunnel mystérieux, trébuchant presque à chaque pas, sur les traverses inexplicables. Ils avaient amené un prisonnier, censé les guider. Celui-ci ne se faisait pas prier, effrayé par la mine terrible du géant Orloff qui le suivait de près. Le moindre geste hostile et il lui écrasait la tête d'un coup de poing. On aurait dit que la caverne avait été broyée par quelque main gigantesque. À un endroit, elle semblait avoir été cassée en deux et se poursuivait à un niveau inférieur, au-delà d'un boyau à peine suffisant pour permettre le passage d'un homme. Un tel passage était facile à obstruer, le cas échéant. Dorian l'élargit d'un coup de pistolaser. Dans un vacarme épouvantable, une partie du tunnel s'effondra, dégageant une ouverture plus large. Au-delà, ils durent patauger dans une rivière souterraine. L'eau glacée les pénétra jusqu'aux os. Rien ne pouvait arrêter Dorian. S'il n'avait écouté que ses propres impulsions, il n'aurait pas attendu ses guerriers et aurait attaqué seul.

Enfin, ils parvinrent au cœur d'une salle plus importante d'où rayonnaient diverses galeries.

Soudain, un guerrier poussa un cri :

— Là ! Là, seigneur ! Que les dieux nous protègent !

Une sueur froide coula le long de l'échine de chacun lorsque les regards se portèrent vers l'endroit désigné. Des yeux énormes, jaunes et lumineux, les contemplaient. Des yeux atroces de fixité, des yeux morts et pourtant singulièrement vivants. Un rire intérieur, décelé chez le prisonnier, avertit Dorian. Prudemment, il s'avança vers le monstre tapi dans les ténèbres, mais celui-ci ne daigna pas bouger et pour cause...

La vivacité des yeux se précisa, trembla, s'amplifia au fur et à mesure qu'il approchait. Derrière eux se révéla la carcasse usée d'une sorte de charrode couverte, aux couleurs encore vives malgré leur ancienneté. Un engin aux lignes inimaginables, épurées, échoué sur les traverses de béton au fond d'une voie oubliée. Un monstre visiblement destiné... au transport des voyageurs d'un autre temps, dernier survivant d'un monde éteint, enfoui sous le sable.

Curieux, les autres approchèrent. La sécheresse relative de cette portion de galerie avait garanti le véhicule contre la décomposition qui avait détruit les autres. Peu à peu, la lumière des torches dessina une grotte gigantesque dont les murs, sous la poussière, se parèrent de mosaïque multicolore. Le prisonnier expliqua :

— Cette galerie mène aux caves les plus profondes du palais, fahhandi. Une porte de bronze nous en sépare, dont seul le seigneur Gunar possède la clé.

Il indiqua, au fond de la caverne, un couloir partiellement dégagé où l'on devinait un escalier. D'autres ouvertures du même genre s'ébauchaient un peu partout, mais des tonnes de débris les obstruaient.

— Que de choses nous pourrions apprendre sur les Anciens si nous fouillions cet endroit ! dit Dorian.

— Est-ce que cela serait souhaitable, Arnaud ? répondit Sylvain. Laissons-les dormir en paix. "Les yeux des hommes ne doivent jamais s'aveugler de la poussière du temps enfui, mais s'éblouir de la lumière à venir !"

— Laisse les citations de Mahel de côté, frère ! Je pense au contraire que la connaissance des Anciens nous serait bénéfique. Ne serait-ce que pour ne pas commettre les mêmes erreurs qu'eux. De plus, nous ne sommes pas ici pour philosopher.

Il leur fallut franchir quatre niveaux pour atteindre la fameuse porte de bronze décrite par l'égorgeur. Elle ne constituait pas un obstacle pour l'arme de Dorian.

Réduisant le cône d'action du rayon, il mordit sans difficulté dans le lourd métal. Une coulée incandescente se glissa sur le sol, dans un bruissement semblable à celui des frondaisons au printemps. Recueillis, les compagnons de Dorian le contemplaient tandis qu'il maniait l'arme magique, le visage éclairé seulement par le liquide infernal.

— C'est fait ! Une légère pression devrait suffire à faire sauter ce qui reste de la serrure lorsque les autres seront là.

La porte sauta sans problème. Derrière Dorian suivaient trois cents guerriers, l'arme au poing, les sens aiguisés, décidés à en découdre. Une foule compacte de visages casqués apparut, arborant les terribles masques d'acier des Vikéens ou les épaulettes à pointes des Gwondaleyens ; des faces obscures et déterminées, dévoilées par les lueurs tremblotantes des torches. Ils passèrent dans le plus grand silence le portail de bronze, s'infiltrèrent dans les caves, se glissèrent d'escaliers en couloirs, gravissant encore plusieurs niveaux.

En quelques minutes, le palais tomba aux mains de Dorian. L'effet de surprise fut total. Les gardes stupéfaits rendirent les armes avant même d'avoir pu opposer la moindre résistance. Nul n'aurait su dire d'où sortaient ces centaines de guerriers féroces, hirsutes comme des démons. Les domesses s'enfuirent en poussant des cris d'horreur.

Gunar dînait avec quelques intimes lorsque le flot furieux fit voler en éclats les portes de ses appartements. L'Orgueilleux ne reconnut pas l'archange vêtu de noir qui hurlait des ordres d'une voix irrésistible. Courageusement, il dégaina néanmoins son dayal et fit face, imité par quelques amis, mais la lutte était inégale. Quelques minutes plus tard, Dorian le désarmait.

— Qui êtes-vous, seigneur ? Que me voulez-vous ?

Dorian appuya son dayal sur la gorge de son ennemi.

— Qui suis-je ? Ce que je veux ? Regarde-moi, Gunar l'Orgueilleux ! Regarde-moi bien !

Une sueur froide dégoulina sur le front de l'homme. Le flot de haine qui émanait de son adversaire l'investit, l'imprégna et dilua le reste d'assurance qui le tenait encore. Jamais il n'avait éprouvé une telle peur.

— Je... je ne comprends pas...

Soudain, il le reconnut et une véritable panique s'empara de lui. Ce regard, ce visage volontaire, cette crinière noire, point de mire de Burdaroma, c'était...

— Non ! Non, seigneur ! Je vous jure que je ne lui ai fait aucun mal. Pas moi, seigneur ! Je... j'ai tué Rodrick, ce porc immonde, parce qu'il avait abusé d'elle. Je l'aurais aimée, seigneur ! Lui voulait la rabaisser, l'avilir. Il n'a eu que ce qu'il méritait.

— Où est-elle ? hurla la voix terrifiante à l'intérieur de sa tête.

— Elle... elle n'est plus ici, seigneur !

— Où est-elle ?

— À Bahiskra. Notre empereur Hadran, que les dieux gardent, a voulu la conserver à ses côtés. Elle est... je... j'espère qu'elle est toujours auprès de lui.

Une gifle gantée de cuir lui fit éclater la bouche.

— Et tu prétends l'aimer, être immonde. Tu n'es pas digne de la poussière qu'elle foule aux pieds.

— Mais je...

— Tu n'as pas tout dit ! Tu sais autre chose ! Parle !

Au comble de la fureur, un voile rouge devant les yeux, Dorian empoigna le Nogafrikain d'une seule main et le projeta contre le mur dans un fracas de meubles éventrés, de bouteilles renversées, d'assiettes brisées.

— PARLE !

— Ayez pitié de moi, seigneur ! Notre djehal n'aime les femmes que pour leur aspect... décoratif. Il préfère les hommes et même les jeunes garçons. Par malheur, son favori, Namahad, est tombé amoureux d'elle.

Gunar se tut. Il savait qu'il ne pourrait achever son récit sans périr. Par ailleurs, il ne pouvait non plus refuser de parler. Il comprit que son adversaire avait déjà à demi deviné l'horrible vérité. Il n'y croirait totalement que lorsqu'il l'aurait entendue de sa propre bouche.

— Pitié, seigneur ! Namahad a voulu s'enfuir avec elle, la sauver de la fureur d'Hadran, mais on ne s'enfuit pas de Bahiskra. Les chaenaires, les gardes impériaux, les ont rattrapés. Namahad a été exécuté.

— Et elle ?

— Pitié, seigneur !

Des larmes coulaient à présent de ses yeux, tandis que son teint virait au gris. Une série de coups s'abattit sur le visage de l'homme. Dorian n'oubliait pas qu'il était le chef secret des égorgeurs. Cela ne l'incitait pas à la pitié. Lentement, la vérité se clarifia dans l'esprit de son ennemi, une vérité qu'il tentait de lui dissimuler, mais qu'il discerna avant même qu'elle ne franchisse les lèvres tuméfiées.

— Ne me tuez pas, seigneur ! Ne me tuez pas !

— Que lui a-t-il fait ?

— Il... il lui a brûlé les yeux, seigneur ! Parce qu'ils lui avaient pris Namahad.

Gunar entendit comme le rugissement d'un grand fauve blessé. Il entrevit l'éclat d'un dayal au-dessus de sa tête, une brillance cristalline qui accrochait des étincelles de fureur, mais il ne sentit pas son crâne et son corps s'ouvrir en deux jusqu'à l'estomac. L'onde de haine sauvage l'avait tué avant.

CHAPITRE XX

C'était à mi-chemin du rêve et de la réalité. Un désert sans fin inondé d'un soleil impitoyable, une lumière d'enfer qui anéantissait toute vie. Une lumière terrifiante qui avait brûlé les yeux de la plus belle princesse du monde. Le cœur de Dorian n'était plus qu'un bloc de passion haineuse, une volonté de destruction sans limite. Le désert maudit qui peu à peu dévorait les terres fertiles épousait sa haine, se fondait en elle. Là-bas vers le sud, à la frontière du sable et du ciel, apparaissait parfois le visage de la sœur tendrement aimée, un visage inoubliable, transparent, irréel, aux yeux d'outremer, habité par les étoiles. Des yeux éteints à jamais. Insensible aux rafales des vents secs et brûlants qui, inlassablement, labouraient la piste, ignorant toute fatigue, Dorian entraînait derrière lui une armée exténuée, mais animée de la même volonté de vengeance.

Après avoir tué Gunar l'Orgueilleux, les Gwondaleyens s'étaient retirés, laissant le palais à feu et à sang, raflant au passage une bonne part du trésor dissimulé dans les caves. L'attaque n'avait pas duré plus d'une heure.

Revenu à Litéa, Dorian avait réuni les siens et leur avait expliqué son intention de poursuivre jusqu'à Bahiskra. Un hurlement de fureur enthousiaste lui avait répondu. On irait à Bahiskra et on crèverait les yeux de tous les Bahiskrans.

Le lendemain, sans même prendre une journée de repos, la petite armée contourna Al Khandarya et s'engagea dans le Seharatt, traversant la bande fertile située en bordure de la Médhellenie.

Pays magique, cruel, où l'eau était plus précieuse que l'or, où l'esprit halluciné peuplait l'horizon de visions fantastiques qui s'évanouissaient dans des brumes de folie.

Au-delà des mirages et des dunes s'étendait Bahiskra, la cité quasi légendaire dont les empereurs de la lignée de Nogafrika avaient fait leur capitale.

— La légende dit que Hahdenek, un seigneur écœuré par les mœurs dissolues des nobles de son temps, avait fui l'ancienne capitale, Khas Alab. En ce temps-là, le Seharatt n'avait pas encore atteint la Médhellenie, même si les terres fertiles commençaient à céder devant lui. Depuis longtemps, l'emplacement de Bahiskra avait disparu dans les sables. Ce n'était d'ailleurs qu'une petite oasis sans importance, à l'écart de toutes les pistes caravanières. Furieux contre Hahdenek, l'empereur Shalma le fit poursuivre par ses guerriers, les terribles moroks, dont on disait qu'ils tuaient les prisonniers avec leurs propres dents. Traqué de ville en village, Hahdenek finit par se fondre au cœur du Seharatt où nul n'osa le poursuivre. Pendant plusieurs années, on le considéra comme mort.

« Or, Hahdenek était "baraïk", c'est-à-dire protégé des dieux, comme disent les Nogafrikains. On prétend qu'un chameau blanc les guida, lui et ses fidèles, alors qu'ils étaient sur le point de mourir de soif. L'animal divin les mena jusqu'à une vallée "où s'étendait le lac le plus bleu du monde, le miroir même des divinités".

« Recueilli par le peuple rude qui vivait là, Hahdenek en devint bientôt le roi, pour ses qualités de courage et de justice qui lui valurent le respect de tous. Un jour...

Dorian quitta le cercle des visages rougeoyants, autour d'un feu précaire où Achil contait les légendes mystérieuses attachées à la vallée divine, cette vallée maudite où survivait peut-être une jeune aveugle qui avait pour nom Solyane.

Elle vivait. Au plus profond de lui-même veillait une petite flamme, une boussole étrange qui vibrait lorsqu'il portait les yeux dans la direction de la cité impériale. Ses appels se faisaient de plus en plus pressants chaque jour.

S'éloignant de la chaleur timide des feux, il se dirigea vers le désert. Par quel miracle la vie s'accrochait-elle encore à ce sol craquelé, pulvérulent, inondé d'une chaleur infernale le jour, pétrifié par le froid nocturne ? Dorian resserra les pans de sa cape autour de lui. Il gelait. Ces roches éclatées en étaient la preuve. Pourtant, çà et là rampait une plante d'un gris brunâtre dont les feuilles rongées par le sable avaient l'aspect du vieux cuir. Peu avant midi, un cheval avait péri de l'attaque d'un scorpion des dunes, un spécimen qui atteignait une cinquantaine de centimètres de longueur.

La lune illuminait le désert d'une blancheur bleutée. Ils avaient quitté Gwondaleya depuis bientôt six mois. Combien de temps encore allait durer cette expédition hasardeuse ? Il songea à ceux qu'il avait laissés derrière lui, sans s'inquiéter outre mesure. Pierre d'Oth et Jans étaient largement capables d'assurer la direction du comté en son absence. Et puis, ils savaient que Pillat garderait un œil attentif sur ses affaires. Il se prit à regretter les verts paysages des vallées proches de la forêt Skovandre, le Danov, le port animé et toute cette population qu'il avait appris à aimer. Peut-être parce que le désert l'environnait totalement, l'isolait et le forçait à regarder en lui-même, il comprit qu'il s'était attaché profondément à sa cité et que jamais il ne pourrait vivre ailleurs. Là était le havre de sécurité, le nid, les racines qu'il s'était fixées en ce monde. L'évocation de la ville calma un peu la haine extraordinaire qui l'avait envahi.

— La lune est belle ce soir, seigneur !

Il se retourna brusquement. Elena vint près de lui. Perdu dans ses méditations, il ne l'avait pas entendue venir.

— Achil m'a dit que les Nogafrikains voient en elle une divinité bienfaisante. Il existe même une secte, en Médhellenie, qui lui voue des sacrifices humains.

Il sourit et passa un bras protecteur autour des épaules de la jeune femme. Pourtant, aucun mot ne put franchir ses lèvres. Elle soupira.

— Ne laissez pas la haine envahir votre cœur, seigneur Arnaud. Elle ne vous a pas quitté depuis votre départ. Parfois, elle sommeille, mais elle est toujours présente. Ne la laissez pas vous dévorer. Elle finira par vous perdre.

— Aveugle ! Elle est aveugle, tu comprends ! Parce qu'un courtisan a osé lever les yeux sur elle. Quel peut être ce monstre qui gouverne ce pays ?

L'intervention d'Elena avait brisé le charme, l'onde de paix qui était descendue un court instant sur lui. La haine revenait, plus exigeante que jamais. Ses poings se crispèrent de rage et d'impuissance. Volontiers il aurait donné ses propres yeux pour Solyane, mais rien, jamais, ne pourrait lui rendre la vue.

— Je sens bouillonner une telle puissance en moi, Elena ! J'ai eu la force de renverser un roi. Je me sens capable d'affronter des empereurs, des armées entières et pourtant, je suis incapable de rien faire pour elle.

— Quel que soit le pouvoir dont on dispose, seigneur, il existe toujours de par le vaste monde une force susceptible de nous dépasser. La puissance absolue est entre les mains des dieux.

— Mais pourquoi cette atrocité ? Quel homme est donc cet Hadran ?

— On dit qu'il a réservé un sort bien pire à Namahad, ajouta Elena.

Dorian fixa les yeux sur la faille d'une falaise lointaine que la lune inondait d'argent. Un rat hurleur fit entendre son cri étrange, semblable à celui d'un bébé.

— On dirait que certains royaumes, certains empires sont voués à l'échec à la cruauté : vois Hadgar et puis cet empereur fou ! Car il faut être fou pour ordonner pareille chose. N'y a-t-il pas une erreur quelque part dans la religion, qui permet à des êtres aussi inhumains de parvenir à ce niveau ? Czarthoz et Pillat, même s'ils ont parfois commis des erreurs ou des injustices, l'ont toujours fait pour sauvegarder l'intérêt du plus grand nombre. Ici au contraire, on rencontre des rois, des seigneurs dont les préoccupations sont uniquement orientées vers le pouvoir. Le pouvoir pour lui-même, non pour le bien des cités dont ils ont la responsabilité. Une petite minorité se partage les richesses, tirées de la misère d'un peuple abruti et soumis. Je ne comprends pas ! C'est incompatible avec la chevalerie. En Ukralasie, la religion semble avoir mis en place des souverains et des gouvernements stables. Ici, les royaumes échappent à tout contrôle. Il serait pourtant possible de faire intervenir les dramas.

Elena précéda son raisonnement.

— À moins que le désordre ne soit entretenu volontairement ?

— Peut-être encore, ces chaos locaux remettent-ils en cause l'unité de la religion ? Elle ne contrôle pas tout. Des régions comme la Médhellenie lui échappent. Bahiskra est la capitale de l'empire nogafrikain. Sa civilisation est minée, décadente. Les amanes ont-ils un but en l'abandonnant ainsi ou bien la situation leur échappe-t-elle ?

— Je ne vous suis plus très bien, seigneur !

— Je veux dire que cette négligence ne ressemble pas aux amanes. Si j'étais à leur place, je laisserais la situation se dégrader encore, afin de préparer une nouvelle force, une dynastie nouvelle, plus jeune, capable de remplacer l'ancienne. L'histoire de Bahiskra n'est pas unique ! Tant que la vie a été rude pour Hahdenek et ses descendants, tant qu'ils ont lutté pour arracher leur cité aux sables, ils ont été un peuple puissant et respecté. Lorsque la ville a été à son apogée, l'ordre et la rigueur y régnaient. On y respectait l'homme et la religion. Puis Bahiskra a explosé, elle a essaimé aux quatre coins de l'empire où s'étiolait une civilisation agonisante, gouvernée par une dynastie sur le déclin. Les Bahiskrans ont ainsi dominé la moitié de ce continent si vaste. Les rigueurs du désert en avaient fait des guerriers redoutables. Ils ont conquis Nogafrika et drainé vers eux les richesses de l'empire. Ils ont rebâti une nouvelle civilisation, puis se sont installés confortablement dans leur puissance. Leur but était atteint. Alors a commencé la décadence. Je pense que nous en voyons aujourd'hui les ultimes sursauts.

« Al Khandarya sera bientôt une ville fantôme que les sables enseveliront. Cela prendra peut-être encore quelques siècles, mais le temps ne compte pas pour le Seharatt.

Il contempla longuement l'étendue formidable semée d'ombre et de lumière d'argent, le moutonnement des dunes, l'âpreté des crêtes montagneuses, vers le nord.

— Regarde le désert, Elena ! Vois sa puissance. Les civilisations naissent, vivent et meurent, comme les vagues viennent mourir sur les sables des grèves, lui est toujours présent, immuable, invincible.

— La religion aussi est puissante, Arnaud. Elle a survécu à ces civilisations disparues.

— C'est vrai et elle survivra aux autres, celles qui s'épanouissent actuellement, comme la nôtre. Parce qu'elle détient des secrets dont nous n'avons même pas idée. Elle possède la connaissance. Cette connaissance renferme des sciences qui vont beaucoup plus loin que la technologie la plus sophistiquée. C'est pour cela qu'ils sont puissants. Leur force dramas n'est qu'une facette de cette puissance.

Il fit quelques pas au milieu des roches pulvérisées par les vents.

— Ils possèdent des atouts bien plus importants encore. C'est cela.

Une sorte d'exaltation le gagna.

— Ils savent s'adapter à chaque situation, ils savent même la prévoir, l'analyser. Ils peuvent le faire parce qu'ils connaissent l'histoire du monde et parce qu'ils ont su en tirer les leçons. Ils savent... ils savent qu'il est inutile de s'opposer à la chute d'un empire lorsqu'il a atteint sa période de décadence et ils sont capables de déceler les signes avant-coureurs.

— Quels peuvent être ces signes ? demanda Elena.

— L'ordre, les obstacles à surmonter, l'union devant l'adversité favorisent la cohésion et la santé d'une civilisation. Souviens-toi d'Yphrisios. Le pays est rude, difficile, mais par réaction, il a forgé des hommes tenaces, volontaires, puissants. La nature est faite d'équilibres de ce genre.

« Bahiskra a dépassé son apogée depuis longtemps. Les Bahiskrans se sont engourdis dans le luxe. Leur morale s'est faite élastique, engendrant l'ennui, le doute, la faiblesse, la lâcheté. C'est lui-même que Gunar l'Orgueilleux fuyait lorsqu'il parcourait la Médhellenie et l'Ukralasie. Cet Hadran, adepte des jeux du corps et de l'esprit, homosexuel notoire, est le symbole de cet empire asexué, un empire jadis puissant qui s'effondre lentement. C'est par jeu qu'il a sacrifié son favori. Par jeu aussi qu'il a... brûlé les yeux de ma sœur.

Il grinça des dents sur les derniers mots. Il se calma au prix d'un violent effort mental. Il devait rester parfaitement calme et lucide. À cette seule condition, il conserverait l'avantage sur l'ennemi qu'il allait devoir affronter.

— Lorsque par jeu on pratique ce genre de sacrifice, c'est que la décadence n'est plus très loin. Hadran est cependant suffisamment puissant pour anéantir notre petite armée. À moins...

— À moins ?

— À moins que nous ne soyons pas seuls... Si je ne me trompe pas, les amanes agissent en secret pour renverser Hadran. Ils doivent préparer une nouvelle dynastie.

Était-ce seulement un raisonnement logique qui l'avait amené à cette conclusion ? Ou bien était-ce une intuition, un pressentiment, la cohésion des forces invisibles qui gouvernaient le monde, qu'il avait captées ou analysées ?

Se figeant dans une immobilité de sel, il tendit ses sens inconnus par-delà l'horizon. Il se sentit soudain comme dédoublé, investi d'un pouvoir fantastique, qui abolissait les distances. Elena, un peu effrayée et aussi subjuguée, recueillit quelques miettes de ce mirage inconcevable qui naissait en lui. Il lui sembla entendre comme une palpitation lointaine, une vie en gestation, une puissance montante qui s'éveillait au cœur du Seharatt. Le chœur de tout un peuple. Le désert n'était pas aussi mort qu'il le paraissait...

La force nouvelle serait-elle cependant amie ? ou ennemie ?

CHAPITRE XXI

— Achaïd, le khamastin se prépare ! Il faut nous abriter.

Begatt, le guide nogafrikain que Dorian avait pris à son service, désignait vers le sud des colonnes mouvantes de sable qui dansaient lentement avant de retomber en brumes.

— L'esprit des derves fous, murmura Achil en remontant

le capuchon de sa cape de cuir devant son visage. Certains disent qu'ils sont l'haleine même de Seharatt.

En elle-même, la tempête khamastin ne présentait pas de danger majeur, à condition de se confectionner un abri dans le creux d'une dune ou la faille d'une falaise, mais les vents remontant du sud sans rencontrer de résistance provoquaient de curieux phénomènes dus à la chaleur dégagée par le frottement du sable. Des avalanches poudreuses pouvaient ainsi glisser d'une dune à la pente un peu forte.

— On raconte que dans le sud, il existe des dunes hautes comme des montagnes. Un jour, l'une d'elles a englouti une caravane tout entière.

— Change de sujet, gronda Odios à l'adresse d'Achil.

Il examina d'un œil inquiet la masse de sable dont les bases venaient lécher les pieds d'un massif de roches rouges, émergeant du désert comme une île squelettique.

— Là, nous trouverons un abri sûr, dit Dorian.

La petite armée se dirigea vers le massif dont les flancs avaient subi depuis des millénaires la morsure incessante des vents de sable. Polis par une érosion inlassable, les rochers rosés n'offraient aucune aspérité. Des tranchées s'étaient dessinées dans les veines tendres, creusant des gorges et des anfractuosités où les Gwondaleyens vinrent chercher refuge. Le massif aurait pu accueillir une caravane dix fois plus nombreuse. Dans les recoins protégés poussait une plante étrange et rampante, aux feuilles longues et rugueuses, souples et résistantes comme du cuir de chevreau.

— Le rhafitt, commenta Begatt. L'herbe aux rats. Elle nourrit les gerboises. Autrefois, les hommes des sables, les Th'Args, en tiraient une boisson aphrodisiaque.

— Que sont devenus ces Th'Args ?

Le guide se toucha le front alternativement avec les paumes des deux mains.

— Il vaut mieux éviter de les rencontrer, seigneur ! Beaucoup d'entre eux sont retournés au désert. On ne sait s'ils vivent encore ou s'ils sont devenus des esprits. Des caravanes entières disparaissent. On ne revoit jamais les voyageurs. Le désert les boit, comme il boit l'eau de chacun de nous. Les Th'Args sont les mains de Seharatt.

— Peuvent-ils nous attaquer ? demanda Elena.

— Je ne crois pas, fenaïlh, répondit le guide à l'adresse de la jeune femme. Ils ne s'intéressent qu'aux caravanes marchandes et puis la piste d'Al Khandarya est peu fréquentée.

C'était vrai. Depuis cinq jours, ils n'avaient rencontré personne, à part deux petits villages végétant autour d'oasis minuscules. Leurs habitants s'étaient enfuis à leur approche.

Pourtant, un guetteur posté au sommet du massif signala bientôt l'apparition d'une petite troupe de chameliers.

— Ils viennent par ici, seigneur ! Douze hommes tout au plus. Ils semblent fuir quelque chose. Sans doute la tempête.

— Ce massif est leur seul espoir. Il est normal qu'ils se dirigent vers lui. Retourne les surveiller et avertis-moi si tu vois quelque chose d'anormal !

— Je ne sais pas si je pourrai continuer longtemps, seigneur. Les vents se lèvent. Je doute qu'ils aient le temps de nous atteindre.

Il ne se trompait qu'à moitié. La sagesse aurait voulu que les inconnus s'arrêtassent. Un abri sur la pente douce d'une dune eût suffi à les protéger, mais la peur ou l'inconscience les poussaient toujours plus loin, vers le refuge solide et rassurant que constituait le massif. Toute prudence envolée, lorsqu'ils entendirent derrière eux s'amplifier un grondement assourdissant, les chameliers aiguillonnèrent leurs montures sur les flancs de la dernière colline.

Soudain, l'enfer fut sur eux. Une falaise mouvante occulta le soleil, jaillit par-dessus la crête de la dune et dévala le versant escarpé pour venir s'écraser en mugissant sur la falaise rouge. Malgré la protection des replis de la roche, les Gwondaleyens sentirent comme une main de géant qui tentait de les arracher à leur abri. Des millions d'aiguilles brûlantes leur griffèrent le visage à travers les capes de cuir.

— Là-bas, Arnaud... murmura Elena d'une voix hachée.

Blottie contre Dorian, on ne voyait plus d'elle que la fente de sa cape ouverte sur deux yeux profonds et plissés pour arrêter les grains de sable. Dorian risqua un regard dans la direction indiquée par sa femme. Dans un halo cauchemardesque, il devina des silhouettes lointaines, maladroites, dévaler la pente raide de la dune. Tout avait pris la couleur du sable. Le ciel n'existait plus. Par esprit de solidarité, il sentit son corps se contracter, vouloir accomplir des efforts pour aider les arrivants. Il frémit d'horreur lorsque la crête de la dune se détacha sous les coups de boutoir de la tempête et glissa d'un mouvement ample vers les malheureux.

Begatt gémit :

— Les pauvres ! Mais aussi quelle imprudence ! Jamais un caravanier ne se risquerait à contourner une phenatt par son ubac.

Des hurlements de terreur leur parvinrent, étouffés par les grondements du khamastin. La vague impitoyable souleva ses victimes, les emporta, les ensevelit et roula jusqu'au pied de la dune. Des remous naquirent à la surface trouble et pulvérulente et deux silhouettes noires, un chameau et un homme, en émergèrent.

— On ne peut pas les laisser comme ça, gronda Dorian.

— Tu as raison, cria Dracchus. Hallal ! hurla-t-il, retrouvant pour s'encourager le cri de guerre de ses ancêtres.

Sylvain, Odios, Leïro, Khaled, Orloff, Rudriko et les autres suivirent, affrontant les bourrasques en direction du survivant. Ignorant le mitraillement incessant du sable, ils entreprirent de dégager les enterrés vivants. Les chameaux se libérèrent pratiquement seuls, mais les hommes ne possédaient visiblement qu'une expérience limitée du désert. Sur douze, Dorian et ses compagnons en arrachèrent dix à la mort. Les efforts pour retrouver les autres demeurèrent vains. Le désert avait prélevé son tribut en vies humaines. La tempête se calma peu après.

— Ah, nobles voyageurs, c'était par trop imprudent de traverser ainsi la pente raide de la dune, se lamenta Begatt lorsque les rescapés furent installés devant une tasse de thé.

Aucun mot ne franchissait les lèvres des inconnus. Dorian respecta leur mutisme. Ils avaient perdu deux compagnons. De plus, il sentait confusément un mystère planer sur le petit groupe. La frayeur se lisait sur leurs visages, dans leurs attitudes, pour ne rien dire de leurs esprits barricadés. Pourtant, cette inquiétude ne semblait pas provoquée par leurs sauveteurs. Une armée découverte aussi soudainement en plein désert eût pourtant dû les effrayer un peu.

S'infiltrant dans l'esprit de l'un d'eux, Dorian y lut l'angoisse qu'on découvrît d'où ils venaient, d'où leur volonté farouche de se taire.

— Qui êtes-vous ? demanda-t-il directement, sachant quelle réponse il obtiendrait.

— Des pèlerins, répondit l'un d'eux d'un ton neutre. Soyez mille fois remercié, seigneur comte ! Nous vous devons la vie. Notre sang est le vôtre.

C'était là la vieille formule nogafrikaine signifiant la reconnaissance, l'acceptation de verser son sang pour rendre la pareille à son sauveteur.

L'un des pèlerins intriguait Dorian. Il dissimulait son visage sans cesse. Il pénétra de force dans l'esprit de l'inconnu. Une onde cérébrale trouble et puissante lui répondit, chargée de ces parfums subtils et équivoques qui ne pouvaient appartenir qu'au sexe complémentaire.

Se sentant démasquée, la jeune femme rabattit son capuchon. Elle leva vers lui un regard inquiet, des yeux effrayés soulignés de khôl. Ses traits patriciens trahissaient une naissance élevée, renforcés par la puissance de sa présence mentale. Il vint s'agenouiller devant elle.

— N'ayez aucune crainte, madame. Nous ne vous voulons aucun mal. Nous ne sommes pas des Th'Args.

Elle releva le menton. Son visage magnifique, encadré d'une longue chevelure d'un noir de jais, dénotait toujours une angoisse latente, mais affirmait également une fierté farouche. Des grains de sable fins étaient restés collés sur sa peau, lui constituant un maquillage troublant à la lueur des lampes à huile.

— Je sais que vous ne nous voulez aucun mal, fahhandi ! Que savez-vous des Th'Args ? Les tenez-vous pour les pires des pillards ?

— Je ne sais rien des Th'Args, sinon ce qu'en disent les légendes. Je ne suis pas nogafrikain.

— Vous vous rendez à Bahiskra ?

— C'est exact.

Il comprit qu'en réalité, c'était elle qui dirigeait le petit groupe. Un courant mystérieux passa entre elle et Dorian. Une confiance mutuelle naquit, qui amena un sourire sur les lèvres de la femme.

— Je ne vous demande rien, dit doucement Dorian. Vous n'êtes ni ma prisonnière ni ma compagne de caravane, mais je serai là si vous avez besoin de mes services.

— Merci, fahhandi ! Vous êtes... un vrai chevalier !

À la façon dont elle avait prononcé ces mots, il comprit que le compliment revêtait pour elle une importance très grande. Il avait déjà lu en elle qu'elle avait fui Bahiskra pour rejoindre quelqu'un dont elle voulait à toute force taire le nom.

Dorian n'insista pas. Cela ne le concernait pas.

— Merci, madame. Je suis le comte Arnaud de Gwondaleya. Et voici mon épouse Elena. J'espère que vous nous ferez l'honneur de partager notre repas.

— Craindriez-vous d'être poursuivie, madame ? Je vous vois sans cesse regarder en direction du sud.

Elle baissa le nez dans son assiette sans répondre.

— Ne craignez rien. Vous êtes ici en sécurité. Nul pirate, ennemi, quel qu'il soit, ne viendra jamais vous importuner, tant que vous serez sous ma protection.

Il avait intentionnellement appuyé sur le « quel qu'il soit ». Il montrait ainsi à son invitée qu'il n'était pas dupe et que l'histoire qu'elle lui avait servie au sujet de maraudiers du désert ne l'avait pas abusé. C'était bien Bahiskra qu'elle fuyait, mais il en ignorait encore les raisons. Toutefois, cet élément pouvait se révéler utile. Il décida d'entrer dans son jeu.

— Vous venez de Bahiskra. Nous nous y rendons. Est-elle bien cette cité aux mille merveilles dont parlent les voyageurs ? Est-il vrai que l'eau y coule en abondance, que des arbres gigantesques bordent ses rives ?

— Le lac que l'on nomme l'Œil de Seharatt, compléta-t-elle. Oui, c'est exact. Bahiskra est, ou a été, l'une des cités les plus puissantes du monde.

Les ondes de complicité mystérieuses se tissèrent une nouvelle fois entre Dorian et elle. Chacun avait conscience de mentir à l'autre tout en sachant qu'il ne tombait pas dans le piège.

Les visages rougeoyaient autour d'un feu maigre qui tentait de dissiper les mains glacées de la nuit. Elena s'était blottie contre son mari et somnolait, bercée par le son de sa voix. Dans le ciel immuablement pur, la déesse lunaire avait entamé sa course, au milieu de son champ d'étoiles. Une rumeur sourde montait du campement où beaucoup de guerriers veillaient encore. Dorian fixa quelques instants les tisons incandescents, puis demanda :

— Si vous venez de Bahiskra, vous avez certainement entendu parler de cette jeune fille que l'empereur a recueillie sous sa protection voici quelques mois ? Elle fut amenée par le comte Gunar d'Al Khandarya.

Une onde d'angoisse passa un instant sur les traits de la jeune fille.

— Vous la connaissiez, seigneur ?

Il laissa planer un court silence.

— Cette jeune fille est ma sœur jumelle !

— Oh !

Cette fois, l'inconnue ne put retenir un cri et porta sa main à sa bouche.

— Elle était votre sœur ?

Ce fut comme une masse de plomb qui coula d'un bloc dans les entrailles de Dorian.

— Comment cela "était" ? Expliquez-vous !

— Je... je ne sais pas...

— Parlez, mademoiselle !

Sa voix ne s'était pas élevée d'un iota, mais l'intonation aurait figé une armée en marche.

— Seigneur, comment vous dire ce qui lui est arrivé ? Oh, le maudit ! Le maudit ! Que Shaïentus lui arrache les entrailles et les jette aux chacals.

Elle se mit à trembler d'une colère contenue.

— Fahhandi ! Personne ne sait ce qu'il est advenu de votre sœur. Elle fut présentée à la cour voici quelques semaines par l'Orgueilleux, comme étant sa maîtresse. Elle avait un visage magnifique, mais marqué d'une tristesse immense. Elle me fit grande pitié. L'empereur Hadran, dès qu'il la vit, sembla attiré. Il lui fit mille grâces, l'accueillit comme une déesse, donna plusieurs fêtes en son honneur. Il prit soin d'écarter Gunar. Celui-ci, en courtisan zélé et prudent, se fit oublier. La jeune femme ne retrouva pas le sourire pour autant. Elle ne parlait jamais. Elle me faisait penser à ces plantes déracinées qui ne peuvent plus reprendre vie ou à un animal captif et résigné. Je suppose, pardonnez-moi, seigneur, que ce monstre d'Hadran l'a mise dans son lit. S'il préfère les hommes, il ne dédaigne pas pour autant les femmes. S'il put posséder son corps, sans doute par la force, il ne sut apprivoiser son âme. On ne sait pas très bien ce qui se passa alors. Un favori de l'empereur, le comte Namahad, prit la jeune femme en pitié. Sans doute tomba-t-il amoureux d'elle. Il sut se montrer doux avec elle. Lui seul fut capable de ramener des sourires sur son visage. Il faut dire que Namahad était le plus aimable des courtisans. Comme presque tous les hommes de la cour, il aimait autant ses semblables que les femmes. L'attachement qu'il éprouvait pour elle était visiblement profond. Malheureusement, furieux d'avoir échoué là où un de ses courtisans avait réussi, Hadran voulut les attirer dans l'une de ses orgies dont on sait qu'elles se terminent toujours dans le sang. L'empereur est le plus abject personnage que le monde ait jamais porté, fahhandi !

Furtivement passèrent dans son esprit des souvenirs personnels qu'elle aurait voulu éviter. Elle serra les dents, puis poursuivit.

— Namahad s'opposa à ce que la jeune femme fût mêlée à ces beuveries sans nom. Non sans raison, il craignait pour sa vie et pour la sienne. Alors, dans un accès de colère, Hadran voulut les faire arrêter. Ils parvinrent à s'enfuir. L'empereur lança ses chaenaires à leur poursuite. Ils furent repris et ramenés. Ils participèrent à l'orgie, mais en tant qu'attraction. C'est là que...

Les poings de la jeune fille se serrèrent. Elle bredouilla :

— Je... je ne peux pas continuer, fahhandi. Je ne peux pas. Moi aussi, il m'a forcée à y assister.

Sa peau brunie par le soleil nogafrikain pâlit. Les jointures de Dorian blanchirent.

— Dites-moi ce qui s'est passé.

— Hadran prétendit que cette jeune femme était une sorcière, que ses pouvoirs étaient concentrés dans ses yeux. Alors... il lui fit couler du plomb fondu sur les paupières. C'était... horrible. Ex... excusez-moi, seigneur.. C'est vous qui avez voulu...

Elle éclata soudain en sanglots.

Dracchus, Sylvain, Odios, Leïro et d'autres s'étaient rapprochés, le visage durci par la haine.

— Continuez, mademoiselle, dit Dorian d'une voix blanche.

— Hadran fit tuer Namahad d'une manière particulièrement atroce. Il le fit enfermer dans une cage où se trouvait un panier qu'un domesse ouvrit au moyen d'un levier. Ô Hadran ! Hadran ! Mille fois maudit soit ton nom ! Que les vautours t'arrachent les yeux et la langue ! Que les porcs se disputent tes intestins.

— Qu'y avait-il dans ce panier ?

— La dernière des abominations, seigneur ! Cinq tahar'güls. Ce sont des mille-pattes géants dont les dards contiennent un poison qui plonge leurs victimes dans un sommeil léthargique. Ensuite, ils tissent autour d'elles un cocon protecteur et creusent la chair pour y pondre des œufs. Lorsque les larves éclosent, elles dévorent lentement la chair qui les environne, mais la victime survit, conservée par le poison jusqu'à ce qu'un organe vital soit dévoré. Voilà quel fut le sort de Namahad.

— Le seul homme qui lui aura apporté un peu de réconfort ! murmura Dorian. Et elle, qu'est-elle devenue ?

— Pendant tout le temps que dura le combat entre Namahad et les monstres, Hadran s'amusa à le lui commenter, jusqu'au moment où le cocon fut tissé. Je... je crois qu'elle...

— Qu'elle est devenue folle, acheva doucement Dorian.

La jeune fille baissa la tête.

— Oh, pardonnez-moi, seigneur, pardonnez-moi.

— Calmez-vous, mademoiselle !

— Hadran voulait lui faire subir le même sort. Le théolamane Sagavellius s'y est opposé. Depuis, on n'a plus revu votre sœur. Il l'a emmenée dans le temple pour certaines expériences auxquelles, dit-il, il voulait se livrer.

— Comment cela, des expériences ?

— Je ne sais pas, fahhandi ! Je ne sais pas ! Mais ce que je peux vous dire, c'est que Sagavellius, même parmi les courtisans, est surnommé “le fou”.

Dorian prit une profonde inspiration et disciplina la

haine bouillonnante qui habitait son esprit. Une falaise de rage encerclait la jeune femme inconnue.

À travers ses larmes, elle prit soudain conscience de tous ces masques déformés par la colère qui la regardaient, elle. Une panique sans nom s'empara d'elle. Elle hurla.

Dorian la prit contre lui.

— Ne craignez rien, mademoiselle. Je sais que vous n'êtes pour rien dans les exactions de votre maître.

— Mon maître ? s'exclama-t-elle, hors d'elle. Ce chien puant n'a jamais été mon maître ! Je le hais, je le hais ! Il a pu posséder mon corps, mais mon âme est restée pure. Je le hais, pour tout cela, pour toutes ses abominations, pour un frère qu'il a fait assassiner alors qu'il n'avait pas quinze ans. Et ma haine est celle de Khem, mon cousin, pour le sang de son père, tué par celui d'Hadran. Je suis...

Elle se leva et les défia du regard.

— Je suis Sheranea Datt Benek. Comme beaucoup d'autres, je suis parvenue à fuir Bahiskra la maudite, mais je reviendrai. Je reviendrai et le sang de ce chacal coulera, brûlera au soleil de Nogafrika. J'en ai fait le serment.

À bout, elle se rassit.

— Calmez-vous, Sheranea, dit Dorian. Notre haine est commune. Je vous aiderai et suis d'ores et déjà votre allié et votre ami. Où vous rendiez-vous ainsi ?

— Je dois rejoindre, aux ruines de Menehuf, un parti th'arg mené par le propre cousin de l'empereur et le mien aussi, Khem Dott Ophal. C'est lui qui a su réunir les seuls hommes véritables de cet empire : les Th'Args. Les guerriers du désert.

Une véritable passion l'animait à présent. Dorian sentait bien qu'elle aimait ce cousin dont elle parlait avec tant de flamme.

— Comment les amanes peuvent-ils tolérer de tels crimes ? demanda-t-il encore.

— Ils ne les tolèrent pas, mais Hadran est soutenu par Sagavellius le fou. Celui qui a emporté votre sœur. Les autres amanes impériaux se sont soumis, ou se sont enfuis. Sagavellius a conservé fidèle la plus grande partie de l'armée dramas stationnée à Bahiskra. Sans elle, Khem aurait déjà attaqué. Vous connaissez la puissance des dramas, fahhandi.

Elle soupira.

— Vous m'avez demandé tout à l'heure si Bahiskra était aussi belle qu'on le prétendait, seigneur. Oui, c'est vrai, elle a été la plus belle ville du monde et conserve encore des vestiges grandioses, à nuls autres semblables, mais de profondes lézardes défigurent la splendeur du passé. Derrière les masques des fêtes, les airs de musique, se cachent l'horreur et le crime. Cela cessera bientôt, car Khem bénéficie lui aussi de l'appui de la religion. Il n'attend que moi pour rassembler ses forces et marcher sur la capitale.

— Vous ?

— Khem veut m'épouser, fahhandi. Moi, Sheranea Datt Benek, sa cousine au second degré. C'est lui que je dois retrouver demain aux ruines de Menehuf. Hadran paiera ses crimes.

Dorian la fixa dans les yeux.

— Si vous le permettez, j'aimerais rencontrer votre cousin, Sheranea.

CHAPITRE XXII

Lentement, Dorian tira son shayal, imité par les chevaliers dont il avait fait son escorte, Sylvain, Odios, et Leïro d'Ursaleya. Rudriko, Orloff et Ralph restèrent un peu à l'écart tandis que le jeune homme, aux côtés de Sheranea, s'avançait en direction des ruines.

Menehuf avait dû connaître jadis des jours plus florissants. On devinait encore, au relief accidenté, la cuvette à demi comblée au creux de laquelle s'abritait autrefois une oasis. Le Seharatt avait bu son eau et tué la végétation et la petite ville. Il n'en restait que de vagues monticules de pierre, des murets dévorés par les vents, des souvenirs de ruelles au dessin imprécis, quelques marabouts faméliques et des colonies de gerboises furtives qui fuirent en bonds affolés à l'approche des lionorses.

Seules les murailles massives d'un fort ancien se dressaient encore au-dessus des sables, défiant désespérément les assauts du khamastin. Fidèle à l'esprit de ceux qui l'avaient édifié, il résistait encore à l'ennemi extérieur, sachant bien que le désert finirait par l'engloutir définitivement. Ce ne serait pas sans combattre. Il y avait quelque chose de pathétique dans ses lézardes, ces blessures de la pierre sur lesquelles les vents s'écorchaient en hurlant. Nulle silhouette n'était visible derrière les murailles. Dorian était trop loin encore pour déceler la moindre présence cérébrale à travers la roche.

Par précaution, Sheranea donna l'ordre à l'un de ses gardes de repérer les lieux. Parfois, Menehuf servait de repaire à des pilleurs de caravanes. L'homme se détacha du groupe. À son approche, une douzaine de guerriers vêtus de vastes shaïnouks blancs se dressèrent derrière les brèches, braquant sur les arrivants des gonns dont le claquement caractéristique résonna au milieu des vents. Les balles étaient prêtes à jaillir. Le garde marqua un temps d'hésitation, puis poursuivit. Il pénétra dans les ruines. Quelques instants plus tard, un chevalier en shaïnouk, monté sur un magnifique lionorse blanc et suivi d'une petite escorte, sortit du fort.

— Khem, murmura Sheranea, tandis que son esprit diffusait une émotion violente, faite de joie et de crainte.

Elle se tourna vers Dorian.

— Restez ici, seigneur Arnaud ! Il faut qu'il soit bien sûr que je ne suis pas votre prisonnière. La vie du désert lui a appris la méfiance.

— Allez !

La fragile silhouette s'écarta d'eux, sa longue cape s'enflant sous les assauts du khamastin.

Dorian examina le chevalier blanc. Malgré la distance, il percevait sa présence mentale. La sagesse conseillait d'attendre que les dires du guerrier fussent confirmés. Ainsi faisait Khem. Sa méfiance s'atténua lorsqu'il vit Sheranea se diriger librement vers lui.

Dorian attendit que la jeune fille fût parvenue à lui pour s'avancer à son tour. Selon l'antique coutume des chevaliers, il leva le bras tenant le shayal, qu'il laissait ensuite tomber à terre. « Je ne viens pas en ennemi. » Il garantissait ainsi qu'aucun combat ne serait déclenché au cours de la rencontre qui allait suivre. Jamais de mémoire de chevalier cette règle n'avait été transgressée.

Khem dégaina à son tour et laissa choir son poignard.

— Honneur à vous, chevalier !

— Honneur à vous, seigneur Dott Ophal ! Que les dieux de bienveillance vous assistent.

Simultanément, un autre échange se fit, au niveau mental. Chacun tenta de percer les défenses de l'autre, sans toutefois y parvenir. Sans nul doute, Dorian affrontait là la plus forte personnalité qu'il eût jamais rencontrée. Sheranea n'avait pas menti. Khem disposait du shod'l loer d'un empereur. Cela confirmait ses suppositions. Les amanes formaient un nouveau souverain pour Nogafrika. La dynastie d'Hadran tirait à sa fin.

— Qu'ils vous soient propices également, comte Arnaud de Gwondaleya ! Vous êtes donc celui qui tua Hadgar del Tihiz en combat singulier, voici un an ?

— Je suis celui-là, seigneur Khem !

— Soyez le bienvenu et recevez, vous et les vôtres, mes plus profonds remerciements pour ce que vous avez accompli pour Sheranea. Sa vie est mon bien le plus précieux.

— Voilà, seigneur Arnaud. Vous savez tout de la situation de Bahiskra. Il est temps que cette dynastie maudite disparaisse et que son nom soit effacé des mémoires. Nous sommes encore bien faibles pour nous attaquer directement à la capitale, ceci malgré l'appui de nos forces dramas.

— Quelle force serait donc assez puissante pour résister aux dramas ?

— Les dramas eux-mêmes, Arnaud ! Des troupes nombreuses sont restées fidèles à l'amane Sagavellius.

— C'est exact, seigneur Arnaud, intervint le prêtre qui avait assisté à l'entrevue. Sagavellius a cessé toute relation avec la Phalange suprême. Il a su rallier sous sa bannière les troupes de Bahiskra. Les chaenaires, gardes d'élite de l'empereur, sont déjà des guerriers redoutables, avec l'appui apporté par les dramas, leur puissance est encore plus importante.

Dorian l'examina. Phaeranius, envoyé plénipotentiaire de la Phalange suprême, représentait le plus sûr soutien du prince Khem. Son visage ne montrait pas la maigreur ascétique commune aux amanes, mais de ses yeux émanait une dureté impitoyable, une force indomptable que soulignait la mâchoire carrée ornée d'une courte barbe. Le soleil d'or frappé sur son épaule indiquait sa condition théologique. Il était l'éducateur, le conseiller, le guide de Khem. Pour l'esprit incisif de Dorian, il était clair que l'amane ne voyait en son élève que l'instrument grâce auquel la religion allait résorber l'abcès de Bahiskra. Bien que le personnage n'attirât pas la sympathie, comme la plupart des amanes, Dorian ne put s'empêcher d'admirer sa froide maîtrise, son flegme devant la vie rude que sa mission l'obligeait à mener, le front égal avec lequel il accueillait toutes les rigueurs et les privations. Il ne faisait pas de doute que si ce Phaeranius menait à bien son expédition, il serait l'un des candidats les mieux placés pour accéder au titre suprême de Grand Initié.

Étudiant le personnage, Dorian eut la confirmation de ce qu'il avait déjà plusieurs fois pressenti et qui expliquait sans doute la longévité de la religion. En réalité, elle ne s'appuyait pas sur l'existence d'un dieu ou de divinités diverses. Les croyances profondes variaient suivant les lieux, s'adaptaient aux différentes mentalités des peuples. Hypocrisie ? Ou bien plutôt adresse suprême ? Quel pouvait être l'idéal mystique de ces êtres insaisissables ? On aurait pu déduire de cette constatation que les amanes n'étaient qu'un ramassis de menteurs supérieurement intelligents qui dupaient les masses et les maintenaient dans un état d'ignorance dont ils tiraient les bénéfices. Mais quels pouvaient être ces bénéfices ? Les prêtres ne vivaient pas dans l'opulence, bien au contraire. Ils se contentaient en général d'un luxe rustique, une petite demeure à l'écart du temple, quelques beaux meubles et surtout de nombreux livres. De plus, l'appât de la richesse était incompatible avec la longévité de la religion.

Peu à peu, un début de lumière se fit en Dorian en observant Phaeranius. S'ils n'avaient pas foi en un dieu précis, du moins *a priori*, ils croyaient avec ferveur à leur mission de gardiens de la connaissance. Ils avaient foi en eux, en leur rôle. Ils se considéraient comme les bergers d'un troupeau qui, livré à lui-même, aurait couru une nouvelle fois à sa destruction. Les dramas étaient leurs chiens de garde.

De son côté, l'amane l'étudia attentivement, sans qu'aucun sentiment ne transparût sur son visage. Dorian discerna vaguement au travers des défenses de son esprit que le prêtre l'avait inclus dans son plan. Il devenait un pion susceptible de modifier l'équilibre des forces en présence.

— Nous connaissons le sort que l'empereur a fait subir à votre sœur... Isabelle.

Dorian nota la légère hésitation. Voulait-il lui donner à entendre qu'il soupçonnait ou connaissait son origine réelle ? C'était probable. La religion l'avait suivi. Sans doute avait-elle toujours su où il se trouvait. La Médhellenie avait failli à le faire disparaître. Tenterait-on de le tuer, encore une fois ?

— Votre légende vous a précédé, seigneur Arnaud. Nous savons de quels exploits vous êtes capable, mais Hadran les ignore. Son propre orgueil l'aveugle. Il est probable que si vous vous présentiez devant lui, il ne songerait pas à voir en vous un ennemi à même de le détruire. Votre haine à son encontre l'intéressera, l'amusera même, il n'y verra aucun danger réel. Ne vous y trompez pas ! Hadran est un être redoutablement intelligent. C'est avant tout un joueur qui aime surprendre, choquer, dominer, quitte à risquer sa propre vie. Ainsi, il n'hésite pas à descendre lui-même dans l'arène pour se battre contre des gladiateurs spécialement formés pour tuer.

— Le shod'l loer le garantit, de toute manière, avança Dorian. Il peut paralyser n'importe quel adversaire.

— C'est exact, mais il ne l'utilise jamais. Connaissant votre exploit, par contre, il sera tenté de se mesurer à vous.

— Peut-être ! répondit prudemment Dorian.

— C'est une chance à saisir pour nous, seigneur Arnaud. Hadran mort, Bahiskra sera grandement affaiblie et nous pourrons passer rapidement à l'attaque.

— Vous semblez parfaitement convaincu que je suis capable de tuer cet Hadran, riposta Dorian.

— Nous n'en doutons pas, seigneur Arnaud, et vous le savez vous-même. Vous possédez un shod'l loer suffisant pour vaincre un empereur. Je sais aussi que vous irez jusqu'à Bahiskra pour venger votre sœur.

— J'aimerais savoir pourquoi vous êtes si sûr de la puissance anormale de mes pouvoirs mentaux. Comment les expliquez-vous ? Même le commandeur ne peut tuer par la force de l'esprit.

— Nous ne les expliquons pas, seigneur Arnaud. Nous les constatons.

Dorian médita quelques instants, puis déclara :

— Eh bien, soyez satisfait, sehad. J'accepte de devenir un pion sur votre échiquier. Je tuerai, si les dieux me sont favorables, votre rejeton maudit. Sachez également que je ferai tout pour revenir vivant de cette aventure.

— Nous l'espérons de tout cœur, intervint Khem, un peu surpris par les relations ambiguës du prêtre et du jeune homme. Notre sang est le vôtre.

Phaeranius ne répondit pas aux dernières paroles du jeune prince. Seule une ombre de sourire passa sur ses lèvres.

Sagavellius était son pire ennemi, mais il le connaissait bien. Lui seul possédait les moyens de le débarrasser de Dorian de Syrdahar, comme il l'avait déjà fait pour sa sœur Solyane.

CHAPITRE XXIII

— Je ne sais pas si ce que nous faisons est bien prudent, grogna Odios à l'adresse de Dorian.

— Ne nous crois-tu pas de taille à affronter seuls l'armée bahiskrane, frère ?

— Arnaud a raison, renchérit Leïro. Il était inutile de risquer la totalité de notre armée dans le piège de la capitale.

Dorian sourit en repensant aux larmes discrètes d'Elena restée avec Alvina et Varna sous la garde d'un Dracchus furieux de se voir contraint d'assurer les arrières. Il se consolerait en faisant une cour assidue à Alvina. Seuls Odios, Lefro, Sylvain et leurs écuyers accompagnaient Dorian. Une douzaine de cavaliers en tout. Orloff et Rudriko faisaient partie de l'escorte ainsi qu'Achil. Il se préparait, disait ce dernier, un exploit encore plus grand que celui d'Al Tyrbaagd.

« Puisse-t-il ne pas se tromper ! » pensait Dorian. Il lui

importait peu de mourir, mais sa mort aurait signifié que jamais Solyane ne serait sauvée, si elle était encore en vie !

Il en restait persuadé. De plus, il n'avait pas l'intention de rentrer dans le jeu des amanes. Phaeranius ne lui avait pratiquement pas dissimulé ses intentions véritables. Dans tous les cas, la religion serait gagnante. Ou il tuait Hadran et il lui faudrait se méfier d'un « accident » éventuel tout de suite après. Ou bien Hadran le tuait et la légende du fantôme de Darius s'effondrait d'elle-même. Aussi avait-il l'intention, s'il triomphait, de fuir Bahiskra immédiatement après.

Dracchus et les autres avaient pour mission de retourner les attendre à Litéa. Le comte de Vik, toujours prompt à adopter une nouvelle cause, aurait bien rallié les forces th'args, mais Dorian avait coupé court à son enthousiasme.

— Si je parviens à éliminer Hadran, je leur aurai déjà rendu un service inestimable, mais cette guerre n'est pas la nôtre et j'ai toutes les raisons de me méfier de ce Phaeranius.

— Pourquoi ?

— Les amanes n'apprécient pas que la connaissance soit battue en brèche par un individu étrange qui, bien que simple comte régnant, semble posséder les pouvoirs d'un roi et peut-être même d'un empereur. Aussi, je crains que l'on ne cherche à m'éliminer si je réussis. Je joue là un coup de dés monumental, dans le seul but de sauver ma sœur, nous n'avons rien d'autre à faire ici.

— J'ai compris, Arnaud.

Sombre, Dorian songeait que si l'amane s'était trompé sur le caractère d'Hadran, celui-ci pouvait tout aussi bien le supprimer sans autre forme de procès. Il était le maître absolu de Bahiskra.

L'origine de Bahiskra restait un mystère. La légende disait qu'au départ n'existait en cet endroit qu'une petite oasis insignifiante où végétait une peuplade sans avenir.

Les ancêtres des Th'Args s'y ravitaillaient. Le Jour du Soleil avait dû l'épargner ainsi que les gigantesques tremblements de terre qui avaient bouleversé la Médhellenie et le nord de Nogafrika. Pourtant, n'étaient-ils pas responsables de la modification du lieu ? Pour une raison liée sans doute à quelque volonté divine, le lac central se mit à gonfler, s'étendre, recueillant régulièrement l'eau des oueds détournés. Ignorée du Chaos, ou protégée par les dieux du désert, la vallée se couvrit peu à peu d'une végétation luxuriante. Un peuple fier, farouchement attaché aux divinités anciennes, s'y était installé, y avait prospéré. Hahdenek le conquérant ne commit pas l'erreur de s'opposer à eux lorsqu'il atteignit Bahiskra. Il sut au contraire les apprivoiser, puis y intégrer lentement son propre peuple. Le nom de Th'Args resta à ce peuple originel, qui n'oublia jamais ses mœurs semi-nomades.

La religion n'avait pas eu totalement raison de leurs croyances superstitieuses. Ainsi en témoignaient ces temples minuscules dominés par des tours rondes. D'étranges individus appelaient les fidèles pour la prière depuis leur sommet.

— Nul n'a vraiment compris le sens de ces pratiques, précisa Achil. Voyez comme ils prient !

Il désignait une dizaine de paysans aux traits creusés par le sable et le soleil. À genoux sur un petit tapis de poils de chameau tressés, ils répondaient aux hululements modulés du prêtre en courbant le front jusqu'au sol.

— Vous remarquerez qu'ils regardent tous dans la même direction. On ne sait pas ce que cela signifie, sinon qu'ils parlent entre eux d'une pierre noire, et d'un lieu sacré nommé Ahlmeeka, ou quelque chose comme ça. Ils me rappellent les Folmans par certains côtés. Ce sont eux, les Th'Args !

Autour d'eux, la foule ne semblait pas prêter attention à ce curieux spectacle, sans doute les longs poignards courbes qui pendaient au flanc des fidèles y étaient-ils pour quelque chose.

Le désert avait totalement cédé la place à une succession de plateaux où la végétation se faisait de plus en plus dense. Au loin vers l'ouest se découpaient de hautes falaises percées de galeries.

— Des mines de sels aurifères, dit Achil. L'or est l'une des richesses de Bahiskra.

La ville n'était plus tellement éloignée. Après la rigueur impitoyable du désert, ces terres riches et gorgées d'eau tenaient du miracle. Était-il possible d'imaginer des atrocités au sein d'un site aussi enchanteur ?

Pourtant, au pied des splendides palais de forme pyramidale que reflétaient les eaux du lac bahiskran, on découvrait rapidement la lèpre de ce paradis trompeur : une population trop nombreuse, indolente, résignée, se pressait aux portes des domaines seigneuriaux dans l'espoir d'être admise à y pénétrer.

Dispersées parfois par les fouets des gardes, ces redoutables chaenaires qui se tranchaient eux-mêmes les lèvres afin de rendre leur visage plus effrayant, des filles quasiment nues tentaient d'attirer l'attention des arrivants. La faim leur rongeait les côtes. Des enfants qui semblaient ignorer que le jeu pouvait exister les regardèrent passer, avec dans les yeux une détresse telle que Dorian eut soudain envie de vomir. Tout ici lui rappelait Alakhos, en plus gigantesque. L'essentiel du travail semblait être fourni par les spoliés. Mais où les recrutait-on ? Parmi la population elle-même ? Des pensées d'enfer voltigeaient autour de lui. Une fille s'accrocha à son lionorse avec une telle obscénité qu'il dut la frapper pour lui faire lâcher prise. Des vieillards ne voyaient en sa fière monture qu'une gigantesque masse de viande dans laquelle il aurait été bon de planter la dent.

— Voilà le véritable mal dont souffre Bahiskra, murmura Achil comme pour répondre à son effarement : la surpopulation. Je ne sais si le prince Khem pourra y changer quelque chose...

Franchir les portes qui gardaient l'enceinte impériale ne constituait pas une mince affaire. Dorian dut user de son shod'l loer pour convaincre les chaenaires de les laisser entrer. La vue même de son sceau qui portait nettement la marque de l'empire ukralasien ne suffit pas.

De l'autre côté s'étendait un autre monde. Ici, nulle ruelle fangeuse encombrée de malheureux en haillons, mais des artères larges, bordées de parcs verdoyants. Partout s'élevaient les caractéristiques palais de forme pyramidale, exposant leurs terrasses étagées au soleil dont le microclimat bahiskran atténuait les ardeurs.

En fait, rien ne rappelait plus Alakhos. Les massifs de fleurs étaient rigoureusement ordonnés. De nombreux animaux vagabondaient dans les parcs. Vers les lointaines collines du nord, on devinait de vastes prairies où vivaient les troupeaux de chevaux et de lionorses. La cité impériale, par opposition à la basse cité, la mahaddine, s'étendait très loin vers l'ouest, luxueuse, éblouissante, puisant toutes ses richesses de sa compagne de l'est, la ville minière et agricole. La végétation imprévue au cœur du Seharatt, presque une jungle, dévorait toute la côte sud du lac et se mêlait à celui-ci pour donner naissance à l'occident à un marais inabordable, inhabitable. Les brumes diluaient l'horizon vers l'ouest, transformant l'Œil de Seharatt en une véritable petite mer intérieure !

Au cœur de la cité impériale se dressait la plus haute des pyramides, le Saïraff Kherunn, la résidence de l'empereur. Non loin de là s'élevait une vaste construction circulaire, le cirque où, disait-on, le Sublime aimait se rendre. On y voyait des combats d'animaux, de gladiateurs, des courses de chevaux ou de lionorses, même des affrontements nautiques, car l'arène pouvait être transformée en un grand lac. Des canaux souterrains la reliaient aux eaux de l'Œil de Seharatt.

Sheranea n'avait pas menti. Bahiskra n'avait rien à envier à Burdaroma, sinon peut-être ses jardins suspendus. La seule différence, c'était qu'elle tirait sa magnificence de la misère de sa compagne orientale. Tout au bout de la cité impériale se dressait un bâtiment sombre et massif, de forme trapézoïdale. Une vaste esplanade nue le séparait du reste de la ville. Alors que la cité était grouillante d'une foule bigarrée d'esclaves, de seigneurs, de gardes, de commerçants assez heureux pour avoir pu franchir les limites de la mahaddine, cette esplanade restait étonnamment vide, comme si une force étrange rejetait les citadins.

— Là réside le grand Sagavellius, les renseigna un esclave.

Le temple ! Solyane s'y trouvait peut-être encore, songea Dorian.

Afin de préserver leurs chances, il se sépara de ses compagnons, ne conservant avec lui qu'Odios et leurs écuyers, Ralph et Koneeg. Sylvain et Leïro constitueraient leurs atouts secrets lorsque viendrait le temps de fuir.

« Si fuite il doit y avoir », pensa Dorian.

L'approche du palais impérial leur révéla rapidement que le monarque de Bahiskra affichait des goûts étranges. Des hommes et des femmes nues se poursuivaient dans les parcs, pourvus de fouets et d'attirails divers. Il s'agissait bel et bien de semblant de chasse, dont le gibier aurait été des êtres humains, hommes ou femmes. Ces chasses se terminaient en scènes de viols collectifs ainsi qu'ils purent en juger. L'esclave qui les guidait ne parut pas se formaliser de l'étrangeté et de la violence de la scène. Devant l'étonnement des visiteurs, il expliqua qu'il s'agissait là d'une occupation banale que l'empereur aimait à contempler s'il lui prenait l'envie de sortir. La victime était un courtisan ou une courtisane qui lui avait déplu. Lui, esclave, n'y voyait rien à redire.

Le long des larges allées qui menaient au palais, ils croisèrent bon nombre de personnages blasés et fardés comme des comédiens. Le bistre des visages disparaissait sous un blanc céruléen sur lequel contrastaient les yeux noircis au khôl. Certains excentriques se teignaient en vert, en jaune, en rouge, même en pourpre. Il régnait sur toute la cité une atmosphère obscène et inquiétante. Les regards rougis témoignaient de l'usage immodéré des drogues. Une jeune fille nue, peinte de vermillon et d'or, s'écroula dans un massif, à quelques pas des Gwondaleyens. Des gardes et quelques esclaves se précipitèrent vers elle. Trop tard : la drogue, ou les teintures, l'avaient étouffée.

Dorian eut à peine le temps de capter ses dernières pensées et comprit l'état d'esprit qui régnait sur la capitale. Hadran était considéré comme un dieu, un maître absolu. La vie de tous les Bahiskrans ne tendait que vers un seul but : se faire remarquer de lui, lui plaire, le séduire, attirer son regard, son attention. Pour cela, tous les moyens étaient bons. Il fallait le distraire, mais surtout l'étonner, le surprendre, lui qui était blasé de tout. Ceci expliquait les débordements auxquels ils assistaient depuis leur arrivée.

Cependant, au milieu de cette folie collective, les dramas imperturbables, vêtus de leur armure de métal bleu, le heaume en tête malgré la chaleur, montaient une garde vigilante. S'attendaient-ils à une attaque prochaine ?

Une angoisse indéfinissable serra le cœur de Dorian. Solyane avait vécu dans cet enfer. Si elle vivait encore, serait-elle capable de se relever de cette épreuve ?

Solyane était la pureté, la joie de vivre, simple, sans fard. Elle était en communication avec les forces de l'invisible. Celles-ci avaient-elles été assez puissantes pour la protéger ? La préserver ?

« Je crois... je crois... qu'elle est devenue folle ! »

Ainsi avait parlé Sheranea.

Mû par un pressentiment, il tourna bride et se dirigea vers le temple. La foule s'écarta autour de lui. Il ne franchit pas l'esplanade qui le séparait du monument. Si Solyane vivait encore, il était capable de la sentir à une si faible distance, malgré l'épaisseur des murailles de l'édifice. Un silence intolérable lui répondit. À son appel télépathique désespéré, nul écho familier ne lui parvint. Ce fut comme si le monde s'écroulait autour de lui. Il jugula dans un effort surhumain le hurlement qui lui gonflait les entrailles et ferma les yeux. Une main fraternelle se posa sur son épaule : Odios.

Il ne dit rien. Nul mot n'aurait pu apaiser la douleur de Dorian, et le jeune homme le savait.

— Elle est morte, Odios ! grinça-t-il.

Il serra les dents, puis déclara :

— À présent, plus rien ne m'empêchera de tuer Hadran.

Il était à présent parfaitement lucide, comme dédoublé. Résolument, il se dirigea vers le palais. Un barrage de chaenaires surveillait l'entrée du Saïraff Kherunn.

— Je veux voir l'empereur Hadran. Conduisez-moi auprès de lui.

Les gardes éclatèrent de rire.

— Seigneur, on ne peut déranger ainsi le Sublime ! Qui peut répondre de vous ? Avez-vous été présenté ?

— Je n'ai besoin de personne pour me présenter. Conduisez-moi auprès de lui !

Il avait à peine élevé la voix, mais les intonations autoritaires qui martelaient ses paroles décontenancèrent les gardes dont les rires se figèrent. Il était impossible de s'opposer à son magnétisme. Aram se mit à piaffer d'un air menaçant, épousant la volonté de Dorian. Impressionnés, les chaenaires reculèrent.

— L'empereur déjeune avec ses fidèles, seigneur. Il nous est interdit de...

— Conduisez-moi auprès de lui !

Simultanément, il fit agir son shod'l loer. Une bizarre langueur s'empara des gardes. L'un d'eux voulut lever sa trive pour barrer le passage, celle-ci lui échappa des mains et chut lentement, très lentement vers le sol. L'homme s'écroula.

Une voix venue de très loin résonna une dernière fois en eux.

— CONDUISEZ-MOI !

Laissant Aram à la garde de Ralph, Dorian entraîna Odios à sa suite.

Un soldat abruti les conduisit. Par un habile stratagème de prismes et de miroirs, l'architecture pyramidale du palais permettait de répandre la lumière solaire jusqu'au cœur même de l'édifice pourtant gigantesque. À la suite du chaenaire, les deux chevaliers escaladèrent trois niveaux, longèrent de larges couloirs aux dalles de mosaïques multicolores, s'ouvrant sur des terrasses que la lumière ne quittait jamais.

Enfin, ils s'arrêtèrent devant une tenture surveillée par quatre guerriers en armure. Le soldat bredouilla :

— L'empereur est ici, fahhandi !

Puis il s'enfuit, terrorisé.

Les quatre guerriers, stupéfaits, ne réagirent pas immédiatement. Dorian ne prit pas le temps de parlementer. Dégainant son dayal, il chargea et culbuta ses quatre adversaires en quelques secondes. Odios n'eut pas le loisir de lui prêter main-forte.

— Tu aurais pu au moins m'en laisser un, grommela-t-il. En tout cas, nous voilà frais. Tu parles d'une entrée en matière !

Dorian releva la tenture sans répondre et pénétra dans une salle magnifique. Une rangée de colonnes sculptées de formes humaines ceinturait un parterre où l'empereur déjeunait avec une vingtaine de ses fidèles. Tout autour se pressait une armée de domesses, de danseurs et danseuses nus, aux évolutions largement pornographiques. Une beauté sordide et malsaine se dégageait de la scène dantesque qui écœura Dorian. Il écarta d'un coup de botte deux femmes enchevêtrées et descendit au milieu du parterre. Le bruit de son combat avait déjà retenu l'attention des convives. Une centaine de regards convergèrent dans leur direction tandis qu'Odios, adossé au mur, protégeait ses arrières.

— Qui es-tu, toi, pour oser troubler le repas du Sublime ? clama une voix.

— Mon nom est Arnaud, comte de Gwondaleya, djehal.

L'empereur se redressa. Il ne ressemblait pas à l'idée que Dorian s'en était faite. C'était un éphèbe blond, aux cheveux bouclés, serré d'une courte tunique de soie blanche piquetée de diamants. Sa musculature saillait sous sa peau dorée. Il aurait pu être un fort bel homme malgré ses allures efféminées, sans ses yeux aux couleurs dépareillées et dont les pattes d'oie trahissaient un âge plus avancé qu'on aurait pu le penser. En eux se reflétait une cruauté profonde, ou plutôt une froideur incommensurable.

— Et tu es parvenu jusqu'à moi sans difficulté ?

— Sans difficulté, vraiment !

— Il faudra donc que je me sépare de quelques-uns de mes guerriers. Justement, mes tahars'güls et mes fauves manquent de distraction en ce moment.

— Ils ne joueront qu'avec des cadavres, djehal, jeta Dorian.

— Tu les as tués ?

— La belle affaire ! C'est à toi que je voulais parler, non à eux !

— Par la langue biffide de Shaïentus, qu'avais-tu donc de si important à me dire ?

— Ceci : je suis venu jusqu'à Bahiskra depuis la lointaine Ukralasie pour te tuer et venger ma sœur Isabelle que tu as pris plaisir à rendre aveugle avant de la livrer à ton prêtre maudit, Sagavellius.

— Me tuer ?

Un moment interloqué, Hadran éclata soudain d'un rire sonore, repris servilement par l'ensemble des courtisans et des domesses. Curieusement, aucun garde n'était encore intervenu. Dorian poursuivit :

— Te tuer, oui ! S'il te reste encore un peu d'honneur et

si tu n'as pas totalement rejeté les règles de l'eythim, je suis venu te provoquer en duel, mais non suivant le principe da fekta, suivant la ligne da sikkim !

— Da sikkim ? (Hadran redoubla de rire.) Tu es fou. Tu acceptes que j'utilise mon shod'l loer ? Tu n'as aucune chance contre moi. Je suis empereur, et tu es comte !

— Craindrais-tu de m'affronter ?

La remarque de Dorian fit l'effet d'un coup de fouet.

— C'en est trop, djehal, laissez-moi punir cet insolent !

L'un des courtisans se leva et se jeta sur Dorian. Sans l'atteindre. Il s'écroula, la gorge transpercée par un styl.

Hadran sourit et vint récupérer son arme.

— Stupide Abban ! Tu aurais dû savoir que j'ai horreur qu'on gâche mon plaisir.

Il se redressa et plongea ses yeux étranges dans ceux de Dorian.

— Magnifique regard noir ! murmura-t-il. Tu es décidément un personnage bien attirant. Vois ! L'un de mes amis vient de me quitter. Ne pourrais-tu pas plutôt abandonner le souvenir de cette pauvre petite aveugle et te joindre à nous ? Tu sais, je ne sais même pas ce que l'amane a fait d'elle. Il m'a dit en avoir besoin pour certaines expériences.

Il examina Dorian des pieds à la tête et minauda :

— Tu sais, je crois que nous ferions des choses formidables ensemble.

Ce disant, il effleura du doigt la joue de Dorian. Les « choses formidables » n'étaient pas du goût du jeune homme. Une main de fer saisit brutalement le poignet de l'empereur et le serra à le briser.

— Ta réponse, Hadran ! Ou je t'éventre sur place !

Un flot mental riposta à la question. Dorian l'attendait et bloqua son esprit, repoussant lentement l'assaut de l'empereur. Décontenancé, celui-ci rougit sous l'effort et la douleur, puis recula d'un pas. Dorian relâcha sa pression mentale.

— Tu es celui qui a tué le roi Hadgar, n'est-ce pas ?

— Je suis celui-là !

Un sourire effleura les lèvres d'Hadran.

— Bien ! Ton courage et ton audace inconsciente me plaisent. J'accepte ton défi da sikkim, mais à une condition. Il aura lieu au temple où tu m'affronteras avec les armes que j'aurai choisies.

— C'est contraire aux règles.

— Préfères-tu que je lâche mes fidèles contre toi ?

Dorian sourit en retour.

— J'accepte tes félonies à venir.

Le pistolaser dormait toujours contre sa hanche. Il aurait pu l'utiliser et foudroyer d'un coup ce monstre, mais il se refusait à une action aussi lâche. De plus, celle-ci ne lui aurait pas rendu Solyane. Il valait mieux le conserver comme un atout dont Hadran ignorerait l'existence. Et puis, il ne lui déplaisait pas de rencontrer l'empereur en champ clos. Il voulait le voir mourir à petit feu.

— Il n'y a pas de félonie. C'est au temple que se trouve ce qu'il reste de ta sœur. Si tu triomphes de moi, ses restes te seront aussitôt rendus, s'il y en a. Je crois de plus que notre amane sera très heureux de te rencontrer.

Sur ces mots, il partit d'un grand éclat de rire et tourna le dos à Dorian. Revenu au milieu de ses fidèles, il lança :

— Sois demain, à la neuvième heure, à l'entrée orientale du temple. D'ici là, mes chaenaires vont te loger et t'escorter. Je ne voudrais pas qu'il t'arrive quelque chose.

Il donna un coup de pied au cadavre du dénommé Abban.

— Vous, débarrassez-moi de ça, il commence à puer.

Dorian soupira et sortit, suivi par Odios et quelques guerriers.

La première partie du plan était réalisée. Hadran avait mordu à l'hameçon, mais il s'était aperçu que l'appât était dangereux et il avait orienté le combat à sa manière. De quelles armes disposait-il réellement ? Il avait dû se maîtriser pour ne pas employer le pistolaser. L'arme du lâche...

Hadran méritait-il tant de scrupules ? Il était sûr de tomber dans un piège, le problème était de savoir lequel.

Demain...

CHAPITRE XXIV

— Voilà notre valeureux adversaire ! s'exclama Hadran.

Il attendait déjà près de la haute porte de bronze du temple lorsque Dorian arriva, suivi d'Odios et de leurs écuyers. Une foule énorme s'était rassemblée aux limites de l'esplanade ceinturant l'édifice.

Personne, à part une escorte de chaenaires, ne s'était risqué plus loin. Si Hadran était le maître incontesté de Bahiskra, Sagavellius en était le véritable seigneur occulte. Dorian nota au passage la présence de Sylvain et de Leïro parmi la foule.

Fébrile, il lança un appel télépathique désespéré en direction du temple. Il voulait croire encore que Solyane survivait derrière ces murailles sombres. Rien ne répondit. Il dut se rendre à l'évidence. Elle n'était pas là ou elle... était morte.

Il aurait voulu refuser, nier l'effroyable vérité. Pourtant elle était là, dans toute sa cruauté. Cet homme, l'empereur paranoïaque et son complice, l'amane fou, avaient fait disparaître la plus belle princesse du monde.

Lorsqu'il posa les yeux sur son adversaire, il étouffa en lui le flot de haine qui l'envahit. Froid, déterminé, il comprit qu'il devait débarrasser le monde de ces deux créatures malfaisantes. Bahiskra serait alors sauvée, lui cependant conserverait toujours une blessure béante qui ne se refermerait jamais. Telle est la condition des princes sans doute. Solyane ne reverrait plus Gwondaleya. Leur amour maudit ne serait jamais accompli, peut-être cela valait-il mieux...

Il refoula les larmes qui lui brûlaient les yeux. Elles viendraient plus tard.

Hadran avait revêtu un sharack blanc argenté dont la soie fine recouvrait un treillis de cuir et d'acier hérissé de pointes d'acier aux épaules et aux coudes.

— Le sang est plus beau sur le blanc, grinça-t-il d'un sourire étincelant.

Dorian dédaigna de répondre. Il confia Aram à Ralph et salua l'empereur.

— Djehal, me voici, prêt à te tuer. Quand il te plaira !

Il inclina brièvement la tête. Hadran se figea. Il n'aimait pas ce que l'astrolamane avait lu dans les étoiles la nuit dernière.

« Un astre double en gestation détruira l'astre resplendissant. Sa puissance est grande, djehal. Méfiez-vous de cet Arnaud. Il est protégé par une puissance supérieure. N'hésitez pas à rompre le combat s'il le faut. »

Un instant, il avait été tenté de refuser le duel et de faire supprimer cet inconnu par ses fidèles chaenaires, mais l'instinct du jeu avait été le plus fort. Et puis, il était déjà arrivé au prêtre de se tromper.

— C'est moi qui te tuerai, Arnaud ! Viens ! L'instant est à nous.

Sur un signe incompréhensible d'Hadran, les lourds battants s'écartèrent, dévoilant un antre mystérieux baigné d'une étrange lumière sombre, vaguement mauve. Seules les parties claires des vêtements des deux hommes demeurèrent distinctes. Sans un bruit, les portes de métal se refermèrent derrière eux. Le visage de l'empereur se creusa de reliefs bizarres. Son sharack étincela.

— À présent, ami Arnaud, le temple entier est le champ de bataille. Tâche de ne pas y perdre la raison.

Il éclata d'un rire sonore et disparut, happé par l'obscurité soudaine. Dorian perçut sa résonance mentale, sans être capable de le situer pour autant.

— Lâche ! gronda-t-il.

C'était la pire injure que pouvait recevoir un chevalier. Hadran dédaigna de répondre.

La présence revint, plus proche, avant de s'éloigner à nouveau.

Dorian n'y voyait pas à deux pas. Il frissonna en pensant qu'il était à la merci d'une arme de lancer. Un styl siffla, comme pour concrétiser ses pensées. Malgré l'obscurité relative, il parvint à le parer, et riposta, au jugé. Un rire fou résonna, vibra sous des arches gigantesques.

— Raté, ami Arnaud !

Soudain, une lueur s'ébaucha devant lui, comme deux rideaux imprécis qui s'écartent. Une lumière aveuglante le frappa en plein visage et il recula. Puis ses yeux s'accommodèrent à l'éclairage intense et il distingua un couloir large, fait d'une matière curieuse. On aurait dit que les murs n'offraient aucune consistance et ondulaient sous le souffle d'une légère brise. Des portes bleues s'ouvraient de part et d'autre, contrastant avec l'ocre lumineux et le rouge sang du marbre du sol. Il n'y avait aucun plafond. La perspective supérieure ne donnait que sur l'infini.

Tout à coup, Hadran surgit, traversant un mur comme un fantôme. Distrait une fraction de seconde, Dorian ne dut la vie qu'à ses réflexes foudroyants. Son dayal dévia au dernier moment une attaque fulgurante de l'empereur. Un combat sauvage opposa les deux hommes. L'un des deux devait mourir. Hadran rompit tout à coup et s'enfonça dans le mur ondoyant, en éclatant de rire. Dorian hésita à le suivre.

— Lâche, hurla-t-il. Tu as peur de te montrer.

— Non ! Me voici !

Il réapparut derrière son adversaire qu'il tenta de frapper dans le dos, mais Dorian l'avait suivi mentalement et se retourna d'un coup, parant sans faille le coup fatal. L'épaule d'Hadran s'ouvrit, il hurla de douleur.

Dorian renonça à pousser son avantage. Il voulait d'abord démoraliser son ennemi. Lentement, sans perdre l'autre de vue, il s'avança vers le mur qu'il traversa sans hésitation. Il avait déjà rencontré semblable phénomène à Fomalhaut.

— Trouve autre chose, Hadran !

Le combat reprit, mais l'empereur blessé commençait à faiblir. Aussi Dorian ne s'étonna-t-il pas lorsque les murs commencèrent à bouger, à se déplacer pour former un labyrinthe incompréhensible où Hadran disparut. Dorian parvint pourtant à le suivre mentalement. Les murs rapprochés pouvaient dissimuler n'importe quel danger. Il en eut la confirmation lorsque le dayal de l'empereur jaillit d'une tenture brumeuse et fulgura vers sa gorge. Un balayage rapide dévia l'attaque. Dorian réagit immédiatement en ripostant par un assaut mental. Hadran s'immobilisa, face à lui. Un réseau de forces impalpables se déploya autour des deux hommes dont les gestes se firent plus lents, plus lourds. Le shod'l loer de Dorian avait affaire à forte partie. Il savait désormais qu'il vaincrait. Il était le seul chevalier à détenir la puissance suffisante pour tuer un homme par ondes mentales. Hadran ne l'ignorait pas non plus. Il ne tentait pas de s'opposer à lui loyalement. Il fuyait, sans pouvoir s'arracher au réseau mental de son adversaire. Soudain, Dorian sentit la résistance de son ennemi s'effondrer, ses écrans éclater les uns derrière les autres sous sa poussée irrésistible. Hadran s'écroula, lâcha son dayal et porta les mains à la gorge. Dorian augmenta encore sa pression cérébrale.

Ce fut alors qu'une tornade s'empara des murs dorés, et les dilua dans le néant. Une multitude de lumières explosèrent près de Dorian qui se déconcentra sous la surprise.

Hadran profita de ce léger répit pour se traîner hors de portée. Partout se poursuivaient les explosions, multicolores, impalpables, à la fois proches et lointaines comme des étoiles filantes. Les dimensions de l'univers semblaient avoir été rejetées à l'infini. Seul restait le sol rouge, sur lequel au loin rampait une forme blanche tachée de sang : Hadran.

Dorian l'entrevit et bondit dans sa direction. Un vacarme assourdissant éclata, tandis qu'un soudain nuage de brume avalait son adversaire. Lorsqu'il se dissipa, Hadran avait disparu.

Cette fois, l'écho mental de l'autre s'estompa rapidement. Il se trouvait à présent dans un monde irréel, un monde de cauchemar. Les infrastructures du temple n'existaient plus. De tous côtés s'étendait une surface sans limite, un sol rouge sang que surplombait un ciel noir. Lentement, celui-ci vira au blanc.

— Quelle est cette sorcellerie ?

Il décida de ne pas bouger, les sens aux aguets.

— Hadran ! Hadran le lâche ! Reviens si tu as encore...

— Silence !

Une voix nouvelle vibra sous les voûtes inexistantes. Une voix grave, impressionnante.

— Qui es-tu, toi ? demanda Dorian sans savoir où porter le regard.

— Je suis Sagavellius. Celui que l'on appelle l'amane fou. On m'appelle ainsi parce que j'ai cherché à approfondir les lois sacrées. La Phalange suprême m'accuse de l'avoir trahie, mais ce ne sont que de pauvres ignorants. Quant à toi, tu n'es pas Arnaud de Gwondaleya, même si tu te fais appeler ainsi. Ton vrai nom est Dorian de Syrdahar, l'ombre du commandeur maudit. Ta sœur constituait le seul appât capable de te faire venir jusqu'à moi. Moi, que l'on surnomme le fou !

— Et que comptez-vous faire de moi, à présent ?

— T'éprouver ! Hadran n'a pas tenu longtemps devant toi. S'il me restait un doute, il est à présent dissipé. Avance !

Dorian remarqua alors, peut-être au centre de cet univers, invraisemblable, une sorte de sarcophage de cristal opaque, dépourvu de couvercle. Il s'approcha lentement. Un pressentiment atroce lui noua la gorge. Le corps de

Solyane reposait-il à l'intérieur ? Il se pencha... et recula, horrifié.

Le sarcophage le contenait lui-même, penché également sur un autre sarcophage, à l'échelle, contenu dans le premier qui le contenait encore et encore et encore ainsi jusqu'à l'infiniment petit.

Un vertige sans nom s'empara de lui.

— Sorcier maudit, rugit-il. Que signifie ceci ?

Un gloussement de satisfaction lui revint en écho. La voix de l'empereur reprit, venant de partout à la fois.

— Regarde au-dessus de toi !

Il obéit, et faillit choir de frayeur.

Au-delà d'une hauteur équivalente à celle du temple se dressait un autre lui-même, puis encore un autre, au-delà, multiplié jusqu'à l'infini. Tous les doubles regardaient vers l'extérieur, comme si lui-même se trouvait à l'intérieur de l'un des multiples sarcophages. Il recula. Ses doubles monstrueux suivirent simultanément son mouvement. Une terreur glacée lui coula le long de l'épine dorsale. Il comprit soudain ce qu'avait voulu lui dire Hadran lorsqu'il avait parlé de devenir fou. La voix curieusement déformée du monarque lui parvint.

— Où te trouves-tu réellement, Dorian de Syrdahar ? Laquelle de tes images est la bonne ?

Un rire dément éclata, amplifié, assourdissant, inondant l'univers effrayant, et reprit en écho, dans les aigus et les graves, Dorian se mordit pour ne pas céder à la tentation de sombrer dans la folie. Sa tête lui sembla sur le point d'éclater sous la douleur. Il ferma les yeux et inspira lentement, comme sa mère le lui avait appris.

Soudain, une voix résonna en lui, une voix étrange, amicale ou qu'il s'imagina comme telle.

« Ceci n'est qu'une illusion ! Ne te laisse pas abuser. »

En réalité, aucun mot ne fut prononcé. Seules les images se formèrent, les idées. Il se figea sur place.

La voix de Sagavellius vibra :

— Tu es perdu, Dorian de Syrdahar ! Mes pouvoirs t'ont enfermé dans un univers "emboîté". Plus jamais tu ne pourras en sortir. Tu y perdras la raison. Tu y perdras ton âme. Car jamais ils n'ont compris qu'il ne servirait à rien de te tuer. Ils devaient t'anéantir à jamais. À jamais ! Même au-delà de la mort !

Dorian dédaigna de répondre. La « présence » avait disparu. Peut-être n'existait-elle pas. Les idées avaient surgi spontanément. Il se rapprocha du sarcophage.

Lentement, précautionneusement, il enfonça sa main gauche vers son double, posant son doigt à un pas. Simultanément, un doigt gigantesque, le sien, vint se poser à ses côtés. Alors, rageusement, il frappa de son dayal la chair monstrueuse. L'arme s'enfonça dans les énormes empreintes digitales, ne rencontrant que le vide.

— La connaissance permet d'accomplir de véritables prodiges, Sagavellius, mais ils ne sont bien souvent qu'illusions, des illusions de fou.

Un grondement de dépit lui répondit. Puis la voix d'Hadran reprit, dans son dos.

— Si les illusions ne te suffisent pas, voici quelques "réalités".

L'instant d'après, des ouvertures apparurent dans le sol rouge. Le ciel blanc vira peu à peu à l'outremer, dévorant la lumière. Un monstrueux crissement se fit entendre, qui s'amplifia. Des orifices béants surgirent de fantastiques scorpions et d'horribles scolopendres qui convergèrent vers Dorian. Ils étaient des centaines.

— Hadran le lâche, hurla-t-il. Tu ne m'as pas encore vaincu.

Sa main se porta vers le pistolaser, mais à nouveau un ordre résonna dans son esprit, suspendant son geste. Il sut, sans pouvoir l'expliquer, qu'il s'agissait d'une nouvelle illusion. Il n'y avait là qu'une dizaine d'animaux véritables. Il renonça à comprendre.

Sa main, soumise à la fois à sa propre volonté et à cette

puissance inconnue qui avait pris possession de lui, serra la poignée du dayal. Le chalqueverre étincela dans la lumière assombrie.

Avec une précision diabolique, l'arme décapita un scorpion, tandis que sa botte pénétrait un tahar'gül sans consistance. Un deuxième coup ouvrit un scolopendre en deux. Soudain, plusieurs des monstres se mirent à gonfler, enfler, défiant toutes les lois de l'horreur. Des yeux à facettes, d'un noir de jais, l'observaient. Il les négligea, bondit, traversant un fantôme géant et trancha un deuxième tahar'gül en deux. L'animal se tordit sur le sol, tentant de l'agripper.

Négligeant ainsi les monstruosités inconsistantes, il extermina la douzaine de véritables animaux qui l'attaquaient, sans se tromper une seule fois. Son étrange « voix intérieure » s'était superposée à lui, comme si elle ne « voyait » que la réalité.

Un rugissement de dépit résonna encore.

— Tu es décidément très dangereux, Dorian ! grinça la voix de Sagavellius. Je ne peux pas te laisser vivre.

Épuisé par son étrange combat, Dorian perçut tout à coup une odeur bizarre, un effluve mystérieux qui lui piqua la gorge. Une brume jaunâtre apparut, flottant au ras du sol, sécrétée par des orifices invisibles. Une haleine de mort, un ennemi contre lequel il se savait perdu d'avance.

— Hadran ! Que ton nom soit à jamais traîné dans la boue. Tu insultes la caste des chevaliers. Tes pairs te jugeront.

Une quinte de toux lui coupa la parole.

À nouveau, il porta la main à son pistolaser. Il mourrait peut-être, mais il emporterait avec lui cet univers factice, son prêtre maudit et son empereur dément. Soudain, il suspendit son geste. Avec stupeur, il vit comme un halo se former à ses pieds. Les volutes chlorées hésitèrent, puis s'écartèrent, dégageant autour de lui un espace vierge de vapeurs mortelles. Il n'osa bouger, de peur de rompre le charme. Il respirait à présent tout à fait normalement.

Incrédule, il entendit soudain un fracas épouvantable, tandis qu'une brèche surgie du néant creva l'univers intangible. Une brèche ouverte sur les ténèbres. Se découpant sur l'obscurité, une silhouette se dessina, matérialisant la puissance inconnue qui lui était venue en aide. C'était une femme, qu'il ne reconnut pas. Une femme à l'esprit vide, peut-être un fantôme. Son visage était recouvert d'un voile noir. Son corps n'était vêtu que d'une couverture rouge sombre. Ses pieds nus franchirent les gravats, puis foulèrent les dalles de sang. Lentement, par un miracle incompréhensible, les vagues de gaz mortels s'écartèrent.

Alors, il comprit. Il la reconnut.

— Solyane, murmura-t-il.

Deux larmes coulèrent de ses yeux, qu'il ne sentit pas. Elle venait vers lui, sans hésitation aucune. Comme si elle voyait. Mais alors ? Était-elle réellement aveugle ? Un espoir fou l'envahit et il voulut s'élancer vers elle.

La voix intérieure le retint violemment.

— Reste où tu es ! cingla-t-elle. J'ai beaucoup de mal à contrôler nos protections.

Il se figea, douché par la froideur de son accueil. Stupéfait, il l'examina. On eût dit qu'elle flottait au-dessus du sol rouge, comme un esprit. Un doute horrible l'envahit. Peut-être était-elle réellement morte, comme il l'avait cru. Il n'avait devant lui que son fantôme. Un fantôme qui lui survivait et qui l'avait assisté dans ses épreuves précédentes. Il s'avoua que, sans elle, il eût succombé. De quels pouvoirs mystérieux disposait-elle ?

— Solyane !

Elle était près de lui à présent. Une force incompréhensible l'empêchait pourtant de la prendre dans ses bras. Une sorte de crainte. Il comprit qu'il n'avait pas devant lui sa petite Solyane, sa sœur tendrement aimée. Il n'émanait d'elle aucune chaleur, aucune émotion. Ce qui expliquait sans doute pourquoi il n'avait pu ressentir sa présence à l'extérieur.

Ni amour, ni affection, ni même simple reconnaissance ne sourdaient de l'esprit de la jeune femme.

Un bloc d'indifférence glaciale, sans... sans âme ? Une violente envie de pleurer s'empara de lui. Il douta encore d'avoir affaire à un être de chair. Il devait savoir. Timidement, il tendit la main vers le voile. Il espérait un miracle, mais une main ferme retint son poignet, il n'avait donc pas devant lui un fantôme.

— Non ! Ne regarde pas, Dorian ! Jamais tu ne devras voir ce qu'ils m'ont fait. Cela te ferait souffrir inutilement.

Alors, il ne put plus y tenir. Un hurlement démentiel jaillit des profondeurs de son être, un cri effrayant qui se répercuta sous les voûtes sombres dans un écho de fin du monde.

— Maudits ! Maudits soyez-vous jusqu'au fond de votre âme ! Qu'elle pourrisse à jamais dans le néant de Shaïentus !

La main se fit plus ferme encore.

— Assez, Dorian ! Ressaisis-toi ! Plus jamais tu ne céderas à la haine. Elle est incompatible avec ce que tu es, avec ce que nous sommes. Nous ne sommes pas de simples humains. Nous devons nous élever au-dessus de ce sentiment.

— Tu... tu veux... que je leur... pardonne ?

— Ni pardon ni vengeance ! Simplement, la suppression de deux individus néfastes, dont Bahiskra doit être débarrassée.

— Mais où sont-ils ?

— Ton arme ! Ils sont là, dans cette direction !

Elle indiqua un point précis, dans le prolongement du sarcophage. Dorian renonça à comprendre comment elle pouvait « voir » sans ses yeux et surtout à déterminer l'emplacement d'Hadran et de Sagavellius dans cet univers factice. Il tira à la puissance maximale. Un flash éblouissant jaillit, anéantissant le ciel sombre. Celui-ci creva, se boursoufla et une muraille couleur d'infini s'effondra, dévoilant au-delà une salle encombrée d'instruments étranges sur lesquels couraient des lumières multicolores. Stupéfaits, abasourdis par le choc, Hadran et Sagavellius reprenaient leurs esprits, lorsque Dorian et Solyane surgirent à leurs côtés.

— Djehal, murmura Dorian, vous déciderez-vous à m'accorder enfin ce duel ?

L'empereur aux traits efféminés soupira, puis se mit à sourire.

— Tu es le plus redoutable adversaire que j'aie jamais rencontré, Arnaud. Ou Dorian, si tu préfères. Et aussi le plus surprenant. À ta place, je frapperais immédiatement.

— Mais je ne m'appelle pas Hadran ! Et bien que tu sois la plus immonde vermine que j'aie connue, je tiens à te tuer loyalement.

L'autre se releva sans cesser de sourire.

— Voilà un combat qui risque de me coûter la vie. Attention, ajouta-t-il. Tous les coups sont permis.

Pour lui, le jeu continuait. Phaeranius ne s'était pas trompé à son sujet.

— Non ! hurla l'amane, dont le front était ensanglanté. Il va vous tuer, djehal ! Vous savez bien que vous n'avez aucune chance contre lui. Il a déjà failli le faire, tout à l'heure. Sans mon intervention, vous seriez mort. Il est la réincarnation de Darios, il est aussi beaucoup plus que cela.

— Taisez-vous, Sagavellius ! intima Solyane.

La voix douce mais impérieuse de cette silhouette sans visage impressionna le prêtre qui se tut. Il ne reconnaissait plus, dans cette femme à demi nue, drapée dans une couverture couleur de sang, la créature docile sur laquelle il avait pratiqué toutes ses expériences, afin de vérifier les hypothèses de Landius. Ce qu'il avait découvert était fantastique, à la limite de la magie. Était-ce la même femme qui se dressait à présent devant lui ? Il comprit tout à coup qu'elle lui avait joué la comédie durant tout ce temps. Il aurait dû la tuer, comme il l'avait pensé, en découvrant ses pouvoirs. Elle possédait désormais sur son corps un contrôle absolu. Cela expliquait pourquoi elle ne semblait pas souffrir lorsqu'il prélevait une parcelle de chair ou un morceau de peau, une goutte de moelle. Il avait manipulé... une déesse ou un monstre. Impossible de la nommer autrement. Trop de choses fantastiques la différenciaient de l'humain. La première représentante du devenir de l'Espèce humaine.

Quant à son frère...

Le duel commença. Dans le décor hallucinant de la salle de contrôle anéantie, dont les instruments déréglés projetaient des éclairs de lumière multicolores, les deux hommes s'affrontèrent une nouvelle fois. Il n'était plus question d'artifices pour Hadran. Les dayals vibraient de lueurs fulgurantes, polychromes. Les bottes foulaient, écrasaient des débris de verre et de plaste. Solyane, impassible, observait le combat sans qu'aucun muscle de son corps ne trahît une émotion quelconque. La calyptra dissimulant son visage ne frémissait pas. Sagavellius s'était réfugié dans un coin de son laboratoire, fasciné par la lutte sans merci que se livraient les deux titans.

Car Hadran savait manier le dayal. Presque aussi bien que Dorian, il savait surtout qu'il jouait sa vie.

Une détermination implacable habitait Dorian. Soudain, il porta la botte de Leïro qu'il dirigea inhabituellement vers le visage de son adversaire, plutôt que vers la gorge. Le coup ainsi porté n'était pas mortel.

Hadran ne sentit presque rien sur le moment, mais il comprit une fraction de seconde plus tard que ses yeux avaient éclaté. Incrédule, il porta ses mains à la face et les retira pleines d'un sang qu'il ne pouvait pas voir, qu'il ne verrait plus jamais. Alors, un hurlement de terreur jaillit du fond de sa gorge, atroce, insupportable. S'agitant comme un dément, il courut, se heurta à un appareil, tomba, se releva. Il repartit, tournant en rond comme un pantin automatique déréglé.

— Sagavellius, sehad, sanglota-t-il. Dites, vous pourrez

m'arranger ça ? Dites, sehad ? Vous ne m'abandonnerez pas ?

Il n'avait jamais vraiment cru à sa mort. Il avait toujours été le plus fort. Aujourd'hui pourtant, il avait trouvé son maître. L'amane n'avait pu le défendre. Il songea à la prédiction de l'astrolamane qui pour une fois ne s'était pas trompé. Hurlant comme un fou, il avançait au hasard, les mains ensanglantées. Jusqu'à ce qu'un faux pas le fît basculer vers la grande salle du temple où les vapeurs mortelles s'emparèrent de lui. Il voulut crier, appeler, mais son cri s'étrangla dans sa gorge. Il se releva, sentant ses poumons s'enflammer, puis il s'écroula, ravagé par un feu intérieur et acide qui le consuma peu à peu. Sa peau se craquela, se couvrit de sang. Tous trois assistèrent à son horrible agonie sans faire un geste. Le vieil amane soupira :

— Jeune fou ! Je lui avais offert un moyen de se réconcilier avec la Phalange suprême. Il lui suffisait de leur offrir vos cadavres, mais il n'a jamais cru que quiconque serait capable de le vaincre. C'est pourquoi il aimait tellement le jeu. Il était le maître absolu.

Il leva les yeux sur eux.

— Vous n'êtes pas aussi fou qu'on veut bien le dire, sehad, dit Dorian en reprenant son souffle.

L'homme le regarda avec un sourire.

— Non, je ne suis pas fou, seigneur de Syrdahar, seulement vous ne me laisserez pas vivre, car je sais trop de choses sur votre compte. Mais vous disparaîtrez avec moi !

Avant que Dorian ait pu intervenir, le vieil homme avait bondi vers un panneau de commande. Il bascula une manette. Le jeune homme leva son dayal, mais Solyane avait été plus rapide. Le prêtre porta les mains à la gorge, tandis que sa langue et ses yeux lui sortaient de la tête. Soudain, un grondement assourdissant secoua le temple. Dorian resta pétrifié.

Le corps de l'amane glissa de façon grotesque sur le sol. Sa main griffa l'air, tenta désespérément de s'agripper à quelque chose. Dorian n'aurait su dire s'il vivait encore, il n'eut guère le temps de se poser la question. Il ne dut son salut qu'à Solyane qui lui saisit la main sans hésitation et l'entraîna vers une petite porte, puis dans un escalier qui s'enfonçait dans la terre.

À l'extérieur, la foule nombreuse, au milieu de laquelle se tenaient Sylvain, Odios et Leïro, lança une clameur soudaine. On vit les murs vaciller sur leurs bases, se lézarder, se fendre, puis s'effondrer dans un grondement infernal. De hautes flammes jaillirent, des volutes incandescentes qui brûlèrent jusqu'à la pierre, tandis qu'un tonnerre assourdissant secouait les entrailles de la terre. La panique fondit sur les courtisans comme un aigle sur un troupeau de moutons. La foule atterrée s'enfuit en hurlant, comme une marée désordonnée, une fourmilière frappée de folie. Le sol trembla, jetant tout le monde à terre. Il y eut des gens piétinés. Un nuage de poussière s'éleva, noyé de flammes éblouissantes, surgies du fond de l'enfer.

— Par tous les dieux, balbutia Odios. Arnaud !

— Ce n'est pas possible, murmura Achil. Pas lui !

Pour la première fois, ses compagnons décelèrent sur son visage le reflet d'une émotion sincère, non calculée. Puis ils le virent courir vers les ruines incandescentes avant qu'ils aient pu réagir.

— Suivons-le, dit Sylvain.

Mais la chaleur était telle qu'ils ne purent approcher.

CHAPITRE XXV

Seul, il eût sans nul doute été pris dans l'effondrement du temple, mais Solyane semblait connaître parfaitement les lieux. Dorian n'y comprenait plus rien. Alors que la lumière avait disparu, elle l'entraînait toujours plus loin, au travers d'un dédale de couloirs, de corridors dans lesquels il trébuchait, parfois s'écroulait. Il n'y voyait strictement rien. C'était l'obscurité totale. Et pourtant, sa sœur aveugle — aveugle ? — avançait sans hésitation, le prévenant brièvement des obstacles. Un vacarme épouvantable faisait vibrer autour d'eux les murailles invisibles. Parfois, un éclair jaillissait de nulle part, du fond d'une galerie, puis s'éteignait, dévoilant un labyrinthe étrange, aux murs nus.

— Où sommes-nous ? demanda-t-il.

— Sous le temple. Il existe un passage secret qui communique avec le palais impérial. C'est notre seule chance. Dans quelques instants, même cette galerie va être noyée par le feu. Viens !

— Solyane, Solyane ! Quels sont tes pouvoirs ? Tu sembles voir dans l'obscurité. Est-il bien vrai qu'ils t'aient brûlé les yeux ?

— Cours !

Il obéit.

Soudain, ce fut l'enfer. La lumière jaillit derrière eux, inondant la galerie creusée dans le roc. Le plafond s'effondra au loin, tandis que l'haleine de l'incendie les atteignait, les enveloppait.

— Dépêche-toi ! jeta Solyane.

Devant eux, le tunnel se creusait, s'enfonçait, toujours plus loin. Du sable, des gravats même commençaient à tomber de lézardes nouvelles, entravant leur fuite éperdue. La chaleur infernale leur emplissait les poumons. Dorian, la gorge en feu, se mit à tousser. Quelle vitalité, quelle force soutenait donc sa sœur ? Il avait pourtant eu le temps de constater qu'elle n'avait plus que la peau sur les os. La haine ? Elle en semblait totalement dépourvue. Elle réagissait plutôt comme... comme cet... androïde, cet homme-machine serviteur de Nyra. Oui, c'était cela. Soudain, comme les flammes gagnaient du terrain, se propageant aux mystérieux matériaux entassés qui s'enflammaient comme de l'amadou, Solyane s'arrêta et se retourna. Elle se planta face à l'incendie. Alors, Dorian n'en crut pas ses yeux.

Sans qu'elle fît un seul geste, les flammes stoppèrent leur avance et semblèrent se courber sous un souffle imaginaire, repoussées par une force inexplicable.

Solyane les avait domptées, comme elle avait contrôlé les vapeurs chlorées quelques instants plustôt. Il perçut une onde puissante émanant de l'esprit de la jeune fille, une volonté supérieure créant un champ protecteur au-delà d'elle-même.

— Fuis ! parvint-elle à articuler.

— Jamais ! Nous nous sauverons ensemble ou nous périrons !

— Fuis ! gémit-elle.

Il sentit qu'elle concentrait ses dernières réserves à maintenir l'incendie et surtout la chaleur dégagée par celui-ci. Il la vit trembler, sa poitrine se soulever à un rythme infernal.

Soudain, elle céda. Il y eut un brusque retour de flamme. Il n'eut que le temps de l'arracher à l'étreinte mortelle du feu. Il l'enleva dans ses bras comme une poupée et continua à courir tandis que toutes sortes de choses tombaient autour d'eux. Elle s'amollit dans ses bras. Un filet de sang coula sur sa tempe, trempant la calyptra. Plus loin enfin, il déboucha dans un boyau étroit où subsistaient des lectrones aux lueurs falotes. Il s'y engagea sans hésiter. Derrière lui, l'incendie décrut.

Puis le plafond s'effondra, les isolant totalement. Alors, il prit le temps de souffler. Il se pencha sur Solyane. La jeune femme était étendue, évanouie, la face contre terre, sur la couverture rouge. Elle ne portait rien d'autre sur elle. Il la couvrit délicatement. Un froid glacial régnait dans la galerie après la fournaise de l'incendie. Le voile qui dissimulait ses traits avait légèrement glissé. Lentement, il le souleva, osant à peine regarder. Elle ne pouvait être aveugle. C'était impossible après ce qu'elle venait d'accomplir. Il ne put retenir un cri. Le visage n'existait plus. Les yeux d'un bleu si profond avaient disparu sous une plaie abjecte. Une rage meurtrière l'envahit, à présent sans objet puisque les responsables venaient de payer leurs crimes. Alors, il éclata en sanglots, déchiré. Il détourna les yeux, replaça la calyptra. Il aurait plutôt souhaité être tué que de contempler ce visage ravagé, détruit par le métal, ce visage qui avait été si beau.

— Je suis laide, n'est-ce pas ? murmura une voix faible.

— Solyane...

Elle soupira, se redressa et rajusta la calyptra d'un geste sec.

— Tu n'aurais pas dû soulever ce voile ! Allez, viens !

Elle voulut se relever. Il la retint.

— Solyane ! Comment pouvais-je te croire aveugle ? Tu semblais voir même dans l'obscurité la plus totale.

— Viens !

— Non, Solyane, j'ai le droit de savoir.

— Le droit n'existe pas, Dorian. Seule la loi du fort prime. Tu le sais.

Elle parlait d'une voix neutre, dépourvue d'émotion. Il s'était attendu à ce qu'elle se jette dans ses bras, au moins qu'elle le remercie. Rien de tout cela ne se produisait. Elle semblait totalement indifférente, distante, froide. Les événements ne paraissaient plus la concerner. Il resta un moment interdit.

— Solyane, je ne sais que te dire... Je pense à tous mes compagnons qui sont morts. Morts pour venir te délivrer, t'arracher aux griffes de tes ravisseurs. Qu'est-ce qui se passe, Solyane ? Qu'es-tu devenue ?

Elle ne répondit pas. Elle tenta de se lever, mais l'effort de la fuite l'avait épuisée. Elle se laissa retomber.

— Que t'ont-ils fait, Solyane ?

Silence.

Il tenta de percer ses défenses mentales. Il devait savoir.

Ce fut alors comme un ouragan qui le cueillit, le rejeta avec une violence inouïe.

— Solyane ! Je suis Dorian, ton frère, ton ami. Pourquoi me repousses-tu ainsi ?

Elle tenta une nouvelle fois de se relever. Chancelante, elle s'appuya contre la pierre et dit, comme si elle ne paraissait pas avoir entendu sa question :

— Viens à présent !

Il voulut la soutenir, mais elle le repoussa.

Abasourdi, il dut se contenter de la suivre.

Il avait une envie folle de la prendre dans ses bras, de la serrer contre lui pour qu'elle oublie ce cauchemar, mais quelque chose était brisé. Il se souvint des paroles de Sheranea : « Je crois... je crois qu'elle est devenue... folle ! »

Une folie étrange qui avait développé chez elle des pouvoirs fantastiques. Des pouvoirs que peut-être lui-même possédait à l'état latent.

Soudain, elle s'écroula à nouveau. Il s'agenouilla près d'elle. Il sentit comme l'ombre d'un sourire couler de l'esprit de sa sœur. Elle respirait difficilement.

— Ne t'inquiète pas, cela va passer, murmura-t-elle.

— Solyane...

— Tu es bouleversé parce que je suis laide, n'est-ce pas ? Je n'ai plus d'yeux, plus de visage !

— Solyane, je...

— Rassure-toi, cela ne durera pas.

— Que dis-tu ?

— Tu t'es infligé une souffrance inutile. Je recouvrerai la vue. Je retrouverai mon visage et mes yeux.

Une angoisse terrible s'empara de lui. Sheranea n'avait pas tort. Les épreuves subies avaient eu raison d'elle. Une nouvelle esquisse de sourire émana de l'esprit de la jeune femme.

— Non, je ne suis pas folle, Dorian.

— Mais ils t'ont brûlé les yeux, Solyane, brûlé !

Elle ne répondit pas. Tout à coup, sans qu'elle fît un

geste, il sentit comme une main douce et pleine d'une chaleur vivante caresser son épaule, sous son sharack.

— Tu as été blessé à cet endroit !

— C'est vrai !

— Et là ! Et là encore !

La caresse effleura tendrement sa cuisse et son abdomen.

— Tu le sais, c'est toi qui m'as soigné.

— Alors regarde !

Soudain, son sharack, soumis à des forces mystérieuses, s'écarta, puis sa tunique noire, dévoilant un pectoral protecteur, frappé à l'aigle d'or de Gwondaleya et au loup de Dorian. Détaché de façon incompréhensible, il tomba à terre.

— Solyane, comment fais-tu cela ?

— Regarde !

— Eh bien ? Qu'ai-je donc de bizarre ?

— Où sont tes cicatrices, Dorian ?

— Je n'en ai aucune. Tu le sais bien. Toutes ont disparu sans laisser de traces.

— Tes chairs se sont reformées intégralement. Tout comme mes yeux se reformeront. Le travail est déjà commencé, sous les plaies.

Une vague de pitié immense le submergea. Elle non plus ne conservait jamais de cicatrice, mais les yeux, c'était autre chose. Elle voulait croire à un miracle impossible.

— Non, Dorian, tu ne dois pas avoir pitié de moi !

Son ton n'avait pas perdu de sa froideur.

— Ce n'est pas un espoir insensé. C'est la réalité. J'ai connu tous les vices, toutes les épreuves avec Rodrick. Gunar n'a pas été moins tendre. Ils avaient peur de moi. Seul le pauvre Namahad m'a apporté quelque réconfort. À cette époque, j'étais encore une humaine, une femme comme les autres. Je me suis battue. J'ai hurlé de désespoir. J'ai refusé toute nourriture. J'ai tenté de mourir. Rien n'y a fait. Rodrick était fou. Il m'a contrainte, nourrie de force, frappée. Il me faisait tenir par ses gardes pour me violer.

Il voulait se venger de mes refus. Gunar était jaloux. Il me voulait pour lui. Il l'a fait disparaître sous une accusation quelconque. Il l'a remplacé, m'a parée comme une princesse pour satisfaire son orgueil et ses désirs. Lorsqu'il m'a présentée à la cour, c'était toujours pour satisfaire sa vanité. Mal lui en prit. Hadran préférait les hommes, mais ne dédaignait pas les femmes pour autant. Il m'a enlevée à Gunar, qui a prudemment regagné Al Khandarya. Après quelques semaines, l'empereur s'est vite désintéressé de moi pour retrouver ses mignons. L'un d'eux s'est occupé de moi. Je pense qu'il a eu pitié, mais Hadran était jaloux de lui. Namahad a voulu fuir pour me sauver. Les chaenaires nous ont rattrapés. Hadran a fait tuer Namahad, puis il m'a brûlé les yeux. Je crois avoir alors touché le fond du désespoir et de l'horreur. Aujourd'hui, je pense qu'Hadran m'a rendu service en me privant de la vue. Il m'est arrivé une chose étrange. La douleur et l'accumulation des sévices ont provoqué une réaction en moi. Une libération. À partir de ce moment, je n'ai plus éprouvé aucun sentiment. Ni émotion, ni peur, ni haine, ni amour, ni affection. Le néant ! La liberté ! Les sentiments entravent les rigueurs de l'analyse, la sincérité de l'étude.

« Sagavellius m'a évité la mort en me prenant comme sujet d'expérience. Il savait qui j'étais. Les autres amanes le traitaient de fou, parce qu'il poursuivait des recherches pour son propre compte. En réalité, c'était un grand savant. Doublé d'un être cruel et sans scrupule. J'ai beaucoup appris à son contact. Tandis qu'il me faisait subir toutes sortes de tests, prélèvements de peau, de chair, de sang, lui-même était mon propre champ d'analyse. Il n'a jamais compris pourquoi je me montrais si docile. En fait, je suis allée beaucoup plus loin que lui. J'ai repris l'expérience que tu as toi-même tentée lors de l'eschola.

— Laquelle ?

— Celle de l'astina. Je suis restée huit jours sans absorber la moindre nourriture, ni la moindre boisson.

— Mais c'est impossible. Ton corps se serait desséché.

— C'est possible ! Il suffit de le vouloir, d'exercer un contrôle sur les activités physiologiques de son corps. Une sorte de transe. Les privations sans doute, peut-être la perte de mes yeux et d'autres éléments m'ont permis de découvrir les possibilités fantastiques de mon corps et de mon esprit. Tu possèdes probablement les mêmes.

— Je ne te suis pas très bien.

C'était vrai. Il ne parvenait plus comme autrefois à lire en elle. Une sorte de barrière infranchissable lui interdisait l'accès de son esprit.

— Dorian, continua-t-elle, nous ne sommes plus tout à fait des humains. Tu m'as demandé comment je pouvais voir sans mes yeux. Ce n'est pas une chose facile à expliquer. Te souviens-tu de notre expérience chez la sorcière ? Il nous a semblé deviner, saisir le monde tout autour de nous, dans toutes les directions à la fois. Nous ressentions chaque objet, chaque être vivant, animal, plante, arbre, si profondément qu'on aurait pu dévoiler sa couleur, sa forme, ses pensées mêmes. Comme si nous avions eu des yeux partout et même plus que cela, des mains pour toucher à distance, la perception totale.

— Je me souviens, murmura-t-il.

Il revit fugitivement la masure blottie au pied du chêne géant, sa population d'animaux à demi sauvages et les images fantastiques surgies du néant à partir des constellations de pierres, les prophéties incompréhensibles de la vieille femme.

— Je suis capable d'appréhender l'espace de cette manière, Dorian. Quand je le veux. Je vois ainsi jusqu'à près d'un quart de marche. De même, je peux influencer tout ce qui m'entoure, déplacer des objets, élever leur température, les brûler même si je le veux. Je ne sais pas comment t'expliquer ça, mais je peux intervenir au niveau même de la structure de la matière. Mon esprit a appris à contrôler entièrement mon corps. J'y ai découvert une chose troublante. Mon corps, et sans doute le tien, refusent de perdre leur intégrité. Comme certains insectes, comme les astérics, ils possèdent la propriété de se régénérer. Ainsi, je perçois chaque muscle, chaque fibre de ma chair pour peu que je me concentre sur lui. Je ressens cette cicatrisation, cette alchimie bizarre sous la couche carbonisée de mon visage. Elle tombera. Mes yeux réapparaîtront, je ne sais alors ce qu'il adviendra de mes pouvoirs.

Dorian soupira. Non, Solyane n'était pas folle, mais froide, glaciale, atrocement lucide. Lui-même éprouvait des sentiments, des émotions qui le rendaient vulnérable. La haine était présente, lorsqu'il avait tué Hadran. Il avait ressenti un plaisir violent à lui ôter la vue, puis à voir les vapeurs corrosives lui ronger la peau. Un plaisir malsain effrayant. Était-il donc capable de tant de cruauté ? Bien sûr, Hadran n'avait eu que ce qu'il méritait, mais sa mort avait effacé la haine. Il ne restait à présent qu'un vide profond et l'amertume de constater qu'il était capable de prendre plaisir à tuer. Les dernières paroles de sa mère, Orlyane, lui revinrent à l'esprit : « Ne laisse pas la haine consumer ton cœur, Dorian. Elle te détruira. »

Jamais comme en ce moment il n'avait éprouvé la vérité de ces paroles.

Solyane, elle, n'avait ressenti aucune joie lorsqu'elle avait étouffé Sagavellius. Elle l'avait supprimé comme on élimine un animal dangereux, féroce, qui met en danger la vie d'une communauté.

— Tu sais tout à présent, Dorian.

Elle ne l'appelait plus « petit frère ».

— Je n'éprouve plus d'amour pour toi, ni pour qui que ce soit, même pas de pitié pour ce pauvre Namahad. J'ai perdu la notion de ces choses. C'est mieux ainsi !

Il ne répondit pas. Elle l'étudia, pénétra en lui. Il la laissa fouiller son esprit, comme autrefois. Il ne se dégageait cependant de cet étrange attouchement mental aucune chaleur. Toute complicité, tout amour avait disparu entre eux.

Non, pas en lui ! Un flot de tendresse brûlante voulut répondre à son investigation. Elle l'ignora totalement. Elle ne la ressentait pas.

Soudain, elle déclara :

— Je sais à présent tout ce que tu as appris, Dorian. Zoltan t'a dit que nous étions destinés à remplacer Darios et Lyanea ou plutôt à reprendre le trône qu'on leur a ravi voici un siècle et demi en les assassinant. Voilà pourquoi nous représentons un danger. Nous sommes manipulés par des inconnus, pourchassés par d'autres. Si tant est qu'il n'y ait que deux factions en présence. Il faut que cela cesse !

Dorian ne répondit pas. Méditant les paroles de Solyane, il suivit un cheminement différent.

Non, ils n'étaient pas manipulés. Au contraire, ils échappaient à tout contrôle. Là était la vérité. On avait voulu se servir d'eux. On les avait créés dans un but bien précis dont ils ignoraient pratiquement tout, mais quelque chose avait... faussé le mécanisme, déjoué les plans des manipulateurs.

La légende ne correspondait plus à grand-chose.

Solyane soupira. Elle avait suivi son raisonnement.

— Tu as raison, Dorian. Quelque chose, ou quelqu'un, a orienté nos destins différemment des voies qu'on leur avait tracées.

Elle lisait en lui. De même, elle éprouva la colère aveugle, la rage impuissante, le désir brutal de rejeter cette froideur, cette indifférence qui coulait de la jeune femme. Arracher ce masque, cette blessure hideuse, comme pour se débarrasser d'un cauchemar. Il n'avait plus devant lui la petite sœur tendrement aimée, mais une inconnue inhumaine, un monstre revenu de l'enfer.

— Solyane est morte, dit-il.

Elle ne réagit pas.

— Je crois comprendre ce que tu veux dire, dit-elle enfin.

Il soupira.

— Tu n'es pas responsable, petite sœur, mais moi, je reste

un homme, même si je détiens des pouvoirs que j'ignore et je t'aime toujours.

— C'est inutile, Dorian !

Son ton n'avait pas varié. Une pierre douée de la parole eût-elle montré plus d'émotion ?

— Je sais que tu accepteras de souffrir en silence pour moi, Dorian. Si pourtant un jour ta souffrance devient trop aiguë, viens ! Je ne te repousserai pas.

Il eut soudain envie de la frapper pour ce qu'elle venait de dire. Il dut respirer profondément pour se calmer. Elle n'était pas responsable.

— Je te pardonne ce que tu viens de me proposer, Solyane. Tu ne te rends plus compte. Je veux croire malgré tout, je veux qu'il reste encore, au fond de toi, une vie qui couve. N'oublie pas ce que tu as vécu depuis près d'un an. Ta logique implacable refuserait-elle d'envisager qu'il puisse rester en toi quelques braises prêtes à se rallumer ? Ne pourront-elles te redonner vie lorsque tu retrouveras les tiens, la sécurité et l'affection ? Lorsque tes blessures auront disparu ?

— Les Gwondaleyens ne sont pas mon peuple. Ils ne sont qu'une étape, un concours de circonstances. Tu n'as pas encore compris que chaque être humain est seul. Irrémédiablement seul.

— C'est faux. Ils t'ont aimée. Ils t'aiment toujours. Certains d'entre eux ont donné leur vie pour venir te sauver. D'autres sont là, qui ont perdu un bras ou un œil dans ce combat. Crois-tu qu'ils auraient fait cela, s'ils ne t'avaient pas aimée ?

— Ils m'aiment, chacun à leur manière, pour satisfaire un besoin profondément ancré en eux. Un besoin égoïste de combattre pour une cause qu'ils estiment juste.

Encore une fois, il se retint de la frapper. Elle raisonnait, comme un animal traqué qui a perdu confiance en la main même qui l'a nourri.

— Solyane ! Solyane ! Tes pouvoirs te permettent de voir

plus profondément qu'avec des yeux, cependant tu n'as plus aucun point de repère pour juger de la valeur des sentiments. Aucune logique ne peut les expliquer. Quel que soit le niveau de l'homme, gueux, ou... demi-dieu, il restera enchaîné à eux, parce qu'il vit avec son esprit, sa volonté, ses capacités d'analyse, mais aussi avec son cœur et ses tripes. Même si sa volonté exerce un contrôle puissant sur ses sentiments, il restera toujours exposé à les voir exploser un jour, jaillir hors de lui et décider à sa place. C'est en cela qu'il demeure un homme, capable du pire comme aussi du meilleur.

— Tu raisonnes ainsi parce que tu es encore un homme. Que peux-tu savoir de moi, qui me suis libérée des contraintes qui m'aveuglaient, comme elles t'aveuglent en ce moment ?

Il sourit.

— Je sais... je sais que tu es malade, petite sœur. Sevrée de tendresse depuis trop longtemps, rejetée au fond de toi, dans un lieu dont peut être seul un miracle parviendra à te sortir, mais je sais que ce miracle existe.

Il la contempla longuement, résistant à l'envie de la prendre dans ses bras.

— Une seule chose compte, petite sœur, murmura-t-il, plus jamais nous ne nous séparerons.

CHAPITRE XXVI

Dracchus contempla la silhouette fine, noire sur le bleu immuable de l'horizon.

Il soupira. Lui aussi était inquiet.

Leur ruse avait réussi. Après avoir raconté au prince Khem qu'ils repartaient en direction d'Orania, petite cité accrochée au flanc du désert, ils avaient bifurqué vers Litéa, afin de tromper les Th'Args. Obéissant aux ordres d'Arnaud, Dracchus avait abandonné l'idée de participer à cette guerre aux côtés du seigneur Dort Ophal. Il lui en avait coûté de déjouer sa confiance, car il s'était lié d'amitié avec lui. C'est la présence angoissante de Phaeranius qui l'avait décidé. Le prêtre ne lui inspirait aucune confiance.

— Si Arnaud est vainqueur, combien lui faut-il de temps pour revenir ? avait demandé Elena.

— Deux semaines tout au plus, madame.

Dès le dixième jour, elle avait pris l'habitude de grimper au sommet du petit promontoire qui dominait la piste et n'en descendait plus de la journée. Une impatience fébrile régnait parmi les guerriers, décontenancés par une trop longue inactivité.

Quelques-uns d'entre eux se rendaient parfois à Al Khandarya. La cité était en effervescence à cause des problèmes de succession posés par la mort de Gunar.

Dracchus n'y était pas retourné. Il regrettait d'avoir obéi à son ami.

L'inaction lui pesait, comme elle pesait à la silhouette frêle que les vents ne parvenaient pas à déraciner de son observatoire.

Souvent, il allait la rejoindre. Ils parlaient peu. En lui-même, Dracchus songeait qu'il aurait aimé avoir une fille comme elle. Fragile d'apparence, mais solide, combative et ne se plaignant jamais.

Le vingtième jour enfin, alors que l'inquiétude s'était installée sur le campement et que l'on parlait de retourner « là-bas », il vit Elena s'agiter, puis hurler. Il soupira de soulagement. Une troupe de cavaliers apparut, galopant dans leur direction.

— Arnaud !

— Elena !

— Ils doivent nous croire morts, expliqua Dorian.

La nuit était tombée à présent et les visages passionnés se tournaient vers leur suzerain, racontant leur odyssée, à la lueur rougeoyante des feux de camp. Une odeur de moutons rôtis flottait dans l'air frais. On ne parvenait pas à s'habituer à la calyptra noire qui dissimulait le visage de Solyane, mais personne n'avait tellement envie d'aller voir ce qui se cachait au-dessous. Dorian n'avait pas révélé une guérison possible. Il ne pouvait y croire tout à fait.

— Nous avons suivi la galerie secrète, poursuivit-il. Elle nous a amenés au cœur du palais. Il régnait là une panique indescriptible et il nous fut facile de dérober des vêtements Nous nous sommes glissés dehors sans attirer l'attention et nous sommes retournés vers le temple où nous attendaient nos compagnons.

— C'est Odios qui les a reconnus le premier, dit Sylvain. Heureusement, la calyptra qui dissimule entièrement le visage est à la mode chez les Nogafrikains.

— Ah, jura Odios, j'ai bien cru être la victime d'un mauvais génie. Nous les imaginions écrasés sous les ruines du temple où brûlait un feu d'enfer et voilà qu'ils arrivaient, frais et dispos, du palais impérial.

— La panique était tellement grande que nous avons pu franchir les portes sans difficulté.

— Le prince Khem a désormais la partie belle, conclut Dorian.

Il se leva.

— Je voudrais tous vous remercier ; vous qui êtes là et vous aussi qui nous avez quittés, pour le combat que vous avez mené à mes côtés. La victoire nous est acquise. Honneur vous soit rendu !

Plus tard, avant de rejoindre Elena, Dorian fit quelques pas en compagnie de Solyane qui ne prenait même pas la peine de jouer la comédie de la cécité. Certains s'étaient déjà étonnés de l'aisance avec laquelle elle marchait, sans jamais se heurter aux obstacles qu'elle semblait deviner. Aucun n'avait posé de questions.

Soudain, elle dit :

— Je ne sais pas si ton projet de nous rendre à Cybernia nous apporterait ce que nous souhaitons, Dorian.

— Nous devons connaître la vérité, Solyane.

— Quelle vérité ? Sur nos origines ? Les rapports qui nous lient à Darios et Lyanea ? Si notre mère avait vécu, elle nous aurait enseigné cette vérité. Peut-être. Car au moment même de sa mort, elle ne nous a rien dit. Pourquoi ?

— Pour nous préserver, je suppose. Pour éviter que l'on s'intéresse à nous.

— Et aussi pour éviter nos mystérieux alliés. Parce qu'elle n'avait pas plus confiance en eux qu'en nos ennemis.

— Elle nous a donné malgré tout le nom de Cybernia.

— Ce n'est pas vrai. C'est toi qui l'as entendu, de la bouche même d'Adelfius. Elle nous l'a simplement confirmé, afin que nous détenions l'initiative de la rencontre.

— Mais nos mystérieux pouvoirs nous ont désignés à leur attention bien avant.

— À l'attaque de nos protecteurs aussi. Ils sont d'ailleurs arrivés les premiers. Dans le cas contraire, nous serions déjà morts.

— Pourquoi ces mystérieux protecteurs n'étaient-ils pas là lorsque Rodrick t'a enlevée ?

— Cela s'explique assez facilement. Leur mission consistait à nous surveiller, à nous défendre contre un ennemi qu'ils connaissaient. Rodrick constituait une inconnue, un grain de sable dans leurs machinations.

Elle se tut. Dorian l'observa avec tendresse. Depuis sa libération, elle avait repris des couleurs. Ses joues creusées s'étaient raffermies. Du moins ce qu'il en devinait sous le voile épais que la brise agitait. Elle avait laissé libre son abondante chevelure blonde dans laquelle la lune faisait jouer des reflets bleutés. Elle lui restait totalement inaccessible. Parfois, comme ce soir, elle se laissait aller à parler, mais la plupart du temps, elle s'enfermait dans un mutisme effrayant. Elle s'exprimait toujours de ce ton détaché, indifférent qui l'inquiétait. Son attitude avait été la même avec tous. Elle n'avait manifesté aucune joie à les retrouver. Elle se tenait à l'écart, ne se mêlait jamais aux conversations. Même Orloff et Rudriko, ses compagnons d'enfance, n'avaient pas trouvé grâce auprès d'elle. Il était le seul dont elle acceptât parfois la compagnie.

Dans un geste plein de douceur, il voulut la prendre dans ses bras, mais elle se raidit et le repoussa presque violemment.

— Pardonne-moi, dit-elle sur un ton d'excuse. Je ne supporte plus qu'un homme me touche.

Il ne répondit pas. Il comprit ce qu'elle avait voulu dire en évoquant la solitude totale de l'être. Elle ne pouvait plus communiquer avec quiconque, pas même avec lui. Ils n'avaient jamais connu la vraie solitude auparavant, sauf peut-être pendant la guerre ismalasienne qui les avait séparés. Ils étaient trop intimement liés. À présent qu'ils étaient réunis, ils ne pouvaient plus se rejoindre ! Une douleur sourde fouailla la poitrine de Dorian. Il lui faudrait beaucoup de patience et de douceur.

Elena sortit du camp et vint dans leur direction. Un sourire étira les lèvres de Dorian. La jeune femme avait très bien accueilli Solyane. Avec l'aide d'Alvina, elle lui avait préparé un bain, avait soigné sa chevelure malmenée par les vents du désert, l'avait ornée de perles et de tresses.

Soudain, à ses côtés, Solyane fut agitée d'un curieux tremblement.

— Qu'y a-t-il, petite sœur ?

— Rien... rien, je t'assure.

Il n'en était pas persuadé, il ne put pourtant en savoir plus. L'esprit de sa sœur demeurait comme un mur de bronze contre lequel il se heurtait.

— J'ai peut-être un peu froid, dit-elle en guise d'explication.

Elle posa sa main sur son bras.

— Tu devrais prendre soin de ta femme, Dorian. Elle est

digne de toi. Consacre-lui plus de temps à présent. Le plus que tu pourras.

Un vague malaise l'envahit aux derniers mots, mais il n'eut pas le loisir de s'interroger plus avant. Elena parvenait à leur hauteur. Il la prit dans ses bras tandis que Solyane s'éloignait.

— Pauvre petite sœur ! Elle a subi une épreuve terrible.

Mais le malaise s'incrustait encore en lui.

— C'est curieux, remarqua Elena, on dirait qu'elle sait parfaitement où elle va, à croire qu'elle voit réellement. Si je n'avais pas vu... Oh, pardon, Arnaud ; je suis sotte. Je vous fais souffrir.

— Non, Elena. Tu as si bien pris soin d'elle.

Il la serra dans ses bras.

— C'est que, reprit-elle, j'ai quelque chose à vous avouer, qui peut-être vous redonnera un peu de joie.

Il l'avait déjà lue en elle. Une nouvelle si incroyable, à laquelle il s'était si peu préparé, qu'il ne sut d'abord comment réagir. Elena lui confirma ce qu'il avait deviné : il allait être père.

CHAPITRE XXVII

— Maudite soit la mémoire d'Hadran ! grommela Manek. Maudits soient les Nogafrikains ! Ils ont tué l'âme de notre princesse.

— Mais elle est avec nous, avança Elena. Elle est sauvée.

— Non, dame Elena ! Elle ne voit plus. Jamais plus elle ne pourra danser, jouer de sa thamys.

— Notre seigneur l'avait amenée avec lui, cette thamys. Elle n'y a même pas touché, renchérit un autre du nom de Perann.

— Elle a l'apparence de la vie, madame, mais elle est

morte au-dedans. Maudits soient-ils tous ! Une seule mort était trop douce pour eux.

Elena soupira. Elle mesurait aux paroles des guerriers ce qu'Isabelle avait représenté pour eux. Peu d'entre eux s'étaient étonnés de la voir se déplacer si facilement, sans aucune aide. Comme toute déesse, elle possédait des pouvoirs surnaturels. Pour eux, elle restait la petite fée aux pieds nus.

Effrayés par le masque noir qui dissimulait toujours son visage, ils avaient imaginé au-dessous les pires abominations. Elena hésitait à leur avouer ce qu'elle avait constaté depuis quelques jours déjà. Une amitié insolite la liait à Isabelle, si toutefois sa belle-sœur était capable d'éprouver de l'amitié.

Elle avait cru ressentir de la pitié pour la jeune aveugle. Pourtant, malgré sa cécité, elle n'inspirait aucune compassion. Il émanait d'elle au contraire une puissance mystérieuse, capable de se manifester à tout moment. Arnaud n'avait pas été très loquace sur la façon dont ils étaient parvenus à s'enfuir du temple en flammes. Dans quelle mesure ne l'avait-elle pas aidé ?

Surtout, comment expliquer ce qu'elle avait remarqué sur le visage d'Isabelle ? Elle avait à cœur de soigner ses blessures, de la baigner, de l'aider à se vêtir. Or, depuis maintenant dix jours qu'elle accomplissait ces tâches, elle avait constaté que les traînées dues aux coulées de plomb fondu tendaient à disparaître sans laisser de trace.

Quelque chose paraissait vivre là-dessous. Où le prodige s'arrêterait-il ? Peut-être la plaie s'atténuerait-elle. Il était impensable qu'Isabelle recouvrît la vue. Parfois pourtant, elle n'était pas éloignée de le croire.

Cependant, les guerriers avaient raison : son âme était à jamais perdue dans un désert glacé de solitude. Dorian partageait des sentiments similaires. Ses pensées le ramenaient sans cesse à Solyane. Comment la saisir, l'atteindre dans ce monde inaccessible où elle s'était réfugiée ? Il écoutait sans trop y prêter attention Dracchus lui narrer sa dernière traversée de la région.

— Plus au nord se trouvent les marais de Sirigath. Dans trois jours, nous aurons atteint Valatia. Là, nous serons en sûreté, mais je t'avoue que je ne suis pas tranquille chaque fois que je traverse ce fichu plateau.

— Pourquoi ?

— C'est là que vivent les tribus les plus dangereuses de toute la Médhellenie : les Aboyeurs de Lune. Rares sont ceux qui ont pu les approcher et revenir vivants. Ce sont des fanatiques complètement fous. Ils adorent la lune. Chaque fois qu'elle est pleine, ils lui font des sacrifices humains. On dit que leurs superstitions dérivent d'une croyance similaire à celle des Th'Args.

Un gedokos fit entendre au loin son sifflement caractéristique. Plus loin encore, un chœur de rats mutants que l'on appelait des tch'elgs entonna une complainte modulée avant d'entreprendre sa chasse nocturne.

— Je suis tombé une fois sur eux, ce fut terrible... C'est à eux que je dois cette balafre. Ils ne reculent jamais et ils se font hacher sur place plutôt que de céder. Tous combattent, femmes, enfants, vieillards. Et ce ne sont pas les moins féroces. Ce sont des enragés qui ne tolèrent personne d'autre qu'eux-mêmes.

— Si près de Valatia ?

Les distances ne veulent pas dire grand-chose par ici. En théorie, l'empereur Tharxès a conclu un accord avec leurs représentants selon lequel ils accordent libre passage aux caravanes, mais ce traité n'a aucune valeur. Il a été violé tant de fois qu'on ne les compte plus. Une armée entière a été envoyée en représailles, après l'attaque d'une caravane au cours de laquelle les trois quarts des convoyeurs avaient été massacrés. Regarde : comment veux-tu combattre efficacement dans cet enfer ? L'armée a disparu sans laisser de trace.

D'un geste large, il engloba le paysage étrange qu'éclairaient encore les derniers rayons du soleil couchant. C'était une dépression volcanique au relief tourmenté, l'image vivante du chaos. De gigantesques séismes avaient malmené les couches sédimentaires que crevaient çà et là des coulées de lave de volcans retournés aux entrailles de la terre. Le plateau tourmenté se griffait de gorges profondes et sombres, de vallées encaissées où venaient mourir les racines méridionales du lac du Lion. De temps à autre les vents ascensionnaires remontaient des profondeurs, des nuages de brume chargés de remugles infernaux, odeurs de pourriture, de végétaux en décomposition.

— Les vestiges de la mer antique disparue, commenta Achil.

— Un des plus beaux endroits de ce foutu pays, grogna Dracchus. Malgré ces chiens d'Aboyeurs. Regarde !

Il désignait le soleil dont l'image raccourcie s'apprêtait à plonger sous l'horizon rouge sang. Un vent léger leur apportait l'odeur particulière des langoustes de terre.

— Parfois, lorsque le temps est suffisamment humide, le soleil se multiplie. Un dicton veut que l'on compte le nombre de soleils aperçus. Il représente le nombre de vies auxquelles tu peux prétendre.

— Arnaud !

C'était Odios.

— Qu'y a-t-il ?

— Isabelle ! Malgré nos recommandations de prudence, elle s'est éloignée du campement.

Dorian se leva.

— L'imprudente ! Pourquoi ne l'avez-vous pas retenue ?

— On ne peut lui résister, Arnaud. Tu le sais.

Il baissa les yeux.

— Je vais m'occuper d'elle. Par où est-elle allée ?

Parmi les roches métamorphiques déchiquetées par le feu et le vent, Dorian suivait la silhouette fine de Solyane. À cette distance, nul n'aurait pu déceler sa cécité. Sa démarche souple, féline, assurée, ne trahissait aucun handicap et la canne flexible qu'elle tenait dans la main ne lui était visiblement d'aucune utilité. Peut-être avait-elle deviné sa présence. C'était même probable.

Elle disparut au cœur d'un massif d'épineux, ressortit quelques pas plus loin, entreprit de gravir une butte élevée dominant le plateau.

Il se faufila sur ses traces, son pistolaser au poing. Malgré le calme apparent des alentours, ce que Dracchus lui avait appris sur les Aboyeurs de Lune l'incitait à la prudence. Il retrouva le fantôme blond près du sommet, face au soleil couchant. Solyane se défit de sa longue cape sombre et s'assit en tailleur. Dorian se tapit contre le sol, prêt à intervenir au moindre événement insolite.

Solyane s'immobilisa, le visage tourné vers l'occident. Malgré ses pouvoirs, elle ne pouvait voir le spectacle grandiose.

Sa perception multidirectionnelle n'avait qu'une portée limitée dans l'espace.

Soudain, le soleil bougea, se dédoubla, reflété par les différentes densités des couches atmosphériques. Ses reflets d'or flamboyèrent un instant. Dorian avait déjà observé un phénomène semblable dans les Terres Bleues, douze ans auparavant, mais cette fois, Solyane ne pouvait partager son émerveillement. Un vague sanglot le secoua.

Il lui en coûtait de l'espionner ainsi sans se montrer. Il devait à tout prix la protéger contre sa propre imprudence. S'il s'était manifesté immédiatement, elle aurait refusé de rentrer. Il finit malgré tout par s'étonner de son attitude. Elle ne bougeait plus du tout et paraissait s'être arrêtée de respirer. En contre-jour, il aperçut pourtant sa poitrine se gonfler régulièrement sous le corsage léger, prise au piège par l'or du couchant.

Tout à coup, un son étrange vibra. Cela ne ressemblait à rien de connu. Cela aurait pu être l'envolée aérienne d'une thamys, mais c'était aussi beaucoup plus doux, plus velouté. Cela s'étira, s'enfla, s'éleva tandis qu'un bouquet de notes claires éclatait, comme surgi du néant. Interloqué, Dorian se leva à demi. Qui accomplissait ce prodige ? Solyane était seule. Une suite de notes modulées s'écoulèrent, amples et graves, sur un rythme lent et obsédant, opposées à des tintements aigus et sonores. Une ligne mélodique hésitante se dessina, puis se précisa et s'affermit. Il comprit qu'elle était à l'origine de ce phénomène incompréhensible. Une vague de nostalgie le prit, le bouleversa. La musique née mystérieusement du néant reflétait une recherche, une quête d'un passé perdu, oublié, que l'on tente en vain de retrouver. Dorian « comprenait » la mélodie, parce qu'il vibrait en harmonie avec elle. Sa beauté le touchait par sa perfection et aussi parce qu'il y retrouvait des créations phoniques dont elle avait déjà émaillé ses œuvres précédentes. Pourtant... il manquait à cette symphonie étrange la touche de spontanéité, l'empreinte poignante de vérité dont seuls sont capables les artistes les plus profonds, les plus sensibles. Seul Dorian était à même de déceler cette absence de folie, de génie dont Solyane avait toujours fait preuve. Cette touche miraculeuse qui la plaçait au-dessus de tous. Aucune chaleur humaine ne faisait vibrer cette musique, malgré sa perfection. Toute sensibilité l'avait désertée, comme une beauté glacée dont tout le charme avait été arraché. La mémoire seule lui permettait de recréer cette mélodie merveilleuse qu'elle avait composée en souvenir de Syrdahar.

La setchaya avait fui Solyane.

Tout à coup, la voix de la jeune femme trancha la symphonie du néant.

— Viens Dorian !

Il obéit.

— Solyane ?

Elle ne répondit pas. La musique venue de nulle part ne cessa pas pour autant. Lorsque le soleil eut disparu derrière l'horizon tourmenté, elle éclata en mille bulles sonores qui s'éteignirent comme s'éteignent autant d'éclats de rire, pour renaître et renaître encore. Une émotion puissante tenait le cœur de Dorian.

— Solyane ! Ma petite sœur !

— Assieds-toi !

La musique s'effondra enfin, s'atténua, mourut sur un dernier accord léger et cristallin. Il aurait voulu qu'elle ne s'arrêtât jamais. Pourtant, elle lui faisait horriblement mal, car elle était le reflet exact de Solyane, de son détachement ; de la détresse qui l'habitait. Il aurait voulu se fondre à cette mélodie, s'y intégrer pour lui rendre la vie, la chaleur et par elle atteindre cette sœur, cette compagne inaccessible. Il avait reconnu par endroits quelques éclairs furtifs, quelques accords d'espoir vite dissous, dont la puissance évocatrice lui affirmait que tout ne pouvait être perdu pour elle. Malgré son indifférence actuelle, quelque chose vibrait encore sous les cendres.

Un long silence établit son voile entre eux.

— Solyane, dit-il enfin, comment fais-tu cela ?

Elle évita de tourner son visage masqué vers lui. Par délicatesse, il s'installa derrière elle, sans la toucher.

— Je ne sais pas. Je le veux, c'est tout. Je n'ai plus besoin d'instruments. Ils ne sont que des moyens artificiels de faire vibrer l'air. Leurs capacités sont limitées. À présent, je n'ai plus d'autres limites que celles de mon propre esprit. La création parle d'elle-même, sans truchement. De même que les mots et les phrases déforment les pensées, les instruments amoindrissent la musique. Là au contraire, elle s'épanouit dans toute sa pureté. Je crée des sonorités impossibles à atteindre avec un instrument. Il me suffit de me concentrer.

Elle serra les poings.

— Et pourtant... Je n'arrive pas... Il manque quelque chose.

Dorian soupira. Il savait ce qui lui manquait, mais elle l'interrompit.

— Non ! Tu te trompes ! Les sentiments, l'amour, la passion diminuent les possibilités humaines. Il faut être dégagé de toutes ces contraintes pour atteindre les niveaux supérieurs.

Il ne répondit pas.

— Rodrick avait peur de moi. Il me traitait de sorcière. Tu n'es pas réelle, disait-il. Tu es une démone, mais tu es en mon pouvoir. Je peux faire de toi ce que je veux : mon esclave, ma chienne. Je peux même te tuer.

« Il était fou, détruit par la maaklawa. Pourtant, il avait sans doute raison. Je suis une sorcière. S'il avait pu savoir ce que souffrent les sorcières...

Il y avait une telle amertume dans sa voix qu'il eut envie de la prendre dans ses bras, comme autrefois. Cela ne serait cependant jamais plus possible. Pourtant...

— Ce que tu fais est magnifique, petite sœur. Ne parle plus de ce monstre. Il a payé son crime.

— C'est vrai, tous ont payé, mais...

Un bref sanglot la secoua, qui bouleversa Dorian.

Il la prit contre lui. Elle se laissa faire.

— Non, je ne pleure pas, petit frère ! Je ne sais plus ce que cela veut dire. J'aurais tellement voulu que ce soit toi, la première fois... Parfois, j'ai... tellement mal...

Elle se tut. Il appuya sa tête contre l'épaule de sa sœur. Un instant, il crut que la muraille mentale allait se briser, elle résista. Pourtant, il savait à présent que tout n'était pas perdu. Elle l'avait appelé petit frère ! Comme autrefois !

— Arnaud, il vaudrait mieux que les guerriers se tiennent prêts à combattre !

La piste suivait à présent un défilé empiégé entre deux collines. L'endroit idéal pour une embuscade. Dorian avait décelé, derrière les amas rocheux, des présences insolites, des esprits dépourvus de personnalité, identiques. Des êtres quasiment morts. Ou plutôt animés de la forme la plus terrible de la folie : celle du fanatisme sans borne.

— Je les sens, Arnaud, ils sont là ! poursuivit Dracchus.

Ces chiens s'enduisent le corps d'une graisse animale destinée à les protéger du froid et des piqûres d'insectes. Ils puent à dix marches à la ronde.

— Il y en a des deux côtés, dit Dorian. Nous risquons d'être pris en tenaille.

Pourtant, il ne sentait pas chez les inconnus la volonté d'attaquer.

— Le plus souvent, reprit Dracchus, ils pillent les caravanes, mais notre armée ne peut rien leur apporter, sinon pas mal de morts inutiles. Il n'est pas certain qu'ils nous attaquent. De plus, la lune est en phase dans son plein. Ils n'ont pas besoin de victimes pour leurs sacrifices.

— Par contre, émit lugubrement Odios, si l'un de nous s'effondre, c'est le carnage.

— Ces chiens adorent effrayer les voyageurs, poursuivit Dracchus.

Lui, d'habitude si prompt à affronter le danger, ne semblait pas du tout à l'aise alors que l'on n'apercevait aucune silhouette menaçante. Comme pour lui donner raison, Ronald manipulait ses amulettes avec célérité, tout en psalmodiant prières et incantations.

Enfin, les Aboyeurs se décidèrent à apparaître. Suivant un cérémonial réglé, impressionnant. Comme appelés par un signal mystérieux, il en surgit de partout, en quelques secondes. Il y en avait sans doute des milliers. Guerriers vêtus de longs pagnes blancs, armés d'arcs, de flèches et de lances, mais aussi vieillards, femmes, enfants, venus là peut-être comme au spectacle, visiblement impatients d'en découdre si l'un des étrangers s'aventurait en dehors de la piste.

Peu à peu, un cri jaillit de leurs gorges, léger au départ, puis repris par des milliers de poitrines. Le chœur de tout un peuple, grandiose, effrayant.

— Restez calmes, ordonna Dorian. Notre nombre n'est pas suffisant pour les arrêter, mais ils se méfient. Ces hurlements ne sont qu'une démonstration guerrière, destinée à éprouver notre courage.

Il fallait continuer comme si de rien n'était. Aux côtés de Dorian, Elena était devenue pâle. Elle baissa les yeux et marmonna quelques suppliques à l'adresse de dieux protecteurs, imitée par de nombreux guerriers. Elle se rapprocha de son mari.

— Arnaud, jurez-moi que vous ne me laisserez pas tomber vivante entre leurs mains !

— Ne crains rien ! Nous nous en tirerons.

— Jurez-moi !

Il soupira.

— Si... si cela arrivait, je ferais ce que tu me demandes.

À cette distance, il était impossible de distinguer encore les traits des Aboyeurs, mais on devinait de curieuses excroissances sur leur peau nue. Dracchus expliqua :

— Ce sont des bourrelets en forme de croissants de lune. Pour éprouver leur courage et leur résistance à la douleur, ils se cousent la chair et la peau selon cette forme. Cela donne lieu à des cérémonies orgiaques. Ce sont surtout les jeunes qui subissent ces épreuves. Un homme plus âgé peut y participer également, pour le plaisir.

— Comment sais-tu tout cela ?

— Par mon ami Tarxès ! Il leur a adressé une délégation qui est revenue vivante. C'est celle qui a conclu l'accord.

La marche angoissante se poursuivit au milieu des hurlements infernaux. La Médhellenie avait aguerri les combattants gwondaleyens. Seul un esprit exercé aurait pu, sous un masque d'impassibilité, déceler la tension étouffée, les mains prêtes à saisir les armes.

Soudain, un corps glissa du haut d'un promontoire, déboula parmi la maigre végétation pour venir s'écraser à quelques pas devant les lionorses de Dorian et de Dracchus. Un gémissement s'éleva et une fillette quasiment nue, âgée tout au plus d'une dizaine d'années, se tordit de douleur dans la poussière. Sur un geste de Dorian, la colonne s'arrêta. L'enfant empêchait le passage.

C'était une petite sauvageonne à la peau presque noire, peinte de couleurs vives. Un pagne flottant de feuilles de jacondas la vêtait ; il ne dissimulait rien de son intimité. L'épouvantable clameur des Aboyeurs diminua, puis s'éteignit comme par enchantement. Un silence lourd comme du plomb prit possession du défilé, déchiré seulement par les plaintes de la fillette. Malgré son masque effrayant, Dorian eut pitié d'elle.

— On ne peut la laisser comme ça ! Ces sauvages ne semblent pas décidés à la récupérer.

— Garde-toi bien de la toucher, surtout. Tu signerais notre perte, de plus, tu la condamnerais à mort.

— Comment cela ?

— Pour eux, nous sommes des démons, des êtres impurs. Jamais l'un d'eux ne doit avoir de contact avec nous, sous peine d'être souillé. Les autres le mettent à mort aussitôt, ou, dans le meilleur des cas, le chassent. Le contact est permis uniquement en cas de combat ; encore se lavent-ils abondamment après.

— Charmants personnages ! Dans ce cas, nous faudra-t-il attendre que ces braves gens veuillent bien reprendre leur progéniture ?

— J'en ai bien peur !

Il ne se trompait pas. Une attente épuisante commença alors, dans le silence ponctué çà et là par les appels d'un oiseau chasseur, un chœur de tch'elgs ou les mouvements des chevaux énervés. Les Aboyeurs restaient immobiles comme des roches. Aucun d'eux ne semblait prêt à porter secours à la gamine qui se tenait la jambe en geignant. Les guerriers ne bronchaient pas. Ils n'attendaient qu'un signe de leur seigneur pour agir.

Dorian constata rapidement que l'attention des Aboyeurs se concentrait essentiellement sur Solyane, dont la calyptra noire paraissait fort les impressionner.

Soudain, la jeune femme s'avança, dépassa Dorian et Dracchus et s'approcha de la fillette.

— Eh ? Mais... Dame Isabelle ? Revenez ! hurla Dracchus, bondissant pour la rattraper.

Dorian l'arrêta.

— Laisse ! Elle doit savoir ce qu'elle fait.

— Elle va se faire tuer !

— Je ne crois pas !

Un grondement sourd s'éleva des Aboyeurs. Un vent de colère souffla, teinté de crainte. Le masque noir les tenait en respect. Solyane n'y prêta aucune attention. Les Gwondaleyens ne purent retenir un murmure d'émotion. Solyane se dirigea sans hésitation vers la fillette.

Le grondement des Aboyeurs s'amplifia, féroce, menaçant, comme rugi par la terre elle-même.

— Pourquoi ne s'en sont-ils pas occupés eux-mêmes ? gronda Odios. Ils cherchent la bagarre ou quoi ?

Il ne put en dire plus. Tandis que Solyane s'agenouillait près de l'enfant blessée, la clameur gigantesque reprenait, répercutée par tous les échos du canyon. Une vague de sauvages déferla vers les Gwondaleyens. Les armes jaillirent aussitôt de leur fourreau. Les gonns claquèrent, tandis que le pistolaser de Dorian traçait un arc de feu devant les assaillants. La pierre soudainement embrasée les décontenança un peu, mais il en fallait plus pour les arrêter.

Elena aperçut tout à coup une lance piquer droit sur Solyane. La lance fut freinée par une force incompréhensible et retomba, inoffensive, sur le sol. Simultanément, un phénomène fantastique se déclencha : Solyane s'était relevée et faisait face à la colonne. Elle étendit les bras et soudain naquirent une multitude de tourbillons de poussière de part et d'autre de la piste, des tornades miniatures qui s'enflèrent, grossirent en grondant, puis se déplacèrent tout à coup en direction des assaillants. Stupéfaits, les Aboyeurs ralentirent. Leurs cris de guerre dégénérèrent en une cacophonie où s'entrecroisaient la fureur, la terreur, le doute, la haine et cette folie meurtrière qui habite toujours les fanatiques.

Les tourbillons se firent compacts et finirent par constituer un mur mouvant de sable et de pierre qui isolait l'armée des Aboyeurs. Ceux-ci, constatant que la masse noire et pulvérulente s'avançait à leur rencontre, se mirent à reculer, lentement d'abord, puis une véritable panique s'empara d'eux et ils refluèrent dans un désordre indescriptible, se piétinant les uns les autres, hurlant à la mort.

Pendant ce temps, Solyane avait saisi la fillette évanouie de frayeur et l'avait traînée sur le bas-côté, libérant le passage.

Les guerriers éberlués la virent remonter ensuite sur son cheval et revenir sans un mot reprendre sa place derrière leur seigneur. Nul n'osa poser la moindre question. On n'avait jamais vu semblable phénomène. C'était une déesse, elle disposait de pouvoirs inconnus.

Telle fut à peu de chose près la réflexion que se fit Elena en observant sa belle-sœur à la dérobée. Qu'y avait-il de juste dans cette légende interdite qu'elle avait surprise un jour à Shalbatena ? Une légende qui parlait du retour, de la résurrection d'un homme et d'une femme aux pouvoirs fabuleux et qui avaient jadis dominé le monde ?

CHAPITRE XXVIII

— Valatia ! clama Dracchus. Une montagne si haute qu'elle dominait autrefois la mer légendaire qui recouvrait ce pays. Une forteresse inexpugnable aux mille ruelles qui recèle dans ses entrailles des secrets que les amanes eux-mêmes ne possèdent peut-être pas.

Visiblement, le comte de Vik aimait la cité impériale de Médhellenia. Il ne tarissait pas d'éloges sur la beauté de ses monuments, de ses femmes, la courtoisie de ses habitants. Au loin, dressée sur l'horizon d'une plaine morne balayée par les vents des sables s'imposait la silhouette du massif malate, aux flancs éclaboussés par le soleil matinal. Au sommet, on devinait la ligne claire de bâtiments. Une brume translucide flottait à leurs pieds. Vers l'ouest, s'étendait la fourrure verte d'une forêt, dont les fondations venaient s'étager jusqu'aux terribles marais de Sirigath, situés au niveau même de la plaine.

Aucun commentaire n'avait suivi l'exploit de Solyane. Pour eux, elle rejoignait Dorian dans la légende. Elle était la sœur de celui qui avait tué le cruel Hadgar, le triomphateur de l'empereur de Nogafrika en combat singulier. Et les jours affinaient leur légende, s'abreuvant à la source de mille détails que chacun apportait pour la compléter.

Elena toucha son ventre à peine tendu. Son enfant n'avait pas encore deux mois. Fallait-il qu'il tienne à la vie pour s'accrocher aussi farouchement à ses entrailles, malgré les pas du cheval, malgré les nuits passées au cœur du désert ou des marais ! Cet enfant serait un guerrier, courageux et tenace, comme son père. Elle sourit avec tendresse en contemplant la carrure élancée d'Arnaud, cambré fièrement sur la stature puissante d'Aram.

Arnaud avait la même attention envers elle depuis qu'il avait arraché sa sœur à son temple-tombeau. Pourtant, un malaise obscur, inconsistant, persistait. Sa perception shod'l loer lui avait permis de surprendre les relations impalpables qui unissaient le frère et la sœur. Des liens faits d'une compréhension mutuelle totale, d'une complicité qui renaissait jour après jour. Il avait même réussi à la faire rire, malgré l'énorme bloc d'indifférence qui pesait sur elle. Elle seule, croyait-elle, avait perçu ce rire intérieur et léger qui avait fleuri un instant dans l'esprit impénétrable d'Isabelle.

Il ne la négligeait pas, mais une tristesse sans nom la gagnait lorsqu'elle assistait en spectatrice à leurs échanges extraordinaires, une communion si intime qu'elle se situait sur un plan qu'elle n'atteindrait jamais, qu'elle ne pourrait qu'observer.

Intuitivement, elle comprenait qu'Arnaud et Isabelle étaient faits l'un pour l'autre. Le moindre geste de l'un envers l'autre était un geste d'amour. Il était le seul dont elle acceptât la compagnie.

Elle interrompit sa méditation comme Arnaud ramenait Aram à sa hauteur.

— Dracchus m'a donné envie de connaître cette ville. Je désire que nous y séjournions un mois ou deux. Il nous propose de nous rendre ensuite jusqu'à Vik en bateau. C'est un moyen de transport qui t'éprouvera moins. Qu'en dis-tu ?

— Tout ce que vous voudrez, mon seigneur, pourvu que je sois à vos côtés !

Dracchus les rejoignit.

— Mon amitié avec l'empereur Tarxès remonte à plus de dix années. C'est le meilleur des hommes. Il préfère la bonne chère et les jolies femmes, mais il sait s'entourer d'hommes efficaces. Les Valatiens sont puissants et heureux. Jadis, je l'ai aidé à combattre un sien cousin qui rêvait de le renverser. Tarxès aurait pu s'en débarrasser sans moi, remarque, il a su cependant apprécier mon aide désintéressée et depuis, il me voue une solide amitié. C'est un homme qui a le sens de la reconnaissance.

La petite armée avait pénétré Valatia.

Ville étrange, mystérieuse, qui multipliait les contrastes. Elle dévoilait des murs dont l'architecture inconnue semblait aussi vieille que le monde. Ses fondations plongeaient au creux de ravins que le temps n'avait pas réussi à combler. On y retrouvait des styles de toutes origines : demeures agencées autour de patios propres à l'Europannia méridionale, avec leurs arches plein cintre, leurs bâtisses aux courbes élégantes inspirées de l'Ismalasie et leurs constructions sans prétention, plus ou moins anarchiques, caractéristiques de la Médhellenie.

Cette prolifération de bâtiments abritait une population industrieuse, cosmopolite. On y rencontrait tous les types humains de la création, la peau uniformément usée par le soleil médhellenien.

Approcher l'empereur n'était pas une entreprise très difficile. Dans une ville à peine plus grande que Gwondaleya, il n'était pas rare de le voir déambuler dans les rues comme un simple citoyen. Des gardes le suivaient à distance, mais ils n'avaient jamais à intervenir. Qui eût pu vouloir du mal au jovial Tarxès ?

— Soyez le bienvenu, comte Arnaud de Gwondaleya. Mon palais est honoré de recevoir un homme dont les exploits ont depuis longtemps franchi les frontières de son empire.

Dans les faits, le pouvoir de Tarxès ne dépassait pas les limites des montagnes malates. Dorian, avec les dépendances de Gwondaleya, disposait d'une puissance deux fois supérieure.

Pourtant, Valatia abritait un conseil impérial suprême et surtout un temple amanite avec une phalange dépendant directement des Grands Initiés eux-mêmes.

— Quel homme exquis, ce Tarxès ! Savez-vous qu'il cache sous ses airs bon enfant un esprit fin et profond ?

Dorian sourit au reflet d'Elena. La jeune femme se mirait nue dans l'immense psyché de leur appartement, heureuse de retrouver enfin un confort douillet. Elle caressa fièrement la peau de son ventre qu'un léger renflement commençait à tendre.

— C'est exact, répondit-il. C'est un allié qui vaut plus par ses qualités humaines que par sa puissance, mais il a un goût certain.

Il toucha en connaisseur les draperies et tentures de la chambre, examina les fresques en bas-relief qui ornaient les murs : rien que des scènes évocatrices afin de passer une bonne nuit d'amour. Depuis la terrasse, on dominait la ville, du haut d'un rempart d'une vingtaine de mètres. Au-delà vers l'orient s'étendait la plaine morne qu'ils venaient de traverser. Vers l'ouest débutaient les marais de Sirigath.

La soirée s'était achevée fort tard. L'empereur avait réuni sa cour de fidèles autour du comte de Vik qui s'était fait un plaisir de conter ses exploits et surtout ceux de Dorian. Il eût pu remplacer au pied levé le plus habile des conteurs tant sa verve était grande et son langage imagé. Le vin aidant — un vin poivré et pétillant élevé sur les coteaux occidentaux des montagnes malates —, la moindre escarmouche devenait une bataille en règle et la destruction du temple de Bahiskra — qu'il n'avait pas vue — une catastrophe digne de l'Apocalypse.

Dorian contempla la jeune femme dont la longue chevelure sombre coulait jusqu'au bas des reins, par-dessus la chemise de nuit fine qu'elle venait de passer. Une lectrone dessinait sa silhouette en contre-jour. Son ventre à peine plein trahissait le fruit qu'elle portait en elle. Il lui conférait une grâce particulière. Une bouffée de tendresse traversa Dorian.

— Comme tu es belle, Elena ! Demain, nous nous rendrons en ville. Je désire te faire confectionner quelques robes et manteaux pour notre séjour à Valatia. On dit que les tailleurs et couturiers d'ici sont de véritables magiciens.

Elle tourna vers lui un visage radieux. Elle avait eu tort de craindre pour leur entente. La douce euphorie du vin malate la baignait de sa chaleur capiteuse. Le malaise indéfinissable avait disparu.

En somme leur expédition était une victoire totale. Arnaud avait libéré sa sœur. Ses ravisseurs avaient été punis. Elle était fermement convaincue que, le temps aidant, Isabelle guérirait de ses affreuses blessures. Depuis l'épisode des Aboyeurs de Lune, elle était intimement persuadée qu'elle pouvait retrouver la vue. Isabelle possédait des dons tellement étranges... C'était inconcevable, mais c'était ainsi. La petite vie qu'elle sentait bouger en elle la comblait d'une assurance farouche.

— Mon seigneur, mon beau seigneur, dit-elle en tendant les bras, je crois que je vais aimer Valatia. Notre ami Dracchus m'a raconté tellement de choses sur la basse ville et surtout sur ce fameux quartier Loukat. Vous m'y amènerez, n'est-ce pas ?

Ce fut un Vikéen du nom d'Honoré qui guida Dorian, Elena et Solyane vers le quartier Loukat dès le lendemain. Noir de poil et sombre de peau, il offrait une réplique plus rustique de son seigneur avec sa hâblerie et ses éclats de rire tonitruants.

— Croyez-moi, seigneur Arnaud, tout le monde peut pénétrer dans le Loukat sans rien y comprendre. On y découvre des merveilles, on peut aussi s'y faire détrousser comme au coin d'un bois, on peut s'y offrir les filles les plus belles et les plus imaginatives.

Là, ses yeux brillèrent de convoitise et il souligna ses paroles d'un redoutable hochement de tête.

— Mais pour pénétrer les secrets les plus intimes de Valatia, il faut être initié.

Clin d'œil complice.

— Ce qu'on voit, c'est le décor, la parade, la surface. Pour les visiteurs. Ceux qui veulent se faire peur en racontant à leurs amis : « Je suis allé en Médhellenie. J'ai même visité Valatia et son terrible quartier Loukat », ils ne voient rien. Il y a des signes pour se faire reconnaître.

Il les entraîna dans un labyrinthe inextricable. Après un marchandage mystérieux, effectué dans un langage inconnu, autant gestuel que parlé, il s'assura les services d'un jeune garçon espiègle, vêtu de haillons, mais pétillant de vie, qui les guida à travers le dédale invraisemblable de la basse ville. De multiples ruelles serpentaient entre les bâtisses aux toits plats en terrasse. Ces dernières se transformaient plus loin en escaliers, épousant jusqu'au moindre caprice du terrain accidenté et rocailleux, laissant la partie belle aux herbes sauvages qui assassinaient sans vergogne les quelques fleurs dont les indigènes parsemaient les trottoirs. Des enfants hardis et peu vêtus surgissaient des pavés inégaux, piaillant, hurlant, ignorant leur misère, riches de soleil et de bonne humeur. Un charme étrange se dégageait de l'endroit.

Parfois les ruelles s'élargissaient en petites places où régnait une agitation colorée et bruyante. Des vieux bavardaient autour de la fontaine centrale. Il eût fallu des mois pour découvrir tous les trésors de Valatia. C'était un mélange de métiers, d'échoppes, d'une collection de mystères inexplicables comme ces statues ou bas-reliefs qui couvraient les murs des vieilles demeures. Même les anciens avaient perdu le souvenir de leur origine.

— On dit que certaines d'entre elles seraient de beaucoup antérieures au Jour du Soleil, expliqua Honoré. Mais elles n'ont rien de commun, paraît-il, avec les dieux anciens.

— Ce sont les ancêtres des Anciens qui les ont sculptés, Memhib, précisa le jeune garçon. Elles protègent Valatia et surtout le Loukat.

— Les ancêtres des dieux, murmura Elena.

Un vague frisson, fait de respect et de crainte, lui courut le long de l'épine dorsale. Qui se rappelait encore ces êtres étranges, dont le souvenir s'était dilué au fil des siècles ? Ces guerriers fantastiques gravés dans la pierre qui, par certains aspects, rappelaient les valeureux chevaliers de ce vingt-deuxième siècle de l'ère amanite. N'étaient-ils pas, eux aussi, des chevaliers, comme pouvaient le laisser croire ces sortes de casques, ces manières de sharack et surtout cette croix mystérieuse qui ressemblait à celle des Folmans ?

Elena ne s'étonna qu'à moitié lorsqu'elle vit Isabelle s'immobiliser face à un portique admirablement conservé, encastré entre deux masures de pisé dont la chair ocre contrastait avec le sombre granit maquillé de lichen. Sur le linteau ressortait pourtant une fresque magnifique, en relief, frappée d'armes oubliées dans la nuit des temps.

Une vibration mentale émana peu à peu de la jeune aveugle qui avait levé le visage vers la sculpture, une onde impalpable, incompréhensible pour elle, Elena. Avec une terreur inexplicable, elle vit la main fine d'Isabelle se tendre vers son mari qui la prit tendrement. Elle fut soudain rejetée au rang de spectatrice de cette union qui se tissa alors entre eux et dont elle ne put saisir que quelques bribes. Des bribes fantastiques, merveilleuses. Une fresque à la dimension de l'histoire humaine. Ce fut comme si le passé renaissait au travers de l'esprit prodigieux de Solyane, mêlé à celui de Dorian, à partir du linteau usé par les millénaires. Une série de visions heurta l'esprit d'Elena, un monde surgi de l'oubli, rempli de chevaliers religieux, armés par une foi inébranlable, fer de lance d'une croyance séculaire, opposée à une autre religion, différente et pourtant sœur, dont le cœur se trouvait au-delà des mers. Des mers ! La mer ! Une mer immense, mouvementée, chaude, implacable, le berceau de toutes les civilisations. Une mer mythique qui s'étendait autrefois sur ces déserts et ces marais qu'ils avaient traversés. De fugaces images de combats, de supplices, de bûchers, de sang, de fêtes et de chants religieux, de vaisseaux bizarres mus par des centaines d'esclaves enchaînés à leurs rames éclatèrent par instants dans son esprit.

Ce ne furent que des éclairs trompeurs, pâles reflets de ce que partageaient le frère et la sœur. Ils faisaient pour eux seuls revivre ce passé disparu depuis longtemps de la mémoire des hommes.

Une douleur s'infiltra insidieusement dans son ventre et le spectre nauséeux resurgit. Seule à être dotée du shod'l loer, elle fut seule aussi à comprendre l'union spirituelle d'Arnaud et d'Isabelle devant la fresque à demi effacée.

Pour Honoré et pour l'enfant, ce ne fut qu'un regard admiratif, à peine plus long qu'un autre. Ils ne remarquèrent même pas la peine soudaine reflétée par le visage d'Elena.

Plus loin, dans un quartier où les ruelles se faisaient tellement étroites que l'on pouvait toucher les murs opposés simplement en étendant les bras, le gamin fit un signe à Honoré.

— Vous attendre ici.

Le tout couronné d'un vigoureux clin d'œil.

Amalgame de plusieurs millénaires, marquée par chaque siècle et miraculeusement épargnée par le Jour du Soleil, Valatia regroupait un nombre invraisemblable d'artisans en tout genre, ouvriers d'art, techniciens, sorciers, inventeurs, dont les amanes n'avaient jamais pu se débarrasser. Ils fabriquaient toutes sortes d'outils, ustensiles, appareils dont la conception faisait largement appel aux lois sacrées. Manière de contestation, de faire un pied de nez à la religion, on pouvait acheter. moyennant un prix à peu près raisonnable, des lectronnes, des pistolets, de curieux engins capables d'enregistrer et de reproduire la voix humaine, des boîtes étranges destinées à transmettre la parole à faible distance, des images en relief et toutes sortes de merveilles de cet aloi.

Bientôt, le gamin revint triomphant.

— Venir ! dit-il en attrapant la main de Dorian.

Il les entraîna dans une ruelle encore plus sombre que les autres, encombrée de mendiants endormis sur le sol de terre battue. Ils s'enfoncèrent dans un escalier taillé à même le roc, menant dans les entrailles de la terre.

— Beaucoup de seigneurs venir Loukat, memhib. Eux trouver ici beaucoup de choses !

Il souligna ses paroles d'un sourire comique.

— Choses interdites par amanes ! Toi pas montrer ! Eux pas savoir ! Logique !

Un court dédale les conduisit dans une salle voûtée, mais curieusement bien éclairée. Ils furent accueillis par deux hommes vêtus de blouses de travail en cuir, un jeune et un plus âgé. Leurs regards étaient rien moins qu'engageants.

Dorian les salua. Ils répondirent d'un bref hochement de tête. Visiblement, ils étaient chez eux et la noblesse de leur visiteur ne les impressionnait pas outre mesure.

— Que voulez-vous, seigneur ?

Il sourit.

— Rassurez-vous, messires. Je ne suis pas au service des amanes. De toute façon, je pense qu'ils sont obligés de tolérer votre petit commerce. Dans le cas contraire, il leur faudrait raser la ville. Je ne suis venu qu'en curieux, entraîné par ce diable de petit bonhomme.

Il ébouriffa la chevelure noire et frisée du garçon qui sourit de toutes ses dents. Le plus vieux se décida alors et entreprit de montrer leurs dernières créations. Il proposa successivement une lectronne portative, pouvant projeter des lumières de couleurs différentes par un jeu de filtres, des émetteurs récepteurs radio portatifs, un projecteur tridimensionnel, un pistolaser de faible puissance qui n'eût en aucun cas pu servir d'arme.

Il actionna également les commandes d'un appareil étrange, muni d'une sorte de ruban verdâtre, à qui il fit répéter les mots prononcés par Elena un instant auparavant.

— C'est... c'est de la sorcellerie, balbutia-t-elle.

— Non, mem'meh. Nous ne faisons qu'utiliser les lois naturelles, que les amanes ont interdites. Ils disent qu'elles sont réservées uniquement à l'usage des dieux.

— Plus personne ne les connaît, ajouta le plus jeune, à part les Valatiens. Et ce ne sont que des lois simples, mais nous ne pouvons les divulguer. Les amanes ont l'œil sur nous. Et de toute façon, notre commerce nous suffit. Alors, pourquoi risquer des ennuis ?

— Pourtant, lorsque l'on pense aux extraordinaires possibilités de ces lois, on a le vertige, reprit le vieux. Le monde pourrait connaître un essor fantastique.

— Cessez de rêver, maître ! Songez aux fléaux qui renaîtraient alors !

Dorian ne put qu'approuver intérieurement le plus jeune, encore qu'il ne lui inspirât aucune sympathie. Il opta pour la lectronne multicolore. Il se demanda de quelle manière cet objet pourrait se révéler dangereux pour la religion, mais n'approfondit pas.

Soudain, le vieil homme remarqua son pistolaser.

— Par tous les dieux, murmura-t-il. Quelle merveille !

Dorian sortit l'arme et la lui montra, sans toutefois lui mettre en main.

— Extraordinaire ! On dirait une pièce de musée.

— Comment cela ? s'étonna Dorian.

— Excusez-moi ! Ma réflexion n'a rien de péjoratif, seigneur. Je veux dire que même les amanes ont perdu le secret de sa fabrication. Elle date d'avant le Jour du Soleil, pour le moins.

Dorian sentit naître l'étonnement dans l'esprit d'Elena.

— Continuez, je vous prie.

— C'est une arme fantastique, seigneur. On a perdu son secret, mais sa puissance est restée. Avec cela, vous pouvez triompher seul d'une armée. D'où la tenez-vous ?

Dorian revit instantanément Nyra, Fomalhaut, et son étrange peuple féminin. Il avait donné sa parole.

— Je ne puis vous le dire. C'est un secret.

Le regard intrigué du jeune ne lui échappa pas.

— Il n'existe plus d'armes comme celle-ci, seigneur. C'est pourquoi vous nous voyez étonnés, dit-il.

— Il en existe encore au moins une, dit Dorian d'un ton sec.

Puis il se tourna vers le vieux.

— Qu'avez-vous à me dévisager ainsi, vieil homme ?

— Pardonnez-moi, mais vous me rappelez... Puis-je me permettre de vous demander qui vous êtes ?

— Je n'ai rien à cacher. Je suis le comte Arnaud de Gwondaleya.

— Arnaud de Gwondaleya. Par tous les dieux, voilà qui est troublant !

Il se gratta le menton entre le pouce et l'index.

— Votre visage me rappelle... Par tous les dieux, vous permettez ?

Il sortit en courant, renversa un tabouret au passage et revint avec un vieux livre qu'il posa avec précaution sur la table. Dorian et Elena s'approchèrent.

— Voici l'un des rares exemplaires consacrés au commandeur maudit, Darios. Tous les autres ont été détruits par les amanes. Ou plus précisément par l'inquispol.

Il l'ouvrit et dévoila une gravure très nette, qu'il baptisa photographie.

— Voyez, seigneur !

Il désigna l'image, puis le regarda, ébahi.

— Par tous les dieux, reprit-il encore, serait-ce possible ?

L'autre examina la photo attentivement, se tourna vers Elena, puis vers Solyane, dont le visage restait dissimulé par la calyptra noire.

Dorian soupira.

— Je lui ressemble, grommela-t-il, cela n'a rien d'extraordinaire.

— Seigneur, reprit le plus âgé, savez-vous qu'une légende, combattue par les amanes, prétend que le commandeur Darios renaîtra un jour de ses cendres, avec son épouse Lyanea, pour combattre les mauvais prêtres.

Dorian répondit :

— Je connais cette légende ! Je ne sais pas ce qu'elle contient de vrai, mais vous pouvez constater que cette jeune femme qui est mon épouse ne ressemble pas à la commanderesse Lyanea.

La plus jeune dit alors :

— Votre épouse, non, seigneur ! Par contre, cette jeune personne dont on ne distingue pas le visage ?

— Cette jeune dame est ma sœur, grogna-t-il. Elle n'est pas mon épouse.

Il foudroya l'homme du regard.

Soudain, Solyane releva la calyptra noire sur son visage ravagé d'où les yeux avaient disparu.

Effrayé, l'homme hurla et s'enfuit en courant.

Lorsqu'ils ressortirent, Dorian reçut une onde mentale de Solyane.

« J'ignore pourquoi, mais nous devrions nous méfier de cet homme. »

CHAPITRE XXIX

— Arnaud ! Arnaud ! Regarde ce que Sylvain m'a ramené du Loukat !

Épanouie, Elena courut vers lui, aussi vite que le lui permettait sa grossesse de quatre mois. Sa robe bleu pâle au drapé ample dissimulait sans peine son ventre. Elle adorait montrer son état en caressant la douce proéminence avec un sourire ravi.

Dorian la reçut dans ses bras en la grondant.

— Tu devrais te montrer plus prudente ! Que se passerait-il si tu tombais ?

Elle baissa les yeux, faussement contrite. Derrière elle suivaient Odios et Sylvain.

— Regarde !

Elle lui brandit sous le nez un curieux objet plat, dont les décorations étranges commandaient un minuscule voyant où s'inscrivaient en lettres brillantes des chiffres et des indications horaires.

— Qu'est-ce que c'est que ça ?

— Une montre ! Les heures si tu appuies sur les touches, là... et là. Et puis, ça sert aussi à compter.

Stupéfait, Dorian utilisa l'objet, puis éclata de rire.

— Ces ouvriers valates sont de véritables magiciens. Cache ceci. Voilà notre ami Markus.

Sur le chemin menant à la terrasse du palais où ils se trouvaient, se dessinait la silhouette longiligne du théolamane Markus.

Depuis deux mois à peine qu'ils avaient élu domicile à Valatia, il s'était tissé, entre le prêtre et Dorian, des liens subtils qui n'étaient pas loin de ressembler à de l'amitié. Contrairement à Phaeranius, Phez et tant d'autres, il ne semblait pas hostile. Pourtant, il ne pouvait ignorer les prouesses de Dorian que les conteurs s'étaient maintes fois chargés de narrer par le menu lors des soirées passées à la cour de Tarxès. Cependant, pas une fois il ne fit allusion à une relation quelconque entre Darios et lui, entre Lyanéa et Solyane, même lorsqu'un messager impérial en provenance de Bahiskra vint apporter la nouvelle officielle de la mort d'Hadran, tué par le comte Arnaud de Gwondaleya.

— L'empereur est mort, dit le messager. Le seigneur Khem Dott Ophal a pris sa succession, à la fin d'un bref combat qui a vu l'anéantissement des chaenaires, les gardes du djehal Hadran. On dit que le comte de Gwondaleya aurait péri dans l'incendie du temple qu'il aurait lui-même déclenché. On n'a pourtant retrouvé ni son corps, ni celui de Pamane Sagavellius.

Dorian ne fit rien pour détromper le messager.

— Décidément, fit remarquer Markus discrètement, vous êtes un homme redoutable, chevalier, mais vous avez agi sagement. Cet homme était indigne de gouverner.

— Votre approbation me réjouit, sehad.

Voyant venir Pamane, Dorian ne pouvait s'empêcher d'évoquer une autre silhouette longue, une robe noire frappée de l'inévitable soleil d'or, un esprit qui le hantait encore parfois : celui de Pamane Adelfius, dont les traits sévères et pourtant capables de chaleur humaine avaient marqué son enfance.

— Hal Weya, sehad !

— Hal Weya, seigneur Arnaud !

Un léger sourire, insigne marque de sympathie chez un prêtre, effleura un instant les lèvres de Markus. Puis il salua Elena, Sylvain et Odios avant d'entraîner Dorian à l'écart.

— Seigneur Arnaud, je suis venu moi-même vous porter une nouvelle qui vient de nous arriver ce matin. Le seigneur Khalamon de Ross, envoyé plénipotentiaire de la Phalange suprême et détaché permanent du commandeur Lyophème auprès de Valatia, arrive dans quelques jours.

— J'en suis ravi !

— Vous n'en pensez pas un mot, railla le prêtre. Pourtant, il serait bon que vous vous intéressiez au personnage. Il a ici les mêmes pouvoirs que l'empereur lui-même. Et puis, peut-être le commandeur Lyophème ou bien la Phalange suprême s'intéressent-ils à vos exploits ?

Dorian avait appris qu'un amane ne prononçait jamais de phrases vides de sens. Les paroles de Markus étaient un avertissement. Un avertissement qui cherchait à le protéger. Pour quelles raisons ?

Il dit :

— J'en tiendrai compte, sehad, et je vous sais gré d'avoir pris la peine de vous déplacer.

Soudain, derrière eux, la conversation s'estompa, comme gênée par quelque chose ou quelqu'un. Dorian en avait compris la raison avant même de se retourner. La silhouette de Solyane venait d'apparaître entre les arbres qui clôturaient la terrasse vers le nord. La magnifique robe au vert ambré qu'elle portait, aux multiples retombées arachnéennes dans la plus pure tradition europanienne, épousait les caprices de la brise. La couleur d'automne et d'or conférait à la jeune femme une grâce mystérieuse que soulignait la calyptra noire qui ne quittait jamais son visage. Elle refusait désormais que quiconque la vît, même Elena. Solyane salua, puis prit le bras de son frère et l'entraîna à l'écart.

— Je veux te parler, petit frère !

« Petit frère ! » Il y avait une éternité qu'elle ne l'avait plus appelé ainsi. Depuis cette soirée passée dans le désert des Aboyeurs de Lune.

— Je t'écoute, petite sœur !

Une ombre de sourire émana de l'esprit de Solyane.

— Non, pas ici ! Je veux te voir seul ! Dans un endroit désert.

— Où ?

— À la dent de Shaïentus, cet après-midi !

Dorian observait la fine silhouette gravissant l'étroit sentier, deux pas devant lui. Enveloppée dans une cape de cuir longue et légère, taillée à la mode médhellenienne, elle escaladait sans effort ni hésitation la pente abrupte semée de rocs saillants. Au sommet se situait le belvédère de la dent de Shaïentus.

Avec lui, elle n'utilisait pas la petite canne flexible que Sylvain avait taillée pour l'aider à marcher, imaginant qu'elle ne voyait plus rien.

Chacun avait vu ou entendu parler de cette plaie horrible qu'était devenu son visage, quelques-uns pleuraient encore en évoquant la perfection qui avait été la sienne autrefois.

Pourtant, comment croire à sa cécité lorsqu'on la voyait gravir le sentier escarpé avec l'agilité d'une chevrette, la précision gestuelle d'une chatte ? Elle ne faisait aucun mouvement inutile, ne dérangeait nulle pierre, sa démarche avait conservé la grâce d'une danse.

Ils n'avaient pratiquement échangé aucune parole durant le trajet. Une marche à peine les séparait de Valatia, dont ils apercevaient les fondations par-delà une forêt de chênes et d'épineux. La dent du diable, comme l'appelaient les Valates, se dressait à la limite du massif, dominant à l'ouest les inquiétants marais de Sirigath et au sud le bas plateau.

Au nord s'étendait le massif malate, couronné de forêts denses, au milieu desquelles on découvrait parfois de petits hameaux. Leurs habitants, farouchement attachés à leur indépendance malgré leur dénuement, ne liaient pas facilement la conversation. Superstitieux jusqu'à l'obsession, intransigeants dans leurs croyances, ils conservaient jalousement dans leurs légendes la trace d'une civilisation grandiose qui aurait précédé le Jour du Soleil. La gentillesse d'Elena était parvenue à vaincre la méfiance de quelques-uns et ils s'étaient laissés aller à d'étranges confidences. Dracchus de Vik, qui entendait le vieux dialecte valate, avait traduit :

— Il ne reste rien d'eux, avait dit un vieillard, mais leur puissance était mille fois supérieure à celle des amanes. On dit qu'ils possédaient des vaisseaux immenses, capables de contenir des villes entières, grâce auxquels ils sont partis conquérir les étoiles.

— De quoi parle-t-il exactement ?

— Ces gens étaient certainement des dieux, seigneur. Ils étaient surtout nos ancêtres !

Nos ancêtres ! Les siens, peut-être, mais sans doute pas ceux de Dorian et de ses compagnons. La religion faisait bien allusion aux dieux qui avaient occupé le monde avant le Jour du Soleil. Nulle part il n'était dit que les hommes étaient leurs descendants.

— Ils ont pourtant disparu, dit Dorian.

— Ils ne sont pas morts, seigneur ! Les dieux ne meurent pas. Ils sont partis conquérir d'autres mondes. Ils reviendront un jour. Ce jour-là sonnera le glas de la fausse religion. Cette religion sans dieux !

Cette espérance représentait l'essence même de leur croyance.

Dorian se souvenait des paroles de Nyra :

« On ne peut traverser les espaces interstellaires. Avec un vaisseau comme le mien, il y faudrait un millier d'années. »

Solyane s'arrêta au sommet du promontoire, sur une plate-forme minuscule où se dressait ce curieux monolithe de granit, pointé fièrement vers le ciel. La jeune femme caressa les rugosités jaunies de lichen d'un doigt léger. Malgré le temps écoulé depuis leurs retrouvailles, nulle complicité n'était réapparue entre eux. Il ne sentait plus en lui cette présence rassurante, ces ondes impalpables qui leur permettaient d'échanger leurs idées, leurs émotions ou qui voulaient plus simplement dire : « Ne crains rien ! Je suis là. » Il ne restait qu'un vide atroce, insupportable. Elle ne prenait plus garde à lui, ignorait ses sentiments. Aucune émotion ne l'habitait plus. Quelles pouvaient être les pensées qui animaient cet esprit désormais inaccessible, totalement étranger ? Son shod'l loer s'était avéré inefficace contre la volonté de bronze de la jeune femme. Peut-être était-elle déjà à demi morte. Une partie d'elle-même n'existait plus. La mort avait-elle ce visage impersonnel, impassible, cette face angoissante et insondable drapée d'un voile noir ?

— Les Valates l'appellent la dent du diable, les paysans des montagnes le doigt des étoiles, parce qu'il montre le ciel, l'endroit où sont partis leurs ancêtres.

Il la rejoignit. Il eut envie de poser la main sur son épaule, de la prendre par la taille, de la serrer violemment contre lui, de se noyer en elle. Peu lui importait qu'elle lût ses sentiments en lui. Il l'aimait encore. Il l'aimait toujours, déchiré de ne pouvoir ranimer la flamme qui couvait peut-être sous les cendres. Mais elle s'écarta de lui.

— Nous aurons un coucher de soleil merveilleux ce soir, Dorian.

— Certainement, petite sœur, soupira-t-il.

— Sais-tu à qui appartient ce château qui se dresse là-bas, aux abords du Sirigath ?

— Je l'ignore, je demanderai à Tarxès.

Il ne réagit pas immédiatement, troublé par sa présence. Puis il se rendit compte que quelque chose avait changé.

— Mais, dit-il soudain, comment peux-tu voir aussi loin ?

Il n'ignorait pas que sa faculté multidirectionnelle était limitée dans l'espace. Au-delà d'un quart de marche, tout devenait flou. Or, le manoir était distant d'au moins une marche.

— Solyane ?

Alors, elle se tourna vers lui et, lentement, releva la calyptra noire, dévoilant un visage parfait, d'où toute trace de mutilation avait disparu.

Aucune cicatrice ne subsistait. Les yeux d'une inhumaine beauté qu'elle fixa sur lui brillaient d'une flamme mystérieuse et froide.

— Solyane, murmura-t-il, intimidé.

Ces yeux lui rappelaient la sœur tendrement aimée. Pourtant, ils demeuraient différents, inaccessibles. Ils étaient devenus le reflet de son esprit insondable. Des yeux qui ne savaient plus sourire.

— Tu vois, je ne m'étais pas trompée. Mes yeux sont revenus.

Il ne répondit pas immédiatement.

— Je sais que cela ne t'importe plus, Solyane, mais j'en suis merveilleusement heureux. Laisse-moi te regarder, te toucher.

Un sourire bizarre éclaira les lèvres de la jeune femme, un sourire glacé. Ce n'était qu'un acquiescement, et non le reflet d'une émotion quelconque. Il avança une main hésitante vers le visage, suivit du doigt la ligne parfaite du front, des sourcils, la courbe des joues, caressa la bouche pleine et sensuelle. Une bouche qu'il aurait voulu mordre, entrouvrir de la sienne. Un frisson le parcourut. Et ces yeux, cette couleur incomparablement bleue où scintillaient des étoiles inaccessibles que le soleil faisait vivre.

— Je vois parfaitement depuis trois jours.

Mais ce n'était qu'une constatation impersonnelle. Elle ajouta :

— C'est bon de retrouver les couleurs véritables, la lumière du jour. Cela pose pourtant un problème...

— Lequel ?

— Tu vois, ton émotion t'empêche de raisonner. Que

diront les nôtres, l'empereur Tarxès et les Valatiens ? Tout le monde sait quelle torture me fit subir Hadran. Plusieurs personnes, en particulier... Elena, m'ont vue avec mes blessures. Elles ne comprendront pas comment j'ai pu guérir.

— C'est vrai !

Il fit quelques pas.

— Eh bien, nous dirons la vérité. La vue t'est revenue par la volonté des dieux.

— Sans doute, mais cela va certainement attirer nos mystérieux ennemis.

Il soupira.

— Nous ne sommes pas des êtres ordinaires. La légende dit certainement vrai. Il est plus que probable que nous soyons... les spectres de Darios et de Lyanéa. Par quel mystère ? Je ne saurais le dire.

Un long silence s'installa entre eux, troublé seulement par les hurlements déchirants du vent qui venait s'écorcher sur les aspérités du promontoire. Solyane resserra sa cape autour d'elle.

— Je voulais aussi te dire... à propos d'Elena...

— Quoi ?

— J'ai... j'ai eu une vision, il y a quelques jours et une autre aussi, lorsque nous étions à Litéa. Il faut que tu la protèges, Dorian. Un grave danger pèse sur elle. À cause de nous.

— À cause de nous ? Explique-toi !

— J'ai vu... j'ai vu... sa mort, Dorian.

— Sa mort ? Elena ? Mais... Ce n'est pas possible ! Pas... pas elle !

Il resta pétrifié

— Ne t'alarme pas ! J'ai parfaitement vu l'endroit où elle doit avoir lieu. C'est celui-ci !

Elle désigna, très loin en contrebas, l'étendue bouillonnante des marais de Sirigath sur lesquels s'élevaient déjà les voiles de brume qui les recouvriraient le lendemain.

— Nous devrions pouvoir empêcher qu'elle s'y rende jamais.

— C'est insensé, gronda Dorian, mal à l'aise. Elle n'a aucune raison de se rendre là-bas.

— Je le sais, mais le destin a parfois des cheminements imprévisibles.

— Elena, murmura-t-il, bouleversé.

Il eut soudain envie de se trouver près d'elle. Ses poings se crispèrent sur son shayal. Jamais l'idée de perdre Elena ne l'avait effleuré. Petit à petit, elle avait su se rendre indispensable. Elle avait su prendre la place de Solyane. Elle paraissait si sûre d'elle, à présent que la vie gonflait son ventre. Elle était plus belle, plus désirable que jamais. Une rage impuissante l'envahit, teintée d'une angoisse sourde. Cette fois, son ennemi était de taille. Il devrait se battre contre le hasard, l'imprévisible. Contre le *sort*. Était-il possible de sortir vainqueur d'un duel où son adversaire n'offrirait aucune existence palpable et serait capable d'intervenir à tout moment et de manière inattendue ?

Une vague de chaleur mentale lui parvint tout à coup, venant de Solyane. Une émotion diffuse, diaphane, fantôme évanescent qui se dissipa aussitôt qu'apparu, laissant derrière lui un parfum de compassion, de tendresse. D'amour ?

— Solyane !

Il lui prit les mains.

— Nous la sauverons, petit frère ! Jamais elle ne s'approchera de ces marais. Nous ferons ce qu'il faut pour cela.

— Nous allons repartir, Solyane. Le plus tôt possible.

— Fuir ? Toi ?

— Solyane, je peux affronter le plus redoutable des hommes en combat singulier, peut-être même le vaincre, mais je ne me sens pas de taille à me mesurer avec le destin. Il a déjà pris notre père, notre mère, et Syrdahar. Tu avais pressenti tout cela et jamais nous n'avons pu faire quoi que ce soit.

— Cette fois, nous vaincrons !

— Il le faut, petite sœur !

— À présent monseigneur, le doute n'est plus permis. J'ai reçu ce matin un message de Valatia. Isabelle de Gwondaleya a retrouvé la vue. Elle a dévoilé son visage au cours du repas du soir que l'empereur donnait à ses intimes. Stupéfaction, admiration, inquiétude aussi. J'étais présent. Ce visage est sans conteste celui de Lyanéa. Comme cet Arnaud porte celui de Darios.

— Êtes-vous sûr que son visage était réellement abîmé ?

— Je l'ai vu, monseigneur. Je l'ai examiné moi-même. Aucun être humain n'aurait pu guérir. Elle n'avait plus d'yeux. Le plomb avait brûlé toute la face. Normalement, elle aurait dû en mourir et pourtant, il ne reste aucune trace de cicatrice. Un visage d'une pureté extraordinaire.

— Ce diable de Landius était un pur génie, sehad. Sans doute est-il allé plus loin que les Anciens. Il a créé des corps humains capables de se régénérer totalement.

— Les dieux seuls savent jusqu'à quel âge ils pourront vivre et ceci sans aucun artifice.

— Ils pourraient, sehad. De toute façon, ni vous ni moi ne le saurons jamais. Nous devons les supprimer. Réussir là où d'autres ont échoué.

— Quel dommage tout de même ! Détruire deux créatures si parfaites. J'aurais aimé pouvoir disposer de leurs corps afin de les étudier, comprendre leurs mystères.

— C'est impossible, sehad. Les ordres sont formels. Leurs corps doivent être complètement anéantis.

— Je sais, mais comment expliquer qu'ils aient pu s'échapper de Bahiskra ? Une foule entière a vu le temple s'effondrer et brûler. La chaleur était si intense que la pierre fondait. On n'a réussi à identifier l'empereur Hadran que grâce aux diamants qu'il portait. Quant à eux...

— Ils auront découvert quelque passage secret, sehad.

Là n'est pas l'important. Il nous est impossible de les supprimer directement. Il faudrait déguiser cela en accident.

— Il est difficile de les approcher, monseigneur. Solyane décèle la moindre pensée hostile. Personne ne peut savoir ce qu'elle pense. De plus, elle semble disposer de pouvoirs singuliers que même Lyanéa ne possédait pas.

— Il faut les faire venir à nous. Il ne semblerait pas étrange que je convie l'empereur et sa cour à une chasse au vorane pour fêter mon retour à Valatia. Une fois dans les marais, il sera possible à mes dramas de les isoler. Sirigath est un véritable labyrinthe. Les voranes feront disparaître les corps.

— Excellente idée, monseigneur.

Elena avait perdu sa belle insouciance. La vue du visage d'Isabelle l'avait bouleversée. Elle avait pressenti un tel miracle lorsqu'elle soignait la jeune femme, sans y croire véritablement. La peau, passe encore, mais jamais on n'avait entendu parler d'yeux qui... se régénéraient. C'était parce qu'elle prévoyait sa guérison prochaine qu'Isabelle s'était éloignée d'elle depuis quelques jours.

Les Gwondaleyens quant à eux n'avaient pas été tellement surpris par le phénomène. Ils avaient déjà construit autour d'Isabelle et d'Arnaud une légende où ils apparaissaient nettement comme des demi-dieux. Les yeux d'Isabelle n'étaient qu'un épisode merveilleux à rajouter.

Son apparition le lendemain au milieu des guerriers n'avait fait que renforcer cette impression de divinité. On l'avait entourée, adulée, touchée. Des mains innombrables avaient effleuré craintivement son visage.

Nombreux étaient les blessés qui avaient voulu recevoir sa visite, fermement convaincus qu'elle aurait le pouvoir de les guérir. Son regard bleu suffisait à les plonger dans l'adoration la plus complète.

Le phénomène avait eu un effet différent sur le reste de l'assistance. Une pensée avait un instant pénétré l'esprit d'Elena, une pensée qui comportait des éléments troubles et inquiétants. Elle avait nettement décelé près d'elle une volonté délibérée de les mettre à mort.

La phalange impériale présidée par Markus occupait les cinq sièges situés à sa droite. Plus loin venait un petit groupe de seigneurs valates dont pas un n'avait de raison de vouloir du mal à Arnaud. Il fallait donc chercher auprès des amanes. Se pouvait-il que le sage Markus pour qui elle éprouvait une amitié sincère se révélât un danger mortel pour eux ? Mais pouvait-on savoir avec les amanes ? N'avait-il pas tenté de les attirer dans un piège ?

Elle avait à nouveau regardé Isabelle, point de mire de l'assemblée stupéfaite. Un examen approfondi lui avait provoqué une étrange impression. Elle avait déjà vu ce visage. Elle avait pensé qu'il s'agissait simplement de leur première rencontre, à Burdaroma. Non, c'était beaucoup plus récent.

C'était elle, sans être véritablement elle.

— Et puis, cela lui était revenu : le quartier Loukat, les objets mystérieux et cette réflexion bizarre de l'un des artisans : « Vous ressemblez au... — comment avait-il dit ? — au commandeur maudit Darios ! » Il avait montré cet ouvrage ancien, et une curieuse gravure très nette, représentant un homme et une femme. Le commandeur et son épouse... Lyanéa.

C'était ça ! L'homme ressemblait à Arnaud comme un jumeau. La femme ressemblait à Isabelle !

Frappée de stupeur, Elena avait demandé à Odios et Honoré de la ramener auprès de l'artisan. Celui-ci, après s'être fait longuement prier, avait accepté de ressortir son livre.

— Voilà, madame. C'est bien ainsi que je l'ai dit. Votre mari ressemble au commandeur Darios.

— Je n'ai jamais entendu parler de ce commandeur.

— Et pour cause, madame. Les amanes ont banni son

nom et jusqu'à son souvenir. Officiellement, il n'a jamais existé.

— Pourquoi ?

— On l'appelle le commandeur maudit parce qu'il a voulu redonner aux hommes les lois sacrées, les lois divines héritées des dieux anciens. Ces lois que les amanes ont interdites. Ils estiment que c'est leur mauvaise utilisation qui fut à l'origine du Jour du Soleil.

— Darios était donc un criminel.

— Oui, madame, intervint le plus jeune. Un être infiniment dangereux, un fou qui voulait rendre aux hommes les armes qui ont amené leur destruction.

— Tais-toi, Reggio. Tu sais parfaitement que les sciences n'ont rien de divin. Le mal vient des hommes. D'eux seuls.

— Que voulez-vous dire, monsieur ?

— La vérité, madame ! Les amanes veulent nous protéger contre l'usage néfaste de la science. Il est certain que ses secrets permettent de fabriquer des armes dont la puissance défie l'imagination. Si elles tombaient entre les mains d'individus malfaisants, la menace serait grande. Le commandeur Darios voyait les choses autrement. La science pouvait également apprendre aux hommes à canaliser leur agressivité, à dominer leurs mauvais instincts. Darios désirait créer un monde nouveau. La connaissance, selon lui, était l'héritage des hommes. Elle aurait pu leur apporter des outils merveilleux, des machines fantastiques capables de rebâtir une planète encore plus belle que celle des anciens. Des vaisseaux qui leur auraient permis de se lancer à l'assaut des étoiles.

— Blasphèmes, Chaarid ! Il est même dit dans ce livre que les Anciens n'auraient été que de simples mortels, que jamais le monde n'aurait été habité par des dieux.

— Jamais ! Il a raison. Le Jour du Soleil, d'après cet ouvrage, s'est étalé sur des générations. Le monde d'alors était beaucoup trop peuplé, c'est pour cette raison qu'il s'est effondré. Mais à présent, le monde est unifié par la religion et raisonnablement peuplé. Darios ne désirait pas anéantir la religion.

— Les hommes n'avaient pas changé.

— S'il vous plaît, messieurs, intervint Elena.

— Veuillez nous pardonner, madame, s'excusa le vieil homme. Reggio et moi ne sommes jamais d'accord.

— Parlez-moi plutôt de son épouse, Lyanéa.

Le vieil artisan regarda la gravure.

— La commanderesse Lyanéa. La plus belle des femmes que le monde ait jamais connue. On dit qu'ils se complétaient parfaitement. Ils communiquaient par un moyen dont l'existence n'a jamais pu être formellement établi : la télépathie. Ils régnaient tous deux. Lui symbolisait la puissance et la domination. Elle était son inspiratrice, la mère des arts et de la beauté. Elle lui insufflait la sagesse, le souffle divin de la Création, guidant sa puissance vers des réalisations positives. Les amanes ont tremblé pour leurs prérogatives. Car le commandeur et son épouse étaient adulés à l'égal des dieux par tous les peuples du monde. C'est pour cela qu'on les a fait disparaître.

— Cela n'a jamais été prouvé, Chaarid. Tu oublies la guerre civile qui a suivi leur règne.

— Une guerre voulue, destinée à étouffer, à détruire tout ce qu'ils avaient mis en place.

— On ne compte plus les morts, les villes incendiées par les prêtres maudits, les schismatiques.

— Oui, les schismatiques ! Anéantis surtout parce qu'ils soutenaient Darios. Le développement des écoles et du commerce aurait amené à la fin la chute de la Phalange suprême et des Grands Initiés. C'est pour cela qu'on les a effacés de l'Histoire !

Elena n'écoutait plus qu'à moitié. Le visage de Lyanéa, ce visage qui la regardait par-delà les siècles depuis cette gravure étrangement nette, ce visage était sans conteste celui d'Isabelle. Plus que celui d'une jumelle, c'était celui d'un double parfait. Les yeux d'un bleu identique, le même dessin des lèvres, la même chevelure couleur vieil or croulant sur les épaules. Lyanéa et Isabelle ne faisaient qu'une seule et même personne. Darios et Arnaud étaient un seul homme. Et quelle que fût l'explication de cette énigme, l'horrible vérité lui apparut dans toute sa simplicité : Arnaud et Isabelle ne pouvaient être frère et sœur. Ils étaient unis, unis à jamais par un destin incompréhensible. Elle-même n'était qu'une aberration, une erreur, une anicroche dans leur histoire. Et cet enfant qu'elle portait dans son ventre, quel sort lui serait réservé ? Une angoisse sans nom la saisit. Les murs de pierre, les voûtes trop basses l'étouffèrent, le vertige s'empara d'elle.

— Odios, Odios, emmène-moi !

Affolé, il la prit dans ses bras et la fit sortir sous le regard inquiet du vieil homme. L'air frais de l'extérieur la calma un peu, mais elle fut incapable de desserrer les dents pendant le retour.

Lorsqu'ils furent arrivés au palais, elle dit :

— Odios, je ne sais plus que penser, tout ceci me dépasse !

— Une seule chose compte, madame ! Aimez-vous le seigneur Arnaud ?

Elle leva sur lui un regard stupéfait, noyé d'incertitude.

— Oui

— Alors, parlez-lui ! Dites-lui ce que vous avez appris !

— Tu ne comprends pas ! Il aime sa sœur ! Il me l'a dit !

— Non, Elena ! Même si c'est la vérité, jamais leur conduite n'a prêté le flanc à ces insinuations, je puis vous le jurer. Ils sont au-dessus de cela. Ce ne sont pas des êtres comme nous.

— Tu es bon, Odios, et comme tu as confiance en lui !

— Je suis son ami, Elena ! Et je suis son chevalier. Mon dayal et ma vie lui appartiennent. Pourtant, nous n'avons pas toujours été du même avis. J'étais persuadé que le comté de Gwondaleya devait me revenir, parce que j'étais l'aîné. Aujourd'hui, je sais que mon père a eu raison.

Notre cité ne pouvait tomber en de meilleures mains que les siennes. Je le considère comme mon seul véritable maître, avant même l'empereur et le roi. Mon père ne s'était pas trompé à son sujet. Quelles que soient ses origines, je le suivrai et je remercie les dieux de l'avoir placé sur ma route.

— Mais Isabelle n'est sans doute pas sa sœur !

— Pourquoi ajouter foi à un vieux livre, Elena ? Du plus loin que je me souvienne d'eux, ils ont toujours été frère et sœur. Il existait entre eux une complicité, une entente inexprimable pour laquelle j'ai éprouvé parfois une pointe de jalousie. Aujourd'hui, j'ai le cœur rempli de haine de voir cette entente détruite.

— Je ne doute pas de lui, Odios, mais je crains cette légende, cette relation ambiguë qui existe entre eux. J'ai peur pour mon enfant ! Pour eux ! Je sens qu'un danger les menace !

— C'est aussi mon impression, Elena. Je sais que plusieurs fois déjà on a tenté de les tuer. Je ne sais pas qui. Arnaud n'est pas très bavard à ce sujet, comme s'il voulait nous tenir écartés de ce danger.

— S'ils sont vraiment les réincarnations de la légende, seuls les amanes peuvent vouloir leur mort.

— Pourtant, les amanes ne sont pas tous leurs ennemis. Zoltan ne s'est jamais montré hostile envers eux. Il lui eût pourtant été facile de les supprimer.

Puis il se tut. Le souvenir de Phez, disparu mystérieusement, lui revint en mémoire. Il y avait eu également ce Karl Seran, l'envoyé plénipotentiaire. Tous deux s'étaient... comme évanouis dès le retour de guerre d'Arnaud.

Et puis, cette histoire contée à demi mot par un garde d'Isabelle, parlant de divinités intervenues pour la défendre, au palais Stahav.

— Nous devons veiller sur eux, Elena. Vous, parlez-lui ! et ne craignez rien pour votre enfant.

— Décidément, vous êtes une bien curieuse personne, madame. À cause d'un vieux grimoire, vous voici prête à remettre en question notre union et notre amour.

— Pardonnez-moi, seigneur, mais la ressemblance est si frappante, si... effrayante. Et puis...

Elle soupira.

— Je vous aime trop. J'ai peur de vous perdre.

— Cela, j'ai pu le constater lorsque vous avez fait en sorte de me suivre en Médhellenie. Mais je suis toujours là, près de vous.

Il la prit doucement par les épaules.

Ils étaient seuls dans la vaste chambre de marbre vert et blanc. Des lectrones invisibles diffusaient une lumière douce. Les lourdes tentures de velours sombre réchauffaient l'atmosphère. Trois doubles fenêtres à petits carreaux donnaient sur la terrasse. Seuls leur parvenaient le bruissement du vent dans les feuilles nouvelles et l'appel plaintif d'un oiseau de proie.

— Oublie tout ça, petite fille ! Je connais cette légende. Elle ne signifie cependant rien pour moi. Peut-être sommes-nous, Solyane et moi, les réincarnations de deux souverains disparus depuis un siècle et demi. Mais cela n'a aucune importance. Je suis avant tout le comte Arnaud de Gwondaleya.

— Mais qui appelez-vous Solyane ?

— Isabelle ! Son nom véritable est Solyane. Le mien n'est pas Arnaud, mais Dorian. Solyane et Dorian de Syrdahar.

Le regard de la jeune femme s'agrandit. Dorian sourit tristement.

— J'aurais voulu éviter cela. Puisque tu as des doutes à mon égard, je vais te dévoiler cette vérité que tous ignorent. Seul Czarthoz l'a connue, parce que j'ai tenu à la lui révéler avant sa mort.

Alors, il lui raconta tout. Syrdahar, petit domaine oublié du reste du monde, ceinturé par les Terres Bleues. La bonté et la sagesse de leur père, Kogan. La beauté et la noblesse d'Orlyane. La destruction de la cité par une flamme gigantesque. Leur fuite, la mort de leur mère et l'accueil généreux du comte Czarthoz.

— Voilà ! Tu en sais autant que moi. À ce jour, j'ignore encore qui sont mes véritables ennemis, même si je me doute de leurs motifs. Je soupçonne fortement la Phalange suprême, mais comment expliquer dans ce cas que tous les amanes ne nous soient pas hostiles ? Je voudrais leur dire que je ne suis pas, que je ne me considère pas comme le fantôme de Darios. Sans doute l'a-t-on voulu ainsi à l'origine. Je pense que nous faisons partie d'un vaste complot, d'une machination complexe, à l'échelle du monde, dont nous ignorons tout.

— Et quelque chose d'imprévu a bouleversé les plans conçus au départ !

— Exactement ! Les événements n'ont pas suivi leur cours normal.

Mais Elena se moquait bien de cela. À présent, elle connaissait la vérité. La vraie, la seule qui comptait. Arnaud, ou plutôt Dorian, et Solyane étaient vraiment frère et sœur. Il avait dit :

— Les mots de ma mère restent gravés en moi : "Je vous ai portés ! Vous êtes avant tout mes enfants !" Solyane est vraiment ma sœur. Pour notre malheur.

Il caressa tendrement le ventre rond qui tendait légèrement la chemise de nuit. Émue, Elena sourit.

— Cela seul compte, petite fille, cet enfant que tu portes et qui me remplacera peut-être un jour sur le trône de Gwondaleya. Le reste n'existe pas.

— Mais... Solyane ?

Il soupira. Une onde de douleur irradia autour de lui.

— Elle restera à nos côtés. Jamais plus on ne me l'arrachera. Peut-être parviendra-t-elle à guérir, à oublier ? Car sa blessure la plus profonde n'est pas physique.

Elena baissa les yeux. Dorian poursuivit :

— Le retour à Gwondaleya lui fera le plus grand bien.
— Quand repartons-nous ?
— Le plus tôt possible ! Je vais dès demain en parler à l'empereur Tarxès.

CHAPITRE XXX

— Votre absence creusera un grand vide dans ce palais, seigneur Arnaud, je comprends cependant votre désir de voir naître votre enfant à Gwondaleya. Vos sujets doivent attendre un héritier avec impatience. Il ne faut pas les décevoir. Si un jour pourtant votre route vous ramenait vers Valatia, sachez que j'aurai toujours grande joie à vous y accueillir.
— Au nom de tous les miens, djehal, je tiens à vous remercier pour l'hospitalité que vous nous avez accordée pendant ces deux mois. Nous en garderons toujours le souvenir. Si un jour les dieux vous guident jusqu'aux portes de Gwondaleya, elles vous seront ouvertes avec le cœur de ses habitants.
— Je vous en sais gré. J'espère que vous me ferez l'honneur d'assister au repas que j'offre ce soir pour le retour du seigneur Khalamon de Ross, envoyé plénipotentiaire de la Phalange suprême et représentant du commandeur Lyophème.
— C'est un honneur pour nous d'accepter, djehal.
Les deux hommes poursuivirent leur promenade. Tarxès était tout le contraire de Dorian. De petite taille, aussi large que haut, il eût pu passer pour l'un de ces monarques bons vivants, uniquement préoccupés par la bonne chère et les jolies femmes. En vérité, il ne dédaignait ni l'une ni les autres. Pourtant, sous cette couche trompeuse, Dorian avait découvert un homme fin et cultivé, habile politicien, qui

avait clairement conscience de la vanité de son titre et de la faiblesse de ses prérogatives.

— J'aurais grand besoin d'hommes comme vous, seigneur Arnaud. Vous avez pu constater quelle souplesse, quelle diplomatie il faut développer pour maintenir l'ordre entre les quelques chevaliers et les malandrins qui constituent l'essentiel de ma cour impériale.

— Je comprends, djehal, mais je me dois à mes Gwondaleyens.

Nouveau silence. Puis Tarxès dit :

— Seigneur Arnaud, je ne sais pas pourquoi, mais je crois que vous devriez vous méfier de Khalamon de Ross. Lui et moi ne nous estimons pas trop. Il fait partie de ces nobles zélés, investis par la religion de fonctions supérieures et qui pour cela se croient les égaux des princes régnants. Il ne devait pas être là avant l'automne et le voici de retour. Peut-être est-il là pour vous, seigneur Arnaud. Les pouvoirs que vous et votre sœur détenez retiennent l'attention des amanes.

— Je vous remercie de votre avertissement, djehal, et j'en tiendrai compte.

— Ne vous alarmez pas inutilement. Peut-être est-ce mon imagination qui me joue des tours.

« Cela m'étonnerait », songea Dorian.

Un pressentiment invitait Dorian à fuir, à quitter Valatia au plus tôt. Pourtant une inexplicable curiosité le retenait, sans compter le fait qu'un départ précipité eût été inconvenant. Khalamon de Ross représentait la plus haute autorité après celle du commandeur et celle, toute-puissante, de la Phalange suprême. Un personnage à ne pas négliger. Détaché par les Grands Initiés, il semblait avoir oublié l'élégance en vogue parmi la noblesse et affectait d'imiter l'austérité des amanes. Aussi apparut-il revêtu d'un ensemble noir brodé d'argent. Une lourde cape tombait de ses larges épaules. Seul son ventre rebondi trahissait son penchant pour la bonne chère. Visiblement, Khalamon de Ross et Tarxès ne s'appréciaient guère. Pourtant, ce fut avec une hypocrisie consommée que le second accueillit le premier vers la fin de la soirée. La cour au grand complet se trouvait réunie dans la vaste salle du trône. Quelques souverains lointains avaient même effectué le voyage pour l'occasion. Des tables interminables avaient été dressées dans les jardins en terrasses, dont la perspective menait jusqu'au rebord des falaises. Une armée bourdonnante de marmitons, de sommeliers, de gâte-sauces s'agitait fiévreusement en attendant le repas.

Amuseurs, jongleurs, bateleurs, conteurs et autres acrobates s'étaient égaillés parmi les groupes. Un tumulte infernal emplissait la salle gigantesque, qui débordait par les baies ouvertes et s'écoulait vers les falaises dominant le sombre Sirigath.

Dorian, accompagné de quelques-uns des siens, avait été placé aux côtés des plus importants personnages entourant Tarxès. D'entrée de jeu, il comprit que les avertissements de l'amane Markus et de l'empereur n'étaient pas dénués de fondements. L'envoyé avait rapidement pris le souverain à partie, mais le jeune homme sentait que chaque phrase lui était destinée.

— Djehakl, cet empire est un véritable dépotoir. Il faut bien reconnaître que l'on nous envoie tous les indésirables, les nobles douteux dont nos amis ne veulent pas s'encombrer. Durant mon retour, j'ai dû essuyer deux attaques de maraudiers et mon navire a été abordé par un bateau pirate. Heureusement, j'adjoins toujours à ma garde personnelle une vingtaine de dramas dont les armes permettent de repousser n'importe quelle agression. Le tir sur cible humaine vivante revêt un caractère sauvage et enivrant dont le sens un peu trouble met mal à l'aise. Qui sommes-nous pour chasser nos semblables ? Si tant est que l'on puisse se dire semblables à ces individus dont la vie n'a aucune valeur.

Khalamon de Ross dirigeait avec charme et volubilité la conversation. Il ne négligeait pas l'humour qu'il aimait colorer d'anecdotes macabres, sachant quel effet elles pouvaient avoir sur les femmes. Il narrait ses voyages avec complaisance et n'omettait surtout pas d'évoquer l'estime en laquelle le commandeur Lyophème le tenait.

Souvent, ses phrases visaient l'empereur Tarxès, mais celui-ci, avec philosophie, ne prenait pas la peine de relever les allusions. Il savait démonter habilement les attaques trop directes, brisant Khalamon de Ross dans son élan.

— Je suis de votre avis, seigneur Khalamon. Sans doute la pauvreté de l'empire n'est-elle qu'apparente. Il doit receler de nombreux trésors cachés. Comment expliquer autrement cet afflux de brigands ?

— Peut-être existe-t-il des procédés scientifiques qui permettraient d'enrichir les terres incultes, avança Dorian.

— Ils existent, seigneur, intervint Markus. Mais nous devons attendre que les sols soient stabilisés. Les tremblements de terre sont monnaie courante. Vous en savez quelque chose. Alors, nous préférons qu'ils nous privent de personnages encombrants plutôt que de chevaliers de valeur.

— Quel cynisme, sehad ! J'ai pourtant rencontré, à Yphrisios, un roi de grand mérite.

— M'Monsôl est un sage, dit Tarxès, et un grand roi.

— On le dit d'un caractère vif, prompt à s'enflammer, dit le seigneur de Ross. Se peut-il que vous ayez pu vous lier d'amitié avec lui, seigneur Arnaud ?

Nouvelle attaque. Dorian sourit.

— Bien sûr, seigneur envoyé. Je n'ai pas pour habitude de tuer tous les souverains que je rencontre.

— On le croirait pourtant. Hadgar del Tihiz en Ismalasie et l'empereur de Nogafrika lui-même, Hadran le Sublime. Disparu avec le théolamane impérial Sagavellius dans la destruction du temple de Bahiskra. À ce qu'on dit, vous auriez péri sous les cendres. Et pourtant, vous voici. Seriez-vous magicien, seigneur Arnaud ?

Dorian évita la botte.

— Il a suffi d'un misérable passage souterrain communiquant avec le palais impérial, seigneur Khalamon. Il n'y a aucune magie dans tout cela.

— Un passage souterrain ? Voilà qui explique tout. J'avoue avoir cru un moment que vous possédiez le pouvoir de ressusciter, poursuivit l'envoyé avec un grand sourire.

— On me le prête, seigneur. Mais je suis peu désireux de mourir pour vérifier son authenticité.

— Comme je vous comprends !

Il se tourna ensuite vers Solyane qui n'avait pas dit un mot depuis le début du repas.

— On m'a conté une chose bien étrange, à laquelle je n'ai pas ajouté foi et que je ne puis croire en admirant le visage de votre sœur.

Solyane eut un demi-sourire, puis l'effaça et bouscula sans scrupule les lois de l'étiquette.

— On ne vous a pas menti, seigneur Khalamon de Ross. L'empereur Hadran n'a pas admis que l'un de ses favoris recueille des faveurs que je lui avais refusées. Pour se venger, il fit dévorer ce favori par de monstrueux mille-pattes géants que l'on appelle les tahar'güls. Ils ont la particularité d'endormir leurs victimes, puis de tisser un cocon autour d'elles afin de les conserver vivantes pour les larves qu'ils pondent ensuite au cœur de la chair. En ce qui me concerne, il me fit brûler les yeux avec du plomb fondu.

Désarçonné par le ton d'indifférence glaciale de la jeune femme, l'envoyé resta un instant sans voix. Puis il se reprit.

— C'est un miracle. Un don des dieux, madame...

Mais le regard étrange de Solyane le découragea de continuer. Mal à l'aise, il revint vers Dorian.

— Savez-vous, seigneur Arnaud, que votre légende a depuis longtemps franchi les océans ? Le commandeur Lyophème lui-même en a pris connaissance avec le plus grand intérêt. Il aime à s'entourer d'hommes de votre trempe. Je pourrais vous aider. Tout en conservant votre comté et en nommant à sa tête un chevalier de confiance, vous pourriez vous rendre à Avallonia. Le commandeur serait disposé à vous étudier une charge en rapport avec vos capacités.

— Seigneur Khalamon de Ross, rétorqua Dorian, je vous remercie de votre sollicitude. Pourtant, vous me permettrez de refuser votre offre. Une charge importante pèse déjà sur mes épaules. Je suis le comte de Gwondaleya, et à ce titre, j'appartiens à mes sujets. À mon sens, le pouvoir n'est ni un but, ni une marque de prestige, mais un fardeau écrasant que le plus valeureux des hommes est indigne de porter. Simplement d'ailleurs parce qu'il n'est qu'un homme. Le plus grand d'entre eux reste sujet à des erreurs.

— Que voilà de bien sages et bien impertinentes paroles, seigneur chevalier ! Ainsi, si j'en crois votre raisonnement, le commandeur Lyophème lui-même est indigne de son rang.

— Sans aucun doute, seigneur envoyé ! S'il est un homme de sagesse, ce que je pense, il vous le confirmera lui-même, il reste le mieux qualifié d'entre nous pour accomplir cette tâche inhumaine qui pèse sur ses épaules. Qui sommes-nous, nous autres nobles, pour décider en lieu et place de nos sujets ? Pourtant, lorsque l'on connaît l'homme et la mentalité des peuples, on s'aperçoit bien vite que ceux-ci sont comme les moutons. Ils ont besoin de guides, de chefs, d'individus puissants, capables de leur indiquer ce qu'ils doivent faire et penser. Nous avons été créés pour cette lourde tâche, cette amère responsabilité. Mais nous-mêmes, qui nous guidera ?

— Seigneur Arnaud, votre fierté n'a d'égale que votre modestie. Ne craignez-vous pas cependant que je ne me froisse d'un refus ?

Dorian sourit.

— Seigneur de Ross, je vous crois trop rassis pour vous

offusquer d'un refus. En tant que représentant du commandeur Lyophème que les dieux gardent, vous devez être au contraire conforté de savoir qu'il existe des seigneurs conscients de leurs devoirs, des hommes sur lesquels les empires peuvent s'appuyer. Des hommes dédaignant l'ambition et l'intrigue et qui savent se maintenir à leur place.

— Je ne veux pas mettre vos paroles en doute, seigneur Arnaud, mais vous n'ignorez pas que vous êtes doté de pouvoirs que le commandeur Lyophème lui-même ne possède peut-être pas.

— Ma sœur et moi possédons, c'est exact, des pouvoirs étranges. Pourtant, malgré eux, je suis et resterai le comte de Gwondaleya. Ma sœur demeurera à mes côtés. Que ma légende fleurisse et distraie les peuples du monde entier ! La tête ne me gonflera pas pour autant, seigneur de Ross. Vous n'ignorez pas que les conteurs ont toujours tendance à exagérer la réalité. Mes exploits restent à la portée de tout chevalier de valeur. Le khalid Hadgar del Tihiz était sans doute déjà blessé quand je l'ai tué, sinon il eût remporté le combat.

— Peut-être, seigneur chevalier ! Aucun homme pourtant ne saurait guérir de ses blessures comme vous qui ne conservez jamais aucune cicatrice. Aucune femme ne verrait ses yeux se régénérer. Pensez-vous que ces exploits sont à la portée de chacun ?

Dorian fixa Khalamon de Ross droit dans les yeux.

— Seigneur envoyé, à vous entendre, on croirait que nous avons commis un crime. M'en voulez-vous donc tellement d'avoir décliné votre offre généreuse ?

Désarçonné, l'autre prit le parti de rire.

— Pardonnez-moi, seigneur Arnaud, j'ai appris par expérience à me méfier de tout phénomène insolite. Je vous prie d'accepter mes excuses. À la cour de la commanderie, les intrigues naissent comme les fleurs au printemps. Chacun vit derrière un masque. Je ne sais vraiment comment me faire pardonner...

Son visage s'illumina.

— Ou plutôt si ! Et je veux que vous acceptiez. Vous, votre charmante épouse, votre adorable sœur et tous vos chevaliers. Je vous convie à une chasse au vorane dans les marais de Sirigath, après-demain. Je possède un petit domaine en bordure des marais. Je vous y attendrai demain soir ainsi que mon ami Tarxès et ses meilleurs chevaliers.

Un frisson courut le long de l'échine de Dorian. La vision de Solyane lui vint immédiatement à l'esprit. Elena ne devait se rendre sous aucun prétexte à Sirigath. Cependant, il était délicat de refuser.

— J'accepte avec plaisir, seigneur Khalamon.

— Par les dieux, enfin une bonne parole. Vous allez voir ! Je ne vous convie pas à n'importe quelle chasse ! Le vorane est un animal impressionnant. C'est une sorte de lézard géant, apparenté aux crocodiles, mais différent et plus gros. Il vit dans le dédale des marais. Les plus grands peuvent dépasser douze mètres de long. Les balles elles-mêmes ne parviennent pas à percer son épaisse cuirasse qui lui forme une espèce de collerette autour de la tête. La tradition veut qu'on l'abatte au dayal et à la trive. C'est un animal rapide, beaucoup plus dangereux que le djark, que les crocodiles dont il descend. Il attaque tout ce qui bouge. On le rencontre par groupes de quatre ou cinq individus. En revanche, ses pattes constituent un mets de choix. Mon cuisinier sait les préparer selon une recette personnelle dont j'aime honorer mes amis.

Il attrapa son gobelet de corne et le leva.

— Alors, seigneur Arnaud, je serai heureux de vous accueillir, vous et les vôtres, demain soir, dans mon castel de Sirigath. Des chambres vous y seront préparées.

— Nous y serons, seigneur envoyé.

CHAPITRE XXXI

Un malaise sournois avait envahi l'esprit de Dorian. La prescience de Solyane se confirmait. Le destin inexorable s'était mis en marche. Quelle arme, quelle volonté serait assez puissante pour l'arrêter ? Il lui aurait été impossible de décliner l'offre de l'envoyé.

Il ne fut pas facile de convaincre Elena de demeurer à Valatia.

— Je suis encore capable de tenir à cheval, seigneur Arnaud.

C'était vrai. Toutes les filles du Nord naissaient à cheval. Une grossesse de quatre mois n'était pas faite pour l'arrêter.

— Je le sais, mais, je ne veux pas que tu coures le moindre danger. Tu as entendu ce que disait Khalamon de Ross. Imagine mon chagrin si je te perdais.

— Je ne risque rien. Et je ne serai pas seule.

Elle baissa la voix..

— C'est toi au contraire qui cours un danger. Toi... et Solyane. Ce Khalamon de Ross veut votre mort. Je le sais. Je le sens.

— C'est exact. Markus, puis Tarxès m'ont averti de me méfier de lui. Nous serons sur nos gardes. Et puis, je garderai sur moi l'arme de Nyra. Elle nous garantira de nos assassins éventuels et des voranes trop dangereux.

— Je ne vivrai pas si je reste ici.

— Si, tu vivras...

— Laisse-moi au moins me rendre au manoir, que je sois proche de toi, implora-t-elle.

— Non !

— Pourquoi ? Que se passe-t-il ? Tu sais très bien que ce n'est pas une chasse à cheval, même à quatre mois, qui peut m'impressionner. Je suis de Shalbatena !

Elle avait flairé, à travers l'émotion de Dorian, un danger inexprimable. Il s'en aperçut et soupira.

— Bien ! je vais te dire pourquoi. Solyane, parmi ses pouvoirs, possède celui de prévoir ou plutôt de percevoir des visions du futur. C'est un phénomène qu'elle ne sait pas provoquer, mais parfois, des images lui viennent. Elle a vu... beaucoup d'événements dont tous, sans exception, se sont réalisés. Elle avait vu la mort de notre mère, la destruction de Syrdahar. Elle avait prédit mon duel avec Dracchus et elle a vu...

— Quoi ? Qu'a-t-elle vu ?

— Elle a vu... ta mort, dans les marais de Sirigath.

Elena pâlit.

— Ma... mort ?

— Oui ! Jusqu'à présent, toutes ses prédictions se sont réalisées. Sans exception. C'est pourquoi je refuse que tu nous accompagnes. C'est aussi la raison principale de notre départ prochain. Je ne serai tranquille que lorsque nous aurons quitté cette région. Tu comprends, Elena ? Sous aucun prétexte tu ne dois t'approcher des marais. Tu dois penser à notre enfant.

Bouleversée, Elena n'ajouta rien.

— Tu comprends, Elena ?

— Oui, Arnaud.

Des larmes lui vinrent aux yeux.

— Toi, gémit-elle, promets-moi d'être prudent ! Très prudent !

CHAPITRE XXXII

— Quel dommage que votre adorable épouse n'ait pu venir, seigneur Arnaud. Je suis certain que la chasse aux voranes l'aurait grandement intéressée.

— Elle m'a chargé de vous transmettre ses excuses, mais vous comprendrez bien que son état nécessite le calme et le repos. Je n'ai pas insisté.

— Ce ne sera que partie remise. Vous reviendrez lorsque vous le désirerez.

Il était impossible de déceler une quelconque hostilité derrière l'attitude de Khalamon de Ross. En vérité, il n'éprouvait aucune haine à rencontre de Dorian et de Solyane. Ils n'étaient à ses yeux que deux pions dangereux qu'il avait la difficile mission d'éliminer. Il s'interdisait d'éprouver pour eux la moindre sympathie et se conditionnait pour les considérer comme les gibiers d'une deuxième chasse, dont seuls ses plus fidèles dramas seraient informés.

La soirée de la veille s'était déroulée sans incident, dans une atmosphère chaude de libations et d'excitation commune à toutes les veillées de chasse. L'envoyé avait songé à faire venir des femmes de Valatia, afin de pourvoir aux besoins des hommes seuls.

— Avez-vous déjà chassé le vorane vous-même, seigneur Dracchus ?

— Une fois, au nord du Grand Adriat. Ils infestent là-bas une baie marécageuse dont ils terrorisent les habitants. Le seigneur du lieu est un ami. Cette chasse est sa grande passion.

— Rien d'étonnant à cela. Le vorane est une bête magnifique. Il possède des pattes puissantes lui permettant de se mouvoir rapidement. Il vous désarçonne un cavalier d'un seul coup de son énorme queue.

— Et vous dites qu'il faut le tuer armé de son seul dayal... ironisa Dorian.

— Parfaitement ! Rassurez-vous. Vous ne serez pas seul. Une dizaine de triviers vous assisteront et tiendront l'animal en respect. Son seul point faible est la gorge. Seule la lame du dayal est capable de la fendre, comme on éventre une outre. Nombre de chevaliers y ont laissé leur vie, car le monstre est rapide. C'est pourquoi j'ai fait dresser de petits chevaux spécialement pour la chasse aux voranes. Ils sont dociles, résistants, parfaitement obéissants et ils connaissent tous les dédales des marais. S'il vous arrivait de vous égarer, ils vous ramèneraient sans difficulté. Le point important est que la présence d'un vorane ne les effraie pas.

Dans le parc du petit manoir était rassemblée une troupe nombreuse et animée. La fine fleur de la jeunesse valatienne avait été conviée et l'on rivalisait de vantardises au milieu d'une foule de jeunes femmes. La chasse aux voranes revêtait un caractère sacré. Avant le départ, on lui consacrait une cérémonie se déroulant suivant un rite précis, séculaire. Chaque chasseur confirmé assistait avec dévotion à une courte consécration d'inspiration païenne avec hurlements de cris de chasse, invocation d'un certain Naâmrood, dieu des chasseurs. Puis chacun passait autour de son cou un collier de crocs de vorane, un par animal tué. Sitôt le rituel accompli, chaque chevalier chassait pour son propre compte et la chasse se morcelait rapidement en une multitude de petits groupes. Contrairement à Londobakos et à l'Adriat, les marais de Sirigath offraient de nombreuses terres fermes, s'insinuant autour de mares de boue dont certaines restaient indiscernables à l'œil.

Certaines mares contenaient une eau noire, à la surface huileuse où jouaient d'étranges reflets irisés. Partout flottait une odeur de chair en décomposition, un relent de végétaux pourris. Une chaleur malsaine engluait l'air acre qui montait des arbres pieuvres que l'on appelait ici les capeelo t'shaïent, les cheveux du diable.

— Savez-vous, dame Isabelle, dit tout à coup l'envoyé, que l'on peut faire brûler cette eau ?

— Comment cela ?

— Regardez !

Il sauta à bas de son cheval, ramassa une lourde pierre couverte de mousse et la jeta au loin, au cœur d'une mare d'aspect luisant. Le miroir liquide se brisa en une succession de vagues concentriques dont s'échappèrent d'inquiétantes flammes verdâtres qui coururent, affolées, à la surface.

Khalamon de Ross, satisfait de sa petite démonstration, remonta en selle.

— Ces "feux des esprits", comme disent les gens d'ici, sont provoqués par la décomposition des végétaux. Ils s'enflamment au contact de l'air. Quelquefois, ils s'échappent d'eux-mêmes et les paysans valates prétendent qu'il s'agirait des âmes perdues qui tenteraient de s'enfuir de l'antre de Shaientus. Car pour eux, Sirigath serait l'une des portes de l'enfer.

Il éclata d'un rire sonore.

— Peut-être n'ont-ils pas tort !

Elena n'avait pu fermer l'œil de la nuit. Dorian-Arnaud. Arnaud-Dorian. Un demi-dieu dans l'ombre duquel elle avait appris à vivre. Ce n'était pas la première fois qu'il la quittait. Déjà, il s'était rendu seul à Bahiskra, accompagné seulement de trois chevaliers. Pourtant, il avait triomphé, grâce à une audace folle et à ses pouvoirs extraordinaires. Les Nogafrikains avaient dit de lui qu'il était « baraïkh », protégé par les divinités.

Mais cette fois, le danger était sérieux. Elle savait que cette chasse était un piège. Leur mort était préparée, attendue.

Que pouvait-elle faire, seule, alors que Solyane avait vu la mort sur elle ? Elle aurait voulu... détenir la foudre dans ses mains pour anéantir leurs ennemis. Mais elle n'était qu'une petite princesse affaiblie par une grossesse de quatre mois. Comment deviner de quelle manière l'adversaire allait frapper ?

Alvina avait passé la soirée auprès d'elle, refusant elle aussi de participer à la chasse. Elena était devenue pour elle la fille qu'elle n'avait pas eue, et la prochaine maternité de la jeune femme avait éveillé en elle une tendresse nouvelle.

Elle n'avait pas réussi à dormir. À tout instant, elle s'attendait à ce qu'un domesse vienne lui annoncer... le pire. Arnaud et Isabelle dormaient dans le manoir de Sirigath. Peut-être tenterait-on de les surprendre pendant leur sommeil ?

Cependant, il ne se passa rien. Au matin, Dorian, imaginant son angoisse, lui avait dépêché Rudriko, pour la rassurer.

— Le seigneur Arnaud m'a chargé de vous avertir que tout allait bien, madame. Afin de prévenir tout incident, ils resteront groupés. Il vous fait dire que vous n'avez aucune raison de vous inquiéter. Les plus valeureux de nos chevaliers seront à leurs côtés.

— Les plus valeureux, oui ! murmura Elena. Mais que peuvent-ils contre la toute-puissance des dramas ?

La jeune femme fixa le maître d'armes dans les yeux. Rudriko, masquant sa gêne, fourragea dans sa tignasse frisée que des fils d'argent commençaient à strier. Peu d'hommes connaissaient Dorian et Solyane aussi bien que lui. Qu'en était-il de cette histoire selon laquelle ils auraient été des soldats de leur père, Orloff et lui ? Étaient-ils eux aussi de Syrdahar ? Devait-elle lui révéler qu'elle savait la vérité ?

— Madame, dit soudain le maître d'armes, interrompant sa méditation, si je puis me permettre, vous devriez vous changer les idées. Voulez-vous que nous allions faire un tour en ville ?

Elle faillit répondre par la négative. Puis elle se reprit. Elle ne changerait rien en restant cloîtrée dans ses appartements.

Les ruelles vibraient d'une animation joyeuse. Là, un artiste dessinait sur le marbre quelque portrait ou paysage ; plus loin, un mendiant vantait les prouesses de ses chiens. Des crieurs de friandises ameutaient les badauds. Sur les places principales s'ouvraient des bazars immenses. Dans ces endroits curieux, on pouvait trouver n'importe quoi,

Chevaux, babouches, armes, nourriture, vêtements, bibelots, esclaves spoliés, femmes faciles avec qui passer une nuit amoureuse. On y retrouvait nombre de femmes nobles qui musaient parmi les étals, à la recherche de colifichets, parfums, fards, tissus, babioles nécessaires à parer leur beauté. Là se rencontraient aussi les courtisanes, les épouses des riches marchands, comme les plus humbles des servantes ou paysannes. Lieux de rencontre où se nouaient intrigues et relations galantes, les bazars attirant bien entendu un grand nombre d'amateurs de jolies femmes.

On s'y rendait également pour apprendre les dernières nouvelles. Les messagers et gazettiers venus des quatre coins de l'empire et d'au-delà se réunissaient pour les crier, du haut d'amphithéâtres minuscules devant lesquels se bousculaient les chalands.

Non loin de la place Bohina se dressait le temple impérial. Ce fut vers cette place que le destin entraîna Elena.

Il n'est nul endroit meilleur pour s'isoler que la foule elle-même. Aussi Elena put-elle bavarder facilement avec Rudriko, sans que quiconque ne fît attention à leurs paroles.

— Si notre seigneur a cru bon de vous révéler ses origines, madame, c'est qu'il avait ses raisons. Il est vrai que je l'ai connu dans des circonstances bien différentes que celles que l'on imagine habituellement. Mais ai-je bien le droit de vous révéler ce que je sais ?

— Dites-moi la vérité, maître Rudriko. Il y a des choses que lui-même ignore, et peut-être pourrai-je l'aider ?

— Je sais peu de chose, madame ! De ma vie ancienne j'ai à peu près tout oublié. Je fus un temps enrôlé dans les forces dramas où j'appris l'art de manier les armes. Un jour, alors que j'avais déjà atteint le grade de maître, le théolamane de Nyys-Brücke, la ville à laquelle était attachée notre unité, me proposa un emploi tout différent : veiller à la sécurité d'une dame de haute naissance. Une dame que je devrais suivre dans une cité perdue par-delà un désert hostile dont toute vie avait été bannie. Ainsi, je me retrouvai dans la suite de dame Orlyane, la mère de Dorian et de Solyane. Je ne sais pas pourquoi je vous avoue tout cela. Ces secrets ont coûté la vie à tant de personnes...

— Continuez, je vous prie.

— Soit ! Nous avons traversé ce désert que l'on appelait les Terres Bleues. Pour rejoindre Syrdahar, la cité oubliée. Là, dame Orlyane, dont je ne connus jamais le nom de famille, rencontra le seigneur du lieu, Kogan le sage. Elle l'épousa sans plus tarder alors que, visiblement, ils ne se connaissaient pas.

— Ils ne se connaissaient pas ?

— Pas le moins du monde ! Personne n'avait jamais entendu parler de Syrdahar. Mais le miracle se fit. Ils s'aimèrent tellement que huit mois plus tard seulement, deux enfants leur furent donnés : Dorian et Solyane.

— Huit mois ?

— Oui ! Ils étaient ce qu'on appelle des prématurés. Si vous aviez pu les voir... Les plus beaux enfants que le monde ait jamais portés !

Huit mois ! Bien sûr, c'était possible bien que la gestation d'une femme durât neuf mois. Mais cela ne signifiait-il pas pour autant que les jumeaux avaient été conçus avant l'arrivée à Syrdahar ? Une foule de questions se pressaient dans l'esprit d'Elena. Dorian connaissait-il ces détails ?

Si elle ne s'était pas trompée, alors qui était leur père ? Car ils étaient frère et sœur. Les paroles de Rudriko ne laissaient planer aucun doute là-dessus.

— Les plus beaux enfants qu'on ait jamais vus, madame. Il régnait déjà entre eux une entente impossible à définir. Jamais je n'oublierai ces soirées où l'on voyait dame Orlyane leur donner le sein à tour de rôle. À cette époque, j'étais dévolu uniquement à leur protection. Plus tard seulement je devins maître d'armes de Syrdahar.

Soudain, un événement insolite attira l'attention de la jeune femme. Un homme quittait discrètement le temple par une petite poterne.

— Regardez, Rudriko, dit-elle à son compagnon.

La démarche de l'individu, sa silhouette, remuèrent quelque chose en elle... Elle avait déjà vu cet homme, peu de temps auparavant.

Elle résolut de le suivre. Apparemment, il était peu désireux qu'on le reconnaisse et rasait les murs. Tout à coup, elle le situa. C'était l'artisan du quartier Loukat qui leur avait fourni différents articles interdits, comme ces boussoles « amoureuses » qui indiquaient en permanence la direction dans laquelle se trouvait son mari. Arnaud possédait la même. L'artisan louche qui avait si violemment attaqué le souvenir de Darios le maudit, le double d'Arnaud. Le fabricant des objets prohibés, qui rendait néanmoins des visites discrètes aux amanes.

— Messire Rudriko, cet homme est un traître.

— Voulez-vous que je m'occupe de lui, madame ?

Cet homme-là était au courant de l'origine d'Arnaud. Il avait averti les amanes. C'était lui qui servait de liaison avec le quartier Loukat où les braves artisans valates s'imaginaient à l'abri de l'emprise de la religion. Les prêtres ne faisaient que les tolérer, en les surveillant par l'intermédiaire d'individus comme celui-ci. Des mouchards, des êtres de la pire espèce.

Elle devait en avoir le cœur net. Malgré le handicap de son ventre déjà lourd, elle accéléra le pas et rattrapa l'individu.

— Holà, messire, vous semblez bien pressé.

— Ma... Madame, balbutia l'autre.

Attaquant sans détour, elle demanda :

— Vous me reconnaissez, n'est-ce pas ? Je suis l'épouse de ce seigneur que vous avez vendu aux amanes.

— Moi ? Vendu aux amanes ?

— Ne mentez pas ! Je vous ai vu sortir du temple. Je croyais que vous n'entreteniez aucune relation avec la religion... Qu'elle ne pénétrait pas dans le Loukat...

— Je ne sais de quoi vous voulez parler, madame.

Rudriko abattit une poigne de fer sur l'épaule de l'artisan. Le visage de l'homme vira au gris malgré sa peau tannée. Elena gronda :

— Vous êtes un traître, messire Je suis persuadée que les vôtres ignorent vos relations avec les amanes. Dans mon pays, on punit les traîtres d'une vilaine façon : on leur plonge les mains dans l'huile bouillante.

— Je n'ai rien à vous dire ! Laissez-moi partir !

— Parle ! Qu'as-tu raconté aux amanes ?

— Rien, je vous jure ! Lâchez-moi !

— Tu mens, jeta Elena. Tu oublies que je suis noble. Je lis en toi. Tu mens !

Une onde de frayeur presque palpable coulait de l'esprit de l'homme. Une glu acide et repoussante qui écœura la jeune femme, mais elle surmonta son dégoût. La veulerie de cet homme avait fait du mal à Arnaud.

— Rudriko, faites-le parler !

Le maître d'armes entraîna l'artisan dans une ruelle sombre et déserte. Elena ne les suivit pas. Moins d'un quart d'heure plus tard, Rudriko revenait seul.

— Vous aviez deviné juste, madame. Il est allé raconter aux prêtres qu'il avait rencontré le chevalier de la légende, celui qui doit renaître des cendres de Darios le maudit. Le théolamane Markus ne le croyait pas, mais Vaetius, le biolamane, l'a écouté. Il n'en a pas dit plus. Son rôle consistait à informer les amanes de ce qui se faisait dans le Loukat.

— Consistait ? Mais où est-il à présent ?

Le vieux guerrier baissa la tête.

— Les traîtres ne méritent pas de vivre, madame.

Elena pâlit et dut s'appuyer contre son compagnon pour ne pas tomber.

— Pourquoi ? Pourquoi tant de morts ?

— Pardonnez-moi, madame, mais je n'ai jamais oublié les flammes qui ont détruit Syrdahar.

— Je... je ne vous en veux pas, Rudriko. Vous avez fait ce qui était juste. Pour défendre votre seigneur.

— Il est en danger, gronda Rudriko. Et ma princesse aussi.

— Je veux me rendre auprès de lui.

— Vous savez ce qu'il a dit. Vous ne devez quitter Valatia sous aucun prétexte.

— Je sais, mais je dois l'avertir, être là pour le protéger.

— Les nôtres sont déjà auprès de lui. Que voudriez-vous faire de plus ?

La jeune femme gémit. Ainsi, son intuition ne l'avait pas trompée. On voulait réellement la mort des jumeaux. Bien sûr, il eût été plus facile de les faire disparaître dans le château de Sirigath. Poison — à moins qu'ils ne résistent —, fer, feu, tout moyen eût été bon. Il ne fallait pas y songer. Rien ne pouvait justifier l'assassinat de deux personnages aussi célèbres. Il aurait eu à rendre des comptes... Sans compter la réaction de leurs chevaliers. Et puis, le moyen choisi ne manquait pas d'attraits. Plus les heures passaient, plus Khalamon de Ross se passionnait pour la chasse. On était venu l'avertir qu'un groupe éloigné avait déjà tué un vorane. Son instinct de chasseur l'avait fait vibrer de joie. Il prit cela comme un augure favorable. Il chassait, quant à lui, un gibier autrement plus dangereux. Un fauve qui avait déjà tué des chasseurs beaucoup plus redoutables que lui, mais il avait pour lui une parfaite connaissance du terrain et l'effet de surprise. Ses chiens de chasse étaient une dizaine de guerriers dramas déguisés en triviers, dont il avait constitué l'escorte de Dorian et de Solyane. Un habile conditionnement les avait privés de tout instinct de conservation. Tueurs efficaces, ils possédaient à fond toutes les techniques de combat. Il suffisait de prononcer devant eux une phrase clé pour qu'ils deviennent de terrifiantes machines à tuer, aveugles et sourdes à tout ce qui n'était pas leur proie. Une fois la chasse déclenchée, elle ne se terminerait que par la mort de Dorian et Solyane de Syrdahar. Ils ne pouvaient espérer triompher de dix guerriers dramas surentraînés.

La première phase avait suivi son cours. Ce n'était pas pour rien qu'il avait choisi cette partie des marais. Au travers des chemins boueux et étroits, parmi le labyrinthe indescriptible sur lequel flottait une nappe de brumes jaunâtres, il était aisé, avec la complicité des guides, d'écarter un à un les compagnons indésirables. Déjà le chevalier Sylvain et le comte d'Ursaleya avaient été lâchés depuis une demi-heure. Restaient encore ce maudit Dracchus et ce redoutable chien de garde d'Odios. Celui-ci était encore plus dangereux que le premier, mais ils lui serviraient d'alibi. Il resterait ostensiblement à leurs côtés lorsque les guides égareraient le groupe de Dorian. Juste avant la séparation, il déclencherait l'attaque. On éviterait les armes à feu, trop bruyantes. Styls, flèches et dayals accompliraient une besogne rapide et soignée.

« Shaddam fati mekhatou ! » (Que la volonté des dieux s'accomplisse ! en dialecte médhellenien.) Le mot de passe était donné. La chasse était déclenchée, les fauves lâchés. L'envoyé vibra de plaisir, avant de rejoindre le comte de Vik sur le chemin détourné qui allait les écarter de Dorian et de Solyane. Une certaine frustration s'empara de lui. Il aurait aimé participer au combat. Cela, malheureusement, était impossible. Il ne restait qu'à attendre le soir. Le retour des chasseurs...

— Seigneur de Ross, je crois que tous nos chasseurs sont revenus. Le tableau est excellent. Nous avons cinq têtes.

Un soleil rouge restait suspendu au-dessus de l'horizon, accourci par l'épaisse couche de brume qui chaque nuit s'étendait sur les marais comme un linceul. Dracchus avait lui-même « servi » un vorane. Il en conserverait une belle cicatrice au bras, mais il avait triomphé de la bête. Pourtant, malgré sa joie, son visage trahissait l'inquiétude.

— Le seigneur Arnaud et sa sœur Isabelle ne sont pas encore rentrés, seigneur de Ross.

— Par tous les dieux, c'est exact !

Dracchus jeta un coup d'œil circulaire sur l'assemblée de

chevaliers couverts de boue, puant et soufflant comme des golieuthes, qui se débarrassaient avec de grands éclats de rire de leurs sharacks de chasse.

— Vous avez raison, seigneur de Vik. Surtout, ne vous alarmez pas. Ils possédaient des guides parfaits. Ils ne vont certainement pas tarder. La nuit n'est pas encore tombée.

On amena les cadavres des cinq voranes. Cinq monstres magnifiques que les cuisiniers attaquèrent aussitôt au tranchoir et à la scie. Les pattes furent détachées promptement, tandis que les entrailles étaient rejetées au marais au cours d'une cérémonie dite « de l'achèvement ».

— Autrefois, commenta Khalamon, on recueillait le sang des bêtes abattues et on en emplissait de grandes cuves. Les chevaliers vainqueurs s'y baignaient nus, car le sang de vorane est réputé pour redonner force et ardeur amoureuses. On voyait même parfois des femmes se déshabiller et les rejoindre.

Mais Dracchus n'écoutait qu'à moitié. Lorsque l'achèvement prit fin, le soleil de sang avait sombré derrière l'horizon brumeux.

Dorian et Solyane n'étaient toujours pas revenus.

— Je suis désolé, messeigneurs ! Il est impossible d'organiser la moindre recherche la nuit, dit l'envoyé.

— Mais il faut savoir ce qui leur est arrivé, gronda Dracchus. Ils ne peuvent passer la nuit là-bas !

— Le comte Arnaud est notre suzerain, renchérit Sylvain. Nous ne l'abandonnerons pas. Donnez-nous des guides, seigneur de Ross.

— C'est hors de question, messire chevalier ! Je ne veux pas risquer la vie de mes gens pour une recherche promise à l'échec. Vous ignorez tout des marais. Vous ne connaissez pas les dangers qu'ils recèlent la nuit.

— Nous en avons traversé de bien plus dangereux, seigneur Khalamon, et nous sommes prêts à recommencer.

Il s'avança, menaçant.

— Et vous, vous les abandonnez à leur sort sans lever le petit doigt. Avec tout le respect que je vous dois...

Odios l'interrompit d'un brusque mouvement de la main. Blême, l'envoyé gronda :

— Seigneur chevalier, je vous pardonne à cause de l'attachement que je devine en vous pour votre seigneur, mais n'abusez pas de ma patience. N'oubliez pas qui je suis.

— Viens, glissa Odios à Sylvain en l'entraînant.

Doucement et fermement, il écarta son frère du cercle des invités.

— N'insiste pas, Sylvain. Il ne nous aidera pas. Sans guide, nous ne pouvons rien tenter. Je suis sûr que c'est lui qui est à l'origine de leur disparition, mais je manque de preuves. Il est resté ostensiblement aux côtés de Dracchus. J'étais présent. Je ne l'ai pas quitté des yeux. Avec cette fichue brume, je serais incapable de dire quand nous avons perdu Arnaud et Isabelle.

— Et Achil ? Est-ce qu'il était avec vous ?

— Il est resté avec Dracchus. Je ne l'ai pas revu depuis notre retour.

Les deux frères sortirent du manoir afin de calmer leurs esprits échauffés à l'air de la nuit. Depuis la vaste esplanade du château, on devinait l'océan sombre des marais que baignait une obscurité totale et mystérieuse. Un silence absolu avait pris possession des lieux, troublé par instants par les appels plaintifs des prédateurs nocturnes. Une lueur indistincte tombait des baies du castel, dissimulées par d'épaisses tentures.

Odios et Sylvain s'éloignèrent. Rarement ils s'étaient sentis aussi proches. La même angoisse les étreignait. La même obscurité leur offrait l'abri souhaité pour y mêler leurs craintes.

— Quelle vie étrange est la leur, murmura Sylvain, respectant le mutisme de son frère. On dirait que des forces mauvaises les poursuivent, s'acharnent à leur perte. Mais toujours ils triomphent. Toujours ! Ils vaincront encore, n'est-ce pas ?

Il n'attendait pas véritablement de réponse. Il tentait seulement de résumer leurs pensées communes.

Soudain, la même idée leur traversa l'esprit.

— Elena ! Qui va la prévenir ? Elle nous attend.

— Par Lakor, gronda Odios. Cela risque de tuer l'enfant. Et elle aussi, peut-être !

— Par les dieux ! Je me demande si ma mère...

— Non, dit fermement Odios. Ce serait de la lâcheté. Allons-y tous les deux.

Discrètement, laissant Dracchus, Leïro et les autres en discussion avec l'envoyé, ils filèrent aux écuries, sellèrent leurs lionorses et prirent la piste de Valatia.

Un silence lourd planait sur la salle où Khalamon de Ross avait fait servir les pattes de voranes. Malgré la disparition d'Arnaud et d'Isabelle, il avait tenu à ce que le rituel de la chasse fût respecté.

— S'ils ont succombé, il ne faut incriminer personne, messeigneurs. Cela fait partie de la dure loi de la vénerie. Néanmoins, je refuse de croire qu'un chevalier de la valeur d'Arnaud de Gwondaleya ait pu tomber sous la griffe d'un vorane. Je reste persuadé qu'ils ont été retenus pour une raison que nous ignorons. La nuit venue, ils auront bivouaqué sur place. Ils connaissent les périls des marais et la manière de s'en garantir. On raconte même qu'Arnaud aurait vaincu le Grand Adriat dont personne jamais n'était revenu.

Dracchus et Leïro ne prirent pas la peine de répondre. Eux aussi flairaient une embuscade. Une embuscade sans motif. Mais comment le prouver ? Émus par les mines abattues de leurs compagnons gwondaleyens, les chevaliers valates mangeaient du bout des lèvres. L'inquiétude avait envahi Khalamon de Ross lui-même. Il donnait le change, mais son origine était cependant contraire à celle des Gwondaleyens. Leur mission effectuée, ses dramas devaient revenir au manoir. Même si celle-ci avait demandé du temps, ils auraient dû être de retour avant la nuit. Or, pas un d'entre eux n'était rentré. Il était impensable que Dorian et sa sœur, malgré leurs pouvoirs, aient pu triompher de dix dramas surentraînés, conditionnés comme des fauves pour tuer. C'était impossible, même s'ils s'étaient méfiés.

Lentement, les chevaliers valates quittèrent les lieux, mais les Gwondaleyens refusèrent de partir. Minuit était déjà passé depuis longtemps lorsqu'un domesse gratta à la porte.

— Monseigneur envoyé ! Dame Elena de Gwondaleya est ici avec les chevaliers Odios et Sylvain.

Mal à l'aise, Khalamon se précipita à sa rencontre.

— Madame, croyez que je suis désolé de vous recevoir en des circonstances aussi inquiétantes. Sachez toutefois que tout sera fait pour retrouver demain votre époux et sa sœur.

Elena, les yeux brillant de haine, ne répondit pas immédiatement. Son regard furieux se ficha dans celui de l'envoyé.

Pouvoir lui hurler la vérité à la face ! Le désigner à la vengeance de ses Gwondaleyens ! Lui crier : « C'est vous ! Vous qui les avez fait assassiner ! Vous savez parfaitement que vos recherches seront vaines ! »

Mais il est des mots qui ne peuvent franchir les lèvres. Même si ses sentiments avaient percé le cercle des nobles présents, les apparences restaient sauves. Et puis, elle ne voulait pas abandonner tout espoir. Lorsque Sylvain et Odios étaient arrivés et lui avaient annoncé la nouvelle avec ménagement, elle n'avait pas hésité à désobéir à Dorian. Elle avait pris la direction du manoir de Ross, près du Sirigath où elle devait rencontrer son destin.

La vision de Solyane se réaliserait-elle s'ils étaient... disparus ?

Ils seraient vengés. L'enfant qu'elle portait dans ses

flancs hériterait des pouvoirs de son père. La légende renaîtrait avec lui.

Elle respira profondément, ravala sa haine et gronda sourdement :

— Je n'ai besoin que de repos, seigneur de Ross. J'attendrai demain, avec les miens. Nous partirons à leur recherche dès l'aube.

— Ne désireriez-vous pas une bonne chambre, madame ? J'ai ici...

— Je resterai avec mes chevaliers, messire !

Délibérément, elle avait dédaigné d'employer le terme monseigneur, réservé au rang de Khalamon de Ross. C'était une insulte, mais l'envoyé ne la releva même pas. La jeune femme l'intimidait par sa détermination, son assurance, sa noblesse. Il songea qu'elle était digne de devenir l'épouse de Dorian de Syrdahar. Et surtout, elle était enceinte de lui. Il faudrait songer à surveiller la naissance de l'enfant et éventuellement à le supprimer.

Farouchement, Elena lui tourna le dos et s'installa parmi les siens. Ceux-ci lui apportèrent aussitôt coussins et réconfortants. Sa présence, sa chevelure défaite croulant sur ses épaules, son ventre à la fois fragile et fort lui conféraient une autorité nouvelle. Une chaleur bienfaisante se répandit parmi les Gwondaleyens. Avec Elena, c'était une partie de leur seigneur qui revenait.

La longue nuit se poursuivit jusqu'à l'aube, sans que parvînt la moindre nouvelle des deux disparus.

CHAPITRE XXXIII

Dorian et Solyane attendaient depuis déjà quelque temps le piège tendu par Khalamon de Ross. La jeune femme n'avait pas eu besoin de regarder pour sentir qu'on écartait délibérément Leïro et Sylvain de leur groupe. Sa vue revenue n'avait pas diminué, comme elle l'avait craint, ses facultés de perception multidirectionnelle. Il lui suffisait de fermer les yeux et de se concentrer brièvement.

Elle avait « vu » l'esquive de l'envoyé, « entendu » l'ordre de mort.

Immédiatement, elle avait riposté.

— Fuyons, Dorian !

Khalamon de Ross avait compté sur la surprise pour refermer sur le frère et la sœur un étau mortel. Mais, sous les yeux des dramas médusés, ils éperonnèrent soudain leurs montures et fuirent droit devant eux.

Les petits chevaux de chasse connaissaient parfaitement le terrain. Bondissant par-dessus des troncs d'arbres pieuvres écroulés, pataugeant dans des mares d'eau huileuse, ils eurent tôt fait de distancer leurs poursuivants. Une flèche et un styl sifflèrent loin derrière. Le piège commençait à se refermer.

— Je serais curieux de savoir si nous les avons vraiment distancés.

— Nous avons déjoué leur effet de surprise, dit calmement Solyane. Pourtant, je ne crois pas que nous soyons tirés d'affaire pour autant. Leur absence de réaction m'étonne. Attends !

Elle porta les mains à ses yeux et s'immobilisa. Dorian sentit d'une manière presque palpable les ondes qu'elle émettait. Il comprit ce qu'elle faisait.

— Dorian, nous ne pouvons pas leur échapper !

— Pourquoi ?

— Nous sommes sur une presqu'île, une langue de terre entourée par des marais infranchissables. J'ai décelé sous les boues qui nous encerclent une bonne douzaine de voranes.

Il la regarda intensément.

— Il va falloir combattre, gronda-t-il.

Elle lui sourit. Comme autrefois, les idées circulaient de l'un à l'autre sans le truchement des paroles.

Une détermination commune les habitait. Ils vaincraient, ou mourraient. Mais ce serait dos à dos, ensemble, unis à jamais. Du moins était-ce ainsi que Dorian vivait cette aventure. Une joie farouche l'inonda lorsque, sous la couche de morne indifférence, il décela tout à coup dans l'esprit de sa sœur une étincelle d'émotion, une flamme intangible, symbole d'une énergie nouvelle.

— Nous avons écarté Elena, petite sœur ! Nous avons ravi sa victime au destin. Il se venge. Mais nous triompherons malgré tout.

L'étrange faculté de perception de Solyane leur permit de mémoriser rapidement la géographie de l'endroit. Ils le connaissaient à présent aussi bien que leurs agresseurs.

— Nous sommes à égalité, murmura Dorian.

Ils savaient l'un comme l'autre qu'il n'y aurait pas de merci. S'ils voulaient survivre, ils devaient tuer les dix dramas attachés à leurs pas. Ils décidèrent d'abandonner leurs montures dont les appels et les odeurs les désignaient à leurs poursuivants. Dorian saisit la main de Solyane et l'entraîna au cœur d'un bosquet de mahahis, parmi les lianes et les fleurs carnivores.

— Attention, l'un d'eux s'approche !

Solyane percevait l'emplacement de chacun des tueurs au milieu du décor fangeux. Seuls éléments mobiles, ils étaient aisément discernables. Sa perception se faisait délicate du fait de sa mobilité personnelle. Un styl ! Précis, rapide, imparable ! La Médhellenie avait encore appris à Dorian. Nul dramas ne pourrait désormais intercepter ses armes. En tout cas certainement plus celui-là, qui s'écroula, le cœur déchiré malgré l'épaisseur du sharack.

— Plus que neuf, murmura-t-il.

Le drame était noué. Elena, recrue de fatigue, vit à peine l'aube se lever. À présent, plus rien ne comptait. Le piège de l'envoyé avait fonctionné. Les recherches n'aboutiraient pas. Les voranes et les sokongas se chargeraient de faire disparaître les traces de... des...

Un bref sanglot la secoua. Les marais ne prendraient plus sa vie, puisque son mari avait donné la sienne.

Machinalement, sa main se serra sur sa poitrine, sur le fétiche étrange, tiède de sa propre chaleur. La petite flèche phosphorescente indiquait toujours la direction dans laquelle se trouvait Arnaud.

Malgré elle, un vague espoir se débattait en elle. Était-il dû à cette inquiétude inexplicable qu'elle lisait sur le visage du seigneur de Ross ?

S'était-elle trompée sur son compte ?

Un doute infernal la saisit. Elle courut vers Sylvain.

— Je veux aller avec vous !

Le jeune homme fit la grimace.

— Je dois vous le défendre, Elena. C'est beaucoup trop dangereux.

— Je veux y aller.

— Non ! Arnaud ne me le pardonnerait pas.

« Et pourtant, il ignore la vision de Solyane », songea-t-elle. Elle n'insista pas.

Un soleil trouble, laiteux, illuminait le manoir de sa lueur fuligineuse, masquée parfois d'écharpes de brumes.

Khalamon avait réuni ses guides en un temps record.

Le silence se fit.

— Nous allons constituer plusieurs équipes. Chaque groupe suivra un itinéraire. Ils peuvent être n'importe où. Ils n'ont pu parcourir plus de trois ou quatre marches, nous les retrouverons.

Elena s'approcha de lui. Il émanait toujours de l'envoyé un effluve d'inquiétude.

— Ne perdez pas courage, madame, dit-il à l'adresse de la jeune femme. Ils peuvent très bien avoir passé la nuit dans le Sirigath. Le seul point qui m'inquiète, ce sont leurs chevaux. Pourquoi ne sont-ils pas rentrés ?

Voulait-il la préparer à une nouvelle qu'il connaissait d'avance ?

Mais pourquoi cette angoisse réelle qu'elle lisait en lui ?

À moins que... qu'il ne s'inquiétât pour ses hommes de main ! Ceux-ci n'étaient pas revenus. C'était cela ! Elle observa les hommes qui emboîtaient le pas de Khalamon de Ross. Leur démarche se différenciait de celle des autres guides.

Elena ne s'y trompa pas. Des dramas !

L'envoyé se doutait que son piège avait échoué ou n'avait pas fonctionné parfaitement. Si ses assassins n'étaient pas revenus, cela voulait peut-être dire que Dorian et Solyane les avaient éliminés. Il retournait sur place pour achever ce qu'il avait commencé. Nul Gwondaleyen ne l'accompagnait. Il pourrait accomplir son crime sans témoin gênant. Une angoisse terrible le saisit à nouveau. Dorian et Solyane étaient peut-être, étaient sans doute encore vivants. Dans les marais. Peut-être blessés. Sa main se crispa sur la petite sphère verte.

— Les trois derniers sont là, jeta brièvement Solyane.

Trois fauves, galvanisés par la disparition inexplicable de leurs compagnons. Ils bondirent simultanément sur les deux jeunes gens. Un combat farouche s'engagea aussitôt entre deux d'entre eux et Dorian. Le troisième leva un dayal furieux sur la jeune femme, l'abattit avec violence ou, plutôt, voulut l'abattre. Le sabre fendit l'air lentement, trop lentement, comme s'il s'enfonçait dans une masse épaisse et cotonneuse. Une horreur visqueuse et invisible coula le long de ses membres, remonta irrésistiblement vers son torse, vers sa poitrine, enserra sa gorge. La femme n'était pourtant pas armée. Il aurait voulu crier, mais des forces inconnues lui tordirent son hurlement dans les entrailles. Il n'exhala qu'un piteux chuintement. Il ne comprit pas non plus pourquoi l'air quittait soudain ses poumons et refusait d'y revenir. Pris de panique, il parvint à porter les mains à son cou, se griffa, se déchira les chairs, puis s'écroula, à la recherche désespérée d'un oxygène introuvable.

Deux yeux d'un bleu insondable restèrent fixés sur lui tandis qu'il agonisait. Il n'y lut aucune réponse, aucun réconfort, aucune haine. Rien qu'une indifférence glaciale, terrifiante. Lorsque Solyane reprit son souffle, elle constata que les deux adversaires de Dorian gisaient, le ventre ouvert, dans la boue. Une large estafilade rougissait le sharack de son frère à l'épaule gauche : cela ne serait qu'une blessure sans importance, dont la cicatrice disparaîtrait elle aussi.

— Nous avons vaincu, dit-il en grimaçant, car la douleur, elle, était bien présente.

Une fois de plus, ils avaient triomphé de leurs ennemis.

Il ne leur resterait de cette aventure que quelques souvenirs atroces, comme celui où Solyane avait investi l'esprit d'un vorane qu'elle avait lancé sur trois dramas. Les guerriers n'avaient pu résister au fauve déchaîné. Solyane était devenue vorane. Elle sentit encore les chairs et les os se briser sous ses crocs, les hurlements de terreur qui lui vrillaient les oreilles.

Ils n'avaient pu utiliser le pistolaser. Khalamon de Ross ne devait pas ignorer qu'ils en possédaient un. Ses guerriers étaient équipés de boucliers corporels qui résistaient aux traits de feu.

Ils avaient donc été contraints de se battre avec les armes qui leur restaient, le dayal, les styls de Dorian et les pouvoirs de Solyane.

La jeune femme vint prendre la main de son frère, sans un mot. Un curieux frisson la parcourut.

— C'est fini, petite sœur. Il faut oublier.

— J'oublierai, mais nos chevaux ont été tués. Nous sommes bloqués ici pour la nuit.

Elle avait raison. Malgré le désir qu'ils avaient d'aller demander des comptes à l'envoyé, il était hors de question de regagner le château. Une nuit opaque montait des arbres pieuvres, faite de brouillard et d'obscurité, une brume épaisse qui dissolvait peu à peu le décor dans les limbes. L'attaque d'un vorane restait toujours à craindre, mais le pistolaser de Dorian suffirait à l'éloigner. Par contre il faudrait se méfier des sokongas. Afin de déjouer une agression possible, ils profitèrent des dernières lueurs du jour pour se glisser au creux d'un mahahi élevé dont l'embranchement principal était assez grand pour les recevoir tous les deux.

Solyane défit le sharack et les vêtements de Dorian, puis utilisa l'eau de sa gourde pour laver la blessure. L'obscurité les engloutit rapidement, mais elle ne constituait pas un obstacle pour Solyane.

— La nuit est ma complice, dit-elle doucement à Dorian. Alors que les autres deviennent aveugles, je continue à voir. Chaque chose, chaque être me devient palpable, proche, comme s'il m'appartenait.

Un son étrange vibrait dans sa voix. À nouveau, elle avait fermé son esprit, ce n'était cependant plus par indifférence. Il savait, il sentait que les braises se ranimaient. Jamais ses gestes n'avaient été aussi doux pour le soigner. Les ondes chaleureuses qui couraient sur son corps n'étaient pas nécessaires. Il eut la certitude du trouble de sa sœur lorsque celle-ci, autant pour trouver la chaleur que pour une raison qu'elle ne s'expliquait pas, vint se blottir contre lui.

Ils restèrent un long moment sans parler, sans échanger la moindre pensée, un peu perdus. Ils se sentaient comme deux amants qui se retrouvent après une longue séparation. Ils repoussaient cette image, sachant pourtant qu'elle était la seule acceptable. En effet, l'union à nouveau réalisée de leurs esprits, le partage de leurs émotions n'avaient-ils pas été autant d'actes d'amour ? Des actes passionnés, une harmonie subtile à laquelle ils devaient d'avoir vaincu.

La réunion de leurs corps n'eût été qu'une facette de ces chaînes qui les liaient l'un à l'autre.

Était-ce à cause de la peur éprouvée, de ce combat sans merci qu'ils avaient livré ? Solyane ne pouvait plus se cacher la vérité. Elle avait vibré d'une haine sauvage lorsqu'elle avait senti sous les crocs du vorane les corps des ennemis craquer et éclater. Un frisson de dégoût lui vint à cette seule évocation. Une joie inexprimable avait coulé comme de l'or liquide le long de ses veines parce que son frère, son ami, son compagnon, son autre elle-même, partageait sa lutte pour la vie.

Elle avait repris conscience de la mort... et de la vie.

Elle avait tremblé lorsqu'un styl imparable avait sifflé vers lui, vers son dos vulnérable. Elle revécut ce moment extraordinaire. Elle n'avait pas nettement compris ce qu'elle avait fait, mais sa volonté soudain tendue comme un arc avait fait naître une force suffisante, un écran qui avait détourné le trait mortel.

À présent que le feu de l'action était éteint, chaque détail lui revenait en mémoire. Chaque détail d'une entente parfaite, inexprimable, dont l'exécution exigeait une participation, un engagement réciproque si intime que le trouble né de cette union ne voulait plus s'éteindre en elle.

Elle savait à présent que sa blessure morale guérirait, disparaîtrait comme avait disparu sa plaie au visage. Elle avait perdu l'habitude de cette complicité totale, de cet amour terrible et exigeant.

Pourtant, lorsqu'il se pencha vers elle et déposa un baiser sur ses lèvres, elle se laissa faire.

— Il sait où les trouver, dit Elena à l'adresse de Rudriko et d'Orloff.

Elle consulta la pierre luminescente et constata que l'envoyé, à quelque distance au-devant d'eux, suivait la direction indiquée par la petite flèche verte.

Devant le refus catégorique de Sylvain, la jeune femme

n'avait hésité que quelques instants. Elle avait entraîné Orloff et Rudriko à l'écart et leur avait fait part de ses soupçons concernant le seigneur de Ross.

Elle s'était pourtant gardée de parler de la menace qui pesait sur elle. Elle ne voulait pas croire à l'inéluctabilité du destin, elle estimait surtout que sa vie comptait peu à côté de celle de Dorian. Durant leur séjour à Valatia, elle avait demandé à Achil de lui conter la légende relative au commandeur maudit, sans toutefois évoquer le lien qui unissait Dorian à Darios.

Elle ne pouvait cependant s'empêcher d'y songer souvent et de songer à celui existant entre lui et Solyane. Elle refusait à présent de leur donner leurs noms d'emprunt.

Elle devait les sauver. Dût-elle y laisser sa propre vie.

Aussi avait-elle suivi, accompagnée par les deux plus fidèles chevaliers de son mari, les troupes de Khalamon de Ross.

La Médhellenie avait transformé la jeune femme. Comme chaque guerrier gwondaleyen, elle était capable de pister un ennemi, traquer un gibier dans le silence le plus total. Malgré le handicap de son ventre de quatre mois, elle ne se laissa pas distancer par les dramas de Ross.

Soudain, l'ennemi s'arrêta. Elle comprit qu'il touchait au but. Elle se glissa comme une ombre au sein de la forêt spongieuse sur laquelle traînaient encore les brumes lourdes que même la chaleur du jour ne parviendrait pas à dissiper.

Dorian et Solyane avaient perçu depuis longtemps la présence des dramas. Puis ils localisèrent trois autres personnes, invisibles, étrangement familières, mais trop éloignées pour être identifiées. Dorian ne fut pas long à comprendre.

— Elena, souffla-t-il. Elle est ici.

Ils avaient pris position au sommet d'une petit élévation couverte de hautes fougères arborescentes qui les dissimulaient à la vue, mais leur permettaient de surveiller la ravine par laquelle approchaient l'envoyé et ses guerriers.

— Ne te montre pas, petite sœur. Ils sont là pour achever le travail de leurs compagnons. Il faut absolument qu'Elena s'en aille.

— Rejoins-la, Dorian ! Tu risques plus que moi. Je crois que je peux arrêter leurs armes. Contourne-les et prends-les à revers !

Quoiqu'il lui en coûtât de se séparer d'elle, il dut convenir que c'était la seule solution. Il se souvint de la façon dont elle avait chassé les Aboyeurs de Lune. Elena était beaucoup plus exposée. Il se laissa glisser au bas de la butte et se dirigea vers l'endroit où il avait localisé sa femme.

Soudain, tout se déroula très vite, trop vite ! Pour une raison inconnue, Khalamon de Ross se mit à crier :

— Attention, l'un d'eux tente de s'échapper ! Là sur la droite ! Tirez !

Les gonns claquèrent, éveillant d'étranges échos humides et chassant les oiseaux-sabres qui s'enfuirent en poussant leurs cris rouillés. Elena, toute haine dehors, ne put se retenir et s'avança à découvert.

— Assez ! Khalamon de Ross, vous êtes un assassin ! Je vous cite à comparaître devant vos pairs ! À moins que vous ne soyez décidé à me tuer moi aussi !

Stupéfait, l'envoyé se retourna.

— Vous ici, madame ?

— Oui, moi ! Je savais que vous vouliez faire assassiner mon mari et sa sœur.

— Votre mari, madame, est un être monstrueux qui met en danger l'avenir même de la civilisation et de la religion. Restez en dehors de tout ceci.

— Silence ! Pourquoi dans ce cas ne pas porter une accusation publique ?

Les armes se tournèrent vers elle, mais elle resta face à l'envoyé.

— À moins que vous n'agissiez pas officiellement !

Atterré, Dorian ne put s'empêcher d'admirer son courage. Il avait compris qu'elle agissait pour lui permettre de gagner du temps, car après un tel coup d'éclat, l'envoyé ne pouvait plus la laisser vivre. Se faufilant comme il pouvait parmi les troncs immenses, évitant de justesse les balles dramas, glissant sur de visqueuses plaques de boue, il attendit le claquement final et un cri d'Elena qui concrétiseraient la prédiction de Solyane. Mais il ne voulait pas. Son angoisse, les lianes et les herbes entravaient sa progression, allongeaient le temps.

Elle était là, à présent, entourée d'Orloff et de Rudriko, à portée de son regard. Trente pas, puis vingt. Il courait presque, à quatre pattes, rampant comme un fou. Le claquement d'un gonn l'assourdit, tandis qu'une douleur fulgurante lui vrillait l'épaule droite, mais il l'ignora et bondit sur Elena, l'enleva, la jeta à terre. À l'abri derrière une racine épaisse. Une salve foudroyante éclata simultanément, qui fit exploser l'angoisse de Dorian.

Il se coucha sur sa femme, ignorant si elle était touchée ou non. Orloff et Rudriko, armés également, ripostèrent.

— Elena ! Elena ! Réponds-moi ! Tu n'as rien ?

— Dorian ! Tu es là ! Vivant !

Une joie immense dans ses yeux. Et puis des larmes ! Mais aucune trace de souffrance.

— Tu n'as rien ! Les dieux soient loués.

— Toi ? Tu es blessé !

— Ce n'est rien ! Quelques égratignures. Je peux bouger mon bras et ils vont s'en rendre compte. Écoute-moi, petite folle adorée, ne te montre plus. Reste à l'abri !

Il dégaina le pistolaser et se mit à tirer à son tour, mais les dramas étaient équipés de boucliers. Soudain, une voix nouvelle tonna.

— Arrêtez !

Les gonns se turent. Dorian décela bien avant qu'elle n'apparût une nouvelle troupe en armes. Le théolamane Markus suivi d'une section de dramas. Ami ? ou ennemi ?

Comme par enchantement, Solyane apparut à son côté. Elle avait profité de la brève accalmie pour le rejoindre. Pourtant, il se passait quelque chose d'inexplicable. Le théolamane postait ses hommes de manière à encercler ceux de l'envoyé. Celui-ci, décontenancé, ne réagit pas immédiatement.

— Hal Weya, sehad Markus. Vous arrivez à temps pour me prêter main-forte. Cet homme et cette femme que nous pourchassons ne sont autres que Dorian et Solyane de Syrdahar. Vous savez ce que cela signifie.

— Messire envoyé, tonna le prêtre comme s'il n'avait rien entendu, au nom du Grand Initié Horius, je vous arrête, pour tentative d'assassinat sur les personnes du comte Arnaud de Gwondaleya et de sa sœur Isabelle.

— Vous ? Vous osez m'arrêter, sehad ? Vous semblez oublier qui je suis ! Avez-vous entendu ce que j'ai dit ?

— Je ne suis pas sourd, seigneur Khalamon ! Il entre dans mes attributions, en tant qu'amane suprême de cet empire, de vous arrêter et je le fais.

Stupéfaits, Dorian et Solyane ne bougeaient plus. Khalamon recula, imité par ses guerriers, afin de faire face à ce nouvel ennemi.

— Sehad, le Grand Initié Horius dont vous vous réclamez risque de ne pas tellement apprécier votre conduite. C'est lui-même qui a donné l'ordre de détruire les jumeaux de Syrdahar. Vous le savez ! Vous le savez ! Mais peut-être êtes-vous schismatique ?

— Remettez-moi vos armes, seigneur de Ross ! Cela évitera une effusion de sang inutile. Je me chargerai moi-même des jumeaux, s'ils sont vraiment ce que vous prétendez.

— Non, sehad, poursuivit Khalamon en reculant lentement. Je ne me suis pas trompé. Vous êtes schismatique. Nous n'ignorons pas que cette secte honnie survit dans la clandestinité, mais nous ignorions qu'elle avait atteint la prêtrise suprême. Je refuse de vous remettre mes armes.

— Ne soyez pas stupide, seigneur de Ross. Le Grand Initié vous a-t-il donné cet ordre lui-même ? Je sais que non ! Vous le tenez du Grand Initié Malkan !

— Sur l'ordre d'Horius !

— Écoutez, seigneur Khalamon, je vérifierai vos accusations et je garderai le comte de Gwondaleya à ma disposition. Mais je refuse de priver l'empire d'Ukralasia de l'un de ses plus brillants chevaliers sur une simple présomption. Rendez-moi vos armes ! Mes hommes disposent de gonns supérieurs aux vôtres. De plus, votre adversaire possède un pistolaser qui peut très bien nous tuer tous. Vos boucliers finiront par céder. Vous le savez.

L'envoyé hésita. Le prêtre disait vrai. De plus, avec sa dernière phrase, il s'était inscrit dans les ennemis possibles des jumeaux. Markus avait été nommé par Horius en personne. Il était peut-être schismatique, peut-être aussi avait-il reçu des informations différentes.

Non ! C'était impossible ! Son ordre de mission était clair : il fallait absolument détruire les jumeaux. La Phalange suprême, par la voix du Grand Initié Malkan, comme l'avait deviné Markus, n'avait laissé planer aucun doute là-dessus. Malkan était le plus proche collaborateur d'Horius, son alter ego. Il réfléchit rapidement : s'il avait affaire à un schismatique qui tentait de l'endormir, il était perdu. Par contre, s'il menait sa mission à bien, on ne pourrait jamais le lui reprocher.

Gagner du temps... Il disposait d'autres ressources que ses gonns.

— Ai-je l'assurance de votre parole, sehad ?

— Vous l'avez, seigneur de Ross !

Donner le change !

— Jetez vos armes, messieurs !

Ses dramas obéirent sans discuter. Puis l'envoyé fit un pas un arrière.

— Êtes-vous satisfait, sehad ?

L'amane acquiesça, puis se tourna vers Dorian et les siens.

— Seigneur Arnaud ! Vous pouvez vous montrer. Vous êtes désormais sous ma protection.

— Qui me le prouve, sehad ?

— Moi !

L'un des dramas s'avança et ôta le casque métallique qui dissimulait ses traits.

— Achil ?

— Oui, seigneur ! Vous ne risquez plus rien. Le théolamane ne croit pas à votre soi-disant origine.

— Si j'avais voulu vous arrêter, ou plus radicalement vous faire éliminer, renchérit le prêtre, j'en aurais eu plusieurs fois l'occasion depuis ces deux mois, seigneur Arnaud !

Dorian dut se rendre à la justesse de l'argument. Mais quel rôle jouait Achil dans tout ceci ? Il se releva, non sans épier l'envoyé, immobile comme une statue. Solyane l'imita, puis Elena, Orloff et Rudriko.

C'était le moment attendu par Khalamon de Ross. Ils étaient tous les cinq à découvert. Ils se croyaient à l'abri parce que les dramas de l'amane avaient récupéré leurs armes. Extirpant soudain un gonn miniature d'une cache située dans son dos, il tira plusieurs fois, hurlant à ses hommes l'ordre de mort :

« Shaddam fati mekhatou ! »

Le conditionnement psychologique joua à nouveau et les guerriers se ruèrent sur le petit groupe. Chacun d'eux restait, même sans arme, une redoutable machine à tuer.

Les dramas de Markus réagirent immédiatement et une salve nourrie cueillit les assaillants. Mais les boucliers les protégeaient. Dorian concentra le tir de son pistolaser. Il ne parvint qu'à atteindre un seul dramas qui résista, puis s'effondra, se liquéfia lentement avant de s'embraser.

Un corps à corps sauvage s'engagea. Les hommes de Markus intervinrent. Khalamon de Ross se tenait à l'écart de la mêlée indescriptible. Sa diversion avait réussi. Il prit le temps de viser posément. Même si le fauve pourchassé finissait par le tuer, il mourrait. Son instinct de chasseur avait repris le dessus. L'homme était le plus important. Il visa Dorian, aux prises avec un de ses guerriers, et tira.

Elena avait vu le danger. Elle fut aussi prompte que lui.

Lorsque le combat se termina, les dramas de Ross gisaient, morts ou agonisants, dans la boue. Le nombre et la supériorité des armes avaient parlé en faveur des hommes de Markus. Épuisés, abrutis, les vainqueurs reprirent leurs esprits.

Soudain, Dorian poussa un cri.

— Elena !

Solyane l'avait précédé, écartant fébrilement les vêtements où s'élargissaient deux ignobles taches rouges. L'une à la poitrine, l'autre à la hanche. En s'interposant entre Khalamon de Ross et Dorian, elle avait arrêté les balles qui devaient tuer ce dernier.

Comme dans un cauchemar, Dorian releva les yeux et aperçut l'envoyé qui s'était figé, tenant dans sa main un gonn vide de balles. Alors, dans un violent accès de haine, il concentra ses ondes mentales sur lui.

CHAPITRE XXXIV

« Elle s'est sacrifiée pour te garder de la balle meurtrière ! Pourquoi ? Pourquoi ? Tu avais cru pouvoir vaincre aussi le destin, puisque aucun ennemi ne pouvait te résister. Mais il s'est montré plus fort que toi. »

Sans prendre garde aux larmes qui brouillaient sa vue, il continuait à fixer le visage pâli, crispé par la douleur, de la jeune femme. Il avait vu trop de blessés sur les champs de bataille pour ne pas savoir ce que signifiaient la respiration irrégulière, le sang coulant des lèvres, les yeux troublés dont le regard s'accrochait désespérément à lui.

Elena !

— Mais pourquoi ? Pourquoi es-tu venue ?

— Tu étais en danger, articula-t-elle avec peine.

Il essuya doucement les larmes de sang qui coulaient de la bouche de la jeune femme.

Son épouse, sa compagne, la mère d'un enfant qui ne viendrait jamais au monde.

— Écartez-vous !

Markus bouscula vigoureusement tout le monde et se pencha sur Elena. Rien, pas la moindre émotion ne transparut sur son visage. Il installa une cape roulée en boule sous la tête de la blessée et l'examina rapidement. Elle sourit.

— Ne perdez pas votre temps, Sehad ! Je sais ce qui m'attend. Mais cela n'a aucune importance.

— Ne vous agitez pas. Vous avez perdu beaucoup de sang.

— Je ne ressens presque plus la douleur. Laissez-moi avec... le comte Arnaud.

Ils s'écartèrent.

— Non, Isabelle ! Reste aussi !

Solyane reprit sa place auprès d'elle.

Dorian saisit délicatement la main de la jeune femme.

— Elena, pourquoi as-tu fait cela ? C'était de la folie !

— Non, ce n'était pas de la folie !

Ils durent se pencher pour entendre ce qu'elle disait.

— Je savais ce que je risquais en venant, mais je ne pouvais vivre en connaissant le danger qui planait sur toi !

Elle prit une profonde inspiration qui menaça de s'achever en toux rauque.

— Ne pleure pas sur moi ! J'ai été heureuse. Mon seul regret sera de n'avoir pu te donner cet enfant que je porte. Sans doute cela vaut-il mieux...

— Elena ! Pourquoi dis-tu cela ?

— Je connais la vérité, Dorian. Je ne sais pour quelle raison ce Khalamon de Ross vous considérait comme des monstres, mais je veux que tu saches que je m'estime honorée d'avoir pu partager ton lit. Tu es un vrai chevalier. Le plus grand qui soit. Parce que tu n'as pas oublié que tu étais aussi un homme qui sait pleurer un compagnon abattu, qui sait protéger les siens, au risque de sa propre vie... La légende dit la vérité. Achil me l'a contée et ce vieil artisan du Loukat. Solyane et toi, vous êtes les réincarnations de Darios et de Lyanéa. Vous n'êtes pas frère et sœur. On a détourné le cours de la légende. Vous êtes destinés l'un à l'autre.

— Elena, Solyane est ma sœur. La même mère nous a portés.

— Je le sais. Mais il y a une explication. Il y en a une.

Son élocution se détériorait peu à peu. Une fine sueur perlait sur son visage, due à la douleur. Pourtant, elle ne gémissait pas.

— N'aie pas trop de chagrin, Dorian. Je n'ai pas peur. Je sais ce qui m'attend. Il me faut abandonner ce corps, puisqu'il va mourir.

Les mêmes paroles que sa mère... Elle serra convulsivement la main du jeune homme.

— Mais vous, ne vous séparez plus. Plus jamais. Rien... rien jamais ne prévaudra contre vous...

Dorian sentait presque physiquement la vie qui fuyait irrésistiblement. Sa volonté tendue à l'extrême aurait voulu arrêter le sang, retarder, faire reculer la mort. C'était sans espoir.

Il caressa la joue blanchie, essuya la bouche qu'il réchauffa d'un baiser plein de tendresse.

Elena ne poussa qu'un cri, léger, terrible, celui d'un animal blessé, traqué, qui cède d'un coup à la mort.

Dorian n'avait pu se résoudre à se séparer d'elle. Il était en elle, la suivit dans l'inconscient vers ce néant étrange où elle se diluait lentement.

Avec elle, il refit ce voyage fantastique qu'il avait connu au cours de l'eschola, ce voyage vers nulle part.

Une nouvelle fois il découvrit cet univers hallucinant où passaient ces... présences, ces esprits inaccessibles. Il aurait voulu la suivre lorsqu'elle se détacha de lui pour les rejoindre, au-delà de tout, vers la plénitude absolue. Lui, misérable ver condamné à ramper hors de toute compréhension, tiraillé en arrière vers une réalité dont il ne voulait plus, parce qu'elle lui arracherait les souvenirs de ce lieu fantastique, hors du temps et de l'espace. Une force familière le retint, le rejeta en arrière, en hurlant.

— NON ! Dorian ! Non !

Une force affolée qui prenait ses racines dans l'esprit de sa sœur.

Il rouvrit les yeux.

— Que s'est-il passé ? Où sommes-nous ?

Autour de lui, il reconnut Markus, Orloff, Rudriko, Achil et quatre de ses propres guerriers en tenue dramas : Alain, Castor, Erik, Youri. D'autres visages angoissés. Des corps mutilés, les entrailles ouvertes. Plus loin, le cadavre méconnaissable d'un ennemi, un ennemi qu'il venait de tuer par ondes mentales. Son nom lui revint : Khalamon de Ross.

Solyane lui prit la main.

— Tu avais pénétré trop profondément l'esprit d'Elena. Elle a failli t'emporter avec elle. Tu aurais pu y laisser ta vie, ou ta raison.

— Je l'ai accompagnée...

Enfin, il comprit. Le corps de sa femme était là, inerte à présent, inutile. Une douleur fulgurante lui barra la poitrine. Une boule de nerfs lui tordit la gorge. Il se retint d'éclater. Jamais il ne céderait au chagrin devant... ceux qui se trouvaient là. Amis ou ennemis ? Il ne savait plus.

Markus lui prit doucement le bras.

— Nous avons commis une erreur, seigneur Dorian. Khalamon de Ross était un joueur. Nous aurions dû nous douter qu'il conserverait un atout en réserve.

— Vous ne pouviez deviner la haine qu'il éprouvait pour moi.

— Détrompez-vous ! Il ne s'agissait pas d'une haine véritable. Il était conditionné.

— Conditionné ?

— Par ceux qui veulent votre perte, seigneur Dorian.

Il réagit soudain.

— Vous-même, pourquoi m'appelez-vous Dorian ?

— Parce que je sais que vous êtes Dorian de Syrdahar.

Il ne releva pas. Finalement, cela n'avait plus guère d'importance.

Il contempla le visage d'Elena, à présent détendu. Un sentiment de dégoût absolu le prit en songeant à l'injustice du sort. Lentement, il ferma les yeux qui désormais ne voyaient plus. Les autres se reculèrent, bouleversés. Le jeune homme déposa un dernier baiser sur la bouche que toute vie avait quittée, se redressa, et vint enfouir son visage dans le cou de sa sœur. Solyane referma ses bras sur lui dans un geste plein de douceur maternelle.

— Je suis profondément désolé. seigneur Dorian. J'aurais souhaité éviter...

— Ne vous accusez pas, sehad ! Sans vous, nous serions peut-être tous morts. Ce pistolaser ne me rendait pas invulnérable.

Ils s'étaient éloignés du lieu des combats. Tandis que les guerriers s'occupaient des corps, Dorian et l'amane s'étaient retrouvés.

— Je vous dois des explications, seigneur Dorian. Khamon de Ross ne s'était pas trompé. Je suis bien un "schismatique".

Qui lui avait parlé d'un schisme au sein de la religion ? Achil ?

— Nous ne sommes pas vos ennemis. Au contraire, c'est nous qui vous avons créés.

Dorian ne répondit pas immédiatement.

— Je ne sais pas si je dois vous en remercier. Écoutez. J'ignore tout de cette histoire de réincarnation. Mais je voudrais qu'elle cesse. Elle a coûté la vie à trop de personnes. Cette fois encore, elle vient de m'arracher ma femme. Je veux savoir la vérité.

L'amane hésita.

— Je suis prêt à vous fournir toutes les explications que vous voudrez, mais je souhaiterais le faire dans un endroit plus calme. Voici ce que je vous propose : une fois de plus, vous venez d'échapper à une tentative d'assassinat. Je pense qu'il serait bon que vos ennemis croient à votre mort. Au moins à votre disparition. Il n'y a ici que des hommes sûrs. À vous, et à moi. Laissons accréditer que vous avez été dévorés par les voranes et que l'envoyé a trouvé la mort en tentant de vous sauver. Je possède un petit domaine, non loin du port d'Ysthia, de l'autre côté des monts valates. Mes hommes vous y conduiront. Quant à moi, je vais retourner à Valatia et annoncer votre mort.

Il ajouta, plus bas :

— Je prendrai également soin de votre épouse, seigneur Dorian. Laissez-moi quelque temps et je vous rejoindrai.

— Et les miens, sehad ? Que deviendront-ils ?

— Ne vous faites pas de soucis pour eux. Ils seront avertis en temps utile. N'oubliez jamais que je suis votre allié. Vos vies me sont plus précieuses que la mienne propre.

— J'aimerais beaucoup savoir pourquoi !

— Pourquoi ?

Markus sourit à demi.

— Parce que l'avenir de ce monde repose entre vos mains, seigneur Dorian.

Le cœur serré, le jeune homme jeta un dernier regard à la colonne qui reprenait la direction de Valatia. Elle emportait le corps d'Elena. Il dut s'appuyer sur l'épaule de sa sœur.

— Pardonne-moi, petite sœur ! Je n'aurais jamais cru que

je m'attacherais autant à elle. Je ne peux pas croire que je ne la reverrai plus. Tu ne peux pas savoir...

— Je sais.

Bien sûr, elle savait. Elle vivait ses émotions aussi intensément que lui. Elle était en lui, souffrait ses propres souffrances. Une larme roula sur la joue de la jeune femme. Dorian lui prit le bras et l'entraîna vers un petit groupe de dramas, parmi lesquels se trouvaient Orloff et Rudriko.

Le chef, Ferunn, ouvrit la marche, et la troupe s'enfonça au cœur des marais.

Nichée au creux d'une baie d'origine probablement volcanique, ceinturée d'une haute muraille prolongeant les contreforts des Valates, Ysthia abritait un petit port de pêche. De part et d'autre s'étendaient d'immenses places qui contournaient les falaises avancées à l'est et à l'ouest. En été, les riches Valatiens s'y rendaient pour fuir la foule.

Plusieurs demeures cossues s'élevaient sur les flancs des collines méridionales. Mais pour lors, elles étaient closes.

Peu de monde déambulait dans les rues. Les marins étaient en mer. Seuls quelques vieux les regardèrent passer avec curiosité. Ils se gardèrent bien de les aborder. Les uniformes dramas n'étaient jamais accueillis sans anxiété.

Des chiens errants s'enfuirent devant les sabots des chevaux. Dorian regretta Aram. Il lui manquait le contact subtil et rassurant du lionorse. Une présence solide, fidèle, maintenant remplacée par le néant.

Dans le port se balançaient deux navires de moyen tonnage qui assuraient la liaison entre Ysthia et les autres ports du lac du Lion.

Solyane s'immobilisa et regarda longuement la mer dont l'horizon se perdait dans les brumes vespérales. Dorian l'observa et se mêla à elle. Elle percevait quelque chose qu'il ne comprenait pas encore. Une idée non parfaitement formulée, qui s'épanouit tout à coup.

« Vik est sur la route de ce lac. Au-delà, l'Europannia... et Cybernia. »

« Crois-tu que Pamane veuille nous envoyer là-bas ? »

« Là-bas se trouve la réponse à toutes nos questions ! Mais est-il nécessaire de chercher à comprendre ? Ils ont voulu que nous soyons les réincarnations de Darios et de Lyanéa. Cela a échoué. Nous sommes différents. Nous ne sommes pas... ce qu'ils ont voulu créer. »

Il passa un bras protecteur autour de ses épaules. « Ne crains rien, petite sœur. Jamais plus personne ne tiendra les rênes de nos destins. Nous resterons maîtres de nos vies. Il faut cependant démasquer nos ennemis afin de parer à leurs attaques futures. Nous ne pouvons continuer à vivre avec cette menace au-dessus de nos têtes. »

Il sentait mentalement l'angoisse diffuse qui sourdait de l'esprit de la jeune femme. Il aurait voulu la protéger, la faire sienne, qu'elle entre en lui, en son corps comme en une cuirasse pour la garantir des attaques sournoises de l'extérieur.

Mais les corps ne pouvaient réaliser ce dont les esprits étaient capables. Une bouffée de tendresse qui se voulait réconfortante coula vers elle, courut en ondes chaleureuses sous la peau de Solyane.

La demeure se situait au nord de la cité, à mi-chemin entre le plateau et la mer, sur une pente douce menant au sommet de la falaise.

Bâtie en solides pierres basaltiques, elle s'intégrait parfaitement au décor volcanique, au sol gris et luisant que la terre arable ne parvenait pas à recouvrir complètement. De profondes déchirures apparaissaient plus haut, luisant d'une couleur argentée que le couchant faisait briller. Des chênes et des épineux rabougris grimpaient à l'assaut des pentes, dominant une végétation d'herbes rases. Entre la demeure et la plage s'étendait une belle zone ouvragée, entretenue, dont l'ordonnancement trahissait la logique rigoureuse des amanes.

Nulle exubérance dans les couleurs des fleurs, mais une grande sobriété, des arbres longilignes, des allées bien droites, un ensemble dépourvu de chaleur, de ce grain de folie propre à la vie intense. Un jardin d'amane.

La maison ne comportait que trois pièces. Une grande salle suivait le hall destiné à accueillir quelques rares privilégiés. Dans un renfoncement, et séparé par une cloison de pierre à mi-hauteur, se trouvait un coin cuisine. Une deuxième pièce, plus petite, servait de bureau. La troisième n'était autre que la chambre de l'amane, orientée selon la tradition vers le soleil levant.

Elle était dépourvue de tout symbole, de tout objet, de tout ornement. La religion refusait et combattait le fétichisme. L'esprit se devait d'être en communication directe avec les essences supérieures. Le besoin d'un support matériel était une preuve de faiblesse. Pourtant, les amanes ne négligeaient pas le pouvoir de ralliement et de fixation d'un symbole objet. Les étendards, les drapeaux en étaient un exemple frappant. Ils mettaient en évidence la fragilité de l'esprit humain. Aussi le refusaient-ils pour eux.

L'ameublement, réduit au minimum, revêtait un caractère austère. Mais la pauvreté n'était qu'apparente. Chacun des meubles était ouvragé avec finesse, taillé dans les bois les plus nobles. Les murs du bureau étaient recouverts d'une bibliothèque immense, des étagères chargées d'une quantité impressionnante d'ouvrages. Dorian adorait les livres.

« Par eux on peut connaître, faire revivre l'âme de leur auteur. Ils sont le témoignage d'un monde vu par les yeux d'un autre, le véhicule de sa pensée », disait-il.

Il avait dévoré pratiquement tous ceux de la bibliothèque de Gwondaleya.

Mais il était d'usage de ne pas violer le secret d'une demeure et ces livres faisaient partie de l'intimité de Markus. Il n'y toucherait que sur l'invitation de ce dernier.

Lorsqu'il revint dans la grande salle, Ferunn avait allumé

un feu vit dans la cheminée. Une odeur agréable de bois brûlé emplissait l'atmosphère. Le dramas l'accueillit avec un sourire.

— Je vais vous préparer un bain, seigneur. Il y a une étuve juste derrière la chambre.

— Où sont Orloff et Rudriko ?

— Partis en ville pour acheter de la nourriture, seigneur. Je vais vous confectionner le repas de ce soir. La cuisine est mon passe-temps favori. Ensuite, vous vous reposerez. Vous en avez besoin.

L'homme avait raison. Solyane et lui étaient épuisés. La nuit passée au creux des branches de l'arbre pieuvre leur laissait de douloureux souvenirs.

Lorsque le bain fut prêt, Dorian parvint à extraire Solyane du fauteuil où elle s'obstinait à rester prostrée, serrée frileusement dans une couverture et l'entraîna vers l'étuve. Elle avait de nouveau fermé son esprit et il craignit une rechute. Après la tension du combat, le choc des pensées intenses et partagées, le bouleversement vécu, elle s'était recroquevillée sur elle-même. Ainsi s'était-elle défendue lors de la traversée des Terres Bleues, après la destruction de Syrdahar.

Usant de douceur, il la déshabilla et la fit entrer dans l'eau chaude. La boue et les relents nauséabonds n'étaient certainement pas étrangers à son état. Mais il y avait autre chose. Il le sentit lorsque peu à peu elle s'ouvrit à lui. À travers lui, elle avait découvert qu'elle aussi s'était attachée à Elena.

Sa sensibilité retrouvée lui faisait mesurer l'étendue de la perte qu'avait subie son frère. Elle avait compris qu'elle venait de perdre en la personne de la petite princesse de Shalbatena la sœur qu'elle n'avait jamais eue, et qu'elle avait reconnue trop tard.

Dorian, par un effort violent de volonté, masqua sa douleur. Peu à peu, sous les caresses des mains légères de son frère, Solyane se détendit. Il avait retrouvé les gestes d'autrefois, lorsque, enfants, ils prenaient leur bain ensemble. Massant lentement le corps de la jeune femme, ainsi que le lui avait appris leur mère, il canalisait et annihilait les mauvaises combinaisons nerveuses. Solyane ferma les yeux et se laissa aller. Des images oubliées remontèrent des profondeurs de son esprit, lorsque Syrdahar représentait pour eux le seul monde habité, lorsque les ombres gigantesques et familières de leurs parents les protégeaient. Elle murmura d'une voix presque inaudible :

— Continue !

Il n'éprouvait pas de désir, comme il l'avait craint. Même aux endroits les plus secrets, la peau souple et satinée sous ses doigts ne lui apportait qu'une tendresse dont il était affamé. Un retour à la petite enfance, loin des principes et des interdits de l'âge adulte.

Ils léchaient mutuellement leurs blessures, comme deux fauves fatigués ayant livré un terrible combat, dans lequel ils avaient laissé une partie d'eux-mêmes. Ils s'étaient retrouvés et puisaient l'un en l'autre la force nécessaire pour relever la tête. Lorsque Solyane consentit à sortir du bain, il l'enveloppa dans une épaisse serviette prise dans les réserves du prêtre, puis la remplaça dans la baignoire de pierre.

CHAPITRE XXXV

— Il n'y a aucun doute possible. Il s'agit bien de Dorian et de Solyane de Syrdahar. Je confirme l'hypothèse de Victor Lambert.

— ...

— Oui, c'est un miracle qu'ils aient pu échapper à Phaeranius, puis à Vaetius. À présent, pour ceux de Valatia, ils sont morts. Cela nous permettra de gagner du temps. Je n'ai pas eu l'occasion de leur parler. Pour l'instant, ils sont en sécurité dans ma demeure d'Ysthia. Ils semblent tout ignorer de ce qu'ils sont, même s'ils s'en doutent.

— ...

— Je ne sais pas s'ils accepteront ! Après tout, ils n'ont aucune raison de me faire confiance.

— ...

— Je sais ce qu'ils représentent, mais je préférerais...

— ...

— Je ne suis pas sûr que ce soit la meilleure solution, j'agirai cependant selon les ordres.

— ...

— J'ai fait reprendre les clés par Victor Lambert. Oui, deux bagues en forme de pyramides inversées.

— ...

— Je ferai le maximum. Je rappelle dans deux jours, même heure.

Markus reposa l'appareil, et resta songeur. Puis il rabattit le panneau mobile de la bibliothèque du temple. Quelques livres et divers objets achevèrent de dissimuler la cachette. Une rapide concentration étouffa les sentiments personnels qui l'agitaient. Si tout allait bien, Darios et Lyanéa renaîtraient bientôt de leurs cendres. Et avec eux, le monde.

À Valatia, la nouvelle des disparitions d'Arnaud de Gwondaleya et de sa sœur avait fait l'effet d'une bombe.

La mort de la petite comtesse avait bouleversé la cour, peu habituée à des affaires de ce genre. Les hypothèses les plus extravagantes circulaient. On soupçonnait l'amane de ne pas dire toute la vérité. Les chevaliers valatiens se souvenaient de l'hostilité d'Elena envers Khalamon de Ross.

L'émotion douloureuse des Gwondaleyens servait les plans de Markus. Personne ne doutait du chagrin montré par les chevaliers, des pleurs des guerriers soudain privés d'un chef qu'ils vénéraient à l'égal d'un dieu. Beaucoup d'entre eux refusaient purement et simplement de croire à leur mort, à celle de la déesse sœur, la petite fée aux pieds nus. Elle ne pouvait pas mourir. Ses pouvoirs étranges avaient dû la protéger. On les disait emportés par les voranes, mais on disait sous le manteau que personne n'avait vu les corps.

Les flammes du bûcher inondaient la nuit valate. De l'immense foule rassemblée montait une mélopée lourde et lancinante, l'adieu rituel.

Une douleur inexprimable serrait le cœur des Gwondaleyens. Nul n'ignorait qu'un jour viendrait où son propre corps reposerait à la place de celui d'Elena. Mais elle, ce n'était pas possible. Comment les dieux avaient-ils pu permettre la disparition d'un être si jeune, plein de vie et d'espoir ?

Dracchus, essuyant une larme d'un revers de manche, repensa aux paroles du roi M'Monsôl : « Ce ne sont pas des dieux qui nous gouvernent, mais le hasard ! Le hasard aveugle ! » Y avait-il une justice là-dedans ? D'ailleurs, pourquoi vouloir à tout prix que les dieux fussent justes ? S'ils existaient !

C'était bien une présomption humaine que de parer les dieux d'un esprit de justice qu'ils ignoraient certainement. Dans ces conditions alors à qui se fier ?

Il détourna les yeux du catafalque blanc que les flammes enveloppaient comme amoureusement. Le redoutable Dracchus éprouva soudain l'idée de sa propre insignifiance, une sensation effroyable, un vertige incommensurable. Comme s'il avait ouvert une porte sur le néant. Il chercha des yeux, dans un moment de panique, son ami, son compagnon, son seigneur. Lui aurait su trouver les mots rassurants, apporter la chaleur de sa force spirituelle.

Mais Arnaud n'était plus là.

Désemparés, les Gwondaleyens n'avaient pu se résoudre à se séparer après le rituel funèbre. Malgré les présences féminines d'Alvina et de Vaïna, ils avaient perdu leur « petite comtesse ». Tous, ils se sentaient un peu veufs. Ils se retrouvèrent dans la grande salle de l'aile du palais que l'empereur Tarxès avait mise à leur disposition. Un silence lourd planait, que personne ne se décidait à rompre.

Enfin, Leïro parla :

— Cette histoire n'est pas claire. Personne n'a vu les corps !

Depuis trois jours déjà, on avait pris acte de la disparition d'Arnaud. On s'était habitué à ne plus le voir. On avait parlé du bout des lèvres d'une succession nécessaire. Ni Odios ni Sylvain n'avaient eu le cœur de présenter leur candidature. La petite armée fonctionnait sans chef véritable.

— Leïro a raison, déclara Sylvain. Cette affaire est trouble. On veut nous faire croire que les corps ont été emportés par les voranes. C'est difficilement concevable pour des êtres doués de pouvoirs surnaturels comme Arnaud et Isabelle. Souvenez-vous des Aboyeurs de Lune, cette tornade surgie de nulle part. Souvenez-vous de Bahiskra ! D'Al Tyrbaagd ! Moi, je me souviens. Un jour, en Ismalasie, Arnaud a dominé une dorière. Il l'a immobilisée par la force spirituelle. Et on nous raconte que deux voranes auraient réussi à venir à bout de lui.

— Ils étaient peut-être déjà morts, répliqua Dracchus sans trop de conviction, tués par Khalamon de Ross.

— Mort lui aussi, grinça Odios. Cet individu ne m'a jamais inspiré confiance.

Leïro intervint.

— Pour moi, l'amane n'aurait pas agi différemment s'il avait voulu s'assurer d'eux. En les enlevant, pourquoi pas ?

— Markus aurait eu cent fois l'occasion de les enlever ou de les faire supprimer depuis deux mois que nous sommes ici, rétorqua Sylvain.

Sheratt, un frère d'eschola, prit soudain la parole.

— L'amane Markus n'est peut-être pas en cause, fit-il remarquer, mais Arnaud et Isabelle ne sont pas les seuls à avoir disparu.

On se rapprocha de lui.

— Où sont passés Achil le conteur, Rudriko et Orloff,

les plus fidèles compagnons d'Arnaud ? Il manque également quatre gardes personnels : Castor, Erik, Alain et Youri. Ont-ils eux aussi été emportés par les voranes ?

— Par tous les dieux... murmura Dracchus.

— Il y a encore autre chose, ajouta Sheratt. Je m'occupe personnellement d'Aram. Depuis trois jours, il n'a pas varié ses habitudes. Il conserve le même appétit. Il se montre parfois nerveux et appelle son maître. Il n'agit certainement pas comme un lionorse dont le chevalier vient de mourir. Vous savez combien ils sont sensibles à ce qui peut nous arriver.

Un espoir fou naquit en chacun. On avait encore en mémoire la terrible agonie d'Albaran qui s'était laissé mourir de faim après la mort de Czarthoz. Une vague de conversations s'empara de la salle, le ton monta, s'enthousiasma.

Dracchus prit la parole.

— Écoutez-moi tous ! Je soupçonne là-dessous une machination des amanes. Malheureusement, nous ne pouvons agir directement contre eux. Aussi, je propose de laisser ici, à Valatia, quelques-uns de nos guerriers, afin de prêter main-forte à Arnaud et Isabelle au cas où ils reviendraient. Quant à nous, nous allons fouiller le pays dans toutes les directions, par petits groupes, sous prétexte de chasses, de visites ou autres. S'ils sont encore vivants, nous finirons par découvrir un indice.

Après la demeure de Markus, la falaise volcanique s'avançait en un éperon rocheux fermant la baie d'Ysthia. On ignorait plus ou moins ce qu'il y avait au-delà. La grève se resserrait tant que deux chevaux ne pouvaient y passer de front. Plus loin s'étendait le royaume des divinités de la mer du Lion. Une immensité désertique, une plage interminable prise au piège entre une lande désolée et balayée par les vents et les vagues remâchant sans cesse les mêmes galets noirs. Aussi loin que les yeux voyaient, le sable gris sale menait vers l'infini, vers les brumes de l'horizon, exhalées par le Sirigath encore proche. Le ciel bas et uniforme promettait un soleil qui pourtant ne se montrait jamais.

Les deux chevaux empruntés aux guerriers erraient sans but, parfois pataugeant dans l'eau boueuse et salée, parfois grimpant vers les dunes de sable et de rocaille, couvertes d'une végétation courbée par la houle. Malgré sa docilité, le cheval de Dorian ne remplaçait pas Aram. Le lionorse faisait corps avec lui, lui obéissait instantanément parce qu'il allait chercher les intentions de son maître à fleur de son esprit. Les griffes puissantes du fauve prolongeaient les mains de Dorian. Il mordait avec les crocs de l'animal et le grand corps palpitait en lui lors des galops éperdus, des courses folles au vent des combats et des chasses : centaure, mi-homme, mi-animal, réuni en une communion parfaite et exaltante qu'il ne retrouvait pas chez le cheval ; désespérément étranger, il n'écoutait que les injonctions du ton ou de la bride. Pour lors injonctions faibles, sans but, pensées errantes que l'animal ne pouvait comprendre. Aram aurait su recevoir cette peine qui rongeait son maître, apporter en écho la chaleur rassurante de sa présence.

Mais rien, sinon le vide creusé par l'absence ; vide d'autant plus infernal qu'il tentait de fermer son esprit à Solyane chevauchant non loin de lui. Ils n'avaient pas échangé un mot depuis leur départ. Pressentiment ?

Sans se l'avouer, il n'avait pas voulu croire à la mort d'Elena, même après avoir recueilli son dernier souffle dans ses bras. Markus avait emporté le corps. Les amanes étaient capables de prodiges. Contre toute logique, il avait espéré, follement. Ils attendaient à présent depuis trois jours que le prêtre les rejoigne. Le matin même, un envoyé de Markus avait réduit à néant cet espoir insensé.

— Seigneur, mon maître m'a chargé de vous dire que votre épouse a été brûlée suivant le rituel de la religion. Ses cendres ont été ensuite dispersées par les vents, libérant son âme. Notre maître m'a confié toute la compassion qu'il éprouve pour vous. Il m'a chargé également de vous faire savoir qu'il vous rendrait visite dès ce soir.

Un bref sanglot secoua Dorian. En filigrane sur le ciel maussade apparaissait le visage d'une fille adorable à la longue chevelure brune, aux yeux verts, au front encombré de mèches folles. Un sourire un peu triste, obsédant. Un sentiment étouffant d'impuissance totale.

Il croyait encore sentir la douceur tiède de sa peau sous ses doigts, la chaleur et la souplesse de son corps, fermement blotti contre le sien, contre son torse, contre ses cuisses. Un corps gonflé de sève, un rire clair, un regard noyé d'amour.

Tant il est vrai que les hommes adorent être aimés. Les yeux d'Elena étaient un havre solide, une cuirasse contre le doute.

Des cendres ! Des cendres dispersées par le vent ! Il aurait voulu crier, hurler à s'en faire éclater les poumons, à s'en déchirer la gorge. Mais il étouffait le chagrin brûlant qui bouillait en lui. À cause d'elle, sa sœur, sa compagne, qu'il repoussait presque violemment hors de lui.

Il ne pourrait tenir longtemps. Il le savait. Il faudrait qu'il éclate, qu'il explose, qu'il dégorge cette douleur, ce poison qui le rongeait.

Un poison violent qui avait rouvert ses plaies, mis son âme à nu et ramené à la surface l'infamante envie de l'inceste. Désir fulgurant dont il ne pouvait chasser l'idée, pas même en ce moment.

— Nous sommes maudits ! *Maudits !*

Un vigoureux coup de talon fit bondir le cheval qui se mit à galoper vers l'infini, vers les brumes fantomatiques de l'horizon, vers le néant. Mais jamais, même emballé, l'animal n'atteindrait les vitesses enivrantes du lionorse. Le vent ne lui arrachait pas la peau, comme Dorian l'aurait souhaité. Il obliqua vers la mer, se livra aux gerbes d'écume soulevées par les sabots du cheval, comme pour s'y diluer. Le mal s'incrustait en lui. Abandonnant la grève, il remonta vers les dunes, acheva d'épuiser sa monture qui finit par s'abattre, le projetant rudement sur le sol de gravier et de rocaille. Il ne sentit pas sa peau s'érafler, s'ouvrir. Le choc lui avait fait du bien. La douleur physique ébranla le feu qui hurlait en lui. Il ne prit même pas la peine d'éponger les gouttes de sang qui suintaient de ses bras et de ses cuisses.

Ce fut alors qu'il la vit. Elle avait mis pied à terre à son tour. Elle courait vers lui, le visage inquiet, les vêtements griffés par la houle, la chevelure défaite. Belle ! Belle comme une déesse !

— Va-t'en, hurla-t-il. Va-t'en ! Ne t'approche pas !

— Dorian !

Étrange pulsion qui le poussait à la frapper, à la tuer peut-être, mais aussi à la serrer contre lui, à se noyer en elle.

— Dorian !

— Va-t'en ! Ne me touche pas !

Elle s'arrêta à deux pas de lui.

Non, ce n'était pas de la folie. Une partie de lui-même avait cédé à la trop forte pression de la douleur. Il savait d'autre part qu'elle ne devrait pas s'approcher trop près de lui, parce que l'envie qu'il avait d'elle prendrait alors le dessus.

Elle le savait aussi. Et pourtant, elle continuait d'avancer, doucement à présent, comme on s'approche d'un fauve pour l'apprivoiser. Elle tremblait, mais elle tendait la main vers lui.

Tout à coup, ils tombèrent dans les bras l'un de l'autre.

— Solyane ! Solyane ! C'est moi qui l'ai tuée. C'est moi ! Pourquoi suis-je allé l'arracher aux siens ? Pourquoi l'ai-je entraînée dans cette aventure ?

— Tais-toi ! Tu n'y es pour rien, petit frère !

Tendrement, elle lui prit la main et l'amena à l'abri des vents, au creux d'une dune où le sable avait remplacé la rocaille.

— C'est moi qui l'ai tuée !

Elle ne répondit pas. Les réponses naissaient en elle, en écho.

« Elle t'aimait. Elle a été heureuse. Comme elle a voulu donner sa vie pour toi, pour nous ! »

— Tu ne peux pas savoir quelle épouse adorable elle a été !

Elle le savait. Elle le ressentait, le vivait en lui, avec lui. Comme en lui, elle s'imprégnait lentement de toute la peine qui l'habitait.

Soudain, elle éclata en sanglots et se blottit contre lui. Elle aurait voulu ne pas céder, mais c'était trop tard, trop tard. C'était un torrent intarissable, toutes les contraintes, toutes les souffrances vécues depuis leur séparation coulaient en elle, hors d'elle, vers l'extérieur, se libéraient au vent de la dune.

— Dorian ! Dorian ! Je t'aime ! Je t'aime...

La sorcière se trompait-elle lorsqu'elle disait : « Vous n'étiez pas frère et sœur avant votre première mort » ?

— Solyane, pardonne-moi !

« Vous ne devrez jamais plus vous séparer ! Vous êtes destinés l'un à l'autre ! Rien ne prévaudra contre vous !... »

Elena ! Elena avait dit cela avant...

C'était comme s'il entendait sa voix, comme un murmure mêlé aux hurlements des vents. Elle s'était sacrifiée... pour leur permettre de s'unir.

Indifférent à la houle qui redoublait soudain de violence, il enveloppa Solyane dans sa cape, la souleva et l'emporta vers un lit de lichen caché derrière un rocher. La voie maudite ! Elle rampait sournoisement vers eux, les enchaînait l'un à l'autre.

Déjà, il sentait que son corps ne lui obéissait plus, que ses mains tremblaient sans qu'il pût les contrôler.

« Vous portez en vous le germe de votre propre destruction. Seule la voie maudite vous garantira de l'anéantissement. »

Doucement, avec précaution, il coucha Solyane sur le sol et s'allongea à ses côtés.

Il avait un moment souhaité la mort. Il avait failli diriger le cheval vers les flots. Ce n'était pas seulement à cause de la disparition d'Elena, mais aussi par peur de se retrouver une nouvelle fois face à face avec elle...

— Solyane...

Elle sourit à travers ses larmes.

— Tu vois, dit-elle doucement, toute notre vie est là. Toujours nous essayons de fuir. De nous fuir. Mais le destin nous ramène l'un vers l'autre.

— Solyane...

— Nous ne sommes pas maudits, petit frère ! Est-ce nous qui sommes responsables, ou ceux qui nous ont réincarnés dans les corps d'un frère et d'une sœur ?

Elle posa une main timide sur le visage penché au-dessus d'elle.

— Nous ne sommes pas maudits, Dorian.

Leurs lèvres se joignirent, un vertige les prit, les entraîna dans un tourbillon infernal.

Solyane soupira lorsqu'ils se séparèrent. Dorian observa longuement le visage dont les yeux, ces yeux qu'il avait cru perdus à jamais, fixaient un point qu'il ne pouvait voir. Un lieu perdu, au-delà de lui-même, des nuages, qu'il percevait à travers elle. Le point des rêves envolés, le souffle de la mélancolie. Le point de non-retour.

Il eut à peine conscience des ondes de tendresse qu'il fit courir sur le corps de sa sœur, caresses douces et tièdes, qui ignoraient les vêtements, fines, subtiles, coulant le long de la peau, se nichant au creux d'une zone sensible, secrète, émouvante.

Solyane ferma les yeux, s'étira sous les attouchements légers. Elle se serra contre lui. Elle ne voulait plus lutter. Depuis toujours elle avait rêvé de ce moment. Depuis toujours elle lui appartenait. Les caresses innocentes de leur enfance, leur complicité intime, cette faculté extraordinaire de mêler leurs esprits avaient été déjà autant d'actes d'amour. Les corps y participaient par leur trouble inassouvissement et cette envie équivoque de se fondre l'un en l'autre. Elle gémit, cambra les reins sous les ondes délicieuses, comme elle but avidement toute la tendresse qui coulait de lui vers elle et à laquelle elle répondit.

Rien n'existait plus que leurs corps qui se cherchaient, que leurs lèvres qui murmuraient des mots sans suite, supports insignifiants de la fièvre qui régnait au cœur de leurs esprits intimement mêlés. Les vêtements glissèrent, échouèrent sur le sable et le lichen, révélant deux statues de chair vive qui s'aimaient. Comme seuls peuvent s'aimer les dieux.

Insensible à la morsure des vents, elle réagit aux caresses. Elle connaissait les zones cachées et sensibles mieux que quiconque et peut-être mieux que lui-même, pour les avoir devinées lorsqu'ils étaient enfants. Chaque muscle, chaque nerf vibrait en harmonie dans cette symphonie fantastique qui les unissait, créant des vagues de plaisir double, reçues en soi et au travers de l'autre, par l'autre, par lui en elle, et elle autour de lui, chacun vivant l'écho de son propre orgasme en l'autre, un éblouissement créé, donné et reçu.

L'univers explosa en elle, et lui autour d'elle, ayant oublié qui ils étaient, où elle commençait, corps et esprits mêlés, tous deux noyés dans un étrange délire narcissique.

Ils n'éprouvaient plus le temps, ni le vent, plus rien qu'une immense vague de plaisir qui ne voulait plus s'éteindre, un sentiment délicieux d'accomplissement, de plénitude.

Bien plus tard, lorsque les cris des cormorans recommencèrent d'exister, ponctuant le grondement incessant des flots, Solyane sourit dans le demi-sommeil qui avait suivi leur union. Les corps avaient retrouvé le calme, mais les esprits ne s'étaient pas séparés, mêlant comme les vagues leurs pensées éblouies, vagabondes, rejetant au loin toute culpabilité, tout remords, toute honte.

Alors, la lumière se mit à sourire à son tour et un soleil radieux dissipa les brumes dont les écharpes lumineuses allèrent s'éventrer sur l'éperon rocheux, là-bas, vers Ysthia.

Solyane se dressa soudain et incita Dorian à se lever.

— Viens !

Puis, nue comme au premier jour du monde, elle l'entraîna vers les chevaux qui attendaient patiemment et grimpa d'un bond sur le sien. Il l'imita et, comme autrefois à Syrdahar, ils entamèrent un long galop vers nulle part, vers le vent attiédi qui glissait sur leurs corps, une course folle qui s'acheva au creux des vagues, au milieu des gerbes salées.

Nouvelle Néréide, elle plongea vers le large, jouant à lui échapper, pour se laisser enfin capturer pour un long baiser.

De retour sur le sable que la chaleur nouvelle faisait briller, elle s'allongea et dit :

— Nous avons franchi la voie maudite, petit frère. Plus rien jamais ne nous séparera. Parce que...

— Parce que ?

— Nous n'avons... nous n'avons jamais eu qu'une âme pour tous les deux.

Lorsque la fraîcheur de la fin d'après-midi les fit frissonner, ils remirent leurs vêtements. Au loin, une tempête se préparait. Après l'extraordinaire moment qu'ils venaient de vivre, ils devaient retourner vers le monde des hommes. Le ciel avait écarté ses brumes pour eux, mais à présent, le vent grondait à nouveau, frangeant les vagues d'une écume grisâtre, prémice des épreuves qui les attendaient encore. Vers l'occident, une barre de lourds nuages noirs envahissait le ciel bas. Près d'eux, sur le sable, des crabes batailleurs aux reflets bleu-argent fouaillaient la vase et les rochers en quête de mollusques et de vers.

Grisée d'amour et de vent, Solyane respirait profondément, serrant fortement la main de Dorian dans la sienne.

Ils ne parlaient pas. La pauvreté des mots ne pouvait

traduire la richesse de leurs échanges télépathiques, les émotions qui coulaient de l'un à l'autre à l'état pur. Lorsqu'elle s'arrêta devant la mer, Dorian ne s'étonna pas. Mais il ne comprit pas lorsqu'elle se tendit, inexplicablement. Des écrans incompréhensibles le rejetèrent audehors d'elle. Il entreprit une investigation hasardeuse qu'elle ne repoussa pas. Puis il comprit son attitude étrange quand il aperçut, à quelques pas devant elle, une gerbe de sable s'élever, timide, puis retomber mollement dans l'eau. Il lui lâcha la main et attendit qu'elle fût suffisamment concentrée. Mais trois nouvelles tentatives se soldèrent elles aussi par un échec.

— Dorian, c'est terrible : je ne peux plus !

— Essaie encore !

— Non ! Je n'ai plus suffisamment de volonté pour contrôler la matière. Elle m'échappe.

— Tu as pourtant réussi à soulever ce sable.

— J'étais au maximum de mes possibilités. Je ne peux plus aller au-delà.

Elle soupira.

— Je le savais. Je le sentais depuis... depuis Sirigath.

Il passa un bras autour de ses épaules et l'attira contre lui.

— Ce n'est rien. Tes pouvoirs reviendront. Tu as été durement éprouvée depuis ces quelques jours.

— Non ! J'ai perdu mes pouvoirs parce que... parce que je suis à nouveau amoureuse. Parce que j'éprouve des émotions...

— Je crois comprendre. Les sentiments occupent la majeure partie de notre esprit. Ils dissimulent tout le reste, toute cette puissance que nous possédons. Ce sont eux qui nous dirigent, bien plus que nous ne pouvons les contrôler. C'est pour cette raison que nous sommes des humains qui aimons, haïssons, souffrons ou bien vibrons de joie. Lorsque ta sensibilité a disparu, le reste est remonté à la surface, la volonté à l'état pur, mais aussi l'indifférence. C'est pourquoi il a toujours manqué à tes créations, comme celle que j'ai surprise en Médhellenie, ce petit grain de folie qui est la signature même de l'émotion. Tu n'étais plus que l'ombre de toi-même.

Il la serra avec force contre lui.

— Tu avais perdu ton âme. Tu ne me reconnaissais plus. Aujourd'hui, tu possèdes en toi une énergie nouvelle. La mienne, la nôtre, celle que nous nous sommes toujours refusés à nous offrir. Tu dois mieux faire que tout ce que tu as déjà fait jusqu'à présent.

— Je... je ne sais pas.

— Essaie encore. Laisse-toi aller complètement, et crois en toi.

À nouveau il se glissa en elle. Elle abaissa un à un ses écrans, luttant contre ce besoin du secret absolu qu'elle avait éprouvé lors de ses expériences précédentes.

Mais elle le reconnut. Il était un autre elle-même. Ses schèmes étaient semblables aux siens ; ses pouvoirs identiques. Elle ne savait pas pourquoi elle avait dit : « Nous n'avons qu'une âme. » Elle savait seulement que c'était vrai. Ce fut un nouvel acte d'amour qui les unit encore, un acte d'où les corps étaient absents, qui plongeait ses racines dans un univers différent, l'espace divin de la création elle-même ; l'espace fantastique où prenaient naissance les étincelles de vie qui animait la matière inerte.

De toute sa volonté, de toute sa puissance mentale, il l'aida à se concentrer, découvrant avec elle des méandres ignorés de son esprit, des connexions nouvelles, insoupçonnées. En elle s'assemblèrent des idées-éléments, des émotions embryonnaires, une structure étrange aux prolongements quasi infinis sur laquelle leur volonté ne semblait pouvoir exercer aucune prise. C'était comme un rêve gigantesque d'où surgissaient çà et là des visages connus ou plus exactement, le halo des souvenirs qu'ils avaient laissés en elle. Une trame condensée du temps qu'elle tentait de capturer, qu'elle tentait de traduire.

La structure mentale se mit en place, chaque détail minutieusement contrôlé par un esprit supérieur. Dorian sentit la volonté de sa sœur se tendre, s'arc-bouter.

Il perçut soudain la plage, la mer, le sable, le ciel comme au travers d'un voile trouble qui s'estompa lentement. Et il comprit. Il voyait au travers des yeux de Solyane. Il sentit nettement les forces immatérielles naître, se placer pour donner corps à l'idée-structure.

Un étrange bouillonnement agita le sable, puis une magnifique draperie, échevelée, s'éleva, faite de sable et d'eau, dessinant comme un oiseau immense et irréel, un phénix au plumage scintillant, dont chaque grain reflétait la lumière du soleil mourant. Simultanément, pour soutenir cette envolée somptueuse, des vibrations aériennes naquirent, une mélodie grandiose et légère, accordée au paysage marin et à l'ivresse de Solyane. La joie brillait en elle comme un soleil, la sensation d'être enfin libre, libérée d'un fardeau trop lourd, d'avoir rejeté au loin un masque qui lui dissimulait la vérité.

L'oiseau de sable matérialisait cette libération. Il s'agrandit encore, puis se remodela, ourlant le ciel tourmenté d'une ondoyante aurore boréale, ses replis dansèrent dans les airs, puis explosèrent en une myriade de grains de lumière, tandis que la mélodie aérienne s'accompagnait d'un crescendo fantastique. Solyane éclata de rire et la draperie retomba en pluie dans les flots. La musique s'éteignit lentement, comme refusant de mourir.

Alors, elle se tourna vers Dorian et dit :

— À présent, je suis vraiment devenue la petite fée aux pieds nus.

Et elle se jeta dans les bras de son frère.

— C'était merveilleux, Dorian !

Elle se tut un instant, puis ajouta :

— Nous aurions dû céder plus tôt. Que de choses n'aurions-nous pas réalisées ensemble ?

Il ne répondit pas. Elle perçut, quelque part au fond de

lui, le reflet d'un visage aux yeux verts, une mèche en bataille.

— Pardonne-moi ! Je suis...

Mais il l'attira contre lui et étouffa ses mots sur ses lèvres.

— Tais-toi ! Elena ne doit pas être une ombre entre nous. Nous ne devons pas la trahir, car elle s'est sacrifiée pour nous. Elle croyait à la légende.

Il ne poursuivit pas. Au loin, au pied du promontoire, se dessina une petite silhouette noire qui rappelait Markus.

Presque simultanément apparut vers le nord une étoile mouvante, un point lumineux qui éveilla dans l'esprit des deux jeunes gens les échos de souvenirs inquiétants.

CHAPITRE XXXVI

Tacitement, le commandement était revenu à Sylvain. Odios sentait inconsciemment qu'il avait besoin d'un guide. Il grognait toujours, discutait les décisions, mais se trouvait embarrassé lorsque l'on sollicitait son avis.

Et puis, il n'avait pas le cœur à discuter. Un vide immense s'était creusé en lui. Mort, Arnaud lui paraissait encore plus grand. Il représentait l'appui solide, le point de référence qui chassait le doute.

Jamais il n'oublierait le coup de main audacieux qui les avait amenés sans coup férir au cœur du palais de Bahiskra. Le défi insensé jeté par Arnaud au grand éphèbe vautré dans sa débauche. Les gardes auraient pu les tuer, mais personne n'avait osé bouger. La voix d'Arnaud les avait paralysés. Un homme comme lui ne pouvait pas mourir. L'amane Mariais n'avait pas dit la vérité...

La vérité, c'était l'animal qui la détenait. Aram, le lionorse-roi qui suivait docilement la troupe. Lui ne croyait pas à la mort de son maître.

L'idée de le lâcher était bonne. Ce n'était pas le flair qui le guidait, mais autre chose, un attachement puissant, la finesse de son shod'l loer.

Sylvain avait abandonné ses compagnons pour suivre son frère.

— Il sait où les trouver, jubilait Odios.

Sylvain n'osait intervenir. Arnaud et Isabelle avaient disparu dans le Sirigath. Pourtant, l'animal n'avait pas du tout pris la direction des marais. Au contraire, il s'était éloigné vers le cœur du massif malate, vers le nord.

De peur de détruire l'espoir fou qui survivait en eux, Sylvain n'osait douter du fauve. Celui-ci semblait les ignorer totalement. Parfois, il piquait une pointe de vitesse au milieu des prés et des champs, et les deux chevaliers avaient peine à suivre malgré la rapidité de leurs propres lionorses. Puis il s'arrêtait à nouveau et tournait la tête dans leur direction, comme pour les attendre.

Le massif fut contourné en à peine une demi-journée. Aram savait où il se rendait.

— Ysthia, dit Odios. Qu'est-ce qu'il...

— Tais-toi, le coupa Sylvain. Regarde ! Il semble beaucoup plus sûr de lui à présent.

En effet, Aram fonça vers la petite cité où la population effrayée se réfugia dans les demeures. Mais le lionorse traversa la bourgade à grande vitesse, et la dépassa.

Il deviendrait impossible de le suivre s'il continuait à cette allure. Mais il n'alla pas très loin. Il hésita devant une demeure austère accrochée au flanc de la falaise orientale qui fermait la baie, puis déboula vers la plage qui se resserrait jusqu'à la mer.

Sur ses traces, les deux chevaliers contournèrent l'éperon rocheux et découvrirent, éberlués, la plage fantastique qui fuyait vers l'infini. Le lionorse courait, point noir fugitif vers les brumes de l'horizon.

— Qu'est-ce que c'est, ici ?

Odios ne répondit pas à la question de son frère. Il

s'engagea à son tour sur la grève désertique où s'effilochaient par endroits des écharpes de nuées. Ils parcoururent ainsi près d'une demi-marche, faisant naître sous les pattes de leurs lionorses des gerbes d'écume éclaboussées de soleil.

Enfin, Aram s'arrêta, tourna en rond, remonta vers les dunes, redescendit, tourna encore sur lui-même, le nez au sol.

Puis il s'ébroua et jeta un long feulement rauque vers le ciel, le mufle tendu, les muscles gonflant sa robe.

— Ils sont venus ici, murmura Sylvain.

— C'est sûr. J'avais raison. Ils ne sont pas morts dans les marais. C'est un piège des amanes.

— Pourquoi regarde-t-il le ciel à présent ?

Odios leva les yeux également. Rien d'anormal dans les nuages troubles qui occultaient par moments le soleil.

— Je... je n'en sais rien, frère !

Le mystère s'épaissit encore lorsque, de retour à Ysthia, ils interrogèrent les marins.

— Oui, seigneur, nous savons. Une étoile est descendue sur la mer, il y a deux jours. Il ne faisait pas encore nuit.

— Elle est repartie après la tempête.

— Les dieux nous ont rendu visite. Cela arrive parfois sur la lande de Korino.

Abasourdis, les deux chevaliers quittèrent Ysthia sans dire un mot.

Ils ne trouvaient nulle explication logique à cette énigme. Sinon qu'au fond d'eux-mêmes, ils ne croyaient plus à la mort de leur seigneur.

— Ils étaient des dieux, Sylvain. Les cieux les ont repris. Ils ont regagné leur royaume véritable.

Quoique moins crédule qu'Odios, Sylvain n'osait répondre. Dieux et génies avaient hanté leur petite enfance. Ils prenaient toujours un grand plaisir à écouter un conteur lorsqu'il donnait vie à une légende. Comment ne pas croire dès cet instant à la divinité d'Arnaud et d'Isabelle ? Par quel miracle avait-elle retrouvé la vue ? Comment Arnaud était-il parvenu à vaincre un roi, puis un empereur ? Et les Aboyeurs de Lune ? Bien sûr, ils étaient des dieux.

Ils n'étaient pas morts. Ils avaient rejoint les leurs. Et ils reviendraient...

CHAPITRE XXXVII

Un gouffre noir, un néant abject tentait de l'arracher à lui-même. Une hydre vorace s'acharnait à dissoudre et son corps et son âme.

Son corps ? Avait-il encore de la chair et des os ? Ses nerfs, ses muscles ne lui obéissaient plus, ne lui envoyaient que des informations aberrantes, effroyables. Il ne voyait plus, bien qu'ayant — peut-être — les yeux ouverts. Il n'entendait rien qu'un bourdonnement infernal, glissant sans raison des aigus les plus stridents à des graves à peine audibles, semblables aux échos d'orage. Où était-il ? Un esprit démoniaque avait fondu sur lui sitôt sorti du... sommeil ? Mais qu'était le sommeil ? Et qui était-il ? Une sangsue immonde et gluante, un démon épouvantable voulait boire jusqu'à la moindre goutte de son sang, désintégrer ses sens, ses pensées, ses émotions. Seule sa volonté surhumaine lui permettait de tenir bon, de repousser les assauts de l'hydre.

L'HYDRE !

La spoliation ? Une onde d'horreur glaciale le parcourut. Une peur infernale irradia en lui. Peur de la folie, de l'anéantissement. La spoliation, c'était la mort, la destruction de la personnalité. Il comprit ce que pouvaient éprouver les prisonniers soumis à ce traitement effrayant.

Une nouvelle idée coula en lui. Solyane ? Qu'avait-on fait d'elle ?

Il ne comprenait plus rien, ne savait plus rien, sinon que sa force, sa volonté était assez puissante pour contenir l'hydre.

Un gouffre de souffrance, un néant brûlant.

Jusqu'à quand tiendrait-il ainsi ?

Il possédait encore un corps. Parfois, des vagues de douleur le parcouraient sans se fixer, lui arrachant — sans doute — des hurlements. Il savait qu'il finirait par céder, par se laisser dissoudre dans le néant, mais il luttait.

Soudain, une présence amie, familière lui apparut.

L'écho d'une femme aimée...

SOLYANE !

Une onde de joie le parcourut. Il tendit — la main ? — un tentacule mental vers elle. Maladroit, hésitant, déchiré de douleur. Péniblement, il l'atteignit, la toucha, s'imprégna de sa présence.

Mais l'hydre la dévorait elle aussi ! Un démon diabolique les avait arrachés à leurs corps, coupés du monde.

« Où sommes-nous ? »

L'idée-question lui parvint accompagnée d'une lame de souffrance qui le percuta de plein fouet.

— Je ne sais pas !

— Sommes-nous... morts ? Dorian ? Dorian ?

Peut-être était-ce là l'explication de ce vortex vertigineux qui tentait de les diluer.

Pourtant ils ne voulaient pas. Solyane repoussa l'idée. Ils vivaient.

« Les morts ne souffrent pas ! » disait la religion. L'un aidant l'autre, l'un avec l'autre, intimement mêlés comme ils avaient toujours vécu, ils unirent leurs efforts pour repousser la puissance hideuse qui sapait leurs défenses, sans autre succès qu'une formidable douleur. Leurs corps n'étaient plus que des plaies béantes, ouvertes aux vents glacés et aux flammes. Des braises reposaient dans leurs poumons, des griffes acérées labouraient leurs muscles jusqu'à la plus infime pulpe. Spoliation ? Pour qui ? Pour quoi ? Qui tentait de les arracher à eux-mêmes ?

Mémoire !

Tout s'arrêtait pour eux, au soir de cette journée extraordinaire où, pour la première fois, l'acte d'amour les avait réunis.

Mémoire !

Markus était là, qui les attendait. Il avait parlé des schismatiques. Il leur avait montré les bagues, ces bagues étranges confiées par Orlyane à sa mort. Il les avait baptisées : clés !

— À présent, Darios et Lyanéa sont prêts à renaître à la vie.

MARKUS ! Renaître à la vie ! LA VIE !

Impossible d'aller plus loin.

« Drogués ! Nous avons été drogués ! formula laborieusement Dorian.

« Non ! Ce n'est pas la drogue qui nous attire ainsi vers le néant ! Il y avait autre chose !

« Un poison ? La mort ? La spoliation ? »

Mais rien ! Nulle réponse ne venait. Peu à peu, l'assaut s'amplifia. Des hurlements les traversaient, tandis que des douleurs sans nom allaient et venaient au long du fin réseau de leurs nerfs entremêlés. Comme l'amour les avait réunis, leurs sens, leurs émotions s'étaient entrelacés en une trame complexe et extraordinaire. Le plaisir avait fait place à la douleur. Leur double volonté était la seule arme efficace, un rempart immatériel contre les coups de boutoir de l'hydre. Le moindre relâchement serait fatal. Un cri parvint à Dorian, un hurlement strident qui déchira l'air et frappa ses sens. Solyane avait crié. Solyane souffrait. Prise de conscience ! En lui naquit la colère. Un sursaut de rage, de haine formidable. Une lumière aveuglante l'éblouit. Une voix lointaine lui parvint, comme jaillie du néant.

— Nous n'y parviendrons jamais. Cela fait trois heures que cela dure !

Une autre voix. Dorian et Sollyane ne reconnurent pas les voix, mais les idées issues des esprits étaient claires, mêlées de sentiments divers et inexplicables.

— Les cœurs vont finir par lâcher !

Colère, inquiétude, rage de l'impuissance. Hostilité à peine contenue.

— Ils sont solides. Et nous devons réussir !

Colère, tension, volonté, désir inébranlable, autorité. Une troisième voix, connue celle-là.

Colère, angoisse, impuissance, compassion.

— Achil !

— Ils m'appellent ! Écoutez !

— J'entends !

— Ils m'ont reconnu ! Arrêtez cela ! Vous voyez bien que vous allez les tuer ! Regardez comme ils respirent !

Il avait hurlé.

— Monsieur Lambert ! Nous *devons* réussir ! Nous n'avons pas le choix !

— Leur avez-vous laissé le choix, à eux ?

— Ils ne comptent pas ! Ils n'ont pas d'avis à avoir ! Dans quelques heures, ils n'existeront plus. Seuls leurs corps nous intéressent. Si vous aviez réussi votre mission il y a douze ans, nous n'en serions pas là !

— Il y a douze ans, ils n'étaient pas ce qu'ils sont maintenant ! Vous allez tuer deux êtres remarquables.

Hurlement d'autorité.

— Monsieur Lambert, n'abusez pas de ma patience ! Ici, c'est *moi* qui dirige. La décision a été prise par nos alliés et par nous-mêmes. La vie de deux personnes, fussent-elles remarquables, ne compte pas devant l'importance de notre mission.

— Cette décision a été prise il y a trop longtemps. Les données ont changé depuis. La vérité, c'est que vous ne voulez pas passer pour des imbéciles aux yeux des Lonniens !

— Achil ! hurla Dorian.

— Ils m'appellent encore ! Si jamais il leur arrive malheur...

— Taisez-vous, monsieur Lambert ! Je vous ordonne de sortir !

— C'est ce que je vais faire ! Je préfère ne pas voir ça ! Vous m'écœurez !

Disparition d'Achil.

— L'extérieur n'a pas eu une influence positive sur lui. Il faudra le surveiller de près. Reprenons.

À nouveau l'hydre. Un bouillonnement de douleur les noya. Solyane comprit qu'elle ne tiendrait plus très longtemps.

— Maître ! Tout ne se déroule pas comme prévu. Ils ont décidé de les vider avant de les amener aux Lonniens. Ils veulent présenter Darios et Lyanéa.

— Mais c'est stupide ! Ils risquent de les tuer. Empêchez-les !

— Je ne peux rien faire ! Vous le savez bien !

— C'est exact ! Et je ne peux pas agir non plus.

— Maître ! Vous ne pouvez agir directement ! Mais vous pouvez faire intervenir les Lonniens !

Silence.

— Faites-les intervenir, maître ! Eux seuls peuvent les sauver. Sans eux, tout est perdu ! Solyane donne des signes de faiblesse alarmants. Cela fait plus de trois heures qu'ils s'acharnent sur eux. Son cœur monte parfois à plus de deux cents.

— Les sinistres imbéciles ! Vous avez raison, Victor. Je vais faire agir les Lonniens.

— Dorian... Dorian, je... adieu...

— Solyane ! Noooon !

Dans un effort surhumain, il s'arc-bouta pour la soutenir. À présent, il souffrait dans son corps et dans le sien. Une souffrance intolérable. Ils étaient comme suspendus à une branche. Une seule main les retenait tous les deux. Une volonté inflexible. La branche, c'était la réalité, la vie !

Solyane venait de s'écrouler. Il la soutenait, mais il ne pourrait résister encore longtemps.

— Je n'y comprends rien. La femme semble avoir lâché. Et pourtant, elle résiste encore.

— C'est lui qui la soutient ! L'imbécile ! Regardez l'encéphalographe.

Rage contenue, peur de l'échec, une pulsion de frapper de colère les deux corps torturés.

— Dorian ! Au secours ! Au secours !

— Nous n'y arriverons pas ! Le cœur de l'homme va éclater.

Il n'y voyait plus rien, ne sentait plus rien qu'une haine abjecte, terrifiante, contre ces entités qui tentaient de lui arracher Solyane et la vie. Le hurlement désespéré de sa sœur trouva un écho en lui. Il lança des ondes mentales tous azimuts, comme un fauve acculé griffe tout ce qui passe à sa portée. Un fauve qui frappait au hasard, saisi d'une rage démentielle. Il y avait autour d'eux le reflet d'appareils étranges, des masses métalliques, des fils insolites, des plaques bizarres dont certaines venaient prendre racine dans son propre corps. Il ne s'étonna pas d'être lui-même investi de la perception multidirectionnelle de sa sœur. Celle-ci, inconsciente, flottait non loin de lui. De ces appareils venait tout le mal.

Il frappa. De toute la puissance de ses ondes mentales. Et sa fureur se traduisit par un échauffement des circuits incompréhensibles qui rayonnaient autour d'eux.

Ce fut comme une explosion, un éblouissement au seuil duquel l'hydre se dilua, emportant avec elle son cortège de douleur. De très loin lui parvinrent des éclats de voix dont il ne comprit toujours pas le langage. Les idées restaient claires.

— Qu'est-ce qui se passe ?

— Regardez ! Les canaux ont chauffé. Ils brûlent !

— Ce n'est pas possible !

— Si c'est possible ! Regardez l'encéphalographe de l'homme ! C'est lui qui a repoussé l'investigation. Cela apparaît nettement sur l'écran.

— Mais en quoi est-il fait, ce type ?

— Il n'était pas seul ! Voyez celui de la fille. Il a focalisé le potentiel de sa sœur !

Le court répit avait permis à Dorian de récupérer. Il rassembla ses dernières forces.

— Nom d'un chien, il continue !

— Arrêtez-le ! Il va tout casser !

Dorian avait brûlé ses dernières réserves. Il sombra à son tour dans une demi-inconscience. Il perçut à peine le retour d'Achil, accompagné d'une présence inconnue.

Solyane revint à elle au même instant. La protection de son frère lui avait sauvé la vie, mais son épuisement restait tel qu'elle n'eut même pas la force d'ouvrir les yeux.

Un grondement autoritaire lui parvint. Elle s'étonna que l'hydre eût disparu.

— Arrêtez !

Colère froide, terrible. Un esprit inaccessible, volontaire.

— Vous êtes fou ? C'est leur mort que vous voulez ?

— Non ! Ce sont Darios et Lyanéa ! Nous faisons ce qui a été convenu.

— C'est une erreur ! Ils sont trop vieux à présent. Il aurait fallu les vider à leur formation. À présent, seule la mort peut les détruire. Les schèmes sont bien trop profondément enracinés. À moins qu'ils n'acceptent de disparaître. Et encore, même s'ils acceptaient de se sacrifier, il n'est pas certain que cela marcherait. De toute façon, ce n'est pas comme cela qu'il fallait leur demander.

— Il suffit, monsieur le Lonnien. Ici, c'est nous qui dirigeons. Cybernia n'est pas une terre conquise.

— Cela peut s'envisager !

La voix d'Achil intervint.

— Allons, messieurs, nous nous échauffons inutilement.

Monsieur Brunner, M. Loro d'Urann a raison. Il faut tenter d'obtenir leur accord.

— En attendant, déconnectez ce foutu appareil. Il va finir de vous le détruire, gronda le nommé Loro d'Urann. Nous allons les emmener.

— Non !

— Comment, non ?

— Ils sont à nous ! C'est nous qui détenons les mémoires !

— La belle affaire, lorsque vous aurez perdu les corps.

— Nous ne les perdrons pas. Ils étaient sur le point de céder lorsque vous êtes intervenus. Si nous les perdions, nous les reconstituerions.

— Dans vingt ans ! hurla Achil. Et vous aurez sacrifié pour rien deux êtres exceptionnels. Ils valent cent fois mieux que vous ! Vous êtes des monstres !

— Silence, monsieur Lambert. Vous vous oubliez ! Ces deux êtres ne valent rien. Ils ne sont que le produit de l'extérieur, même pas hostiles aux amanes. Ils ne sont rien en regard des centaines de millions d'humains qui croupissent dans l'ignorance par la tyrannie des amanes.

— L'extérieur ? Vous ne savez rien de l'extérieur ! Vous qui vivez depuis des siècles dans cette fichue cité comme dans un bocal. Ceux de l'extérieur sont peut-être ignorants, mais ils sont sains d'esprit.

— Monsieur Lambert, je vous arrête !

— Taisez-vous ! intervint Loro d'Urann. Je vous ordonne de cesser cet entretien ridicule.

— Vous ordonnez ? Pour qui vous prenez-vous ?

— Monsieur Lambert, veuillez détacher Dorian et Solyane.

— Lambert, si vous faites cela...

— Ne bougez pas !

— Nous sommes trahis ! intervint une autre voix.

— Vous vous êtes déjà trahis tout seuls, riposta Achil. Et depuis longtemps.

— Ne touchez pas à...

Bruits de lutte, bris de verre, choc sourd.

— De toute façon, votre appareil était détruit. Regardez ce qu'ils en ont fait.

Déclics, ronflements, sifflements, bruits de pas... Des mains qui les tâtaient, les parcouraient. Des liens qui tombaient. Une soudaine sensation de liberté. Au prix d'un effort violent, Solyane parvint à ouvrir les yeux. Elle découvrit, penché sur elle, un visage familier, tendu, des yeux sans iris : Achil. À ses côtés, un autre visage, couleur de cuivre, regard d'émeraude, cheveux blonds presque blancs. Des traits fins, étirés, félins, étranges, mais des traits humains.

— Achil, gémit-elle.

— Ne craignez rien, madame. C'est fini. Les Lonniens vous ont pris sous leur protection.

— Qui... qui sont les Lonniens ?

— Ceux qu'on appelle les dieux anciens ! Revenus des étoiles pour faire renaître la terre de ses cendres.

Elle entendit à peine la fin. L'épuisement la noya dans un néant liquide et oppressant.

CHAPITRE XXXVIII

Elle baignait dans un demi-sommeil, une léthargie douce et bienfaisante. Pourtant, une gêne obscure la troublait, s'insinuant peu à peu en elle, distillant une angoisse sourde et informulée. Elle ne voyait rien, ne sentait rien que la tiédeur d'une ouate étrange autour d'elle. Un cocon protecteur au-delà duquel s'étendait un vide sans nom. Un vertige désagréable la prit, qui lui rendit conscience. Une conscience difficile, voilée par une fatigue incommensurable.

Elle s'appelait Solyane. Solyane de Syrdahar. Les idées s'assemblaient mal. Elle aurait voulu... se lever, agir, lutter contre cet ennemi inconnu qui avait pris possession d'elle. Mais ses forces l'avaient quittée. Elle effectua un violent effort, parvint à tendre la main : celle-ci retomba, inerte. Autour d'elle subsistait cette impression de tiédeur confortable. Un nid douillet auquel elle finit par s'abandonner. Elle ouvrit les yeux. Une lumière feutrée l'éblouit un instant, puis sa vue s'accommoda.

Solyane. Je m'appelle Solyane. Bougeant la tête avec peine, elle regarda autour d'elle, sans rien deviner d'autre qu'une pénombre de bronze.

Elle avait perdu la notion du temps. Des cauchemars invraisemblables venaient parfois la visiter, contre lesquels elle ne pouvait se défendre. Des monstres hideux rampaient vers elle, la déchiraient. Elle était une proie facile. Son corps lui refusait tout service. Elle aurait voulu hurler, mais aucun son ne sortait de sa gorge. Plusieurs fois, elle connut des réveils angoissants, vit les monstres disparaître, se fondre dans la lumière brune au rythme de son cœur affolé. Toujours, persistait cette impression d'être blottie au sein d'un nid douillet, perché au sommet d'un mât. Et ce vide atroce où elle risquait de tomber, tomber sans fin.

Peu à peu pourtant, les monstres se firent plus rares. Elle sentit qu'elle pouvait se laisser aller dans l'oubli d'un profond, d'un vrai sommeil.

Seul subsista le malaise inconnu, lancinant, inquiétant. C'était comme s'il manquait quelque chose autour d'elle. Quelque chose d'énorme, de grandiose, qui avait toujours été présent à ses côtés et qu'on lui avait arraché. Comme si on avait coupé... ses racines. Je m'appelle Solyane. Je suis... j'étais... Un instant, elle songea à la mort. Peut-être était-elle morte. Pourtant elle pouvait voir son corps nu caressé par la pénombre dorée. Elle vivait. Mais où était-elle ? Elle ne parvenait toujours pas à aligner deux pensées cohérentes. Comme si son cerveau avait été vidé. La moindre concentration lui provoquait une migraine effroyable et tout se noyait dans un éblouissement douloureux.

Plus par réflexe que par volonté, elle tenta une investigation mentale. Un brouillard de formes imprécises se dessina peu à peu. Une vérité effrayante se fit bientôt jour en elle. Aussi loin que ses sens pouvaient porter, il n'y avait que le néant. Un vide atroce, insupportable. Puis peu à peu apparut comme une sorte de cocon fragile. Une goutte de matière au sein de laquelle elle n'était qu'une particule vivante. Une âme perdue, inaccessible, comme étaient inaccessibles ces présences qu'elle décela lentement, enfouies elles aussi au cœur du noyau protecteur. Elle tenta de les dénombrer, de les appeler. Sans succès.

Une nausée invraisemblable la prit, qui acheva de la réveiller.

Instantanément lui revint le souvenir de Dorian, son frère, son ami, son compagnon. Son... amant. Un flot de pensées intimes affluèrent en elle. Des caresses échangées sur le bord d'une mer battue par les vents, mélangées à d'autres, plus lointaines, perdues dans les brumes de l'enfance. Une main douce et ferme sur son ventre, sur ses seins. Un souffle chaud près de sa bouche. Des yeux noirs qui lui offraient tout l'amour du monde. Un spasme éblouissant qui n'était plus qu'un souvenir. Un mélange de bien-être et d'angoisse s'insinua en elle.

Que leur était-il arrivé ?

Au prix d'un violent effort, elle parvint à se dresser la tête bourdonnante, elle constata qu'elle reposait sur une couche confortable, faite d'une matière inconnue, de couleur ivoire.

Elle était entièrement nue. Par réflexe, elle rechercha un drap, une couverture. Sans succès.

Affolée, elle regarda autour d'elle.

À deux pas, sur une couche semblable, gisait un autre corps nu. Un corps d'homme. Dorian !

Mentalement, elle s'approcha de lui, tenta de se glisser dans son esprit. Seul un magma acide et informe lui répondit. Des idées élémentaires, absurdes. Des cauchemars infernaux.

Elle hurla, un instant reprise par ses frayeurs. Il n'était pas encore sorti du coma. Chassant sa peur par un effort de volonté, elle voulut se lever, le rejoindre. Il était proche : à peine à deux pas.

Elle posa le pied à terre. Se dressa et bascula dans un trou noir.

Plus tard, beaucoup plus tard, quelques secondes, quelques années, un visage se pencha sur elle. Une femme. Une inconnue au teint de cuivre.

— Reposez-vous ! Vous n'êtes pas encore remise !

— Mon... mon frère ?

— Il va bien, rassurez-vous !

Le visage se fondit dans le néant, remplacé par un autre. Inconnu lui aussi. Le masque de cire d'un amane sans âge.

— Elle a repris connaissance. Elle s'en tirera. Mais il faudrait la nourrir. Faites-lui une perfusion. Elle est bien trop faible pour avaler quoi que ce soit.

— Dorian ! hurla-t-elle.

Une main se posa sur son front, diaphane, presque inconsistante.

— Tranquillisez-vous ! Il sera sauvé lui aussi. Il a été plus éprouvé que vous.

Elle entendit à peine la fin. Le coma la reprit. Elle n'aurait su dire combien de temps dura cette semi-torpeur. Des heures, des jours, sans doute. Mais comment évaluer le temps dans cet univers de bronze ? Des visages évanescents se penchaient sur elle. Il lui sembla distinguer parmi eux quelqu'un qui ressemblait vaguement à un homme aux yeux entièrement blancs. Et toujours cette sensation d'être perdue, noyée au cœur de cette coquille fragile, plongée dans le néant. Parfois, on lui apportait de la nourriture, qu'une femme à la peau cuivrée, un ange couleur d'or, lui faisait avaler à la petite cuiller. Elle avait voulu se nourrir seule, mais ses mains refusaient de lui obéir

L'ange aux yeux d'émeraude avait souri, l'avait nettoyée, puis avait repris la cuiller.

Enfin un jour, elle aperçut de nouveau Dorian. Une autre femme le nourrissait comme elle. Son regard était fixe, totalement absent.

Cependant, il vivait. La joie l'envahit et elle se laissa aller dans un sommeil profond. Il fallait qu'elle reprenne des forces pour le rejoindre.

Enfin, elle émergea de sa léthargie. La mémoire lui était revenue. Elle revit la demeure du prêtre Markus, la plage de Korino, revécut cette lutte invraisemblable qu'ils avaient menée contre ce monstre inconnu, cette hydre immatérielle qui avait tenté de les arracher à eux-mêmes.

Elle s'étira longuement. Ses forces étaient revenues. Aussitôt, elle se leva et s'approcha de la couche de Dorian.

Il dormait. Elle se lova contre lui, le prit dans ses bras et ferma les yeux. Doucement, elle se glissa mentalement en lui, profondément, surprit des songes vagues, informulés. Ainsi partageaient-ils leurs rêves lorsqu'ils étaient enfants.

Inconsciemment, il devina sa présence, la reconnut. Aussitôt, les rêves s'effritèrent et il ouvrit les yeux.

— Solyane !

Il sourit. Alors, elle se pencha sur lui et l'embrassa. Puis il prit conscience d'être nu, contre le corps nu de sa sœur. La mémoire lui revint.

— Où sommes-nous ?

— Je ne sais pas !

Il se leva. D'une démarche flageolante, il fit quelques pas. Peu à peu son vertige se calma.

— Que s'est-il passé ? Nous étions... à Yshtia. Je me souviens d'un cauchemar terrible. On a tenté de nous spolier. J'ai lutté. Je me souviens d'avoir détruit... quelque chose. Il y a eu un combat. Puis plus rien.

Il examina l'endroit.

— Par les dieux ! Regarde cette lumière. On dirait qu'elle ne vient de nulle part.

Au-dessus de leurs couches flottaient sans support d'étranges sphères vaguement luminescentes. Au-delà, il n'y avait rien. Des parois nues couleur de bronze. Deux sièges.

Et soudain, un panneau bascula, dévoilant une ouverture éblouissante, dans laquelle se découpèrent plusieurs silhouettes. Deux hommes et deux femmes.

— Achil !

Le conteur s'avança.

— Monseigneur ! Madame ! Les dieux soient remerciés. Vous êtes hors de danger.

— Achil ! Peux-tu me dire où nous sommes, ce que nous faisons ici, qui nous y a amenés ? Et pourquoi ? Qui sont ces gens ?

Le conteur éclata de rire.

— Pas de doute ! Vous êtes sauvés. Attendez, seigneur ! Une question à la fois. Avant tout, permettez-moi de vous présenter le commandant Kless Loro d'Urann.

Le deuxième homme s'approcha.

— Seigneur Dorian, princesse Solyane, permettez-moi, au nom de tous les Lonniens, et en mon nom propre, de vous souhaiter la bienvenue à bord du *Moona*. Vous êtes ici en sécurité.

— Merci, cela nous changera, ironisa Dorian. Cependant cela ne m'explique pas ce qu'est le *Moona* et ce que nous y faisons.

Le Lonnien sourit.

— Nous allons vous l'expliquer. Mais il serait peut-être préférable de vous vêtir auparavant.

Les deux jeunes femmes s'approchèrent, apportant des vêtements. Ils reconnurent en elles les deux anges qui les avaient nourris et avaient veillé sur leur sommeil.

— À présent, dites-moi, monsieur Kless Loro d'Urann, où sommes-nous et qui êtes-vous ?

— Je suis le commandant du vaisseau le *Moona*, un

navire que les Lonniens ont construit pour revenir vers la planète de leurs ancêtres : la Terre.

— Les Lonniens ? Mais alors... vous êtes... les dieux anciens !

L'homme sourit.

— Si vous voulez. C'est une appellation que nous donnent nombre de vos légendes. Vous pouvez constater que nous ne sommes que des humains.

Solyane s'approcha

— Où se trouve le *Moona* ?

— Venez, nous allons vous le montrer.

Il les entraîna au-dehors. Au terme d'un dédale de couloirs lumineux, ils parvinrent dans une salle semi-circulaire. Une sorte de poste de contrôle trônait en son milieu, regardant une immense paroi sphérique d'un blanc laiteux.

Kless Loro s'approcha de la console et manœuvra des touches semblables à des cristaux gravées de signes mystérieux.

Soudain, la paroi laiteuse bascula, dévoilant un néant sombre, un ciel nocturne, éblouissant, criblé d'un nombre invraisemblable d'étoiles, graines de lumière sur le velours sombre d'un noir intense.

— Par les dieux, gémit Solyane.

Elle comprenait à présent cette sensation de vide oppressant. Le *Moona*, malgré ses dimensions impressionnantes, n'était rien en regard de l'immensité de l'espace.

— La terre ! Le sol ! C'était cela qui me manquait.

Elle s'approcha prudemment de la baie ouverte sur les étoiles et vit une sphère immense, couleur de nacre, d'ocre et d'azur.

— La Terre est belle vue d'ici, n'est-ce pas ? dit Achil.

— La Terre ?

— Oui ! Le monde, notre monde, seigneur Dorian. Le *Moona* orbite autour de lui, à une altitude de près de... quatre mille marches. Ici, vos ennemis ne peuvent plus vous atteindre.

— Mais qui sont nos ennemis ?

— Vous allez le savoir.

Kless Loro s'adressa à l'une des deux jeunes femmes qui sortit. Puis il se tourna à nouveau vers le couple.

— Nous attendions que vous soyez remis avant de vous faire rencontrer les chefs de l'alliance. Il est temps pour vous de connaître toute la vérité. Votre ami... Achil va vous éclairer. Mais il est nécessaire que cela se passe en présence de vos... alliés.

Une vingtaine de personnes pénétrèrent dans la salle à la suite de la jeune Lonnienne. Des amanes, au nombre d'une dizaine, un groupe d'inconnus vêtus de façon disparate et une demi-douzaine d'hommes et de femmes au visage couleur de cuivre. Des Lonniens que Loro présenta aussitôt comme son état-major.

Parmi les prêtres, Dorian et Solyane reconnurent Markus qui vint immédiatement au-devant d'eux.

— Madame, monseigneur, croyez que mon cœur se réjouit de vous revoir.

— Nous ne pouvons en dire autant, répliqua Solyane. Vous avez trahi notre confiance.

— J'y étais contraint. Je ne vous ai pas trahis : j'ignorais quel sort vous réservaient les Cyberniens.

Leur conversation fut interrompue par des éclats de voix. Un petit homme vêtu curieusement s'agitait face à Kless Loro. Un regard froid, aux yeux rapprochés et durs, impitoyables.

— Je refuse. Ils ne doivent pas être mêlés à ceci.

Le Lonnien, sans se départir de son calme, répliqua :

— Il suffit, Excellence ! Vos initiatives douteuses ont déjà failli nous coûter leurs vies, inutilement. La décision a été prise à la majorité.

— C'est une décision caduque. Je n'y souscris pas. Vous ne comprenez donc rien. Ces deux êtres sont le produit de l'extérieur, déformés par l'esprit de la religion conservatrice. Vous ne pouvez leur faire confiance...

— Excellence ! Ne vous donnez pas en spectacle. Cela manque de dignité.

— Commandant, sachez que Cybernia est une cité libre. Vous êtes parvenus une fois à tromper notre confiance en nous arrachant ces deux personnes, n'oubliez pas que nous détenons toujours les mémoires.

— Cela n'a aucune importance, Excellence. Nous *pouvons* nous passer de Cybernia.

Le petit homme devint rouge, maîtrisa un hoquet de fureur devant le visage imperturbable de son interlocuteur. Puis il tourna les talons, affectant de ne voir ni Dorian ni Solyane. Loro leur dit :

— Jarl Brunner, gouverneur de Cybernia.

Visiblement, il ne régnait pas une entente parfaite au sein de « l'alliance ».

On leur présenta ensuite Lao Ken, directeur de la cité de Lasshenia, située dans les hautes montagnes de Cathasia, Raïmund Rudrish, l'élu du peuple de Brasilia, cité de l'empire d'Obraze, et Malcolm Bell, Premier ministre de la république de Dart Behra, dans l'empire océanien.

Malgré sa mémoire phénoménale, Dorian ne parvint pas à se souvenir de villes amanites portant ces noms. Il s'agissait visiblement de ces cités interdites, semblables à celle dont s'étaient échappées Nyra et ses compagnes des lieux maudits.

Lao Ken, un vieil homme de type cathasien aux yeux bridés et chaleureux, attira immédiatement la sympathie de Dorian et de Solyane.

Au contraire, Raïmund Rudrish, homme de haute stature au visage basané, affichait une suffisance et une morgue hautaine fort déplaisantes.

Le dernier, Malcolm Bell, se tenait à l'écart, visiblement sur ses gardes. Rigide, austère, les yeux bleus et froids, il paraissait attendre. Son visage respirait l'intelligence et la mesure. Un homme prudent, déterminé, conscient de son rôle.

Parmi les amanes, tous prêtres impériaux, un vieil homme, Harodius, faisait figure de chef. Il ne dissimulait pas une inexplicable colère, dirigée à la fois contre Jarl Brunner et contre quelqu'un d'autre. Peut-être les Lonniens, si on se fiait à la façon dont il leur répondait.

Cette attitude n'avait pas l'air d'impressionner outre mesure les Lonniens, conscients de détenir les meilleurs atouts. Ceux-ci affichaient une supériorité sans morgue, comme s'ils estimaient leurs alliés à leur juste valeur. Loro donna le signal du début de la réunion en prenant place à une sorte de table d'un noir de jais qui s'éleva du sol comme par enchantement. À regret, les autres les imitèrent. Le commandant lonnien plaça Dorian et Solyane à sa droite, et invita le conteur Achil à s'installer à sa gauche.

— Monsieur Lambert, vous avez la parole.

Le conteur s'adressa aux deux jeunes gens.

— Seigneur Dorian, et vous madame, il me faut, pour vous faire comprendre le rôle que vous jouez parmi nous, remonter très loin dans le passé. Bien avant le Jour du Soleil, existait sur Terre une civilisation fantastique, dont la technologie était très avancée. À cette époque, le monde comptait plus de vingt milliards d'habitants. Les grandes cités, aujourd'hui disparues, abritaient parfois plusieurs dizaines de millions de personnes. L'homme avait colonisé les planètes voisines, Mars, Vénus, et les satellites de Saturne, de Jupiter, il avait établi des bases et des exploitations minières jusqu'aux confins du système solaire. Trois siècles même avant le Jour du Soleil, des vaisseaux immenses quittèrent la terre pour conquérir le système le plus proche, celui d'Alpha du Centaure. Une expédition y avait découvert une planète susceptible d'accueillir la vie. C'est de cette planète, aujourd'hui habitée, que nous viennent nos alliés lonniens. Ainsi s'explique la légende des dieux anciens. Les Lonniens sont nos cousins, descendants de ces pionniers qui quittèrent le système solaire voici plus de quarante siècles. Puis cette civilisation grandiose sombra dans ce qui fut appelé plus tard le Jour du Soleil. Encore aujourd'hui, on ignore exactement ce qui se passa. On a pensé à une guerre à l'échelle mondiale. Pourtant, cette hypothèse semble erronée. La civilisation ancienne possédait de telles armes qu'une guerre eût anéanti toute vie sur Terre. Il semble plutôt qu'une catastrophe soit à l'origine de la fin de la civilisation. Peut-être un satellite tombant sur l'un des pôles. Nul ne le sait. Il s'ensuivit un cataclysme d'une ampleur inimaginable. Les glaces polaires fondirent, et les eaux submergèrent plusieurs continents, engloutissant les grandes cités. Les centrales d'énergie, livrées à l'abandon, se détruisirent. Des satellites artificiels retombèrent, créant sans doute ces déserts que l'on nomme aujourd'hui les Terres Bleues. L'écorce terrestre bougea, modifiant le tracé des continents. Des volcans nouveaux virent le jour. La Méditerranée se souleva, et devint la Médhellenie. La pollution, la radioactivité exercèrent des ravages sur le monde animal et végétal. Des espèces disparurent, d'autres furent transformées. De plus, les anciens, qui étaient des généticiens fantastiques, avaient créé des races nouvelles, des êtres synthétiques dont certains parvinrent à s'adapter. Ainsi par exemple apparurent les lionorses, issus d'un croisement biogénétique entre le cheval et le chat. Ces êtres que l'on a baptisés garous ne sont que des humains dégénérés, des mutants touchés par la radioactivité, et qui sont parvenus à survivre et à se reproduire par un miracle que l'on n'explique encore pas.

« En quelques dizaines d'années, le monde ne compta plus que quelques dizaines de millions d'habitants. Les hommes en étaient réduits, dans les ruines des grandes cités à demi envahies par les eaux, à disputer leur nourriture aux chiens redevenus sauvages, aux rats et aux mutants. Ce fut l'ère du pillage, de la sauvagerie la plus inimaginable où les tentatives faites pour redresser la civilisation se soldèrent par des échecs. Les survivants se trouvèrent peu à peu ravalés au rang des hommes de la préhistoire. Ils durent réapprendre à chasser, à cueillir des fruits, tout en se combattant les uns les autres. Ce fut le début de cette période noire que l'on a appelée le Chaos. En à peine un siècle, il ne restait plus rien de cette orgueilleuse civilisation qui avait défié les étoiles.

« De ses cendres naquit un ramassis hétéroclite de peuples sauvages, portés à croire au merveilleux, hantés par des souvenirs grandioses qu'ils ne pouvaient plus comprendre. Les vieux racontaient aux plus jeunes les aventures embellies de ces dieux qui avaient été leurs ancêtres.

« Il ne restait d'eux que les ruines des cités disparues, hantées par les garous et les pillards, des villes fantômes que la végétation peu à peu dévorait. On parlait aussi quelquefois de ces navires fantastiques partis conquérir les étoiles. Les légendes eurent tôt fait de les imaginer peuplés par des dieux. Et on garda toujours au cœur le secret espoir de les voir revenir.

« Cependant, certains échappèrent à l'horreur du Jour du Soleil. Depuis des siècles déjà, la plupart des grandes cités avaient prévu l'éventualité d'un conflit à l'échelle du monde. Des abris gigantesques avaient été creusés, enfouis au plus profond du sol et aménagés. On les avait munis de tout ce qu'il fallait pour survivre — nourriture, armes, véhicules, unités de production, et autres. Ces abris devaient se comporter comme des graines destinées à rebâtir la civilisation en cas de guerre. Ainsi, des millions de citadins, dans tous les pays du monde, trouvèrent refuge dans ces abris, échappant aux radiations mortelles, aux inondations, aux séismes. Ils emportèrent avec eux ce qui plus tard deviendrait la connaissance.

« Pourtant, tout ne se déroula pas comme prévu. Les inondations, qui durèrent plus de cinquante années, le temps que les glaces des pôles se reforment, obligèrent les survivants à rester cloîtrés dans leurs abris étanches. Ils s'adaptèrent avec plus ou moins de succès. L'échec signifiait la mort. Et l'échec trouvait des partenaires redoutables avec le manque de médicaments, parfois de nourriture, mais surtout avec le désespoir, la folie collective, des luttes intestines pour un pouvoir dérisoire. Quelquefois aussi, un séisme disloquait l'abri et les eaux l'engloutissaient. On estime que sur quatre cents cités souterraines, plus des trois quarts disparurent à jamais au sein des entrailles de la Terre.

« Lorsque les eaux eurent retrouvé leur niveau normal, les premiers rescapés, les surves, comme ils se baptisèrent eux-mêmes, remontèrent à la surface.

« Peu à peu, des contacts se renouèrent, entre les différentes cités survivantes. Des échanges commerciaux commencèrent à voir le jour, bien que chaque ville eût pris depuis longtemps l'habitude de vivre en autarcie. Ces échanges restèrent limités, car toutes les routes avaient disparu. Seuls les aérodynes de fortune sauvés du désastre permirent de rétablir un semblant de communication. Mais leur nombre était tragiquement faible.

« Tout naturellement, un projet grandiose et généreux vit le jour : rebâtir la civilisation. Les surves mirent alors sur pied une vaste campagne de reconquête. Celle-ci se solda par un échec. Jamais on ne parvint à créer un mouvement cohérent. Les différences de langage, de mœurs, d'intérêts, constituèrent autant d'obstacles à la réussite d'un plan commun. Chacun voulait commencer par les territoires entourant sa propre cité. Aussi chacune d'elles entreprit une action personnelle. La belle entente du début s'effrita, minée par les distances. Chacun se retrouva face à lui-même.

« Or, si les surves possédaient une technologie avancée, puisée aux sources de l'ancienne civilisation, s'ils étaient équipés d'armes et de véhicules puissants, ils ne possédaient pas une âme de pionnier. Leurs tentatives se résumèrent dans tous les cas à de violents combats avec ceux de l'extérieur, pillards, garous ou autres. Ils s'attendaient à rencontrer le désert ou des peuplades malheureuses, affaiblies, affamées, démunies. Ils se heurtèrent à des hordes sauvages, cruelles, méfiantes, insaisissables. Des individus sans foi ni loi qui les combattirent comme s'ils avaient été des démons vomis de l'enfer.

« Une lutte sans pitié s'engagea. Mais aucune communication n'était possible entre les surves, confortablement installés dans leurs certitudes, et ces populations harcelées par la peur. Ce monde de cauchemar découragea les surves. Malgré leurs armes sophistiquées, ils durent reculer. Les radiations, les épidémies nouvelles les laissaient sans défense.

« Ils n'avaient pas compris qu'ils auraient dû, plutôt que de livrer combat, se remettre à travailler la terre, à faire de nombreux enfants qui, plus tard, partiraient essaimer plus loin. Le monde de cette époque avait besoin de bergers, de laboureurs, d'artisans, et non de guerriers. Leur séjour dans les abris avait déformé les surves. À cause de la restriction de nourriture, ils avaient perdu l'habitude d'avoir des enfants en grand nombre. De plus, des appareils, des machines sophistiquées accomplissaient pour eux nombre de tâches simples. En réalité, ils étaient désarmés face au monde nouveau. Aussi, après quelques décennies d'une guerre sporadique, tant meurtrière qu'inutile, les surves abandonnèrent-ils leur projet. Leur population avait diminué de moitié. Plusieurs cités avaient succombé, décimées par les maladies, puis envahies par les hordes de l'extérieur. Les cités survivantes se refermèrent alors sur leur coquille. Des barrières magnétiques furent élevées contre l'extérieur. Ainsi, au fil des siècles, alors qu'au-dehors sévissait le chaos le plus noir, les surves s'installèrent-ils dans un confort douillet, une douce léthargie qui leur fit oublier le passé grandiose de la terre. Les échanges entre cités ne survivaient plus qu'au ralenti. Chacune se suffisait à elle-même. Les rares contacts avec l'extérieur se limitaient à des raids destinés à enlever des jeunes femmes, ceci afin d'enrayer l'appauvrissement génétique de leurs petites communautés. De temps à autre, une génération nouvelle se rebellait contre l'apathie de leurs anciens. Des jeunes, volontaires et courageux, tentèrent à maintes reprises, dans différentes cités, de secouer leurs aînés : sans succès.

« Lorsqu'ils devenaient trop turbulents, on les rejetait vers l'extérieur où ils disparaissaient.

« Treize siècles passèrent ainsi. Le monde survécut, s'adapta aux territoires nouveaux, aux garous, aux grands fauves, aux hivers rudes, aux Terres Bleues. Puis vint Kalkus Commènes.

« Il vit le jour dans la petite cité surve de Rives, en Europannia. C'était un homme ambitieux, d'une intelligence extraordinaire, qui sut comprendre les erreurs commises par ses ancêtres et celles des autres cités surves. Il passa les premières années de sa vie à étudier les mémoires des banques de données conservées intactes à Rives. On raconte qu'il possédait une mémoire prodigieuse. Ainsi connut-il ce que fut la civilisation des Anciens. Il l'analysa, étudiant parallèlement le monde de son époque. Il effectua de nombreux voyages de par le monde, visita les autres cités.

« Lorsqu'il parvint au poste de gouverneur de Rives, il décida de tenter une nouvelle fois de rebâtir la civilisation. Mais au lieu d'entamer une conquête guerrière, il transforma son peuple en une légion de laboureurs, de pionniers, des hommes qui défrichaient la terre et la faisaient revivre. Évitant les combats, il laissa venir à lui les populations voisines, les apprivoisa.

« À cette époque, le monde avait évolué. Il existait encore de nombreuses bandes de pillards, mais la plupart des populations avaient fini par se stabiliser sur des territoires à peu près fixes. Petites communautés refermées sur elles-mêmes, elles pratiquaient l'élevage et l'agriculture. Il existait même par endroits une industrie dont la technologie restait tragiquement limitée. La médecine n'existait plus. On se soignait avec des plantes et des incantations aux dieux locaux. Abrités derrière les murailles de bourgades retranchées, ceux de l'extérieur survivaient, à leur manière. Les relations entre les différentes peuplades demeuraient embryonnaires. Les échanges commerciaux n'existaient pratiquement pas, faute de pistes, de routes de liaison. Kalkus Commènes, que l'on appelait à présent Kalkus de Rives, sut parler le langage de ces peuples. Il apportait avec lui des outils perfectionnés, des médicaments, des moyens d'enrayer les maladies, la famine, de se protéger contre le froid et les fauves, des idées neuves.

« Il avait imaginé que seule une religion nouvelle pouvait relever le monde de ses cendres. Il a dit : "L'homme est fait de chair et d'esprit. La chair peut se contenter du réel, du matériel. C'est sa nourriture. Mais la nourriture de l'âme est l'imagination, la sensibilité. Et cette âme a besoin de se sentir protégée, comprise, dominée, comblée d'espoir. L'homme, que nul autre être vivant ne dépasse en ce monde, a besoin d'un maître. Seuls les êtres immatériels peuvent le supplanter."

« L'homme avait besoin d'une religion. Alors Kalkus de Rives la créa.

« Il eut cependant la sagesse de ne pas combattre les croyances déjà fortement enracinées dans la mémoire des peuples. Au contraire, il éduqua ses disciples de manière à ce qu'ils s'adaptent à elles. Les théolamanes, chargés de cette opération délicate, firent merveille. Peu à peu, la religion englobait, digérait les dieux locaux. Ils devinrent des personnages de légendes.

« Cela explique les nombreuses facettes que peut prendre la religion d'un pays à l'autre. Kalkus de Rives a dit également : "Les dieux ne sont rien. Ils ne sont que ce qu'en pensent les hommes. Seule la foi compte." D'autre part, il inventa une langue nouvelle, l'ankos, créée de toutes pièces à partir des racines linguistiques des anciens dialectes europanniens. L'ankos véhiculait sa pensée et devint le ciment qui liait les peuples entre eux.

« Parallèlement, afin de parer à toute éventualité, le fondateur créa une armée particulière, les dramas, dont le rôle consistait à défendre les nouvelles communautés. Rigoureusement encadrées et contrôlées, les troupes dramas étaient placées sous la tutelle même du théolamane.

« Ainsi commença, par extension territoriale, une reconquête lente, mais efficace, du monde ancien.

« Kalkus de Rives ne vit jamais la fin de son œuvre, bien qu'il mourût à plus de cent cinquante ans d'âge. Il avait lancé un mouvement formidable qui fut poursuivi par ses disciples, puis leurs successeurs. Jamais nous ne devrons oublier quel homme exceptionnel fut Kalkus de Rives, sans doute l'être le plus remarquable que le monde ait jamais connu.

« Peu à peu, un nouvel empire s'étendit sur le monde, que nul ne pouvait arrêter, d'autant plus qu'il livrait le minimum de combat et apportait avec lui l'espoir d'une vie meilleure, la fin des épidémies, l'abondance et une plus grande sécurité. Les villages retranchés se développèrent, devinrent des cités florissantes. Des pistes furent tracées pour les relier. Les échanges commerciaux explosèrent. D'immenses caravanes sillonnaient les routes, accompagnées déjà des inévitables voyageurs, hordes errantes et peu dangereuses qui trouvaient là à bon compte le moyen de se déplacer en sécurité.

« On prit l'habitude de compter les années à partir de la naissance de Kalkus de Rives.

« Ainsi, en l'an 937, la religion acheva sa reconquête du monde. Une entreprise fantastique, inimaginable, qui avait réussi grâce à la clairvoyance de son créateur. Sur tous les continents, la religion avait su s'imposer et se faire admettre par les peuples.

« Pourtant, la tâche des amanes n'était pas achevée. Ils avaient en main un empire immense, encore fragile, composé de peuples nombreux et disparates. Jamais auparavant une puissance, religieuse ou autre, n'avait réalisé une telle entreprise. Alors, et ce fut encore une opération prévue par Kalkus de Rives, les amanes abandonnèrent officiellement le pouvoir.

« S'ils conservaient la connaissance et les décisions spirituelles, ils transmirent le pouvoir temporel à une caste nouvelle, créée par manipulation génétique, les nobles. Appellation ancienne pour une race nouvelle, qui se différenciait des hommes normaux que l'on appela par opposition : sapienniens, par déformation d'une vieille dénomination des anciens, "l'Homo Sapiens". Ainsi, la religion morcela le monde en dix-sept empires, eux-mêmes subdivisés en cent cinq royaumes, découpés en comtés, puis en baronnies. Toujours par manipulations génétiques, les nobles furent hiérarchisés, afin de stabiliser le découpage du monde.

« Cependant, si les nobles étaient dotés de pouvoirs supérieurs, comme le shod'l loer, et d'une durée de vie allongée, ils n'en possédaient pas pour autant la sagesse. Il s'ensuivit dans les premiers temps quelques débordements, conflits locaux, guerres civiles et autres affrontements où les dramas durent plusieurs fois intervenir.

« Alors, les amanes créèrent une caste supérieure, la chevalerie, recrutée parmi la noblesse. Peu à peu, seuls les chevaliers purent accéder au titre de prince régnant. Si les conflits ne disparurent pas, ils diminuèrent.

— Mais quelle fut la réaction des cités surves ? demanda Solyane.

— Suivant les endroits, elles tentèrent de s'interposer, ou de nouer des contacts avec la religion. Chaque fois, ces tentatives furent repoussées. Un fossé trop grand séparait les deux civilisations. De plus, au fil des siècles, nombre d'entre elles avaient disparu, par appauvrissement génétique, ou parce que les jeunes avaient fui la vie étrange de leurs aînés. À présent, il n'en subsiste plus guère qu'une vingtaine.

— Mais toi, Achil, intervint Dorian, comment sais-tu tout cela ?

Le conteur sourit.

— Mon vrai nom est Victor Lambert. Je suis né dans l'une des plus importantes cités surves : Cybernia. Depuis de nombreuses années, je sillonne le monde. Ce qui explique ma connaissance de ces secrets qui vous ont étonnés, seigneur Dorian.

— Quel rôle jouais-tu auprès de nous ?

— J'y viens. Je vous ai déjà parlé d'un schisme qui apparut au sein de la religion voici quelques siècles. Depuis toujours, les amanes s'appuyaient sur les textes du fondateur pour résoudre les problèmes qui se poseraient à eux. Or, l'un de ces textes pouvait être interprété de deux manières. Il disait exactement : « La connaissance est l'héritage du monde. Les amanes en seront les gardiens et auront pour tâche d'en faire bénéficier les peuples. »

« Tant que la religion fut préoccupée par la reconquête, le problème ne se posa pas. Mais en 1138, le premier commandeur monta sur le trône. Alors, on se pencha de nouveau sur les textes.

« Certains amanes s'attachaient au mot “héritage”. D'autres, plus nombreux, estimaient que le terme “gardiens” était clair. La connaissance ne devait pas être diffusée auprès des masses. Les amanes devaient en conserver le monopole. Les conservateurs s'appuyaient sur d'autres textes du fondateur, qui expliquaient que la chute de l'ancienne civilisation était due au manque de maîtrise des sciences profondes qu'elle avait mises au jour. La majorité l'emportant, les schismatiques respectèrent la décision des conservateurs, et les peuples furent privés de cet héritage.

— Ce n'est pas tout à fait vrai, rétorqua Dorian. Rappelle-toi les lectronnes, le barrage de Burdaroma. Et les soins que donnent les médamanes.

— Les amanes conservent la connaissance, seigneur

Dorian. S'ils en font bénéficier les autres, ils ne leur permettent pas de l'étudier.

— Pourquoi ?

— Parce qu'ils craignent le retour d'un nouveau Jour du Soleil. Dans leur esprit, l'homme ne se contentera pas d'exploiter la connaissance pour s'élever. Il recommencera à fabriquer de nouvelles armes.

« Cependant, les circonstances sont différentes. Le monde, pour la première fois de son histoire, est unifié.

— La guerre d'Ismalasie entre-t-elle dans le cadre de cette unification ? ironisa Dorian.

— Tout à fait. La guerre est parfois inévitable. Lorsque la tension entre deux comtés, deux royaumes, devient trop forte, il faut qu'elle explose. Les dramas pourraient empêcher de tels conflits. Mais ces guerres ne sont que l'expression de la rupture d'un équilibre ancien qui n'a plus de raison d'être. Voyez le résultat. La paix est revenue. Le royaume d'Al Tyrbaagd est assaini et le commerce a repris.

— Tant pis pour les quelques milliers de morts ! persifla encore Dorian.

— Non ! Les amanes font tout ce qui est en leur pouvoir pour éviter les guerres. Lorsqu'elles sont inévitables, ils veillent seulement à ce qu'elles ne s'étendent pas. Mais ils ne peuvent raisonner en fonction de chaque individu. Sur l'immense échiquier du monde, chaque homme n'est qu'un pion. Seuls les peuples comptent. Il en a toujours été ainsi. C'est une loi terrible, mais inéluctable. La loi du plus fort. Jamais on ne pourra éviter les conflits. Ce qui se produit entre deux nations, alliance, ou guerre, se retrouve à tous les niveaux, sous des formes différentes, y compris dans les villes, ou même au sein des familles. C'est une loi naturelle. Le plus fort doit vaincre le plus faible, le dominer, parfois l'anéantir. Ainsi se fait la sélection naturelle. Elle est aussi valable pour les hommes.

Dorian se tut. Le conteur lui confirmait ce qu'il pensait au fond de lui. Le roi Pillat avait déjà dit quelque chose de ce genre, jadis. La seule justice, c'était la loi du plus fort. Pour lors, la religion. Achil poursuivit.

— Le monde est unifié, mais ignorant. Les amanes eux-mêmes n'approfondissent pas la connaissance. Ils se contentent de conserver l'héritage ancien sans le faire fructifier. C'est ce point-là qui irrita particulièrement les schismatiques. Ils prétendaient que l'humanité était destinée à évoluer. Ils voyaient loin. Dans les siècles à venir, l'homme devait retrouver la civilisation ancienne, se lancer à nouveau à la conquête des étoiles. Mais les conservateurs restaient fermes sur leurs positions.

« Le statu quo dura ainsi jusqu'au XXe siècle. En 1930, un amane schismatique parvint à la dignité de Grand Initié. Il avait nom Landius. Bravant les interdits, il poursuivit des recherches approfondies dans le domaine de la génétique. Ainsi fit-il naître, par manipulations biologiques, un commandeur doté de pouvoirs supérieurs, Aurélios. Éduqué par Landius, celui-ci, parvenu au titre suprême, se déclara ouvertement favorable aux idées progressistes des schismatiques. Contrant directement les décisions des conservateurs, il fit ouvrir des centres de la connaissance à Avallonia, la capitale de la commanderie, ainsi que dans tout l'empire canamérien. Pris au dépourvu, les conservateurs ne purent réagir immédiatement, sous peine de révéler au grand jour le schisme qui jamais, au fil des siècles, n'avait transpiré hors des cercles de la religion. Parallèlement, les schismatiques renouèrent des contacts avec les dernières cités surves. Ils estimaient que le monde devait enfin réunir en un seul tous les peuples qui le composaient. De plus, les surves détenaient un apport technologique important, que les schismatiques étaient fort désireux de connaître.

« Une alliance secrète fut donc conclue, car les conservateurs demeuraient toujours hostiles aux surves, estimant que leurs cités finiraient par disparaître. En cela, les siècles passés ne les démentaient pas, puisqu'il ne restait plus à l'époque qu'une vingtaine d'entre elles.

« Les conservateurs finirent par réagir. Aurélios trouva la mort dans un accident de chasse dont les circonstances ne furent jamais élucidées. Cependant, Landius avait prévu la mort possible de son élève. Son successeur, son fils Darios, avait été éduqué suivant les mêmes principes et ses pouvoirs mentaux avaient été perfectionnés. De plus, Landius lui donna pour compagne une femme dotée des mêmes qualités, Lyanéa.

« Lorsqu'ils parvinrent au pouvoir suprême, ils n'étaient pas des inconnus. Landius avait pris soin de leur faire visiter chaque empire, chaque royaume. Quand son père mourut, Darios était déjà considéré comme un demi-dieu et le plus grand des commandeurs ayant régné depuis les débuts de l'ère amanite.

« Mais Darios ne se contenta pas du continent canamérien. Bientôt, dans tous les empires, tous les royaumes, tous les comtés se développèrent des centres de la connaissance. Ce fut comme une traînée de poudre. Appuyés par les schismatiques, les princes régnants passèrent outre les interdictions des phalanges conservatrices. La scission entre les deux tendances de la religion fut connue de tous, ébranlant la puissance amanite. Cependant, les conservateurs savaient pouvoir compter toujours sur la formidable armée dramas, restée fidèle. Une subtile propagande vit le jour, remarquablement orchestrée, dirigée contre la connaissance. Insuffisante à elle seule pour enrayer le gigantesque mouvement lancé par Darios, elle fut accompagnée par une série incroyable d'"accidents", rupture de barrages, explosions, épidémies nouvelles qui ébranlèrent les populations. Les conservateurs mirent l'accent sur les responsabilités des sapienniens, incapables de maîtriser correctement la connaissance. Bien entendu, il s'agissait de sabotages, mais l'opinion publique, habilement travaillée par des gazettiers à la solde des conservateurs, se retourna. En quelques années, elle se divisa en deux camps, farouchement opposés. Au sein de chaque comté, dans chaque famille même, des conflits violents virent le jour, remettant en cause l'équilibre même du monde. Darios et Lyanéa, adorés ou haïs, combattirent les opposants, tentèrent de démasquer les coupables, les auteurs des accidents. Mais lentement, leurs partisans se détournèrent d'eux. Ils échappèrent à plusieurs attentats. Au cours de l'un d'entre eux, le commandeur parvint à tuer leur agresseur par la seule force mentale. Sa légende s'en trouva renforcée. Pourtant, une nuit, un ferroskos parvint à s'introduire dans leur chambre et les assassina tous les deux. On ne sut jamais, bien entendu, qui fut à l'origine de ce double crime qui arrangeait les conservateurs. Les deux tendances s'accusaient mutuellement, mais l'annonce de leur mort déclencha rapidement une effroyable guerre civile. On dénombra les morts par dizaines de millions. Les conservateurs furent les plus prompts à réagir, discréditant les schismatiques. Ceux-ci furent désavoués, puis poursuivis, traqués, persécutés, anéantis. Ce fut à cette époque que fut créée la redoutable inquispol, organe d'investigation de la Phalange suprême, destinée à combattre et à étouffer dans l'œuf la moindre déviation. Les centres de la connaissance furent détruits et l'on revint à l'ancien équilibre, celui que nous connaissons toujours actuellement.

— Mais nous, Achil, quel rapport avons-nous avec tout cela ?

— Vous êtes la réincarnation de Darios et de Lyanéa.

— Nous le savions déjà ! Comment cela est-il possible ?

— Darios et Lyanéa avaient envisagé, après le premier attentat qui avait failli leur coûter la vie, la possibilité de leur disparition. Ils prirent donc la décision, en accord avec Landius, de prévoir leur résurrection, grâce à un procédé dont seuls les surves de Cybernia avaient conservé le secret. Schématiquement, voici ce procédé : dans un premier temps, un appareil sophistiqué “enregistra” les mémoires de Darios et de Lyanéa.

— Comment cela ? intervint Solyane.

— Je ne suis pas technicien, madame. Cependant, en utilisant les principes hérités des Anciens, je puis vous dire qu’il est possible d’intégrer dans des conduits pseudo-organiques la totalité de vos souvenirs. Parallèlement, on préleva sur le couple des cellules à partir desquelles on pourrait faire renaître des doubles de Darios et de Lyanéa. Ce procédé s’appelle le “clonage”. Il est connu depuis bien avant le Jour du Soleil, mais a été rarement pratiqué sur l’homme. Cependant, les schismatiques n’ignoraient pas que les Cyberniens l’employaient couramment pour acquérir une certaine forme d’immortalité. Il suffisait ensuite, lorsque le corps du clone était devenu adulte, de lui réinjecter la mémoire conservée sur le support pseudo-génétique.

— Ces... “clones” comment étaient-ils élevés ? demanda Dorian.

— À Cybernia, les corps issus des cellules sont développés dans des couveuses spéciales. Leur cerveau est maintenu vide artificiellement et ils atteignent l’âge adulte en moins de cinq années au lieu de vingt.

Solyane ne put retenir un cri de surprise. Dorian songea brièvement à Nyra, la reine de Fomalhaut. Ainsi s’expliquait sans doute son « immortalité ».

Achil poursuivit :

— Donc, les “mémoires” de Darios et de Lyanéa furent conservées à Cybernia, tandis que les cellules génératrices furent gardées par Landius. Cette séparation constituait la garantie de l’alliance. Des clés, ces bagues étranges que vous a remises votre mère Orlyane, permettaient seules de débloquer les mémoires. Elles suivirent les cellules. À l’origine, il était prévu de faire renaître les corps des clones dans les couveuses de Cybernia, mais les schismatiques refusèrent de confier tous les atouts aux surves.

Solyane se leva soudain, très pâle.

— Tout ceci est monstrueux. Vous rendez-vous compte de ce que vous êtes en train de dire ? Vous... vous n'avez aucun respect de la vie.

« Qui êtes-vous pour vous assurer ainsi de ces êtres, ces clones que vous faites développer dans ces couveuses, comme des êtres humains en conserve ? Ce sont aussi des êtres pensants. Vous n'avez pas le droit de les manipuler de cette manière !

— Si, madame ! Le droit du plus fort, de celui qui sait.

— Achil !

— Ne nous jugez pas trop hâtivement, madame ! Il ne s'agit pas d'un droit, mais d'un pouvoir. Je comprends votre réaction, madame. J'ai vécu depuis si longtemps dans votre monde où l'on ignore tout de ces manipulations que j'ai moi aussi appris à respecter la vie et l'individualité. Car au fond, c'est vous qui avez raison. Nous avons déformé la nature. Notre science est très grande, elle nous a fait cependant perdre de vue la réalité, et certaines valeurs qui ont cours à l'extérieur. Chez les surves, un membre, un corps peut être régénéré. Il n'est qu'une écorce, un support de la vie ; sans doute parce qu'ils ont peur de la mort.

— Cela suffit ! intervint violemment Jarl Brunner. Je vous avertis que vos prises de position sont pour le moins suspectes, monsieur Lambert, et vous aurez à vous en expliquer.

Le conteur se tourna vers lui et jeta sèchement :

— Soyez sans crainte, gouverneur, vous aurez toutes les explications souhaitées, mais laissez-moi poursuivre.

Solyane dit doucement :

— Continue, Achil.

— Landius attendait une occasion favorable de faire renaître des clones de Darios et Lyanéa. Pourtant les événements vinrent contrarier ses projets. Il fut arrêté par le théolamane suprême, Horius. Son temple fut fermé et les cellules cloniques disparurent ainsi que les clés.

« Les conservateurs restaient les maîtres. Les schismatiques survivants se cachèrent, rentrèrent dans le rang, ou bien trouvèrent refuge chez les surves. On supposa bien entendu que les cellules avaient été détruites par Horius et le projet fut abandonné. Darios et Lyanéa ne reverraient jamais le jour. On finit par les oublier. Les conservateurs effacèrent même leur nom des livres d'histoire.

« Pendant plus de vingt années, une guerre d'escarmouches survécut entre les surves et les conservateurs. Une armée dramas tenta même d'investir Cybernia. Mais les barrières magnétiques et les armes défensives anéantirent les agresseurs.

« Faute de moyens et de conviction, cette guerre sournoise s'éteignit vers les années 2030. L'inquispol demeura en éveil, mais les schismatiques semblaient avoir disparu. Pourtant, ils survivaient. Ils adoptèrent une tactique nouvelle. Plutôt que d'employer la lutte directe, ils réintégrèrent les rangs des conservateurs, s'affichant ouvertement comme tels, développant d'autre part leur mouvement auprès des jeunes paranes. Cependant, ils n'ignoraient pas qu'il leur faudrait plusieurs générations pour que leur mouvement revienne à sa puissance passée. On conserva les relations avec les surves. L'alliance restait encore trop faible pour se mesurer avec la puissance de la religion. Et ce, d'autant plus que les peuples, épuisés par la terrible guerre civile que l'on appela la “malédiction”, étaient eux-mêmes devenus conservateurs. On avait vu les armées dramas en action. On préférait rester de leur côté.

« Il en fut ainsi pendant plusieurs décennies. Il apparaissait clairement que la rigidité de la Phalange suprême ne se relâcherait pas, et que seule une puissance étrangère pourrait venir la contrebalancer.

« Or, cette puissance existait : Lonn ! Depuis des millénaires, tout contact avait été rompu avec la planète colonisée avant le Jour du Soleil.

« Or, un jour, les Lonniens renouèrent avec les Terriens.

Kless Loro prit la parole.

— Ce message n'était pas le premier que nous adressions vers la Terre. Jamais il ne nous était parvenu de réponse. Il faut dire que l'aller et retour leur demandait déjà près de neuf ans. Depuis l'origine de la colonisation de Lonn, nous avions compris que la civilisation terrienne avait été détruite. Nous-mêmes étions trop faibles pour pouvoir agir. Nous espérions qu'elle se relèverait un jour de ses cendres. Aussi, régulièrement, nous envoyions des messages depuis Lonn. Sans grand espoir. Nous avions d'autres soucis.

« L'idée de construire un vaisseau destiné à revenir vers la Terre est très ancienne. Mais nous n'avions pas les moyens de la réaliser. Le projet finit par prendre corps voici plus d'un siècle. Cependant, l'absence de réponse ne nous incitait pas à le mettre sur pied. Puis nous avons reçu une réponse. La cité surve de Cybernia avait capté notre message, presque par miracle. Elle nous répondit, en nous exposant la situation de la Terre, et en nous demandant de l'aide. Ceci nous décida à accélérer le projet "Terre". Le *Moona* fut construit.

Achil reprit le récit.

— Presque simultanément, un autre événement intervint. Un amane schismatique, Scaellius, parvint à pénétrer dans le temple de Landius, abandonné depuis la malédiction. Il découvrit intacts les conservateurs où avaient été préservées les cellules de Darios et de Lyanéa. Il les emporta et les remit aux responsables schismatiques qui avertirent les surves. Lorsque l'on sut que la résurrection du commandeur maudit était redevenue possible, on établit un plan. Dans un premier temps, les conteurs répandirent une légende selon laquelle Darios reviendrait un jour et renverserait ses ennemis.

— "Derrière lui marcheront les dieux anciens, revenus

des étoiles au lieu de leur naissance !" cita Dorian. C'étaient les Lonniens.

— Les Lonniens, oui. Il fallait polariser l'attention des peuples sur ces demi-dieux que la légende transformait en héros. Frapper l'imagination, là était le secret. Darios et Lyanéa pouvaient être recréés à tout moment. Alors reprendrait la lutte contre les conservateurs.

« Dès que la date d'arrivée des Lonniens fut connue, on prépara les cellules. Mais un problème se posait. Seuls les Cyberniens possédaient les "couveuses" capables d'élever les corps jusqu'à leur maturité. Cependant, confier les cellules aux surves, c'était leur remettre tous les atouts entre les mains ; et les schismatiques ne vouaient pas une confiance aveugle à Jarl Brunner, le gouverneur de Cybernia.

— Ce fut une erreur ! trancha celui-ci en se levant.

— Taisez-vous ! gronda Achil. Ils vous considéraient comme un despote assoiffé de pouvoir. Je ne peux leur donner tort.

Le gouverneur de Cybernia voulut se lever, mais Lao Ken le retint.

Achil poursuivit.

— Il restait une autre solution qui consistait à faire porter les embryons par une mère nourricière. Cependant, il fallait trouver une femme suffisamment résistante pour accepter ces ovules.

— Vous avez choisi Orlyane, dit Dorian.

— En effet, la Léphénide Orlyane. Elle fut contactée et reçut les ovules provenant des cellules de Darios et Lyanéa. Ensuite, afin de vous protéger, on vous fit élever dans un petit comté perdu et indépendant, Syrdahar, dont la phalange était restée fidèle au schisme. Le seigneur Kogan, votre père adoptif, accepta lui aussi son rôle. À l'âge de douze ans, vous deviez être conduits à Cybernia pour y recevoir les mémoires de Darios et de Lyanéa.

— Après avoir été “vidés” de nos souvenirs, précisa Solyane.

— Exactement, madame.

— Les choses ne se déroulèrent pas tout à fait comme vous l'aviez prévu.

— C'est vrai ! L'inquispol veillait. Dès que la légende lui fut connue, elle établit le rapprochement entre les cellules prélevées sur Darios et Lyanéa et cette prétendue résurrection. Et elle se mit en chasse.

— Nous connaissons la suite, intervint Solyane. L'inquispol finit par découvrir Syrdahar et la détruisit. Seulement, Adelfius avait prévu une telle éventualité et nous a fait fuir avant.

— En effet ! L'inquispol avait remarqué les voyages réguliers du seigneur Hésiorgues qui était un descendant d'un proche de Darios, et homme de confiance du commandeur Lyophème. Il fut trahi par l'un de ses serviteurs. Une armée dramas contrôlée par l'inquispol fut envoyée contre Syrdahar. Sa tentative d'invasion échoua. Aussi prit-on la décision de rayer Syrdahar de la carte du monde. L'arme utilisée contre votre cité provenait des dernières réserves de la religion, un “stock” retrouvé dans les ruines d'une vieille cité datant des Anciens. Cela s'appelle une bombe atomique. Seuls les surves en connaissent encore le secret.

« Pourtant, vous étiez parvenus à vous enfuir. Un aérodyne en provenance de Cybernia devait vous récupérer après votre traversée des Terres Bleues. Je connais cet épisode. Je dirigeais personnellement l'expédition.

— L'aérodyne ? murmura Solyane. L'étoile mouvante ?

— Oui ! Vous l'avez aperçue ?

— Oui, nous l'avons vue. Nous comprenons ! Nous comprenons mieux à présent.

— Mais alors...

— Continue, Achil.

Le conteur se tut un instant, puis poursuivit.

— Nous ne vous avons pas retrouvés. Nous découvrîmes seulement les restes de deux hommes d'escorte, dévorés par les garous.

— Jans et Mério, précisa Dorian.

— C'est exact. Mais de vous et d'Orlyane, plus de traces. Nous vous avons crus perdus à jamais. Il me fallut rendre compte de mon échec à Cybernia. Ce fut un moment difficile. On me chassa. Je repris alors mon métier de conteur.

— Et tes pas te ramenèrent vers Gwondaleya, la ville la plus proche des Terres Bleues au-delà de la forêt Skovandre.

— Pas immédiatement. Ce fut par hasard que j'entendis parler de vous. J'étais à Burdaroma où j'appris que le comte Czarthoz avait recueilli deux enfants, des jumeaux, garçon et fille. Je décidai donc de gagner Gwondaleya, afin d'être fixé sur le soupçon qui m'était venu.

— Et tu nous as reconnus.

— Non ! Je n'avais jamais vu les portraits de Darios et de Lyanéa. Je ne savais pas à quoi vous deviez ressembler. Je me suis attaché à votre service simplement parce que j'ai éprouvé de l'attachement pour vous.

— Tu n'étais pas sûr de notre origine. Dans le cas contraire, tu nous aurais enlevés pour nous ramener à Cybernia.

— Peut-être, répondit le conteur avec un sourire énigmatique. N'oubliez pas cependant que j'avais été chassé. Pendant ce temps, l'inquispol avait perdu votre trace. Elle vous imaginait disparus dans l'enfer de Syrdahar. Pourtant, elle commença de se poser des questions devant les trop brillantes qualités que vous avez manifestées à l'eschola, seigneur Dorian. La capture d'un lionorse-roi, la sagitta, puis plus tard votre combat avec Hadgar del Tihiz. On soupçonna alors que les jumeaux n'avaient peut-être pas péri à Syrdahar.

— Dans ce cas, pourquoi les amanes de Gwondaleya n'ont-ils pas tenté de nous faire disparaître ?

— Les amanes n'aiment pas trop l'inquispol, seigneur

Dorian. De plus, la religion a évolué. Des prêtres comme Zoltan ont abandonné la rigueur de leurs prédécesseurs. Et puis n'oubliez pas que près d'un siècle et demi s'est écoulé depuis la malédiction. Certains amanes ne connaissent même pas la légende, ou n'y attachent pas tellement d'importance. Ils ignoraient également que des cellules avaient été prélevées sur Darios et Lyanéa. En réalité, seuls l'inquispol et la Phalange suprême étaient au courant. Le clonage n'est pas une opération connue par les prêtres. Et pour cause ! Seuls les Grands Initiés l'utilisent, grâce aux secrets de la technologie cybernienne, arrachés par Landius.

« Ainsi, Zoltan vous était attaché. Seulement, Phez, le biolamarte, était un membre actif de l'inquispol. Ce fut lui qui organisa les attentats dirigés contre vous. Attentats qui échouèrent, car j'avais posté des compagnons fidèles pour veiller sur vous.

— Je me souviens, dit Solyane. Tu étais présent lorsque je reçus ce message destiné à me faire tomber dans le piège du mont Stahav.

— C'est vrai.

— Mais d'où venaient tes compagnons ? L'un d'eux m'a avoué être originaire de Cybernia.

— Ils m'avaient suivi lorsque j'avais été chassé.

— Quel intérêt pouvais-tu avoir à nous protéger ? demanda encore Dorian.

Le conteur sourit, puis répondit :

— L'espoir, peut-être.

Le jeune homme sentit qu'il ne disait pas toute la vérité. Il n'avait pas agi seul. Or, ce n'était plus les surves qui étaient derrière lui, ni les schismatiques. Alors, les Lonniens ?

— Continue, dit-il.

— La suite, vous la connaissez. Solyane fut enlevée par Rodrick de Brastalia. Cela, je n'avais pu le prévoir. C'est pourquoi je vous suivis en Médhellenie. Il fallait absolument arracher Solyane à ses ravisseurs. Ce que vous fîtes, seigneur, en éliminant au passage le tyran Hadran. Vous avez rendu ainsi un fier service à la religion qui intriguait pour le faire destituer, et supprimer également son âme damnée, Sagavellius.

« Cependant, lorsque vous arrivâtes à Valatia, Markus, l'un des responsables schismatiques, vous reconnut. Il fit mener une enquête sérieuse, car les schismatiques avaient perdu votre trace depuis l'anéantissement de Syrdahar. Il eut la conviction que vous étiez bien les clones de Darios et Lyanéa lorsque l'envoyé Khalamon de Ross tenta de vous attirer dans un piège. Craignant que vos ennemis ne parviennent à leurs fins, car Vaetius, biolamane de Valatia, n'avait pas disparu, je résolus de me mettre en rapport avec Markus. Il fut donc décidé de s'assurer de vos personnes, en profitant de la confusion. Markus étant directement en relation avec Cybernia, il demanda à ce qu'un aérodyne vienne vous chercher.

« Une fois en sécurité à Cybernia, il comptait, en accord avec les chefs de l'alliance, vous révéler la vérité. Seulement, il n'avait pas prévu que Jarl Brunner prendrait l'initiative de vous... traiter afin de faire revivre Darios et Lyanéa.

— Et il a failli nous détruire ! compléta Solyane.

— En effet ! Une telle opération n'était possible qu'à la formation. Éventuellement avant. Au-delà, les schèmes mentaux sont trop profondément implantés dans l'esprit. Il est encore possible de les dupliquer, mais pas de les détruire sans provoquer une réaction de rejet.

Soudain, Jarl Brunner se leva, furieux.

— Cela suffit ! J'en ai assez entendu. Êtes-vous tous devenus fous ? Vous rendez-vous compte du risque que vous prenez en leur dévoilant la vérité ? Vous n'avez pas en face de vous Darios et Lyanéa, un couple décidé à reprendre la lutte à nos côtés jusqu'à l'anéantissement total des conservateurs. Vous avez entendu ce qu'ils ont dit : la connaissance est dangereuse. Ces deux individus sont des créatures éduquées par la religion, élevées dans son esprit. Et vous venez de tout leur avouer. Que croyez-vous qu'il va se passer à présent ? Vous vous êtes trahis vous-mêmes. D'ailleurs, vous vous étiez déjà trahis en refusant de nous confier les cellules.

— Excellence ! coupa Kless Loro.

— Non, je ne me tairai pas. Il faut les supprimer. Nous ne pouvons leur faire confiance. Demandez-leur donc pourquoi nous ne les avons pas retrouvés à leur sortie des Terres Bleues. Est-ce vous, Victor Lambert, qui avez "volontairement" échoué dans votre mission ?

— Non ! Vous savez parfaitement que nous avons poursuivi les recherches pendant plusieurs mois.

— Alors ? Que s'est-il passé ? Qui nous a trahis ?

— Silence !

Dorian se leva. Maté par le ton sans réplique, Jarl Brunner marqua un instant d'étonnement, puis voulut poursuivre. Le jeune homme leva la main pour l'interrompre.

— Je vais vous expliquer ce qui s'est passé. C'est vrai, nous avons bien aperçu votre aérodyne. Nous l'avons pris pour une étoile mouvante et nous l'avons fuie.

— Orlyane, elle, savait de quoi il s'agissait.

— Elle le savait et elle nous a cachés dans la forêt, afin que vous ne nous retrouviez pas.

— Orlyane ! jeta le vieil Harodius. C'est Orlyane qui nous a trahis.

— Taisez-vous, gronda Dorian. Elle ne vous a pas trahis. C'est vous au contraire qui l'aviez... sous-estimée.

— Comment cela ?

— Depuis longtemps, à cause de vos effrayantes "manipulations génétiques", vous avez appris à considérer les êtres humains comme des pions, des amas de chair et de sang sans âme ni cœur. Il ne vous est jamais venu à l'esprit que la Léphénide Orlyane était aussi une femme et une mère admirable. Vous avez fait fi de ses sentiments maternels. Pas une seconde vous n'avez imaginé qu'elle pourrait nous aimer et aussi aimer notre “père” Kogan. Ne vous en déplaise, nous étions réellement devenus ses enfants. Au fil des années, elle avait oublié cette opération indigne au cours de laquelle vous aviez injecté dans sa matrice les germes provenant du commandeur maudit et de son épouse. Ces germes étaient devenus ses enfants. Des enfants qu'elle avait mis au monde dans la douleur, assistée par celui que vous lui aviez destiné comme époux et auquel elle s'était attachée. Des enfants qu'elle a veillés, nourris de son sang, de sa chair, de son lait, de sa tendresse ; à qui elle a appris à marcher, à parler. Ne dites rien contre Orlyane. Elle fut une épouse et une mère admirable. Ne l'accusez pas de vous avoir trahis parce qu'elle a voulu sauver ses enfants de la mort ignominieuse que vous leur réserviez. Car c'était la mort qui nous attendait à Cybernia. Nos corps auraient continué à vivre, mais nos âmes, elles, eussent été anéanties. Je suppose qu'elle a compris toute la réalité de votre projet lorsqu'elle a vu Syrdahar détruite, son mari mort. Elle savait que nous allions disparaître dans les convertisseurs de Cybernia, qu'elle allait se retrouver seule face à deux étrangers qui lui rappelleraient ses enfants. À ce moment, la décision reposait sur elle seule. Elle a préféré fuir, nous dissimuler dans la forêt Skovandre. C'est au cours de cette traversée qu'elle a trouvé la mort.

— Elle a payé sa trahison, grinça Brunner.

Dorian faillit bondir, mais Solyane le calma mentalement et déclara d'un ton glacial :

— Monsieur le gouverneur, nous ne vous offrirons même pas notre haine. Vous n'en êtes pas digne.

— Traîtres ! Vous ne sortirez pas vivants d'ici.

— Calmez-vous, intervint Malcolm Bell, le Premier ministre de Dart Behra. Je pense au contraire que ces jeunes gens ne manquent ni de bon sens, ni de qualités. Ils connaissent nos buts et peuvent en apprécier la noblesse, même si nos méthodes ont parfois manqué d'habileté et d'élégance. Ils peuvent accepter de devenir Darios et Lyanéa. Avec leur consentement, c'est encore possible.

— Comment cela ? demanda Dorian.

— Le convertisseur, comme vous le nommez, a failli vous détruire parce que vous lui avez résisté. Mais si vous acceptez de disparaître, vos corps resteront intacts et vous retrouverez la vie, vous serez devenus Darios et Lyanéa.

— Vous ne pouvez refuser, intervint Harodius. Nous avons besoin de Darios et Lyanéa. Eux seuls peuvent amener à nous l'adhésion des peuples. Ils sont devenus un mythe, des demi-dieux derrière lesquels les masses se rangeront dès qu'ils apparaîtront.

— Vous en semblez absolument persuadés.

— Seigneur Dorian, vous ne pouvez imaginer quelle gloire était la leur. La vôtre n'est rien en comparaison. Un pâle reflet.

— Si je comprends bien, vous envisagez de nous mettre sur le trône du monde, Solyane et moi, transformés en Darios et Lyanéa, bien sûr après avoir renversé les opposants, les conservateurs et aussi le commandeur Lyophème. Car je doute que celui-ci accepte gentiment de nous céder sa place.

— Lyophème doit disparaître ! C'est une créature d'Horius !

Dorian se tut. Un rapide échange mental avec Solyane lui fit prendre sa décision.

— Où se trouvent les clés ?

— Ici, répondit Kless Loro. Nous les avons reprises à Cybernia.

— Faites-les apporter.

Le Lonnien hésita une seconde, puis adressa un ordre à l'un de ses compagnons. Quelques instants plus tard, celui-ci revint et déposa devant Loro les deux bagues en forme de pyramides. Dorian les contempla, puis dit :

— Ainsi, seules ces deux clés permettent de libérer les mémoires de Darios et Lyanéa. Je voudrais savoir pourquoi, après notre disparition, vous n'avez pas choisi un autre couple.

— Impossible, dit Harodius. Seuls des clones pouvaient recevoir les mémoires. Tout autre individu périrait. C'est pourquoi nous avons besoin de vous.

— Merci, c'est tout ce que je voulais savoir, sehad !

Il échangea un bref regard avec Solyane.

L'instant d'après, il sembla à l'assistance que l'air devenait plus lourd, presque visqueux. Avec stupéfaction, chacun vit les yeux de la jeune femme se fixer sur les bagues. Celles-ci se mirent à vibrer, s'élevant de manière incompréhensible au-dessus de la table noire.

Il y eut une brève flambée de panique, mais personne n'avait plus la force de se mouvoir. Une énergie inexplicable clouait chacun sur son siège.

— Ar.. arrêtez-les ! cria Brunner.

Soudain, il y eut un claquement sec et les deux pyramides bleutées explosèrent, éclaboussant la table d'une fine poussière. Sous l'effet de la pression mentale de Solyane, les anneaux eux-mêmes s'étaient déformés.

— Et voilà ! jeta Dorian. Darios et Lyanéa sont morts.

Harodius, le souffle court, les yeux exorbités, se leva et gémit d'une voix hachée.

— Traîtres ! Trahison ! Vous avez détruit notre seul espoir.

En proie à une fureur noire, il marcha vers le couple, suivi par Jarl Brunner, Raïmund Rudrish et quelques schismatiques.

Ils s'arrêtèrent devant le regard noir de Dorian.

— Silence ! Regagnez vos places !

La vague haineuse se heurta à lui, mais n'osa pas s'aventurer plus loin. La voix du jeune homme n'admettait pas de réplique. Les Lonniens se tenaient aussi immobiles que des statues de sel, attendant visiblement la suite des événements. Impressionnés, se sentant plus ou moins lâchés par les autres, Harodius et ses compagnons finirent par reculer. Le regard sombre ne les quitta que lorsqu'ils furent tous rassis. Dorian reprit la parole.

— Jamais nous n'accepterons un tel plan. Pour deux raisons. La première, c'est que Solyane et moi avons déjà suffisamment souffert de vos machinations irrationnelles. La deuxième est plus importante. Malgré la puissance que peuvent, ou que pourraient vous apporter les Lonniens, vous semblez peu vous soucier de la guerre que vous comptez déclencher. Darios et Lyanéa sont morts depuis plus d'un siècle et demi. Laissez-les reposer en paix. Vous devez comprendre que nous n'avons rien de commun avec eux, sinon la ressemblance physique. Nous ne désirons pas monter sur le trône suprême. Le commandeur Lyophème, pour autant que je le sache, est un homme de grande valeur. Nous ne souhaitons qu'une chose : vivre en paix. Vous avez fait de nous deux monstres, un frère et une sœur liés par un amour maudit, interdit, inavouable. Cela vous semble sans doute ridicule, car pour vous nous ne sommes que deux pions sur l'échiquier du monde et à présent deux pions sans valeur. Bien sûr, à vos yeux, nous ne sommes pas du même sang. Nous pouvons donc parfaitement nous unir, avoir des enfants. Pourtant, si les gènes ne sont pas communs, nous sommes malgré tout unis par des liens fraternels. Nous avons été élevés ensemble, avons vécu ensemble des épreuves difficiles. La plus terrible était cette lutte que nous menions chaque jour pour rejeter cette passion qui nous dévorait. Quoi que vous en pensiez, nous considérerons toujours Orlyane comme notre vraie mère. Et même si dans nos veines ne coule pas le sang de Kogan, il restera notre père. Nous sommes et nous resterons frère et sœur, condamnés à nous aimer en secret. À cause de vous, de vous qui faites fi des sentiments qui animent les êtres humains. De quelle espèce êtes-vous donc ? Vous ambitionnez d'apporter le bonheur à l'humanité, à travers cet héritage que les conservateurs lui refusent. Pourtant, je suis effaré, messeigneurs, à l'idée que l'avenir du monde puisse un jour reposer entre les mains d'individus qui font si peu de cas de la vie et de la mort. Vous prétendez vouloir guider les peuples, les mener vers l'avenir ? Alors, n'oubliez jamais que ces peuples n'existent que par ceux qui les composent. Des hommes, des femmes qui vivent, aiment et souffrent. Des êtres simples, peut-être sans valeur à vos yeux, mais qui tous, possèdent une personnalité qui ne demande qu'à s'épanouir et non à être étouffée, méprisée, ignorée.

« Vous ne parlez que d'oppression, de tyrannie. Il est faux de penser que les conservateurs sont des tyrans. S'ils privent le monde de la connaissance, c'est parce qu'ils estiment qu'elle peut être dangereuse non sans raison. Il suffit de voir les armes qu'elle permet de fabriquer. Pourtant, elle peut également apporter une plus grande richesse, un nouveau développement. Je vais peut-être vous surprendre, mais nous partageons vos idées. L'homme doit progresser, évoluer, perfectionner ses outils, augmenter son confort et sa sécurité. Tout ceci est possible et souhaitable. Mais vous ne construirez pas un monde meilleur sur les cendres de la religion. Vous qui parlez de paix, vous envisagez sereinement de remettre la planète à feu et à sang. Avez-vous songé un moment à rencontrer les conservateurs, à négocier avec eux ?

— Ils ne l'ont pas fait, intervint Loro.

— Mais vous, monsieur le Lonnien ?

Le commandant sourit et se leva.

— Seigneur Dorian, vous n'êtes peut-être pas le commandeur Darios, mais je pense sincèrement que nous n'avons pas perdu au change. C'est la sagesse qui parle par votre bouche. J'ai un dernier élément à ajouter. Permettez-moi de m'absenter quelques instants.

Il sortit, puis revint aussitôt, accompagné d'un homme sans âge, un prêtre aux yeux d'acier, vêtu d'une longue toge d'or frappée d'un soleil. Solyane reconnut vaguement en lui un visage flou qui s'était penché sur elle pendant son coma.

Harodius se leva, imité par les autres amanes.

— Trahison ! Trahison, gronda le vieux prêtre.

Loro s'avança et se tourna vers le nouveau venu.

— Alsehad, vous avez suivi ce qui s'est passé jusqu'à présent. Je pense qu'il est temps pour vous d'intervenir.

Puis il s'adressa à l'assemblée.

— Que chacun garde son calme. Je désire vous présenter celui qui est en vérité le seul maître du monde : le Grand Initié Horius.

CHAPITRE XXXIX

Il y eut un mouvement de recul de la part du groupe d'Harodius. Jarl Brunner porta la main à sa ceinture. Sans résultat. Personne ne portait d'arme.

Les Lonniens avaient soigneusement ménagé leur effet. Dorian et Solyane observèrent le nouveau venu. D'une stature un peu plus grande que la moyenne, il impressionnait surtout par son regard gris et perçant où se lisaient une intelligence profonde et une attention soutenue. On aurait pu lui donner entre trente et quarante ans, mais chacun savait que son corps n'était qu'un clone du premier Horius qui avait vécu plus de deux siècles auparavant. Seule sa mémoire avait traversé les âges.

Horius, leur pire ennemi à tous, se tenait enfin devant eux. Mais était-il réellement leur ennemi ?

Dorian et Solyane ne décelaient en lui aucune trace d'hostilité. Peut-être une vague sensation d'amusement. Le Grand Initié se réjouissait secrètement de l'angoisse créée par sa seule présence.

Il s'approcha du couple en ébauchant un sourire froid, mais qui, sur le visage d'un amane, pouvait passer pour chaleureux.

— La paix soit sur vous, seigneur Dorian, et sur vous, dame Solyane. Sachez que je me réjouis de pouvoir enfin vous rencontrer.

— Honneur à vous, alsehad ! Nous sommes également heureux de votre présence qui devrait apporter la lumière sur les points qui demeurent encore obscurs.

Le grand prêtre sourit.

— Certainement. Je pense que vous avez déjà compris qui était derrière votre ami Achil.

— Nous l'avons su dès que vous êtes entré, alsehad.

— Parfait !

Il se tourna alors vers les autres.

— Vénérables amanes, veuillez faire taire vos appréhensions et prendre place. Vous aussi, monsieur Brunner.

Harodius se rapprocha et cingla, s'adressant aux Lonniens, et plus particulièrement à Kless Loro d'Urann.

— Magnifique, monsieur l'étranger ! Vous avez parfaitement su vous jouer de nous. Nous sommes tous entre vos mains. Sachez cependant que nous ne sommes pas seuls et que si les chefs disparaissent...

— Silence !

La voix d'Horius avait tonné, sans réplique possible. D'un ton plus calme, il reprit :

— Sehad, veuillez vous asseoir !

Subjugué, l'autre obéit. Le Grand Initié se tut un moment sans quitter son auditoire des yeux. Puis il dit :

— J'ai suivi votre débat de l'extérieur. Jusqu'à présent, la seule idée sensée qu'il m'ait été donné d'entendre a été émise par ce jeune homme, Dorian de Syrdahar. N'oubliez pas ses dernières paroles et méditez-les. Si vous voulez bâtir un monde neuf, plein d'avenir, commencez par vous réconcilier avec vos ennemis, les conservateurs. Évitez la guerre ! Pourtant, vous n'avez jamais songé que cela fût possible. Une religion à nouveau unie et œuvrant pour l'essor de l'humanité. Vous avez toujours cru que les conservateurs étaient vos ennemis jurés et qu'il fallait les détruire. C'était vrai il y a plus d'un siècle. Cela ne l'est plus aujourd'hui.

— Comment cela ? demanda Harodius.

— Comment croyez-vous avoir pu reprendre ces fameuses cellules qui devaient redonner vie au commandeur Darios et à son épouse ? Scaellius ? Scaellius n'était pas un schismatique, comme vous l'imaginiez, mais un amane dévoué à mon service. C'est sur mon ordre qu'il vous a remis ces embryons.

La stupeur figea soudain l'assemblée. Harodius, mal à l'aise, répliqua :

— Alors, pourquoi ces persécutions, pourquoi avoir détruit Syrdahar, pourquoi avoir tenté de faire disparaître les jumeaux ?

— Ce n'était pas moi qui étais derrière tout ceci. La vérité, la voici : lorsque j'ai fait arrêter Landius, à l'époque de la malédiction, j'étais encore un conservateur rigoureux et bien décidé à lutter contre tout ce qui viendrait contrecarrer le dessein de Kalkus de Rives. Le monde ne doit jamais plus connaître un nouveau Jour du Soleil. Pourtant, je ne suis pas un monstre. J'ai longuement parlé avec Landius. C'était un grand savant, sans doute le plus grand génie de la biogénétique que le monde ait jamais connu. Il m'a enseigné son art et m'a fait changer d'opinion. Car en effet, au fil des longues conversations que nous avons eues ensemble, je suis devenu schismatique à mon tour. Il avait raison, l'humanité doit recevoir la connaissance. Cependant, s'il était un grand savant, je dirais même un magicien, il était relativement peu doué pour la politique. Lorsqu'il mourut — de sa belle mort, je tiens à le préciser, car il ne voulut jamais bénéficier de cette pseudo-immortalité offerte par le transfert clonique —, il me légua son héritage. Je n'étais cependant pas seul à décider. Les quatre autres Grands Initiés, eux, restaient des conservateurs convaincus, contre lesquels je ne pouvais lutter. De plus, le monde se relevait à peine d'une épouvantable guerre civile. La rallumer aurait ramené le chaos, et sans doute la fin de la religion. Il fallait laisser le temps agir, cicatriser les plaies.

« Les schismatiques disparus, je me retrouvai seul. C'est pourquoi, lorsque je sus que le mouvement progressiste renaissait, je le laissai grandir. Ne vous y trompez pas, j'ai toujours tout su de chacun de vous et de vos prédécesseurs. Parallèlement se développait une nouvelle tendance qui préconisait de laisser l'évolution se faire seule, sans heurt.

Horius se tourna vers Dorian.

— Zoltan fait partie de ce mouvement nouveau.

« Il y a quelques dizaines d'années, le Grand Initié Daneel, l'astrolamane suprême, capta un message en provenance de Lonn.

— Par les dieux, jeta Harodius, vous saviez...

— Bien sûr, Cybernia ne fut pas seule à capter ce message. Pour moi, ce fut un signe. C'est pourquoi je fis réapparaître ces embryons destinés à redonner vie à Darios et à Lyanéa. Comme vous, j'ai estimé que leur personnalité, leur popularité passée, accrue par la légende que vous avez créée et diffusée, suffirait à polariser l'attention des peuples.

« Seulement, j'ai compris votre erreur, notre erreur, lorsque les jumeaux furent considérés comme perdus. Nous avions compté sans l'amour maternel d'Orlyane et sans l'obstination des conservateurs et de l'inquispol. En effet, il existait déjà, au sein de la Phalange suprême, une conspiration qui visait à me renverser, à cause de ma souplesse envers le mouvement nouveau progressiste. Je ne pouvais déterminer qui voulait me destituer. Il me fallut redoubler de prudence. Plusieurs fois, on attenta à ma vie. Sans succès. Il était nécessaire de démasquer cette conspiration. Ainsi tomberaient les têtes des derniers conservateurs. Mais ce n'était pas chose facile. Je pris contact avec Victor Lambert, ce conteur nommé Achil que vous aviez envoyé pour récupérer Orlyane à la sortie des Terres Bleues. Il avait échoué. Rejeté par les siens, il accepta aussitôt d'entrer à mon service. Lorsqu'il me confirma que l'on n'avait jamais retrouvé les cadavres des jumeaux, je lui ordonnai de poursuivre ses recherches. Il parcourut ainsi les domaines les plus proches de la forêt Skovandre et finit par les découvrir, à Gwondaleya, avant l'inquispol.

Horius se tourna vers Dorian et Solyane.

— Voilà la raison pour laquelle on ne vous a pas ramenés immédiatement vers Cybernia. Victor Lambert, alias Achil, avait ordre de vous protéger, de vous laisser évoluer seuls, de votre côté, mais aussi d'intercepter ceux qui tenteraient de vous faire disparaître. Par eux, il devait me permettre de remonter la filière jusqu'aux chefs de la conspiration.

— En somme, nous avons servi d'appâts ! ironisa Dorian.

— En quelque sorte. Vous avez d'ailleurs constaté que vos agresseurs n'agissaient jamais au grand jour. Officiellement, il m'eût été facile de vous supprimer, si j'avais été votre ennemi. L'inquispol, sans mon ordre, ne pouvait agir que par des moyens détournés. Il y eut Karl Seran, puis Khalamon de Ross. Des pions, persuadés d'agir sur mon ordre, mais manœuvrés par deux autres Grands Initiés, Carolus et Malkan. Leur conspiration est aujourd'hui démasquée et j'ai pu agir pour les faire démettre de leur dignité. Ceci grâce aux informations fournies par Vaetius, arrêté lui-même par Markus à Valatia. Les deux autres Grands Initiés sont à présent gagnés aux idées progressistes. Le noyau dur de l'inquispol va être démantelé, et surtout, j'ai repris totalement en mains l'armée dramas. Voici la vérité. Une partie d'échecs fantastique, à l'échelle du monde, dont personne ne détenait le contrôle absolu, ni tous les atouts. La conspiration conservatrice a vécu. Le schisme également. Nous devons à présent nous tourner vers l'avenir. Un avenir qui verra les hommes accéder à cette richesse que nous avons baptisée la connaissance. Cependant, nous n'avons pas le droit de nous tromper. Jamais le monde ne doit revivre un nouveau Jour du Soleil. Aussi, avant d'entamer un projet à l'échelle mondiale, je pense qu'il serait préférable de nous livrer à une expérience sur une ville, ou un comté. Les enseignements tirés nous permettraient d'orienter efficacement nos efforts par la suite. Cette idée m'est venue en écoutant parler Dorian de Gwondaleya. Il possède toutes les qualités pour coordonner cette action.

— Alsehad, cette idée me séduit et je suis prêt à la suivre. Toutefois, je dois obtenir avant tout l'accord de mes Gwondaleyens.

— Je pense que vous l'obtiendrez.

Pour le principe, les autres amanes donnèrent leur accord. Les discussions commencèrent à fleurir autour de la table.

Soudain, Jarl Brünner se leva et marcha droit sur Horius.

— Alsehad, je veux que vous sachiez que je ne partage pas votre point de vue. Les cités surves n'adopteront jamais votre projet.

— Pourquoi ? demanda Solyane avant la réponse du Grand Initié.

Elle se dressa à son tour. Il gronda :

— Parce qu'une fois de plus vous allez léser l'humanité de son héritage. Il faudra des siècles avant que celle-ci n'évolue à nouveau. Si cette expérience se soldait par un échec, vous auriez beau jeu de revenir en arrière. Quant à vous, seigneur Dorian, vous allez trouver de grands avantages à cette situation. C'est votre cité et elle seule qui détiendra les grands secrets de la science. Elle pourra alors dicter ses volontés au monde. Ce jour-là, prenez garde, Cybernia se dressera devant vous !

— Taisez-vous, dit Solyane, menaçante. Vous n'avez rien compris. Je vais vous dire, moi, ce que je pense, monsieur Brünner. Ce sont vos propres plans que vous venez de dévoiler. Vous estimez que vous êtes plus proches des Lonniens que ceux de ce vous appelez l'extérieur. Les schismatiques étaient pour vous des alliés utiles, mais encombrants. Cependant, ils n'étaient guère gênants, car manquant de puissance. Vous comptiez en fait sur l'appui des Lonniens pour vous aider à reconquérir le monde, ce que vous n'auriez jamais pu réaliser seul. La religion entière devient un obstacle trop important pour vous, à présent qu'elle va s'unifier à nouveau et c'est sa disparition totale que vous souhaitiez. Seulement, les Lonniens ne se sont pas rangés à vos côtés. Et vous restez seul. Vos rêves de domination du monde ne verront jamais le jour, monsieur Brünner. Votre immortalité factice ne vous donne pas ce droit, comme vous le croyez.

Le Cybernien pâlit, puis rugit.

— Madame, vos paroles sont intolérables ! Cybernia se retire de l'alliance si vous ne me faites pas des excuses immédiates !

— Non, monsieur Brünner ! Je lis en vous, ne l'oubliez pas ! Et l'alliance peut fort bien se passer de vous. De même que Cybernia !

L'autre voulut répliquer, mais préféra tourner les talons et sortit.

Lao Ken et Malcolm Bell s'approchèrent du couple.

Le gouverneur de Lasshénia prit la parole :

— Madame, je ne sais quels sont vos pouvoirs, mais vous avez dit exactement ce que nous pensions. Sachez que notre appui vous est acquis.

La salle semi-sphérique était à nouveau déserte. Dorian et Solyane se tenaient devant l'immense baie ouverte sur la nuit interstellaire. Ils ne parlaient pas. Devant eux s'étendait l'infini parsemé d'étoiles.

Les étoiles, des îles de feu perdues au cœur du néant. Des déesses encore inaccessibles entourées de leurs cortèges de mondes inconnus. Des mondes étranges que les hommes découvriraient sans doute, un jour. Avec le Jour du Soleil, l'humanité avait connu un échec effroyable. Elle avait pansé ses plaies pendant près de quatre mille ans. Une aube nouvelle se levait. La ténacité et le courage vaincraient l'avenir. L'homme repartirait vers sa destinée, toujours plus haut, toujours plus loin. Ils avaient parfaitement conscience de n'être que deux pièces sur l'échiquier gigantesque qui mènerait les leurs vers les étoiles. Ils y apporteraient toutes leurs forces. Les différentes tendances s'étaient rapprochées, comprises et s'étaient décidées à œuvrer ensemble. Si ce n'est peut-être le despotique Jarl Brünner et son ami Raïmund Rudrish, mais ils comptaient peu. L'avenir se ferait sans eux.

Surtout, ils étaient à nouveau réunis. À jamais. Ils se réjouissaient de retrouver bientôt le sol vert de leur petit comté, tache infime perdue sur cette sphère bleue et nacrée qui flottait seule dans l'infini, à la fois si lointaine et si proche. Une petite tache pleine de vie, couverte de forêts, sillonnée de rivières, traversée par son fleuve majestueux. Il leur tardait de retrouver les leurs, ces petites fourmis humaines qui ignoraient encore quelle mission reposait sur elles. Un but ! Un but à accomplir, un but grandiose. Le chemin serait long, semé d'embûches, mais ils triompheraient. Ils resteraient ensemble. Ils savaient à présent qu'ils n'étaient pas du même sang, qu'ils pourraient avoir des enfants, s'aimer au grand jour.

Horius était là, qui les observait. Dorian et Solyane s'approchèrent.

— Alsehad, il reste une question que nous aimerions vous poser.

— Je vous écoute, seigneur Dorian.

— Pourquoi nous avoir fait naître frère et sœur ?

— Il n'existait qu'une seule femme capable de vous mettre au monde.

— Mais n'eût-il pas été possible de faire appel à deux Léphénides ?

— C'était impossible ! Orlyane n'était pas une Léphénide comme les autres. Darios et Lyanéa avaient eu une fille, que j'ai protégée après la malédiction. Orlyane était sa descendante à la sixième génération. Son héritage génétique a fait d'elle la seule femme suffisamment résistante pour supporter les embryons issus de Darios et de Lyanéa. Vous êtes, en quelque sorte, les ancêtres de votre propre mère.

LEXIQUE

ADOL, jeune lionorse de trois à six ans.

ALLIENNE, femelle du lionorse.

ANDES, herbe de Médhellenie dont la fumée éloigne les parasites. On la fait brûler dans des sortes de calebasses nommées kagandes.

ANKOS, langue universelle de la religion amanite. Créée de toutes pièces par Kalkus de Rives, elle utilise des racines issues des langues antérieures au Jour du Soleil, notamment les idiomes indo-européens. L'ankos fut un facteur décisif dans l'extension de la religion et par la suite dans la cohésion des dix-sept empires.

ANTIALPHE, appareil créant un champ de force canalisant les particules alpha, isolant ainsi une portion de l'espace de la radioactivité.

ASTINA, épreuve de l'eschola.

BACHELIER, jeune noble aspirant à la chevalerie.

BAGUE ORSAF, détecteur de radioactivité miniaturisé.

CHALQUEVERRE, alliage à la transparence bleutée, utilisé pour les lames des dayals à cause de sa résistance et de sa légèreté. Antérieur au Jour du Soleil, il fut employé autrefois dans la construction des superstructures des navires spatiaux.

CHARRODE, plaque de transport à écrans répulsifs. Utilisée pour le transport des matériaux lourds ou délicats, elle était préférée aux chariots classiques à cause de sa plus grande maniabilité.

CONTEURS, individus colportant les légendes amanites d'une cité à l'autre. Caste semi-mystique créée à l'origine par Kalkus de Kives pour préparer l'arrivée des amanes, ils avaient fait vœu de ne rien posséder. Pourtant, ils vivaient bien au-dessus du niveau des sapienniens. Les princes les accueillaient en hôtes de marque pour la richesse de leurs esprits, leur offraient le gîte et le couvert. Assimilés parfois à des comédiens ambulants, ils s'en démarquaient toutefois par leur appartenance à la religion. Une sous-caste vit le jour au fil des siècles, celle des gazettiers dont le rôle consistait à transmettre les nouvelles d'un royaume à l'autre.

COURRE, cellule familiale chez les lionorses.

CRILL, ver mutant des eaux de la Médhellenie.

DAYAL, sabre long et courbe dont la lame était coulée dans le chalqueverre. Le dayal était l'arme du chevalier par excellence. Remis au cours d'une cérémonie rituelle après l'eschola, le dayal était fabriqué par les amanes et adapté à la main du chevalier. Nul autre que lui n'avait le droit de l'utiliser. À sa mort, le dayal était brûlé avec lui.

DIADESVEN, fête de l'équinoxe d'automne, à Gwondaleya, qui coïncidait avec la célébration du vin de l'année.

DJARK, pieuvre mutante géante des marais médhelleniens.

DJEHAL, titre réservé à un empereur.

DJIHAD, titre réservé à un roi.

DOMESSE, serviteur libre des nobles dont les tâches multiples vont de l'entretien jusqu'à la compagnie pure et simple.

DORIER, panthère mutante géante dont l'organisme était capable de résister à une radioactivité élevée.

ESCLAVAGE, contrairement à ce que l'on crut pendant longtemps, les amanes ne furent pas à l'origine de l'esclavage. Il faut remonter à la période du Chaos pour en comprendre les origines. Habitués depuis des siècles à l'utilisation d'androïdes qui les dégageaient de toutes les servitudes, les survivants du Jour du Soleil répugnèrent à se soumettre à leurs contraintes. Réduites à se combattre pour survivre, les différentes communautés prirent rapidement l'habitude de transformer leurs prisonniers en esclaves. Afin de les rendre plus dociles, on leur cautérisait une partie du cerveau, ce qui leur ôtait toute personnalité. Par tradition, on « spolia » également leur progéniture, ce qui procura une main-d'œuvre à bon marché.

Cet usage de l'esclavage était entré dans les mœurs lorsque les amanes conquirent la planète. Ils durent s'accommoder de cette coutume, se contentant de s'approprier la pratique de la spoliation qui coûtait la vie à plus de la moitié des enfants traités.

FERROSKOS, soldat esclave ayant subi la spoliation.

FIDÈLE, mâle reproducteur chez les lionorses.

GAROUS, mutants humains survivants du Jour du Soleil. On crut longtemps que seule la radioactivité était responsable de leurs malformations. Une étude approfondie révéla qu'elle y tenait une faible part. Les pollutions chimiques des grands centres urbains disparus, la résurgence de déchets de toutes sortes contribua pour beaucoup à leur état.

Atrophiés physiques, débiles mentaux plus ou moins profonds, les garous se livraient parfois à l'anthropophagie, terrorisant les villages isolés. Vivant souvent à proximité des Terres Bleues dont ils craignaient peu la radioactivité, ils donnèrent naissance à une légende, la malédiction bleue, qui voulait que quiconque les touchait se transformât en garou à son tour. Les Lonniens prouvèrent que cette légende n'était pas fondée.

GEDOKOS, sorte d'héloderme mutant des hauts plateaux de la Médhellenie.

GHELAH, sacrifice religieux de la religion amanite.

GOLIEUTHES, sorte de mammifères géants issus du croisement génétique entre les bovins et les proboscidiens. Seules les défenses et une courte trompe rappelaient leur parenté avec les éléphants. Les femelles fournissaient un lait qui constituait l'aliment principal des convoyeurs de caravanes. Ce lait s'appelait le shalek.

GONN, fusil électrique, de fabrication amanite, réservé uniquement aux nobles. Redoutablement efficace, il était capable de tirer jusqu'à vingt balles d'affilée. Acceptant différents calibres grâce aux réglages des champs magnétiques, il pouvait tuer les migas ou les doriers. Certains fusils à poudre furent utilisés par les chasseurs d'Europannia ou d'Ukralasia, mais leur efficacité était loin d'égaler celle des gonns.

HONGRE, mâle castré par ses congénères chez les lionorses. On ne sait toujours pas en vertu de quels critères les fidèles acceptent ou refusent les jeunes mâles parmi eux. Certains deviennent fidèles sans même livrer combat. D'autres, par contre, sont impitoyablement castrés, voire tués et dévorés. C'est parmi les hongres que les chevaliers choisissaient de préférence leurs montures.

JACONDAS, arbre de Médhellenie, surnommé arbre bouteille en raison de sa forme et dont l'écorce contient un suc rafraîchissant.

KHADAR, dignitaire sapiennien siégeant aux conseils comtaux, à Gwondaleya.

KRANKETT, fièvre mortelle des marais médhelleniens, issue d'une mutation de la malaria.

LANGOUSTE TERRESTRE (Rassas), langouste mutante des hauts plateaux de la Médhellenie.

LECTRONNE, système d'éclairage utilisant le flux lectronique, l'électricité. Considérée comme une énergie dangereuse, le flux lectronique fut conservé secret par la religion. Elle n'en fit bénéficier que les rois et les empereurs, sous le contrôle de paranes spécialisés.

LIONORSE, on a longtemps cru que le lionorse provenait d'une mutation génétique naturelle du cheval, survenue après le Jour du Soleil. Or, il a été établi qu'il avait été créé de toutes pièces en laboratoire. Les manipulations génétiques constituaient l'une des activités de pointe de la technologie des Anciens. Si la plupart de leurs créations restaient stériles, certaines au contraire pouvaient se reproduire. Ainsi, le lionorse provient du croisement amélioré du chat, du guépard et du cheval. L'animal obtenu présentait de telles qualités que l'on entreprit d'en « fabriquer » plusieurs. On estime que le troupeau originel comptait à peu près une douzaine de têtes. Le lionorse véritable apparut cependant plus tard, lorsque les originaux s'accouplèrent avec des chevaux redevenus sauvages. Contrairement à la plupart des « créations génétiques », le lionorse était biologiquement stable. Il se multiplia, traversa le Chaos sans dommage et conquit pratiquement la totalité du monde. Ce n'est pas par hasard qu'il est le seul animal en dehors de l'homme noble à être doté du shod'l loer. Cette qualité apparut spontanément chez lui, déconcertant les chercheurs. C'est sur son modèle que les amanes eurent l'idée de doter certains humains de ce shod'l loer, créant ainsi une nouvelle espèce. Bien plus, autrefois animal sauvage impossible à approcher, il put être enfin « dominé » par ces mêmes nobles et devint ainsi la monture exclusive des chevaliers. Plus intelligent encore que le dauphin ou le chimpanzé, le lionorse est en général un peu plus grand que le cheval dont il conserve l'allure. Ses jambes se terminent par des griffes rétractiles, héritées de son ascendance féline. Il lui doit également ses yeux effilés aux pupilles en amande.

Sa mâchoire est pourvue de crocs puissants, armes de combat redoutables. Comme le cheval, il possède une crinière fournie qui lui descend jusqu'au milieu de l'échine.

Il a hérité du guépard la vitesse de pointe, mais peut maintenir très longtemps une allure soutenue, grâce à une résistance extraordinaire et à une pulsation cardiaque exceptionnellement basse (20 battements à la minute).

De régime omnivore, il se nourrit aussi bien de baies, de feuilles que d'animaux. Il chasse souvent en solitaire, contrairement aux autres grands fauves. Curieusement, il n'attaque jamais le cheval avec lequel il lui arrive même de s'accoupler, donnant naissance à des bâtards stériles.

MAHAHI EBE MAHAHI, surnommé arbre-pieuvre. Variété mutante d'algue arborescente dont les branches replongeant dans le sol donnent naissance à un nouvel arbre.

MANDRORE, reptile géant, rappelant le tricératops, obtenu par croisement du crocodile et du lézard cornu.

MARAUDIERS, pillards survivants de l'époque du Chaos. Ils vivaient sur les énormes territoires séparant les cités.

MARCHE, unité de distance équivalant environ à sept kilomètres. Distance parcourue par un homme en une heure.

MARONCLE, sanglier géant des forêts d'Europannia et d'Ukralasia.

MIGAS, monstre issu des manipulations génétiques des Anciens. Croisement d'un ours et d'un varan du Nil.

NARDRE, arme de lancer à trois pointes recourbées. Héritée de convoyeurs de caravanes.

OBS, partie du temple réservée à l'astrolamane.

OWIL, pétrole.

SAPIENNIEN, par opposition, désigne l'ensemble des humains non nobles. Mot issu d'un terme plus ancien : *Homo Sapiens*.

Il n'existait cependant pas de véritables différences de classe entre les deux familles humaines. Les unions étaient courantes entre nobles et sapienniens et encouragées par les amanes. Les gènes nobles dominaient le plus souvent, améliorant ainsi l'espèce.

SEHAD, titre réservé aux amanes. Alsehad : Grand Initié. Inhad Parane.

SHARACK, veste d'entraînement au combat, faite de lanières de cuir tressées autour de fils métalliques.

SHAYAL, poignard long et courbe, arme seconde des chevaliers, coulée également dans le chalqueverre.

SHOD'L LOER, littéralement issu de la racine anglo-saxonne : Soul Power. Pouvoir de l'âme. Il constitue la principale différence entre nobles et sapienniens, avant même la durée de vie. Toujours par manipulations génétiques, le shod'l loer fut hiérarchisé en fonction du rang.

Landius poursuivit les recherches dans ce domaine délicat qui touchait à la télépathie. Il dépassa ceux qui estimaient qu'elle n'était qu'une hérésie, une impossibilité. Il démontra le contraire en créant Darios et Lyanea, puis Dorian et Solyane.

SHOT, péjoratif. Désigne les Ismalasiens, chez les Ukralasiens.

SOKONGAS, variété mutante de pieuvre arboricole, en Médhellenie.

SPOLIATION, opération du cerveau destinée à abolir la volonté.

STYLS, arme de lancer. Pointe d'acier très courte capable de percer les os du crâne.

SYRID KHALID, équivalent d'un roi en Ismalasie.

SZILOVE, épouse des amanes. Nullement tenus au célibat, les prêtres avaient plusieurs épouses, les sziloves, réunies dans un bâtiment proche du temple. Les paranes étaient recrutés le plus souvent parmi leurs enfants. Fines, élégantes, cultivées, les sziloves étaient appréciées du peuple pour leur dévouement. Il leur arrivait de servir d'intermédiaire entre la Phalange et les citadins pour certaines questions délicates.

TRIVE, lance à trois lames utilisée surtout par les guerriers sapieniens.

VORANE, variété mutante de varan du Nil.

DU MÊME AUTEUR

Aux Éditions du Rocher

LA TRILOGIE DE PHÉNIX :

PHÉNIX (Folio Science-Fiction n° 224)

GRAAL (à paraître en Folio Science-Fiction)

LA MALÉDICTION DE LA LICORNE (à paraître en Folio Science-Fiction)

LA PREMIÈRE PYRAMIDE

LA JEUNESSE DE DJOSER (LA PREMIÈRE PYRAMIDE, I) (Folio n° 3193)

LA CITÉ SACRÉE D'IMHOTEP (LA PREMIÈRE PYRAMIDE, II) (Folio n° 3194)

LA LUMIÈRE D'HORUS (LA PREMIÈRE PYRAMIDE, III) (Folio n° 3370)

LES ENFANTS DE L'ATLANTIDE

LE PRINCE DÉCHU

L'ARCHIPEL DU SOLEIL

LE CRÉPUSCULE DES GÉANTS

LE SECRET INTERDIT

LA TERRE DES MORTS

MOÏSE LE PHARAON REBELLE (Folio n° 4159)

ANTILIA

LA PORTE DE BRONZE

LE ROMAN DE LA BELLE ET LA BÊTE

LA LÉGENDE DE LA TOISON D'OR

LA LANDE MAUDITE

LA FILLE DU DIABLE

Aux Presses de la Cité

LES TIGRES DE TASMANIE

LA DAME D'AUSTRALIE

Composition IGS.
Impression Société Nouvelle Firmin-Didot
à Mesnil-sur-l'Estrée, le 2 juillet 2006.
Dépôt légal : juillet 2006.
1er dépôt légal : octobre 2005.
Numéro d'imprimeur : 80259.
ISBN 2-07-030653-4/Imprimé en France.

146078